KB124706

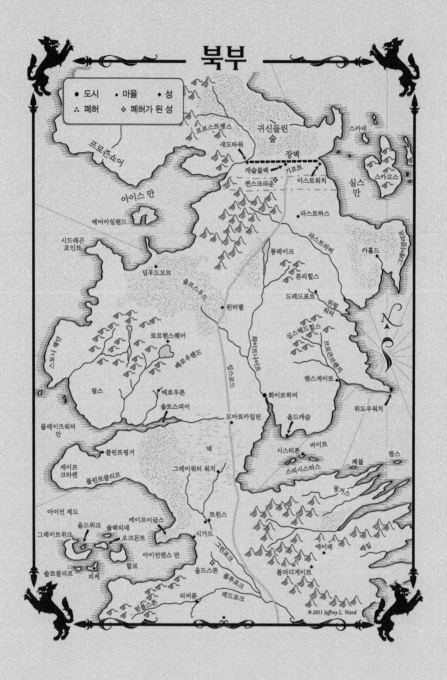

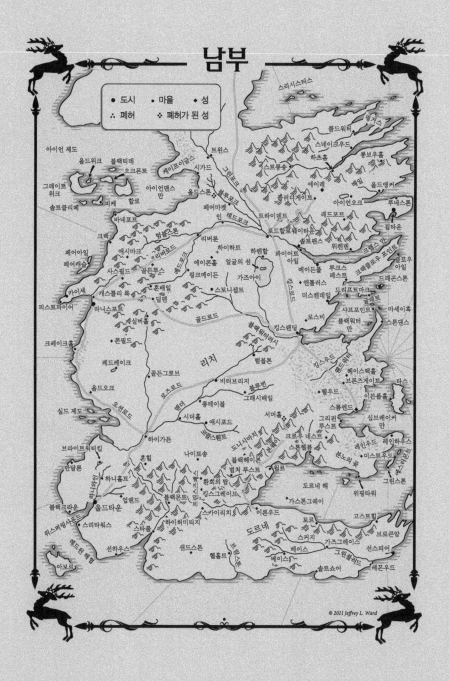

남부

© 2011 Jeffrey L. Ward

세븐킹덤의 기사

얼음과 불의 노래 외전

THE HEDGE KNIGHT

ⓒ1998 by George R.R. Martin

THE SWORN SWORD

ⓒ2004 by George R.R. Martin

THE MYSTERY KNIGHT

ⓒ2010 by George R.R. Martin

GEORGE R. R. MARTIN

세븐킹덤의 기사

얼음과 불의 노래 외전

A KNIGHT OF THE SEVEN KINGDOMS

조지 R. R. 마틴 장편소설 | 김영하 옮김

은행나무

일러두기

1 이 이야기는 《왕좌의 게임》보다 백여 년 앞선 시대를 배경으로 합니다.
2 이 책에서는 원작의 'Lord'를 '공', 'Ser'를 '경'으로, 또한 '웨스테로스 대륙에 처음 정착한 민족'
이라는 의미를 살리기 위해 'First Men'을 '최초인'으로 옮김을 일러둡니다.

Contents

타르가르옌 왕가
가계도

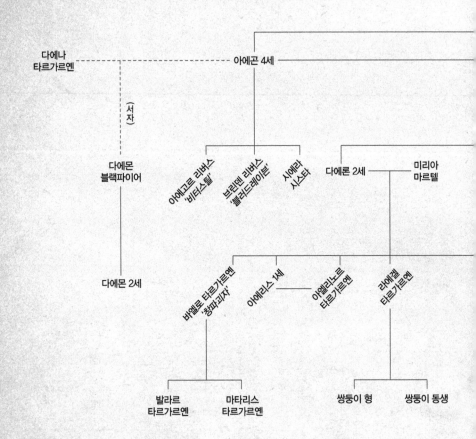

다에나
타르가르옌 --------- 아에곤 4세

(서자)

다에몬
블랙파이어

아에고르 리버스 '비터스틸'
브린덴 리버스 '블러드레이븐'
시에라 시스타

다에론 2세 --- 미리아 마르텔

다에몬 2세

바엘로 타르가르옌 '청파과자'
아에리스 1세
아엘리노르 타르가르옌
라에렐 타르가르옌

발라르 타르가르옌
마타리스 타르가르옌

쌍둥이 형
쌍둥이 동생

나에리스
타르가르옌

아에몬
타르가르옌

대너리스
타르가르옌 - - - - - - - 마론 마르텔
　　　　　　(약혼)　　　　왕자

마에카르 1세

다에론
타르가르옌

아에리온
타르가르옌

마에스터 아에몬
타르가르옌

아에곤 5세

라에
타르가르옌

다엘라
타르가르옌

세븐킹덤의 기사—첫 번째 이야기

떠돌이기사
The Hedge Knight

봄비가 땅을 부드러이 적신 덕분에 덩크는 별로 힘들이지 않고 무덤을 팔 수 있었다. 노인이 저녁놀을 바라보는 것을 좋아했기에, 어느 낮은 언덕의 양지바른 서쪽 비탈에 묘소를 잡았다. 노인은 해가 질 때면 곧잘 한숨을 내쉬며 중얼거렸다.

"이렇게 하루가 지나갔구나. 그리고 내일은 또 어떤 일이 생길지 아무도 모르지. 그렇지 않느냐, 덩크?"

그런데 하루는 뼛속까지 흠뻑 젖을 정도로 비가 쏟아졌고, 그다음 날은 습한 바람이 거세게 불었으며, 그다음다음 날은 감기가 찾아왔다. 나흘째가 되자 노인은 말을 타지 못할 정도로 쇠약해졌다. 그리고 지금은 이 세상 사람이 아니었다. 바로 며칠 전, 함께 말을 몰고 갈 때만 하더라도 아리따운 소녀를 만나러 걸타운으로 간다는 내용의 옛 노래에서 걸타운을 애시포드로 바꿔 흥겹게 불러 댔던 사람이 말이다. '어여쁜 소녀를 보러 애시포드로 간다네, 헤이-호, 헤이-호.' 덩크는 땅을 파며 침울한 생각에 잠겼다.

어느덧 구덩이가 꽤 깊어지자, 덩크가 두 팔로 노인의 시신을 안고 구덩이로 옮겼다. 원래 여위고 왜소했던 노인은 사슬 갑옷과 투구, 검대를 모두 벗은 지금 마치 낙엽만 든 자루인 양 가벼웠다. 덩크는 나이에 비해 키가 엄청나게 크고 뼈대도 굵지만, 어딘가 어수룩한 더벅머리 소년이었다. 아직 열여섯, 열일곱 살밖에 안 되었으나 ―정확히 몇 살인지는 아무도 몰랐다― 키가 이미 6피트보다는 7피트에 더 가까운 장신이었고 몸도 슬슬 근육이 붙기 시작한 참이었다. 노인은 곧잘 덩크가 힘이 얼마나 센지 칭찬하곤 했다. 노인의 칭찬은 언제나 후했다. 그가 줄 수 있는 건 그것밖에 없었기에.

덩크는 노인을 무덤 속에 누인 뒤 한동안 위에서 내려다보았다. 바람에서 다시 비 냄새가 물씬 풍기는 터라 비가 내리기 전에 구덩이를 메워야 한다는 것을 알면서도, 저 정겹고 지친 얼굴에 차마 흙을 뿌릴 수가 없었다. '셉톤이 있어서 기도라도 올린다면 좋을 텐데, 여긴 나밖에 없어.' 노인은 덩크에게 그가 아는 모든 칼과 방패와 창을 다루는 기술을 가르쳐 주었지만, 말하는 법만은 가르치지 못했다.

끝내 덩크가 사과하듯 입을 열었다.

"검도 같이 묻어 드리고 싶지만 땅속에서는 그냥 녹슬 거예요. 아마 신들께서 새로 한 자루 내려 주시겠죠. 전 지금 기사님께서 살아 계셨으면 좋겠어요."

무슨 말을 더 해야 할지 몰랐다. 노인은 기도를 즐겨 하던 사람이 아니어서 덩크가 처음부터 끝까지 아는 기도문은 단 하나도 없었다. 그는 잠시 입을 다물었다가 다시 말을 이어 갔다.

"당신은 진정한 기사셨고 제가 잘못하지 않으면 때리지도 않으셨어요. 딱 한 번, 메이든풀 때만 빼고요. 그때 과부의 파이를 먹어 치운 건 정말 제가 아니라 여관 종업원이었어요. 어쨌든 이제는 별로 상관없지만요. 신들께서 보살펴 주시기를 빌겠습니다, 기사님."

덩크는 그렇게 말을 맺으며 구덩이에 흙을 차 넣은 다음, 구덩이 바닥에 눕힌 시신에 눈길을 주지 않으며 꾸역꾸역 무덤을 메우기 시작했다. '오래 사신 거야. 나이도 쉰보다는 예순에 더 가까우셨을 테고. 그만큼 오래 살았다고 할 수 있는 사람이 몇이나 될까? 적어도 돌아가시기 전에 봄을 한 번 더 보셨잖아.' 그가 생각했다.

말에 여물을 주는 동안 해가 서쪽으로 기울었다. 덩크가 타는 등 굽은 늙은 말과 노인의 작은 승용마 그리고 노인이 마상 대회나 전투에 임할 때만 타던 군마 썬더(Thunder)까지 말은 모두 세 마리가 있었다. 거대한 갈색 수말인 썬더는 예전처럼 빠르거나 힘이 넘치지는 않지만, 아직도 눈빛이 맑고 투기도 여전하며 덩크가 가진 모든 것을 합친 것보다 더 값어치가 있었다. '만약 썬더와 늙은 체스트넛(Chestnut), 거기에 안장과 고삐마저도 팔아 버린다면 꽤 상당한 은화를 받을 수 있을…….' 덩크가 생각하다 얼굴을 찌푸렸다. 그가 아는 유일한 삶은 이 성에서 저 성을 전전하며 매번 다른 영주를 섬기고, 그들을 위해 싸우고 그들의 성에서 밥을 얻어먹다가 전쟁이 끝나면 다시 다른 곳으로 떠나는 떠돌이기사의 삶이었다. 이따금 마상 대회에 참가할 때도 있지만 그건 그리 자주 있는 일이 아니었고, 또 어떤 떠돌이기사들은 곤궁한 겨울에는 강도로 돌변하기도 했지만, 노인은 결코 그런 적이 없었다.

'말을 돌보고 갑옷을 닦을 종자가 필요한 다른 떠돌이기사를 찾아볼 수 있겠지. 아니면 라니스포트나 킹스랜딩 같은 도시로 가서 도시 경비대에 들어가거나. 그것도 아니라면…….' 그가 생각했다.

노인의 소지품은 한 떡갈나무 아래 모아 놓았다. 노인의 헝겊 돈주머니에는 수사슴 은화 세 닢과 구리 동전 열아홉 개 그리고 흠집 난 석류석이 한 알 들어 있었다. 여느 떠돌이기사들과 다를 바 없이 말과 무기가 노인의 재산 대부분을 이루었다. 그동안 덩크가 수천 번이나 녹을 닦아 냈던 사슬 갑옷은 이제 그의 것이었다. 코받이가 넓적하고 왼쪽 관자놀이 부분이 찌그러진 철제 반투구, 낡고 갈라진 갈색 가죽 검대, 나무와 가죽으로 된 칼집에 든 장검, 단검, 면도날, 숫돌 각각 한 개씩, 목가리개와 정강이받이, 물푸레나무 창대 끝에 날카로운 철촉이 달린 8피트 길이의 전투용 장창 그리고 '페니트리의 기사 알란 경(Ser Arlan of Pennytree)'의 문장인 밤색 바탕에 날개 달린 은 술잔이 그려져 있고 금속 테두리가 흠집투성이인 방패까지도 전부 덩크의 것이었다.

덩크는 방패를 쳐다보다가 검대를 집어 들고 다시 방패를 바라보았다. 검대는 노인의 여윈 허리에 맞춰 만든 것이라 사슬 갑옷과 마찬가지로 그의 몸에 맞지 않을 것이다. 덩크는 대신 삼밧줄로 칼집을 동여매고 허리에 두른 다음 장검을 뽑아 들었다.

성의 대장간에서 벼린 강철 검은 곧고 묵직했다. 나무로 만든 자루는 부드러운 가죽이 감쌌고, 자루 끝에는 매끄럽게 연마한 검은 돌이 달려 있었다. 보기에는 평범하나 덩크의 손에 잘 맞았으며, 수많은 밤에 잠들기 전 숫돌과 기름 먹인 천으로 직접 날을 갈았던 터라 검이 얼마나 날카로운지 그 누구보다도 더 잘 알았다. '그분의 손에 잘 맞았던 만큼 내 손아귀에도 잘 맞아. 그리고 곧 애시포드 초원에서 마상 대회가 열리잖아.' 그가 생각했다.

* * *

스윗풋(Sweetfoot)은 늙은 체스트넛보다 움직임이 더 완만했지만, 어느 개울가 옆에 자리 잡은 여관이 눈앞에 모습을 드러냈을 때 덩크는 온몸이 쑤시고 피곤했다. 여관은 벽에 진흙을 처바른 높은 목조건물이었고, 창문에서 새어 나오는 따뜻한 노란 불빛이 너무 감미로워 차마 그냥 지나칠 수 없었다. '은화가 세 개나 있으니 맛있는 식사를 즐기고 진한 맥주도 마음껏 마실 수 있어.' 그런 생각을 하며 덩크가 말에서 내릴 때, 개울에서 한 벌거벗은 소년이 물을 뚝뚝 흘리며 나오더니 거친 갈색 망토로 몸을 닦기 시작했다.

"네가 마구간지기냐?"

덩크가 소년에게 물었다. 소년은 여덟아홉 살 정도밖에 되어 보이지 않는 꼬마였다. 창백한 얼굴에 몸은 삐쩍 말랐고, 맨발은 발목까지 진흙투성이였다. 소년의 가장 특이한 점은 머리카락이 한 올도 없는 밋밋한 까까머리라는 것이었다.

"내가 타고 온 말에 빗질을 해 줘라. 그리고 세 마리한테 전부 귀리를 먹이고. 네가 돌볼 수 있겠어?"

소년이 당돌하게 빤히 쳐다보며 대답했다.

"돌볼 수야 있긴 한데. 내가 마음이 내킨다면."

덩크가 인상을 썼다.

"입조심해. 이래 봬도 기사님이시다."

"기사처럼 안 보이는데."

"기사들이 모두 똑같이 생겼냐?"

"아니, 하지만 당신처럼 생기지도 않았어. 그 검대는 그냥 밧줄이잖아."

"칼집을 잘 붙들기만 하면 충분해. 이제 가서 내 말을 돌봐라. 잘하면 동전을 한 닢 주마. 못하면 귀싸대기가 날아갈 줄 알아."

덩크는 마구간지기가 그 말에 어떻게 대꾸하는지 기다리지 않고 등을 돌려 어깨로 여관 문을 밀어젖히고 안으로 들어갔다.

이쯤이면 여관이 붐빌 시간이라 예상했지만 의외로 휴게실은 텅 비다시피 했다. 고급스러운 다마스크 망토를 걸친 젊은 귀족 한 명이 식탁 위에 고인 포도주에 얼굴을 박은 채 조용히 코를 골고 있었다. 그 외에는 아무도 없었다. 덩크는 어리둥절해하며 여관 내를 두리번거렸고, 곧 키가 작고 통통하며 안색이 파리한 여자가 주방에서 나와 말했다.

"아무 데나 앉아요. 맥주를 갖다 드릴까요, 아니면 식사를 낼까요?"

"둘 다 주세요."

덩크가 곯아떨어진 남자와 멀찌감치 떨어진 창가로 다가가서 앉으며 말했다.

"향초를 덮어 구워 낸 새끼 양 한 마리하고 내 아들이 화살로 쏴 잡은 오리가 몇 마리 있는데, 뭐로 하실래요?"

덩크는 반년 넘게 여관에서 식사해 보지 못했다.

"둘 다요."

여인이 피식 웃음을 지었다.

"뭐, 덩치를 보아하니 다 먹을 만하네."

그녀가 커다란 잔에 맥주를 따라 그의 식탁으로 가져왔다.

"오늘 밤 묵을 방도 필요해요?"

"아닙니다."

하늘 대신 지붕을 머리 위에 두고 볏짚을 채운 푹신한 침대에 누워 자고 싶은 마음이야 간절했지만, 돈을 아껴야 했다. 잠은 땅바닥에서 자도 되었다.

"식사하고 맥주도 좀 마신 다음에 바로 애시포드로 떠날 겁니다. 얼마나 더 가야 합니까?"

"말을 달려 하루 정도 거리예요. 불탄 방앗간 앞에 있는 갈림길에서 북쪽 길로 가면 돼요. 내 아들이 지금 손님 말을 돌보고 있나요? 아님 또 어디로 새 버렸나?"

"아뇨, 자리에 있더군요. 그런데 손님이 없네요."

"마을 사람들은 대부분 마상 대회를 구경하러 갔답니다. 우리 애들도 내가 허락했다면 갔을 테고. 내가 죽으면 이 여관을 물려받을 아이들인데, 아들놈은 병사들과 어울리며 거들먹거리고 싶어 하고 딸년은 말 탄 기사가 지나가기만 하면 좋아서 어쩔 줄 몰라 하며 까르르 웃더군요. 도대체 왜 그러는지 이해할 수 없어요. 기사라고 해서 다른 사내들과 다르게 만들어진 것도 아니고, 마상 창시합 때문에 달걀 값이 변한다는 말도 들어 본 적이 없는데 말이에요."

여자가 호기심 어린 눈초리로 덩크를 쳐다보았다. 그의 검과 방패에 비교하면 밧줄 혁대와 허름한 튜닉은 너무 초라했기 때문이리라.

"그쪽도 마상 대회로 가는 길인가요?"

덩크는 대답하기 전에 맥주를 한 모금 들이켰다. 호도처럼 옅은 밤색 빛깔이었고, 혀에 척척 달라붙는 맛이 그의 입맛에 꼭 맞았다.

"네. 챔피언이 될 생각입니다."

"아, 그래요?"

여주인이 예의 바르게 대답했다.

실내 저편에서 포도주가 고인 식탁에 머리를 박고 있던 젊은 귀족이 고개를 들었다. 봉두난발한 옅은 갈색 머리칼 밑에 드러난 얼굴은 누르스름하고 혈색이 좋지 않아 보였으며, 짧은 노란 수염이 턱 주변을 덮고 있었다. 그는 입가를 문지르다가 덩크를 발견하고는 눈을 깜박거렸다.

"너를 꿈속에서 봤어."

그가 부들부들 떠는 손가락으로 덩크를 가리키며 말했다.

"내게 가까이 오지 마, 알았나? **멀리** 떨어져 있으란 말이다."

덩크가 의아한 표정으로 그를 바라보았다.

"뭐라고요?"

여주인이 덩크를 향해 고개를 기울이며 말했다.

"저분은 신경 쓰지 마요. 내내 술만 마시고 취해서 꿈이 어떻다고 횡설 수설만 하니까. 가서 식사를 내올게요."

그녀가 부산하게 주방으로 사라졌다.

"식사?"

젊은 귀족이 말하니 마치 욕설처럼 들렸다. 그가 비틀거리며 식탁에 한 손을 짚고 자리에서 일어섰다.

"토할 것 같아."

그가 내뱉었다. 그의 튜닉 앞섶은 오래된 포도주 자국으로 붉게 얼룩져 있었다.

"계집을 원했는데 여긴 한 년도 없어. 모두 애시포드 초원으로 가 버린 게지. 젠장, 술이 필요해."

그가 흐느적거리며 휴게실에서 사라졌고, 곧 덩크는 그가 콧노래를 흥얼거리며 계단을 오르는 소리를 들었다.

'한심한 녀석이네. 그런데 왜 마치 나를 아는 것처럼 군 걸까?' 덩크가 맥주를 마시며 잠시 생각에 잠겼다.

양고기는 그가 여태껏 먹어 본 그 어떤 것보다 맛이 좋았고, 체리와 레몬을 곁들여 요리한 오리는 더욱 훌륭했으며 기름기도 별로 많지 않았다. 여주인은 버터를 바른 완두콩과 화덕에서 막 꺼낸 뜨거운 귀리 빵도 내왔다. '바로 이 맛에 기사 노릇을 하는 거겠지.' 덩크가 뼈다귀에 붙은 마지막 고기 조각을 빨아 먹으며 생각했다. '맛있는 밥도 먹고 맥주도 아무 때나 마실 수 있고, 게다가 내 머리를 때리는 사람도 없어.' 덩크는 식사하면서 맥주를 두 잔 마시고 셋째 잔으로 입가심한 다음, 아무도 그를 말릴 사람이 없었기에 넷째 잔까지 마시며 기분을 냈다. 그리고 식사를 마친 뒤 여주인에게 수사슴 은화 한 개를 건네고도 구리 동전을 한 움큼이나 돌려받았다.

덩크가 여관에서 나올 즈음에는 이미 캄캄한 밤이었다. 배는 부르고 돈주머니는 약간 가벼워졌지만, 기분 좋은 마음으로 마구간으로 걸어갔다. 앞에서 말 울음소리와 소년의 목소리가 들려왔다.

"괜찮아, 괜찮아."

덩크가 인상을 쓰며 발걸음을 서둘렀다.

마구간에 들어서니 노인의 갑옷을 걸친 어린 마구간지기가 썬더 위에 올라타 있었다. 사슬 갑옷은 소년의 키보다 더 길었고, 투구는 눈을 가릴세라 까까머리 뒤로 제쳐 놓은 모습이었다. 소년은 엄청나게 진지하고 엄청나게 우스꽝스러워 보였다. 덩크는 마구간 입구에 멈춰 선 채 웃음을 터뜨렸다.

고개를 번쩍 든 소년이 새빨개진 얼굴로 재빨리 말에서 뛰어내렸다.

"나리, 전 단지……."

"이런 도둑놈을 봤나. 당장 그 갑옷을 벗고 썬더가 네 멍청한 머리를 걸어차지 않은 걸 다행이라 여겨라. 녀석은 군마지 꼬마들이 타는 조랑말이 아니다."

덩크가 애써 엄한 말투로 말했다.

소년이 투구를 벗더니 짚단 쪽으로 휙 던지고는 뻔뻔하게 말했다.

"나도 당신만큼 잘 탈 수 있어."

"건방진 소리 말고 입 다물어라. 사슬 갑옷도 벗어. 도대체 무슨 생각을 했던 거냐?"

"입 다물고 있는데 어떻게 대답하라고?"

소년이 몸을 꿈틀거리자 사슬 갑옷이 바닥으로 흘러내렸다.

"대답할 때는 입을 열어도 돼. 이제 그 갑옷을 집어 들고 흙을 털어 내서 깨끗이 한 다음에 원래 있던 곳에 돌려놔라. 그 반투구도. 내가 시킨 대로 말들한테 여물을 먹였어? 스윗풋도 빗질하고?"

소년이 갑옷에서 지푸라기를 떼며 대답했다.

"응. 당신 애시포드로 가는 길이지? 그럼 나도 데려가 줘."

아까 여관의 여주인이 한 말이 떠올랐다.

"그러면 네 엄마가 무슨 말을 하겠나?"

"내 엄마? 이미 돌아가셨으니 아무 말씀도 안 하실 거야."

소년이 얼굴을 찌푸리며 대답했다.

덩크는 놀랐다. 여주인이 어머니가 아니란 말인가? 그렇다면 이 녀석은 단지 이곳에서 일하는 아이일지도 몰랐다. 아직 술기운이 남아서인지 덩크는 약간 머리가 어질어질했다. 그가 반신반의하는 말투로 물었다.

"너 고아였어?"

"아닌데. 당신은?"

소년이 반박했다.

"한때는 그런 적이 있었지."

덩크가 시인했다. '영감님이 날 받아들였을 때까지는.'

"날 받아 준다면 종자가 되어 줄 수도 있어."

"종자 따윈 필요 없는데."

"기사라면 누구나 종자가 필요하잖아. 특히 당신은 그 어떤 기사보다 종자가 필요한 것처럼 보인다고."

덩크가 겁을 주려는 듯이 한 손을 들어 올렸다.

"그러는 너야말로 귀싸대기를 한 방 맞을 필요가 있는 것처럼 보이는 데. 귀리나 한 자루 가득 채워라. 애시포드는 나 혼자 간다."

소년이 겁을 먹었는지는 모르겠지만, 전혀 내색하지 않았다. 순간 소년은 마치 반항하듯 팔짱을 끼고 섰지만, 덩크가 막 포기하기 직전 등을 돌리고 귀리를 가지러 갔다.

덩크는 안도했다. '데려갈 수 없는 건 아쉽지만…… 이 여관에서 잘살고 있잖아. 떠돌이기사의 종자 노릇보다는 더 좋은 삶이지. 데려가는 건 녀석

을 위하는 일이 아니야.'

그럼에도 실망한 소년의 마음이 역력히 느껴졌다. 스윗풋에 올라타 썬더의 고삐를 쥔 덩크는 동전 한 닢이라면 아이가 다시 기운을 낼 것으로 생각했다.

"받아라, 꼬마야. 수고해 줘서 고맙다."

덩크가 미소를 지으며 손가락을 튕겨 동전을 던져 주었지만, 마구간지기는 받으려는 시늉도 하지 않았다. 동전은 그의 맨발 사이 진흙 속에 떨어졌고, 소년은 그냥 외면했다.

'내가 떠나면 바로 줍겠지.' 덩크가 생각했다. 그는 말 머리를 돌리고 남은 말 두 마리를 이끌며 여관을 나섰다. 달빛에 비친 숲은 밝게 빛났고, 구름 한 점 없는 밤하늘에는 별들이 반짝였다. 하지만 길을 가는 내내 뒤에서 말없이 그의 등을 바라보는 마구간지기 소년의 시무룩한 시선을 느낄 수 있었다.

* * *

오후의 그림자가 길게 늘어질 무렵, 드넓은 애시포드 초원의 가장자리에 이른 덩크가 고삐를 당겨 말을 멈춰 세웠다. 풀이 무성한 벌판에는 이미 60여 개의 천막이 세워져 있었다. 큰 천막 작은 천막, 네모난 천막 둥그런 천막, 범포나 아마포 혹은 비단으로 만든 천막 등 가지각색이었고, 하나같이 화려하지 않은 것이 없었다. 천막마다 중앙 기둥에 매달린 기다란 깃발들이 선명한 진홍이나 화창한 노랑, 셀 수 없는 색조의 초록이나 파랑, 혹은 짙은 검정이나 잿빛이나 보라색으로 나부끼며 야생화가 가득 핀 들판보다도 화사한 광경을 자아냈다.

노인은 그곳에 있는 기사 중 몇 명과 함께 말을 달린 적이 있었다. 그 외

다른 기사들은 술집이나 모닥불 가에서 들은 이야기로 알아볼 수 있었다. 덩크는 비록 글을 읽거나 쓰는 법은 배우지 않았지만, 적어도 각 가문의 문장만큼은 말을 타고 갈 때도 닮달할 정도로 철저하게 가르친 노인 덕분에 어느 정도 알았다. 나이팅게일은 창을 쓰는 것만큼이나 큰 하프를 다루는 데도 능숙한 카론 변경백이고, 왕관을 쓴 수사슴은 '웃음을 터뜨리는 폭풍' 라이오넬 바라테온 경을 가리켰다. 탈리 가문의 사냥꾼과 돈다리온 가문의 보랏빛 번개, 포소웨이 가문의 빨간 사과가 보였다. 저쪽에서는 진홍색 바탕에 수놓은 라니스터 가문의 황금 사자가 포효했고, 이쪽에서는 에스터몬트 가문의 짙은 초록색 바다거북이 연두색 평원을 헤엄쳤다. 적색 수말 아래 있는 갈색 천막은 오토 브락켄 경의 것임이 틀림없었는데, 그는 3년 전 킹스랜딩에서 열린 마상 대회에서 쿠엔틴 블랙우드 공을 참살한 이후 '브락켄의 야수'라고 불렸다. 덩크가 들은 바로는 그날 오토 경은 엄청난 괴력으로 긴 자루 도끼를 휘둘러 블랙우드 공의 투구에 달린 면갑을 강타하여 투구 안의 얼굴을 박살 냈다고 했다. 블랙우드 가문의 깃발도 몇몇 보였는데, 오토 경과는 최대한 멀리 떨어진 초원의 서쪽 끝에 자리 잡았다. 마브랜드, 말리스터, 카길, 웨스털링, 스완, 멀렌도어, 하이타워, 플로렌트, 프레이, 펜로즈, 스토크워스, 다피, 파렌, 와일드. 마치 왕국 서부와 남부의 모든 명문이 기사 두어 명을 애시포드로 보내 '아름다운 처녀'를 보고 그녀의 명예를 위해 창술을 겨루도록 한 것 같았다.

그러나 저 천막들이 아무리 화려해 보일지라도 덩크는 자기를 위한 자리는 어디에도 없음을 알고 있었다. 오늘 밤도 그에게 허락된 건 닳아서 올이 드러난 양털 망토뿐. 귀족들과 유명한 기사들이 저녁으로 닭고기와 야들야들한 새끼 돼지고기를 뜯을 때, 덩크는 질기다 못해 딱딱한 소금 절인 쇠고기 조각으로 끼니를 때울 것이다. 만약 그가 저 현란한 색의 향연 속에 끼어들어 야영한다면, 저들이 대놓고 하는 조롱과 말없이 보내는 경멸 어린 눈초리까지 견뎌야 한다는 건 두말할 나위 없었다. 물론 몇몇은 친절하게 대해 줄지도 모르지만, 어떻게 보면 그게 더 비참했다.

떠돌이기사는 반드시 자존심을 굳게 지켜야 했다. 자존심마저 없으면 한낱 용병에 불과하니까. '저들로부터 인정받아야 해. 잘 싸운다면 어떤 영주가 가신으로 받아 줄지도 몰라. 그러면 귀족 일행과 함께 말을 달리며 밤마다 성안에서 신선한 고기를 뜯고, 마상 대회가 열리면 당당히 내 천막을 칠 수도 있을 거야. 하지만 무조건 잘 싸우고 봐야 해.' 덩크는 아쉬운 마음을 뒤로한 채 시합장에 등을 돌리고 숲 속으로 말들을 이끌었다.

마을과 성에서 반 마일 정도 떨어진 대초원의 끝자락에서 덩크는 작은 개울이 굽어져 깊은 연못을 이룬 빈터를 발견했다. 물가에는 갈대가 무성했고 잎이 무성한 느릅나무 한 그루가 드높게 서 있었다. 그곳에 자란 봄풀은 매우 보드랍고 그 어떤 기사의 깃발보다도 푸르렀다. 아름다운 곳이고 선객도 없었다. '여기가 내 천막이야.' 덩크가 생각했다. '티렐이나 에스터몬트 가문의 깃발보다 더 푸른 초록색 이파리 지붕을 얹은 내 천막.'

그는 먼저 말들을 돌본 다음, 옷을 벗고 연못에 들어가 여정으로 쌓인 먼지와 때를 씻어 냈다. 노인은 항상 "진정한 기사라면 마음은 경건하게, 몸은 청결하게 유지해야 한다."라고 말하며 몸에서 쉰내가 나든 안 나든 매달 한 번씩 머리에서부터 발끝까지 씻기를 고집했다. 덩크도 이제 기사가 되었으니 똑같이 하겠다고 다짐했다.

덩크는 벌거벗은 채 느릅나무 밑에 앉아 몸을 말렸다. 몸을 어루만지듯 지나가는 따스한 봄바람의 감촉을 즐기며 그는 갈대 사이를 유유자적하게 나는 잠자리 한 마리를 바라보았다. '왜 저걸 잠자리(dragonfly)라고 부르는 걸까? 드래곤하고 전혀 닮지 않았잖아.' 드래곤을 한 번이라도 본 적이 있는 건 아니었지만 궁금하기는 마찬가지였다. 하지만 노인은 본 적이 있었다. 덩크는 알란 경이 어릴 적 최후의 드래곤이 죽기 1년 전에 할아버지를 따라 킹스랜딩으로 가서 드래곤을 보았다는 이야기를 수십 번도 더 들었다. 알란 경이 본 드래곤은 녹색 암컷이었는데, 작고 왜소했으며 날개도 볼품없이 말라비틀어졌다고 했다. 그 암컷이 낳은 알은 단 한 개도 부화하지 않았다.

"아에곤 왕이 드래곤을 독살했다고 하는 이들도 있단다."라고 노인은 종종 말했다.

"지금 다에론 왕의 부친 말고, '멸룡왕(Dragonbane)'이나 '불운한 아에곤'이라 불리는 아에곤 3세가 말이다. 눈앞에서 자기 어머니가 숙부의 드래곤한테 잡아먹히는 광경을 보았기 때문에 드래곤을 두려워했다지. 마지막 남은 드래곤이 죽은 이후로 여름은 계속 짧아지고 겨울은 더 길고 혹독해졌단다."

어느덧 해가 저물어 숲 아래로 떨어지자 바람도 싸늘해지기 시작했다. 덩크는 팔에 닭살이 돋은 것을 느끼고 튜닉과 바지를 느릅나무에 쳐서 털고는 다시 몸에 걸쳤다. 대회 명단에 이름을 올리는 건 내일 대회의 사무장을 찾아가서 해도 되지만, 우승에 도전하려면 오늘 밤 일을 몇 가지 처리해 두어야 했다.

굳이 물에 비친 모습을 보지 않아도 자기가 별로 기사처럼 보이지 않는다는 것을 알기에, 덩크는 문장이라도 보일 생각에 알란 경의 방패를 등에 둘러맸다. 그는 끈으로 말들의 다리를 묶은 뒤, 말들이 느릅나무 아래 무성하게 자란 파릇한 풀을 뜯게 놔두고 시합장으로 발걸음을 옮겼다.

***

평상시에 초원은 강 건너 애시포드 마을 사람들의 공유지로 쓰였으나, 지금은 전혀 다른 곳이 되어 버렸다. 하룻밤 사이에 애시포드보다 더 크고 아름다우며 돌 대신 비단으로 지어진 새로운 마을이 생겨난 것이다. 초원의 언저리를 따라 노점을 세운 상인들이 펠트와 과일에서부터 혁대와 장화, 짐승 가죽과 매, 토기, 보석, 백랍 그릇, 향신료, 깃털까지 온갖 물건을 팔고 있었다. 곡예사와 인형사, 마술사 들이 인파 사이를 누비며 재주와 묘기를 부렸고, 창녀들과 소매치기들도 본업에 열중이었다. 덩크는 거닐면서 돈주머니에서 손을 떼지 않았다.

자욱하게 연기를 내며 타는 불 위에서 소시지가 자글자글 익어 가며 냄새를 풍기자 덩크의 입안에서 군침이 돌았다. 덩크는 주머니에서 동전을 한 닢 꺼내 소시지 한 개와 입가심을 할 맥주를 한 잔 산 다음 서서 먹으면서, 채색된 나무 기사가 채색된 나무 드래곤과 싸우는 모습을 구경했다. 드래곤 인형을 다루는 여자 인형사도 꽤 보기 좋았다. 키가 훤칠하게 크고 도르네 특유의 올리브색 피부와 진한 흑발을 가진 소녀였다. 장대처럼 마른 몸매에 가슴이라 할 것도 없었지만 덩크는 그녀의 얼굴과, 실 끝에 매달린 드래곤을 움직여 아가리로 물어뜯거나 꿈틀거리게 하는 능숙한 손놀림이 마음에 들었다. 만약 주머니가 넉넉했다면 구리 동전이라도 한 닢 던져 주었을 것이나 지금은 한 푼이라도 아껴야 하는 처지였다.

그가 바라던 대로 상인 중에는 병기공도 있었다. 파란 턱수염을 두 갈래로 기른 티로시 상인이 기괴하고 신비로운 새나 짐승의 형상으로 세공하고 금과 은으로 무늬를 새긴 화려한 투구를 팔고 있었다. 싸구려 철검을 파는 검장(劍匠)도 있었고 그보다 훨씬 실력이 뛰어난 장인도 보았으나, 덩크가 필요한 건 칼이 아니었다.

그가 찾는 사람은 매대 줄의 맨 끝에 있었다. 한 사내 앞 탁자에 정교한 사슬 상의 한 벌과 강철 가재 장갑(가재 등딱지처럼 철판을 겹쳐 만든 쇠 장갑) 한 쌍이 진열되어 있었다. 덩크가 세심하게 살펴보고는 입을 열었다.

"솜씨가 좋군요."

"최고지."

땅딸막한 대장장이는 키가 채 5피트도 되지 않았지만 가슴둘레와 팔의 굵기는 덩크와 맞먹었다. 검은 턱수염을 기르고 손이 매우 큰, 겸손함이라고는 단 한 줌도 찾을 수 없는 사내였다.

"마상 대회에서 입을 갑옷이 필요합니다. 목가리개와 정강이받이, 판금 투구가 포함된 괜찮은 갑옷 말입니다."

덩크가 그에게 말했다. 노인이 쓰던 반투구도 덩크의 머리에 맞기는 하겠지만, 단지 코받이만으로 얼굴을 보호하고 싶지는 않았다.

병기공이 덩크를 위아래로 훑어보았다.

"자네 덩치가 크긴 하네만 난 더 큰 갑옷도 만든 적이 있지."

그가 탁자를 돌아 앞으로 나왔다.

"어깨 치수를 재야겠으니 무릎을 꿇게나. 그 굵직한 목도 재야 하고."

덩크가 무릎을 꿇었다. 병기공은 울퉁불퉁하게 매듭진 생가죽 끈을 덩크의 어깨에 대더니 끙 소리를 냈고, 다음으로 목둘레를 감고는 다시금 끙 소리를 냈다.

"팔을 들어 봐. 아니, 오른쪽."

그가 세 번째로 끙 하고 소리 냈다.

"이제 일어서게."

덩크의 허벅지 안쪽과 종아리의 굵기 그리고 허리둘레를 잴 때도 대장장이는 연달아 끙 소리를 냈다. 그가 치수를 다 재고 말했다.

"내 수레 속에 자네에게 맞을 만한 물건이 몇 점 있네. 미리 말해 두지만, 금이나 은으로 꾸민 것 따위는 취급하지 않아. 내 건 평범하지만 튼튼한 양질의 강철로 만든 것들이네. 투구도 날개 달린 돼지나 괴상한 외국 과일처럼 생긴 것들이 아닌, 투구처럼 생긴 투구뿐이지. 하지만 창이 얼굴에 날아들 때는 내 투구가 더 쓸모가 있을 것이라고 장담하네."

"원하는 바입니다. 얼맙니까?"

"마침 기분이 좋으니 선심을 써서 수사슴 은화 8백 개로 해 주겠네."

"8백 개?"

그의 예상을 넘어선 가격이었다.

"아…… 나보다 작은 사람이 쓰던 갑옷을 넘길 수도 있습니다만…….
반투구하고 사슬 갑옷인데……."

"나 스틸리 페이트(Steely Pate)는 내가 만든 것만 팔아."

사내가 잘라 말했다.

"하지만 또 혹시 고철로 쓸데가 있을지 모르지. 녹이 너무 슬지 않았다
면 그걸 받고 은화 6백 개로 갑옷을 만들어 주겠네."

페이트에게 갑옷을 외상으로 넘겨 달라고 사정해 볼 수도 있지만, 그런
요구에 어떤 대답이 돌아올지는 물어보지 않아도 뻔했다. 덩크는 오랫동
안 노인과 함께 다녔던 터라 상인들이 떠돌이기사를 특히나 불신한다는
사실을 잘 알고 있었다. 실제로 어떤 떠돌이기사들은 강도와 다를 바 없기
도 했다.

"지금 은화 두 닢을 내고, 내일 갑옷과 잔금을 가지고 오도록 하지요."

병기공이 잠시 그를 살펴보았다.

"은화 두 닢으로는 하루밖에 사지 못해. 하루가 지나면 갑옷을 다른 손
님에게 팔겠네."

덩크가 주머니에서 은화를 꺼내 병기공의 못 박인 손바닥 위에 올려놓
았다.

"돈은 다 낼 겁니다. 나는 이곳에서 우승할 생각이니까요."

"그런가?"

페이트가 은화 한 닢을 깨물며 말했다.

"흠, 그렇다면 여기에 모인 이 많은 기사들은 모두 그냥 자네를 응원하

러 왔단 말인가?"

***

덩크가 느릅나무가 있는 공터로 발걸음을 돌렸을 때는 이미 달이 높이 떠 있었다. 뒤로는 수많은 횃불이 애시포드 초원을 휘황찬란하게 밝혔다. 흥겨운 노래와 웃음소리가 초원을 가로질러 덩크의 귀에도 흘러들어 왔지만, 기분이 착잡했다. 갑옷의 대금을 마련할 방법이 하나밖에 떠오르지 않았다. 게다가 만일 패한다면…… 덩크가 큰 소리로 중얼거렸다.

"한 번만 이기면 돼. 그건 많은 걸 바라는 게 아니잖아."

하지만 노인이라면 그런 작은 희망조차도 품지 않았을 것이다. 알란 경은 오래전 스톰엔드에서 열린 마상 대회에서 '드래곤스톤의 왕자'에게 낙마 당한 이후로는 한 번도 마상 창시합에 참가하지 않았다.

"세븐킹덤 최강의 기사와 겨루어 일곱 번이나 창을 부러뜨리는 접전을 벌였다고 자랑할 수 있는 사람은 아마 거의 없을 거다. 그때보다 더 뛰어난 활약을 보일 수 없다는 걸 아는데, 무엇 때문에 다시 시합에 나서겠느냐?"라고 노인은 종종 말했다.

덩크는 드래곤스톤의 왕자와의 시합보다는 알란 경의 나이가 더 큰 이유라고 생각했지만, 감히 그 말을 입 밖에 낸 적은 없었다. 노인은 죽을 때까지도 자존심이 강한 사람이었으니까. '영감님은 항상 내가 날래고 힘도 세다고 하셨잖아. 그분이 시합에 나서지 않았다고 나도 나서지 않을 이유는 없어.' 덩크가 꿋꿋이 생각했다.

덩크는 자기가 승리할 가능성이 얼마나 될지 속으로 궁리하며 잡초 밭을 가로지르다가 문득 수풀 사이로 깜박거리는 불빛을 보았다. '뭐야 이건?' 그는 자기도 모르게 칼을 뽑아 들고 수풀을 헤치며 달려갔다.

그는 괴성과 함께 욕설을 퍼부으며 뛰쳐나왔지만, 모닥불 옆에 있는 소년의 모습에 우뚝 멈춰 서고 말았다.

"야! 여기서 뭐 하는 거야?"

덩크가 칼을 내리며 물었다.

"물고기 굽고 있잖아. 조금 먹을래?"

대머리 소년이 대꾸했다.

"내 말은, 어떻게 **여기까지** 왔느냐는 거다. 누구 말이라도 훔쳤냐?"

"수레 뒤에 타고 왔는데. 애시포드 공의 식탁에 오를 어린 양 몇 마리를 성으로 배달하러 가던 사람이랑 같이."

"뭐, 그렇다면 어서 가서 그 사람을 찾아보거나 다른 수레를 알아봐. 여긴 네가 있을 곳이 아니."

"내가 가란다고 갈 것 같아? 그 여관은 이제 질렸어."

소년이 뻔뻔스럽게 대답했다.

"건방진 행동은 더 용납하지 않겠다. 지금이라도 당장 널 말에 태워서 집으로 데려가는 수가 있어."

덩크가 경고했다.

"그럼 킹스랜딩까지 가야 할 텐데. 마상 대회에도 참가하지 못할 테고."

'킹스랜딩이라니.' 덩크는 순간 소년이 자기를 놀리는 게 아닌가 하고 발끈했지만, 그 또한 킹스랜딩에서 태어났다는 사실을 소년이 알 리가 없었다. '이 녀석도 플리바톰 출신의 부랑아였나 보군. 하긴 그곳에서 도망치고 싶어 하는 걸 누가 탓할 수 있겠어?'

덩크는 검을 손에 든 채 여덟 살짜리 고아를 내려다보는 자신이 한심하게 여겨졌다. 그는 어떤 허튼소리도 허락하지 않겠다는 눈빛으로 소년을 노려보며 검을 집어넣었다. '적어도 한 번은 혼쭐을 내 줘야 할 것 같은데.'라고 생각했지만, 아이가 너무나 처량해 보여 차마 손찌검할 마음이

나지 않았다. 덩크는 야영지를 둘러보았다. 둥글게 가지런히 놓인 돌멩이들 안쪽에서 모닥불이 활활 타오르고 있었다. 말들은 빗질이 된 상태였고, 느릅나무 가지에 널린 옷가지가 모닥불 위에서 마르는 중이었다.

"저건 다 뭐냐?"

"내가 빨았어. 말들도 손질하고 모닥불도 피우고 이 물고기도 잡았어. 천막도 있으면 세우려 했지만 없더라고."

"내 천막은 저거야."

덩크가 머리 위로 손을 들고 그들 위에 드리운 느릅나무 가지를 향해 흔들며 말했다.

"저건 나무잖아."

소년이 어이없다는 투로 말했다.

"이런 게 진정한 기사가 쓰는 천막이란다. 연기가 자욱한 천막 따위보다는 별이 빛나는 밤하늘 아래에서 자는 것이 나아."

"비가 오면 어쩔 건데?"

"나무가 막아 주겠지."

"나무는 빗물이 새잖아."

덩크는 웃음을 터뜨렸다.

"맞아. 실은 난 천막을 살 돈이 없거든. 그리고 그 물고기를 어서 뒤집지 않으면 아래는 타고 위는 설익을 거다. 넌 주방에서는 절대 일하지 못하겠다."

"마음만 먹으면 일할 수 있어."

소년이 대꾸했지만, 순순히 물고기를 뒤집었다.

"머리는 왜 그래?"

덩크가 물었다.

"마에스터들이 밀어 버렸어."

소년은 갑자기 수줍어진 듯 입고 있던 짙은 갈색 망토의 후드를 끌어 올려 머리를 가렸다.

덩크는 마에스터가 벌레나 이, 혹은 어떤 병을 치료할 때 간혹 그렇게 한다고 들어 본 적이 있었다.

"어디 아프냐?"

"아니. 그런데 당신은 이름이 뭐야?"

"덩크(Dunk)."

부랑아 꼬마는 마치 그것보다 웃긴 이야기를 들어 본 적이 없다는 듯이 폭소를 터뜨렸다.

"**덩크?** 그럼 덩크 경이야? 그건 기사가 쓸 이름이 아니잖아. 던칸 (Duncan)을 줄인 거야?"

그런가? 덩크의 기억 속에서 노인은 항상 그를 덩크라고 불렀고 노인을 만나기 전의 삶은 기억나는 것이 거의 없었다.

"그래, 던칸. 맞아. 던칸 경. 그러니까 그……."

덩크는 다른 이름도, 속한 가문도 없었다. 알란 경이 덩크를 처음 보았을 때 그는 플리바톰의 매음굴과 뒷골목에서 부랑아로 살고 있었다. 아버지나 어머니가 누군지도 몰랐다. 그럼 뭐라고 해야 할까? '플리바톰의 던칸 경'은 기사다운 이름이 아니었다. 페니트리 출신이라고 할 수도 있겠지만, 사람들이 그곳이 어디냐고 묻는다면? 덩크는 페니트리에 가 본 적이 없고, 노인도 그곳에 대해 별로 이야기를 하지 않았다. 그가 잠시 이맛살을 찌푸리다가 불쑥 내뱉었다.

"키 큰 던칸 경(Ser Duncan the Tall)이다."

그가 키가 크다는 건 누구도 반박할 수 없는 사실이었고, 게다가 뭔가 강한 인상을 주는 이름이었다.

하지만 어린 좀도둑 녀석은 그리 생각하지 않는 듯했다.

"키 큰 던칸 경이란 이름은 들어 본 적이 없어."

"그럼 넌 세븐킹덤에 있는 기사를 모두 알아?"

소년이 당돌하게 그를 바라보며 대꾸했다.

"괜찮은 기사들은 다 알아."

"나도 그 누구에 못지않아. 대회가 끝나면 다른 사람도 다 알게 될 거다. 그나저나 네 이름은 뭐냐, 도둑 꼬마야?"

소년은 잠시 머뭇거리다가 대답했다.

"에그(Egg)야."

덩크는 웃지 않았다. '머리가 달걀처럼 보이기는 해. 사내아이들은 패 잔인한 면이 있고, 다 큰 어른들도 마찬가지지.' 그가 입을 열었다.

"에그, 원래는 널 실컷 두들겨 준 다음에 쫓아내는 게 마땅하지만, 보다시피 난 천막도 없고 종자도 없어. 내 말을 잘 따르겠다고 맹세한다면 마상 대회 동안 날 섬기는 걸 허락하겠어. 그다음에는, 뭐, 그때 가서 보자고. 네가 쓸모 있는 녀석이라 판단된다면 입을 옷도 주고 밥도 먹여 주겠어. 그래 봤자 허름한 옷에 가끔가다 숲지기 몰래 사슴을 잡을 때를 빼곤 소금에 절인 쇠고기나 생선이 전부일 테지만, 적어도 굶주리지는 않을 거야. 그리고 네가 혼날 짓을 하지 않으면 때리지 않겠다고 약속해 주마."

에그가 빙긋 웃었다.

"네, 나리."

기사님이라 불러. 난 떠돌이기사에 불과하니까."

덩크가 정정했다. 그는 혹시 노인이 하늘에서 그를 굽어보는 것이 아닌가 하고 생각했다. '당신이 제게 가르쳐 주었던 전투의 기술을 저도 이 아이에게 가르쳐 주겠습니다, 기사님. 똘똘해 보이는 녀석이니 언젠가는 기사가 될지도 모르겠네요.'

물고기는 속살이 약간 설익었고 뼈도 다 발라내지 않았지만, 딱딱한 소금 절인 쇠고기와는 비교도 할 수 없을 정도로 맛있었다.

얼마 안 있어 에그는 사그라지는 모닥불 옆에서 잠이 들었다. 가까이서 드러누운 덩크는 큼지막한 두 손을 깍지 끼고 머릿밑에 댄 채 밤하늘을 올려다보았다. 반 마일가량 떨어진 시합장에서 아득한 음악 소리가 흘러 왔다. 수백, 수천 개의 별이 하늘을 가득 채우며 빛나고 있었다. 그때 별 하나가 찬란한 녹색 빛을 발하며 꼬리를 물고 새카만 하늘을 가로지르다 사라져 버렸다.

'별똥별은 보는 사람에게 행운을 가져다준다지.' 덩크가 생각했다. '하지만 다른 기사들은 모두 천막 안에서 하늘 대신 비단을 쳐다보고 있을 거야. 그러니 저 행운은 나만의 것이다.'

* * *

아침에 그는 수탉이 우는 소리를 듣고 깨어났다. 에그도 아직 옆에서 노인의 두 번째로 좋은 망토를 덮은 채 웅크리고 자는 중이었다. '뭐, 밤새 도망치지는 않았군. 시작은 나쁘지 않네.'

덩크가 발로 소년을 건드려 깨웠다.

"일어나. 일해야지."

소년이 눈을 비비며 재빨리 일어났다.

"스윗풋에게 안장을 얹어야 하니 거들어라."

덩크가 그에게 말했다.

"아침은요?"

"소금 절인 쇠고기. 일부터 **먼저** 다 하고."

"차라리 말을 잡아먹어 버리겠어……요, 기사님." 에그가 말했다.

"시키는 대로 안 하면 내 주먹을 맛보게 될 거다. 솔을 가져와. 안장주머니 안에 있어. 그래, 그거."

그들은 함께 승용마의 밤색 털을 빗고, 알란 경의 가장 좋은 안장을 말 등에 얹고는 단단히 죄었다. 덩크가 보니 에그는 일단 마음먹으면 성실하게 일하는 녀석 같았다.

그가 말에 올라타며 말했다.

"오늘은 아마 늦게 돌아올 거야. 넌 여기에 남아 야영지를 정리해 놔. **다른** 도둑놈들이 기웃거리지 않게 조심하고."

"놈들이 오면 쫓아내게 장검 한 자루 주시면 안 돼요?"

에그가 물었다. 소년의 눈동자는 파란색이었는데, 매우 짙어서 거의 보라색에 가까웠다. 머리가 훤해서 그런지 눈이 엄청나게 커 보였다.

"안 돼. 단검이면 충분해. 그리고 나중에 내가 돌아왔을 때 너 꼭 여기 있어야 한다, 내 말 알아들었냐? 여기 있는 것들 훔쳐서 달아나면 맹세코 쫓아가서 널 반드시 잡아내고 말 거다. 개를 풀어서라도 말이야."

"개가 한 마리도 없잖아요."

에그가 빈정댔다.

"그때 가면 널 위해서 특별히 몇 마리 구할 거야."

덩크는 협박이 소년에게 먹혔기를 빌며 스윗풋의 머리를 초원 쪽으로 돌리고 빠르게 말을 몰았다. 지금 걸친 옷과 자루 안에 든 갑옷 그리고 타고 가는 말을 뺀 덩크의 전 재산이 야영지에 고스란히 남아 있었다. '녀석을 이렇게까지 믿는 건 정말 어리석은 짓이지만, 영감님이 날 믿어 줬던 것하고 크게 다를 바 없어.' 그가 생각했다. '내가 빚을 갚을 수 있도록 어머니 신(Mother)께서 저 녀석을 보내 주신 게 틀림없어.'

초원을 가로지르는데 강가에서 망치 소리가 들렸다. 목수들이 못질하며 시합장 울타리와 높다란 관람석을 만드는 중이었다. 새로이 올라가는 천막들도 몇 채 보였고, 먼저 도착한 기사들은 전날 밤의 숙취를 푸느라 잠을 청하거나 앉아서 아침 식사를 하였다. 장작 타는 냄새와 베이컨 굽는 냄새가 풍겨 왔다.

초원의 북쪽에는 거대한 맨더 강의 지류인 코클스웬트 강이 흘렀다. 얕은 여울목 너머로는 마을과 성이 자리했다. 덩크는 노인과 여행하면서 수많은 시장 마을을 보아 왔고, 이곳은 그중에서도 상당히 아름다운 축에 속했다. 벽을 하얗게 칠하고 초가지붕으로 덮은 집들은 뭔가 마음을 끄는 매력이 있었다. 어릴 적에는 저런 곳에 살면 어떤 기분일까 하고 종종 궁금해했다. 매일 밤 지붕 있는 집에서 자고 아침에 일어나면 항상 친숙한 벽이 보이는 생활. '어떤 기분인지 곧 알게 될지도 몰라. 에그도 마찬가지고. 가능한 일이야. 살다 보면 더 이상한 일도 곧잘 일어나잖아.'

애시포드 성은 모서리마다 30피트 높이의 원통형 탑이 서 있고 그 사이에 화살 구멍을 낸 두꺼운 성벽이 이어지는 삼각형 모양의 석성(石城)이었다. 성곽에서 펄럭이는 주황색 깃발마다 성주 가문의 하얀 태양과 갈매기 문장을 뽐냈다. 성문 앞에는 주황색과 흰색 제복을 입고 미늘창을 든 병사들이 성안을 오가는 사람들을 감시했지만, 침입자를 막는 것보다는 예쁘장한 농가 처녀와 시시덕거리는 데 더 열중인 듯했다. 덩크는 그들의 대장으로 보이는 키 작은 턱수염 사내 앞에서 말을 멈추고 대회의 사무장을 만나고 싶다고 말했다.

"플러머를 찾는군. 여기 집사다. 따라와라."

성내의 뜰에 들어서니 마구간지기가 와서 스윗풋을 끌고 갔다.

알란 경의 찌그러진 방패를 한쪽 어깨에 메고 경비대장을 따라 마구간 뒤로 가니 외벽에 비스듬하게 기대어 세워진 작은 탑이 나왔다. 그곳에서 가파른 돌계단이 성벽 위로 이어졌다. 계단을 오르던 중 대장이 물었다.

"네 주인의 이름을 참가자 명단에 올리려고 온 거냐?"

"내 이름을 올리려고 왔습니다."

"그래?"

지금 저 사내가 비웃은 건가? 덩크는 확신할 수 없었다.

"저 문이다. 그럼 난 이제 내 위치로 돌아가겠어."

덩크가 문을 밀고 들어서니 집사가 가대식 탁자 뒤에 앉아 깃펜으로 양피지에 뭔가 적는 중이었다. 숱이 줄어든 머리는 희끗희끗했고, 기다란 얼굴은 안색이 초췌했다. 그가 고개를 들며 말했다.

"뭔가? 무슨 일인가?"

덩크가 문을 닫았다.

"당신이 플러머 집사입니까? 마상 대회에 참가하러 왔습니다."

플러머가 입술을 오므렸다.

"우리 영주님의 마상 대회는 기사들을 위한 행사라네. 자네는 기사인가?"

덩크는 혹시 귀가 빨개지지는 않았나 생각하며 고개를 끄덕였다.

"혹시 이름이 있는 기사인가?"

"덩크." 왜 **그걸** 댄 거지? "키 큰 던칸이라 합니다."

"그럼 어디 출신이신가, 키 큰 던칸 경?"

"정해진 곳이 없습니다. 전 대여섯 살 때부터 페니트리의 기사 알란 경의 종자 노릇을 했습니다. 이게 그분의 방패입니다."

덩크가 집사에게 방패를 보여 주며 말을 계속했다.

"마상 대회로 오던 중 그분이 감기에 걸려 돌아가셨기 때문에 제가 대신 왔습니다. 임종하시기 전에 직접 검으로 절 기사로 서임해 주셨지요."

덩크가 장검을 뽑아 그들 사이에 놓인 흠집투성이 나무 탁자에 올려놓았다.

사무장이 장검을 건성으로 힐끗 쳐다보았다.

"분명히 검이 맞기는 하군. 하지만 난 이 페니트리의 알란이란 자를 들어 본 적이 없네. 그의 종자였다고 했나?"

"그분은 항상 제가 그분처럼 기사가 될 것이라고 했습니다. 죽음이 가까워지자 검을 찾으시더니 저더러 무릎을 꿇으라 하셨지요. 칼로 제 오른쪽 어깨를 한 번, 왼쪽 어깨를 한 번 건드리신 다음 몇 마디 말씀하셨고, 제가 일어서니 이제 너도 기사라고 하셨지요."

"커험."

플러머가 코를 문지르며 대꾸했다.

"기사라면 누구라도 새로이 기사를 서임할 수 있는 건 사실이지만, 보통 맹세하기 전에 밤새 기도하고 셉톤이 머리에 성유를 바르는 것이 관례라네. 자네가 기사가 될 때 누군가 증인이라도 있었는가?"

"가시나무에 앉은 개똥지빠귀 한 마리밖에 없었습니다. 영감님이 말씀하실 때 새가 지저귀는 소리가 들리더군요. 영감님은 제게 선량하고 정직한 기사가 되어 세븐(Seven : 세븐킹덤의 일곱 신)을 따르고 힘없고 죄 없는 이를 지키며, 주군에게 충성하고 온 힘을 다해 왕국을 지키라고 요구하셨고, 전 그리하겠다고 맹세했습니다."

"물론 그랬겠지."

덩크는 플러머가 그를 '경'이라고 칭하지 않는 것을 알아차렸다.

"애시포드 공께 상의를 드려야겠네. 이곳에 모인 기사 중에 자네나 작고한 자네의 주인을 아는 기사가 있는가?"

덩크는 잠시 생각에 잠겼다.

"돈다리온 가문의 깃발을 휘날리는 천막을 본 것 같습니다만. 보라색 번개가 그려진 검은 깃발 아닙니까?"

"그 가문의 만프레드 경일 것이네."

"알란 경이 3년 전 도르네에서 그의 부친을 섬긴 적이 있습니다. 만프레드 경이라면 절 기억할지도 모르겠군요."

"그렇다면 가서 그를 만나 보는 것이 좋겠네. 만약 그가 자네의 보증을 서 주겠다고 한다면, 내일 이 시간에 그와 함께 다시 오게나."

"알겠습니다."

덩크가 대답하고 문 쪽으로 발걸음을 옮기려는데 집사가 그의 이름을 불렀다.

"던칸 경."

덩크가 뒤돌아보았다.

"마상 대회 도중에 패하면 무기와 갑옷과 말을 승자에게 몰수당하고, 그것들을 되찾으려면 배상금을 내야 한다는 사실을 알고 있는가?"

"알고 있습니다."

"그런 배상금을 낼 만한 돈이 있기는 한가?"

덩크는 이제 그의 귀가 빨갛게 달아오른 것을 확실히 느꼈다.

"돈은 필요 없을 겁니다."

그렇게 호언장담했지만, 속으로는 간절히 빌고 있었다. '딱 한 번만 승리하면 돼. 첫 시합에서 이기면 패자의 갑옷과 말이나 돈을 받을 것이니, 그다음에 한 번 져도 감당할 수 있다.'

덩크는 천천히 계단을 내려갔다. 다음으로 해야 할 일이 영 내키지 않기 때문이다. 뜰에 도착하자 마구간 소년 한 명을 불러 세웠다.

"애시포드 공의 마사장(馬舍長)을 만났으면 하는데."

"따라오시죠."

마구간은 서늘하고 어둑했다. 덩크가 지나가자 난폭한 회색 수말 한 마리가 물어뜯으려 했지만, 스윗풋은 그가 내민 손바닥에 코를 비벼 대며 나지막이 울기만 했다.

"넌 착하지, 그렇지?"

그가 속삭였다. 노인은 항상 기사는 결코 말한테 애착을 품으면 안 된다고 했다. 전투를 치르다 보면 말이 죽는 일이 허다하기 때문이란 것이 그 이유였지만, 노인 자신조차도 지키지 않은 조언이었다. 덩크는 종종 노인이 남은 잔돈으로 노마 체스트넛한테 줄 사과를 사거나 귀리를 사서 스윗풋과 썬더한테 먹이는 모습을 보았다. 스윗풋은 알란 경의 승용마였고, 주인이 수천 마일이나 되는 거리를 오가며 세븐킹덤을 누비던 동안 꾸준히 헌신해 온 말이었다. 덩크는 마치 오랜 친구를 배신하는 기분이었지만, 다른 선택의 여지가 없었다. 체스트넛은 너무 늙어 팔아도 가치가 없었고, 썬더는 그가 마상 창시합에 타고 나가야 했다.

한참이 지나도 마사장은 모습을 드러내지 않았다. 그를 기다리던 덩크의 귀에 갑자기 성벽에서 울려 퍼지는 나팔 소리와 안뜰에서 누군가 외치는 소리가 들렸다. 호기심이 인 덩크는 무슨 일인지 보러 스윗풋을 이끌고 마구간 입구로 갔다. 최소한 백 명은 넘는 듯한 기사들과 궁기병들이 덩크가 여태껏 보아 온 것 중 가장 훌륭한 말들을 타고 성내로 쏟아져 들어오고 있었다. '어느 굉장한 영주가 왔나 보네.' 덩크가 옆을 스쳐 달려가던 마구간지기의 팔을 붙잡고 물었다.

"저들은 누구냐?"

소년이 덩크를 의심쩍은 눈으로 바라보았다.

"저 깃발 안 보여요?"

그가 손길을 뿌리치고 재빨리 사라졌다.

'깃발이라……' 덩크가 머리를 돌린 그때, 돌풍이 일며 장대 끝에 매달린 검은 비단 깃발을 들추자 타르가르옌 가문의 사나운 삼두룡(三頭龍)이 붉은 화염을 내뿜으며 활개를 펴는 광경이 눈에 들어왔다. 깃발을 든 인물은 장신의 기사였는데, 금으로 양각한 하얀 미늘 갑옷을 입고 어깨에서 새하얀 망토를 휘날렸다. 그의 옆에 있는 두 기사도 머리에서 발끝까지 하얀 갑옷으로 무장한 모습이었다. '왕가의 기를 든 킹스가드 기사들이다.'

애시포드 공과 그 아들들이 내성에서 허겁지겁 달려 나올 만도 했다. '아름다운 처녀'도 함께였는데, 키가 작고 얼굴이 통통한 홍안의 금발 소녀였다. '그다지 아름다워 보이지는 않는데. 그 인형을 부리던 여자애가 더 예뻤어.' 덩크가 생각했다.

"거기 있는 놈, 그 추레한 말은 놔두고 이리 와서 내 말이나 돌봐라."

기수 한 명이 마구간 앞에 와서는 말에서 내렸다.

'나한테 하는 말이군.' 덩크가 깨달았다.

"전 마구간지기가 아닙니다, 나리."

"그걸 할 머리조차 없어서인가?"

말한 사람은 진홍색 비단으로 테를 두른 검은 망토를 걸쳤는데, 그 밑에는 타오르는 불꽃처럼 빨강과 노랑, 황금색으로 이루어진 화려한 의복을 입고 있었다. 보통 키에 칼날처럼 꼿꼿하고 날렵한 몸매를 가진 덩크 또래의 청년이었다. 높은 이마와 뚜렷한 광대뼈, 곧은 콧날과 잡티 하나 없는 매끄러운 하얀 피부 그리고 그 조각처럼 완벽하고 거만해 보이는 얼굴에 드리운 은금색(銀金色) 곱슬머리. 그의 눈동자는 짙은 보랏빛이었다.

"말 한 마리조차 돌보지 못한다면 가서 포도주와 예쁜 계집이나 하나 대령해라."

"저…… 죄송합니다만 나리, 전 하인도 아닙니다. 전 기사입니다."

"요샌 기사 수준도 말이 아니군."

젊은 왕자가 그렇게 말했으나, 그때 마구간지기 한 명이 허겁지겁 뛰어오자 덩크에게서 등을 돌리고 자기가 타고 온 멋진 적갈색 순종마의 고삐를 넘겼다. 순식간에 잊혀 버린 덩크는 안도하며 마구간 안으로 터덜터덜 들어가 마사장을 기다렸다. 천막 안에 있는 귀족들과 가까이하는 것도 불편한데, 하물며 왕자와 대면하는 건 더욱 감당하기 어려웠다.

그 아름다운 애송이가 왕자라는 사실에는 의심의 여지가 없었다. 타르

가르엔 가문은 바다 저편에서 멸망한 발리리아의 후손들이었으며, 은금
발 머리카락과 보랏빛 눈동자가 그들을 보통 사람들과 구별했다. 덩크는
바엘로 왕세자가 중년임을 알았기에, 청년이 바엘로의 아들 중 한 명이 아
닐까 하고 생각했다. 아버지와 구별하기 위해 흔히 '젊은 왕자'라고 불리
는 장남 발라르나, 예전에 스완 노영주의 어릿광대가 '더욱 젊은 왕자'라
고 칭했던 차남 마타리스라거나. 그 외에도 발라르와 마타리스는 사촌 형
제가 있었고 그들 역시 왕자였다. '선한 왕'이라 불린 다에론에게는 장성
한 네 아들이 있고, 그들 중 셋 또한 각각 아들이 있었다. 드래곤의 혈통은
전대에서 거의 끊길 뻔했지만, 이제는 다에론 2세와 그의 아들들 덕택에
오랫동안 걱정할 필요가 없겠다고 사람들은 흔히 말했다.

"자네, 날 찾았다며."

애시포드 공의 마사장은 말투가 퉁명스럽고 원래 벌건 얼굴이 주황색
제복 때문에 더욱 붉어 보이는 사내였다.

"무슨 일인가? 난 노닥거릴 시간이 없단……."

"이 승용마를 팔고 싶습니다. 온순하고 다리도 튼튼한 암말입……."

사내가 내쫓기 전에 덩크가 재빨리 말했다.

"시간이 없다고 하지 않았나. 애시포드 공께서는 이따위 말이 필요 없
으시단 말이네. 마을에나 가 봐. 헨리가 은화 두어 닢 쳐줄지도 모르니까."

마사장이 스윗풋을 힐끗 쳐다보더니 대꾸했고, 말이 끝나자마자 등을
돌렸다.

"감사합니다. 그런데 왕께서 오신 겁니까?"

사내가 미처 자리를 뜨기 전에 덩크가 물었다.

마사장이 그를 보며 비웃었다.

"아니, 그나마 다행이지. 지금 모인 왕자들만으로도 곤욕이야. 저 많은
말들을 도대체 어디에 넣으란 말이지? 그리고 여물은 또 어떻게 마련하

라고?"

마사장은 마구간지기들에게 고함치며 성큼성큼 걸어 나갔다.

덩크가 마구간에서 나와서 보니 왕자들은 이미 애시포드 공이 성안으로 모시고 사라진 다음이었으나, 백색 갑옷과 눈처럼 흰 망토를 걸친 킹스가드 기사 두 명이 안뜰에 남아 경비대장과 이야기를 나누고 있었다. 덩크가 그들 앞에 가서 섰다.

"실례합니다. 전 키 큰 던칸이라 합니다."

"만나서 반갑군, 던칸 경. 난 롤랜드 크레이크홀이고, 이쪽은 내 맹약 형제인 더스켄데일의 도넬 경이라네."

두 백기사(白騎士) 중 덩치가 큰 기사가 말했다.

본인이 지닌 무위 때문에 '창파괴자(Breakspear)'라고도 불리는 바엘로 왕세자를 제외한다면, 세븐킹덤에서 가장 강력한 기사는 아마 킹스가드의 일곱 기사일 것이다. 덩크가 불안해하며 물었다.

"마상 대회에 참가하러 오셨습니까?"

"우리가 지키겠다고 맹세한 분들을 향해 창을 겨누는 건 도리가 아니지."

머리카락과 수염이 붉은 도넬 경이 대답했다.

"발라르 왕자께서 애시포드 영애의 챔피언 중 한 명으로 선택되는 명예를 받으셨다네. 그리고 그분의 사촌 형제 두 분이 도전에 나섰지. 우린 그냥 구경하러 온 것뿐이네."

롤랜드 경이 설명해 주었다.

그제야 마음이 놓인 덩크는 백기사들에게 감사를 표하고 또 다른 왕자가 와서 말을 걸기 전에 서둘러 성문 밖으로 말을 달렸다.

'젊은 왕자 셋이라.'

덩크가 애시포드 마을 거리를 향해 말 머리를 돌리며 생각했다. 발라르는 바엘로 왕세자의 장남이며 철왕좌의 계승 서열 2위에 올라 있지만, 그가 자기 부친의 소문난 창술과 검술 실력을 얼마나 물려받았는지 덩크는 알지 못했다. 다른 타르가르엔 왕손들에 대해서는 더욱 아는 것이 없었다. '만약 왕자와 싸우게 된다면 어떻게 해야 하지? 내게 그런 고귀한 사람에게 도전할 자격이라도 주어질까?' 덩크는 답을 몰랐다. 노인은 곧잘 덩크가 성벽처럼 아둔하다고 했고, 지금은 정말 자기가 그렇게 멍청하게 느껴졌다.

*　*　*

헨리는 스윗풋을 처음 봤을 때는 좋은 말이라며 칭찬하였으나, 덩크가 팔고 싶다고 말하자 그때부터는 말의 흠을 찾기에 바빴다. 그가 은화 3백 닢을 제시하자 덩크는 3천 닢은 받아야겠다고 응수했다. 한동안 입씨름을 하고 고성이 오간 끝에, 결국 수사슴 은화 750닢에 합의를 보았다. 그가 처음 제시한 금액보다 헨리가 제시한 금액에 훨씬 가까워서 덩크는 마치 마상 창시합에서 진 것 같은 패배감이 들었으나, 말 장수가 그 이상으로 올리는 것을 완고하게 거부하는 바람에 어쩔 수 없이 포기하고 말았다. 하지만 덩크가 합의한 말 값에는 안장이 포함되지 않는다고 주장하자 헨리는 포함된다고 우기면서 두 번째 입씨름이 시작되었다.

마침내 모든 흥정이 끝났다. 헨리가 돈을 가져오려고 잠시 자리를 뜨자, 덩크는 스윗풋의 갈기를 쓰다듬어 주면서 겁먹지 말라고 말했다.

"내가 이기면 꼭 돌아와서 널 되살게. 약속한다."

물론 며칠이 지나면 헨리가 트집 잡았던 흠은 모두 사라지고 가격도 오늘 판 가격의 두 배로 껑충 뛰어 있을 것임을 덩크는 의심치 않았다.

말 장수는 금화 세 닢을 주고 나머지 대금은 은화로 치렀다. 덩크는 금화 한 개를 깨물어 보고는 씩 웃었다. 그때까지 단 한 번도 금화를 맛보거나 만져 본 적도 없었던 것이다. 금화는 한 면에 타르가르엔 가문의 문장인 삼두룡이 조각되어 있기 때문에 드래곤 금화라고 불렸다. 반대 면에는 왕의 초상이 새겨져 있었다. 헨리가 건넨 금화 중 두 개에는 다에론 왕의 얼굴이 있었고, 더 오래되고 많이 마모된 셋째 금화에는 다른 왕의 얼굴이 있었다. 얼굴 아래 이름이 쓰여 있었지만, 덩크는 글을 읽지 못했다. 게다가 금화의 가장자리 부분이 깎여 나간 것도 보였다. 덩크가 큰 소리로 헨리에게 따지자, 말 장수는 투덜거리면서도 은화 몇 닢과 동전 한 움큼을 더 건네주었다. 덩크가 받은 동전 몇 개를 바로 돌려주면서 스윗풋을 보며 고개를 끄덕였다.

"그건 저 녀석의 몫입니다. 오늘 저녁때 귀리를 먹이세요. 사과 한 톨도 같이."

덩크는 팔에 방패를 매고 낡은 갑옷이 든 자루를 어깨에 짊어진 채 화창한 애시포드 마을 거리를 거닐었다. 주머니 속에 든 돈의 묵직한 무게 때문에 기분이 묘했다. 마음이 들뜬 것 같으면서도 한편으로는 불안했다. 노인은 그에게 한 번에 동전 한두 닢 이상을 맡긴 적이 없었다. 이 정도 돈이면 1년을 놀고먹을 수 있었다. '그러다가 돈이 다 떨어진 다음엔? 그때는 썬더를 팔아 치울까? 그렇게 살다간 구걸이나 도적질을 하다가 죽어버리겠지. 이런 기회는 두 번 다시 오지 않아. 여기에 모든 걸 걸어야 해.'

그가 첨벙거리며 여울목을 건너 코클스웬트 강의 남쪽 강변에 이르렀을 때는 아침이 거의 지난 후였고, 시합장은 다시 활기로 가득했다. 술장수들과 소시지 장수들이 바삐 장사했고 어떤 음유시인이 '곰과 아름다운 처녀'를 부르는 동안 춤추는 곰 한 마리가 주인의 연주에 맞춰 뒤뚱뒤뚱 몸을 흔들고 걸어 다녔으며, 곡예사들이 공으로 묘기를 부리고 인형극에서는 또 다른 전투를 막 끝내는 중이었다.

덩크는 걸음을 멈추고 나무로 된 드래곤이 죽는 장면을 구경했다. 인형

기사가 드래곤의 머리를 자르고 붉은 톱밥이 풀밭 위에 쏟아지자, 그가 크게 웃고는 소녀에게 동전 두 닢을 던지며 외쳤다.

"하나는 어젯밤 몫이에요."

소녀가 날아오는 동전을 받고는 덩크를 보며 더없이 달콤한 미소를 지었다.

'나를 보고 웃는 걸까, 아니면 동전을 보고 웃는 걸까?'

덩크는 여자를 한 번도 안은 적이 없었고 여자들 주변에서는 항상 긴장했다. 한번은 3년 전에, 눈먼 플로렌트 공 아래서 반년간 일한 대가를 받고 주머니가 두둑해진 노인이 덩크더러 남자가 될 시간이 됐다며 갈보집에 데려가 주겠다고 말한 적이 있었다. 하지만 그때 노인은 상당히 취했고 술이 깬 다음에는 자기가 한 말을 기억하지 못했다. 그 후에도 덩크는 너무 창피해서 노인에게 차마 말을 꺼낼 수 없었다. 그렇다고 꼭 여자를 사서 안고 싶은 것도 아니었다. 진정한 기사라면 집안 좋은 아가씨와 맺어지는 것이 마땅했지만, 그럴 처지가 안 된다면 덩크는 적어도 돈보다는 자기를 더 좋아해 주는 여자를 바랐다.

"맥주 한 잔 어때요?"

그가 톱밥 피를 드래곤 안에 다시 쓸어 담는 인형사 소녀에게 물었다.

"그러니까, 나와 함께 말입니다. 아니면 소시지라도? 어젯밤 하나 먹었는데 맛이 좋더라고요. 돼지고기로 만든 것 같던데."

"말씀해 주셔서 고마워요, 나리. 하지만 다음 공연이 있어서요."

소녀는 일어나서 인형 기사를 조종하던 뚱뚱하고 사납게 생긴 도르네 여인에게 달려갔고, 홀로 남은 덩크는 바보가 된 듯한 기분을 느꼈다. 하지만 소녀가 뛰는 모습이 마음에 들었다.

'예쁜 데다 키도 커. 키스할 때 무릎을 꿇지 않아도 되겠어.'

키스라면 그도 어떻게 하는지 알았다. 작년 어느 밤 라니스포트에서 어떤 술집의 여급이 가르쳐 줬던 것이다. 그때 그녀는 키가 너무 작아서 식탁에 올라가 앉은 다음에야 간신히 입을 맞출 수 있었다. 그 기억을 떠올리자 덩크는 귀가 불타오르는 것 같았다. 얼빠진 놈. 지금 그가 생각해야 하는 건 키스가 아니라 마상 창시합이었다.

애시포드 공의 목수들이 시합 중 기사들을 갈라놓는 허리 높이의 울타리를 하얗게 칠하고 있었다. 덩크는 한동안 그들이 일하는 모습을 바라보았다. 말이 달릴 주로(走路)는 다섯 개가 있었는데, 참가자들이 말을 달릴 때 눈에 햇빛이 들어오지 않도록 남북으로 뻗어 있었다. 시합장의 동쪽에 세워진 3층 관람석에는 관전하는 귀족들과 귀부인들을 비와 햇빛으로부터 가려 줄 주황색 차양이 걸려 있었다. 관객은 대부분 긴 의자에 앉을 것이나, 단상 중앙에는 애시포드 공과 '아름다운 처녀'와 내방한 왕자들을 위한 네 개의 등받이 높은 의자가 놓여 있었다.

초원의 동쪽 끝자락에서 기사 십여 명이 목각 표적을 놓고 창술을 연습하고 있었다. 기사들이 표적의 한쪽 끝에 매달린 조각난 방패를 창으로 강타할 때마다 나무 봉이 핑그르르 돌았다. 덩크는 브락켄의 야수와 카론 변경백이 차례로 연습하는 광경을 지켜보았다. '나보다 승마술이 떨어지는 사람이 없어.' 그가 근심하며 생각했다.

다른 곳에서는 말에서 내린 이들이 종자들의 열렬한 응원을 받으며 목검으로 겨루고 있었다. 덩크는 체구가 단단한 청년이 살쾡이처럼 움직임이 유연하고 민첩한 근육질 기사의 공격을 막아 내는 모습을 구경했다. 둘 다 포소웨이 가문의 붉은 사과 문장이 그려진 방패를 들었지만, 청년이 든 방패는 곧 난타당해 산산조각이 나 버렸다.

"이 사과는 아직 덜 익었군."

나이가 더 많은 쪽이 상대의 투구를 강타하며 말했다. 포소웨이 청년이 항복했을 때쯤 그는 온몸에 멍이 들고 피투성이였지만, 그를 상대한 기사는 호흡조차 흐트러지지 않았다. 승자가 면갑을 올리고 주변을 돌아보다가 덩크를 발견하고는 말했다.

"거기 너. 그래, 덩치 큰 친구. 날개 달린 술잔의 기사. 그 옆에 찬 건 장검인가?"

"제 것이 맞습니다만. 전 키 큰 던칸이라고 합니다."

덩크가 떨떠름하게 대답했다.

"난 스테폰 포소웨이다. 나와 겨뤄 보지 않겠나, 키 큰 던칸 경? 새로운 상대와 칼을 맞대 보는 것도 좋을 것 같아서 말이야. 보시다시피 내 사촌 동생은 아직 덜 익었거든."

"해 봐요, 던칸 경. 난 아직 덜 익었을지 모르지만, 내 사촌 형은 익다 못해 속이 다 썩었으니까. 씨가 튀어나올 정도로 실컷 두들겨 주십쇼."

패배한 포소웨이 청년이 투구를 벗으며 권유했다.

덩크는 고개를 저었다. 왜 이 귀족 녀석들은 그를 자기들 다툼에 끌어들이려는 걸까? 그는 이들과 전혀 엮이고 싶지 않았다.

"마음은 감사합니다만 볼일이 있어서 말입니다."

수중에 돈이 많다 보니 마음이 놓이지 않았다. 한시라도 빨리 스틸리 페이트에게 돈을 주고 갑옷을 받아 홀가분해지고 싶었다.

스테폰 경이 경멸 어린 눈초리로 그를 바라보았다.

"떠돌이기사(hedge knight) 나리께서 볼일이 있으시다라."

스테폰 경은 주변을 두리번거리다 가까이서 노닥거리던 다른 상대를 발견했다.

"그랜스 경, 잘 만났소. 나와 한번 겨루어 봅시다. 사촌 동생 레이먼 녀석의 별 볼 일 없는 잡기 따윈 전부 간파한 지 오래고, 여기 던칸 경은 다시 산울타리(hedge)를 돌봐야 한다는군. 자, 자, 오시오."

덩크는 얼굴이 벌게진 채 터벅터벅 걸어갔다. 그는 별 볼 일 없는 잡기

조차도 아는 것이 얼마 없었고, 대회 전에는 아무에게도 그가 싸우는 모습을 보여 주고 싶지 않았다. 노인은 항상 상대를 알면 알수록 이기기도 쉬워진다고 말했다. 스테폰 경 같은 기사는 눈썰미가 날카로워 상대방의 약점을 한눈에 알아보았다. 덩크는 힘이 세고 움직임이 날래며 몸무게와 팔길이에서 남들보다 유리했지만, 단 한 순간도 자신의 기술이 여기 있는 이들과 동급이라고 생각하지 않았다. 알란 경이 성심껏 가르치기는 했으나, 노기사는 젊었을 적에도 그다지 수준이 높은 기사는 아니었다. 훌륭한 기사는 평생을 수풀에서 노숙하며 떠돌거나 진흙투성이 길가에서 죽지도 않았다. '난 그렇게 되지 않을 거야, 언젠가는 저들에게 내가 고작 떠돌이 기사만은 아니란 걸 보여 주겠어.' 덩크가 다짐했다.

"던칸 경."

포소웨이 청년이 허겁지겁 뒤를 쫓아왔다.

"당신에게 사촌 형과 싸우라고 재촉하지 말아야 했습니다. 하도 잘난 체를 해 대서 화가 나 있던 상태였는데, 마침 당신을 보니 덩치도 크고 강해 보여서 그만…… 내 불찰입니다. 당신은 갑옷도 입지 않았는데 말이죠. 사촌 형은 기회만 된다면 손이나 무릎을 부러뜨렸을 겁니다. 진짜 시합에서 마주칠 것을 대비해 연습장에서 일부러 상대를 두들겨 패서 다치게 하는 것을 즐기거든요."

"그쪽은 멀쩡해 보입니다만."

"네. 우린 같은 핏줄이니까요. 하지만 사촌 형은 자긴 본가 출신이고 난 방계란 사실을 한시도 잊지 못하게 합니다. 내 이름은 레이먼 포소웨이라 합니다."

"만나서 반갑습니다. 당신과 사촌 형도 마상 대회에 참가합니까?"

"형은 당연히. 난, 뭐, 나가고는 싶지만 아직도 종자 신분이라서요. 사촌 형이 기사로 서임해 주겠다고 약속은 했는데, 계속 내가 아직 미숙하다고 고집을 부리네요."

레이먼은 네모난 얼굴에 코는 들창코였고 짧은 머리카락은 양털처럼 거칠었으나, 입가에 걸린 미소는 보는 이의 호감을 자아냈다.

"보아하니 당신도 도전자 같네요. 누구의 방패를 칠 생각입니까?"

"상대가 누구인 건 중요하지 않습니다."

덩크가 말했다. 사실 그보다 중요한 건 없었지만, 다들 그렇게 대답했다.

"어차피 셋째 날까지는 나갈 생각이 아니라서."

"하긴 그때쯤이면 챔피언도 몇 명 패했겠죠. 뭐, 그럼 전사의 신 (Warrior)께서 당신에게 미소 짓기를 빌겠습니다, 기사님."

"당신도."

'저런 친구도 누군가의 종자에 불과한데, 내가 무슨 자격으로 기사랍시고 돌아다니는 거지? 우리 둘 중 한 명은 바보임이 틀림없어.'

덩크가 발을 옮길 때마다 주머니 속에서 은화가 짤랑거렸지만, 순식간에 모든 것을 잃을 수 있음을 그도 잘 알고 있었다. 이 마상 대회의 규칙마저도 덩크에게 불리한 터라, 그가 미숙하거나 약한 상대와 마주칠 가능성은 거의 없었다.

마상 대회가 진행되는 방식은 여러 가지가 있으며 주최하는 영주의 마음에 따라 대회마다 달라졌다. 기사들끼리 패를 나누어 모의 전투를 치르기도 하고, 때로는 혼잡한 난투전이 벌어져 마지막까지 남은 전사에게 승자의 영광이 돌아가기도 했다. 대회가 개인전으로 이루어질 때는 제비를 뽑아 대진을 편성하거나 대회의 사무장이 대진표를 짜기도 했다.

애시포드 공은 딸의 열세 번째 생일을 축하하는 뜻에 이 마상 대회를 열었다. 대회가 열리는 동안 '아름다운 처녀'는 '사랑과 미의 여왕'이 되어 아버지 곁에 앉아 대회를 관전한다. 그녀에게서 증표를 받은 챔피언 다섯 명이 그녀를 지키고, 다른 참가자는 모두 도전자이다. 하지만 누구든 다섯 챔피언 중 한 명을 격파한 사람은 그 또한 다른 도전자에게 패할 때까지 챔피언으로서의 영예를 누린다. 그리고 마상 대회 셋째 날 저녁, 사흘에 걸친 마상 창시합에서 살아남은 챔피언 다섯 명이 '아름다운 처녀'가 '사랑과 미'의 왕관을 계속 쓸지, 아니면 다른 여인에게 왕관을 넘길지를 결정할 것이다.

덩크는 시합장의 잔디와 텅 빈 관람석을 멍하니 바라보면서 그가 한 번이라도 이길 수 있을지 따져 보았다. 그가 바라는 건 단 한 번의 승리였다. 그러면 비록 단 한 시간뿐일지라도 애시포드 초원의 챔피언이었다고 자랑할 수 있을 것이다. 노인은 거의 육십 평생을 살면서 단 한 번도 챔피언이 되지 못했다. '신들께서 보살펴 주신다면 그렇게 막연한 기대만은 아닐 거야.' 덩크는 지금껏 들어 본 노래들을 떠올려 보았다. 장님이었던 '별의 눈' 시메온과 '고결한 거울 방패의' 세르윈, '드래곤 기사' 아에몬 왕자와 라이암 레드윈 경 그리고 '광대' 플로리안에 관한 노래까지. 그들 모두 덩크가 싸울 상대와는 비교도 할 수 없는 엄청나고 무서운 적과 싸워 승리했다. '하지만 그 사람들은 위대한 영웅이었고, 플로리안을 빼면 전부 태생이 고귀한 사람들이었잖아. 난 뭔데? 플리바톰의 덩크? 아니면 키 큰 던칸 경?'

무엇이 진실인지는 곧 알게 될 것이라고 덩크는 생각했다. 그는 갑옷이 든 자루를 짊어지고 스틸리 페이트를 찾아 상인들의 노점으로 발길을 향했다.

* * *

그가 자리에 없는 동안 에그는 야영지에서 부지런히 일한 듯했다. 새로 얻은 종자가 도망쳤을지도 모른다는 염려도 조금 있었기 때문에 덩크는 상당히 기뻤다.

"말을 좋은 값에 파셨나요?"

소년이 물었다.

"말을 판 걸 네가 어떻게 알았지?"

"말을 타고 가셨는데 걸어서 돌아오셨으니까요. 만약 도둑맞았다면 이렇게 평온한 얼굴도 아니실 테고."

"팔아서 이걸 샀다."

덩크가 새 갑옷을 꺼내 소년에게 보여 주었다.

"너도 언젠가 기사가 될 생각이라면 어떤 철이 좋고 나쁜지 가려볼 줄 알아야 해. 여길 봐, 이건 뛰어난 솜씨야. 이 갑옷은 사슬이 이중이라서 고리마다 다른 고리 두 개와 이어져 있어. 보이지? 이러면 사슬이 한 겹으로 된 것보다 더 튼튼해져. 그리고 페이트가 윗부분을 둥글게 다듬은 이 투구를 봐 봐. 여기 곡선 보이지? 평평하다면 검이나 도끼에 찍힐 텐데, 이렇게 해 놓으면 그냥 미끄러져 버려. 어떠냐?"

덩크가 판금 투구를 머리에 쓰며 물었다.

"면갑이 없는데요."

에그가 지적했다.

"대신 숨구멍이 있잖아. 면갑은 약점일 뿐이야. 시원한 공기를 마시고 싶어서 면갑을 열었다가 눈에 화살을 맞은 기사가 얼마나 많은지 알면 아무도 면갑 따위를 원하지 않을걸."

대장장이 페이트가 해 준 말이었다.

"게다가 장식도 없잖아요. 그냥 밋밋하네요."

덩크가 투구를 벗으며 대답했다.

"나 같은 놈에겐 밋밋한 게 좋은 거야. 이 투구가 얼마나 빛나는지 보이지? 이렇게 계속 빛나도록 유지하는 게 네가 할 일이다. 사슬 갑옷을 닦는 법은 알고 있어?"

"모래가 든 통에 넣어서요. 그런데 기사님은 통이 없잖아요. 천막도 사셨나요, 기사님?"

"그렇게까지 좋은 값은 받지 못했어."

'이 녀석은 너무 당돌해, 두들겨 패서 버릇을 고쳐야겠어.' 하지만 생각은 그래도 실제로는 하지 않을 것이다. 덩크는 소년의 당돌함이 마음에 들었다. 덩크 자신도 더 당돌해야 했다. '내 종자는 나보다 더 대담하고 머리도 더 똑똑해.'

"어쨌든 오늘은 잘했다, 에그. 내일은 나랑 같이 가자. 가서 함께 시합장을 둘러보는 거야. 말들에게 먹일 귀리와 우리가 먹을 신선한 빵도 사고. 노점에서 좋은 치즈를 팔던데, 봐서 치즈도 좀 사고."

"성안으로 들어갈 필요는 없겠지요?"

"못 들어갈 것도 없잖아? 나도 언젠가는 성에서 살 생각이야. 죽기 전에 남들보다 높은 자리에서 대접받으며 살아 보고 싶거든."

소년은 아무 말도 하지 않았다. '영주의 홀에 들어가는 게 무서운 건가. 충분히 그럴 만해. 나이가 좀 들면 괜찮아질 거다.' 그렇게 생각한 덩크는 다시 새로 산 갑옷을 감상하며, 갑옷이 얼마나 오래 그의 것으로 남아 있을지 고민했다.

* * *

만프레드 경은 마른 체구에 표정이 신경질적인 남자였다. 돈다리온 가문의 문장인 보랏빛 번개무늬를 수놓은 검은색 전포(戰袍)를 걸쳤는데, 전포가 없었더라도 덩크는 그의 단정치 못한 적금발 머리카락으로 그가 누군지 알아보았을 것이다.

"알란 경은 노영주님과 카론 공이 적색산맥에 불을 질러 독수리 왕을 쫓아냈을 때 노영주님의 휘하에 있었습니다. 그때 전 아직 어렸지만 알란 경의 종자로 있었지요. 페니트리의 알란 경입니다."

덩크는 한쪽 무릎을 꿇은 채 말했다.

만프레드 경이 이맛살을 찌푸렸다.

"아니. 그런 사람은 모른다. 너도 마찬가지고."

덩크가 그에게 노인의 방패를 보여 주었다.

"이 날개 달린 술잔이 그분의 문장이었습니다."

"내 아버지는 산맥으로 출진하실 때 기사 8백과 거의 4천에 달하는 보병을 이끄셨다. 설마 나더러 그들 이름을 일일이 외우고 그들이 어떤 방패를 들었는지 기억하라는 건 아니겠지. 네가 설사 그때 있었을지도 모르지만……."

만프레드 경이 어깨를 으쓱하면서 말을 흐렸다.

순간 덩크는 말문이 막혔다. '영감님은 네 부친을 섬기다가 부상까지 당했는데, 어떻게 그를 잊었단 말인가?'

"기사나 영주가 제 신원을 보증해 주지 않으면 전 마상 대회에 참가할 수 없습니다."

"그게 나와 무슨 상관인가? 이제 너와 할 말은 다 한 것 같은데, 기사."

만프레드 경이 말했다.

만약 만프레드 경을 대동하지 않고 홀로 성으로 돌아간다면 모든 것이 물거품으로 돌아갈 것이다. 만프레드 경의 검은색 양털 전포를 수놓은 보랏빛 번개를 바라보면서 덩크가 입을 열었다.

"당시 노영주님께서 숙영지의 병사들에게 그 문장의 유래에 관해 이야기해 주셨던 것을 아직도 기억합니다. 어느 폭풍우가 몰아치던 밤, 돈다리온 가문의 시조가 서신을 품고 도르네 변경 지대를 지나는데 어디선가 화살이 날아와 그가 탄 말을 죽이고 그도 땅에 떨어뜨렸지요. 그러자 어둠 속에서 사슬 갑옷과 깃 장식이 달린 투구로 무장한 도르네인 두 명이 나타났습니다. 전령은 칼마저도 말에서 떨어질 때 몸 밑에 깔려 부러진 터라 살기를 포기했습니다만, 도르네 병사들이 그를 죽이려고 가까이 다가왔을 때 갑자기 하늘에서 벼락이 쳤습니다. 찬란한 보라색으로 빛나는 번개가 두 갈래로 나뉘어 쇠 갑옷을 입은 도르네인들에게 떨어지자 그들은 그 자리에 선 채로 즉사했습니다. 전령이 지킨 서신 덕택에 폭풍왕은 도르네와의 전쟁에서 승리하였고, 왕은 그 보답으로 전령에게 영주의 작위를 내렸지요. 그가 돈다리온 가문의 초대 영주였고, 그런 사연 때문에 별이 빛나는 검은색 바탕에 두 갈래로 나뉜 보랏빛 번개를 가문의 문장으로 삼았다고 들었습니다."

만약 덩크가 이 이야기로 만프레드 경의 마음을 사로잡으려고 했다면, 그건 완전한 오판이었다.

"하인이든 마부든, 내 아버지를 모시는 자는 누구든 언젠가는 그 이야기를 듣게 된다. 그걸 안다고 해서 네가 기사라는 걸 입증하는 건 아니야. 이제 꺼져라."

* * *

덩크는 납덩이처럼 무거운 마음을 안고 애시포드 성으로 돌아갔다. 가는 길 내내 어떻게 플러머를 설득해서 도전권을 인정받을지 고민했다. 하지만 집사는 그의 작은 탑 안에 있지 않았다. 경비병에게 물으니 본관으로 가 보라고 했다. 덩크가 경비병에게 다시 물었다.

"여기서 기다리는 게 나을까요? 얼마나 기다려야 할까요?"

"내가 어떻게 아나? 마음대로 해."

본관은 성의 홀(hall)치고는 큰 편이 아니었으나, 애시포드 성도 큰 성은 아니었다. 덩크가 옆문으로 들어가자 곧 집사의 모습이 눈에 띄었다. 집사는 홀의 맨 끝에서 애시포드 공과 함께 십여 명의 남자가 모인 곳에 서 있었다. 덩크는 한쪽 벽에 걸린 과일과 꽃을 수놓은 양털 태피스트리 아래를 지나 그들을 향해 걸어갔다.

"……**형**의 아들이었다면 분명히 더 신경 썼을 거야."

덩크가 다가가자 한 남자가 성난 음성으로 말하는 소리가 들렸다. 남자의 곧은 머리카락과 각진 턱수염은 홀 안의 음침한 빛 속에서 거의 백발처럼 보일 정도로 희었는데, 더 가까이서 보니 머리카락은 금발이 조금 섞인 연한 은발이었다.

"다에론은 전에도 이런 일이 있지 않았느냐."

다른 남자의 목소리가 들렸다. 플러머가 막고 있어서 말하는 남자가 누군지 보이지 않았다.

"넌 처음부터 그 아이에게 마상 대회 참가를 강요하지 말았어야 했다. 아에리스나 라에겔만큼이나 마상 시합장에 안 어울리는 아이가 아니더냐."

"그놈이 군마보다는 창녀를 올라타는 것을 더 좋아한다는 말이라면 나도 알아."

처음 말했던 남자가 쏘아붙였다. 왕자는 — 분명 왕자일 것이다 — 단단한 체격에서 강한 힘이 느껴졌으며, 은 징이 박힌 가죽 브리건딘(안에 미늘을 댄 피류으로 만든 갑옷)을 입고 그 위에는 흰 담비 모피를 두른 묵직한 검은색 망토를 걸쳤다. 뺨은 마맛자국으로 뒤덮였는데, 은빛 턱수염으로도 일부밖에 가리지 못했다.

"내 아들이 얼마나 못난 놈인지 굳이 내게 상기시킬 필요는 없어, 형. 그놈은 이제 고작해야 열여덟이야. 아직 변할 수 있어. 젠장, 어떻게도 변하지 않는다면 차라리 죽여 버리고 말겠어."

"어리석은 소리 하지 마라. 다에론이 그런 아이이긴 하지만, 그래도 너와 나의 핏줄이다. 롤랜드 경이 반드시 그 아이와 아에곤을 찾아낼 것이야."

"아마 마상 대회가 끝난 후에나 돌아오겠지."

"아에리온이 이곳에 있다. 네가 걱정하는 것이 마상 대회라면, 어차피 그 아이가 다에론보다 창술이 더 뛰어나지 않느냐."

그제야 덩크는 말하는 사람이 시야에 들어왔다. 그는 한 손에 양피지 다발을 든 채 상좌에 앉아 있었고, 그의 뒤에서 애시포드 공이 서성거리고 있었다. 앉은 상태에서도 앞으로 쭉 내민 곧고 긴 다리를 보아하니 애시포드 공보다 키가 머리 하나 정도 더 클 것 같았다. 여기저기 새치가 보이는 짧게 다듬은 짙은 갈색 머리와 말끔히 면도한 군센 턱 그리고 몇 번이나 부러진 적이 있는 듯한 코가 보였다. 녹색 더블릿(몸에 밀착하는 남자용 웃옷) 과 갈색 망토와 낡은 장화뿐인 무척 검소한 옷차림임에도, 사내는 강력한 힘과 확고함에서 비롯한 무게감을 풍겼다.

덩크는 자기가 결코 들어서는 안 되는 이야기를 들었다는 사실을 깨달았다. '지금은 그냥 가고 나중에 이분들의 이야기가 다 끝나면 돌아와야겠다.'라고 생각했으나, 너무 늦고 말았다. 별안간 은빛 턱수염을 기른 왕자가 그를 발견하고 사납게 다그쳐 물었다.

"넌 누구냐? 어찌하여 감히 이 자리에 끼어든 것이냐?"

"이곳의 유능한 집사가 기다리던 기사란다."

앉아 있던 남자가 마치 덩크가 온 것을 아까부터 알고 있었다는 듯이 미소 지으며 말했다.

"이 자리에 끼어든 건 너와 나다, 아우야. 더 가까이 오게나, 기사."

덩크가 어리벙벙한 얼굴로 쭈뼛거리며 앞으로 나아갔다. 플러머를 돌아보았지만 집사는 전혀 도움이 되지 않았다. 어제만 해도 그렇게 단호하게 말하던 초췌한 얼굴의 집사는 지금 말없이 서서 눈을 깔고 돌바닥만

처다볼 뿐이었다.

"여러분, 전 마상 대회에 참가하기 위해서 만프레드 돈다리온 경에게 보증을 부탁했습니다만, 그에게 거절당했습니다. 저를 모른다고 하더군요. 하지만 제가 맹세하건대 알란 경은 그를 섬긴 적이 있습니다. 알란 경의 검과 방패도 제게 있고……."

"방패와 검이 있다고 해서 기사가 되는 건 아니다."

뚱뚱하고 머리가 벗겨졌으며 얼굴이 둥그렇고 붉은 애시포드 공이 딱 잘라 말했다.

"플러머한테서 이야기를 들었다. 설령 그 무구들이 페니트리의 알란 경이란 자의 것이었음을 인정하더라도, 네가 우연히 그의 시체를 찾아내 훔쳤을지도 모를 일이다. 적어도 네 주장에 신빙성을 더할 문서 따위를 증거로 제시하지 않는다면……."

"페니트리의 알란 경이라면 내가 기억하고 있네."

높은 의자에 앉은 사내가 조용히 말했다.

"내가 아는 한 그가 어떤 마상 대회에서 우승한 적은 없지만, 어떤 수치를 당한 적도 없었네. 그는 16년 전 킹스랜딩에서 열린 난투전에서 스토크워스 공과 '하렌할의 서자'를 패퇴시켰고, 그보다 더 오래전에는 라니스포트에서 '회색 사자'를 말에서 떨어트렸지. 물론 당시 사자는 지금처럼 머리가 허옇게 세지도 않았네."

"저도 그분에게서 그 이야기를 수없이 들었습니다."

키가 큰 남자가 덩크를 살펴보며 말했다.

"그렇다면 회색 사자의 본명이 무엇인지도 당연히 기억하겠군."

순간 덩크는 머릿속이 하얗게 되었다. 노인은 그 무용담을 수백 번도, 수천 번도 넘게 자랑했다. 사자, 사자, 그의 이름은, 그의 이름은, 그의 이름은…… 거의 절망에 빠졌을 즈음 홀연히 이름이 떠오르자 덩크는 소리

내어 외쳤다.

"데이몬 라니스터 경입니다! 회색 사자! 지금은 캐스틀리 록의 영주입니다."

"맞아. 그리고 내일 마상 시합에 나설 예정이지."

키가 큰 남자가 손에 든 종이 더미를 흔들며 유쾌하게 말했다.

"도대체 16년 전에 운 좋게 데이몬 라니스터를 낙마시킨 하찮은 떠돌이 기사를 어떻게 기억하는 거지?"

은빛 턱수염의 왕자가 인상을 쓰며 물었다.

"난 항상 내 상대에 관한 모든 것을 알려고 노력한다."

"형이 왜 떠돌이기사 따위와 창시합을 하는데?"

"9년 전 스톰엔드에서 있었던 일이다. 바라테온 공이 손자의 탄생을 기념하는 마상 대회를 열었지. 제비를 뽑으니 첫 창시합의 상대로 알란 경이 걸렸다. 창을 네 번 부러뜨리고 난 다음에야 난 그를 말에서 떨어뜨릴 수 있었다."

"일곱 번이었습니다. 그리고 그때 상대는 드래곤스톤의 왕자였고요!"

덩크는 그 말을 내뱉자마자 바로 주워 담고 싶었다. '멍텅구리 덩크, 성벽처럼 아둔한 녀석.' 노인이 타박하는 소리가 귓가에 울리는 듯했다.

"그래. 이야기를 되풀이하다 보면 살이 붙는 법이지. 네 옛 주인을 나쁘게 생각지는 마라. 하지만 부러진 창은 네 개뿐이었다."

코가 부러진 왕자가 부드럽게 웃었다. 귓불이 벌게졌음을 알기에 덩크는 실내가 어두운 것을 다행으로 여겼다.

"나리." '아니, 그것도 틀렸잖아.' "저하."

그는 무릎을 꿇고 머리를 숙였다.

"저하 말씀대로입니다. 네 번이지요. 전 그저…… 결코 무례를 끼칠 생각은……. 그러니까 영감님은, 아니, 알란 경은 항상 제가 성벽처럼 아둔하고 오록스 들소처럼 느려 터졌다고 말하곤 했습니다."

"보아하니 오록스 들소처럼 힘도 셀 것 같군. 자넨 아무런 무례도 끼치지 않았다, 기사. 일어서라."

창파괴자 바엘로가 말했다.

덩크는 일어서며 고개를 숙이고 있어야 할지 아니면 왕자의 얼굴을 봐도 되는지 어쩔 줄 몰라 했다. '내가 드래곤스톤의 왕자이며 국왕의 핸드 그리고 정복자 아에곤의 철왕좌의 차기 계승자인 바엘로 타르가르옌과 말을 섞고 있다니.' 한낱 떠돌이기사가 그런 고귀한 인물에게 감히 무슨 말을 할 수 있을까?

"그, 그분에게 말과 갑옷을 돌려주고 배상금도 받지 않으셨다고 들었습니다."

덩크가 더듬거리며 말을 계속했다.

"영감…… 아니 알란 경은 저하가 기사도의 모범이며 언젠가 왕위에 오르시면 세븐킹덤이 저하의 통치 아래에 무사태평할 것이라고 항상 말했습니다."

"그날이 먼 훗날이기를 빈다만."

바엘로 왕세자가 말했다.

"그, 그렇지요."

덩크가 기겁하며 대답했다. 하마터면 '국왕 전하가 돌아가셔야 한다는 뜻은 아닙니다.'라고 말할 뻔했지만, 직전에 입을 틀어막았다.

"죄송합니다, 나리. 아니, 저하."

그제야 그는 바엘로 왕세자를 형이라고 부른 옹골찬 은빛 턱수염 사내를 기억했다. '그 역시 드래곤의 혈족이겠지. 난 왜 이렇게 멍청할까.' 다에론 왕의 네 아들 중 막내인 마에카르 왕자일 것이다. 아에리스 왕자는 문약했고, 라에겔 왕자는 온순하지만 제정신이 아니었으며 항상 병에 시달렸다. 둘 다 마상 대회에 참가하려고 왕국의 절반을 가로질러 올 사람은 아니었다. 하지만 마에카르는 항상 큰형의 그림자에 가려지기는 해도 가공할 실력을 갖춘 전사로 알려졌다.

"마상 대회에 참가하고 싶다는 말인가? 그건 사무장이 결정할 사안이지만, 딱히 자넬 거부할 이유가 없다고 생각한다."

바엘로 왕세자가 말했다.

집사가 고개를 들었다.

"지당하신 말씀입니다, 저하."

덩크가 어물거리며 감사의 말을 전하려 했으나, 마에카르 왕자가 가로막았다.

"잘됐군, 기사. 물론 고맙겠다는 거겠지. 이제 여기서 나가라."

"내 아우의 무례함을 용서해 주게나. 아들 둘이 이리로 오는 길에 사라지는 바람에 지금 근심이 이만저만 아니라서 말이다."

"봄비 때문에 개울물이 많이 불어났습니다. 왕자님들이 비 때문에 늦는 것일지도 모르겠습니다."

"난 고작 떠돌이기사의 조언을 들으러 여기까지 온 게 아니야."

마에카르 왕자가 그의 형에게 따졌다.

"이제 가도 좋다, 기사."

바엘로 왕세자가 온화하게 말했다.

"네, 저하."

덩크가 고개 숙여 절을 하고는 돌아섰다.

하지만 미처 홀에서 나가기 전에 왕자가 다시 그를 불러 세웠다.

"기사, 한 가지만 더 물어보겠다. 자넨 알란 경의 혈육이 아닌가?"

"네, 저하. 아, 그러니까, 아닙니다. 전 그분의 혈육이 아닙니다."

왕자는 덩크의 찌그러진 방패의 앞면에 그려진 날개 달린 술잔을 턱으로 가리켰다.

"법에 따르면 오직 직계 후손만이 기사의 무구를 상속할 권리가 있다. 그러니 새로운 문장을 써야 하겠지, 기사. 자네만의 문장 말이야."

"그리하겠습니다."

덩크가 대답했다.

"감사합니다, 저하. 반드시 용감하게 싸우는 모습을 보여 드리겠습니다." '창파괴자 바엘로처럼 용감하게 싸워라.'라고 노인은 언제나 말했다.

* * *

포도주 장수들과 소시지 장수들이 바쁘게 장사하는 와중에 창녀들이 태연하게 노점과 천막 사이를 거닐었다. 그들 중에는 예쁜 여자들도 몇몇 눈에 띄었는데, 빨간 머리 여자가 특히 예뻤다. 그녀가 살랑살랑 옆을 지나갈 때 덩크는 그녀의 헐렁한 슈미즈 아래로 출렁이는 젖가슴에서 눈을 떼지 못했다. 주머니 속에 든 은화가 생각났다.

'마음만 먹으면 사서 안을 수도 있겠지. 저 여자도 내 돈이 짤랑거리는 소리를 반길 테고, 내키면 야영지로 데려가서 하룻밤 내내라도.'

그는 한 번도 여자와 자 본 적이 없었고, 첫 마상 창시합에서 덜컥 죽어 버릴 수도 있었다. 마상 대회는 언제나 위험이 따랐지만…… 창녀들도 그에 못지않게 위험할 수 있다고 노인은 항상 주의를 시켰다. '자는 동안 다 훔쳐서 달아나면 그땐 어떡하지?' 빨간 머리 여자가 뒤돌아보았지만, 덩크는 고개를 젓고 다른 곳으로 걸어갔다.

에그는 망토의 후드를 맨 위까지 끌어 올려 대머리를 가린 채 땅바닥에 다리를 꼬고 앉아 인형극을 구경하고 있었다. 덩크는 소년이 수줍고 창피해서 성에 들어가기를 꺼렸다고 생각했다. '고귀한 왕자는커녕 귀족과 귀부인을 대면하기에도 자기가 너무 비천하다고 생각하는 것이겠지.' 덩크도 어릴 때 그랬다. 플리바톰 바깥의 세상은 흥분을 자아내면서도 두려웠다. '에그는 단지 시간이 필요할 뿐이야.' 지금은 소년을 억지로 성으로 끌고 들어가는 것보다는, 동전 몇 푼을 쥐어 주고 노점들 사이에서 마음껏 놀게 놔두는 게 소년을 더 배려하는 처사라고 여겼다.

오늘 아침 인형사들은 플로리안과 존쿠일에 대한 연극을 공연하고 있었다. 뚱뚱한 도르네 여자가 광대 옷으로 만든 갑옷 차림의 플로리안을 맡았고, 키가 큰 소녀는 존쿠일의 줄을 잡았다. 그녀가 인형의 입을 위아래로 움직이며 말했다.

"넌 기사가 아니야. 난 네가 누군지 알아. 바로 광대(fool) 플로리안이잖아."

"그렇습니다, 아가씨. 그 누구보다 어리석은(fool) 자이며, 또 그 누구보다 뛰어난 기사이기도 하지요."

다른 인형이 무릎을 꿇으며 대답했다.

"광대이며 기사라고? 그런 얘기는 들어 본 적도 없어."

"사랑스러운 아가씨, 여성이 관련되면 모든 남자는 멍청한 바보이기도, 정중한 기사이기도 하답니다."

플로리안이 대답했다.

인형극은 재미있었다. 슬프면서도 달콤했고, 막바지에 이르러서는 멋지게 색칠한 거인이 나와 열띤 칼싸움으로 막을 내렸다. 연극이 끝나자 소녀가 인형을 챙기는 동안 뚱뚱한 여자가 관객 사이를 돌아다니며 돈을 걷었다.

덩크가 에그를 데리고 소녀에게 다가갔다.

"무슨 일이신가요?"

그녀가 살포시 미소를 머금고 힐끗 쳐다보며 말했다. 덩크에 비하면 머리 하나는 작았지만, 그래도 그가 지금껏 보아 온 그 어떤 여자보다도 키가 컸다.

"재미있었어요. 존쿠일도 그렇고, 드래곤도 그렇고, 전부 잘 다루던데요. 작년에 인형극을 한번 봤는데, 그때는 인형들이 움직이는 게 어설펐는데. 누나 인형들이 더 움직임이 매끄러워요."

에그가 들뜬 말투로 말했다.

"고마워요."

그녀가 예의 바르게 대답했다.

"인형도 잘 조각하셨더군요. 특히 드래곤이 말입니다. 정말 무섭게 생겼어요. 직접 만든 겁니까?"

덩크가 물었다.

그녀가 고개를 끄덕였다.

"삼촌이 조각하고, 제가 색칠하지요."

"혹시 그림 부탁을 해도 되겠습니까? 사례비도 드리겠습니다."

덩크가 어깨에서 방패를 풀어 내리고 소녀에게 보여 주었다.

"술잔 위에 다른 것을 그려 넣고 싶어서요."

방패를 힐끗 쳐다본 소녀가 덩크에게 시선을 돌렸다.

"뭘 그리면 되나요?"

그건 아직 생각해 보지 않았다. 노인의 날개 달린 술잔을 못 쓴다면 뭘 써야 하지? '멍텅구리 덩크, 성벽처럼 아둔해.'

"잘…… 잘 모르겠습니다."

귓불이 달아오르는 것이 느껴졌다.

"절 어처구니없는 바보라고 생각하겠군요."

덩크의 말에 소녀는 싱긋 웃었다.

"모든 남자는 멍청한 바보이기도, 정중한 기사이기도 하답니다."

"물감은 어떤 색깔이 있습니까?"

대답을 들으면 혹시나 무슨 생각이 나지 않을까 하고 덩크가 물었다.

"물감을 섞어서 어떤 색이라도 원하시는 색을 만들어 낼 수 있어요."

덩크는 노인이 선호하던 갈색이 우중충하다고 늘 생각했다. 그가 불쑥 입을 열었다.

"바탕은 저녁놀 색깔이면 좋겠네요. 영감님이 저녁놀을 좋아하셨으니. 그리고 문장으로는……."

"느릅나무. 그 연못가에 있는 것 같은, 몸통은 갈색이고 가지는 푸릇한 커다란 느릅나무요."

에그가 말했다.

"그래, 그게 좋겠다. 그런 느릅나무하고…… 그 위에 별똥별도 하나 있으면 좋겠는데. 그렇게 해 줄 수 있겠습니까?"

소녀가 고개를 끄덕였다.

"그 방패를 이리 주세요. 오늘 밤 당장 그려서 내일 돌려 드릴게요."

덩크가 방패를 건네주며 말했다.

"전 키 큰 던칸이라 합니다."

"전 탄셀이에요."

그녀가 웃음을 터뜨렸다.

"남자애들이 '키가 너무 큰' 탄셀이라며 놀려 댔는데."

"키가 너무 크다뇨. 그 키면 딱 좋은……."

엉겁결에 말을 내뱉은 덩크는 자기가 무슨 말을 하려 했는지 깨닫고 얼굴이 벌게졌다.

"뭐에 딱 좋은가요?"

탄셀이 궁금하다는 듯 고개를 갸우뚱하며 물었다.

"인형극에 좋다고요."

덩크가 구차하게 얼버무렸다.

* * *

　마상 대회 첫날은 새벽부터 화창하고 하늘도 맑았다. 전날 식량을 한 자루 가득 샀던 터라 거위 알과 튀긴 빵, 베이컨으로 푸짐한 아침 식사를 할 수 있었지만, 막상 조리를 끝내고 먹으려 하니 덩크는 입맛이 없었다. 오늘 자기 시합이 없는 것을 알면서도 너무 긴장한 나머지 배가 아플 정도로 단단히 굳었다. 맨 처음 도전할 권리는 유명하고 신분이 높은 기사들이나 귀족들과 그들의 아들들, 또는 다른 마상 대회에서 우승한 챔피언들의 몫이었다.

　에그는 아침을 먹는 내내 이런저런 기사들을 들먹이며 그들이 어떤 성적을 거둘지 재잘거렸다. '세븐킹덤의 모든 괜찮은 기사를 안다고 한 게 날 놀리려고 한 빈말이 아니었어.' 덩크가 허탈하게 생각했다. 작고 깡마른 고아 소년의 이야기에 열심히 귀를 기울이는 자신이 구차하게 느껴졌지만, 에그가 언급한 인물 중 한 명이라도 창시합 상대로 맞붙는다면 에그의 지식이 도움이 될 수도 있었다.

　초원은 이미 모여든 인파로 빽빽했고, 다들 조금이라도 가깝고 잘 보이는 곳에서 구경하려고 서로 팔꿈치로 밀치며 북적대고 있었다. 밀치는 거라면 남 못지않은 덩크는 남들보다 큰 덩치를 이용하여 목책에서 대여섯 걸음밖에 떨어지지 않은 오르막까지 다가갈 수 있었다. 에그가 사람들 엉덩이밖에 안 보인다며 불평하자 덩크가 소년을 들어 올려 목말을 태워 주었다. 시합장 너머에서는 귀족들과 귀부인들, 몇몇 마을 유지 그리고 오늘 시합에 나가지 않는 기사 스무 명가량이 관람석을 메우고 있었다. 마에카르 왕자는 보이지 않았으나, 애시포드 공 옆에 앉은 바엘로 왕세자는 알아볼 수 있었다. 망토를 어깨에 고정한 걸쇠와 이마에 쓴 작은 관이 햇빛에 비쳐 금빛으로 빛났는데, 그것들을 제외하면 다른 귀족들보다 훨씬 간소

한 복장이었다. '사실 짙은 머리카락 때문에 타르가르옌 가문 사람처럼 보이지는 않아.' 덩크가 자기 생각을 에그에게 말했다.

"저분은 어머니를 닮았다고 해요. 어머니가 도르네의 공녀였거든요."

소년이 알려 주었다.

다섯 챔피언은 시합장 북쪽 끝, 강을 뒤에 둔 공터에 천막을 세웠다. 천막 중 가장 작은 두 채는 주황색이었고, 입구 밖에 걸린 방패에는 둘 다 하얀 태양과 갈매기 문장이 그려져 있었다. 아마 '아름다운 처녀'의 오빠이며 애시포드 공의 아들인 앤드로우와 로버트일 것이다. 덩크는 다른 기사들이 그들의 무용담을 얘기하는 것을 들어 본 적이 없어서, 아마 그들이 가장 먼저 패할 것으로 생각했다.

두 주황색 천막 옆에는 훨씬 더 크고 짙은 초록색으로 물들인 천막이 있었다. 천막 위로 하이가든의 황금 장미 깃발이 펄럭였고, 역시 같은 문장이 입구 밖에 놓인 거대한 녹색 방패를 장식했다.

"저분은 하이가든의 영주, 레오 티렐이에요."

에그가 말해 줬다.

"그건 나도 알아. 네 녀석이 태어나기도 전에 난 영감님하고 함께 하이가든에서 일한 적이 있다고."

덩크가 신경질을 내며 대꾸했다. 사실 그해의 일은 덩크가 너무 어릴 때라 거의 기억하지 못했지만, 알란 경은 백발이 성성함에도 여전히 최강의 창시합 기사로서 노익장을 과시하는 '긴 가시' 레오에 대해 자주 이야기했다.

"저기 천막 옆에 서 있는 사람이 레오 공이잖아. 회색 턱수염에 녹색과 금색 옷을 입은 마른 남자."

"예. 킹스랜딩에서 한 번 본 적이 있어요. 저 사람한테는 도전하지 않는 게 나을 거예요."

"꼬마야, 내가 누구에게 도전할지 너랑 상의할 생각은 없어."

넷째 천막은 빨간색과 하얀색으로 된 마름모꼴 천을 교대로 기워 만든 것이었다. 덩크는 그게 누구의 색깔인지 몰랐는데, 에그가 천막의 주인이 아린의 계곡, 배일에서 온 험프리 하딩 경이라고 말했다.

"작년 메이든풀에서 열린 대난투전에서 우승했고, 마상 창시합에서는 더스켄데일의 도넬 경하고 아린 공하고 로이스 공을 격파했어요."

마지막 천막의 주인은 발라르 왕자였다. 검은 비단 천막 위로 뾰족한 진홍색 깃발이 마치 꼬리가 긴 불꽃처럼 줄지어 매달려 있었다. 바깥 무기대에서 매끄럽게 번들거리는 흑색 방패에는 타르가르옌 가문의 삼두룡이 그려져 있었다. 새카만 천막과 극명한 대조를 이루는 번쩍이는 백색 갑옷을 입은 킹스가드 기사가 방패 옆에 서 있었다. 덩크는 그를 바라보면서 감히 드래곤 방패를 건드릴 정도로 간이 큰 도전자가 있을지 궁금해했다. 발라르는 왕의 손자이며 창파괴자 바엘로의 장남이지 않은가.

그러나 그건 기우였다. 도전자를 소집하는 뿔 나팔이 울리자, '처녀'의 다섯 챔피언 전원이 그녀를 지키기 위해 나서야 했다. 시합장 남쪽 끝에서 도전자들이 한 명 한 명 모습을 드러내자 관객들이 흥분하며 수군거리는 소리가 들렸다. 전령관들이 기사들의 이름을 차례로 호명했다. 기사들은 관람석 앞에서 잠시 말을 멈추고 장창을 슬쩍 내려 애시포드 공과 바엘로 왕세자 그리고 '아름다운 처녀'에게 예를 올린 다음, 각자 상대를 선택하기 위해 시합장의 북쪽 끝으로 말을 몰았다. 캐스틀리 록의 회색 사자 데이몬 라니스터 공은 티렐 공의 방패를 쳤고, 그의 금발 머리 후계자 티볼트 라니스터 경은 애시포드 공의 장남에게 도전했다. 리버룬의 툴리 영주는 험프리 하딩 경의 마름모꼴 문장 방패를 두드렸고, 아벨라 하이타워 경은 발라르의 방패를, 그리고 애시포드 가문의 차남은 웃음을 터뜨리는 폭풍이라 불리는 라이오넬 바라테온 경의 부름을 받았다.

도전자들은 시합장의 남쪽 끝으로 돌아가 상대를 기다렸다. 아벨라 경은 꼭대기가 불길에 휩싸인 돌 감시탑이 그려진 방패와 은회색 갑옷으로 무장했고, 라니스터 부자는 머리에서 발끝까지 진홍색으로 감싸고 캐스틀리 록의 황금 사자 문장을 과시했다. 눈부신 금사포(金絲布)를 걸친 웃음을 터뜨리는 폭풍은 무쇠 사슴뿔이 달린 투구를 쓰고 가슴팍과 방패에 검은 수사슴을 자랑했으며, 툴리 공은 양어깨에 은빛 송어 모양의 걸쇠로 맨 파랑과 빨강 줄무늬 망토를 걸쳤다. 그들은 각각 12피트 길이의 장창을 하늘을 향해 치켜세웠고, 창 촉에 매달린 깃발이 거센 바람에 휘말려 세차게 펄럭였다.

초원의 북쪽 끝에서는 종자들이 화려한 마갑을 걸친 군마에 오르는 챔피언들을 거들었다. 투구를 쓰고 장창과 방패를 든 그들의 화려한 위용은 도전자들에 못지않았다. 애시포드 형제의 펄럭이는 주황색 비단 전포, 험프리 경의 빨갛고 하얀 마름모, 레오 공과 그의 황금 장미 무늬를 수놓은 녹색 공단 마구(馬具)를 걸친 백마 그리고 물론 발라르 타르가르옌까지. 젊은 왕자가 탄 밤처럼 새카만 흑마는 왕자의 갑옷과 장창, 방패 그리고 마구와도 잘 어울렸다. 투구 위에는 선명한 붉은 유약으로 칠한 삼두룡이 날개를 활짝 펼친 채 번쩍였고, 매끄럽게 번들거리는 검은색 방패의 표면에도 같은 문장이 그려져 있었다. 챔피언들은 모두 '아름다운 처녀'가 증표로 내린 주황색 비단 끈을 팔에 매고 있었다.

챔피언들이 말을 몰아 자리에 들어서자 애시포드 초원에 침묵이 가라앉았다. 하지만 그것도 잠시, 뿔 나팔이 울리며 정적을 깨뜨림과 동시에 초원은 순식간에 흥분의 도가니에 빠져 버렸다. 열 쌍의 황금 박차가 거대한 군마 열 기의 옆구리를 파고들자 수천 명의 사람이 아우성치며 고함치기 시작했다. 마흔 개의 쇠발굽이 땅을 차며 풀을 찢어밟기고 열 자루의 장창이 내려져 상대를 겨누었으며, 초원 전체가 뒤흔들리는 듯한 열기 속에 챔피언들과 도전자들이 나무와 쇠가 쪼개지는 파열음을 울리며 격돌했다. 눈 깜짝할 사이에 서로 지나쳐 간 기사들은 바로 말 머리를 돌리고 다음 격돌을 준비했다. 툴리 공이 안장 위에서 비틀거리다 간신히 자세를 회복했다. 장창 열 개가 모두 부러진 것을 본 평민들은 기뻐하며 하늘이 떠나갈 듯 함성을 내질렀다. 첫 격돌에서 장창이 모두 부러지는 것은 마상 대회의 성공을 암시하는 훌륭한 전조였고, 또한 참가자들의 출중한 기량도 입증하기 때문이었다.

기사들이 부러진 창을 버리자 종자들이 새 장창을 건넸고, 다시 한 번 박차가 말의 옆구리를 깊게 파고들었다. 덩크는 발밑의 대지가 떨리는 것을 느꼈다. 어깨 위에 올라탄 에그가 즐겁게 소리치며 말라빠진 두 팔을 흔들었다. 젊은 왕자가 그들 앞을 지나쳐 갔다. 덩크는 그의 검은색 창이 상대의 방패에 그려진 감시탑에 닿고는 미끄러져 상대의 가슴을 때리는 것과 동시에 아벨라 경의 장창이 발라르의 흉갑에 부딪쳐 산산이 조각나는 광경을 보았다. 그 충격에 놀란 은회색 마구의 잿빛 수말이 두 앞발을 들어 올리자 아벨라 하이타워 경의 몸이 붕 뜨며 땅바닥에 내동댕이쳐졌다.

툴리 공도 험프리 하딩 경에게 강타당한 뒤 땅에 떨어졌지만, 재빨리 일어나 장검을 뽑아 들었고, 험프리 경도 온전한 장창을 옆으로 내던지고 말에서 내려와 대결을 계속했다. 하지만 아벨라 경은 그처럼 무사하지 않았다. 그의 종자가 뛰쳐나와 투구를 벗기고는 도움을 청했고, 곧 하인 두 명이 멍하게 있는 기사의 팔을 잡고 천막까지 부축했다. 시합장에는 아직도 말 위에 남은 기사 여섯 명이 세 번째로 격돌하는 중이었다. 또다시 창들이 부러지고 이번에는 레오 티렐 공이 장창을 교묘하게 겨누어 회색 사자의 투구를 깨끗이 날려 버렸다. 맨 얼굴이 된 캐스틀리 록의 영주는 손을 들어 상대의 기술에 경의를 표하고 말에서 내려 시합을 기권했다. 험프리 경 또한 툴리 공의 항복을 받아 내며 창술 못지않게 뛰어난 그의 검술을 과시했다.

티볼트 라니스터와 앤드로우 애시포드의 대결은 그 후로 세 번이나 더 격돌한 끝에 방패를 잃고 말에서 떨어진 앤드로우 경의 패배로 마무리되었다. 애시포드 공의 차남은 웃음을 터뜨리는 폭풍 라이오넬 바라테온 경과 장창을 무려 아홉 번이나 부러뜨리는 격전을 벌이며 형보다 오래 버텼다. 열 번째 격돌에서 챔피언과 도전자 둘 다 말에서 떨어졌으나, 다시 일어나 장검과 철퇴를 맞대며 계속 싸워 나갔다. 결국 온몸이 상처투성이가 된 로버트 애시포드 경이 패배를 시인했지만, 관람석에 앉은 그의 부친은 전혀 실망하거나 낙담한 표정이 아니었다. 애시포드 공의 두 아들이 모두 챔피언의 자리에서 탈락하기는 했지만, 둘 다 세븐킹덤에서 가장 빼어난 기사들과 겨루어 선전을 펼치며 훌륭한 모습을 보였기 때문이었다.

'하지만 저건 내겐 부족해.' 승자와 패자가 서로 껴안고 함께 시합장에서 나오는 모습을 보며 덩크가 생각했다. '선전한 끝에 패하는 건 내게 전혀 쓸모가 없다. 첫 시합에서 이기지 못하면 난 모든 것을 잃고 말아.'

이제는 티볼트 라니스터 경과 웃음을 터뜨리는 폭풍이 그들이 격파한 자들을 대신하여 챔피언의 지위를 차지할 차례였다. 이미 인부들이 주황색 천막들을 철거하고 있었다. 몇 걸음 떨어진 곳에서는 투구를 벗은 젊은 왕자가 거대한 흑색 천막 앞에 놓인 높은 접의자에 앉아 쉬고 있었다. 그는 그의 아버지처럼 머리카락이 짙은 갈색이었는데, 다만 하얀 줄무늬가 머리를 가로질렀다. 왕자는 시종이 은잔을 가져오자 한 모금 들이켰다. '현명하다면 물일 테고, 아니라면 포도주겠지.' 덩크가 생각했다. 발라르가 과연 자기 아버지의 무력을 물려받은 것인지, 아니면 단지 가장 약한 상대가 걸렸던 것뿐인지 궁금했다.

트럼펫이 팡파르를 울리며 새로운 도전자 세 명이 등장했음을 알렸다. 전령관들이 그들의 이름을 외쳤다.

"카론 변경백 가문의 피어스 경."

그가 든 방패에는 은빛 하프가 그려져 있었지만, 몸에 걸친 전포를 수놓은 무늬는 나이팅게일이었다.

"시가드의 말리스터 가문의 조셋 경."

조셋 경의 투구에는 날개가 달렸고, 방패에서는 은빛 매가 쪽빛 하늘을 날았다.

"'분노의 곶'에 위치한 스톤헴의 영주, 스완 가문의 가웬 경."

그의 문장은 맹렬히 싸우는 한 쌍의 검고 흰 백조였다. 가웬 공의 갑옷과 망토와 마갑은 물론, 칼집과 장창의 줄무늬까지도 온통 흑백이었다.

하프 연주자이며 음유시인인 동시에 명망 높은 기사이기도 한 카론 공이 창끝으로 티렐 공의 장미를 두들겼다. 조셋 경은 험프리 하딩 경의 마름모들을 꽝 내리쳤다. 그리고 흑백의 기사 가웬 스완 공은 흰색 수호자를 둔 검은색 왕자에게 도전을 신청했다. 덩크가 턱을 문질렀다. 가웬 공은 알란 경보다도 늙었고 알란 경은 이제 죽고 없었다.

"에그, 저 도전자 중에 가장 약한 건 누구야?"

저 기사들에 관한 지식이 정말 해박한 듯한, 지금은 그의 어깨 위에 올라탄 소년에게 덩크가 물었다.

"가웬 공요. 발라르의 상대."

소년이 즉시 대답했다.

"발라르 **왕자님**이라고 해야지. 종자는 언제나 정중하고 예의 바른 말투를 써야 해, 녀석아."

덩크가 지적했다.

세 챔피언이 말에 오르는 동안 세 도전자는 각각 자기 자리로 갔다. 주변에서 사람들이 다음 시합에 돈을 걸고 자기가 고른 기사를 응원했지만, 덩크의 눈에는 오직 왕자뿐이었다. 처음 격돌에서 왕자의 창이 가웬 공의 방패를 비스듬히 가격하자 아벨라 하이타워 경을 상대할 때와 마찬가지로 뭉툭한 창끝이 방패 면을 따라 미끄러졌으나, 이번에는 반대쪽으로 빗나가 허공을 찌르고 말았다. 반면 가웬 공의 장창은 왕자의 흉갑을 때린 뒤 깨끗하게 부러졌고, 발라르는 순간 말에서 떨어지는 듯했지만 곧 자세를 바로잡았다.

두 번째로 돌격할 때는 발라르가 상대의 가슴을 겨냥하며 창을 왼쪽으로 휘둘렀지만, 어깨를 찌르는 데 그쳤다. 하지만 그것만으로도 노기사는 창을 놓치고 한 팔로 허우적대다가 땅으로 떨어졌다. 말에서 훌쩍 뛰어내린 젊은 왕자가 장검을 들고 다가가니 가웬 공이 쓰러진 채로 팔을 휘저으며 면갑을 들어 올렸다.

"항복합니다, 저하! 훌륭히 싸우셨습니다."

발라르가 무릎을 꿇고 반백의 영주를 부추겨 일으켜 세울 때 관람석에 앉은 귀족들도 따라 외쳤다.

"훌륭히 싸우셨습니다! 훌륭히 싸우셨습니다!"

"훌륭하게 싸우기는 무슨."

에그가 투덜거렸다.

"야영지로 돌아가고 싶지 않으면 조용히 있어라."

좀 더 떨어진 곳에서는 조셋 말리스터 경이 정신을 잃은 채 시합장에서 실려 나갔고, 하프의 영주와 장미의 영주가 날이 뭉툭한 긴 도끼를 들고 관중의 환호를 받으며 맹렬히 싸우고 있었다. 덩크는 발라르 타르가르옌에게 온 정신을 쏟고 있어서 다른 이들이 거의 눈에 들어오지 않았다. '왕자는 실력이 꽤 괜찮은 기사지만, 단지 그뿐이야. 그러면 내게도 기회가 있어. 신들께서 자비롭다면 내가 그를 말에서 떨어뜨릴지도 모르고, 그렇게 되면 내 덩치와 완력으로 밀어붙여 이길 수 있다.'

"공격해!"

덩크의 어깨 위에서 에그가 흥분으로 몸을 들썩이며 신이 나서 외쳤다.

"공격해! 거기 때려! 좋았어! 거기, 바로 거기야!"

소년이 응원하는 사람은 카론 공인 듯했다. 하프 연주로 명성이 높은 카론 공은 지금은 쇠와 쇠가 부딪치는 소리로 이루어진 전혀 다른 종류의 곡을 연주하며 레오 공을 몰아붙이고 있었다. 관중은 거의 반반으로 편이 나뉜 듯했기에, 응원과 욕설이 마구잡이로 섞여 아침 바람과 함께 흘렀다. 피어스 카론 공의 도끼가 레오 공의 방패를 두들기자 나뭇조각과 물감 부스러기가 튕겨 나가며 황금 장미 꽃잎이 하나하나 떨어졌고, 끝내 방패가 버티지 못하고 반으로 갈라지며 박살났다. 그러나 순간 카론 공의 도끼가 방패에 박혀 옴짝달싹 못 했고, 그 틈을 타 레오 공이 도끼를 내려치자 상대의 도끼가 손잡이에서 한 뼘도 안 되는 부분에서 부러졌다. 레오 공이 조각난 방패를 내던지고 공세로 돌아섰고, 얼마 있지 않아 하프의 기사는 한쪽 무릎을 꿇고 항복을 노래했다.

그 후로 오후 늦게까지 비슷한 광경이 되풀이되었다. 도전자들은 두 명이나 세 명, 혹은 다섯 명이 한꺼번에 시합장에 등장했다. 트럼펫이 울리고 나팔수가 호명하면 관중의 환호 속에 군마들이 서로를 향해 돌격했고, 장창이 잔가지처럼 꺾이고 장검이 투구와 갑옷을 두드리는 소리가 귀청을 울렸다. 구경하던 귀족과 평민 모두 마상 대회 첫날이 훌륭했다는 데 입을 모았다. 험프리 하딩 경과 방패에 노란색과 검은색 줄무늬와 벌집 세 개를 그려 넣은 당찬 젊은 기사 험프리 비스버리 경이 장창을 무려 열두 개나 부러뜨리며 벌인 격전은 곧 '험프리의 결투'라고 명명되어 회자되었다. 티볼트 라니스터 경은 존 펜로즈 경의 일격에 낙마하면서 칼까지 부러졌지만, 방패만으로 용감하게 싸운 끝에 승리하여 챔피언의 지위를 지켰다. 머리도, 수염도 반백인 외눈의 노기사 로빈 라이슬링 경은 레오 공과의 대결에서 일 합 만에 투구를 잃었음에도 항복하기를 거부했다. 그

후 이어진 세 번의 격돌에서 로빈 경은 거센 바람이 머리카락을 흩날리고 장창이 쪼개지며 날카로운 파편이 맨 얼굴에 비수처럼 날아들어도 아랑곳하지 않았다. 게다가 덩크는 그가 부러진 장창 조각에 눈을 잃은 지 채 5년이 되지 않았다는 에그의 말에 놀라지 않을 수 없었다. 공명정대한 기사인 레오 티렐이 로빈 경의 무방비한 머리를 다시 공격할 리는 없었지만, 그럼에도 덩크는 라이슬링의 꿋꿋한 용기 — 만용이 아닐까? — 에 아연실색했다. 결국 하이가든의 영주가 내지른 창에 흉갑을 정통으로 가격당한 로빈 경이 땅에 처박혀 몇 바퀴나 구름으로써 시합은 승부가 갈렸다.

라이오넬 바라테온 경도 여러 차례 명승부를 겨루었다. 명성이 떨어지는 상대가 방패를 두드리면 그는 곧잘 호탕한 웃음을 터뜨리며 말에 올라 상대를 향해 돌격하여 말에서 떨어트릴 때까지 웃음을 멈추지 않았다. 도전자가 투구에 어떤 장식이라도 달았을 때는, 장식을 쳐서 떼어 낸 다음에 관중 속으로 던지고는 했다. 그런 장식은 대개 나무를 조각하거나 가죽을 세공하여 만든 화려한 것들이었고 이따금 금박을 입히거나 유약을 바르거나 혹은 순은으로 만든 것도 있었기에, 라이오넬 경에게 패한 자들은 그의 그런 습관을 달가워하지 않았지만 평민들로부터는 큰 인기를 끌었다. 그러다 보니 투구에 장식이 달리지 않은 기사들만 그에게 도전하게 되었다. 하지만 라이오넬 경이 얼마나 자주 웃음을 터뜨리며 도전자를 쓰러뜨렸든 간에, 마상 대회 첫날 가장 뛰어난 활약을 보인 사람은 무려 열네 명이나 되는 기사를, 게다가 하나같이 막강한 상대였던 이들을 격파한 험프리 하딩 경일 것이라고 덩크는 생각했다.

그런 와중에 젊은 왕자는 자신의 검은 천막 밖에 앉아 은잔을 홀짝이다가 가끔 자리에서 일어나 말에 올라타고는 별 볼 일 없는 상대를 쓰러뜨렸다. 그는 아홉 번의 승리를 거두었으나, 덩크에게는 전부 가치 없는 승리처럼 보였다. 그가 승리를 거둔 도전자들은 노쇠한 기사나 최근에 기사가 된 새파란 종자 아니면 신분은 높으나 실력은 바닥인 귀족이 전부였다. 정말 위험하고 실력 있는 기사들은 마치 그의 방패가 보이지 않는 듯 그 냥 지나쳐 버렸다.

날이 저물 무렵, 요란한 팡파르가 울리며 새로운 도전자의 등장을 알렸 다. 그가 탄 말은 검은색 마갑을 걸친 거대한 붉은 군마였고, 마갑의 갈라 진 틈으로 노란색과 진홍색 그리고 주황색 천이 비쳐 보였다. 도전자가 예 를 차리고자 관람석으로 다가갈 때, 덩크는 위로 젖힌 면갑 아래 드러난 얼굴을 보고 그가 바로 애시포드 공의 마구간에서 마주쳤던 왕자임을 깨 달았다.

에그의 다리에 힘이 들어가며 덩크의 목을 죄었다.

"그만. 날 목 졸라 죽일 셈이냐?"

덩크가 에그의 다리를 풀면서 투덜거렸다.

나팔수가 외치는 소리가 들렸다.

"안달인과 로인인과 최초인의 왕이자 세븐킹덤의 군주이신 선한 왕 다 에론 2세의 손자이며 서머홀의 왕자 마에카르의 아들인, 킹스랜딩의 왕궁 레드킵에서 온 타르가르옌 가문의 '빛나는 홍염' 아에리온 왕자이십니다."

아에리온의 방패에도 삼두룡이 있었지만, 발라르보다 훨씬 더 선명하 고 화려한 색으로 그려졌다. 드래곤의 머리는 각각 주황색, 노란색, 빨간 색이었고, 머리들이 내뿜는 화염은 금박을 입힌 양 윤기가 흘렀다. 왕자의 전포는 연기와 화염이 뒤엉킨 듯한 색상이었으며, 새카만 투구에는 붉은 유약을 칠한 불꽃 장식이 달려 있었다.

왕자는 바엘로 왕세자에게 아주 잠깐 장창을 내려 형식적인 예를 차린 다음 시합장의 북쪽 끝으로 말을 달려갔다.

레오 공과 웃음을 터뜨리는 폭풍의 천막을 지나친 그는 발라르 왕자의 천막에 이르자 비로소 말의 속도를 줄였다. 젊은 왕자가 일어나 뻣뻣한 모습으로 방패 옆에 섰고 덩크는 순간 아에리온이 방패를 두드릴 것이라고 확신했지만, 그는 갑자기 웃음을 터뜨리며 그냥 지나치더니 험프리 하딩 경의 마름모 문장 방패를 창으로 힘차게 찌르며 크게 외쳤다.

"어서어서 나오시지, 작은 기사 나리. 이제 드래곤을 맞이할 시간이다."

험프리 경은 그의 군마가 나오는 동안 굳은 얼굴로 상대를 노려보다가, 말에 오른 다음에는 아예 눈길도 주지 않고 말없이 투구를 졸라맨 뒤 장창과 방패를 들었다. 관중은 각자 자리에 들어서는 두 기사를 숨을 죽이고 바라보았다. 아에리온 왕자가 면갑을 철컥 내리는 소리가 들렸다. 그리고 뿔 나팔이 울렸다.

험프리 경은 천천히 말을 몰며 점차 속도를 올렸지만, 그의 상대는 처음부터 거세게 박차를 가하며 붉은 군마를 전속력으로 달렸다. 그때 에그의 다리에 다시 힘이 들어가며 소년이 별안간 외쳤다.

"그 새끼 죽여 버려! 죽여 버려! 바로 거기 있잖아! 그 새낄 죽여, 죽여, 죽이라고!"

덩크는 소년이 누구에게 외치는 건지 영문을 몰랐다.

아에리온 왕자가 끝에 황금 촉을 달고 창대를 빨강과 노랑, 주황색 줄무늬로 칠한 장창을 울타리 위로 돌리고 낮게 늘어뜨렸다. '낮아, 너무 낮아.' 덩크가 그 광경을 본 즉시 생각했다. '저러다가는 험프리 경 대신 말을 찌르고 말 거야. 어서 더 높이 들어 올려야 해.' 그때, 소름이 오르며 아에리온에게 그럴 의도가 없을지도 모른다는 의심이 들기 시작했다. '설마 그럴 리는……'

그야말로 최후의 순간에 험프리의 수말이 공포에 질린 눈으로 앞발을 들어 올리며 다가오는 창을 피하려 했으나, 너무 늦고 말았다. 말의 흉골을 보호하는 마갑 바로 위에 적중한 아에리온의 창이 선명한 피 보라를 뿌리며 말의 목 뒤를 뚫고 나왔다. 말이 비명과 함께 옆으로 쓰러지며 울타리를 산산조각으로 부숴 버렸다. 험프리 경이 급히 뛰어내리려 했지만, 한쪽 발이 등자에 걸리는 바람에 조각난 울타리와 쓰러진 말 사이에 다리가 깔리자 고통 어린 비명을 질렀다.

애시포드 초원에 있는 모든 사람이 소리치고 있었다. 험프리 경을 구하려고 사람들이 달려갔지만, 말이 고통에 죽어 가면서 마구 발길질을 하는 바람에 가까이 갈 수가 없었다. 자기가 벌인 참극에도 아랑곳하지 않고 시합장 끝까지 말을 달린 아에리온이 말 머리를 돌리고 다시 달려왔다. 그도 뭔가 외치는 중이었으나, 거의 인간의 비명처럼 들리는 말의 울음소리에 묻혀 뭐라 하는지 알아들을 수 없었다. 말에서 훌쩍 뛰어내린 아에리온이 장검을 뽑아 들고 쓰러진 상대에게 다가갔다. 그의 종자들과 험프리 경의 종자가 그를 뒤로 끌어당겨야 했다. 에그가 덩크의 어깨 위에서 몸부림쳤다.

"내려 주세요. 말이 너무 가엾어. 어서 내려 주세요."

덩크도 구역질이 났다. '만약 썬더가 저렇게 되면 어떡하지?' 도끼창을 든 병사가 말의 목숨을 끊자 참혹한 비명이 그쳤다. 덩크는 등을 돌리고 인파 사이를 헤쳐 나갔다. 그는 트인 공간으로 나온 다음에야 에그를 어깨에서 내려 주었다. 뒤로 젖힌 후드 아래로 소년의 눈이 붉었다. 덩크가 소년에게 말했다.

"그래, 정말 참혹한 광경이다. 하지만 종자는 마음이 굳세어야 해. 앞으로 다른 마상 대회에서 이보다 더 끔찍한 사고를 보게 될 테니까."

"그건 사고가 아니었어요. 아에리온은 고의로 그렇게 한 거예요. 보셨잖아요."

에그가 입술을 부르르 떨며 말했다.

덩크가 눈살을 찌푸렸다. 사실 그에게도 그렇게 보이기는 했지만, 어떤 기사라도 그렇게 치졸한 짓을 하리라고는, 특히 드래곤의 핏줄을 이은 자가 그토록 비열하다고는 받아들이기 어려웠다. 그가 고집스레 말했다.

"난 새파랗고 미숙한 기사가 창을 놓친 모습을 보았어. 이제 이 일에 대해서는 더 듣지 않겠다. 오늘 창시합은 더 없을 듯하니 이만 가자, 꼬마."

***

덩크의 짐작대로 그것이 마상 대회 첫날의 마지막이었다. 모든 혼란이 가라앉을 즈음에는 이미 해가 거의 저물었기에, 애시포드 공이 대회의 휴회를 선언했다.

슬슬 그림자가 길어지면서 초원을 덮기 시작할 때 노점 거리를 따라 백여 개의 횃불이 타올랐다. 덩크는 소년의 기분을 풀어 주려는 생각에 맥주를 사면서 그에게도 반 잔을 사 주었다. 그들은 흥겨운 피리와 북소리에 귀를 기울이며 어슬렁거리다가 1만 척의 선단을 이끌고 왔다는 전사 여왕 니메리아에 관한 인형극을 구경했다. 인형사들은 배가 두 척밖에 없었음에도 나름 박진감 넘치는 해상 전투를 연출해 냈다. 덩크는 탄셀이 방패를 다 그렸는지 묻고 싶었지만, 그녀는 무척 바쁜 모습이었다. '오늘 밤 공연이 다 끝날 때까지 기다려야지. 또 모르잖아, 그때쯤이면 뭔가 마시고 싶어 할지도.'

"던칸 경."

뒤에서 누군가 부르는 소리가 들렸다.

"던칸 경."

또 들리자 덩크는 별안간 그것이 자기를 부르는 소리임을 깨달았다.

"오늘 그 소년을 어깨에 목말 태운 채 평민들 사이에 있는 모습을 보았어요. 정말 눈에 띄지 않으려야 않을 수가 없겠더군요."

레이먼 포소웨이가 서글서글하게 웃으며 다가와서는 말했다.

"소년은 내 종자입니다. 에그, 이분은 레이먼 포소웨이다."

덩크는 억지로 소년을 앞으로 밀어야 했고, 그때마저도 에그는 고개를 푹 숙인 채 레이먼의 장화를 바라보며 인사말을 우물거렸다.

"만나서 반갑다, 꼬마야. 그런데 던칸 경, 왜 관람석에서 보지 않은 겁니까? 기사라면 누구라도 환영인데."

레이먼이 쾌활하게 말했다.

덩크는 평민들과 시종들과 있을 때가 마음이 편했다. 귀족과 귀부인 그리고 지주기사(地主騎士) 사이에서 자리를 차지하고 앉는 건 생각만 해도 불편했다.

"그 마지막 창시합을 가까이서 보는 건 사양하고 싶더군요."

레이먼이 얼굴을 찡그렸다.

"나도 그랬어요. 애시포드 공이 험프리 경을 승자로 선언하고 아에리온 왕자의 군마를 내리긴 했지만, 더 싸울 형편이 못 되죠. 다리가 두 군데나 부러졌으니. 바엘로 왕세자가 자신의 마에스터를 보내 돌보게 했다더군요."

"다른 챔피언이 험프리 경을 대신하게 됩니까?"

"애시포드 공은 그 자리를 카론 공이나 하딩과 멋진 승부를 겨뤘던 다른 험프리 경에게 내릴 생각이었지만, 바엘로 왕세자가 이런 상황에서 험프리 경의 방패와 천막을 치우는 건 품위 있는 처사가 아니라고 설득했죠. 아마 다섯 대신 네 명의 챔피언으로 마상 대회를 계속할 것으로 생각되네요."

'네 명의 챔피언이라.' 덩크가 생각했다. '레오 티렐, 라이오넬 바라테온, 티볼트 라니스터 그리고 발라르 왕자라.' 이미 첫날에 본 것만으로 덩크는 자신이 처음 셋의 상대가 되지 않음을 알고 있었다. 그렇다면 남은 사람은……

'떠돌이기사 따위는 왕자에게 도전할 수 없어. 발라르는 철왕좌의 계승 서열 2위야. 창파괴자 바엘로의 아들이고, 정복자 아에곤과 젊은 드래곤과 드래곤 기사 아에몬의 핏줄이다. 난 그저 영감님이 플리바톰의 어떤 스튜 가게(pot shop) 뒷골목에서 찾아낸 고아에 불과하고.'

단지 생각만으로도 머리가 아팠다. 그가 레이먼에게 물었다.

"당신의 사촌 형은 누구에게 도전할 생각이랍니까?"

"티볼트 경이요. 둘은 실력이 대등하거든요. 하지만 사촌 형은 모든 시합을 세심히 주시하고 있어요. 내일 어떤 챔피언이 부상당하거나 지치거나 약해진 모습을 보인다면, 내가 장담하는데 스테폰은 주저하지 않고 그의 방패를 두드릴 거예요. 애초에 기사도 정신이라고는 눈곱만큼도 찾을 수 없는 사람이니."

마치 자기가 내뱉은 독설을 무마하려는 듯 그가 웃음을 터뜨렸다.

"던칸 경, 나와 술이나 같이 하지 않겠어요?"

"볼일이 있어서요."

덩크는 그가 보답하지 못할 접대를 받는다는 생각에 거북했다.

"제가 여기서 기다리다가 인형극이 끝나면 방패를 받아 갈게요, 기사님. 좀 있으면 별의 눈 시메온 이야기가 나오고 또 드래곤도 다시 싸우게 한대요."

에그가 말했다.

"잘 해결되었네요. 이제는 포도주가 기다립니다. 설마 아보르의 명주를 거절하지는 않겠지요?"

레이먼이 재촉했다.

변명거리가 다 떨어진 덩크는 하는 수 없이 에그를 인형극 앞에 남겨 두고 레이먼을 따라갔다. 포소웨이 가문의 사과 문장이 그려진 깃발을 휘날리는 황금색 천막이 레이먼이 사촌 형을 보필하는 곳이었다. 천막 뒤에서는 하인 두 명이 꿀과 향초를 뿌린 염소 한 마리를 작은 모닥불로 굽고 있었다.

"출출하다면 음식도 있으니 언제라도 말해요."

레이먼이 덩크가 안에 들어갈 수 있게 입구의 가리개를 들어 올리며 아무것도 아니라는 듯 말했다. 실내는 석탄을 태우는 화로 덕에 환하고 훈훈했다. 레이먼이 두 개의 술잔에 포도주를 따르며 말했다.

"아에리온이 자기 말을 험프리 경에게 내린 애시포드 공에게 분노하고 있다고 하던데. 하지만 그런 충고를 한 사람은 틀림없이 그의 백부였을 겁니다."

그가 덩크에게 술잔을 건넸다. 덩크가 말했다.

"바엘로 왕세자는 명예로운 분이니까."

"'빛나는 왕자'는 그렇지 않다는 말입니까?"

레이먼이 웃음을 터뜨렸다.

"그렇게 근심 어린 표정을 지을 필요는 없어요, 던칸 경. 여긴 우리밖에 없으니까. 아에리온이 고약한 녀석이란 건 공공연한 사실입니다. 녀석의 계승 서열이 낮은 것이 다행이지요."

"그가 진심으로 말을 죽이려 했다고 믿습니까?"

"의심의 여지가 있습니까? 만약 마에카르 왕자가 있었다면 다르게 행동했을 거예요. 들리는 이야기로는 아에리온은 자기 아버지가 보는 앞에서는 항상 웃는 얼굴에 예의도 바르다지만, 아버지가 없을 때는⋯⋯."

"마에카르 왕자의 자리가 비어 있기는 하더군요."

"아들들을 찾으러 킹스가드 기사 롤랜드 크레이크홀과 함께 애시포드를 떠났다더군요. 강도기사들이 주변에 출몰한다는 풍문이 돌기는 하지만, 내가 장담하는데 왕자는 어디에선가 술에 취해 주정을 부리고 있을걸요."

포도주는 과일 맛이 났고 덩크가 지금껏 마셔 본 것 중 가장 훌륭했다. 그가 입안에서 잠시 맛을 음미하다가 꿀꺽 삼키고는 물었다.

"어떤 왕자를 말하는 겁니까?"

"마에카르의 장남. 왕의 이름을 따라 이름이 다에론이지요. 하지만 사람들은 마에카르 몰래 그를 '주정뱅이' 다에론이라고 불러요. 막내아들도 그와 함께 있었답니다. 두 왕자는 함께 서머홀을 떠났지만 여태 애시포드에 도착하지 않았어요."

레이먼이 술잔을 비우고는 옆에 내려놓았다.

"불쌍한 마에카르."

"불쌍하다고? 왕자가?"

덩크가 놀라 물었다.

"왕의 넷째 아들이죠." 레이먼이 입을 열었다.

"장남 바엘로 왕세자만큼 용맹하지 않고, 차남 아에리스 왕자만큼 총명하지 않으며, 삼남 라에겔 왕자만큼 온화하지도 않아요. 그리고 이젠 무능한 자기 아들들이 형의 아들들에게 가려지는 모습을 견뎌야지요. 다에론은 술주정뱅이, 아에리온은 오만한 데다 인성이 개판이고, 싹수가 노란 셋째 아들은 마에스터가 되라고 시타델로 보내 버린 데다, 막내아들은……."

"기사님! 던칸 기사님!"

에그가 숨을 헐떡이며 뛰어들어 왔다. 후드가 뒤로 젖혀졌고, 화로의 불빛이 그의 커다란 짙은 눈동자에서 반짝였다.

"어서 가셔야 해요, 그가 누나를 해치려고 해요!"

덩크가 어리둥절해하며 벌떡 일어섰다.

"해친다고? 누가 누구를?"

"**아에리온**이요! 아에리온이 그 인형사 누나를 **해치려고** 한다고요. **어서 빨리요!**"

소년은 그렇게 고함치고는 등을 돌리고 다시 밤의 어둠 속으로 달려갔다.

덩크가 따라나서는데 레이먼이 그의 팔을 붙들었다.

"던칸 경, 아에리온이에요. 왕가의 자손. 신중히 생각해야 해요."

그것이 현명한 충고임은 덩크도 알고 있었다. 노인도 같은 말을 했을 것이다. 하지만 귀에 들어오지 않았다. 그는 레이먼의 손을 뿌리치고 어깨로 입구 가리개를 밀어젖히며 천막을 뛰쳐나갔다. 노점 거리에서 고함이 들려왔다. 에그는 이미 멀리 앞에서 뛰어가고 있었다. 덩크가 소년의 뒤를 쫓았다. 그의 다리는 길고 소년의 다리는 짧았기에 재빨리 따라잡을 수 있었다.

인형사들 주위를 구경꾼들이 둥글게 에워싸고 있었다. 덩크는 그들의 욕설을 무시한 채 어깨로 밀쳐 대며 안쪽으로 파고들어 갔다. 왕가의 제복을 입은 병사 한 명이 그를 제지하려 앞으로 나섰다. 덩크가 그의 큰 손으로 병사의 가슴팍을 냅다 밀어 버렸고, 병사는 뒤로 허우적대며 진흙탕 속에 엉덩방아를 찧었다.

인형사들의 수레는 옆으로 넘어져 있었고 뚱뚱한 도르네 여자가 땅바닥에 주저앉아 울고 있었다. 한 병사의 손에 들린 플로리안과 존퀼 인형에 다른 병사가 횃불로 불을 붙였다. 병사 세 명이 짐 궤짝을 열어 인형들을 꺼내고 마구 짓밟았다. 산산이 조각난 드래곤 인형은 부러진 날개가 여기에, 머리는 저기에, 그리고 꼬리는 세 동강이 난 채로 여기저기 흩어져 있었다. 그리고 그 난장판의 한가운데에는 길게 늘어진 소매가 달린 붉은색 벨벳 더블릿으로 화려하게 차려입은 아에리온 왕자가 서서 두 손으로 탄셀의 팔을 비틀고 있었다. 소녀가 무릎을 꿇은 채 애원했지만, 아에리온은 그녀를 무시했다. 그가 소녀의 손을 강제로 펴고는 손가락 한 개를 붙들었다. 덩크는 눈에 보이는 광경을 믿지 못하며 멍하니 서 있기만 했다. 그때 우두둑 소리가 들리고 탄셀이 비명을 질렀다.

아에리온의 부하 한 명이 덩크를 잡으려 했다가 내팽개쳐졌다. 성큼성큼 세 걸음 만에 다가선 덩크가 왕자의 어깨를 부여잡고 홱 돌려세웠다. 장검이나 단검을 쓰는 법도, 노인이 그에게 가르친 모든 기술도 전부 뒷전이 되었다. 그가 날린 주먹에 아에리온이 쓰러졌고, 그의 장화 신은 발이 왕자의 배에 깊숙하게 박혔다. 아에리온이 단검에 손을 뻗자 덩크가 아에리온의 손목을 짓밟고 입을 걷어찼다. 막는 사람이 없었다면 왕자가 죽을 때까지 발길질했을지도 몰랐지만, 왕자의 부하들이 떼거리로 덩크를 덮쳤다. 양팔이 붙들리고 뒤에서 누가 그의 등을 후려쳤다. 한 명을 뿌리치면 두 명이 달라붙었다.

결국 덩크는 팔과 다리가 구속된 채 무릎이 꿇리고 말았다. 아에리온은 다시 일어나 있었고, 입가는 피투성이였다. 그가 손가락 하나를 입안에 집어넣었다.

"너 때문에 이가 하나 빠졌잖아. 그러니 일단 시작으로 네놈의 이빨부터 다 부러뜨려야겠네."

왕자가 불평하며 눈가에서 머리카락을 치웠고, 말을 이었다.

"넌 낯이 익은데."

"날 마구간지기로 착각했지."

아에리온이 붉은 이를 내보이며 씩 웃었다.

"기억난다. 내 말을 돌보기를 거부한 놈. 그런데 왜 목숨을 던져 버린 것이냐? 이 갈보 때문인가?"

탄셀은 몸을 웅크린 채 다친 손을 감싸 쥐고 있었다. 왕자가 발끝으로 그녀를 쿡 밀었다.

"그럴 가치가 없는 년인데 말이야. 반역자 년. 드래곤은 절대 져서는 안되거든."

'미친놈.' 덩크가 생각했다. '하지만 왕자의 아들이고 날 죽일 작정인 미친놈이야.'

처음부터 끝까지 아는 기도문이 있었다면 기도라도 했겠지만, 그럴 시간이 없었다. 공포에 떨 시간조차도 없었다.

"더 할 말이 없나? 재미없잖아, 기사."

왕자가 피투성이가 된 입을 다시 쿡 누르며 말했다.

"웨이트, 망치를 가져와서 이놈의 이빨을 전부 깨뜨려라. 그다음에는 배를 갈라서 이놈에게 자기 내장이 어떤 색깔인지 보여 주자꾸나."

"안 돼! 그를 해치지 마!"

어떤 소년이 외치는 소리가 들렸다.

'신이시여, 저 꼬마, 저 용감하고 어리석은 꼬마.'

덩크가 생각했다. 그는 자기를 억누르는 팔을 뿌리치려 용을 썼지만 아무 소용이 없었다.

"입 다물고 있어라, 바보 꼬마야. 빨리 도망쳐. 이놈들이 널 해칠 거야!"

"아뇨, 이들은 절 해치지 못해요."

에그가 가까이 다가왔다.

"그랬다가는 제 아버지와 백부님의 분노를 살 테니까. 놓으라고 했잖아. 웨이트, 요르켈, 너흰 내가 누군지 알지. 내가 시키는 대로 해."

왼팔을 붙들던 손들이 사라졌고, 곧 다른 손들도 모두 떨어져 나갔다. 덩크는 무슨 일이 일어난 건지 이해할 수 없었다. 병사들이 뒷걸음치고, 한 명은 무릎을 꿇기까지 했다. 그때 인파가 갈라지며 갑옷과 투구로 무장하고 한 손을 칼자루에 얹은 레이먼 포소웨이가 나타났다. 벌써 칼을 뽑아 든 그의 사촌 형 스테폰 경과 가슴팍에 붉은 사과 휘장이 있는 병사 대여섯 명이 그의 뒤를 따랐다.

아에리온 왕자는 그들을 무시했다. 그가 에그의 발치에 피를 한 움큼 뱉으며 물었다.

"건방진 꼬마 놈. 네 머리는 어떻게 된 거야?"

"내가 잘라 버렸어." 에그가 대답했다.

"형하고 닮아 보이고 싶지 않아서."

* * *

대회 둘째 날은 하늘이 흐렸고 서쪽에서 강풍이 불었다. '이런 날씨엔 관중도 적겠지.'라고 덩크는 생각했다. 목책 부근에서 창시합을 더 가까이 서 볼 수 있는 자리를 찾는 일도 더 수월했을 것이다. '에그는 난간에 올라 앉고, 난 뒤에 서서 구경하고.'

하지만 에그는 비단과 모피를 걸친 채 관람석에 앉아 마상 대회를 구경할 것이고, 그동안 덩크는 애시포드 공의 병사들이 그를 가둬 놓은 탑의 감방에서 벽만 바라볼 것이다. 창문이 하나 있기는 하지만 방향이 틀렸다. 그럼에도 덩크는 해가 뜨자 창가의 의자에 앉아 마을과 초원과 숲을 우울하게 내다보았다. 병사들은 그의 밧줄 검대와 장검과 단검을 가져갔고, 은화가 든 돈주머니도 가져가 버렸다. 덩크는 에그나 레이먼이 체스트넛과 썬더를 잊지 않고 돌보길 바랐다.

"에그."

그가 나직이 중얼거렸다. 킹스랜딩 뒷골목에서 온 부랑아인 줄만 알았던 그의 종자. 그 어떤 기사가 이런 기만을 당한 적이 있었던가? '멍텅구리 덩크, 성벽처럼 아둔하고 오룩스 들소처럼 느려 터진 녀석.'

애시포드 공의 병사들이 인형 극장 앞에서 그들을 모두 체포한 이후로 덩크는 에그와 대화하는 것이 허락되지 않았다. 레이먼도, 탄셀도, 그 누구도, 심지어는 애시포드 공조차도 만날 수 없었다. 그들의 얼굴을 다시 볼 수 있는 날이 올지 고민되었다. 설령 저들이 덩크를 죽을 때까지 이 작은 방에 가둬 놓는다 해도 그가 할 수 있는 건 아무것도 없었다. '뭘 기대한 거냐? 왕자의 아들을 때려눕히고 걷어차기까지 했는데.' 덩크는 씁쓸히 자문했다.

이렇게 흐린 하늘 아래서 고귀한 귀족들과 위대한 챔피언들의 화려한 옷차림은 전날만큼 눈부시지 않을 것이다. 구름 뒤에 갇힌 태양은 그들의 강철 투구를 찬란한 빛으로 어루만지지 않을 것이며 금은보석으로 꾸민 장식들 또한 빛나거나 번쩍이지 않을 테지만, 그래도 덩크는 지금 자기가 관중 속에 섞여 창시합을 구경하고 있었으면 했다. 오늘은 떠돌이기사들이, 평범한 갑옷으로 무장하고 마갑 따위도 걸치지 않은 말을 탄 사나이들이 활약하는 날일 테니.

그나마 소리는 들을 수 있었다. 나팔수들이 부는 뿔 나팔 소리는 길게 멀리까지 울려 퍼졌고, 이따금 들려오는 관중의 함성은 누군가 쓰러졌거나, 다시 일어났거나, 혹은 뭔가 대담한 활약을 펼쳤다는 것을 알려 주었다. 희미하게 말발굽 소리도 들려왔고, 어쩌다 한 번씩 검이 세게 부딪치며 내는 소리나 창대가 뚝 부러지는 소리도 들렸다. 뚝 소리가 날 때마다 덩크는 움찔하며 놀랐다. 아에리온이 탄셀의 손가락을 꺾던 소리가 아직도 귓가에 생생했다.

더 가까운 곳에서 들려오는 소리도 있었다. 감방 밖 복도에 울리는 발걸음 소리, 탑 아래에서 말들이 땅을 구르는 말발굽 소리, 성벽에서 누군가 지르는 고함. 때로는 그런 소리에 시합장에서 나는 소리가 묻히기도 했는데, 덩크는 그것도 나쁘지 않다고 생각했다.

"떠돌이기사야말로 진정한 기사라고 볼 수 있단다, 덩크."라고, 아주 오래오래 전에 노인이 말한 적이 있었다.

"다른 기사들은 그들을 거느린 귀족이나 그들에게 봉토를 내린 영주를 섬기지만, 우린 우리가 옳다고 믿는 신념을 지닌 이들을 선택하여 섬긴단다. 모든 기사가 힘없고 죄 없는 이를 지키겠다고 맹세하지만, 정작 그 맹세를 가장 잘 지키는 건 바로 우리라는 생각이 드는구나."

어찌하여 이렇게 생생하게 기억나는 것일까. 그동안 덩크가 까마득히 잊었던 말이었고, 그 말을 해 준 노인조차도 말년에 이르러서는 잊지 않았을까 싶었다.

시간이 흘러 아침은 오후가 되었고, 시합장에서 희미하게 들려오는 소리도 점차 잦아들었다. 감방 안에 어둠이 스며들기 시작했지만, 덩크는 계속 창가에 앉아 어둑어둑해지는 바깥을 내다보며 주린 배를 신경 쓰지 않으려 했다.

그때 발걸음 소리와 쇠 열쇠가 쩽그랑거리는 소리가 들렸다. 문이 열리자 그는 다리를 뻗고 자리에서 일어났다. 병사 두 명이 들어왔고, 그중 한 명은 호롱불을 들고 있었다. 음식이 담긴 쟁반을 든 하인이 들어오고 그 뒤를 에그가 따랐다. 소년이 그들에게 말했다.

"등과 쟁반을 놔두고 나가라."

그들은 소년의 명을 따랐으나, 덩크는 그들이 육중한 나무문을 살짝 열어 둔 것을 보았다. 구수한 음식 냄새가 풍기자 그는 그제야 자기가 얼마나 굶주려 있는지 깨달았다. 쟁반에는 뜨거운 빵과 꿀, 완두콩 죽 그리고 꼬챙이에 끼운 구운 양파와 겁게 태운 고기가 있었다. 덩크는 쟁반 옆에 앉아 손가락으로 빵을 뜯고 입에 집어넣었다.

"나이프가 없네. 혹시 내가 널 나이프로 찌를지도 모른다고 생각해서 안 준 건가?"

"사람들이 무슨 생각을 하는지는 아무도 제게 알려 주지 않았어요."

소년은 몸에 잘 맞는 검은색 양털 더블릿을 입었는데, 허리 부분은 들어가고 기다란 소매는 붉은 공단으로 안감을 댔다. 가슴팍에는 타르가르옌 가문의 삼두룡이 수놓아져 있었다.

"백부님께서 제가 기사님을 속인 것에 대해 공손히 용서를 빌어야 한다고 하셨어요."

"네 백부님이라면, 바엘로 왕세자시겠구나."

덩크가 말했다.

소년의 표정은 참담했다.

"거짓말을 할 생각은 결코 없었어요."

"하지만 했잖아. 모든 것에 관해서. 네 이름부터 시작해서 말이야. 에그 왕자라곤 들어 본 적이 없어."

"아에곤의 애칭이에요. 아에몬이 절 에그라고 불렀죠. 형은 지금 시타델에서 마에스터가 되는 공부를 하고 있어요. 다에론도 가끔 절 에그라고 부르고, 제 누이들도 그래요."

덩크는 꼬치를 집어 들고 고기를 한입 베어 물었다. 염소 고기였는데, 그가 한 번도 맛본 적이 없는, 아마 귀족들이나 쓸 만한 향신료로 양념한 것이었다. 턱에서 기름이 흘러내렸다.

"아에곤이라."

그가 따라 말했다.

"당연히 아에곤이겠지. '드래곤' 아에곤처럼 말이야. 아에곤이란 이름의 왕이 몇 명이나 있었지?"

"넷요. 아에곤 왕은 전부 네 분 계셨어요."

소년이 대답했다.

덩크는 계속 씹고 꿀꺽 삼키면서 빵을 더 뜯었다.

"왜 그런 짓을 했냐? 그냥 어떤 멍청한 떠돌이기사를 골탕 먹이고 싶어서 저지른 장난이었어?"

"아뇨."

소년의 눈에는 눈물이 그렁그렁했지만, 남자답게 꿋꿋이 눈물을 참았다.

"전 원래 제일 큰 형, 다에론의 종자였어요. 전 좋은 종자가 되는 데 필요한 모든 것을 배웠지만, 다에론은 별로 좋은 기사가 아니에요. 마상 대회에 참가하고 싶지 않았던 형은 우리가 서머홀을 떠난 지 얼마 안 있어 호위병들을 따돌리고 도망쳤어요. 게다가 뒤를 쫓을 사람들의 허를 찌를 생각에 오던 길을 되돌아가는 대신 오히려 애시포드로 향했던 거고요. 제 머리를 밀어 버린 사람도 형이었어요. 형은 아버지가 사람들을 보내 우릴 찾으리란 걸 알고 있었거든요. 다에론의 머리카락은 그냥 평범한 연한 갈색이라 문제가 없지만, 제 머리는 아버지와 아에리온하고 같은 색깔이라서요."

"드래곤의 혈족이 은금발 머리칼과 보랏빛 눈동자를 지녔다는 건 모르는 사람이 없지."

덩크가 말했다. '성벽처럼 아둔하다고, 덩크.'

"네. 그래서 다에론이 밀어 버렸던 거예요. 마상 대회가 끝날 때까지 숨어 있을 작정이었죠. 하지만 기사님이 절 마구간지기로 착각했고, 그래서……."

소년이 시선을 내렸다.

"전 다에론이 싸우든 안 싸우든 상관하지 않지만, 꼭 누군가의 종자가 되고 싶었어요. 죄송해요, 기사님. 진심이에요."

덩크는 에그를 골똘히 쳐다보았다. 무언가를 간절히 원하고 조금이라도 그것과 가까이하고 싶어서 엄청난 거짓말을 하는 것이 어떤 기분인지는 그도 알고 있었다.

"난 네가 나와 비슷한 녀석인 줄 알았어. 그런데 비슷한 것 같기도 해. 다만 내가 생각한 것과는 다른 이유로 말이야."

"우린 둘 다 킹스랜딩에서 왔잖아요."

소년이 기대 어린 목소리로 말했다.

덩크는 웃음을 터뜨릴 수밖에 없었다.

"그래, 넌 아에곤의 언덕 꼭대기에서, 그리고 난 맨 밑바닥에서 왔지."

"그건 그렇게 멀지 않아요."

덩크가 양파를 한입 베어 물었다.

"내가 널 **나리**나 **저하**라고 불러야 하냐?"

"왕궁에서는요. 하지만 다른 때는 계속 에그라고 부르셔도 괜찮아요, 기사님."

"난 이제 어떻게 되는 거냐, 에그?"

"백부님이 보기를 원하세요. 식사를 다 하신 다음에요."

덩크는 접시를 옆으로 밀고는 일어섰다.

"그럼 이제 다 먹었다. 이미 한 왕자의 입을 걷어차 버렸는데, 다른 왕자를 기다리게 하고 싶지는 않아."

* * *

바엘로 왕세자가 성에 머무는 동안 애시포드 공이 자신이 쓰는 방을 전부 그에게 넘겼기 때문에, 에그는 ─이 아니라 아에곤, 어서 그 이름에 익숙해져야 했다 ─덩크를 영주의 개인 서재로 안내했다. 바엘로는 밀랍 양초의 불빛에 의지해 뭔가 읽고 있었다. 덩크가 그의 앞에서 무릎을 꿇었다. 왕세자가 말했다.

"일어서라, 포도주를 마시겠는가?"

"황송합니다, 저하."

"던칸 경에게 달콤한 도르네산 적포도주를 따라 주어라, 아에곤. 넌 이미 그에게 많은 해를 끼쳤으니, 쏟지 않게 조심하여라."

"쏟는 일은 없을 것입니다, 저하. 착한 녀석입니다. 성실한 종자이기도 하고. 그리고 제게 해를 끼칠 마음도 없었다는 것도 알고 있습니다."

덩크가 말했다.

"누군가에게 해를 끼치는 데 반드시 의도가 필요한 건 아니다. 아에곤은 그의 형이 인형사들한테 무슨 짓을 하는지 봤을 때 내게 왔어야 했다. 하지만 그러지 않고 자네에게 달려갔지. 그건 선의가 아니었다. 기사, 자네가 저지른 짓은…… 내가 그 자리에 있었다면 아마 자네와 똑같은 행동을 하였겠지만, 난 떠돌이기사가 아니라 이 나라의 왕자다. 적의를 품고 왕의 손자에게 손찌검하는 건 결코 현명한 처사가 아니야. 그 이유가 무엇이든 간에 말이다."

덩크가 굳은 얼굴로 고개를 끄덕였다. 에그가 포도주를 가득 따른 은잔을 건넸다. 덩크는 술잔을 받아 들고는 길게 한 모금을 들이켰다.

"전 아에리온이 **싫어요.**"

에그가 격렬하게 말했다.

"그리고 그때는 던칸 경에게 달려갈 수밖에 없었어요, 백부님. 성은 너무 멀었거든요."

"아에리온은 네 형이다."

왕세자가 엄격하게 말했다.

"그리고 셉톤들은 항상 형제를 사랑해야 한다고 말하지 않느냐. 아에곤, 이제 던칸 경과 개인적으로 나눌 이야기가 있으니 나가 보아라."

에그가 술병을 내려놓고 뻣뻣하게 고개를 숙였다.

"명을 따르겠습니다, 저하."

소년이 서재에서 나가며 문을 조용히 닫았다.

창파괴자 바엘로가 한참 동안 덩크의 눈을 바라보았다.

"던칸 경, 하나 묻고 싶은 게 있다. 기사로서 자네의 실력은 진정으로 어떠한가? 무기는 얼마나 잘 다루는가?"

덩크는 뭐라 대답해야 할지 몰랐다.

"알란 경에게서 검과 방패를 다루는 법을 배우고, 목각 과녁과 고리로 마상 창술을 연습해 왔습니다."

대답을 들은 바엘로 왕세자는 근심스러운 표정을 지었다.

"몇 시간 전에 내 아우 마에카르가 성으로 돌아왔다. 여기서 남쪽으로 하루 정도 떨어진 여관에서 술에 취해 있던 장남을 찾았다고 한다. 마에카르는 절대 인정하지 않을 테지만, 난 아우가 이 마상 대회에서 그의 아들들이 내 아들보다 더 활약하기를 속으로 바라고 있었다고 생각한다. 하지만 두 아들은 오히려 그에게 치욕을 주고 말았지. 하지만 자기 자식들인데 무엇을 할 수 있겠는가? 분노한 마에카르는 누군가 분풀이를 할 대상이 필요했고, 그 대상으로 자네를 선택했다."

"저요?"

덩크가 참담한 목소리로 되물었다.

"아에리온이 이미 아비의 귀에 속닥거렸다. 다에론 또한 자네를 거들지 않았고. 자신의 비겁함을 둘러대기 위해, 다에론은 길에서 우연히 만난 거구의 강도기사가 아에곤을 납치해 갔다고 내 아우에게 이야기했다. 안타깝게도 자네가 그 강도기사의 역할을 맡은 듯하다. 다에론의 이야기에 따르면 그는 지난 며칠 간 동생을 되찾기 위해 여기저기를 돌아다니며 자네의 뒤를 쫓았다고 한다."

"하지만 에그, 아니 아에곤이 사실을 아뢸 것입니다."

"물론 에그가 말은 하겠지. 하지만 자네도 이미 잘 알다시피, 그 아이는 거짓말을 잘하는 녀석으로 알려져 있다. 내 아우가 어느 아들의 말을 믿겠나? 그리고 그 인형사들의 일은 아에리온의 왜곡을 거치고 나면 대역죄로 탈바꿈할 것이다. 드래곤은 왕가의 상징. 그런 드래곤이 목에서 붉은 톱밥을 뿌리며 살해당하는 장면을 연출했더라……. 분명 악의 없는 행위였겠지만, 결코 현명한 처사는 아니었어. 아에리온은 그것이 반란을 선동하는, 인형극을 빙자한 타르가르엔 가문에 대한 공격이라 주장하는 중이고, 마에카르도 아마 그 말에 동의할 것이다. 내 아우는 성격이 과민한 데다 다에론에게 엄청난 실망을 한 이후로 아에리온에게 모든 기대를 걸었기 때문이야."

왕자가 술을 한 모금 마시고는 잔을 내려놓았다.

"하지만 내 아우가 무슨 말을 믿든 안 믿든, 한 가지 사실만은 부인할 수 없다. 바로 자네가 드래곤의 혈족에게 손찌검했다는 것. 그 죄로 자넨 재판을 받고 심판에 따라 처벌을 받아야 한다."

"처벌요?"

덩크는 그 말에 불안해졌다.

"아에리온은 이빨이 있든 없든 자네의 머리를 원하고 있다. 내 약속하건대 그런 일은 결코 없을 터이나, 그에게 재판까지 거부할 수는 없어. 부왕께서는 여기서 수백 리그(1리그는 약 5킬로미터)나 먼 곳에 계시니, 내 아우와 나, 이 영지의 주인인 애시포드 공 그리고 그의 주군인 하이가든의 티렐 영주가 자네를 심판해야 하겠지. 마지막으로 왕손 폭행으로 유죄 판결을 받았던 자는 폭행에 사용한 손을 잃어야 했다."

"제 손요?"

덩크가 기겁하며 말했다.

"그리고 자네의 발도. 그에게 발길질도 하지 않았던가?"

덩크는 아무 말도 할 수 없었다.

"물론 난 다른 재판관들에게 자비를 베풀라고 권유할 것이야. 국왕의 핸드이자 왕위 계승자로서 내 발언은 중히 받아들여질 것이다. 다만 아우의 발언도 마찬가지로 중하게 받아들여질 것이고, 그것이 문제다."

"저, 저는…… 저하, 저는…….'

'아무도 반역을 도모하지 않았습니다. 그건 단지 나무로 만든 드래곤일 뿐이었고, 결코 왕자를 상징하는 것이 아니었어요.'라고 말하고 싶었지만, 도저히 입이 열리지 않았다. 애초에 그는 말주변이 없었다.

"하지만 또 다른 선택을 할 수 있다."

바엘로 왕세자가 조용히 말을 계속했다.

"그것이 더 좋은 것인지 나쁜 것인지는 나도 확신할 수 없으나, 어쨌든 혐의를 받은 기사는 누구든 결투 재판을 요구할 권리가 있다. 그래서 내가 다시 한 번 자네에게 묻겠다, 키 큰 던칸 경. 과연 기사로서 자네의 실력은 어떠한가? 진정으로?"

***

"'일곱의 재판'을 바랍니다. 제게 그걸 요구할 권리가 있다고 믿습니다만."

아에리온 왕자가 미소 지으며 말했다.

바엘로 왕세자가 미간을 찡그리며 손가락으로 탁자를 두드렸다. 그의 왼쪽에서 애시포드 공이 천천히 고개를 끄덕였다.

"어째서냐?"

마에카르 왕자가 아들을 향해 몸을 기울이며 다그쳤다.

"혼자서 이 떠돌이기사와 맞서 싸우고 신들께 너의 고발이 정당한지 결정을 맡기는 것이 두려운 게냐?"

"두려워한다고요? 이따위 녀석을? 당치도 않은 말씀이십니다, 아버지. 전 그저 사랑하는 형을 생각해서 드린 말씀입니다. 다에론도 이 던칸 경이란 자에게 당한 적이 있고, 오히려 저보다 복수에 대한 우선권이 있습니다. 일곱의 재판이라면 저희 둘 다 이자를 상대할 수 있지 않습니까."

"내 배려 따윈 안 해 줘도 된다, 아우야."

다에론 타르가르엔이 대꾸했다. 마에카르 왕자의 장남은 덩크가 그를 여관에서 처음 보았을 때보다도 더 초췌한 행색이었다. 지금은 술에 취하지 않고 검붉은 상의도 포도주 얼룩 하나 없이 깨끗했지만, 두 눈이 벌겋게 충혈되었고 이마에서 땀을 흘리고 있었다.

"난 네가 저 악당을 베는 모습을 보며 응원하는 것으로 만족할게."

"정말 자상한데, 사랑하는 형."

아에리온 왕자가 만면에 웃음을 띠며 말했다.

"하지만 형의 말이 진실이라는 것을 형이 직접 나서서 입증할 기회를 빼앗으면 내가 너무 이기적인 것 같잖아. 그러니 난 꼭 일곱의 재판을 요구해야겠어."

덩크는 이게 무슨 말인지 이해할 수 없었다. 그가 단상을 향해 말했다.

"저하 그리고 여러분, 전 영문을 모르겠습니다. 일곱의 재판이라는 게 도대체 무엇입니까?"

바엘로 왕세자가 심기가 불편한 표정으로 의자에서 몸을 뒤척였다.

"그건 또 다른 방식의 결투 재판이다. 오래된 관습이고, 행사된 적이 거의 없지. 안달인이 협해(狹海)를 건너올 때 그들의 일곱 신과 함께 가져온 것이야. 어떤 결투 재판에서든지 근본적으로 고발자와 피고발자는 신들에게 그들의 분쟁에 대한 심판을 내려 달라고 부탁한다. 안달인은 양측을 대표하여 각각 일곱 명의 대전사(代戰士)가 결투에 임한다면, 그런 경의를 받은 신들이 더욱 힘을 써서 공정한 결과가 나오게 할 것이라고 믿었다."

"아니면 그들은 단지 칼싸움을 즐겼을지도 모르지."

레오 티렐 공이 입가에 냉소를 머금고 말했다.

"여하튼, 아에리온 경에게는 그럴 권리가 분명히 있소. 일곱의 재판을 허락하오."

"그렇다면 저 혼자서 일곱 명과 싸워야 합니까?"

덩크가 절망하며 물었다.

"혼자가 아니다, 기사."

마에카르 왕자가 짜증을 내며 대답했다.

"모르는 체하지 마라, 다 쓸모없는 짓이다. 반드시 일곱 대 일곱이어야 한다. 넌 함께 싸워 줄 기사 여섯 명을 구해야 한다."

'기사 여섯 명이라니.' 덩크가 생각했다. 기사 6천 명을 찾으라는 것과 다를 바 없었다. 그는 형제도, 사촌도, 함께 전투를 치른 옛 동료조차도 없었다. 무엇 때문에 알지도 못하는 사람이 여섯 명씩이나 한낱 떠돌이기사의 생명을 지키기 위해 자기 목숨을 내놓고 왕족 두 명과 싸운다는 말인가? 그가 다시 물었다.

"저하 그리고 여러분, 만약 아무도 절 돕지 않는다면 어떻게 됩니까?"

마에카르 타르가르옌이 차갑게 그를 내려다보았다.

"네 명분이 정당하다면 의로운 남자들이 나서서 싸울 것이다. 만약 대전사를 구하지 못한다면 그건 네가 유죄이기 때문이겠지. 이보다 더 명백할 수 있겠느냐?"

* * *

애시포드 성에서 터벅터벅 걸어 나오던 덩크는 뒤에서 드르륵 내려온 쇠살문이 닫히는 소리를 듣고 이루 말할 수 없는 외로움을 느꼈다. 피부에 이슬처럼 가볍게 느껴지는 보슬비가 내렸지만, 덩크는 그 감촉에 부르르 몸을 떨었다. 강 건너에서 아직도 모닥불을 태우는 몇몇 천막 주위에 어린 색색의 후광이 보였다. 밤이 거의 반 이상 지난 것 같았고, 이제 몇 시간이면 새벽이 그를 맞이할 것이다. '그리고 새벽과 함께 죽음도 찾아오겠지.'

장검과 돈을 돌려받긴 했지만, 여울을 건너는 덩크의 머릿속에는 절망뿐이었다. 혹시 저들은 그가 아무 말 위에 안장을 얹고 도망칠 것이라 예상하고 있을지도 몰랐다. 마음만 먹으면 그렇게 할 수도 있었다. 그러나 그건 그가 기사이기를 포기한다는 것을 뜻했고, 그 후로는 일개 범법자로 연명하다가 끝내는 어떤 영주에게 붙잡혀 목이 잘리고 말 것이다. '그렇게 살기보다는 기사로서 죽는 게 나아.' 그가 꿋꿋이 생각했다. 덩크는 무

룹까지 축축이 젖은 채 텅 빈 시합장을 터덜터덜 지나갔다. 천막들은 주인
들이 이미 잠이 들어 대부분 어두웠지만, 아직 몇몇 촛불이 켜진 곳도 있
었다. 어떤 천막에서는 나지막한 신음과 애타는 탄성이 흘러나오기도 했
다. 덩크는 그 소리를 듣고 자기가 여자를 한 번도 안지 못하고 죽는 것이
아닌가 하고 생각했다. 그때 말이 힝힝거리는 소리가 들렸고, 덩크는 왠
지 모르지만 그것이 썬더라는 것을 알아차렸다. 그가 달리기 시작했고, 곧
흐릿한 황금빛 불빛이 새어 나오는 둥근 천막의 바깥에 매여 있는 썬더와
체스트넛을 발견했다. 천막의 중앙 기둥에 축축이 젖어 늘어진 깃발에서
포소웨이 가문의 사과 문장이 그리는 어렴풋한 곡선을 알아볼 수 있었다.
그건 마치 희망처럼 보였다.

＊＊＊

"결투 재판이라니."

레이먼이 심각한 목소리로 말했다.

"신이시여. 이봐, 던칸, 그건 전투용 창과 철퇴, 전투 도끼를 뜻해…….
칼날도 무디지 않고. 이해하겠어?"

"겁쟁이 레이먼."

그의 사촌 형 스테폰 경이 비웃었다. 그는 노란 양털 망토를 걸치고 황
금과 석류석으로 만든 사과 모양 걸쇠로 망토를 고정했다.

"넌 두려워할 필요가 없어, 내 사촌 동생아. 이건 기사들의 싸움이다. 넌
기사가 아니니 위험에 빠질 염려가 없잖아. 던칸 경, 적어도 포소웨이 가
문의 남자 한 명은 자넬 도울 것이야. 바로 잘 익은 내가. 나도 아에리온이
그 인형사들에게 무슨 짓을 했는지 봤다. 내가 자네를 돕겠어."

"나도 마찬가지야. 난 단지……."

레이먼이 성을 내며 쏘아붙였다.

스테폰이 사촌 동생의 말을 끊고 물었다.

"또 누가 우리와 함께 싸우는가, 던칸 경?"

덩크가 절망적인 표정으로 두 손을 펼쳐 보였다.

"전 달리 아는 사람이 없습니다. 만프레드 돈다리온 경과 안면이 있긴 합니다만, 그는 제가 기사라는 보증조차 서려고 하지 않았으니 절 위해 목숨을 걸지도 않을 겁니다."

스테폰 경은 약간 고민이 되는 듯했다.

"그렇다면 실력 있는 기사가 다섯 명은 더 필요하겠군. 다행스럽게도 난 친구가 다섯 명이 넘어. 긴 가시 레오, 웃음을 터뜨리는 폭풍, 카론 공, 라니스터 부자. 오토 브락켄 경…… 그래, 블랙우드 가문 사람 중에도 친구가 있지만, 누가 와서 설득해도 블랙우드와 브락켄 가문 사람들을 같은 편에서 싸우게 할 수는 없을 거야. 일단 가서 그들 몇몇과 이야기를 나누고 오겠네."

"이 시간에 깨우러 가면 불쾌해할 거야."

그의 사촌 동생이 반대했다.

"그럼 더 좋지."

스테폰 경이 큰 소리로 말했다.

"화가 나면 그만큼 더 맹렬하게 싸울 테니까. 나만 믿게, 던칸 경. 레이먼, 새벽이 되어도 내가 돌아오지 않으면 미리 내 갑옷을 준비하고 '분노' 위에 안장과 마갑을 걸쳐 놓고 있어라. 그럼 도전자 대기소에서 보자고."

그가 웃음을 터뜨렸다.

"이거 정말 오래오래 기억에 남을 날이 될 것 같군."

천막에서 성큼성큼 걸어 나가는 그는 거의 기뻐하는 모습이었다.

그러나 레이먼은 아니었다. 사촌 형이 사라지자 그가 침울하게 말했다.

"기사 다섯 명을 구해 온다니. 던칸, 네 희망에 찬물을 끼얹고 싶은 마음은 없지만⋯⋯."

"네 사촌 형이 언급한 인물들을 데려올 수만 있다면⋯⋯."

"긴 가시 레오? 브락켄의 야수? 웃음을 터뜨리는 폭풍 말이야?"

레이먼이 일어섰다.

"물론 사촌 형은 그들이 모두 누군지 잘 알겠지. 다만 그런 인물 중 한 명이라도 **사촌 형을 아는** 사람이 있는지가 문제라고. 스테폰은 이걸 단지 명예를 얻고 이름을 떨칠 기회로 보지만, 네겐 목숨이 걸린 일이야. 네가 직접 나서서 사람들을 찾아야 해. 나도 돕겠어. 대전사가 몇 명 남더라도 부족한 것보다는 낫잖아."

바깥에서 무슨 소리가 나자 레이먼이 고개를 돌리며 외쳤다.

"밖에 누구냐?"

그때 입구 가리개를 젖히고 소년 한 명과 비에 흠뻑 젖은 검은 망토를 걸친 마른 사내가 들어왔다.

"에그?"

덩크가 자리에서 일어나며 물었다.

"여긴 뭐 하러 왔어?"

"전 기사님의 종자잖아요. 무장을 갖추실 때 도와 드려야지요."

"네 아버지가 네가 성을 떠난 사실을 알아?"

"젠장, 모르시기를 빌어야겠지."

다에론 타르가르옌이 망토의 걸쇠를 열고는 야윈 어깨에서 망토를 풀어 내렸다.

"너? 미쳤나? 왜 네가 여기에?"

덩크가 칼집에서 단검을 꺼냈다.

"지금이라도 당장 이걸 네 배 속에 쑤셔 넣고 싶다고."

"그렇겠지."

다에론 왕자가 동의했다.

"하지만 대신 술을 따라 준다면 더 좋겠는데 말이야. 내 손을 봐 봐."

그가 한 손을 내밀고 얼마나 손을 떠는지 모두에게 보여 주었다.

덩크가 성난 눈초리로 노려보며 그에게 다가섰다.

"네 손 따윈 상관없어. 그런 거짓말을 하다니."

"아버지가 막냇동생이 어디로 갔는지 다그치실 때 나도 **뭐라 변명거리가** 있어야 했단 말이야."

왕자가 대답하며 덩크의 단검은 아랑곳하지 않고 의자에 앉았다.

"실은 난 에그가 사라진 것도 몰랐어. 계속 술만 퍼마시고 그 외엔 전혀 신경 쓰지 않았던 터라……."

그가 한숨을 내쉬었다.

"기사님, 제 아버지도 일곱 고발자의 한 명으로 참여할 생각이세요."

에그가 끼어들며 말했다.

"그러지 마시라고 간곡하게 빌었지만, 제 말을 듣지 않으세요. 아버지께서는 그것만이 아에리온과 다에론의 명예를 되찾을 수 있는 유일한 방법이라 하셨어요."

"내가 누구한테 내 명예를 되찾아 달라고 부탁한 적도 없는데 말이다."

다에론 왕자가 툴툴거렸다.

"누가 가져갔든 계속 갖고 있으라 해. 난 개의치 않는다고. 하지만 뭐, 어쩔 수 없지. 이봐, 던컨 경, 넌 날 걱정할 필요가 없어. 내가 유일하게 말보다 더 싫어하는 게 바로 칼이거든. 무겁고 쓸데없이 날카롭기까지 한 것들. 처음 돌격할 때야 나름 멋진 기사님처럼 보이도록 노력하겠지만, 그다음에는…… 뭐, 네가 내 투구 옆 부분을 적당히 때려 준다면 좋겠어. 너무세게는 말고, 그냥 쇳소리가 날 정도로만. 무슨 말인지 이해하겠지. 내 동생들이 칼싸움이나 춤이나 머리 쓰는 일이나 독서 같은 걸 나보다 더 잘 할지는 몰라도, 진흙탕 속에 정신을 잃고 쓰러져 있는 거라면 누구도 날 따를 놈이 없다고."

덩크는 어리벙벙한 얼굴로 왕자를 쳐다보며, 그가 자기를 놀리는 게 아닌지 고민에 빠졌다.

"왜 온 겁니까?"

"네가 싸울 상대가 누군지 알려 주려고. 아버지께서는 킹스가드의 참전을 명령하셨어."

"킹스가드라고?"

덩크가 질린 목소리로 말했다.

"뭐, 여기 있는 세 명 말이야. 바엘로 백부님이 나머지 넷을 조부님의 경호를 위해 킹스랜딩에 놔두고 오신 것이 그나마 다행이지."

에그가 그들의 이름을 알려 주었다.

"롤랜드 크레이크홀 경, 더스켄데일의 도넬 경 그리고 윌렘 와일드 경이에요."

"그들에게는 선택의 여지가 없어. 국왕과 왕가의 목숨을 수호하겠다고 맹세했고, 빌어먹을 일이긴 하지만 나와 내 동생들은 드래곤의 핏줄을 이었지."

다에론이 덧붙였다.

덩크가 손가락을 꼽으며 셌다.

"그럼 전부 여섯 명이군요. 일곱 번째는 누굽니까?"

다에론 왕자가 모르겠다는 듯 어깨를 으쓱 들어 올렸다.

"아에리온이 알아서 구하겠지. 못 구하면 누군가 고용하든지. 돈이라면 썩을 만큼 있으니."

"기사님은 누가 있나요?"

에그가 물었다.

"레이먼의 사촌 형인 스테폰 경."

다에론이 움찔했다.

"고작 한 명?"

"스테폰 경이 친구들을 데려온다며 가긴 했습니다만."

"제가 더 데려올 수 있어요. 기사들을 데려올 수 있다고요."

에그가 말했다.

"에그, 난 네 형들과 싸우는 거야."

덩크가 대답했다.

"하지만 다에론은 해치지 않으실 거잖아요. 형도 알아서 쓰러져 있겠다고 했고요. 그리고 아에리온은…… 제가 어릴 때 아에리온은 밤마다 제 방으로 들어와 제 다리 사이에 칼을 대곤 했어요. 형제가 너무 많으니 언젠가 절 여동생으로 만들어서 아내로 삼겠다고 말하면서요. 제 고양이를 우물 속에 던져 넣은 적도 있고요. 자기가 한 짓이 아니라고 하지만, 거짓말을 밥 먹듯이 하거든요."

다에론 왕자가 피곤한 모습으로 어깨를 으쓱했다.

"에그가 한 말은 사실이야. 아에리온은 괴물이다. 자기가 인간의 몸을 한 드래곤이라고 생각하는 놈이라고. 그 때문에 그 인형극을 보고 그렇게 화를 냈던 것이지. 녀석이 포소웨이 가문에서 태어나지 않은 게 아쉬울 뿐이야. 그랬다면 자기가 사과라고 생각할 테고 우리 모두 훨씬 안전할 텐데. 뭐, 어쩔 수 없지."

그는 몸을 숙여 땅에 떨어진 망토를 집어 들고는 빗방울을 털었다.

"칼을 가는 데 왜 이렇게 오래 걸리는지 아버지가 의심하기 전에 어서 성으로 돌아가 봐야 돼. 하지만 떠나기 전에 너와 따로 이야기 좀 하고 싶은데, 던칸 경. 나와 함께 걷지 않겠나?"

덩크는 잠시 의심쩍은 눈초리로 왕자를 바라보았다.

"명을 따르겠습니다, 저하."

그가 단도를 집어넣으며 말했다.

"어차피 방패도 찾으러 가야 하니."

"나와 에그는 기사들을 찾아오겠어."

레이먼이 약속했다.

다에론 왕자가 망토로 목을 감싸고 후드를 끌어 올렸다. 덩크는 그를 따라 다시 보슬비가 내리는 바깥으로 나갔다. 그들은 함께 상인들의 수레가 모인 곳을 향해 걸었다.

"너를 꿈속에서 봤어."

왕자가 입을 열었다.

"여관에서도 그렇게 말씀하셨죠."

"그래? 뭐, 어쨌든. 내 꿈은 네가 꾸는 꿈과는 달라, 던칸 경. 내 꿈은 실제로 일어나. 그래서 무서워. 너도 무섭고. 꿈속에서 너와 죽은 드래곤을 보았다. 날개가 이 초원을 전부 덮을 정도로 엄청나게 거대한 드래곤을. 드래곤이 네 몸 위에 쓰러졌지만, 넌 살고 드래곤은 죽었어."

"제가 죽인 겁니까?"

"그건 나도 모르겠어. 하지만 확실한 건 너도 드래곤도 거기에 있었다는 거야. 한때 우리 타르가르옌 사람들은 드래곤의 주인이었어. 이제 드래곤은 모두 사라졌지만 우린 아직 남아 있지. 난 오늘 죽고 싶지 않아. 그 이유는 오직 신들께서만 아시겠지만, 어쨌든 죽기는 싫어. 그러니 내겐 자비를 베풀고, 꼭 죽여야겠다면 대신 내 동생 아에리온을 죽이란 말이야."

"저도 죽고 싶진 않습니다."

"뭐, 내가 널 죽이는 일은 없을 거다, 기사. 내 고발도 철회하고 싶지만, 아에리온도 철회하지 않으면 소용이 없으니."

그가 한숨을 내쉬었다.

"난 거짓말로 이미 널 죽인 것일지도 몰라. 그렇게 된다면 미안하게 됐어. 나중에 나도 죽으면 어떤 지옥에 떨어지겠지. 그것도 술이 없는 지옥으로."

왕자가 몸을 부르르 떨었고, 그 말과 함께 그들은 차갑게 내리는 보슬비를 맞으며 헤어졌다.

*　*　*

상인들이 마차를 세워 놓은 곳은 초원의 서쪽 가장자리에 자작나무와 물푸레나무가 자라는 작은 숲 속이었다. 덩크는 나무 밑에 서서 인형사들의 마차가 있던 자리를 허탈하게 쳐다보았다. '갔네.' 떠났을지도 모른다고 걱정하기는 했다. '나라도 성벽처럼 아둔하지 않다면 도망쳤을 거야.' 이제 방패를 어떻게 구해야 할지 고민되었다. 돈이야 있으니 누군가 팔려고 내놓은 방패가 있으면 그거라도 사야 할지도.

"던칸 경."

어둠 속에서 그의 이름을 부르는 목소리가 들렸다. 덩크가 돌아서니 스틸리 페이트가 쇠 등불을 들고 서 있었다. 짧은 가죽 망토 밑으로 병기공은 웃통을 벗은 모습이었고, 그의 넓은 가슴과 굵은 팔뚝은 거친 검은색 털로 덮여 있었다.

"만약 방패를 찾아왔다면, 그 처녀가 내게 맡기고 갔네."

그가 덩크를 위아래로 훑어보았다.

"손도 두 개고 발도 두 개로군. 그렇다면 결투 재판인가?"

"일곱의 재판입니다만. 어떻게 알았습니까?"

"뭐, 높으신 분들이 자네에게 입을 맞추고 귀족으로 만들어 줬을 수도 있겠지만 그건 아닌 듯하고, 다른 결정이 내려졌다면 자네 몸의 일부가 짧아졌겠지. 날 따라오게."

그의 마차는 옆에 칼과 모루가 그려져 있어서 알아보기 쉬웠다. 덩크는 페이트를 따라 안으로 들어갔다. 병기공은 등불을 고리에 걸고 젖은 망토를 벗고는 허름한 튜닉을 머리부터 뒤집어썼다. 한쪽 벽에서 경첩이 달린 판자를 내리자 탁자가 되었다. 그가 낮은 걸상을 덩크에게 내밀며 말했다.

"앉게나."

덩크가 앉았다.

"그녀는 어디로 갔습니까?"

"도르네로 떠났네. 그 처녀의 삼촌은 현명한 사람이더군. 눈에 보이지 않으면 빨리 잊히는 법이지. 여기에 계속 머무르다가 또 눈에 뜨인다면 드래곤이 다시 기억할지도 모르니까. 게다가 그 삼촌은 자네가 죽는 모습을 자기 조카가 보지 않으면 했네."

페이트가 마차의 어둑한 구석으로 가서 잠시 뒤적이더니 방패를 가지고 돌아왔다.

"테두리가 오래된 싸구려 철인 데다 많이 녹슬고 상했더군. 새로이 두 배로 더 두껍게 만들고 뒤에 밴드도 몇 개 달았네. 이젠 더 무거워졌지만, 그만큼 더 튼튼해졌지. 그림은 처녀가 그렸어."

그녀는 덩크가 기대한 것보다 훨씬 훌륭하게 그려 놓았다. 침침한 등불 아래서도 저녁놀은 환하며 화사했고, 나무는 높고 굳건하며 위엄이 있었다. 선명한 물감으로 칠한 별똥별이 갈색 하늘을 가로질렀다. 하지만 지금 덩크가 들어서 보니 모든 것이 잘못되어 보였다. **떨어지는** 별이라니, 무슨 문장이 이따위인가? 그도 이처럼 빨리 추락한다는 건가? 그리고 저녁놀은 곧 밤이 온다는 것을 알렸다. 그가 침울하게 말했다.

"그냥 술잔을 그대로 놔둬야 했습니다. 적어도 그건 날아갈 날개라도 있었는데. 그리고 알란 경은 언제나 술잔이 신념과 우정과 다른 마시기 좋은 것들로 차 있다고 말했지요. 이 방패는 온통 죽음으로 가득하군요.”

“느릅나무는 살아 있어.”

페이트가 지적했다.

“그 푸른 이파리가 보이는가? 분명히 여름에 나는 잎이야. 그리고 난 해골이나 늑대나 큰까마귀, 심지어는 목이 매달린 사형수나 피투성이 머리통이 그려진 방패도 본 적이 있네. 다 좋은 방패들이었고, 이것도 마찬가지일 거야. 그 오래된 방패 동요를 아는가? 떡갈나무와 쇠여, 나를 잘 지켜 줘요……”

“……안 그러면 난 죽어서 지옥에 떨어질 거예요.”

덩크가 노래를 끝맺었다. 그 동요를 떠올리지 않은 지도 꽤 오래된 듯했다. 아주 오래전에 노인이 가르쳐 준 것이었다.

“새 테두리와 다른 것 전부 해서 얼마나 원하십니까?”

그가 페이트에게 물었다.

“자네한테서 말인가?”

페이트가 턱수염을 긁적이며 대답했다.

“동전 한 푼이면 충분하네.”

***

창백한 첫 아침 햇살이 동녘 하늘에 퍼져 나갈 즈음 비는 거의 그친 상태였으나, 애시포드 공의 인부들이 울타리를 전부 치워 버린 시합장은 이미 회갈색 진흙과 찢긴 풀이 뒤섞인 드넓은 수렁으로 변하고 말았다. 덩크는 지면을 따라 흐릿한 하얀 뱀처럼 꿈틀거리는 안개를 헤치며 스틸리 페이트와 함께 시합장을 향해 걸어갔다.

관람석에는 벌써 망토로 꽁꽁 몸을 감싼 귀족들과 귀부인들이 차가운 아침 공기에 떨며 자리에 앉고 있었다. 평민들도 초원으로 모여드는 중이었고, 이미 수백 명이 시합장 둘레의 목책을 따라 서 있었다. '이렇게 많은 사람이 내가 죽는 모습을 보러 왔구나.'라고 덩크는 씁쓸히 생각했으나, 그건 오해였다. 그가 몇 걸음 더 걸어갔을 때, 어느 여인이 소리쳤다.

"행운을 빌겠수."

한 노인이 다가와 악수를 청하며 말했다.

"신들께서 힘을 내려 주시기를 빌겠소이다, 기사 나리."

갈색 누더기 옷을 걸친 탁발승이 그의 장검을 축복했고, 어떤 처녀는 그의 뺨에 입을 맞추었다. '다들 나를 위해 온 거야.'

그가 페이트에게 물었다.

"왜들 이러는 겁니까? 내가 이들에게 무엇이기에?"

"자네가 맹세를 잊지 않은 기사이기 때문이네."

대장장이가 대답했다.

레이먼이 사촌 형과 덩크의 말을 끌고 시합장의 남쪽 끝에 자리한 도전자 대기소 밖에서 기다리고 있었다. 썬더가 목 장갑과 안면 갑옷 그리고 중장 마갑의 무게가 부담스러운지 머리를 휘휘 흔들었다. 페이트가 마갑을 살펴보더니 누가 만들었는지 몰라도 뛰어나다고 호평했다. 덩크는 마갑이 어디서 났는지 몰랐지만 그저 고마울 따름이었다.

그때 그곳에 있는 다른 이들이 눈에 들어왔다. 수염이 반백인 외눈 사내와 노란색과 검은색 줄무늬 전포를 입고 벌집이 그려진 방패를 든 젊은 기사. '로빈 라이슬링과 험프리 비스버리잖아.' 덩크가 놀라워하며 생각했다. '게다가 험프리 하딩 경까지.' 하딩은 아에리온의 말이었던 붉은 군마에 올라타 있었고, 말은 이제 빨간색과 하얀색 마름모 문장의 마갑을 걸친 모습이었다.

덩크가 그들에게 다가갔다.

"기사 여러분, 제가 큰 빚을 졌습니다."

"빚을 진 건 아에리온이오. 그리고 우리는 이제 그 빚을 갚게 할 생각이고."

험프리 하딩 경이 대답했다.

"다리가 부러지셨다는 말을 들었습니다만."

"그건 사실이오. 난 지금 걸을 수 없소. 하지만 말에서 떨어지지 않는 한 싸울 수 있소."

레이먼이 덩크를 옆으로 데려갔다.

"혹시 하딩이 다시 아에리온과 겨룰 기회를 원하지는 않을까 하고 가서 만나 봤는데, 내 짐작이 맞더라고. 그리고 다른 험프리는 그의 처남이었어. 로빈 경은 에그가 다른 대회에서 안면이 있어서 데려온 거야. 그러니 이젠 다섯 명이지."

"여섯 명이야."

눈이 휘둥그레진 덩크가 손가락으로 가리키며 말했다. 대기소에 기사한 명이 들어서고 그 뒤에서 그의 종자가 군마를 이끌고 따라 들어오고 있었다.

"웃음을 터뜨리는 폭풍."

레이먼보다 머리통 하나는 더 크고 거의 덩크와 맞먹는 장신인 라이오넬 경은 바라테온 가문의 문장인 왕관을 쓴 수사슴이 그려진 금사포 전포를 두르고 옆구리에 사슴뿔 투구를 끼고 있었다. 덩크가 그에게 악수를 청했다.

"라이오넬 경, 이렇게 와 주신 당신과 당신을 설득한 스테폰 경에게 무슨 감사를 드려야 할지 모르겠습니다."

"스테폰 경?"

라이오넬 경이 의아한 눈으로 쳐다보았다.

"날 찾아온 건 자네의 종자였다네. 그 꼬마, 아에곤. 내 종자가 녀석을 쫓아내려 했지만, 종자의 다리 사이로 미꾸라지처럼 빠져나가더니 내 머리 위에 술병을 엎어 버렸지."

그가 웃음을 터뜨리고 말을 계속했다.

"자넨 지난 백 년 동안 일곱의 재판이 한 번도 열리지 않았다는 사실을 아는가? 게다가 킹스가드 기사들과 싸우고 더불어 마에카르 왕자까지 골탕 먹일 이런 좋은 기회를 내가 놓칠 수는 없지."

"이제 여섯 명이다."

라이오넬 경이 다른 기사들과 합류하러 가자 덩크가 희망찬 목소리로 레이먼 포소웨이에게 말했다.

"네 사촌 형이 틀림없이 마지막 기사를 데려올 거야."

관중 속에서 함성이 터져 나왔다. 초원의 북쪽 끝에서 일련의 기사들이 강 안개를 헤치며 말을 몰고 나왔다. 선두에서 달려오는 세 명의 킹스가드 기사는 번쩍이는 백색 유약 갑옷을 입고 뒤로 새하얀 망토를 길게 휘날리는 모습이 마치 유령이 날아오는 것 같았다. 그들의 방패마저도 막 새로 내린 눈에 덮인 벌판처럼 새하얗고 깨끗했다. 마에카르 왕자와 그의 아들들이 그 뒤를 따랐다. 아에리온은 얼룩덜룩한 회색 말을 탔고, 말이 움직일 때마다 성장(盛裝)의 갈라진 틈새로 주황색과 빨간색 천이 비쳤다. 그의 형은 검은색과 황금색 비늘이 겹친 마갑을 얹은 작은 밤색 말을 몰았다. 다에론의 투구에서 초록색 비단 장식이 휘날렸다. 그러나 가장 무시무시하게 등장한 인물은 다름 아닌 그들의 아버지였다. 새카만 드래곤의 휘어진 이빨이 그의 어깨와 투구와 등을 장식했고, 안장에 걸려 있는 거대한 전곤(戰棍)은 덩크가 지금껏 보아 온 그 어떤 무기 못지않게 치명적이고 위험해 보였다.

별안간 레이먼이 소리쳤다.

"여섯 명이야. 여섯 명밖에 없어."

레이먼의 말대로였다. '흑기사 셋과 백기사 셋. 저쪽도 한 명이 부족해.' 아에리온이 일곱 번째 대전사를 구하지 못한 걸까? 그럼 이제 어떻게 되는 거지? 만약 양쪽 다 일곱 번째 기사를 못 구한다면 여섯 대 여섯으로 싸워야 하는 건가?

그가 고민하고 있을 때 에그가 옆으로 다가왔다.

"기사님, 이제 갑옷을 입으실 시간이에요."

"고맙다. 나의 종자. 그럼 날 도와주겠어?"

스틸리 페이트가 소년을 거들었다. 사슬 갑옷과 목가리개, 정강이받이와 전투 장갑, 후드와 샅주머니로 그들은 덩크를 강철 인간으로 만들었고, 모든 죔쇠와 걸쇠를 세 번씩 확인했다. 라이오넬 경이 앉아서 숫돌로 칼을 가는 동안 두 험프리는 서로 조용히 이야기를 나눴다. 로빈 경은 묵묵히 기도했고, 레이먼 포소웨이는 안절부절못하며 사촌 형이 왜 안 오는지 걱정했다.

덩크가 갑옷을 완전히 갖춰 입은 다음에야 스테폰 경이 모습을 드러냈다. 그가 레이먼을 불렀다.

"레이먼, 내 갑옷을 부탁한다."

그는 이미 철갑 밑에 대는 누빈 상의로 갈아입은 상태였다.

"스테폰 경, 당신의 친구는 어디 있습니까? 일곱을 채우려면 한 명이 더 필요합니다."

덩크가 물었다.

"안타깝지만 두 명이 더 필요하게 됐네."

스테폰 경이 대답했다. 레이먼이 사슬 갑옷의 뒤를 묶었다.

"네? 두 명이라고요?"

덩크가 어리둥절해하며 물었다.

스테폰 경이 정교한 강철 가재 장갑을 들고 왼손에 낀 다음 주먹을 쥐었다 풀었다 했다. 레이먼이 검대를 조일 때 스테폰 경이 말했다.

"여기 다섯 명이 있지 않나. 비스버리, 라이슬링, 하딩, 바라테온 그리고 자네."

"그리고 당신, 당신이 여섯 번째입니다."

"난 일곱 번째야. 다만 이쪽이 아닌 상대편의 대전사로. 아에리온 왕자와 고발자의 편에 서서 싸우기로 했거든."

스테폰 경이 웃으며 대꾸했다.

막 사촌 형에게 투구를 건네려던 레이먼은 마치 얻어맞은 것처럼 움직임을 멈췄다.

"그럴 리가 없어."

"그럴 리가 있어. 던칸 경은 날 이해하겠지. 내겐 왕자를 섬길 의무가 있으니까."

스테폰 경이 어깨를 으쓱거렸다.

"형을 믿으라고 했잖아."

레이먼의 얼굴이 창백하게 질렸다.

"그랬던가?"

그가 사촌 동생의 손에서 투구를 집어 들었다.

"물론 그때는 나도 진심이었을 거다. 내 말을 끌고 와라."

"네가 직접 끌고 가. 만약 내가 이런 짓에 조금이라도 가담할 것으로 생각했다면, 넌 비열한 만큼이나 멍청한 놈이야."

레이먼이 분노하며 말했다.

"비열하다고?"

스테폰 경이 혀를 찼다.

"말조심해라, 레이먼. 우린 둘 다 같은 나무에서 난 사과들이다. 그리고 넌 나의 종자지. 혹시 네가 한 맹세를 잊은 것이냐?"

"아니. 너야말로 맹세를 잊은 것 아냐? 기사가 되겠다고 맹세했잖아."

"오늘이 지나면 난 일개 기사 따위가 아닐 거다. 포소웨이 공이라. 귀에 짝짝 들러붙는군."

그는 미소를 머금고 장갑을 마저 낀 다음, 등을 돌리고 대기소를 가로질러 말이 있는 곳으로 갔다. 다른 대전사들이 경멸 어린 눈초리로 그를 노려보았지만, 아무도 그를 제지하려 들지 않았다.

덩크는 스테폰 경이 말을 이끌고 초원 저편으로 향하는 모습을 지켜보았다. 주먹을 말아 쥐었지만 목이 메어 아무 말도 할 수 없었다. 어차피 어떠한 호소도 저런 인간을 설득하지는 못할 것이다.

"날 기사로 서임해 줘."

레이먼이 덩크의 어깨를 한 손으로 잡고 자기 쪽으로 돌려세웠다.

"내가 사촌 형의 자리를 대신하겠어. 던칸 경, 부디 날 기사로 서임해 주십시오."

그가 한쪽 무릎을 꿇었다.

덩크가 얼굴을 찌푸리며 장검의 손잡이로 손을 가져가다가 순간 멈칫거렸다.

"레이먼, 난…… 난 그럴 수 없어."

"해야만 해. 나 없이는 다섯 명밖에 없잖아."

"이 청년의 말이 옳다."

라이오넬 바라테온 경이 말했다.

"그리하여라, 던칸 경. 기사라면 누구나 새로이 기사를 서임할 수 있다."

"내 용기를 믿지 못하는 거야?"

레이먼이 물었다.

"아니. 그건 아니야, 다만……."

그럼에도 덩크는 계속 망설였다.

트럼펫이 일제히 울리며 안개 낀 아침 하늘을 갈랐다. 에그가 그들에게 달려왔다.

"기사님, 애시포드 공이 부르세요."

웃음을 터뜨리는 폭풍이 조바심이 난 듯 머리를 흔들었다.

"가 보게나, 던칸 경. 내가 종자 레이먼에게 기사 작위를 내리겠네."

그가 검집에서 장검을 뽑고 어깨로 덩크를 밀어젖혔다.

"포소웨이 가문의 레이먼이여."

그가 종자의 오른쪽 어깨에 장검을 대고는 엄숙하게 말을 시작했다.

"전사의 신의 이름으로 그대에게 용기 있으라고 명한다."

장검이 오른쪽 어깨에서 왼쪽으로 옮겨 갔다.

"아버지 신(Father)의 이름으로 그대에게 공정하게 행하라고 명한다."

다시 오른쪽으로 옮겨 갔다.

"어머니 신의 이름으로 그대에게 어리고 죄 없는 이들을 지키라고 명한다."

또 왼쪽으로.

"처녀의 신(Maiden)의 이름으로 그대에게 모든 여인을 보호하라고 명한다."

덩크는 죄책감만큼이나 커다란 안도감을 느끼며 그들을 뒤로했다. '우린 아직도 한 명이 부족해.' 에그가 썬더를 이끄는 동안 그가 생각했다. '어디서 사람을 더 찾지?' 덩크는 말 머리를 돌리고 애시포드 공이 서서 기다리는 관람석을 향해 천천히 말을 몰았다. 시합장의 북쪽 끝에서 아에리온 왕자가 다가와 그를 맞이했다.

"던칸 경, 어째 대전사가 다섯 명밖에 없는 것 같네."

그가 쾌활하게 말했다.

"여섯 명입니다."

덩크가 대답했다.

"라이오넬 경이 레이먼 포소웨이를 기사로 서임하고 있습니다. 그러니 여섯 대 일곱으로 싸우겠습니다."

이보다 훨씬 더 힘든 조건에서도 승리한 이들이 많음을 덩크는 알고 있었다.

그러나 애시포드 공이 고개를 저었다.

"그건 허락되지 않는다, 기사. 만약 경이 함께 싸워 줄 기사 한 명을 더 찾지 못한다면, 경은 고발당한 혐의에 대하여 유죄를 선고받을 것이다."

'유죄라.' 덩크가 생각했다. '이빨 한 개를 부러뜨린 죄로 목숨을 잃어야 한다니.'

"영주님, 잠시 시간을 더 주십시오."

"허락한다."

덩크는 목책을 따라 천천히 말을 몰았다. 관람석은 기사들로 가득했다. 덩크가 그들을 향해 외쳤다.

"여러분, 페니트리의 알란 경을 기억하는 분 계십니까? 전 그분의 종자였습니다. 저흰 여러분 중 많은 분을 섬긴 적이 있습니다. 여러분의 식탁에서 밥을 먹고 여러분의 홀에서 잠을 잤습니다."

맨 위층에 앉은 만프레드 돈다리온이 그의 눈에 띄었다.

"알란 경은 당신의 부친을 섬기던 도중 부상당했습니다."

기사는 덩크를 외면한 채 옆에 앉은 귀부인에게 뭐라 말을 건넸다. 덩크는 하는 수 없이 그냥 지나쳐야 했다.

"라니스터 공, 알란 경은 언젠가 마상 대회에서 당신과 맞붙어 말에서 떨어뜨린 적이 있습니다."

회색 사자는 장갑을 낀 손만 그저 바라볼 뿐, 결코 시선을 들어 올리지 않았다.

"그분은 선량한 분이었고, 제게 기사가 되려면 어떻게 해야 하는지 가르쳐 주셨습니다. 단지 검과 창을 쓰는 법뿐 아니라 명예가 무엇인지도 말입니다. 그분은 기사란 죄 없는 이를 지키는 사람이라고 하셨습니다. 전 그 말씀을 따랐을 뿐입니다. 제 곁에서 함께 싸워 주실 기사 한 분이 필요합니다. 단 한 분, 그뿐입니다. 카론 공? 스완 공?"

스완 공은 카론 공이 귓속말로 뭔가 속삭이자 킥킥 웃었다.

덩크가 오토 브락켄 경 앞에서 말을 멈추고 목소리를 낮췄다.

"오토 경, 모든 사람이 당신이 위대한 전사임을 알고 있습니다. 도와주십시오, 간절히 부탁드립니다. 옛 신과 새 신 들의 이름을 걸고 맹세하건대, 제 명분은 정당합니다."

"그럴지도 모르지."

적어도 대답할 정도의 염치는 있는 브락켄의 야수가 입을 열었다.

"그러나 그건 너의 명분이지 내 것이 아니다. 난 널 모른다, 소년."

크게 상심한 덩크는 썬더의 말 머리를 돌리고 관람석을 메운 창백하고 싸늘한 남자들의 앞을 이리저리 내달렸다. 그가 절망에 빠진 끝에 일갈했다.

"당신들 중에 참된 기사는 단 한 명도 없단 말입니까?"

오직 침묵만이 되돌아왔다.

초원 너머에서 아에리온 왕자가 비웃으며 소리쳤다.

"드래곤은 모욕을 용납하지 않는다."

그리고 그때 어떤 목소리가 들려왔다.

"내가 던칸 경과 함께 싸우겠습니다."

자욱하게 낀 강 안개 속에서 검은 기사를 태운 검은 수말이 모습을 드러냈다. 덩크는 드래곤이 그려진 방패와 붉은 유약을 칠한 삼두룡이 포효하는 장식이 달린 투구를 보았다.

'젊은 왕자? 신이시여, 정녕 그란 말입니까?'

애시포드 공도 같은 착각을 했다.

"발라르 왕자님이십니까?"

"아니오."

흑기사가 투구의 면갑을 들어 올렸다.

"난 이번 애시포드 마상 대회에 참가할 생각이 없었기 때문에 갑옷을 가지고 오지 않았소. 내 아들이 친절하게 자기 것을 빌려 주었소이다."

바엘로 왕세자는 거의 슬퍼 보이는 미소를 머금었다.

덩크는 고발자들이 혼란에 빠진 모습을 보았다. 마에카르 왕자가 말에 박차를 가하고 앞으로 달려갔다.

"형, 정신이 나간 게요?"

그가 철갑을 두른 손가락으로 덩크를 가리켰다.

"저자는 내 아들을 공격했어."

"저자는 진정한 기사라면 마땅히 그래야 하듯 힘없는 이를 지켰다. 그가 옳은지 옳지 않은지에 대한 결정은 신들께 맡기자꾸나."

그렇게 대답한 바엘로 왕세자는 고삐를 잡아당겨 발라르의 거대한 흑마의 말 머리를 돌리고 시합장의 남쪽 끝을 향해 달려갔다.

덩크가 썬더를 몰아 그의 옆으로 갔고, 다른 대전사들도 모여들었다. 로빈 라이슬링과 라이오넬 경, 두 명의 험프리. '모두 실력이 있는 남자들이나, 과연 이들만으로 충분할까?'

"레이먼은 어디 있습니까?"

"레이먼 경이라고 불러 달라고."

레이먼이 깃털 장식이 하늘거리는 투구 밑으로 굳은 미소를 머금고 말을 달려왔다.

"죄송합니다, 여러분. 혹시나 비열한 제 사촌 형으로 오해받을까 염려되어 문장을 조금 바꿔야 했습니다."

레이먼이 방패를 들어 모두에게 보여 주었다. 윤기 흐르는 황금빛 바탕은 그대로고 포소웨이 사과도 마찬가지였지만, 사과가 빨간 사과가 아닌 푸른 사과였다.

"애석하게도 전 아직 익었다고 할 수는 없습니다……. 그래도 푸른 것이 벌레 먹은 것보다는 낫겠지요, 안 그렇습니까?"

라이오넬 경이 폭소했고 덩크도 자신도 모르게 씩 웃고 말았다. 바엘로 왕세자조차도 기꺼운 듯했다.

애시포드 공의 셉톤이 관람석 앞으로 나와 수정구를 들어 올리고는 기도를 이끌었다.

"모두 내 말을 듣게."

바엘로가 조용히 입을 열었다.

"고발자들은 처음 돌격할 때 무거운 전투용 장창으로 무장할 것이다. 물푸레나무 원목에 길이는 8피트, 쪼개지는 것을 방지하고자 띠로 감겨 있고 군마의 체중이 실리면 철갑마저도 꿰뚫는 날카로운 강철 촉이 달린 창이지."

"우리도 같은 것을 써야 합니다."

험프리 비스버리 경이 말했다. 그의 뒤에서는 셉톤이 세븐에게 이 분쟁을 굽어살펴 명분이 정당한 자에게 승리를 내려 달라고 기도하고 있었다.

"아니, 우린 시합용 장창으로 무장해야 한다."

"시합용 장창은 잘 쪼개집니다."

레이먼이 반대했다.

"하지만 길이가 12피트이기도 하지. 만약 우리가 제대로 때린다면 저들의 창은 우릴 건드리지 못할 것이야. 투구나 가슴을 노려야 한다. 창시합 중에는 창으로 상대의 방패를 가격하여 부러뜨리는 것이 명예로운 일이지만, 실전에서 그런 행위는 죽음을 뜻할 수도 있어. 저들을 말에서 떨어뜨린 다음에도 우리는 계속 말 위에 남을 수 있다면 승기는 우리에게 있다.”

왕세자가 잠시 덩크에게 시선을 보냈다.

“만약 던칸 경이 전사한다면 그건 신들께서 그의 죄를 인정하였음을 뜻하고 결투는 종료한다. 역시 두 고발자가 모두 죽거나 고발을 철회해도 마찬가지지. 그 외엔, 어느 한 편의 일곱 명 전원이 죽거나 항복할 때까지 재판은 끝나지 않는다.”

“다에론 왕자는 싸우지 않을 겁니다.”

덩크가 말했다.

“어차피 잘 싸우지는 못하겠지.”

라이오넬 경이 웃음을 터뜨리며 말을 이었다.

“하지만 우린 여전히 ‘하얀 검’ 셋과 싸워야 합니다.”

바엘로는 침착하게 대답했다.

“내 아우가 킹스가드에게 아들을 위해 싸우도록 명한 것은 실수였네. 그들이 한 맹세는 왕가의 자손을 해치는 행위를 금하고 있지. 다행이랄까, 내가 그러한 왕손이네.”

그가 희미한 미소를 머금었다.

“다른 이들을 내게서 떨어뜨려 준다면, 킹스가드는 내가 상대하겠네.”

“왕세자 저하, 그것이 명예로운 처사입니까?”

셉톤이 기도를 끝맺을 때 라이오넬 바라테온 경이 물었다.

“그건 신들께서 알려 주실 것이네.”

창파괴자 바엘로가 대답했다.

***

어떤 기대가 실린 고요함이 애시포드 초원에 무겁게 가라앉았다.

80야드 떨어진 곳에서 아에리온의 회색 수말이 조급하게 힝힝 울며 진흙투성이 땅을 긁었다. 그에 비해 썬더는 매우 차분했다. 나이도 더 많고 수십 번의 전투를 겪은 노련한 말이기에 자신이 무엇을 해야 하는지 알고 있었다. 에그가 덩크에게 방패를 건네며 말했다.

"신들의 가호를 빕니다, 기사님."

방패의 느릅나무와 별똥별은 그의 사기를 북돋았다. 덩크는 방패 끈 사이에 왼팔을 집어넣고 손잡이를 단단히 쥐었다. '떡갈나무와 쇠여, 날 잘 지켜 줘요, 안 그러면 난 죽어서 지옥에 떨어질 거예요.' 스틸리 페이트가 장창을 들고 왔으나, 에그가 덩크에게 그것을 건네줘야 할 사람은 자기여야 한다며 고집했다.

덩크의 양쪽으로 장창을 든 동료들이 일렬로 길게 늘어섰다. 바엘로 왕세자가 그의 오른편에 서고 라이오넬 경이 왼편에 섰으나, 판금 투구의 가느다란 눈구멍은 시야를 극히 제한하여 덩크는 정면밖에 보이지 않았다. 관람석도, 목책 주변에 구름같이 모여든 평민들도 사라졌다. 오직 진창투성이 땅과 흐릿하게 하늘거리는 안개, 강, 마을, 북쪽에 있는 성 그리고 불꽃 장식이 달린 투구를 쓰고 드래곤이 그려진 방패를 든 왕자와 그의 회색 군마만이 보일 뿐이었다. 덩크는 아에리온의 종자가 8피트 길이에 밤처럼 새카만 전투용 장창을 그에게 건네는 모습을 보았다. '할 수만 있다면 저걸 내 심장에 박으려 들겠지.'

뿔 나팔 소리가 울려 퍼졌다.

말들이 움직이기 시작하던 그때, 덩크는 순간 송진 속에 갇힌 파리처럼 몸이 굳어 버렸다. 극심한 공포가 전신으로 퍼져 나갔다. '생각나지 않아.'

그가 미칠 듯이 생각했다. '뭘 해야 하는지 아무것도 생각나지 않아. 난 창 피만 당하고 모든 것을 잃고 말 거야.'

그를 구한 건 썬더였다. 자기 위에 올라탄 기수와는 달리, 커다란 갈색 수말은 무엇을 해야 하는지 알고 있었다. 말이 천천히 달려 나갔다. 그리고 덩크의 몸도 훈련해 온 대로 반응하기 시작했다. 덩크는 군마의 옆구리에 가볍게 박차를 가한 뒤, 장창을 늘어뜨리고, 동시에 방패를 들어 올려 몸의 좌측 부위를 대부분 가렸다. 방패는 약간 비스듬하게 들어 상대가 내지른 창이 빗겨 나가도록 유도했다. '떡갈나무와 쇠여, 날 잘 지켜 줘요, 안 그러면 난 죽어서 지옥에 떨어질 거예요.'

관중이 내는 소리는 먼바다에서 치는 파도 소리만큼이나 희미하게 들렸다. 썬더가 힘차게 달리기 시작했다. 격렬한 흔들림에 덩크의 입안에서 이가 마구 부딪치며 긁혔다. 그는 발꿈치를 꾹 누르고 온 힘을 다해 다리를 조이며 밑에서 달리는 말의 움직임에 몸을 맡겼다. '내가 썬더고 썬더가 나다. 우린 한 짐승이다. 우린 하나, 일심동체다.' 투구 안의 공기는 벌써 너무 뜨거워져 숨을 쉬기 어려웠다.

평범한 창시합 중이었다면 상대는 울타리의 왼편에서 말을 달려오고 덩크는 장창을 썬더의 목 위로 오른쪽에서 왼쪽으로 휘둘러야 했을 것이다. 그런 각도라면 창이 상대를 칠 때 부러질 가능성이 컸다. 하지만 오늘 그들이 벌이는 시합은 목숨을 건 훨씬 더 위험한 것이었고, 그들을 갈라놓는 울타리가 없는 지금 군마들은 상대를 향해 정면에서 달려들고 있었다. 바엘로 왕세자의 거대한 흑마는 썬더보다 훨씬 빨랐고, 덩크는 눈구멍의 언저리로 앞에서 맹렬히 달려 나가는 왕자의 뒷모습을 보았다. 다른 이들은 보이지 않았지만 감으로 느껴졌다. '다른 사람들은 신경 쓸 필요 없다. 중요한 건 아에리온, 오직 그뿐이다.'

드래곤이 점점 다가오고 있었다. 아에리온 왕자가 탄 회색 말의 발굽에서 흙탕물이 튕겼고, 말의 벌름거리는 콧구멍이 보였다. 상대의 검은색 장창은 아직도 위를 향하고 있었다. 노인은 창을 높이 치켜들고 있다가 마지막 순간에 내리는 기사는 언제나 너무 낮게 내려 버릴 위험이 있다고 덩크에게 말했다. 그가 창을 들어 왕자의 가슴팍 정중앙을 겨냥했다. '창은 내 팔의 일부다.' 그가 되뇌었다. '내 손가락, 나무로 된 내 손가락이다. 이 기다란 긴 손가락으로 상대를 건드리기만 하면 되는 거야.'

덩크는 아에리온의 검은색 장창을, 시시각각 커지는 날카로운 무쇠 촉을 보지 않으려 했다. '드래곤을, 드래곤을 보자.' 그가 생각했다. 날개가 붉고 황금빛 화염을 내뿜는 거대한 머리 셋 달린 짐승이 왕자의 방패에 도사렸다. '아니, 겨냥하는 곳만 봐야 하잖아.'라고 갑자기 깨달았지만, 벌써 장창이 위치에서 벗어나기 시작했다. 덩크가 바로잡으려 했지만 이미 너무 늦고 말았다. 그의 창이 아에리온의 방패를 강타하며 드래곤의 머리 두 개 사이에 칠해진 화염을 한 뭉텅이 도려내는 광경이 보였다. 딱 하고 창대가 부러지는 소리와 함께 밑에서 썬더가 격돌의 충격에 몸을 떨며 주춤하는 것이 느껴졌고, 잠시 후 어떤 것이 엄청난 힘으로 그의 옆구리를 강타했다. 말들이 서로 격렬하게 부딪치며 철갑에서 요란한 쇳소리가 났고, 썬더가 비틀거리는 가운데 덩크는 창을 놓쳐 버렸다. 어느새 적을 뒤로한 그는 말에서 떨어지지 않으려고 안간힘을 다해 안장을 움켜쥐었다. 썬더가 옆으로 기울며 진창 속으로 쓰러지는 와중에 덩크는 밑에서 말의 뒷다리가 미끄러지는 것을 느꼈다. 그들은 빙그르르 돌며 미끄러졌고, 수말의 궁둥이가 땅에 철썩하고 거세게 부딪쳤다.

"일어나!"

덩크가 거칠게 박차를 가하며 호령했다.

"일어나라, 썬더!"

그러자 노마가 간신히 다시 다리를 펴고 일어섰다.

갈비뼈 아래로 격심한 통증이 느껴지고 왼팔이 자꾸 밑으로 늘어졌다. 아에리온의 창은 떡갈나무와 양털, 강철을 전부 꿰뚫었고, 세 피트에 달하는 물푸레나무 창대 파편과 날카로운 쇳덩어리가 옆구리에 박혀 있었다. 덩크가 오른손을 뻗어 창끝 바로 아랫부분을 붙잡고는 입을 악물고 단숨에 뽑아냈다. 뿜어 나온 피가 갑옷의 고리 사이로 스며들며 전포를 붉게 적셨다. 세상이 빙빙 돌았고 하마터면 말에서 떨어질 뻔했다. 고통 너머로 어렴풋이 그의 이름을 부르는 목소리가 들렸다. 그의 아름다운 방패는 이제 쓸모가 없었다. 덩크는 느릅나무와 별똥별 그리고 부러진 창대까지 모두 옆으로 내던지고 칼을 뽑았지만, 너무 아파서 칼을 휘두를 수 있을 것 같지는 않았다.

썬더를 작게 한 바퀴 돌리며 덩크는 주변 상황이 어떤지 살펴보았다. 중상을 입은 험프리 하딩 경이 말 머리를 부둥켜안고 있었다. 다른 험프리 경은 사타구니에 부러진 창대가 박힌 채 피 웅덩이 속에 미동도 하지 않고 널브러져 있었다. 아직 온전한 창을 든 바엘로 왕세자가 말을 달려 킹스가드 기사 한 명을 말에서 떨어트렸다. 이미 백기사 한 명이 땅에 떨어져 있었고, 마에카르 역시 낙마한 상태였다. 마지막 킹스가드 기사는 로빈 라이슬링 경의 공격을 막아 내고 있었다.

'아에리온, 아에리온은 어디에?' 뒤에서 말발굽이 구르는 소리가 들려오자 덩크가 휙 머리를 돌렸다. 썬더가 힝힝 울면서 앞다리를 들어 올리고 전속력으로 달려든 아에리온의 회색 수말을 향해 무력하게 발길질을 해 댔다.

이번에는 회복의 여지가 없었다. 장검이 손아귀에서 튕겨 나가고 대지가 그를 향해 치솟아 올라왔다. 덩크는 뼛속까지 울리는 엄청난 충격과 함께 땅에 떨어졌다. 극심한 통증이 온몸을 훑고 지나가자 자기도 모르게 눈물이 터져 나왔다. 한순간 덩크는 드러누운 자리에서 한 치도 움직일 수 없었다. 피 맛이 비릿하게 입안을 맴돌았다. '멍텅구리 덩크, 꼴에 기사가 될 수 있다고 생각했지.' 다시 일어서지 못하면 남는 건 죽음뿐이었다. 그가 신음하며 땅을 짚고 억지로 몸을 일으켜 세웠다. 숨을 쉴 수도, 앞을 볼 수도 없었다. 투구의 눈구멍이 진흙으로 메워져 있었다. 덩크가 비틀비틀 일어나며 장갑을 두른 손가락으로 진흙을 긁어냈다.

'됐다. 그런데 저건⋯⋯.'

손가락 사이로 드래곤이 날아들고 사슬 끝에 달린 가시 박힌 철퇴가 빙빙 도는 광경이 눈에 들어왔다. 그때 덩크는 머리가 산산조각이 나는 듯한 엄청난 충격을 느꼈다.

다시 눈을 뜨니 또 땅바닥에 널브러져 있었다. 투구에서 진흙이 전부 떨어져 나갔지만, 이제는 피 때문에 한쪽 눈이 감겨 버렸다. 위에 보이는 건 짙은 잿빛 하늘뿐. 얼굴이 욱신거리고 차갑고 축축한 쇳덩이가 뺨과 관자놀이를 짓눌렀다. '놈이 내 머리를 깨뜨렸고 난 죽어 가고 있어.' 더욱 견디기 어려운 건 레이먼과 바엘로 왕세자와 다른 이들이 그와 함께 죽을 것이란 죄책감이었다. '난 그들을 저버렸어. 난 챔피언이 아냐. 떠돌이기사조차도 못 돼. 난 아무것도 아냐.' 진흙탕 속에 정신을 잃고 쓰러져 있는 거라면 누구도 따를 사람이 없다고 큰소리치던 다에론 왕자가 떠올랐다. '하지만 그는 멍텅구리 덩크를 본 적이 없잖아, 안 그래?' 통증보다 견디기 어려운 건 바로 수치심이었다.

드래곤이 그의 머리 위에 나타났다.

드래곤은 세 개의 머리와 마치 화염처럼 빨강, 노랑, 주황빛으로 빛나는 날개가 있었다. 드래곤은 웃고 있었다.

"아직 안 죽었냐, 떠돌이기사?"

드래곤이 물었다.

"목숨을 구걸하고 네 죄를 실토한다면 네 손과 발을 하나씩 가져가는 것으로 그칠지 모르지. 아, 그리고 네 이빨도 물론. 하지만 이빨 몇 개가 대수인가? 너 같은 놈은 콩죽만으로도 수십 년은 살 수 있을 거다."

드래곤이 다시 웃음을 터뜨렸다.

"싫다고? 그럼 **이거나** 처먹어라."

못이 박힌 공이 하늘에서 빙빙 돌더니 마치 별똥별처럼 빠르게 그의 머리로 쏟아져 내렸다.

덩크가 몸을 굴려 피했다.

어디선지는 모르지만, 몸에서 힘이 솟아올랐다. 그는 아에리온의 다리 쪽으로 몸을 구른 뒤 철갑을 두른 팔로 상대의 허벅지를 감고는 진창 속으로 끌어당겼다. 아에리온이 욕설과 함께 쓰러지자 덩크가 그의 몸 위에 올라탔다. '이제 그 빌어먹을 철퇴를 한번 휘둘러 봐라.' 왕자가 방패의 끄트머리로 덩크의 머리를 쳤지만 찌그러진 투구가 충격을 대부분 받아들였다. 아에리온은 힘이 셌지만, 덩크가 더 드셌고 덩치도 크며 몸무게도 더 나갔다. 덩크가 두 손으로 방패를 잡고 끈이 끊어질 때까지 비틀었다. 그리고 빼앗은 방패로 왕자의 투구를 내려치고 또 내려치며 유약을 칠한 불꽃 장식을 부쉈다. 무쇠로 두른 떡갈나무 원목 방패는 덩크의 방패보다 두꺼웠다. 하나하나 떨어져 나간 불꽃이 전부 떨어진 다음에도 덩크는 내려치는 것을 멈추지 않았다.

결국 아에리온은 쓸모없는 철퇴의 손잡이를 놓고 옆구리의 단검으로 손을 뻗었다. 칼집에서 뽑아내기는 했으나 덩크가 방패로 그의 손을 후려치자 단검이 날아가 진창 속에 처박혔다.

'넌 키 큰 던칸 경은 이길지 몰라도 플리바톰의 덩크한테는 안 돼.' 노인에게서 마상 창술과 검술을 배웠지만, 이런 막싸움은 그보다도 일찍 도시에 살 때 술집들의 으슥하고 꼬불꼬불한 뒷골목에서 터득한 것이었다. 덩크는 찌그러진 방패를 내던지고 아에리온의 면갑을 비틀어 올렸다.

'면갑은 약점일 뿐이야.'라던 스틸리 페이트의 말이 생각났다. 왕자는 이제 몸부림치는 것을 거의 그친 상태였다. 그의 보랏빛 눈동자는 공포에 질려 있었다. 별안간 덩크는 철갑을 두른 손가락으로 눈알을 파내 포도 알처럼 터뜨리고 싶은 욕구가 일었지만, 그건 기사답지 않은 행동일 것이다.

"항복해라!" 그가 외쳤다.

"항복한다."

드래곤이 창백한 입술을 달싹이며 속삭였다. 덩크는 내려다보며 눈을 껌벅거렸다. 순간 귀를 믿을 수 없었다. '그럼 이제 끝난 건가?' 그가 주위를 살펴보려고 머리를 천천히 이리저리 돌렸다. 아까 얼굴의 왼쪽을 강타당하는 바람에 투구의 눈구멍이 일부 막혀 버렸다. 전곤을 손에 든 마에카르 왕자가 아들을 구하려고 분전하는 모습이 보였다. 창파괴자 바엘로가 그를 막아서고 있었다.

덩크가 비틀거리며 일어선 다음, 아에리온 왕자를 일으켜 세웠다. 그리고 투구 끈을 더듬다가 잡아 뜯어 버리고 투구를 벗어 냅다 던져 버렸다. 눈이 열리고 귀가 뜨이며 순식간에 많은 것이 그를 휩쓸었다.

신음과 욕설, 관중이 치는 고함, 어떤 수말이 비명을 내지르는 동안 다른 한 마리가 기수 없이 시합장을 달렸다. 사방에서 강철과 강철이 부딪쳤다. 말에서 내린 레이먼과 그의 사촌 형이 관람석 앞에서 격전을 벌였다. 푸른 사과와 빨간 사과가 그려진 방패 모두 산산조각 난 지 오래였다. 킹스가드 기사 한 명이 부상당한 동료를 시합장 밖으로 옮기고 있었다. 둘 다 하얀 갑옷과 하얀 망토를 입어서 똑같아 보였다. 곧 셋째 킹스가드 기사가 쓰러졌고, 웃음을 터뜨리는 폭풍이 바엘로 왕세자에게 합세하여 마에카르 왕자를 상대했다. 전곤과 전투 도끼와 장검이 투구와 방패를 두드리며 쩽그랑 쇳소리를 냈다. 마에카르는 한 번 공격할 때마다 세 번씩 가격당했고, 덩크는 곧 그 결투도 끝나리란 것을 볼 수 있었다. '사람들이 더

죽기 전에 끝내야겠어.'

별안간 아에리온 왕자가 철퇴를 향해 몸을 던졌다. 덩크가 그의 등을 걸어차자 왕자가 얼굴부터 땅에 처박혔다. 덩크는 왕자의 다리 한쪽을 움켜쥐고 그의 몸을 질질 끌며 시합장을 가로질렀다. 관람석에 앉은 애시포드 공 앞에 이르렀을 즈음 빛나는 왕자는 똥물을 끼얹은 듯한 모습이었다. 덩크가 그를 힘들여 일으켜 세운 뒤 마구 흔들자, 흙탕물이 애시포드 공과 '아름다운 처녀'에게까지 튀었다.

"말해!"

'빛나는 홍염' 아에리온이 풀과 진흙을 한입 가득 내뱉었다.

"제 고발을 철회합니다."

* * *

이후 덩크는 자기가 시합장에서 자력으로 걸어 나갔는지, 아니면 누군가의 부축을 받고 나갔는지 기억하지 못했다. 여기저기 몸이 아프지 않은 곳이 없었고 어떤 부위는 특히 고통스러웠다. '이제 난 진정한 기사가 된 건가?'라고 생각하던 것이 기억났다. '내가 챔피언인가?'

정강이받이와 목가리개를 벗을 때 에그와 레이먼은 물론, 스틸리 페이트도 한 손 거들었다. 덩크는 머리가 멍해서 누가 누군지 몰랐다. 그저 여러 손가락이 그를 만지고 얼굴 없는 목소리가 뭐라 말할 뿐이었다. 하지만 내내 투덜거리는 사람이 페이트라는 것만큼은 알 수 있었다.

"내가 만든 갑옷에 무슨 짓을 했는지 보라고. 전부 찌그러지고 파이고 긁히기까지 했어. 젠장, 이럴 걸 아는데 대체 내가 왜 매번 그런 정성을 들이는지 모르겠군. 아쉽지만 몸에서 갑옷을 잘라 내야겠어."

"레이먼."

덩크가 친구의 손을 움켜쥐며 다급하게 물었다. 그는 꼭 알아야 했다.

"다른 분들은, 그분들은 어떻게 되었어? 누구 죽은 사람 있어?"

"비스버리. 처음 돌격 때 더스켄데일의 도넬에게 죽었어. 험프리 경도 치명상을 입었고. 다른 사람들은 멍이 좀 생기고 피투성이가 되었을 뿐이야. 너를 빼면."

레이먼이 대답했다.

"그럼 저들은? 고발자들은?"

"킹스가드 기사 윌렘 와일드 경이 기절한 채 시합장에서 실려 나갔어. 그리고 내가 사촌 형의 갈비뼈를 몇 대 부러뜨린 것 같고. 적어도 몇 대 부러졌기를 바라고 있지."

덩크가 불쑥 말했다.

"다에론 왕자는? 그는 살았어?"

"로빈 경하고 맞붙어 말에서 떨어진 다음엔 내내 떨어진 곳에 누워 있었어. 발목이 한쪽 부러졌을지도 몰라. 그의 말이 시합장 안에서 이리저리 날뛰다가 발을 밟아 버렸거든."

덩크는 멍하고 혼란스러운 와중에도 커다란 안도감을 느꼈다.

"그렇다면 그의 꿈이 틀렸네. 죽은 드래곤에 대한 꿈. 아에리온이 죽지 않았다면 말이야. 그놈은 안 죽었지?"

"아니요. 기사님이 살려 주셨잖아요. 기억나지 않으세요?"

에그가 대답했다.

"그렇구나."

이미 결투에 대한 기억은 뒤죽박죽 뒤섞여 희미해지고 있었다.

"꼭 술에 취한 것 같은 기분이 들다가, 곧 죽을 정도로 통증이 심해지기도 해."

그들은 덩크를 눕히고 그가 구름 낀 잿빛 하늘을 바라보는 동안 위에서 내려다보며 서로 이야기를 나누었다. 아직도 아침인 것 같아서 덩크는 결투가 얼마나 오래 걸렸는지 궁금했다.

"이런, 창에 찔린 곳의 사슬 고리가 살 속 깊숙이 파묻혔네요."

레이먼이 말하는 소리가 들렸다.

"이대로 놔두면 상처가 덧날지도……."

"술을 잔뜩 마시게 한 다음에 팔팔 끓는 기름을 부으시오. 그게 마에스터들의 방법이오."

누군가 제안했다.

"포도주."

얼핏 둔탁하게 울리는 쇳소리가 섞인 목소리가 말했다.

"기름은 그를 죽일 것이니 끓는 포도주를 써야 한다. 마에스터 욤웰이 내 아우를 치료하는 것이 끝나면 던칸 경에게 보내 돌보도록 하겠다."

수많은 타격에 찌그러지고 흠집투성이가 된 검은 갑옷을 입은 장신의 기사가 그를 내려다보았다. '바엘로 왕세자.' 투구에 달린 진홍색 드래곤 장식은 머리 하나와 두 날개가 없어지고 꼬리도 거의 전부 떨어져 나갔다. 덩크가 입을 열었다.

"저하, 절 수하로 받아 주십시오. 제발. 절 수하로……."

"내 수하라."

흑기사가 레이먼의 어깨에 손을 얹고 기대어 섰다.

"난 좋은 수하들이 필요하다, 던칸 경. 왕국은……."

그의 목소리는 이상하게 흐트러졌고 발음이 분명치 않았다. 혀라도 깨문 것일까.

덩크는 너무 피곤해서 눈을 뜨고 있기가 어려웠다.

"절 수하로……."

그가 다시 한 번 중얼거렸다.

왕세자가 천천히 머리를 이리저리 움직였다.

"레이먼 경…… 내 투구를 부탁한다. 면갑에…… 면갑에 금이 갔고, 내 손가락…… 내 손가락은 마치 나무토막같이 느껴지는구나."

"즉시 거행하겠습니다, 저하."

레이먼이 양손으로 왕세자의 투구를 잡고는 끙 소리를 냈다.

"페이트, 여기 좀 거들어 주시오."

스틸리 페이트가 발판용 걸상을 하나 끌고 왔다.

"투구 뒷부분이 왼쪽으로 찌그러졌습니다, 저하. 목가리개를 부수고 들어갔군요. 이런 일격을 막아 내다니, 좋은 철갑입니다."

"아마 아우의 전곤이었을 것이네."

바엘로가 쉰 목소리로 말했다.

"아우는 힘이 세거든."

그가 움찔했다.

"그…… 그건 느낌이 이상하군. 난……."

"이제 떼어 내겠습니다."

페이트가 난타당한 투구를 들어 올렸다.

"신이시여. 오, 신이시여. 오, 신이시여. 오, 신이시여, 제발……."

덩크는 투구에서 뭔가 붉고 축축한 것이 툭 떨어지는 것을 보았다. 누군가 귀가 찢어질 듯 끔찍한 비명을 질렀다. 무정한 잿빛 하늘 아래서 검은 갑옷을 걸친 키 큰 왕자가 두개골이 반만 남은 채 휘청거렸다. 새빨간 피와 허연 뼈 그리고 어떤 축축하고 검푸른 덩어리가 보였다. 태양을 가리며 지나가는 구름처럼, 기이하게 당혹해하는 표정이 창파괴자 바엘로의 얼굴에 스쳐 지나갔다. 아주 살짝, 그가 손을 뒤통수로 가져가 두 손가락으로 머리를 건드렸다. 그러고는 쓰러졌다.

덩크가 그를 붙잡았다. 나중에 사람들은 덩크가 결투 중 썬더한테 호령하듯 "일어나, 일어나, 일어나."라고 외쳤다고 알려 주었다. 하지만 덩크는 그 후 정신을 잃었고, 왕세자는 다시 일어나지 못했다.

* * *

드래곤스톤의 왕자이며 왕국의 수호자, 국왕의 핸드이며 웨스테로스 세븐킹덤의 철왕좌의 차기 계승자였던 타르가르옌 가문의 바엘로는 코클스웬트 강의 북쪽 기슭에 자리한 애시포드 성에서 화장되었다. 다른 대가문은 사자(死者)를 어두운 땅속에 파묻거나 혹은 차갑고 푸른 바닷속에 수장했으나, 드래곤의 혈통을 잇는 타르가르옌 가문의 최후는 화염으로 쓰였다.

그는 이 시대 최고의 기사였고, 어떤 이들은 그의 무명(武名)에 걸맞게 철갑으로 무장하고 손에 검을 쥔 모습으로 죽음을 맞이해야 한다고 주장했다. 하지만 결국 성품이 온화한 그의 부왕, 다에론 2세의 뜻대로 장례식이 거행되었다. 덩크가 바엘로의 상여 옆을 지나며 보았을 때, 왕자는 진홍색 삼두룡이 가슴에 수놓아진 흑단 튜닉을 입고 목에는 묵직한 황금 목걸이를 두르고 있었다. 곁에 놓인 그의 검은 칼집 안에 있었으나, 얇은 황금 투구를 쓰고 면갑을 열어 조문객들이 얼굴을 볼 수 있도록 했다.

젊은 왕자 발라르는 부친을 눕힌 상여 옆에 서서 내내 자리를 지켰다. 그는 부친보다 키가 작고 호리호리하며 얼굴도 더 잘생겼으나, 바엘로에게서 인간미를 느끼게 했던 두 번 부러진 코는 갖고 있지 않았다. 발라르의 머리카락도 갈색이었지만 밝은 은금색 줄무늬가 머리를 가로질렀다. 그 모습에 덩크는 아에리온이 떠올랐으나, 그건 발라르에게 억울한 비유였다. 에그의 머리도 그의 형처럼 화려한 빛깔로 다시 자라는 중이었고 에그는 왕자치고는 괜찮은 소년이었다.

덩크가 머뭇거리며 감사의 마음이 실린 조의를 표하자 발라르 왕자가 그를 보며 차갑고 파란 눈을 깜빡이고는 입을 열었다.

"아버지께서는 아직 서른하고 아홉밖에 되지 않으셨다. 드래곤 아에곤 이후 가장 위대한 왕이 되실 수 있었어. 어찌하여 신들께서는 **널** 놔두고 그분을 데려가신 것이냐?"

왕자가 고개를 흔들었다.

"꺼져라, 던칸 경. 꺼지라고."

덩크는 말없이 절뚝거리며 성에서 나와 푸른 연못가의 야영지로 갔다. 그는 발라르의 질문에도, 자기 자신에게 묻는 말에도 대답할 수 없었다. 마에스터들과 끓는 포도주 덕택에 그의 상처는 깨끗이 낫는 중이었지만, 왼쪽 겨드랑이 부근에 깊게 주름진 흉터가 남을 것이라 했다. 그는 상처를 볼 때마다 바엘로를 생각하지 않을 수 없었다. '그분은 검으로 날 한 번 구해 주셨고, 이미 죽은 채로 서 있던 그때도 말씀 한마디로 내 목숨을 구해 주셨어.' 한 떠돌이기사를 살리기 위해 위대한 왕자가 죽어야 한 이 세상을 이해할 수 없었다. 덩크는 느릅나무 아래 앉아 침울하게 그의 발을 쳐다보았다.

* * *

어느 늦은 오후, 왕가의 제복을 입은 위병 네 명이 야영지에 나타나자 덩크는 결국 저들이 자기를 죽이러 온 것이라고 확신했다. 하지만 너무 지치고 피곤하여 칼을 뽑을 힘조차 없어서, 그저 느릅나무에 등을 기대고 죽음을 기다렸다.

"왕자님께서 은밀히 이야기를 나누고 싶어 하십니다."

"어떤 왕자님이십니까?"

덩크가 조심스레 물었다.

"이 왕자다."

위병대장이 미처 대답하기 전에 무뚝뚝한 목소리가 대답했다. 느릅나무 뒤에서 마에카르 타르가르옌이 걸어 나왔다.

덩크가 천천히 자리에서 일어났다. '지금 와서 내게 뭘 원하는 거지?'

마에카르가 손짓하자 위병들이 나타날 때처럼 재빠르게 사라졌다. 왕자는 한동안 그를 살펴보더니, 등을 돌리고 연못가로 걸어가 수면에 비친 자신의 모습을 내려다보았다. 마에카르가 불쑥 입을 열었다.

"아에리온은 리스로 보냈다. 자유도시에서 몇 년 지내다 보면 나아질지 모르니까."

덩크는 자유도시에 가 본 적이 없어서 그 말에 뭐라 대꾸해야 할지 몰랐다. 아에리온이 세븐킹덤에서 사라진 건 반가운 소식이었고 다시는 돌아오지 않기를 바랐지만, 그건 아비에게 할 말이 아니었다. 그래서 그냥 잠자코 있었다.

마에카르 왕자가 돌아서서 그를 바라보았다.

"어떤 놈들은 분명 내가 의도적으로 형을 죽였다고 쑥덕거릴 것이다. 신들께선 그것이 거짓말임을 아시겠지만, 어쨌든 난 죽는 날까지 그런 쑥덕임을 들을 것이야. 내 전곤이 결정적인 일격을 가했다는 건 나도 의심치 않아. 결투 도중 형이 싸운 상대는 킹스가드 기사 세 명뿐이었고, 맹세에 묶인 그들은 오직 자신의 몸을 보호하는 데 급급했다. 그러니 형을 죽인 건 나였다. 이상하게 들리겠지만, 형의 머리를 부순 일격은 기억나지 않아. 그것이 자비일까, 아니면 저주일까? 둘 다라는 생각이 든다."

덩크를 바라보는 왕자의 시선은 뭔가 답변을 바라는 눈치였다.

"전 잘 모르겠습니다, 저하."

그는 마에카르를 증오할 만도 했지만, 이상하게도 왕자에게 측은한 마음이 들었다.

"전곤을 휘두른 건 저하이시지만, 바엘로 왕세자는 저 때문에 돌아가셨습니다. 그러니 저하만큼이나 저도 그분의 죽음에 책임이 있습니다."

"그렇다. 너 역시 나 못지않게 쑥덕임을 듣겠지. 부왕께서는 노쇠하시다. 그분께서 붕어하시면 발라르가 죽은 아비 대신 철왕좌에 오를 테고, 전투에서 패하거나 흉작이 들 때마다, '바엘로 님이 계셨다면 일이 이 지경에 이르지 않았을 테지만, 그 떠돌이기사가 그분을 죽여 버렸어.'라고 지껄이는 멍청이들이 있을 것이다."

덩크는 그 말이 옳다는 것을 알았다.

"제가 싸우지 않았더라면, 저하는 제 손을 자르셨을 겁니다. 그리고 제 발도. 가끔 전 저 나무 밑에 앉아 제 발을 바라보며 하나쯤 없어도 괜찮지 않았냐고 나무한테 묻곤 합니다. 어찌 제 발 하나가 왕자님 한 분의 목숨보다 더 가치가 있겠습니까? 그리고 두 명의 험프리도 역시 훌륭한 남자들이었습니다."

험프리 하딩 경은 바로 어젯밤 상처가 도져 숨을 거두었다.

"그래서 네 나무는 무슨 대답을 하였나?"

"아무런 대답도 듣지 못했습니다. 하지만 영감님, 그러니까 알란 경은 매일 날이 질 때면 '내일은 또 무슨 일이 생길지 궁금하구나.'라고 중얼거리곤 했습니다. 그분도 우리와 마찬가지로 알 길이 없었지만요. 뭐, 언젠가는 이 발이 제게 꼭 필요할 날이 올지도 모르지 않습니까? 왕국에 왕자 한 명의 목숨보다도 제 발이 더 필요하게 될 날이?"

마에카르는 얼굴을 각지게 보이게 하는 흐릿한 은빛 수염 밑으로 입을 꾹 다문 채 한동안 곰곰이 그 말을 되씹었다.

"웃기는 소리군."

그가 냉정하게 말했다.

"왕국에는 산울타리(hedge)만큼이나 많은 떠돌이기사(hedge knights) 가 있고, 그들 모두 발이 있지 않느냐."

"전하께 더 나은 답이 있다면 경청하겠습니다."

마에카르가 눈살을 찌푸렸다.

"신들께서는 잔인한 장난을 즐기시는 것일지도 모르겠다. 아니면 신이 아예 없을지도 모르지. 지금껏 벌어진 모든 일에 아무런 의미도 없을지도 몰라. 하이셉톤에게 가서 물어볼 수도 있겠지만, 지난번 가서 만나 보았을 때 그는 어떤 사람도 신들의 행동을 진정으로 이해할 수 없다고 얘기하더 군. 차라리 그도 한번 나무 밑에서 하룻밤을 보내 보는 것이 좋을지도 모 르겠다."

그가 얼굴을 찡그렸다.

"내 막내아들은 네가 마음에 든 것 같더군, 기사. 이제 종자가 될 만한 나이지만, 너 말고는 그 어떤 기사도 섬기지 않겠다고 말한다. 너도 이미 보았겠지만, 말도 잘 안 듣고 제멋대로인 녀석이지. 그 아이를 받아들이겠 느냐?"

"제가요?"

덩크는 어안이 벙벙하여 입을 다물지 못했다.

"에그…… 아니, 아에곤은 착한 소년입니다만, 저하, 이건 제게 큰 영광 입니다. 하지만…… 전 한낱 떠돌이기사에 불과하지 않습니까."

마에카르가 대답했다.

"그건 바꿀 수 있다. 아에곤은 서머홀에 있는 내 성으로 돌아가야 한다. 원한다면 네게도 자리를 마련해 주겠다. 내 가문의 기사로 말이야. 내게 충성을 맹세한다면 아에곤이 네 종자가 되는 것을 허락하겠다. 그리고 네 가 그 아이를 가르치는 동안, 내 훈련대장이 너의 훈련을 마무리 지을 것 이다."

왕자가 예리한 시선으로 그를 쳐다보았다.

"물론 알란 경이 널 성심껏 가르쳤겠지만, 넌 아직 배울 것이 많아."

"저도 압니다, 저하."

덩크는 주위를 돌아보았다. 푸른 잔디와 갈대, 높다란 느릅나무와 햇빛에 반짝이는 연못의 수면에서 춤추는 잔물결이 눈에 들어왔다. 잠자리 한 마리가 물 위를 날았는데, 언젠가 보았던 잠자리일지도 몰랐다. '뭘 선택할 것이냐, 덩크?' 그가 자문했다. '잠자리(dragonflies)냐, 드래곤이냐?' 며칠 전만 해도 서슴지 않고 대답했을 것이다. 그가 꿈꾸어 온 모든 것이었지만, 막상 기회가 오자 두려움이 앞섰다.

"바엘로 왕세자께서 돌아가시기 직전, 전 그분의 수하가 되겠다고 맹세했습니다."

"주제넘은 짓이었군. 뭐라고 하던가?"

"왕국은 좋은 인재들이 필요하다고 하셨습니다."

"옳은 말이로군. 그래서?"

"아드님을 종자로 받아들이겠습니다, 저하, 하지만 서머홀에는 머무르지 않겠습니다. 적어도 한두 해는 말입니다. 제 생각에 그 아이는 성이라면 이미 충분히 겪은 듯싶습니다. 제가 그 아이를 데리고 여정에 나서는 것을 허락하신다면 제안을 받아들이겠습니다."

덩크가 노마 체스트넛을 가리켰다.

"그 아이는 제 말을 타고, 제 낡은 망토를 걸치고, 제 칼을 갈고 제 갑옷을 깨끗이 손질할 것입니다. 여정 중 여관이나 마구간에서 밤을 보내고 때때로 어느 지주기사나 소영주의 홀에서 잠을 청하기도 하겠지만, 사정이 여의치 않으면 나무 아래서 노숙할 것입니다."

마에카르 왕자가 어이없다는 얼굴로 그를 쳐다보았다.

"결투 재판 때문에 머리가 어떻게 된 것이 아니냐? 아에곤은 이 나라의 왕자, 드래곤의 혈족이다. 왕자들은 도랑에서 잠을 청하거나 딱딱한 소금 절인 쇠고기를 먹지 않는다는 말이다."

그가 덩크가 머뭇거리는 모습을 보고 말했다.

"뭔가 하고 싶은 말이 있느냐? 겁내지 말고 이야기해 보아라, 기사."

"아마 다에론은 한 번도 도랑에서 자 본 적이 없겠지요."

덩크가 조용히 대답했다.

"아에리온도 언제나 두툼하고 육질도 좋고 신선한 고기만 먹었을 테고 말입니다."

서머홀의 왕자, 마에카르 타르가르옌은 한참 동안 은빛 수염에 가린 턱을 소리 없이 움직이며 플리바톰의 덩크를 바라보았다. 끝내 그는 아무 말 없이 등을 돌리고 가 버렸다. 덩크는 그가 부하들과 함께 말에 올라타고 떠나는 소리를 들었다. 그들이 떠난 뒤로 들리는 건 물 위를 낮게 스치며 나는 잠자리의 날갯짓 소리뿐이었다.

* * *

소년은 다음 날 아침 해가 뜰 무렵에 찾아왔다. 갈색 바지와 양털 튜닉을 입고 낡은 장화를 신고 오래된 여행자 망토를 걸친 모습이었다.

"아버지께서 당신을 섬겨야 한다고 말씀하셨어요."

"'섬겨야 한다고 말씀하셨어요, **기사님**'이라고 해야지."

덩크가 지적했다.

"우선 말 위에 안장을 얹는 것부터 시작하자. 체스트넛은 네 말이니 잘 보살펴라. 내 허락 없이는 썬더 위에 올라타면 안 돼."

에그가 안장을 가지러 갔다.

"우린 어디로 가는 건가요, 기사님?"

덩크는 잠시 생각에 잠겼다.

"난 아직 적색산맥 너머로 가 본 적이 없어. 도르네를 한번 둘러보고 오는 건 어때?"

에그가 씩 웃으며 대답했다.

"거긴 인형극이 재미있다고 들었어요."

세븐킹덤의 기사—두 번째 이야기

맹약기사
The Sworn Sword

네거리에 내걸린 철 우리 안에는 두 남자의 시체가 뜨거운 여름 태양 아래 썩고 있었다.

에그가 우리 밑에 멈춰서 그들을 올려다보았다.

"저들은 누구였을까요, 기사님?"

소년의 노새 마에스터가 휴식을 반기며 등에 짊어진 커다란 두 술통은 아랑곳하지 않고 길가를 따라 갈색으로 푸석하게 시든 악마초를 뜯기 시작했다.

"강도."

덩크가 대답했다. 썬더를 올라탄 그는 죽은 남자들을 에그보다 훨씬 더 가까이서 볼 수 있었다.

"강간범. 살인자들이거나."

그가 입은 낡은 녹색 튜닉은 양쪽 겨드랑이가 둥글고 짙게 얼룩졌다. 새 파란 하늘에서 태양이 뜨겁게 타올랐고, 덕분에 덩크는 아침에 길을 오른 이후 줄곧 땀을 뻘뻘 흘렸다.

에그가 챙이 넓고 느슨한 밀짚모자를 벗자 번들거리는 대머리가 드러났다. 소년이 모자를 흔들어 파리 떼를 쫓아냈다. 파리 수백 마리가 시체 위를 기어 다녔고, 바람 한 점 없는 뜨거운 하늘도 나른하게 날아다니는 벌레들로 자욱했다.

"뭔가 심하게 나쁜 짓을 저질렀나 봐요. 이런 까마귀 우리에 갇혀 죽을 정도라면."

에그는 이따금 마에스터 못지않게 현명할 때도 있지만, 평상시에는 아직 열 살짜리 소년에 불과했다.

"영주도 영주 나름이라서. 별 시답지 않은 이유로 사람을 처형하는 영주도 있으니 또 모르지."

철 우리는 한 명이 있기에도 비좁았으나, 그 안에 두 명이나 갇혀 있었다. 그들은 뜨겁게 달궈진 창살을 등지고 서로 팔과 다리가 얽힌 채 얼굴을 마주 보며 서 있었다. 그중 한 명이 다른 한 명을 뜯어 먹으려 했던 듯, 목과 어깨에 물어뜯은 흔적이 보였다. 까마귀들은 둘 다 쪼아 먹었다. 덩크와 에그가 언덕을 돌아 나왔을 때, 새들이 마치 빽빽한 검은 구름처럼 날아올라 마에스터가 겁을 먹을 정도였다.

"이들이 누구였든지 간에 몹시 굶주렸던 모양이야."

덩크가 말했다. '가죽을 뒤집어쓴 해골, 게다가 그 가죽조차도 퍼렇게 썩고 있네.'

"아마 빵을 훔쳤거나, 어떤 영주의 숲에서 사슴이라도 잡았을지도 모르지."

가뭄이 두 해에 걸쳐 이어지자, 애초에 밀렵에 관대하지 않던 거의 모든 영주가 밀렵꾼들을 더욱 가혹하게 처벌하기 시작했다.

"어떤 산적단에 속해 있었을지도 모르잖아요."

도스크에서 어느 음유시인이 하프를 연주하며 부른 '블랙 로빈의 목을 매단 날'을 들은 이후, 에그는 가는 곳마다 의로운 산적들을 보는 듯했다.

덩크는 노인을 수행하던 종자 시절 가끔 산적들과 마주친 적이 있어서 그들과 또 맞닥뜨리고 싶은 마음은 없었다. 지금껏 겪은 산적 중에 의협심이 투철했던 자는 단 한 명도 없었다. 예전에 알란 경의 도움으로 잡아서 교수형에 처했던 반지 도둑이 떠올랐다. 반지를 뺄 때 피해자가 남자면 손가락을 자르고 여자면 물어뜯는 것을 즐기던 산적이었다. 덩크가 아는 한 그놈에 관한 노래는 없었다. '산적이든 밀렵꾼이든 상관없다. 오래 봐야 좋은 것 없는 시체들이야.' 그가 천천히 썬더를 몰아 우리 옆을 돌아갔다. 텅 빈 눈구멍들이 자신을 쫓는 듯했다. 시체 중 한 구는 입을 벌린 채 머리를 숙이고 있었다. '혀가 없잖아.' 덩크는 아마 까마귀들이 먹어 치웠다고 생각했다. 까마귀들은 항상 시체의 눈알부터 쪼아 먹는다고 했는데, 두 번째로 먹는 것이 혀일지도 몰랐다. '아니면 말 한마디 잘못했다고 어떤 귀족이 혀를 뽑아냈을지도 모르지.'

덩크는 노랗게 색이 바랜 텁수룩한 머리털을 뒤로 쓸어 넘겼다. 어차피 죽은 이들은 도울 수 있는 시기가 지났고, 어서 스탠드패스트로 운반해야 할 술통들이 있었다.

"우리가 어느 쪽에서 왔지? 빙빙 돌았더니 헷갈리네."

그가 이 길 저 길을 번갈아 보며 물었다.

"스탠드패스트는 저쪽이에요, 기사님." 에그가 손가락으로 가리켰다.

"그럼 그쪽으로 가자. 여기 앉아서 파리만 세고 있다간 저녁이 돼도 도착하지 못하겠어."

덩크가 발꿈치로 썬더의 옆구리를 가볍게 건드려 커다란 군마를 왼쪽 갈림길로 이끌었다. 에그도 다시 밀짚모자를 쓰고 마에스터의 고삐를 획 잡아당겼다. 노새는 악마초를 뜯는 것을 멈추고 웬일로 고집부리지 않고 순순히 따라 움직였다. '녀석도 더운 거야. 저 술통들도 꽤 무거울 테고.' 덩크가 생각했다.

뜨거운 여름 햇살은 도로를 마치 벽돌처럼 단단히 구워 놓았다. 길에 파인 고랑은 자칫 말이 빠지면 다리가 부러질 정도로 깊었기에, 덩크는 조심조심 썬더를 그 사이로 이끌었다. 덩크 자신도 도스크를 떠나던 날, 시원한 어두운 밤길을 걷다가 발목을 삐었다. 노인은 기사라면 통증과 고통을 감수해야 한다고 곧잘 말했다. '그래 녀석아, 부러진 뼈와 흉터도 마찬가지다. 그것들도 칼과 방패만큼이나 널 기사로 있게 해 주는 것의 일부란다.' 하지만 썬더의 다리가 부러지는 건 다른 문제였다. 탈 말이 없는 기사는 기사가 아니었으니.

에그는 다섯 걸음쯤 뒤에서 술통을 등에 실은 마에스터를 이끌며 따라왔다. 맨발인 소년은 한 발을 고랑 속에, 다른 발을 도로 위에 대고 걸었기에, 한 걸음 한 걸음 움직일 때마다 몸이 위아래로 들썩거렸다. 옆구리에는 칼집에 든 단검을 찼고, 등에 멘 배낭 위에는 장화 한 켤레를 걸쳐 놓았으며, 허리에는 누덕누덕한 갈색 튜닉을 돌돌 말아 단단히 동여맸다. 챙 넓은 밀짚모자 아래 비친 얼굴은 먼지로 얼룩져 지저분했고 두 눈은 크고 짙었다. 소년은 이제 열 살이었고 키는 5피트가 채 되지 않았다. 최근 들어 쑥쑥 자라는 중이었지만, 덩크를 따라잡으려면 아직 갈 길이 멀었다. 여느 어린 마구간지기와 다를 바 없는 모습이지만 결코 마구간지기가 아닌, 하지만 본연의 신분과도 아주 동떨어진 모습의 소년이었다.

곧 철 우리 안의 시체들은 뒤로 사라졌지만, 여전히 덩크의 머릿속에는 그들이 맴돌았다. 근래 들어 왕국은 무법자로 들끓었다. 가뭄이 끝날 기미가 보이지 않자 촌민 수천 명이 비가 내리는 곳을 찾아 유랑에 나섰다. 블러드레이븐 공이 원래의 영지와 영주에게 돌아가라는 명령을 내렸지만, 그 명을 따르는 사람은 손꼽을 정도였다. 많은 사람이 가뭄을 블러드레이븐과 아에리스 왕의 탓으로 돌리며 저주받을 친족 살해자에게 신들이 내리는 벌이라고 수군거렸다. 물론 똑똑한 사람들은 그런 말을 대놓고 하지 않았다. 오죽하면 올드타운에서 에그가 '블러드레이븐 공은 눈이 몇 개나 있을까? 천 개하고도 하나 더 있다지.'라는 수수께끼를 들었을까.

6년 전 킹스랜딩에서 덩크는 '큰까마귀의 이빨' 부대 50기의 선두에서 백마를 타고 '강철의 거리'를 내달리던 블러드레이븐을 직접 본 적이 있었다. 당시는 아에리스 왕이 철왕좌에 올라 블러드레이븐을 핸드로 임명하기 전이었지만, 짙은 회색과 진홍색 의복을 입고 보검 '검은 자매(Dark Sister)'를 옆구리에 찬 모습은 그때도 강렬했다. 산송장처럼 창백한 피부와 뼈처럼 하얀 머리카락. 뺨과 턱을 덮은 포도주색 모반(母斑)은 큰까마귀의 형상과 비슷하다는 말이 있었지만, 덩크의 눈에는 그냥 괴상한 모양으로 변색한 피부로 보일 뿐이었다. 그때 덩크의 뚫어지는 듯한 시선을 느낀 블러드레이븐이 말을 달리며 지나치다가 고개를 돌려 그를 살펴보았다. 왕의 주술사는 눈이 하나밖에 없었고 그마저도 새빨갰다. 텅 빈 다른 눈구멍은 비터스틸(Bittersteel)이 레드그라스 벌판에서 그에게 남긴 선물이었다. 그럼에도 덩크는 하나가 아닌 두 개의 눈알이 그의 영혼 깊은 곳까지 샅샅이 꿰뚫어 보는 기분을 느꼈다.

숨 막힐 듯이 더운 와중에도 덩크는 그 기억에 소름이 오싹 돋았다.

"기사님, 어디 편찮으세요?" 에그가 불렀다.

"아냐, 그냥 저것들처럼 덥고 목이 말라서 그래."

덩크가 손을 들어 도로 너머의 덩굴 밭에서 시들어 가는 멜론을 가리키며 말했다. 길가에는 아직도 듬성듬성 염소머리잡초와 악마초가 악착같이 삶을 부지했지만, 농작물은 그렇게 강인하지 못했다. 덩크는 멜론들이 어떤 기분일지 상상할 수 있었다. 알란 경은 종종 떠돌이기사가 목이 마를 일은 없다며, '빗물을 받을 투구가 있으면 말이지. 빗물이야말로 최고의 음료수란다, 녀석아'라고 말했다. 하지만 노인도 이런 여름은 한 번도 겪어 본 적이 없었을 것이다. 덩크는 투구를 스탠드패스트에 놔두고 왔는데,

쓰고 다니기에는 너무 덥고 갑갑한 데다 어차피 비도 거의 내리지 않았기 때문이었다. '산울타리(hedge)조차도 갈색으로 변해 시들시들 말라 죽으면 떠돌이기사(hedge knight)는 뭘 어떻게 해야 하지?'

나중에 시냇가에 다다르면 물속에 몸을 담글까 하는 생각이 들었다. 첨 벙첨벙 물속으로 뛰어 들어가는 상상만으로도 황홀해서 미소가 절로 지어졌다. 시원한 물에 몸을 담갔다가 웃는 얼굴로 일어서면 헝클어진 머리칼 사이로 물방울이 흘러내리며 뺨을 적시고, 흠뻑 젖은 튜닉이 살갗에 찰싹 달라붙겠지. 에그도 물속에 뛰어들고 싶어 할지 모르지만, 소년은 이미 시원해 보였고 땀투성이라기보다는 먼지투성이에 가까웠다. 사실 에그는 땀을 많이 흘리는 편이 아니었고, 도리어 더위를 즐겼다. 도르네에 있을 때는 아예 웃통을 까고 돌아다녀 도르네 사람들처럼 살갗이 갈색으로 타기도 했다.

'드래곤의 피 때문일 거야. 땀을 뻘뻘 흘리는 드래곤이 있었다는 소리는 들어본 적이 없잖아?'

덩크가 생각했다. 그도 튜닉을 벗고 싶었지만 체면 때문에 그리하지 못했다. 떠돌이기사는 어차피 수치도 그만의 것이기에 원한다면 벌거벗고 다닐 수도 있다. 하지만 누군가에게 충성을 맹세했다면 이야기가 달라졌다. '네가 어떤 영주를 주군으로 받아들여 그의 고기와 술을 먹기 시작하면, 그때부터 네 모든 행위는 네 주군에게 반영된단다.'라고 알란 경은 말했다. '언제나 주군이 바라는 것보다 더 많은 것을 해내거라. 결코 기대에 못 미쳐서는 안 된다. 임무가 무엇이든, 얼마나 고된 일이든 절대 물러나면 안 돼. 그리고 그 무엇보다도, 네가 섬기는 주군을 결코 부끄럽게 하지 마라.' 스탠드패스트에서 고기와 술은 고작 닭고기와 맥주에 불과했지만, 유스테이스 경(Ser Eustace)도 같은 수수한 음식을 먹었다.

그래서 덩크는 튜닉을 벗지 않고 계속 더위에 허덕였다.

* * *

'갈색 방패의' 베니스 경이 오래된 판교 앞에서 덩크 일행을 기다리고 있었다.

"드디어 왔군. 하도 돌아오지 않아서 난 또 네가 영감의 은화를 가지고 도망친 줄 알았다."

베니스가 외쳤다. 그는 털북숭이 조랑말 위에서 신 풀(sourleaf) 한 뭉텅이를 질겅거렸는데, 풀에서 즙이 나와 마치 입안에 핏물이 가득 고인 것처럼 보였다.

"포도주를 구하러 도스크까지 갔다 와야 했습니다. 크라켄 놈들이 리틀 도스크를 습격해서 노략질하고 여자들을 납치해 갔답니다. 가져가지 않은 건 대부분 불태워 버렸고."

덩크가 대답했다.

"다곤 그레이조이 놈이 죽기를 자청하는구먼. 하지만 놈의 목을 매달 녀석이 있는 것도 아니고 말이야, 안 그래? 핀치바톰 페이트 영감은 만나 보았나?"

"사람들이 그가 죽었다고 얘기하더군요. 딸을 업어 가려는 아이언인들을 막아서다가 살해당했답니다."

"빌어먹을." 베니스가 고개를 돌리고 침을 퉤 뱉었다.

"나도 그 딸년을 한 번 본 적이 있지. 솔직히 말해 목숨을 버릴 가치는 없었다고. 그 멍청한 페이트는 내게 은화 반 닢을 빚졌는데."

갈색 기사는 덩크와 에그가 떠났을 때와 똑같은 모습이었고, 냄새도 여전히 고약했다. 그는 매일 같은 갈색 바지와 모양이 없는 허름한 튜닉을 입고 말가죽 장화를 신었다. 무장할 때는 녹슨 갑옷 위에 헐렁한 밤색 전포를 걸쳤다. 그의 검대는 단지 무두질한 가죽 끈에 불과했고, 그의 주름진 얼굴도 피부가 가죽 같다고 여길 만했다. '머리통이 아까 오는 길에 본 쪼그라든 멜론하고 비슷하게 보이는군.' 그가 즐겨 씹는 신 풀이 남긴 빨간 얼룩 밑으로 비치는 이조차도 갈색이었다. 그런 갈색의 범람 속에서 유난히 그의 두 눈이 돋보였다. 사팔뜨기에 가운데로 쏠리고 악의로 번뜩거리는 흐린 녹색 눈동자.

"두 통밖에 없잖아. '쓸모없는 영감쟁이(Ser Useless)'는 네 통을 원했다." 그가 보더니 말했다.

"두 통을 구한 것도 행운이었습니다. 아보르도 가뭄에 시달린답니다. 포도가 덩굴에 달린 채로 건포도가 되어 간다는 소문과 아이언인들이 해적질을……."

"기사님? 물이 없어요." 에그가 불쑥 끼어들었다.

덩크는 베니스에게 집중하느라 다른 건 신경 쓰지 않고 있었다. 다리의 뒤틀린 나무판자 밑을 보니 모래와 돌멩이밖에 남지 않았다.

'이상하네. 우리가 떠날 때만 해도 수위가 낮기는 해도 분명히 물이 흐르고 있었는데.'

베니스가 웃었다. 그의 웃음은 두 가지가 있었다. 닭처럼 꽥꽥거리는 웃음과 이따금 에그의 노새보다 시끄럽게 울며 터뜨리는 웃음. 지금은 닭 웃음이었다.

"네가 떠난 동안 말랐나 보지. 가뭄이 오면 대개 그렇게 되더군."

덩크는 실망했다. '물속에 뛰어들기는 글렀군. 그건 그렇고, 이제 농작물은 어떻게 되는 거지?' 그가 말에서 내리며 생각했다. 리치 지방의 우물은 대부분 바닥이 드러난 지 오래였고, 웬만한 강은 물론 블랙워터 러쉬 강과 그 넓은 맨더 강까지도 수위가 매우 낮아진 상태였다.

"물이라, 그것참 고약하던데. 예전에 마셨다가 정말 개고생을 한 적이 있었지. 포도주가 나아." 베니스가 대꾸했다.

"귀리한테는 아닙니다. 보리한테도. 당근, 양파, 양배추도 마찬가지죠. 포도조차도 물이 필요합니다."

덩크가 머리를 설레설레 흔들며 말을 계속했다.

"어떻게 이렇게 빨리 말라 버린 겁니까? 우리가 떠난 지 엿새밖에 안 지났는데."

"원래 물이 조금밖에 없었잖아, 덩크. 내가 오줌을 싸도 이 시내가 흐르던 것보다 더 세차게 싼다고."

"덩크가 아니라고 했잖습니까."라고 대답하면서도, 덩크는 왜 자기가 그의 말에 신경을 쓰는지 몰랐다. 베니스는 말버릇이 고약하고 남을 조롱하는 것을 즐기는 인간이 아니던가.

"난 키 큰 던칸 경이라 불립니다."

"누가 그렇게 부르는데? 네 대머리 종자 녀석이?"

그가 에그를 쳐다보더니 예의 닭 웃음을 터뜨렸다.

"페니트리의 종자 노릇을 하던 시절보단 키가 좀 크긴 했지만, 여전히 내겐 덩크로밖에 보이지 않아."

덩크는 목덜미를 주무르면서 돌만 남은 시내 바닥을 내려다보았다.

"이제 어찌해야 합니까?"

"성으로 포도주를 가져가서 쓸모없는 영감쟁이에게 시냇물이 말랐다고 알려야지. 스탠드패스트의 우물은 아직 물이 나오니 영감이 목말라 하는 일은 없을 거야."

"그분을 그렇게 부르지 마십시오."

덩크는 그의 지금 주군인 노기사를 좋아했다.

"당신도 그분을 섬기는 처지이니 좀 더 존중해 주십시오."

"존중 따윈 네가 이미 충분히 하고 있잖아, 덩크. 난 내키는 대로 부를 테다."

덩크가 인상을 쓰며 밑의 모래와 자갈을 살펴보려고 다리 위로 발걸음을 옮기자 은회색 나무판자들이 시끄럽게 삐걱거렸다. 몇몇 바위 틈새로 작은 갈색 웅덩이가 반짝거렸는데, 다들 덩크의 손바닥만 했다.

"저기하고 저기, 죽은 물고기가 보여?"

물고기들이 풍기는 냄새는 네거리에서 본 시체들을 떠올리게 했다.

"보여요, 기사님." 에그가 대답했다.

덩크는 시내 바닥으로 훌쩍 뛰어내리고 쪼그리고 앉아 돌멩이를 하나 들춰 보았다. '위는 건조하고 따뜻한데 아래는 축축한 진흙투성이야.'

"물이 마른 지 그리 오래되지 않았군요."

다시 일어난 덩크가 돌멩이를 옆으로 휙 던지자, 돌멩이가 강둑에서 튀어나온 부분을 뚫고 들어가며 작은 갈색 먼지구름이 일었다.

"기슭의 흙은 바싹 말랐지만 시내 바닥 중앙은 부드럽고 축축합니다. 이 물고기들은 어제까지만 해도 살아 있었습니다."

"페니트리가 예전에 널 멍텅구리 덩크라고 불렀지, 아마."

베니스 경이 씹던 신 풀 뭉텅이를 바위에 뱉었다. 끈적끈적한 즙이 햇빛에 비쳐 벌겋게 빛났다.

"멍텅구리가 머리를 너무 쓰려는 건 좋지 않아. 그럴 수 있는 머리도 아니지 않나."

'멍텅구리 덩크, 성벽처럼 아둔해.' 알란 경의 정감 어렸던 그 말. 그는 야단을 칠 때도 자상했다. 하지만 갈색 방패의 베니스 경이 말할 때는 전혀 다르게 들렸다.

"알란 경이 돌아가신 지 두 해가 지났습니다. 그리고 난 키 큰 던칸 경입니다."

덩크는 베니스의 말을 맞받아치며 갈색 기사의 얼굴을 휘갈겨 저 붉고 썩은 이빨을 전부 털어 버리고 싶은 충동을 느꼈다. 갈색 방패의 베니스 경이 위험한 인간이기는 하나, 덩크는 그보다 키가 1피트 반은 더 크고 몸무게도 4스톤(1스톤은 약 6.5킬로그램)이나 더 나갔다. 그가 멍텅구리일지는 몰라도 체구만은 장대했다. 덩크는 이따금 도르네에서부터 넥(The Neck)까지의 모든 여관의 들보는 물론, 웨스테로스에 있는 거의 모든 문의 천장에 머리를 박고 다녔다는 생각이 들었다. 올드타운에서 에그의 형 아에몬이 쟀던 그의 키는 7피트에서 1인치가 모자랐으나, 이미 반년 전의 일이었고 그동안 키가 더 자랐을지도 몰랐다. 노인은 곧잘 덩크가 다른 건 몰라도 키 크는 것만큼은 정말 잘한다고 말했다.

덩크가 다시 썬더 위에 올라탔다.

"에그, 포도주를 가지고 스탠드패스트로 가거라. 난 시냇물이 어떻게 된 건지 알아봐야겠어."

"개울이 마르는 건 흔한 일이다." 베니스가 말했다.

"난 그냥 한번 살펴보고 싶을 뿐……."

"아까 그 돌멩이 밑을 살펴봤던 것처럼 말이냐? 그렇게 여기저기 들추고 다니는 건 건강에 좋지 않아, 멍텅구리. 뭐가 기어 나올지 모르잖아. 스탠드패스트에 푹신한 밀짚 침상이 우릴 기다리고 있다. 달걀도 꽤 자주 나오는 편이고, 쓸모없는 영감쟁이가 과거에 자기가 얼마나 굉장했는지 푸념하는 소리를 듣는 걸 빼면 그냥 놀고먹을 수 있잖아. 그러니 가만히 놔두란 말이다. 시내는 그냥 가뭄으로 말라 버렸을 뿐이라고."

하지만 고집이 세기로 둘째가라면 서러울 덩크였다. 그가 에그에게 말했다.

"유스테이스 경이 포도주를 기다리고 계신다. 가서 내가 어디로 갔는지 알려 드려라."

"네, 기사님."

에그가 마에스터의 고삐를 잡아당겼다. 노새는 귀를 쫑긋거리면서도 바로 움직이기 시작했다. '한시바삐 저 술통들을 내려놓고 싶은 거겠지.' 덩크는 노새를 이해했다.

시내가 마르기 전에는 물이 북동쪽으로 흘렀기에, 덩크는 상류를 향해 남서쪽으로 썬더의 말 머리를 돌렸다. 미처 10야드도 가기 전에 베니스가 그를 따라잡았다.

"혹시 네가 가서 목이 매달릴까 봐 따라가 주는 거야."

그가 새로운 신 풀을 입에 넣었다.

"저 모래버들 숲 너머로 오른쪽 강변은 전부 거미 땅이라고."

"시내를 건널 생각은 없습니다."

덩크는 콜드모트의 여영주와 문제를 일으키고 싶지 않았다. 스탠드패스트에서는 그녀를 욕하는 말을 흔하게 들을 수 있었다. '붉은 과부'는 그녀가 여러 명의 남편과 사별해서 붙여진 이름이었다. 샘 스툽스 노인은 그녀를 마녀와 독살가 그리고 더 심한 이름으로 부르며 욕했다. 2년 전 그녀가 기사들을 시내 너머로 보내 양을 훔친 오스그레이 가문의 영지민을 잡아갔던 일에 관해 샘은, "그 녀석을 구하려고 주인님께서 콜드모트까지 말을 타고 가셨는데, 해자의 밑바닥이나 뒤져 보라는 말을 들으셨다우. 그 마녀는 불쌍한 데이크 놈을 무거운 돌덩이와 함께 부대 속에 집어넣고는 물에 빠뜨렸던 거라우. 그런 일이 있고 나서 유스테이스 경께서 거미 놈들이 영지에 들어오는 것을 막게 베니스 경을 고용하셨수."라고 이야기해 주었다.

이글거리는 햇볕 아래서 썬더는 느리지만 꾸준한 속도를 유지했다. 맑고 새파란 하늘에는 구름 한 점 보이지 않았다. 시내의 물길은 바위 둔덕과 드문드문 자란 버드나무들을 빙 돌아 헐벗은 갈색 언덕과 시들었거나 시드는 중인 작물이 가득한 밭 사이를 가로질러 굽이쳐 이어졌다. 다리에서 거슬러 올라간 지 한 시간이 지났을 무렵, 그들은 오스그레이 가문이 소유한 '와트의 숲'이라는 작은 숲의 언저리를 지나고 있었다. 멀리서 보이는 숲의 푸름에 마음이 동한 덩크는 그늘진 골짜기와 물이 졸졸 소리 내며 흐르는 개울을 기대했지만, 막상 숲에 다다르니 나무들은 작고 볼품이 없었으며 가지도 전부 시들시들 늘어져 있었다. 거대한 떡갈나무 몇 그루는 낙엽이 졌고, 소나무는 반수가 베니스 경처럼 갈색으로 변하고 시든 솔잎이 밑동 주변을 둥글게 에워쌌다. '점점 심해지는군. 작은 불씨라도 있으면 순식간에 불이 붙어 전부 잿더미가 돼 버리겠어.' 덩크가 생각했다.

하지만 지금만큼은 가시덩굴과 쐐기풀, 어린 버들과 덤불이 얽히고설킨 채 체키워터 천(川)을 따라 무성하게 자라 있었다. 덩크와 베니스는 그곳을 헤쳐 나가는 대신 말라 버린 시내 바닥을 건너 방목을 위해 숲을 베어 낸 콜드모트 영지로 넘어갔다. 메마른 갈색 잔디와 색이 바랜 야생화 사이로 코가 검은 양 몇 마리가 풀을 뜯는 모습이 보였다. 그걸 보고 베니스 경이 입을 열었다.

"양은 정말 멍청하단 말이야. 혹시 네 친척인 것 아니냐, 멍텅구리?"

덩크가 아무 대꾸도 하지 않자, 그는 다시 닭 소리를 내며 웃어 댔다.

남쪽으로 반 리그 더 내려간 지점에서 그들은 둑을 발견했다.

둑치고는 크다고 할 수 없었지만, 매우 튼튼해 보였다. 껍질도 벗기지 않은 통나무로 만든 견고한 방책 두 개가 시내를 가로지르며 놓여 있었고, 방책 사이의 공간은 단단히 다진 돌과 흙으로 가득 채워져 있었다. 둑 뒤에는 기슭 위로 넘친 시냇물이 따로 파인 도랑을 따라 웨버 부인의 밭으로 흘렀다. 덩크가 더 자세히 보려고 등자를 디디고 일어섰다. 햇살이 수면에 비치면서 작은 수로 수십 개가 마치 거미줄처럼 사방으로 퍼진 광경이 드러나자 덩크는 분개했다. '우리 시냇물을 훔치고 있잖아.' 게다가 방책도 와트의 숲에서 나무를 베어 만들었으리라는 사실을 깨닫고 더욱 울분이 치솟았다.

"네가 무슨 짓을 저질렀는지 봐라, 멍텅구리야. 그렇게 시냇물이 그냥 말라 버렸다고 하면 됐잖아. 이 일의 시작은 물 때문일지 몰라도, 끝내려면 피를 봐야 할 거다. 그것도 아마 너와 나의 피일 게야."

갈색 기사가 말하며 칼을 뽑았다.

"뭐, 이젠 어쩔 수 없지. 저기 도랑을 판 빌어먹을 놈들이 있네. 가서 겁 좀 주자."

그가 말에 박차를 가해 풀밭을 헤치며 달려 나갔다.

덩크도 그의 뒤를 따르는 수밖에 없었다. 덩크는 옆구리에 양질의 곧은 강철로 만든 알란 경의 장검을 차고 있었다. '저 인부들이 조금이라도 생각이 있다면 재빨리 도망치겠지.' 썬더의 말발굽에서 흙덩어리가 튀어 올랐다.

말 탄 기사들이 달려오는 것을 보고 사내 하나가 들고 있던 삽을 떨어뜨리긴 했지만, 그게 전부였다. 대략 스무 명 정도의 인부가 있었고, 키가 작든 크든, 혹은 젊든 늙었든 모두 햇볕에 갈색으로 그을린 모습이었다. 베니스가 서서히 말을 멈추자 그들은 삽과 괭이를 움켜쥔 채 어수선하게나마 줄을 지어 섰다. 누군가 외쳤다.

"여긴 콜드모트 땅이오."

"그리고 이건 오스그레이 가문의 시냇물이지."

베니스가 장검으로 가리키며 물었다.

"저 빌어먹을 둑을 쌓은 놈은 누구냐?"

"마에스터 세릭입니다." 한 젊은 인부가 말했다.

"아니오. 그 회색 옷을 입은 애송이가 여기저기 가리키며 이걸 하라 저걸 하라 시키긴 했지만, 둑을 쌓은 건 우리였소."

더 나이 든 사내가 말했다.

"그렇다면 어서 원래대로 해 놓지그래."

인부들은 뚱하면서도 도전적인 눈빛으로 노려보았다. 한 명이 손등으로 이마에 난 땀을 닦았다. 아무도 대답하지 않았다.

"네놈들은 다들 귀가 먹었나 보구나. 귀를 한두 개 잘라야 내 말이 들리겠느냐? 누굴 먼저 잘라 줄까?"

베니스가 말했다.

"여긴 웨버 땅이오."

늙은 인부는 여위고 등이 굽었지만, 태도는 꿋꿋했다.

"당신들은 여기 있을 자격이 없소. 누구든 귀를 자른다면 우리 마님이 자루에 처넣어 물에 빠뜨려 죽일 거요."

베니스가 말을 더 가까이 몰아갔다.

"여긴 마님은 안 보이고 말 많은 촌민 놈밖에 없는데 말이야."

그가 칼끝으로 햇볕에 그을린 인부의 맨 가슴을 쿡쿡 찔러 대자 핏방울이 조금씩 새어 나왔다.

'저건 지나치군.'

"칼을 치우시죠." 덩크가 경고했다.

"이건 그 사람 짓이 아닙니다. 일을 시킨 건 저들의 마에스터 아닙니까."

"밭에 물을 대려 한 것뿐입니다요, 기사 나리. 마에스터님은 밀밭이 죽어 간다고 하셨습죠. 배나무도요." 귀가 커다란 인부가 말했다.

"뭐, 배나무가 죽든 네놈들이 죽든, 뭔가는 죽겠지."

"당신이 그렇게 말해도 우린 겁나지 않소." 늙은 인부가 말했다.

"그래?"

베니스가 손목을 비틀자 쉬익 하는 소리와 함께 노인의 뺨에 귀에서 턱까지 칼자국이 생겼다.

"내가 말했지, 그 배나무든 네놈들이든 죽을 거라고."

인부의 얼굴 한 면에서 피가 붉게 흘러내렸다.

'그리하지 말았어야 했다.' 덩크는 분노했지만, 지금 베니스는 그의 편이었으니 참아야 했다. 그가 인부들에게 외쳤다.

"여기서 떠나시오. 당신들 마님의 성으로 돌아가시오."

"뛰어라." 베니스 경이 재촉했다.

인부 셋이 그의 말대로 연장을 버리고 허겁지겁 풀밭을 뛰어갔다. 하지만 검게 그을린 장한이 괭이를 들어 올리며 말했다.

"고작해야 둘뿐이잖아."

"삽으로 칼과 싸우려는 건 어리석은 짓이네, 조르겐."

노인이 얼굴을 움켜쥐며 말했다. 손가락 사이로 피가 줄줄 흘러내렸다.

"이게 끝은 아닐 거요. 암, 아니고말고."

"한마디 더 해 보시지, 완전히 끝장내 줄 테니."

"당신들을 해치려는 마음은 없었소."

덩크가 노인의 피투성이 얼굴을 보면서 말했다.

"우린 단지 물을 돌려받기를 원할 뿐. 당신의 마님께 그렇게 전하시오."

"오, 그럴 거다, 기사 나리."

괭이를 움켜쥔 장대한 체구의 사내가 다짐했다.

"꼭 그럴 거외다."

* * *

덩크와 베니스는 돌아오는 길에 와트의 숲을 가로지르며 잠시 숲이 제공하는 그늘에 감사했다. 하지만 그들은 여전히 더위에 허덕였다. 숲 속에 사슴이 있다고 하는데, 그들이 유일하게 본 생물은 파리 떼가 전부였다. 파리들은 말을 달리는 덩크의 얼굴 주변에서 붕붕거리고 썬더의 눈가를 기어 다니며 군마의 신경을 긁어 댔다. 바람도 불지 않아 숨이 막힐 것 같왔다. '최소한 도르네는 낮은 건조하고 밤은 내가 망토를 덮어도 벌벌 떨정도로 추워졌잖아.' 리치는 이렇게 먼 북쪽 지방에서도 밤이 거의 낮과다를 바 없이 뜨거웠다.

덩크는 낮게 드리운 가지를 피해 머리를 숙이면서 이파리를 하나 떼어 손가락으로 부스러뜨렸다. 이파리는 마치 천 년을 묵은 양피지처럼 조각조각 부서졌다.

"그 남자를 벨 필요는 없었습니다." 그가 베니스에게 말했다.

"놈에게 말조심하라는 교훈을 주려고 뺨을 살짝 긁은 것뿐이야. 원래는 멱을 따 버리려고 했는데, 그랬다간 남은 놈들이 토끼처럼 뛰었을 테고 그럼 우리가 뒤를 쫓아가서 죽여야 했을 테니 귀찮아서 안 했지."

"스무 명을 전부 죽이려고 했습니까?" 덩크가 어이없다는 듯 물었다.

"스물둘. 네 손가락과 발가락을 모두 합한 것보다 두 개나 많은 거야, 멍텅구리. 놈들을 다 죽여야 뒷말이 없을 것 아니냐."

그들은 쓰러진 통나무를 돌아갔다.

"쓸모없는 영감쟁이에게 그 별 볼 일 없는 시냇물이 그냥 가뭄에 말라버렸다고 말하는 게 나았다니까."

"유스테이스 경입니다. 그리고 그건 거짓을 아뢰는 게 아닙니까."

"그렇지. 그게 왜 안 되는데? 또 누가 있어 다른 말을 하겠냐? 파리 떼가?"

베니스가 붉은색이 흥건한 미소를 지었다.

"쓸모없는 영감쟁이는 검은딸기 밭에 있는 아들들을 보러 갈 때 외에는 성탑을 떠나지 않잖아."

"맹약기사는 주군에게 진실만을 고해야 합니다."

"이런 진실도 있고 저런 진실도 있는 거다, 멍텅구리. 고하지 않는 것보다 못한 진실도 있다." 그가 침을 뱉었다.

"가뭄은 신들이 만드는 거야. 신들이 하는 일인데 인간이 뭘 어쩌겠어. 하지만 붉은 과부라면 또 다르지…… 영감쟁이에게 그 개잡년한테 물을 빼앗겼다고 알리면, 그는 체면 때문이라도 시내를 되찾아야 한다고 생각할 거다. 기다려 봐. 그는 자기가 **뭐든지 해야 한다고** 생각할 테니."

"당연하지요. 우리 영지민들이 작물을 키우려면 물이 필요하잖습니까."

"**우리** 영지민들이라고?" 베니스 경이 낄낄 웃어 댔다.

"쓸모없는 영감쟁이가 널 후계자로 임명할 때 난 어디서 똥이라도 싸고 있었나 보지? 영지민이 몇 명이나 있다고 생각하는 거냐? 열 명은 될까? 게다가 그건 도낏자루가 어딘지도 모르는 사팔뜨기 제인의 덜떨어진 아들놈까지 합한 숫자다. 그놈들을 전부 기사로 만들어도 과부 년이 거느린 기사의 반에도 못 미쳐. 거기에 종자와 궁수와 다른 병력까지 세려면, 네 두 손과 두 발은 물론 그 대머리 꼬맹이의 손가락과 발가락까지 필요할 거다."

"뭘 세는 데 발가락은 필요 없습니다."

덩크는 더위와 파리 그리고 갈색 기사를 상대하는 것까지 모두 지겨웠다. '이 남자가 한때 알란 경의 동료였어도 그건 옛적 일이야. 지금은 거짓되고 비열한 겁쟁이가 되어 버렸어.' 덩크는 말 옆구리에 박차를 가해 앞으로 달려 나가며 악취를 뒤로했다.

* * *

스탠드패스트를 성이라 부르는 건 단지 하나의 예의였다. 울퉁불퉁한 언덕 마루에 고고하게 서서 사방 수 리그나 떨어진 곳에서까지 보여도 그저 작은 성탑에 지나지 않았다. 수백 년 전 탑의 일부가 무너져 수리했기에, 북쪽과 서쪽 벽은 각각 창문을 기준으로 위는 흐린 회색, 아래는 검은색 돌로 이루어져 있었다. 그리고 수리했던 두 면에는 지붕 윤곽을 따라 작은 탑들이 추가되었지만, 다른 두 면에는 오랜 풍파에 심하게 마모되어 이제는 정체를 알 수 없는 고대의 괴수 상들이 여전히 웅크리고 있었다. 평평한 소나무 지붕은 판자가 심하게 휘어서 물이 자주 샜다.

언덕 기슭에서 탑까지 이어진 꼬불꼬불한 오솔길은 너무 솔아 말을 타면 한 줄로밖에 움직일 수 없었다. 덩크가 앞에서 길을 올랐고, 베니스는 그 뒤를 따랐다. 위를 올려다보니 느슨한 밀짚모자를 쓴 에그가 튀어나온 바위 위에 서 있는 모습이 보였다.

그들은 탑 아래 엮은 나뭇가지에 진흙을 발라 세운 작은 마구간 앞에서 말을 멈추었다. 마구간은 마구잡이로 자란 보랏빛 이끼 더미에 거의 반 이상이 파묻혔다. 노기사의 회색 거세마는 마에스터의 옆 칸에 있었고, 술통들은 이미 에그와 샘 스툴스가 안으로 들인 듯했다. 뜰에는 암탉들이 모이를 찾아 돌아다녔다. 에그가 종종 달려와서 물었다.

"시냇물이 어떻게 된 건지 알아보셨나요?"

"붉은 과부가 둑으로 막아 버렸더구나."

말에서 내린 덩크는 썬더의 고삐를 에그에게 건네며 대답했다.

"물을 한꺼번에 너무 많이 주지 마."

"네, 기사님. 그러지 않을게요."

"**꼬맹아**, 내 말도 데려가라." 베니스 경이 불렀다.

에그가 그를 거만한 시선으로 쏘아보았다.

"난 당신의 종자가 아니에요."

'언젠가 저 녀석은 저 혓바닥 때문에 크게 다치고 말 거다.'

덩크가 생각했다.

"귀싸대기 맞고 싶지 않으면 그 말도 데려가."

에그는 부루퉁한 표정을 지으면서도 시키는 대로 했다. 그러나 그가 고삐를 잡으려 손을 뻗었을 때, 베니스 경이 칵 침을 뱉었다. 붉게 번들거리는 가래 덩어리가 소년의 발가락 사이를 맞췄다. 에그가 차가운 표정으로 갈색 기사를 노려보았다.

"내 발에 침을 뱉으셨네요, 기사님."

베니스가 말에서 기어 내려왔다.

"그래. 다음에는 얼굴에 뱉을 거다. 그 건방진 말투를 고치지 않으면 말이야."

덩크는 소년의 분노 어린 눈빛을 보고 분위기가 더 험악해지기 전에 서둘러 말했다.

"말을 돌보거라, 에그. 우린 유스테이스 경께 드릴 말씀이 있다."

스탠드패스트의 유일한 입구는 지금 그들이 있는 곳에서 20피트 위에 있는 떡갈나무와 쇠로 만든 문이었다. 맨 아래에는 매끄러운 검은 돌로 만든 계단이 있었는데, 너무 닳은 나머지 가운데가 둥그렇게 파여 있었다. 조금 더 올라가면 위급할 때 도개교처럼 위로 걷어 올리는 가파른 나무 계단이 나왔다. 덩크는 암탉들을 쫓아내며 한 걸음에 계단을 두 개씩 뛰어 올라갔다.

스탠드패스트의 내부는 밖에서 보이는 것보다 넓었다. 넉넉한 지하실과 저장실이 언덕 속 깊게 자리했고, 지상 위에 솟은 탑은 4층이나 되는 건물이었다. 맨 위 두 층은 창문과 발코니가 달렸지만, 아래 두 층은 화살 구멍밖에 없었다. 실내는 바깥보다 서늘했지만, 너무 어두워서 덩크는 눈이 적응할 때까지 잠시 기다려야 했다. 샘 스툽스의 아내가 화덕 옆에 앉아 재를 쓸고 있었다. 덩크가 그녀에게 물었다.

"유스테이스 경은 위에 계십니까, 밑에 계십니까?"

"위에 계신다우, 기사 나리."

노파는 등이 너무 굽은 나머지 머리가 어깨 밑에 있었다.

"방금 검은딸기 밭에서 도련님들을 보고 돌아오셨다우."

도련님들이란 유스테이스 오스그레이의 아들들인 에드윈, 해롤드, 아담을 뜻했다. 에드윈과 해롤드는 기사였고, 아담은 어린 종자였다. 그들은 모두 15년 전, 블랙파이어 반란을 종식한 레드그라스 벌판 전투에서 전사했다. "그 아이들은 왕을 위해 용감히 싸우다가 명예로운 죽음을 맞이했다네. 그리고 내가 집으로 데려와 검은딸기 밭에 묻어 주었지."라고 유스테이스 경이 덩크에게 이야기했다. 그의 아내도 그곳에 묻혔다고 했다. 노기사는 새로운 술통을 딸 때마다 언덕을 내려가 아들들에게 제주를 따라 주었고, "왕을 위하여!"라고 우렁차게 외친 뒤 자신도 술을 들이켰다.

유스테이스 경의 침실은 탑의 4층에 있었고, 바로 아래층에는 그의 서재가 자리했다. 노인은 궤짝과 커다란 통으로 너저분한 서재 안에서 서성거리고 있을 것이다. 서재의 두꺼운 회색 벽에는 지금은 유스테이스 경밖에 기억하지 못하는 수백 년 전의 전투에서 노획한 녹슨 병장기와 깃발이 가득 걸려 있었다. 깃발은 반수가 곰팡이 슬었으며, 전부 심하게 색이 바래고 먼지로 뒤덮여 한때 다양한 색상으로 화사했을 모습은 어디 간데없고 단지 음울한 회색과 녹색만 감돌 뿐이었다.

덩크가 계단을 올라왔을 때 유스테이스 경은 걸레로 망가진 방패를 닦던 중이었다. 베니스도 냄새를 풍기며 뒤따라 들어왔다. 덩크의 모습에 노기사의 눈빛이 조금 환해진 듯했다.

"나의 성실한 거인이 왔군." 그가 큰소리로 반겼다.

"그리고 용감한 베니스 경도. 와서 이걸 보게나. 저 궤짝 바닥에서 찾은 것이네. 그동안 심하게 소홀히 하기는 했지만, 그래도 보물이라네."

그것은 한때 방패였던 것의 초라한 잔해였다. 거의 절반이 잘려 나갔고 남은 부분도 흐리게 색이 바래고 쪼개진 모습이었다. 무쇠 테두리는 그냥 녹슨 덩어리였고 나무 몸통은 온통 벌레 먹은 구멍투성이었다. 아직 칠한 자국이 조금 남아 있었지만, 문장을 알아보기엔 부족했다.

"영주님."

덩크가 말했다. 오스그레이 가문이 영주의 지위를 잃은 지 수백 년이 흘렀지만, 유스테이스 경은 영주라는 칭호를 들으며 가문의 영광스런 과거를 되새기는 것을 좋아했다.

"그것은 무엇입니까?"

"'작은 사자'의 방패라네."

노인이 테두리를 문지르자 녹 가루가 조금 떨어져 나갔다.

"윌버트 오스그레이 경이 전사할 때 들었던 방패지. 그대들도 잘 아는 이야기일 거야."

"아닙니다, 영주님." 베니스가 말했다.

"아쉽게도 들어 본 적이 없군요. **작은 사자**라 하셨습니까? 무슨 난쟁이나 그런 사람이었답니까?"

"물론 아니네." 노기사가 수염을 부르르 떨며 말했다.

"윌버트 경은 강하고 체구도 당당한 위대한 기사였다네. 작은 사자는 다섯 형제의 막내였던 그가 어릴 때 얻은 별명이었지. 그가 살던 시절에는 아직 세븐킹덤에 일곱 명의 왕이 있었고, 하이가든과 록은 자주 전쟁을 벌였다네. 그때는 녹색왕이라 불리던 가드너 왕조가 리치 지역을 지배했어. 그들은 고대인 가스 그린핸드의 후손이었고, 하얀 바탕 위에 초록색 손이 그려진 깃발을 왕기로 삼았지. 자일스 3세가 봉신들을 이끌고 폭풍왕을 치러 동쪽으로 진군했을 때, 윌버트의 형들도 모두 왕을 따라 출정했다네. 그 시절 리치의 왕이 전장에 나설 때는 언제나 초록색 손 왕기 옆에 체키(체크무늬) 사자 깃발도 함께 나부꼈기 때문이야. 하지만 자일스 왕이 나라를 비우자 그것을 리치를 침략할 좋은 기회로 여긴 록의 왕이 서부의 대군을 이끌고 쳐들어오고 만 것이야. 오스그레이 가문은 대대로 노스마치의 대장군이었기에, 작은 사자가 그들에게 맞서야 했다네. 그때 록의 라니스터 군을 이끌었던 왕은 란셀 4세였던가, 5세였던가 했을 것이야. 윌버트 경은 란셀 왕의 진로를 가로막고 외쳤네. '더 이상은 못 간다! 여긴 너희가 올 곳이 아니야. 리치에 발을 디디는 것을 불가한다!' 하지만 라니스터는 군대에 진격을 명령했네. 황금 사자와 체키 사자는 반나절 동안 치열하게 싸웠다네. 라니스터는 보통 칼로는 대적할 수 없는 발리리아 검으로 무장했기에, 작은 사자는 방패가 거의 조각난 채 궁지에 몰리고 말았네. 결국 열 곳도 넘는 치명상으로 피를 흘리고 칼마저도 부러진 작은 사자는 적에게 몸을 던지고 말았어. 음유시인들은 란셀 왕이 그를 베어 거의 반토막을 냈다고 노래하지만, 왕 역시 작은 사자가 겨드랑이 밑에 있는 갑옷 틈새에 찔러 넣은 단검 때문에 죽어 버리고 말았지. 그렇게 왕이 죽자 서부인들은 회군했고, 리치는 위험에서 벗어나게 된 것이야."

노인은 부서진 방패가 마치 어린아이인 양 부드럽게 쓰다듬었다.

"그랬군요, 영주님." 베니스가 쉰 목소리로 말했다.

"지금도 그런 사람이 있었다면 좋을 텐데 말입니다. 덩크와 제가 오늘 영주님 소유의 시내를 조사했습니다. 완전히 말라 버렸는데, 가뭄 때문이 아니었습니다."

노인이 방패를 옆으로 치웠다.

"자세히 이르게나."

그가 의자에 앉고 덩크와 베니스에게도 앉으라고 손짓했다. 갈색 기사가 이야기를 시작하자, 그는 꼿꼿하게 고개를 들고 등을 쭉 편 자세로 경청했다.

젊을 적 유스테이스 오스그레이 경은 큰 키와 떡 벌어진 어깨와 잘생긴 외모까지 갖춘, 그야말로 기사도의 모범이었을 것이다. 오랜 세월과 비통한 슬픔이 그의 젊음을 앗아 갔지만, 아직도 꼿꼿한 등과 탄탄하고 장대한 체형을 유지한 노기사는 노련한 독수리처럼 강렬하고 날카로운 남자였다. 짧게 자른 머리는 우유처럼 하얗게 셌으나, 입을 가린 수북한 턱수염은 여전히 진한 잿빛이었다. 눈썹도 같은 색이었고, 그 아래 보이는 연한 잿빛 눈동자는 슬픔을 가득 품었다.

베니스가 둑을 언급하자 그 눈동자들은 더욱 슬퍼하는 것 같았다. 노기사가 입을 열었다.

"그 시내는 천 년이 넘도록 체키워터라 불려 왔다네. 난 어렸을 때 그곳에서 고기를 잡았고, 나중에 내 아들들도 그랬지. 알리샌은 이렇게 뜨거운 여름날에는 얕은 여울에서 물장구치는 것을 즐겼고."

알리샌은 봄에 병사한 그의 딸이었다.

"내가 처음으로 소녀와 입을 맞춘 곳도 체키워터의 기슭이었어. 숙부님의 막내딸, 리피 레이크(Leafy Lake) 오스그레이 분가의 사촌 동생이었지. 지금은 다 죽고 없네. 그녀마저도."

그의 수염이 파르르 떨렸다.

"이건 용납할 수 없는 일이네, 기사들이여. 그 여자가 내 시내를 차지하게 놔둘 수 없어. 절대 그 여자에게 나의 **체키** 물을 빼앗길 수 없네."

"둑은 매우 견고하게 지어졌습니다, 영주님." 베니스 경이 경고했다.

"저와 덩크 경이 한 시간 안에 무너뜨릴 만한 것이 아닙니다. 설령 대머리 꼬마의 도움을 받더라도 말입니다. 밧줄과 괭이, 도끼 같은 장비는 물론, 장정이 열 명은 더 있어야 할 겁니다. 게다가 그건 단지 둑을 무너뜨리기 위함일 뿐, 전투까지 하려면 사람이 더 필요하겠죠."

유스테이스 경은 작은 사자의 방패를 물끄러미 쳐다보았다.

덩크가 목을 가다듬었다.

"영주님, 그 일에 대해 드리는 말씀입니다만……. 아까 인부들과 마주쳤을 때, 어……."

"덩크, 하찮은 이야기로 영주님을 귀찮게 해 드리는 건 삼가야지. 그저 내가 한 어리석은 놈에게 가르침을 내린 것뿐이잖아."

베니스가 끼어들었다.

유스테이스 경이 획 고개를 들었다.

"가르침이라니?"

"그냥 제 검으로 놈의 뺨에 작은 생채기를 냈을 뿐입니다, 영주님."

노기사가 한참 동안 그를 바라보았다.

"그건…… 경솔한 처사였네. 그 여자는 거미의 심보를 지녔어. 남편을 셋이나 살해했고, 오빠와 남동생 들도 모두 기저귀를 찰 때 죽어 버렸네. 모두 다섯, 아니 여섯이었던가, 기억은 잘 나지 않지만, 어쨌든 그녀가 성을 차지하는 데 방해가 되는 존재들이었거든. 심기를 거스르는 영지민을 살가죽이 벗겨질 때까지 채찍질할 인물이라는 건 의심치 않네만, 그대가 자기 영지민을 베었다는 것을 알면……. 아니, 이런 모욕을 받고 가만히 있을 여자가 아니네. 절대로. 예전에 렘을 잡아갔듯이 그대도 잡으러 올 것이야."

"그건 데이크였습니다, 영주님."

베니스 경이 말했다.

"이런 말씀 드려 죄송합니다만, 그리고 전 그 녀석을 본 적도 없고 그가 어떤 녀석인지 영주님이 훨씬 더 잘 아셨겠지만, 그 녀석의 이름은 데이크였답니다."

"허락하신다면 제가 골든그로브로 가서 로완 공께 이 둑에 대해 고하겠습니다."

덩크가 말했다. 로완 공은 노기사가 섬기는 대영주였고, 붉은 과부 또한 그의 명을 받들었다.

"로완? 아니, 그에게선 어떤 도움도 받지 못할 것이네. 로완 공의 누이가 와이만 공의 사촌인 웬델과 혼인했기에, 붉은 과부와는 인척 관계라네. 게다가 그는 날 달갑게 여기지 않아. 던칸 경, 그대는 내일 내 모든 마을을 순방하여 전투가 가능한 장정들을 소집하게나. 내 비록 늙었어도 아직 죽지는 않았네. 그 여자는 곧 체키 사자한테 아직 발톱이 있다는 사실을 깨달을 것이야!"

'두 개뿐이지.' 덩크가 우울하게 생각했다. '게다가 그 둘 중 하나는 나야.'

* * *

유스테이스 경의 영지에 있는 세 개의 마을은 전부 움막 몇 채와 양 우리, 돼지우리가 있는 작은 촌락에 불과했다. 그중 가장 큰 촌락에는 벽에 세븐을 숯으로 조잡하게 그려 놓은 방 한 개짜리 초가지붕 셉트가 있었다. 예전에 올드타운에 가 본 적이 있다는 구부정한 허리의 늙은 돼지치기 머지가 이레마다 한 번씩 예배를 이끌었다. 1년에 두 번 진짜 셉톤이 촌락을 방문하여 어머니 신의 이름으로 참회 기도를 해 주었다. 촌민들은 죄가 사해지는 것은 고마워하면서도, 셉톤에게 음식을 제공해야 했기 때문에 그런 방문을 싫어했다.

그들은 덩크와 에그도 그다지 반기는 기색이 아니었다. 덩크는 그나마 유스테이스 경의 새로운 기사로 촌락에 알려졌지만, 아무도 물 한 잔조차 내오지 않았다. 남자들은 대부분 밭에 나가 일하는 중이라, 그들을 맞은 건 움막에서 기어 나온 부녀자들과 아이들 그리고 일하기에는 너무 늙은 노인들이었다. 에그는 녹색과 금색 체키 사자가 하얀 바탕 위에서 위용을 떨치는 오스그레이 가문의 깃발을 들고 있었다.

"우린 스탠드패스트에서 유스테이스 경의 소집령을 전하러 왔습니다. 내일 15세와 50세 사이의 모든 건강한 남자는 탑으로 와야 합니다."

덩크가 주민에게 말했다.

"전쟁이 났나요? 검은 드래곤이 다시 온 건가요?"

가슴에 젖 먹는 아기를 안고 치마 뒤에 두 아이를 숨긴 여윈 여인이 물었다.

"이건 검은 드래곤이나 붉은 드래곤과는 상관없는 일입니다. 체키 사자와 거미의 분쟁이지요. 붉은 과부가 당신의 물을 빼앗았습니다."

여인은 고개를 끄덕이다가 에그가 모자를 벗고 얼굴에 부채질하자 의아한 눈빛으로 그를 바라보았다.

"저 아이는 머리카락이 없네요. 어디 아픈가요?"

"일부러 밀어 버린 거야."

에그가 말했다. 소년은 모자를 다시 쓰고 마에스터의 머리를 돌려 다른 곳으로 느릿하게 노새를 몰아갔다.

'녀석이 오늘은 심통을 부리네.' 탑에서 나올 때부터 소년은 거의 아무 말도 하지 않았다. 덩크가 썬더의 옆구리에 살짝 박차를 가하여 곧 노새를 따라잡았다.

"어제 베니스 경과 입씨름할 때 네 편을 들어주지 않아서 화난 거야?"

다음 촌락으로 향하면서 그가 부루퉁한 종자에게 물었다.

"나도 너처럼 그가 마음에 들지 않지만, 그는 **기사**잖아. 그에게 말할 때는 예의를 지켜야 해."

"전 기사님의 종자지 그 사람의 종자가 아니에요. 베니스는 더럽고 입도 거친 데다가 툭하면 꼬집는다고요."

'그가 너의 신분을 조금이라도 눈치챘다면, 네 몸에 손가락을 대기는커녕 오히려 벌벌 떨었겠지.'

"나도 옛날에 꼬집혔어."

덩크는 에그가 말하기 전까지 그 사실을 까맣게 잊고 있었다. 예전에 베니스 경과 알란 경은 어느 도르네 상인이 라니스포트에서 왕자의 협곡 (Prince's Pass)까지 안전한 노정을 위해 고용한 기사단에서 함께 일한 적이 있었다. 당시 덩크는 지금의 에그보다 키는 더 컸지만 비슷한 나이였다. '겨드랑이 밑에 멍이 남을 정도로 세게 꼬집었어. 손가락이 마치 쇠 집게인 것처럼 아팠지만, 알란 경에게는 이르지 않았어.' 스토니셉트 부근에서 기사 한 명이 사라진 일이 있었는데, 이후 베니스가 그와 다투다가 칼로 찔러 죽였다는 말이 돌았다.

"또 널 꼬집으면 말해라, 내가 그만두게 할 테니까. 그때까진 네가 그의 말을 돌본다고 해서 큰 손해를 보는 것도 아니잖아."

"어차피 누군가 해야 하는 일이긴 하죠." 에그가 동의했다.

"베니스는 한 번도 자기 말을 빗겨 주지 않아요. 마구간도 청소하지 않고요. 말의 **이름조차 지어 주지** 않았다니까요!"

"말의 이름을 지어 주지 않는 기사도 이따금 있어." 덩크가 대답했다.

"그러면 전투 중에 말이 죽어도 슬픔을 견뎌 내기가 더 수월할 테니까. 말이라면 얼마든지 구할 수 있지만, 충직한 친구를 잃는 건 몹시 괴로운 일이잖아."

'……라고 영감님은 말했지만, 그도 자기가 한 말을 따른 적이 없었어. 자기가 소유했던 모든 말한테 이름을 지어 줬지.' 덩크도 마찬가지였다.

"일단 내일 성탑에 몇 명이나 오는지 보도록 하자……. 하지만 다섯 명이 모이든 쉰 명이 모이든, 네가 그들도 보살펴야 해."

에그는 자존심이 상한 듯 성을 냈다.

"저더러 **촌민들** 뒷바라지를 하라고요?"

"뒷바라지가 아니라, 도와주라고. 우린 그 사람들을 전사로 만들어야 하잖아."

'과부가 그럴 만한 시간을 준다면 말이지.'

"만약 신들께서 보살피신다면 몇몇은 병사 경험이 있을지도 모르지만, 아마 거의 창보다는 괭이가 더 익숙한 새파란 풋내기들일 거다. 그래도 언젠가는 우리가 목숨을 그들에게 맡겨야 할 날이 올지도 몰라. 넌 몇 살 때 처음 칼을 잡아 봤지?"

"아주 어렸을 때였어요, 기사님. 칼도 나무로 만든 것이었고요."

"촌민 꼬마들도 나무칼로 싸우면서 놀아. 다만 제대로 된 목검이 아닌 막대기나 부러진 나뭇가지로 말이야. 에그, 네겐 그 사람들이 어리석게 보일지도 몰라. 그들은 갑옷 부위의 정식 명칭도, 대가문의 문장이 어떻게 생겼는지도, 혹은 어느 왕이 영주들의 초야권을 폐지했는지도 모를 거야…… 그래도 그들을 업신여겨서는 안 돼. 넌 고귀한 혈통을 이은 종자이긴 하지만, 아직 어린 소년일 뿐이다. 이번에 모일 사람들은 대부분 장성한 남자일 거야. 그리고 아무리 태생이 비루하더라도, 남자는 누구나 자존심이 있어. 너도 그들이 사는 촌락에선 마찬가지로 어리석고 무식하게 보일 거야. 내 말이 믿기지 않는다면, 한번 가서 밭을 갈아 보거나 양털을 깎아 보려무나. 그리고 와트의 숲에 자라는 모든 풀과 야생화의 이름을 내게 말해 보고."

소년은 잠시 생각에 잠겼다.

"제가 그들에게 대가문의 문장과 어떻게 알리산느 왕비가 자에하에리스 왕을 설득해서 초야권을 폐지했는지 가르쳐 줄 수 있겠죠. 그리고 그들은 독을 만들 때 어떤 풀이 가장 좋은지, 또 저런 푸른 산딸기를 먹어도 안전한지 제게 가르쳐 줄 수 있고요."

"맞아." 덩크가 동의했다.

"하지만 자에하에리스 왕에 대해 알려 주기 전에, 우리가 그들에게 창 쓰는 법을 가르칠 때 옆에서 거드는 게 좋겠다. 그리고 네 노새 마에스터가 먹지 않는 건 너도 주워 먹지 말고."

* * *

다음 날 아침, 스탠드패스트로 찾아온 예비 전사 십여 명이 닭들 사이에 모여 섰다. 그들 중 한 명은 너무 늙었고 두 명은 너무 어렸으며, 한 빼빼 마른 소년은 알고 보니 빼빼 마른 소녀였다. 덩크가 그들을 각자의 촌락으로 돌려보내자 와트 세 명, 윌 두 명, 렘 한 명, 페이트 한 명 그리고 얼간이 빅 롭까지 모두 여덟 명이 남았다. '정말 형편없군.' 덩크는 절로 그런 생각이 들었다. 노래 속에서 흔히 귀족 영애들의 마음을 사로잡는 키 크고 잘생긴 시골 청년은 어디 간데없고, 모두 지저분한 녀석들뿐이었다. 렘은 나이가 오십이 넘었고 페이트는 눈에서 물이 줄줄 흘렀는데, 그 둘이 유일하게 병사 경험이 있는 이들이었다. 둘 다 유스테이스 경과 그의 아들들을 따라 블랙파이어 반란 전쟁에 참전했다. 남은 여섯 명은 덩크가 염려했던 대로 새파란 풋내기들이었고, 여덟 명 모두 벼룩을 잔뜩 달고 왔다. 와트 중 두 명은 형제였다.

"너희들 엄마는 아는 이름이 그것밖에 없었나 보군."

베니스가 낄낄거리며 말했다.

그들이 가져온 병장기는 낫 한 개와 괭이 셋, 오래된 단도 한 자루와 굵은 나무 몽둥이 몇 개가 전부였다. 렘은 끝을 날카롭게 깎아 창으로 쓸 수 있을 법한 장대가 있었고, 윌 한 명은 자기가 돌팔매질을 잘한다고 밝혔다. 그러자 베니스가 말했다.

"좋아, 좋아. 그럼 너를 투석기(trebuchet)로 써먹으면 되는 거냐."

그때부터 그 남자는 트렙(Treb)이라 불렸다.

"장궁을 다룰 수 있는 사람은 없나?"

덩크가 그들에게 물었다.

닭들이 주위에서 모이를 쪼아 대는 동안, 신병들은 애꿎은 땅만 발로 문질러 댔다. 눈물이 줄줄 흐르는 페이트가 끝내 대답했다.

"죄송합니다만, 기사님, 영주님께선 저희에게 장궁을 허용하지 않으십니다요. 오스그레이의 사슴은 체키 사자들의 것이지 저희 같은 놈들은 건드리지도 못합니다요."

"우리도 칼하고 투구하고 사슬 갑옷을 받나요?"

와트 셋 중 가장 어린 와트가 알고 싶어 했다.

"아, 물론이지. 네가 과부 년의 기사를 죽이는 대로 바로 갑옷을 벗겨 입으라고. 그리고 놈이 탔던 말의 엉덩이에 팔을 쑤셔 넣는 것도 잊지 말고. 놈이 숨겨 둔 은화가 있을 테니까 말이다."

베니스는 그렇게 대꾸하고 어린 와트가 고통에 비명 지를 때까지 겨드랑이를 꼬집었고, 이후 신병들을 모두 와트의 숲으로 몰아가 나무를 잘라 창을 만들게 했다.

그들은 길이가 뒤죽박죽인 불로 달군 창 여덟 자루와 가지를 엮어 만든 조잡한 방패를 들고 돌아왔다. 베니스 경도 직접 창을 하나 만들어 그 창으로 찌르는 법과 창대로 방어하는 법 그리고 상대를 죽이려면 어딜 찔러야 하는지 시범해 보였다.

"경험상 배와 목이 제일 좋더군."

그가 주먹으로 가슴을 쾅쾅 치며 말했다.

"바로 여기, 심장도 좋기는 한데, 다만 갈비뼈가 걸린단 말이야. 배는 말랑말랑해서 딱 좋지. 배를 찌르면 느리긴 해도 확실하게 죽거든. 내장이 흘러나온 다음에도 살아난 사람은 본 적이 없다. 그리고 만약 어떤 얼간이가 네게 등을 보인다면, 창으로 그놈의 어깨뼈 사이나 콩팥을 찔러라. 콩팥은 여기다. 콩팥이 찔린 놈은 대개 오래 살지 못해."

베니스가 신병들에게 명령을 내리는데 와트가 세 명이나 있으니 무척 혼란스러웠다. 에그가 의견을 냈다.

"저들에게 마을 이름을 성으로 붙여 주는 건 어떨까요. 기사님의 옛 스승님이셨던 페니트리의 알란 경처럼요."

그럴듯한 방법이었지만, 그들의 마을조차도 이름이 없어서 별 쓸모가 없었다.

"음." 에그가 다시 말했다. "그럼 저들이 주로 기르는 작물 이름을 붙이면 되겠네요."

촌락 한 곳은 콩밭 사이에 있었고, 다른 촌락은 주로 보리를 심었으며, 셋째 촌락은 양배추, 당근, 양파, 순무와 멜론을 길렀다. 캐비지(Cabbage, 양배추)나 터닙(Turnip, 순무)은 아무도 원하지 않았기에, 마지막 촌락 출신은 모두 멜론(Melon)을 성으로 삼았다. 그래서 발리콘(Barleycorn, 보리) 네 명, 멜론 두 명 그리고 빈(Bean, 콩) 두 명이 되었다. 그런데 와트 형제의 성이 둘 다 발리콘이라 따로 분간할 방법이 필요했고, 동생이 어렸을 때 마을 우물 속으로 떨어진 적이 있다고 밝히자 베니스가 그에게 '젖은 와트'라는 이름을 붙여 주어 문제를 해결했다. 신병들은 '귀족 이름'을 얻었다며 몹시 기뻐했는데, 빅 롭만은 자기 성이 빈인지 발리콘인지 계속 헷갈려 했다.

모두 성(姓)과 창이 생기자, 유스테이스 경이 스탠드패스트에서 나와 그들에게 훈시했다. 성탑 문밖에 선 노기사는 경번갑으로 무장하고 한때는 희었으나 오랜 세월에 누렇게 바랜 기다란 양털 전포를 걸친 모습이었다. 전포의 앞과 뒤에는 작은 녹색과 금색 사각형 안에 체키 사자가 수놓아져 있었다.

"장정들이여." 그가 말했다.

"모두 데이크를 기억하고 있겠지. 붉은 과부가 그를 부대 속에 처넣고 물에 빠뜨려 죽였다. 데이크의 목숨을 앗아 갔던 그 여자는 이제 우리 물을, 우리 밭에 영양을 공급하는 체키워터를 빼앗아 가려 한다…… 하지만 이번에는 결코 그리하지 못할 것이다!"

그가 머리 위로 장검을 높이 치켜들고 우렁차게 외쳤다.

"오스그레이를 위하여! 스탠드패스트를 위하여!"

"오스그레이를 위하여!"

덩크가 따라 외치자 에그와 신병들도 입을 모았다.

"오스그레이! 오스그레이! 스탠드패스트를 위하여!"

유스테이스 경이 발코니에서 굽어보는 동안 덩크와 베니스가 돼지와 닭들 사이에서 신병들을 조련했다. 샘 스툽스가 더러운 짚으로 채워 놓은 낡은 자루 몇 개가 그들이 상대할 적이 되었다. 신병들은 베니스의 호통을 들으며 창 연습을 시작했다.

"찌르고 비틀고 찢어발기듯 잡아 뺀다. 찌르고 비틀고 찢어, 하지만 **반 드시 창을 빼내!** 다음 놈을 상대하려면 빨리빨리 빼야 한다고. 너무 느리 잖아, 트렙, 너무 느려 터졌어. 더 빨리 못 하겠으면 저기 가서 돌이나 던져 라. 렘, 찌를 때마다 몸무게를 실어라. 잘했다. 찌르고 빼고, 찌르고 빼. 그 런 식으로 조져 버려, 찌르고 빼고, 찢고 또 찢고 **찢어발겨!**"

수백 번이나 찔린 자루들이 갈기갈기 찢어지며 지푸라기가 쏟아져 나 오자, 병사들이 움직이는 상대에게는 어떻게 반응하는지 보려고 덩크가 갑옷을 걸치고 목검을 들고 나섰다.

결과는 영 시원치 않았다. 오직 트렙만이 재빨리 덩크의 방패를 피해 창 을 내지르는 데 성공했고, 그것도 단 한 번에 그쳤다. 덩크는 어설픈 창질 을 차례차례 튕겨 내고 창을 밀어젖히며 그들에게 달려들었다. 만약 그가 든 칼이 목검이 아니라 진검이었다면, 신병들은 모두 대여섯 번은 죽었을 터였다.

"내가 너희가 내지른 창을 지나쳐 들어오는 즉시 너흰 죽은 목숨이다."

덩크가 목검으로 병사들의 다리와 팔을 모질게 두들기며 경고했다. 그나마 트렙과 렘과 젖은 와트는 얼마 안 있어 뒤로 물러서는 법을 터득했다. 빅 롭은 창을 떨어뜨리고 도망치다가 뒤를 쫓아간 베니스에게 붙잡혀 울며불며 끌려왔다. 오후가 거의 끝날 무렵 신병들은 모두 엉망으로 얻어맞아 온몸이 멍투성이였고, 내내 창대를 거머쥐었던 손바닥은 물집이 생기고 굳은살이 박였다. 덩크는 생채기 하나 나지 않았으나, 에그의 도움을 받으며 갑옷을 벗을 때는 땀에 빠져 죽기 일보 직전이었다.

해가 저물기 시작하자 덩크는 신병들을 지하실로 몰아가서 이미 지난 겨울에 목욕했다는 사람까지 모두 강제로 목욕시켰다. 그 뒤 샘 스툽스의 아내가 당근과 양파, 보리를 잔뜩 넣은 스튜를 내왔다. 병사들은 지칠 대로 지쳐 녹초가 되었지만, 하나같이 하는 소리를 듣자면 얼마 안 있어 그들 전원이 킹스가드 기사보다 두 배는 더 강하고 용맹한 전사가 될 것만 같았다. 모두 용맹을 떨치고 싶어 몸이 근질근질한 듯했다. 베니스 경도 전리품과 여자 이야기를 병사 생활의 낙이라고 늘어놓으며 그들을 부추겼고, 두 노병도 그의 말에 맞장구쳤다. 렘은 블랙파이어 반란 전쟁에서 단검 한 자루와 멋진 장화 한 켤레를 얻었는데, 장화는 작아서 신지 못하지만 그래도 집에 걸어 두고 있다고 자랑했다. 페이트 또한 드래곤의 군대를 따를 당시 알고 지내던 창부들의 이야기를 하며 입을 멈출 줄 몰랐다.

신병들은 배불리 먹은 뒤 샘 스툽스가 밀짚 요 여덟 개를 깔아 놓은 지하실로 자러 갔다. 베니스는 일부러 뒤에 남아 덩크에게 넌더리가 난다는 표정을 지으며 말했다.

"쓸모없는 영감쟁이는 그 쭈글쭈글한 불알에 정력이 조금이라도 남아 있을 때 마을 계집을 몇 명 품었어야 했어. 그때 사생아를 넉넉히 싸질렀다면 지금 쓸 만한 놈이 몇 명 있었을지도 모르잖냐."

"다른 농민병보다 못해 보이지는 않습니다만."

덩크는 알란 경의 종자였던 시절 몇 번 그런 농민병들과 함께 행군한 적이 있었다.

"맞아. 보름 정도 지나면 다른 농민병을 상대로 그럭저럭 몸을 챙길 수 있을지도 모르지. 하지만 상대가 기사라면?"

베니스는 머리를 절레절레 흔들고 침을 뱉었다.

* * *

스탠드패스트의 우물은 돌과 흙으로 된 벽으로 둘러싸인 습한 지하 저장실 안에 있었다. 샘 스툽스의 아내가 그곳에서 빨랫감을 물에 담그고 문질러서 씻은 뒤 지붕에 올라가 널고는 했는데, 돌로 된 커다란 빨래통은 목욕통으로도 쓰였다. 목욕을 하려면 두레박으로 길어 올린 우물물을 화덕 위에 놓인 커다란 놋쇠 주전자로 끓이고 목욕통에 쏟아붓기를 여러 번 반복해야 했다. 주전자를 채우려면 두레박으로 물을 네 번 길어야 했고, 그렇게 채운 주전자를 세 번 비워야 목욕통이 다 채워졌다. 보통 주전자를 마지막으로 끓일 때쯤이면 처음에 부었던 물은 이미 미지근하게 식어 버렸다. 베니스 경은 그게 너무 번거로워 자기가 목욕을 안 하는 것이라 했고, 그 때문에 그의 몸은 늘 이와 벼룩이 들끓고 항상 상한 치즈 냄새를 풍겼다.

적어도 덩크는 오늘처럼 간절히 목욕하고 싶을 때는 옆에서 도와줄 에그가 있었다. 소년은 물을 긷고 주전자로 끓이는 동안 뚱한 얼굴로 거의 입을 열지 않았다. 마지막 주전자가 끓기 시작할 때 덩크가 물었다.

"에그, 무슨 걱정이 있어?"

에그가 아무 대꾸도 하지 않자 그가 다시 말했다.

"와서 주전자 드는 걸 도와라."

그들은 함께 주전자를 화덕에서 들어 올리고 뜨거운 물에 데지 않게 조심하며 목욕통으로 가져갔다. 소년이 입을 열었다.

"기사님, 유스테이스 경의 의도가 뭐라고 생각하세요?"

"둑을 무너뜨리고, 과부의 부하들이 방해하면 물리치는 것이겠지."

목욕물이 첨벙거리며 쏟아지는 소리 위로 덩크가 큰 소리로 말했다. 물이 쏟아지면서 하얀 김이 무럭무럭 오르자 그의 뺨이 붉게 달아올랐다.

"저 사람들이 든 방패는 나뭇가지로 엮은 것이에요, 기사님. 장창이나 십자궁 화살이라면 그냥 뚫어 버릴 거예요."

"나중에 싸울 준비가 되면 갑옷을 몇 점 구해다 줄 거야."

그것이 그들이 바랄 수 있는 모든 것이었다.

"저들은 죽을 수도 있어요, 기사님. 젖은 와트는 아직도 반은 어린애예요. 윌 발리콘은 다음 셉톤이 올 때 장가를 간다고 했고요. 게다가 빅 롭은 자기 왼발과 오른발조차 구분하지 못한다고요."

덩크가 빈 주전자를 쿵 하고 단단한 흙바닥에 내려놓았다.

"페니트리의 로저는 레드그라스 벌판에서 죽었을 때 젖은 와트보다도 어렸어. 네 아버지의 군대에도 신혼이거나 소녀와 입 한 번 맞춰 본 적이 없는 청년들이 부지기수였고. 왼발과 오른발을 가리지 못한 이들은 수백, 아니 수천이나 있었을 거야."

"그건 **달라요.**" 에그가 고집했다.

"그건 전쟁이었잖아요."

"이것도 마찬가지야. 똑같은데 다만 규모가 작을 뿐이지."

"규모도 작고 더 **바보 같아요,** 기사님."

"그건 너나 내가 판단할 만한 문제가 아니다. 저들의 의무는 유스테이스 경이 부르면 전장에 나가는 것이고…… 필요하다면 죽기도 해야 하는 거야."

"그럴 거면 아예 이름을 지어 주지 말았어야 했어요. 저들이 죽으면 우리의 슬픔만 더 클 테니까요."

소년이 얼굴을 찌푸렸다.

"만약 제 장화를 쓴다면……."

"안 돼." 덩크가 한쪽 다리로만 선 채 장화를 벗었다.

"네, 하지만 제 아버지라면……."

"안 된다고." 남은 장화도 먼저처럼 벗겨졌다.

"우린……."

"안 된다니까." 덩크가 땀이 얼룩진 튜닉을 머리 위로 끌어 올려서 벗고는 에그에게 던졌다.

"샘 스툽스의 아내에게 빨아 달라고 부탁해라."

"그럴게요, 기사님, 하지만……."

"안 된다고 했다. 귀싸대기를 한번 맞아 봐야지 귀가 더 잘 들리겠어?"

그가 허리띠를 풀고 바지를 내렸다. 너무 더워서 속옷은 입지 않았기에 밑으로 맨살이 드러났다.

"네가 와트와 와트와 와트와 다른 모든 이를 걱정하는 건 좋은 일이다만, 장화는 정말 급한 상황에만 써야 해."

'블러드레이븐 공은 눈이 몇 개나 있을까? 천 개하고도 하나 더 있다고 했지.'

"네 부친께서 널 내 종자로 맡기며 보내실 때, 네게 뭐라고 말씀하셨냐?"

"제 머리카락을 밀거나 염색하고, 누구에게도 본명을 말하지 말라고 하셨어요."

소년이 눈에 띌 정도로 주저하는 얼굴로 대답했다.

에그가 덩크를 섬기기 시작한 지 이제 1년 반, 하지만 20년을 넘게 함께한 것처럼 느껴지는 날도 있었다. 그들은 함께 왕자의 협곡을 넘고 도르네의 붉고 하얀 모래사막을 가로질렀다. 그리고 장대로 젓는 뗏목을 타고 그린블러드 강을 내려가 플랭키 타운까지 가서 갈레아스선 '하얀 숙녀'를 타고 올드타운으로 갔다. 덩크와 에그는 마구간과 여관, 때로는 도랑에서 밤을 보내기도 하면서 수도사와 창녀, 혹은 광대 들과 같이 음식을 나눠 먹으며 끼니를 때웠고, 수십 개의 인형 극단을 따라다녔다. 그동안 에그는 덩크의 말을 돌보고 장검을 날카롭게 갈았으며 갑옷에 녹이 슬지 않도록 손질했다. 그는 어떤 누구도 마다치 않을 충실한 동료였고, 어느덧 떠돌이 기사는 소년을 거의 동생처럼 여기게 되었다.

'하지만 진짜 동생은 아니지.'

이 달걀(egg)은 닭이 아닌 드래곤이 낳은 알이었다. **에그**는 일개 떠돌이 기사의 종자일지 모르나, 타르가르옌 가문의 아에곤은 서머홀의 왕자인 마에카르의 막내아들이었고, 마에카르 또한 철왕좌에서 25년간 군림한 후 '봄의 대역병'이 돌 때 세상을 떠난 선한 왕 다에론 2세의 넷째 아들이었다.

"그러니까 사람들은 대부분 아에곤 타르가르옌이 애시포드 초원의 마상 대회가 끝난 후 자기 형인 다에론과 함께 서머홀로 돌아간 것으로 알고 있다고."

덩크가 소년을 상기시켰다.

"네 아버지께서는 네가 어떤 떠돌이기사와 함께 세븐킹덤을 유랑한다는 사실이 알려지는 것을 원치 않으셨잖아. 그러니 네 장화에 대한 말은 이제 그만해라."

그 말에 대한 대답은 그저 말없이 덩크를 빤히 바라보는 시선이었다. 에그의 눈은 원래 컸는데, 머리를 밀어서인지 더욱 크게 보였다. 빛이라고는 등불이 유일한 음침한 지하실에서 그의 눈동자는 까맣게 보였으나, 더 밝은 곳에서는 원래의 색깔이 드러났다. 짙고 깊은 보랏빛의 눈동자. '발리리아인의 눈동자야.' 덩크가 생각했다. 웨스테로스에서 그런 색깔의 눈동자나 순금과 은실 가닥이 짜인 듯이 빛나는 머리칼을 가진 이들은 드래곤의 혈족 외에는 거의 없다시피 했다.

장대를 저어 그린블러드 강을 내려갈 때, 고아 소녀들이 에그의 까까머리를 쓰다듬으며 행운을 비는 놀이를 했다. 그때 소년의 얼굴은 석류 알보다 빨갛게 달아올랐다. "계집애들은 정말 **바보 같아요**. 누구든 다음으로 날 만지는 사람은 강물에 처박아 버릴 거예요."라며 에그가 투덜거리자 덩크는 "그러면 **내가** 널 만질 거다. 한 달 내내 머릿속에서 종소리가 울리게 네 귀싸대기를 제대로 날릴 거라고."라고 대꾸했고, 소년은 그 말에 오히려 더 심통을 부려 댔다. "바보스런 **계집애들**보다는 차라리 종소리가 낫겠어요." 하지만 말과는 달리 소년은 아무도 강물에 처박거나 하지 않았다.

덩크는 목욕통 안에 들어가 물이 턱에 차오를 때까지 몸을 누였다. 물통 아랫부분은 물이 꽤 식은 상태였지만, 수면 가까이는 여전히 살이 델 정도로 뜨거워서 덩크는 비명이 나오지 않도록 입을 악물었다. 비명을 지른다면 소년이 비웃을 것이었다. 에그는 오히려 펄펄 끓는 목욕물을 즐겼다.

"물을 더 끓일까요, 기사님?"

"지금으로 충분해."

덩크가 팔을 문지르자 때가 마치 기다란 잿빛 구름처럼 씻겨 나왔다.

"비누를 갖다줘. 아, 그 손잡이가 긴 빨래 솔도."

에그의 머리카락에 관해 생각하던 덩크는 문득 자기 머리가 무척 더럽다는 것이 기억났다. 그가 숨을 깊게 들이마시고 물속에 머리를 담갔다. 물방울을 튕기며 물속에서 고개를 드니 목욕통 옆에 에그가 비누와 손잡이가 긴 말 털 솔을 들고 서 있었다.

"뺨에 수염이 났구나." 덩크가 비누를 건네받으며 말했다.

"두 개가 났네. 거기, 귀밑에. 다음에 머리 밀 때 거기도 잊지 마라."

"네, 기사님." 소년은 그가 알아본 것이 기쁜 듯했다.

'분명 수염이 조금 났다고 어른이 됐다며 우쭐하고 있겠지.' 덩크도 입술 위에 처음 수염이 나기 시작했을 때 같은 생각을 했다. '단검으로 면도하려다가 코를 벨 뻔한 적도 있었고.' 그가 에그에게 말했다.

"이제 가서 좀 자 둬. 아침까지는 네가 필요하지 않을 거야."

덩크는 먼지와 때를 빼느라 한참 동안 몸을 문질러야 했다. 그런 다음 비누를 옆에 놓고 다리를 가능한 한 길게 뻗고는 눈을 감았다. 물은 이미 식었지만 낮 내내 지독한 열기에 고생했던 터라 그런 냉기는 오히려 반가웠다. 그는 발과 손가락이 쭈글쭈글해지고 물이 차갑게 잿빛으로 변한 다음에야 아쉬워하며 목욕통에서 나왔다.

지하실에는 그와 에그를 위한 두툼한 밀짚 잠자리가 마련되어 있었지만, 덩크는 지붕 위에서 자는 것이 더 좋았다. 공기도 더 상쾌했고 가끔 산들바람이 불 때도 있었다. 게다가 비에 젖을 염려를 할 필요도 없었다. 그들이 이곳으로 온 후로 지금까지 비가 단 한 번도 내리지 않았으니.

덩크가 지붕에 올라갔을 때 에그는 이미 잠들어 있었다. 그는 자리에 누워 양손을 머리 뒤로 모으고는 하늘을 올려다보았다. 밤하늘은 수백, 수천 개나 되는 별들로 빛나고 있었다. 마상 대회가 시작하기 전 애시포드 초원에서 보냈던 밤이 떠올랐다. 그가 별똥별을 보았던 밤이었다. 별똥별은 행운을 가져다준다고 해서 탄셀에게 방패에 그려 달라고 부탁했으나, 애시포드는 그에게 불행만을 가져다주었다. 마상 대회 도중 그는 한쪽 팔과 한쪽 발을 잃을 뻔했고, 훌륭한 남자 셋이 목숨을 잃었다. '하지만 내게 종자가 생겼지. 애시포드를 떠날 때 내 옆에는 에그가 있었어. 그나마 그게 그때 일어난 일 중에서 유일하게 좋은 일이었다.'

덩크는 오늘 밤 아무 별도 떨어지지 않기를 빌었다.

*　*　*

멀리서 붉은 산이 아스라이 보였고 발밑에는 하얀 모래가 있었다. 덩크는 삽으로 뜨겁고 메마른 땅을 파면서 부드러운 모래를 어깨 뒤로 퍼냈다. 그는 구덩이를 만들고 있었다. '무덤이다.' 그가 생각했다. '희망을 위한 무덤.' 도르네인 기사 세 명이 그 광경을 지켜보면서 낮은 목소리로 그를 조롱했다. 조금 떨어진 곳에서는 노새와 마차와 모래 썰매 옆에 선 상인들이 그를 기다리고 있었다. 그들은 어서 떠나기를 원했지만, 덩크는 체스트넛을 묻기 전에는 떠날 수가 없었다. 오랜 친구를 차마 뱀과 전갈과 모래 개한테 버리고 갈 수 없었다.

체스트넛은 왕자의 협곡에서 베이스(Vaith)로 가던 길고 목마른 여정 도중 에그를 등에 태우고 가다가 죽었다. 말은 갑자기 앞다리를 접으며 무릎을 꿇더니 옆으로 쓰러져 죽고 말았다. 말의 주검은 구덩이 옆에 아무렇게나 놓여 있었다. 벌써 딱딱하게 굳었고 곧 냄새를 풍길 것이었다.

덩크는 눈물을 흘리며 땅을 팠는데, 도르네 기사들은 그것이 우스운 듯했다. 그중 한 명이 말했다.

"사막에서 물은 소중한 것이네."

그러자 다른 이가 말을 받았다.

"그렇게 낭비하지 말게나, 기사."

셋째 사내가 쿡쿡 웃으며 말했다.

"왜 울지? 고작해야 말 한 필이고, 그것도 보잘것없던 말 아니었는가."

'체스트넛이야.' 덩크가 땅을 파며 생각했다. '말의 이름은 체스트넛이었고, 오랫동안 날 태우고 다니면서 한 번도 날 떨어뜨리거나 문 적도 없었어.' 늙은 잡말이었던 체스트넛은 우아한 머리와 긴 목 그리고 풍성하게 휘날리는 갈기를 가진 도르네인들의 매끈한 모래 말에 비하면 더없이 초라했지만, 그래도 덩크를 위해 헌신했다.

"고작 등이 휜 잡말 따위를 위해 울고 있느냐?"

알란 경이 늙은 목소리로 말했다.

"이상하구나, 애야. 정작 널 그 말의 등에 올려 준 날 위해서는 눈물 한 방울 흘리지 않지 않았더냐."

꾸중하는 것이 아니라는 듯, 그가 허허 웃으며 말했다.

"하긴 그게 성벽처럼 아둔한 멍텅구리 덩크겠지."

"날 위해서도 눈물을 흘리지 않았지."

창파괴자 바엘로가 무덤 속에서 말했다.

"내가 그의 왕자이며 웨스테로스의 희망이었음에도. 신들께서도 내가 이렇게 요절하는 것은 바라지 않으셨을 것이다."

"아버지께서는 아직 서른하고 아홉밖에 되지 않으셨다."

발라르 왕자가 말했다.

"드래곤 아에곤 이후 가장 위대한 왕이 되실 수 있었어."

그가 차가운 푸른 눈으로 덩크를 바라보았다.

"어찌하여 신들께서는 널 놔두고 그분을 데려가신 것이냐?"

젊은 왕자의 머리카락은 그의 부친과 같은 연한 갈색이었으나, 은금색 줄무늬가 머리를 가로질렀다.

'당신들은 죽었어. 당신들 셋 모두 죽었다고. 왜 날 가만히 내버려 두질 않는 겁니까?' 덩크는 외치고 싶었다. 알란 경은 감기에 걸려 죽었고, 바엘로 왕자는 덩크의 일곱의 재판 도중 그의 아우 마에카르의 일격을 맞고 죽었으며, 그의 아들 발라르는 봄의 대역병이 돌 때 죽었다. '그건 제 잘못이 아니었습니다. 그때 저흰 도르네에 있어서 아무것도 몰랐습니다.'

노인이 말했다.

"넌 미쳤어. 네가 이런 어리석은 짓을 하다가 죽어도 우린 네 무덤을 파

주지 않을 거다. 깊숙한 사막에서는 각자 물을 챙겨야 해."

발라르가 말했다.

"꺼져라, 던칸 경, 꺼지라고."

에그도 그를 도와 땅을 파고 있었다. 소년은 삽도 없이 맨손으로 모래를 퍼냈지만, 모래는 그들이 퍼내는 만큼이나 빨리 다시 무덤 속으로 흘러들어 갔다. 마치 바다 한복판에서 구멍을 뚫는 듯한 기분이었다. '계속 땅을 파야 해.' 덩크는 등과 어깨가 저렸지만 굳게 다짐했다. '모래 개들이 찾을 수 없을 만큼 깊게 묻어야 해. 반드시⋯⋯.'

"⋯⋯죽어야 해요?"

구덩이 바닥에서 바보 빅 롭이 말했다. 배에 피투성이 구멍이 난 채 차갑게 식은 몸으로 미동도 않고 누워 있는 그의 모습은 이제 그렇게 커 보이지 않았다.

덩크는 하던 짓을 멈추고 빅 롭을 내려다보았다.

"넌 안 죽었어. 지금 지하실에서 자고 있잖아."

그가 알란 경을 바라보며 애원했다.

"이 녀석에게 말씀해 주세요, 기사님. 무덤에서 나오라고 해 주세요."

다만 위에서 그를 굽어보는 건 페니트리의 알란 경이 아니라 갈색 방패의 베니스 경이었다. 갈색 기사는 그저 낄낄 웃기만 했다.

"멍텅구리 덩크, 배를 찌르면 느리긴 해도 확실하게 죽거든. 내장이 흘러나온 다음에도 살아난 사람은 본 적이 없다."

베니스의 입에서 붉은 거품이 부글거리며 새어 나왔다. 그가 고개를 돌리고 침을 뱉자 하얀 모래가 삼켜 버렸다. 그의 뒤에는 눈에 화살을 맞은 트렙이 피눈물을 뚝뚝 흘리며 서 있었다. 머리가 거의 반으로 쪼개진 젖은 와트도 있었고, 늙은 렘과 눈이 뻘건 페이트와 다른 이들도 모두 함께 있었다. 덩크는 처음에 그들이 모두 베니스처럼 신 풀을 씹고 있는 줄 알았으나, 곧 입에서 흘러나오는 액체가 피라는 것을 깨달았다. '죽었어. 모두 죽어 버렸어.' 그가 생각했다. 그리고 갈색 기사가 호통 쳤다.

"그래, 그러니 어서 서두르란 말이다. 아직 파야 할 무덤이 여러 개 남아 있다, 멍텅구리야. 저놈들 것 여덟 개와 내 것 하나, 쓸모없는 영감쟁이 것 하나 그리고 마지막으로 네 대머리 꼬맹이의 무덤까지도 파야 한단 말이다."

덩크의 손에서 삽이 떨어졌다.

"에그!" 그가 외쳤다.

"도망쳐! 우린 도망쳐야 해!"

그러나 발밑에서 모래가 무너져 내리기 시작했다. 소년이 발버둥 치며 구덩이에서 벗어나려 할 때 모래가 쏟아지며 벽이 무너졌다. 막 입을 벌리고 소리치려던 에그를 모래가 덮치며 묻어 버렸다. 그가 소년을 구하려 몸부림쳤지만, 사방에서 모래가 일어나며 입과 코와 눈에 들어왔고, 점점 그를 무덤 속으로 끌어 내렸다…….

* * *

아침이 되자 베니스 경은 신병들에게 방패 벽을 세우는 법을 가르치기 시작했다. 그는 여덟 명을 나란히 어깨를 맞대게 세운 뒤, 방패로 벽을 쌓고 그 사이로 창을 내밀게 하여 마치 기다랗고 뾰족한 나무 이빨이 벽에서 튀어나온 것처럼 보이게 했다. 그리고 덩크와 에그가 말을 타고 그들을 향해 돌진했다.

노새 마에스터는 창들의 10피트 이내에 들어가기를 거부하며 덜컥 멈춰 섰지만, 썬더는 이런 상황에 단련되어 있었다. 덩크의 커다란 군마는 점차 속도를 올리며 그대로 직진했다. 암탉들이 말발굽을 피해 꼬꼬댁 소리를 지르고 날개를 퍼덕이며 도망쳤다. 그리고 닭들의 공황이 신병들에게도 옮은 듯했다. 다시금 빅 롭이 가장 먼저 창을 떨어뜨리고 뒤로 내빼자 벽의 중앙에 구멍이 생기고 말았다. 스탠드패스트의 다른 전사들도 공백을 메우기는커녕 빅 롭을 뒤따라 덩달아 도망쳤다. 덩크가 미처 말을 멈추기 전에 썬더가 그들이 내던진 방패를 짓밟았고, 무쇠 편자에 밟힌 엮은 나뭇가지들이 우두둑 소리와 함께 부러지고 쪼개졌다. 닭들과 촌민들이 사방으로 뿔뿔이 흩어지자 베니스 경이 온갖 욕을 퍼부어 댔다. 에그는 어떻게든 참으려고 애썼지만, 끝내는 웃음을 터뜨리고 말았다.

"적당히 좀 웃어." 덩크가 썬더를 멈춰 세우고 투구를 거칠게 벗었다.

"만약 전투 도중에도 저런다면 모조리 학살당할 거야."

'그리고 아마 그때 우리도 같이 죽겠지.' 아침은 일찍부터 뜨거웠고, 마치 전날 목욕을 하지 않은 듯 몸이 끈적끈적하고 지저분한 느낌이 들었다. 머릿속은 계속 쾅쾅 울렸고, 전날 밤 꾸었던 꿈이 잊히지 않았다. '절대 그런 일은 없었어.' 덩크는 마음을 가다듬으려 했다. '그런 일은 없었다고.' 체스트넛이 베이스로 가던 길고 목마른 여정 도중 죽은 건 사실이었다. 그 때문에 덩크와 에그는 나중에 에그의 형이 노새 마에스터를 줄 때까지 한 말을 타야 했다. 하지만 나머지 부분은······.

'난 절대로 울지 않았어. 울고 싶은 마음이 있었을지는 모르지만, 실제로 울지는 않았지.' 말을 땅속에 묻어 주고 싶기는 했지만, 도르네인들이 기다려 주지 않았다.

"모래 개들도 먹을 것이 있어야 하고, 또 새끼들도 먹여 살려야 한다네."

덩크가 말의 안장과 고삐를 벗기는 것을 거들던 도르네 기사가 한 말이었다.

"말의 시신은 개들의 먹이가 되거나 사막에 먹히겠지. 한 해가 지나기 전에 살이 깨끗이 발라져 뼈만 남을 것이야. 이것이 도르네라네, 친구."

그 말을 떠올리며 덩크는 그러면 누가 와트와 와트와 와트의 고기를 먹을 것인지 궁금해했다. '또 모르지, 체키워터 밑에 체크무늬 물고기들이 있을지.'

그가 썬더를 몰아 탑으로 돌아간 뒤 말에서 내렸다.

"에그, 베니스 경을 도와 신병들을 모아서 여기로 데려오너라."

그는 에그에게 불쑥 투구를 맡기고는 계단을 올랐다.

유스테이스 경이 어둑어둑한 서재에서 그를 맞이했다.

"아까는 보기가 좋지 않았네."

"네, 영주님. 저들로는 안 됩니다."

덩크가 대답했다. '맹약기사는 주군에게 충성을 다하고 명령에 복종해야 한다지만, 이건 미친 짓이야.'

"저들에겐 처음이었지 않나. 저들의 아비들과 형들도 처음 훈련을 시작했을 때는 저들 못지않게 형편없었다네. 우리가 전하를 도우러 갈 때도 내 아들들이 저렇게 조련했지. 보름 동안 매일매일. 그들을 병사로 만들었다네."

"그래서 전투가 벌어지니 어땠습니까, 영주님? 그들은 어떻게 싸웠습니까? 몇 명이나 영주님과 함께 돌아올 수 있었는지요?"

노기사는 한참 덩크를 바라보았다. 끝내 그가 입을 열었다.

"렘. 그리고 페이트와 데이크. 데이크가 먹을 것을 찾아오곤 했지. 식량을 구해 오는 데 그보다 더 뛰어난 사람은 난 본 적이 없다네. 데이크 덕분에 우린 굶주리지 않고 행군할 수 있었어. 세 명이 돌아왔다네, 기사여. 그들 셋과 나."

그의 턱수염이 실룩거렸다.

"보름보다 더 오래 걸릴지도 모르겠군."

"영주님, 콜드모트의 그 여자는 바로 내일이라도 전력을 이끌고 들이닥칠지 모릅니다."

덩크가 대답했다. '신병들은 모두 괜찮은 녀석들이지만, 콜드모트의 기사들에 맞섰다간 모두 시체가 돼 버리고 말 거야.'

"반드시 다른 방도가 있을 겁니다."

"다른 방도라."

유스테이스 경이 작은 사자의 방패를 가볍게 쓰다듬었다.

"로완 공이나 현재의 국왕에게서는 공정한 심판을 받지 못할 것이네."

그가 덩크의 팔을 붙잡았다.

"지금 생각해 보니 과거에 녹색왕이 지배하던 시절에는 타인의 가축이나 영지민을 죽였을 때 혈채(血債)로 갚을 수 있었다고 하네."

"혈채 말씀이십니까?" 덩크가 반신반의하는 말투로 물었다.

"다른 방도를 찾지 않았나. 내가 모아 둔 돈이 조금 있네. 베니스 경은 뺨에 작은 생채기를 낸 것뿐이라 말했지. 그 인부에게 수사슴 은화 한 닢 그리고 여자에게는 모욕에 대한 보상으로 세 닢을 줄 의향이 있네. 난 그렇게 할 능력도, 마음도 있어…… 다만 그 여자가 그 둑을 허물어 버린다면 말이네."

노인이 눈살을 찌푸렸다.

"하지만 내가 그녀를 찾아갈 수는 없네. 콜드모트로는 못 가네."

통통한 검은 파리 한 마리가 붕붕대며 그의 머리 주변을 날아다니더니 팔에 내려앉았다.

"한때 그 성은 우리 것이었다네. 알고 있었는가, 던칸 경?"

"네, 영주님." 샘 스툽스에게서 들은 적이 있었다.

"우리 가문은 정복시대(Conquest) 이전 천 년 동안 노스마치의 대장군이었다네. 우리에게 충성을 맹세한 가문은 스무 개가 넘고, 봉토를 받은 기사는 백 명이나 되었지. 그때 우린 네 개의 성을 소유했고, 언덕에 세운 여러 감시탑에서 다가오는 적들을 감시했어. 그 성 중 가장 큰 성이 '콧대 높은 페르윈'이라 불렸던 페르윈 오스그레이 공이 세웠던 콜드모트 성이었네.

'불의 들판(Field of Fire : 아에곤의 정복 전쟁 기간에 행해진 대규모 전투)' 이후 하이가든의 주인이 왕에서 집사로 바뀌면서, 오스그레이 가문은 점차 세력을 잃고 몰락하고 말았네. 아에곤의 아들 마에고르가 '별과 검(Stars and Swords)'이라고 불렸던 '빈민군(Poor Fellows)'과 '전사의 아들(Warrior's Sons)' 기사단을 탄압하자 오르몬드 오스그레이 공이 왕을 대놓고 비난했고, 그 대가로 콜드모트를 빼앗기고 말았지."

노기사가 쉰 목소리로 말을 이었다.

"콜드모트 성문 위의 석벽에는 체키 사자가 새겨져 있다네. 내 부친께서 늙은 레이나드 웨버를 만나러 가시면서 날 처음 그 성으로 데려가셨을 때 보여 주셨지. 나중에 나도 내 아들들에게 보여 주었고, 아담…… 아담은 콜드모트에서 시동과 종자 수행을 했고, 그 아이와 와이만 공의 여식 사이에 어떤…… 어떤 정분이 생겼다네. 그래서 난 어느 겨울날 내가 가진 가장 화려한 옷을 차려입고 와이만 공을 찾아가 혼사를 제의했지. 그는 정중하게 거절했으나, 자리에서 나올 때 그가 루카스 인치필드 경과 함께 비웃는 소리를 듣고 말았네. 그 후로 난 딱 한 번, 그 여자가 무례하게도 내 영지민을 잡아갔을 때를 제외하고는 콜드모트를 찾아간 적이 없네. 그들에게서 불쌍한 렘을 해자의 밑바닥에서나 찾아보라는 말을 들었을 때 난……."

"데이크였지요." 덩크가 말했다.

"베니스는 그의 이름이 데이크라고 했습니다만."

"데이크라고?"

그의 소매를 따라 내려오던 파리가 멈춰 서서는 다리를 비벼 대는 모습이 보였다. 유스테이스 경이 파리를 쫓아내고는 수염 밑으로 입술을 만지작거렸다.

"데이크. 내가 그리 말하지 않았나. 믿음직한 사내였지, 나도 잘 기억하네. 전쟁 도중 우릴 위해 식량을 구해 왔지. 덕분에 행군하면서 배를 굶주린 적이 없었네. 루카스 경에게서 가련한 데이크가 무슨 일을 당했는지 듣고 나서, 난 성을 되찾으러 가는 것이 아니라면 결코 그곳에 다시 발을 디디지 않겠다고 신께 맹세했다네. 그래서, 던칸 경, 난 그곳으로 갈 수가 없네. 혈채든 뭐든, 그 어떤 이유로도 말일세. 난 **할 수 없어**."

덩크는 주군의 의도를 이해했다.

"제가 가겠습니다, 영주님. 전 어떤 맹세도 하지 않았으니까요."

"그대는 견실한 남자일세, 던칸 경. 용감하고 진솔한 기사지."

유스테이스 경이 덩크의 팔을 한 번 꾹 쥐었다.

"신들께서 나의 알리샌을 데려가지만 않으셨더라면. 항상 딸아이의 배필로 그대와 같은 사람을 바랐거늘. 그대처럼 진정한 기사 말일세, 던칸 경. 진정한 기사."

덩크는 얼굴이 붉어졌다.

"웨버 부인에게 영주님이 하신 말씀과 혈채에 대해 전하기는 하겠습니다만……."

"그대가 베니스 경을 데이크의 운명으로부터 구할 수 있으리라고 난 확신하네. 난 사람을 보는 눈이 있고, 그대는 순수한 강철이야. 그들은 단지 그대의 모습을 보는 것만으로도 위압감을 느낄 것이네. 그 여자가 스탠드패스트의 대전사가 얼마나 굉장한지를 본다면, 아마 스스로 둑을 허물지도 모르지."

덩크는 어떻게 대답해야 할지 몰랐다. 그가 무릎을 꿇었다.

"영주님, 그럼 내일 가서 최선을 다하겠습니다."

"내일이라."

파리가 다시 빙 돌아 날아와 유스테이스 경의 왼손에 앉았다. 노기사가 오른손으로 내리쳐 파리를 뭉개 버렸다.

"그래. 내일."

* * *

"**또** 목욕이에요? 어제 씻으셨잖아요." 에그가 질색하며 말했다.

"하지만 오늘 내내 갑옷 안에 갇혀 땀에 절었잖아. 입 다물고 주전자나 채워라."

"유스테이스 경이 우릴 받아들였던 날 밤에 목욕하셨고."

에그가 지적했다.

"어젯밤하고 지금. 그럼 무려 **세 번**이나 하시는 거예요, 기사님."

"난 고귀한 부인과 교섭해야 해. 넌 내가 베니스 경처럼 냄새를 풀풀 풍기면서 그녀의 성에 가기를 바라는 거냐?"

"그렇게 고약한 냄새를 풍기려면 마에스터의 똥이 든 통 속에서 뒹굴어야 하실 거예요, 기사님."

에그가 주전자를 채웠다.

"샘 스툽스는 콜드모트의 성주가 기사님만큼이나 키가 크다고 했어요. 원래 이름은 루카스 인치필드(Lucas Inchfield)인데, 워낙 키가 커서 '롱인치(Longinch)'라고 불린대요. 그가 정말 기사님만큼이나 클 거라고 생각하세요?"

"아니."

덩크는 지난 수년간 자기만큼 키가 큰 사람을 본 적이 없었다. 그가 주전자를 들고 불 위에 얹었다.

"그와 싸우실 거예요?"

"아니."

덩크는 차라리 싸웠으면 했다. 그는 왕국 최강의 전사와는 거리가 있었지만, 그래도 거대한 몸집과 그에 따른 완력은 많은 부족함을 대신해 주었다. '하지만 지혜가 부족한 건 대신해 줄 수 없지.' 그는 말주변이 없었고 여자를 상대하는 건 더욱 서툴렀다. 붉은 과부를 상대하는 것에 비하면 그 거인이라는 루카스 롱인치는 별로 겁나지 않았다.

"난 그저 붉은 과부와 말을 몇 마디 나누려는 것뿐이야."

"무슨 말씀을 하실 건데요, 기사님?"

"그 둑을 허물어야 한다는 말."

'부인께서 둑을 허물지 않으신다면 저흰 보복을……'

"아니, 그러니까 둑을 허물어 달라고 부탁한다고."

'저희 체키워터 천을 돌려주십시오.'

"그녀가 괜찮다면."

'저희에게 조금만 물을 나눠 주십시오, 부인.' 유스테이스 경은 그가 구걸하는 것을 바라지 않을 것이다. '그럼 도대체 어떻게 말을 해야 하지?'

곧 거품이 일며 물이 부글부글 끓기 시작했다.

"목욕통까지 같이 들고 가자."

그가 소년에게 말했다. 그들은 함께 주전자를 화덕에서 끌어 올리고는 커다란 나무 목욕통으로 들고 갔다. 물을 부으면서 덩크가 털어놓았다.

"난 귀부인들과 대화하는 법을 모르겠어. 도르네에 있을 때도 내가 베이스 부인에게 말을 잘못하는 바람에 우리 둘 다 죽을 뻔했잖아."

"베이스 부인은 미쳤잖아요." 에그가 지적했다.

"하지만 그때 기사님이 좀 더 정중하게 처신할 수는 있었죠. 귀부인이나 귀족 영애 들은 누가 멋지고 정중하게 행동하면 좋아하더라고요. 만약 기사님이 아에리온으로부터 그 인형사 누나를 구했던 것처럼 붉은 과부를 구해 준다면……."

"아에리온은 리스에 있고, 과부는 별로 구함이 필요한 게 아니잖아."

덩크는 탄셀에 대해 이야기하고 싶지 않았다. '그녀의 이름은 키가 너무 큰 탄셀이었지만, 나한테는 너무 크지 않았어.'

"그렇다면……." 소년이 말했다.

"어떤 기사는 귀부인들에게 멋진 노래를 불러 주거나, 류트로 곡을 연주해 주기도 하지요."

"난 류트가 없어." 덩크가 시무룩한 얼굴로 대답했다.

"그리고 플랭키 타운에서 내가 술을 너무 많이 마셨던 밤, 넌 내가 부르는 노래가 마치 진창에 빠진 황소가 우는 소리 같다고 했잖아."

"그건 잊었는데요, 기사님."

"어떻게 잊을 수가 있지?"

"기사님이 저더러 잊으라고 하셨잖아요." 에그가 뻔뻔하게 대답했다.

"다시 그 일을 입에 담는다면 제 귀싸대기를 날리겠다고도 하셨고요."

"노래는 안 불러."

설령 덩크가 노래를 잘 부른다 하더라도, 그가 가사를 전부 아는 노래는 '곰과 아름다운 처녀'가 유일했다. 단지 그것만으로 웨버 부인의 환심을 사기는 어려울 것이라는 생각이 들었다. 주전자가 다시 김을 뿜어내기 시작했다. 그들은 주전자를 목욕통으로 들고 가 거꾸로 뒤집었다.

우물물을 길어 주전자를 세 번째로 채운 에그는 다시 우물 위로 올라갔다.

"콜드모트에선 뭘 드시거나 마시거나 하지 마세요, 기사님. 붉은 과부는 전남편들을 모조리 독살했다고 하잖아요."

"난 그녀와 혼인하려는 것이 아니야. 그녀는 태생이 고귀한 여자고 난 플리바톰의 덩크잖아. 잊었어?"

그가 인상을 찌푸렸다.

"그런데 도대체 남편이 몇 명이나 있었대?"

"넷요. 하지만 아이는 없어요. 아기를 낳을 때마다 밤에 마귀가 나타나 아기를 훔쳐 간대요. 샘 스툽스의 아내가 말하길, 그녀는 배 속에 있는 아기의 목숨을 바쳐 일곱 지옥의 대악마에게 흑마술을 배웠대요."

"귀부인들은 흑마술 따위로 헛짓하지 않아. 춤추고 노래하고 자수를 놓겠지."

"마귀들과 춤추고 사악한 주술을 수놓는지도 모르잖아요."

에그가 재미있어하며 말했다.

"그리고 기사님이 귀부인들이 뭘 하는지 어떻게 알아요? 기사님이 아는 귀부인은 베이스 부인이 전부잖아요."

그건 건방진 말이었지만 사실이었다.

"그래, 난 아는 귀부인이 전혀 없어. 하지만 지금 어떤 꼬마가 귀싸대기를 맞고 싶어 하는지는 알아."

덩크가 목덜미를 주물렀다. 온종일 사슬 갑옷을 입은 날이면 목이 항상 나무토막처럼 딱딱해졌다.

"넌 왕비들과 공주들을 잘 알잖아. 그녀들이 마귀들과 춤을 추고 흑마술을 쓰던?"

"시에라 부인은 그래요. 블러드레이븐 공의 정부인데, 젊음을 유지하려고 피로 목욕을 하지요. 그리고 한번은 라에 누이가 제가 다엘라 누이 대신 자기와 혼인하도록 제 물 잔에 미약을 탄 적도 있어요."

에그는 근친상간이 마치 세상에서 가장 자연스러운 일인 양 이야기했다. '적어도 이 녀석에게는 그렇겠지.' 타르가르옌 가문의 사람들은 지난 수백 년간 드래곤의 혈통을 지키고자 남매끼리 혼인했다. 최후의 드래곤은 덩크가 태어나기 전에 죽고 없었지만, 드래곤 왕들은 계속 혈통을 이어

갔다. '신들도 그들이 누이들과 혼인해도 개의치 않는 건가.'

"그 미약이 효과가 있었어?" 덩크가 물었다.

"있었을 거예요. 하지만 제가 삼키지 않고 뱉어 버렸죠. 전 아내 따윈 필요 없어요. 킹스가드 기사가 되어 오직 왕을 섬기고 수호하면서 살고 싶다고요. 킹스가드는 맹세를 해서 혼인을 하지 않아요."

"그건 숭고한 생각이다만, 좀 더 나이가 들면 너도 아마 흰 망토보다는 처녀를 더 원하게 될 거다."

덩크는 애시포드에서 그에게 미소 짓던 키가 너무 큰 탄셀의 모습을 떠올리고 있었다.

"유스테이스 경은 따님의 배필로 바로 나 같은 남자를 바랐다고 하셨어. 따님 이름은 알리샌이었지."

"옛날에 죽은 사람이에요, 기사님."

"죽은 건 나도 알아." 덩크가 짜증을 내며 말했다.

"만약 살아 있었다면, 그랬다면 따님을 내게 주셨을 거라고 하셨다고. 적어도 나 같은 남자에게. 어떤 영주가 내게 딸을 주고 싶다고 말한 건 이번이 처음이야."

"기껏해야 **죽은** 딸이잖아요. 그리고 오스그레이 가문이 영주였던 건 옛적 일이고, 지금 유스테이스 경은 일개 지주기사에 불과해요."

"그건 나도 알아. 너 귀싸대기를 맞고 싶냐?"

"뭐, **부인**을 얻기보다는 차라리 귀싸대기를 맞는 게 낫겠어요. 게다가 상대가 죽은 신부라면 말이에요, 기사님. 주전자에서 김이 나오고 있네요."

덩크는 에그와 함께 목욕통에 물을 붓고 튜닉을 머리 위로 홀러덩 벗어던졌다.

"콜드모트로 갈 때 도르네 튜닉을 입고 가겠어."

도르네 튜닉은 느릅나무와 별똥별이 그려진 모래 비단 옷으로, 덩크의 옷 중 가장 고급스러운 것이었다.

"그 옷을 입고 말을 타시면 금방 땀에 젖고 말걸요. 오늘 입었던 옷을 입고 가세요. 제가 도르네 튜닉을 따로 가져갈 테니, 성에 도착하면 그때 갈아입으시면 되잖아요."

"성에 **도착하기 전**에 갈아입어야겠지. 도개교 위에서 옷을 갈아입으면 바보처럼 보일 테니까. 그런데 누가 너도 같이 간다고 했어?"

"기사는 수행하는 종자가 있으면 더 위엄이 있어 보이는 거예요."

그건 맞는 말이었다. 소년은 그런 방면으로 감각이 좋았다. '그럴 수밖에 없지. 킹스랜딩에서 2년을 시동으로 보냈다 하니.' 하지만 덩크는 에그를 위험에 빠뜨리고 싶지 않았다. 콜드모트에서 어떤 대접을 받을지 전혀 알 수 없었고, 만약 붉은 과부가 소문대로 위험하다면 덩크는 길에서 보았던 두 남자처럼 철 우리에 갇히는 신세가 될지도 모를 일이었다. 그가 에그에게 말했다.

"넌 남아서 베니스가 농민병들을 조련하는 것을 거들어라. 그리고 그렇게 삐친 얼굴로 날 보지 말고."

그가 바지를 발로 차서 벗어 버리고는 김이 모락모락 오르는 목욕통 안으로 들어갔다.

"이제 난 목욕을 할 테니 가서 자라. 어쨌든 넌 콜드모트에 안 데려갈 거니까 그렇게 알고 있어."

* * *

덩크가 아침 햇살을 얼굴에 느끼며 일어났을 때 에그는 이미 일어난 듯 보이지 않았다. '젠장, 어떻게 벌써 더울 수 있는 거지?' 그는 몸을 일으켜 기지개하면서 하품을 하다가, 자리에서 일어나 비틀거리며 우물로 갔다.

그리고 두툼한 쇠기름 양초에 불을 붙이고는 차가운 물로 세수하고 옷을 챙겨 입었다.

햇볕이 화창한 바깥으로 나가자 이미 안장과 고삐를 얹은 썬더가 마구간 옆에서 기다리고 있었다. 에그도 그의 노새 마에스터와 함께 있었다.

소년은 장화를 신고 있었다. 맵시 있는 초록과 금색 체크무늬 더블릿과 꽉 끼는 흰 양털 바지를 입어서 오랜만에 제대로 된 종자처럼 보였다. 소년이 큰 소리로 말했다.

"바지는 엉덩이 부분이 찢어진 걸 샘 스툽스의 아내가 꿰매 줬어요."

"저 옷가지는 아담이 입던 것이네."

유스테이스 경이 마구간에서 그의 거세마를 끌고 나오며 말했다. 노인의 어깨를 덮은 낡은 비단 망토에는 체키 사자가 수놓아져 있었다.

"더블릿은 옷 가방 안에 오래 있던 것이라 조금 퀴퀴한 냄새가 나긴 하지만, 그래도 괜찮을 것이네. 기사는 수행하는 종자가 있으면 더 위엄이 있어 보이니까. 하여 그대가 콜드모트로 가는 길에 에그가 동행해야 한다고 판단하였네."

'열 살짜리 꼬마한테 당하다니.' 덩크가 에그를 바라보며 소리 없이 '귀싸대기'라고 말하자 소년이 씩 웃었다.

"그대에게도 줄 것이 있다네, 던칸 경. 보게나."

유스테이스 경이 망토를 한 벌 꺼내더니 멋들어진 동작으로 활짝 펼쳐 보였다.

녹색 공단과 금사포 체크무늬로 가장자리를 장식한 하얀 양털 망토였다. 이런 무더위 속에서 양털 망토는 전혀 달갑지 않았으나, 어깨에 걸쳐 주며 자랑스러워하는 유스테이스 경의 표정을 본 덩크는 차마 거절할 수 없었다.

"감사합니다, 영주님."

"그대에게 잘 어울리네. 더 줄 만한 것이 내게 있었다면 좋으련만."

노인의 수염이 실룩거렸다.

"샘 스툽스를 창고로 보내 아들들의 유품을 살펴보라 했지만, 에드윈과 해롤드는 둘 다 그대보다 작았던 아이들이라 가슴둘레는 물론이고 다리도 훨씬 짧았다네. 그래서 아쉽지만, 그대에게 맞는 건 아무것도 없었어."

"망토로 충분합니다, 영주님. 이것에 부끄러울 짓은 하지 않겠습니다."

"나도 그건 의심치 않네. 괜찮다면 얼마까지 그대를 배웅하고 싶네만."

노기사가 말을 토닥거리며 말했다.

"물론입니다, 영주님."

그들은 마에스터 위에 높게 앉은 채 앞장선 에그의 뒤를 따라 언덕길을 내려왔다.

"저 아이는 저렇게 밀짚모자를 꼭 써야만 하는가? 뭔가 조금 어리석어 보이지 않는가?"

유스테이스 경이 덩크에게 물었다.

"햇볕에 타서 머리 껍질이 벗겨지는 것보다는 낫습니다, 영주님."

이제 막 해가 지평선 위로 모습을 드러낸 이른 시간이었음에도 무척 더웠다. '오후가 되면 엉덩이에 물집이 잡힐 정도로 안장이 뜨거워지겠어.' 죽은 소년의 제복을 입은 에그(Egg)는 지금이야 우아하게 보이지만, 해가 저물 때쯤에는 삶은 달걀(egg)이 되어 있을 것이다. 적어도 덩크는 안장주머니 안에 새 옷이 있어서 나중에 지금 입고 있는 낡은 초록색 튜닉과 갈아입을 수 있지 않은가.

"서쪽 길로 가세나. 근래에는 인적이 끊긴 길이지만, 아직도 스탠드패스트에서 콜드모트 성으로 가장 빨리 가는 길이네."

유스테이스 경이 말했다. 길을 따라가다 보니 언덕 뒤를 빙 돌아 노기사가 자신의 아내와 아들들을 묻은 울창한 검은딸기 밭을 지나게 되었다.

"내 아들들은 여기서 산딸기를 따서 먹는 것을 그렇게 좋아했지. 어릴 때 얼굴에 끈끈한 것을 잔뜩 묻히고 팔이 온통 긁힌 채 내게 올 때마다 난 녀석들이 조금 전까지 어디 있었는지 짐작할 수 있었다네."

그가 흐뭇하게 미소 지었다.

"그대의 에그를 볼 때마다 난 아담이 생각난다네. 그 어린 나이에도 그렇게 용감했지. 전투 중에 해롤드가 부상을 당하자 아담은 형을 지키려고 했고, 솔방울 여섯 개가 그려진 방패를 든 리버랜드 사내가 휘두른 도끼에 팔이 잘리고 말았다네."

그의 슬픔 어린 잿빛 눈동자가 덩크를 바라보았다.

"그대의 옛 주인이라는 그 페니트리의 기사……. 그도 블랙파이어 반란 때 싸웠다던가?"

"네, 영주님. 절 받아들이시기 전이었지요."

당시 덩크는 거의 벌거벗은 꼴로 작은 짐승처럼 플리바톰의 골목길을 누비던 서너 살의 꼬마였다.

"그는 붉은 드래곤을 위해 싸웠는가, 검은 드래곤을 위해 싸웠는가?"

'붉은 드래곤이었나, 검은 드래곤이었나?' 그건 지금도 위험한 질문이었다. 정복자 아에곤 이후 타르가르옌 가문의 문장은 언제나 검정 바탕에 머리가 셋이 달린 붉은 드래곤이었는데, 칭왕자(稱王者) 다에몬은 다른 많은 서자가 그랬듯이 검은색과 붉은색을 뒤바꿔 자신의 문장으로 삼았다. '유스테이스 경은 나의 주군이시다. 그러니 내게 이런 질문을 할 자격이 있으시다.' 덩크가 애써 생각했다.

"그분은 헤이포드 공 휘하에서 싸우셨습니다, 영주님."

"금색 바탕에 녹색 번개무늬와 연한 녹색 물결 모양이 있는 문장을 쓰는 가문 말인가?"

"아마 그럴 겁니다. 에그라면 알고 있을 겁니다."

소년은 웨스테로스에 있는 기사들의 문장을 거의 전부 외우고 있었다.

"헤이포드 공은 대표적인 **왕당파**였지. 다에론 왕이 전투 직전에 그를 핸드로 임명했네. 버터웰은 너무 무능했던 나머지 사람들이 그의 충성심을 의심할 정도였지만, 헤이포드 공은 처음부터 우직하게 충성을 바쳤네."

"그가 쓰러질 때 알란 경이 곁에 계셨답니다. 성이 세 개가 그려진 방패를 든 영주가 베었다고 하셨지요."

"그날 피아를 막론하고 많은 훌륭한 인재가 죽었다네. 그곳의 풀이 원래부터 붉었던 것은 아니었어. 알란 경이 그런 말을 하던가?"

"알란 경은 그 전투를 언급하는 것을 좋아하지 않으셨습니다. 그분의 종자도 그곳에서 죽었지요. 페니트리의 로저라고, 알란 경의 조카였습니다."

단지 이름을 입에 담는 것으로도 덩크는 어렴풋한 죄책감이 들었다. '내가 그의 자리를 훔친 거야.' 오직 왕가와 대가문 출신의 기사들만 종자를 두 명씩 거느릴 만한 여력이 있었다. 만약 '쓸모없는 아에곤'이 자신의 검을 서자 다에몬 대신 왕세자인 다에론에게 주었더라면 블랙파이어 반란이 일어나지 않았을지 모르고 페니트리의 로저도 오늘날 살아 있을지 모른다. '어딘가에서 나보다 더 참된 기사가 되었을 테지. 난 교수대에서 목이 매달리거나, 나이트워치로 보내져 죽을 때까지 장벽 위를 순찰했을 테고.'

"대규모 전투는 참혹하다네." 노기사가 대답했다.

"하지만 피와 학살의 아수라장 속에서도, 때로는 마치 심장이 부서질 정도로 아름다운, 어떤 처절한 아름다움이 있기도 하지. 난 아직도 레드그라스 벌판 위로 태양이 내려앉던 광경을 잊지 못한다네⋯⋯. 만 명이 넘는 사람이 죽고 사방은 고통 어린 신음과 통곡 소리로 가득했지만, 우리 위로 하늘은 황금색과 붉은색과 주황색으로 찬란하게 빛났고 난 내 아들들이 그 장관을 결코 보지 못하리라는 사실에 눈물을 뿌릴 수밖에 없었네."

그가 한숨을 내쉬었다.

"당시 전투의 승패는 사람들이 말하는 것보다 훨씬 더 아슬아슬했어. 만약 블러드레이븐만 아니었다면……."

"전 항상 그 전투를 승리로 이끈 건 창파괴자 바엘로라고 들었습니다. 그분과 마에카르 왕제(王弟)……."

"망치와 모루 말인가?" 노인의 수염이 실룩거렸다.

"음유시인들이 부르는 노래에는 많은 것이 빠졌네. 그날 다에몬은 전사의 신의 현신 그 자체였어. 누구도 그의 앞을 막아설 수 없었지. 그는 아린 공의 선봉대를 대파하고 '아홉 별의 기사'와 '야성' 월 웨인우드를 죽인 뒤, 킹스가드 기사 그웨인 코브레이 경과 맞부딪쳤네. 주위에서 수많은 병사가 죽어 나가던 가운데 둘은 한 시간 가까이 말 위에서 격렬하게 검을 섞었고, 그때 보검 '블랙파이어'와 '고독한 숙녀(Lady Forlorn)'가 서로 부딪칠 때마다 강철이 울리는 소리가 1리그나 떨어진 곳까지 들렸다 하네. 마치 절규 어린 노래처럼 들렸다더군. 하지만 결국 '숙녀'가 힘을 잃자 '블랙파이어'가 그웨인 경의 투구를 쪼개고 그를 피투성이 장님으로 만들어 버렸네. 다에몬은 쓰러진 상대가 말발굽에 짓밟히지 않게 말에서 내려 그웨인 경을 보살피면서 레드터스크(Redtusk)에게 명령을 내려 그웨인 경을 후방의 마에스터들에게 데려가게 했는데, 바로 그것이 다에몬의 결정적인 실수였어. 그때 큰까마귀의 이빨이 '울음의 능선'의 고지를 점령했고, 블러드레이븐이 3백여 걸음 떨어진 거리에서 펄럭이는 이복형제의 왕기와 그 밑에 있는 다에몬과 그의 아들들을 보고 말았네. 블러드레이븐은 쌍둥이 중 형인 아에곤을 먼저 사살했는데, 다에몬이 아들의 시체에서 온기가 조금이라도 남아 있는 한 하얀 화살이 비처럼 쏟아져도 결코 아들을 떠나지 않으리라는 것을 알았기 때문이었네. 그리고 그 생각대로 다에몬은 블러드레이븐의 주술력이 깃든 화살이 일곱 발이나 그의 몸을 꿰뚫어도 끝까지 아들의 곁을 떠나지 않았던 것이야. 쌍둥이 중 동생인 어린 아에몬이 죽어 가는 부친의 손에서 떨어진 블랙파이어를 집어 들자 블러드레이븐은 동생도 살해하였고, 검은 드래곤과 그의 아들들은 그렇게 최후를 맞이하였다네.

그 이후에도 많은 일이 있었다는 건 나도 잘 아네. 직접 목격도 했고. 패주하는 반란군, 병사들을 규합하여 미친 듯이 돌격했던 비터스틸…… 비터스틸과 블러드레이븐의 혈투는 다에몬과 그웨인의 결투에 비해도 거의 손색이 없을 정도로 처절했네……. 거기에 반란군의 후방을 망치처럼 두들겼던 바엘로 왕자와 고래고래 고함치며 창을 던져 하늘을 새카맣게 가렸던 도르네 군단……. 그러나 결국은 전부 무의미한 것이었네. 전쟁은 이미 다에몬의 죽음과 함께 끝났기에. 간발의 차이였어……. 다에몬이 그웨인 코브레이를 죽게 내버려 둔 채 그냥 지나가 버렸더라면 그는 블러드레이븐이 능선을 차지하기 전에 마에카르 군의 좌익을 섬멸했을지도 몰라. 그랬더라면 그날의 승리는 검은 드래곤의 군대에 돌아갔을 것이고, 핸드마저도 전사했으니 킹스랜딩까지 거칠 것이 없이 진격했을 것이네. 바엘로 왕자가 폭풍의 영주들과 도르네 군단을 이끌고 도착할 즈음에는 이미 다에몬이 철왕좌에 앉아 있을지도 모르는 일이었지.

음유시인들은 망치와 모루에 대해 계속 노래하겠지만, 이것만은 알아 두게나, 기사여. 그날 승리를 결정지은 자는 하얀 화살과 검은 마술로 전세를 뒤집어 버린 친족 살해자였네. 그리고 지금 우릴 지배하고 있는 자도 바로 그라는 건 두말할 나위가 없네. 아에리스 왕은 그의 꼭두각시가 아니던가. 설령 블러드레이븐이 마법으로 전하를 홀렸다는 사실이 밝혀진다 해도 놀랄 일은 아니라네. 그러니 우리가 저주를 받는 것이 당연하겠지."

유스테이스 경은 고개를 흔들더니 우울한 침묵에 빠졌다. 덩크는 에그가 얼마나 엿들었는지 궁금했지만, 몰래 물어볼 방도가 없었다. '블러드레이른 공은 눈이 몇 개나 있을까?' 그가 생각했다.

벌써 날이 뜨거워지기 시작했다. '파리들조차 어딘가 숨어 버렸군. 기사보다 더 똑똑하네. 그늘에서 안 나오잖아.' 덩크가 생각했다. 그는 자신과 에그가 콜드모트에서 제대로 접대를 받을 수 있을지 고민했다. 차가운 갈색 맥주라도 한 잔 마실 수 있다면 정말 좋을 텐데. 덩크는 그런 기대감에 휩싸여 즐거워하다가 문득 붉은 과부가 남편들을 독살했다는 에그의 말을 기억하고는 맥이 빠졌다. 갈증도 순식간에 달아나 버렸다. 차라리 갈증을 참는 것이 더 마음이 편할 듯했다.

유스테이스 경이 입을 열었다.

"한때 오스그레이 가문이 동쪽의 너니에서 코블 커버까지 사방 수십 리그 이내의 땅을 전부 영지로 소유하던 시절이 있었다네. 콜드모트는 우리 것이었고, 말발굽 언덕, 데링 다운스의 동굴, 도스크, 리틀 도스크, 브랜디 바톰 마을 그리고 리피 레이크 호수의 양쪽 기슭도. 오스그레이의 처녀들은 플로렌트, 스완과 타르벡, 심지어는 하이타워와 블랙우드 가문에도 시집을 갔어."

와트의 숲 언저리가 시야에 들어왔다. 덩크는 한 손으로 얼굴을 가리고 눈을 찡그리며 푸른 숲을 바라보았다. 처음으로 느슨한 밀짚모자를 쓴 에그에게 부러운 마음이 들었다. '드디어 그늘에서 햇빛을 조금이라도 피할 수 있겠네.'

"옛적에 와트의 숲은 콜드모트까지 닿았네."

유스테이스 경이 다시 말했다.

"와트가 누구였는지는 기억이 나지 않는군. 정복시대 이전에는 숲 속에서 오록스 들소와 길이가 스무 뼘이 넘는 거대한 사슴을 볼 수 있었네. 또한, 오직 왕과 체키 사자들만이 숲에서 사냥할 수 있어서, 평생 사냥해도 다 못 잡을 만큼 수많은 붉은 사슴도 있었다고 하지. 내 부친께서 아직 살아 계셨을 때만 해도 시내의 양쪽 기슭에 나무가 자랐지만, 거미들이 암소와 양과 말의 방목을 위해 숲을 쳐내 버렸어."

덩크의 가슴 위로 가냘픈 땀 한 줄기가 느릿느릿 흘러내렸다. 어느덧 그는 주군이 입을 다물기를 간절히 비는 자신을 발견했다. '말을 하기에는 너무 덥습니다. 말을 타고 가기에도 너무 덥고. 그냥 빌어먹을 정도로 너무 덥단 말입니다.'

숲 속에서 그들은 구더기들이 들끓는 커다란 갈색 나무고양이의 시체와 맞닥뜨렸다. 에그가 웩웩거리며 마에스터를 옆으로 빙 돌아가게 이끌며 말했다.

"저건 베니스 경보다도 냄새가 고약하네요."

유스테이스가 고삐를 잡아당겨 말을 멈춰 세웠다.

"나무고양이라니. 아직도 저것들이 이 숲에 남아 있었는지 몰랐어. 어떻게 죽임을 당했는지 궁금하군."

아무도 대꾸하지 않자 그가 다시 말했다.

"난 여기서 되돌아가겠네. 계속 서쪽으로 가다 보면 콜드모트가 나올 게야. 돈은 가지고 있겠지?"

덩크가 고개를 끄덕였다.

"좋아. 그럼 나의 물을 가지고 돌아오시게나, 기사."

노기사는 천천히 말을 몰아 그들이 왔던 길을 돌아갔다.

그가 사라지자 에그가 말했다.

"기사님이 웨버 부인에게 무슨 말을 해야 할지 고민했어요. 제 생각에 기사님은 멋진 찬사로 그분의 환심을 사야 할 것 같아요."

체크무늬 튜닉을 입은 소년은 망토를 걸친 유스테이스 경만큼이나 시원하고 상쾌한 모습이었다.

'땀을 뻘뻘 흘리는 건 나뿐인가?'

"멋진 찬사라. 어떤 멋진 찬사 말이냐?"

"아시잖아요, 기사님. 피부도 곱고 용모도 아름다우십니다, 이런 말요." 덩크는 반신반의했다.

"남편 넷과 사별했다 하니, 아마 베이스 부인만큼이나 나이가 들었을 거야. 늙고 피부가 사마귀투성이인 노파한테 피부도 곱고 아름답다고 말하면 분명 날 거짓말쟁이로 볼 거다."

"그냥 뭐든지 진실대로 말씀하시면 돼요. 다에론 형이 그렇게 하거든요. 형은 아무리 늙고 추한 창녀라도 머리칼이 곱다거나 귓불이 예쁠 수 있다고 했어요."

"귓불이 예쁘다고?" 덩크의 의혹은 점점 커져만 갔다.

"아님 아름다운 눈동자일 수도 있지요. 웨버 부인에게 입고 있는 가운의 색깔이 눈동자와 잘 어울린다고 말씀해 보세요."

소년이 잠시 생각에 잠겼다.

"물론 그녀가 블러드레이븐 공 같은 외눈박이가 아니라면 말이에요."

'부인, 그 가운은 당신의 눈동자를 돋보이게 하는군요.' 덩크는 기사들과 젊은 귀족들이 그런 입에 발린 찬사를 다른 귀족 영애들에게 하는 것을 들은 적이 있었다. 하지만 그들은 그렇게 대담한 표현을 쓰지 않았다. '아름다운 부인, 그 가운은 매우 곱군요. 당신의 사랑스런 눈동자와 색깔이 잘 어울립니다.' 아가씨 중에는 늙고 말라빠진 이도, 얼굴이 붉고 뚱뚱한 이도, 혹은 박박 얽은 곰보에 외모가 수수한 이들도 있었지만, 하나같이 가운을 걸치고 눈도 두 개가 있었으며, 덩크의 기억대로라면 전부 화사한 미사여구를 듣고 무척 기뻐했다. '정말 아름다운 가운이로군요, 부인. 당신의 아름다운 눈동자를 더욱 돋보이게 합니다.'

"떠돌이기사의 삶은 단순해서 좋은데. 한마디라도 잘못 말하면 날 돌멩이가 가득 든 자루에 집어넣어서 해자에 빠뜨려 버리겠지."

덩크가 우울하게 말했다.

"그렇게 큰 자루는 없을 것 같은데요, 기사님. 여차하면 제 장화를 쓸 수도 있고요."

"안 돼. 그건 쓰면 안 되는 거다." 덩크가 딱딱거렸다.

그들이 와트의 숲에서 나와서 보니 어느새 둑보다 훨씬 상류인 곳에 와 있었다. 수위가 상당히 높아진 터라 덩크가 예전에 상상했던 대로 물속에 뛰어들어 몸을 폭 담글 수 있을 정도였다. '사람이 빠져 죽을 수 있을 만큼 깊네.' 그가 생각했다. 건너편 기슭은 땅을 파내 만든 도랑을 따라 물길 일부가 서쪽으로 흐르고 있었다. 도랑은 도로와 평행으로 파여 있었고, 밭을 가로지르는 수많은 작은 수로에 물을 공급했다. '시내를 건너면 우린 과부의 영역에 들어서는 거야.' 덩크는 자신이 어떤 소굴로 들어가는 건지 알 길이 없었다. 그는 단 한 사람일 뿐이었고, 그의 뒤를 받쳐 주는 것도 열 살 먹은 소년뿐이었다.

에그가 얼굴에 부채질했다.

"기사님, 왜 멈추셨나요?"

"멈춘 게 아니야."

덩크는 말의 옆구리에 박차를 가하고 첨벙거리며 시내로 뛰어들었다. 에그도 노새를 몰아 뒤를 따랐다. 물은 썬더의 배까지 차올랐다가 다시 내려갔다. 물방울을 뚝뚝 떨어뜨리며 과부의 영지에 올라선 그들 앞에, 햇빛 아래 녹색과 황금색으로 빛나는 시냇물이 창대처럼 곧게 뻗은 도랑을 따라 흘렀다.

몇 시간 후 콜드모트 성의 탑들이 시야에 들어오자, 덩크는 잠시 가던 길을 멈추고 도르네 튜닉으로 갈아입고는 검집 안의 장검을 흔들어 헐겁게 했다. 혹시 급히 칼을 뽑아야 할 일이 생겼을 때 칼날이 붙어서 나오지 않으면 낭패일 테니. 에그도 느슨한 밀짚모자 밑으로 진지한 표정을 지으며 단검의 손잡이를 흔들었다. 덩크는 커다란 군마를, 소년은 노새를 타고 맥없이 처진 오스그레이 깃발을 든 채 나란히 길을 나아갔다.

유스테이스 경이 침이 닳도록 이야기했던 콜드모트는 실제로 보니 약간 실망스러웠다. 스톰엔드나 하이가든과 그 외 덩크가 지금껏 보아 온 다른 영주들의 성에 비하면 평범한 성이었으나⋯⋯ 그래도 요새화한 감시탑 따위가 아닌, 제대로 된 성인 것만큼은 분명했다. 무수한 화살 구멍이 달린 외성벽은 높이가 30피트에 달했고, 모서리마다 자리한 탑은 하나하나의 크기가 스탠드패스트의 한 배 반에 달했다. 모든 탑과 첨탑 꼭대기에 은빛 거미줄 위에 앉은 점박이 거미를 수놓은 웨버 가문의 검은 깃발이 육중하게 드리워져 있었다.

"기사님? 저 물. 물이 어디로 흐르는지 보세요."

도랑은 콜드모트(Coldmoat) 성의 동쪽 벽 밑까지 이어져 성이 이름을 따온 해자(moat)에 물을 공급하고 있었다. 덩크는 물이 콸콸 흘러내리는 소리를 들으며 이를 갈았다.

'절대 그 여자에게 나의 체키 물을 빼앗길 수 없네.'

"가자." 그가 에그에게 말했다.

정문의 아치 위에 한 줄로 늘어선 거미 깃발들은 바람 한 점 없는 가운데 축 처진 모습이었고, 깃발 아래 석벽에는 고대의 문장이 깊게 새겨져 있었다. 수백 년의 풍파에 마모되었지만, 문장은 아직도 외형이 뚜렷했고 뒷발로 일어서 포효하는 체키 사자를 나타냈다. 그 아래 성문은 열려 있었다. 덩크는 딸가닥거리며 도개교를 건너면서 해자의 수위가 얼마나 많이 낮아졌는지 가늠해 보았다. '최소한 6피트는 낮아졌네.' 그가 판단했다.

쇠살문 앞에서 창을 든 병사 둘이 그들을 가로막았다. 한 명은 수북한 검은 수염이 있었고 다른 병사는 수염이 없었다. 수염 사내가 그들이 온 목적을 물었다.

"나의 주군이신 오스그레이 님의 명을 받들어 웨버 부인과 교섭하러 왔습니다. 난 키 큰 던칸이라고 합니다."

덩크가 그에게 말했다.

"뭐, 그쪽이 베니스가 아니란 건 이미 알고 있었소만."

수염 없는 경비병이 대답했다.

"그 친구였다면 훨씬 전에 냄새를 맡았을 테니까."

그는 이가 하나 없었고 가슴팍에 점박이 거미 문장을 달았다.

수염 사내가 눈을 가늘게 뜨고 미심쩍다는 얼굴로 덩크를 바라보았다.

"롱인치의 허락 없이는 아무도 영주님을 만날 수 없소. 나를 따라오시오. 마부 꼬마는 말과 함께 남아 있고."

"난 종자야, 마부가 아니라. 눈이 안 보이는 거야, 아니면 그냥 멍청한 거야?"

에그가 쏘아붙였다.

수염 없는 경비병이 너털웃음을 터뜨렸다. 수염 사내가 창끝을 소년의 목에 겨누었다.

"다시 한 번 말해 봐라."

덩크가 에그의 귀싸대기를 날렸다.

"입 닥치고 말을 돌보고 있어."

그가 말에서 내렸다.

"루카스 경을 만나 보겠습니다."

수염 사내가 창을 내렸다.

"그는 연무장에 있소이다."

그들은 대못이 박힌 쇠살문과 살인공(殺人孔, murder hole : 적을 살해하기 위해 뚫은 구멍) 아래를 지나 외벽 안에 들어섰다. 견사에서 개들이 짖어 댔고, 벽이 일곱 면인 목조 셉트의 납 유리창 안에서 찬송가 소리가 들렸다.

대장간 앞에는 대장장이가 도제 소년의 도움을 받으며 군마에 편자를 박는 중이었다. 가까이에서는 종자 한 명과 머리를 길게 딴 주근깨 소녀가 번갈아 가며 과녁에 화살을 날렸고, 누비 조끼로 몸을 감싼 기사 대여섯 명이 빙빙 도는 목각 과녁을 상대로 창술을 연습했다.

루카스 롱인치 경은 기사들의 창술 연습을 구경하는 이들 사이에서 덩크보다도 더 땀을 흘리는 엄청나게 뚱뚱한 셉톤과 이야기를 나누고 있었다. 셉톤은 하얗고 두루뭉술한 푸딩처럼 생겼고, 마치 옷을 입은 채 목욕한 것처럼 예복이 흠뻑 젖어 있었다. 그의 옆에 선 인치필드는 꼿꼿한 장대와 같고 키도 매우 컸지만, 덩크보다는 크지 않았다. '6피트 7인치 정도.' 덩크가 가늠했다. '머리에서 발끝까지 자부심으로 똘똘 뭉친 듯한 모습이야.' 루카스 경은 검은 비단과 은사포로 된 옷을 걸쳤음에도 마치 장벽 위를 걷고 있는 것처럼 싸늘한 냉기를 풍겼다.

경비병이 그를 불렀다.

"대장님, 이 친구가 닭탑에서 영주님을 뵈러 왔답니다."

먼저 돌아본 셉톤이 즐거워하며 탄성을 지르는 모습에 덩크는 혹시 그가 술에 취한 것이 아닌지 생각했다.

"이게 누구야? 떠돌이기사(hedge knight) 아닌가? 리치 지방은 산울타리(hedge)도 엄청나게 크군."

셉톤이 축복을 내리는 손짓을 했다.

"전사의 신께서 언제나 그대 옆에서 싸우시기를 빌겠소. 난 셉톤 세프톤(Septon Sefton)이라 하오. 어이없는 이름이기는 하지만 내 이름이니 어쩔 수 없지. 그대 이름은?"

"키 큰 던칸이라 합니다."

"아, 참 겸손한 사람이네, 이 친구."

셉톤이 옆에 있는 루카스 경에게 말했다.

"내가 저렇게 키가 컸다면 온갖 이름을 다 썼을 텐데. '거대한' 세프톤 경이라든가. '큰 탑' 세프톤 경, 혹은 '귀가 구름까지 닿은' 세프톤 경이라거나."

그의 둥그런 달덩이 얼굴은 붉게 달아올랐고 예복은 포도주 자국으로 얼룩져 있었다.

루카스 경이 덩크를 주시했다. 최소한 사십 대, 거의 오십에 가까운 중년 남자였고, 근육질보다는 강건한 마른 체형에 얼굴은 유난히 못생긴 사람이었다. 입술은 두툼하고 치아는 누렇고 삐뚤삐뚤했으며, 넓적한 주먹코와 툭 불거진 눈을 갖고 있었다. '그리고 지금 화가 나 있네.' 사내가 입을 채 열기도 전에 덩크는 깨달았다.

"떠돌이기사는 잘해야 칼을 든 비렁뱅이고, 그것도 아니면 도적놈에 불과하다. 꺼져라. 여긴 네놈 같은 족속이 있을 곳이 아니다."

덩크의 얼굴이 험악해졌다.

"스탠드패스트의 유스테이스 오스그레이 경께서 날 이곳으로 보내 이성의 여영주와 교섭을 하라고 명하셨습니다."

"오스그레이? 체키 사자의 오스그레이 말인가? 난 여태 오스그레이 가문이 멸문한 줄 알고 있었네만."

셉톤이 롱인치를 흘긋 쳐다보며 말했다.

"거의 망한 것이나 마찬가지로소이다. 지금 남아 있는 늙은이가 마지막이지. 동쪽으로 몇 리그 떨어진 곳에 있는 다 허물어져 가는 성탑에 머무르게 봐주고 있었소."

루카스 경이 얼굴을 찡그리며 덩크를 바라보았다.

"만약 유스테이스 경이 영주님께 아뢸 말이 있다면 직접 오라고 일러라."

그가 눈살을 찌푸렸다.

"넌 둑에서 베니스와 함께 있던 놈이겠지. 부인하려 들지 마라. 네놈은 목이 매달려야 마땅하다."

"세븐이시여."

셉톤이 이마에 맺힌 땀을 소매로 닦으며 호들갑을 떨었다.

"이자가 도적이란 말이오? 게다가 덩치도 엄청나게 크기까지 한. 기사여, 그대의 죄를 회개하시오, 그러면 어머니 신께서 그대에게 자비를 베푸실 것이니."

셉톤의 독실한 청원은 그때 마침 그가 뀐 방귀 때문에 우스꽝스러워지고 말았다.

"오, 이런. 내 방귀를 양해하시오, 기사. 콩과 보리 빵을 먹어서 어쩔 수가 없다오."

"난 도적이 아닙니다."

덩크가 애써 품위를 지키며 두 사람에게 말했다.

롱인치는 그의 부인에도 아랑곳하지 않았다.

"뻔뻔하게 내 인내심을 시험할 생각은 마라, 기사……. 네가 정말 **기사**라면 말이다. 어서 네 닭탑으로 되돌아가서 유스테이스 경에게 갈색의 악취쟁이 베니스 경이나 보내라고 전해. 만약 우리 대신 베니스 놈을 스탠드패스트에서 끌어내는 수고를 해 준다면, 영주님께서 더 관용을 보이실지도 모르지."

"난 베니스 경과 둑에서 일어났던 사건 그리고 우리의 물을 훔친 것에 대해 영주님께 직접 여쭐 겁니다."

"훔쳤다?" 루카스 경이 말했다.

"그걸 우리 영주님께 아뢴다면 오늘 해가 저물기 전에 넌 자루 안에 갇혀 해자에서 헤엄치게 될 것이다. 그런데도 정녕 영주님을 뵙겠다는 게냐?"

덩크가 그때 정녕 바란 것은 루카스 인치필드의 얼굴을 주먹으로 갈겨서 그의 누렇고 삐뚤삐뚤한 이빨을 전부 날려 버리는 것이었다.

"난 이미 내 용건을 말했습니다."

"오, 허락하시게나." 셉톤이 재촉했다.

"무슨 해가 있겠는가? 던칸 경이 이런 지독한 햇볕을 감수하면서 먼 길을 와 주었으니, 웬만하면 영주님을 뵙는 것을 허락하시게."

루카스 경이 다시 덩크를 주시했다.

"우리 셉톤이 독실한 분인 것을 행운으로 여겨라. 따라와. 시간을 오래 끌지 않는다면 고맙겠군."

그가 성큼성큼 연무장을 가로지르자, 덩크가 황급히 그의 뒤를 따랐다.

성내 셉트는 문이 열려 있었고, 신도들이 나오며 계단을 내려오고 있었다. 기사들과 종자들, 십여 명의 아이, 몇몇 노인, 하얀 예복과 후드를 걸친 셉타 셋…… 그리고 그들 사이로 옷자락이 땅에 질질 끌릴 정도로 기장이 길고 미르산 레이스가 달린 군청색 다마스크 가운을 걸친 통통한 귀부인이 보였다. 얼핏 보니 나이는 마흔 정도 된 것 같았다. 은사로 짠 미사포 아래로 둥글게 뭉쳐 올린 적갈색 머리가 보였는데, 그보다 더 빨간 것은 그녀의 얼굴이었다.

"부인." 그녀와 셉타들 앞에 도착한 루카스 경이 입을 열었다.

"이 떠돌이기사가 유스테이스 오스그레이 경의 전언을 가져왔다고 합니다. 친히 들으시겠습니까?"

"그대가 바란다면, 루카스 경."

자신을 뚫어지라 쳐다보는 그녀의 시선이 부담스러워진 덩크는 에그의 주술 이야기를 떠올렸다. '하지만 이 여자는 미모를 유지하려고 피로 목욕하는 것 같지는 않네.' 과부는 뚱뚱하고 땅딸막했으며, 한쪽으로 뾰족하게 튀어나온 두상은 머리카락으로도 가리지 못했다. 코는 너무 컸고 입은 너무 작았다. 그나마 눈은 두 개 다 있어서 덩크는 안도했지만, 멋진 찬사로 환심을 얻는다는 생각 따위는 이미 머릿속에서 사라진 지 오래였다.

"유스테이스 경께서는 최근 부인의 둑에서 벌어진 사고에 관해 상의하고자 절 보내셨습니다."

그녀가 눈을 깜박거렸다.

"둑……이라고요?"

어느덧 그들 주변으로 사람들이 모여들기 시작했고, 덩크는 자기를 노려보는 적대적인 시선을 느꼈다.

"시내 말입니다." 그가 대답했다.

"체키워터. 부인께서 둑을 쌓아 물길을 막아 버린."

"아, 난 분명히 그런 짓을 한 적이 없어요. 아침 내내 예배를 보고 있었답니다, 기사님."

덩크는 루카스 경이 킬킬거리는 소리를 들었다.

"부인께서 직접 둑을 쌓으셨다는 말씀이 아니라, 단지…… 그 물 없이는 저희 농작물이 전부 말라 죽을 것입니다……. 소작농들이 밭에서 기르는 콩과 보리, 멜론도……."

"정말이에요? 난 멜론을 매우 좋아하는데. 어떤 멜론인가요?"

그녀가 슬쩍 입꼬리를 올리며 작게 미소 지었다.

덩크는 주위를 에워싼 사람들의 얼굴을 불안하게 바라보며 얼굴이 달아오르는 것을 느꼈다. '뭔가 잘못되었어. 롱인치가 날 골탕 먹이고 있는 거다.'

"부인, 어딘가 좀 더…… 조용한 곳에서 대화를 계속하지 않으시겠습니까?"

"저 덩치 큰 얼간이가 말하는 조용한 곳이 **침대**라는 것에 내 은화 한 닢을 걸지!"

누군가 농담하며 외치자 둘러싼 사람들이 폭소를 터뜨렸다. 겁에 질린 귀부인이 양손으로 얼굴을 가리며 뒷걸음질 쳤다. 셉타 중 한 명이 재빨리 옆으로 다가가 팔로 그녀의 어깨를 감쌌다.

"뭐가 그렇게도 재미있는가?"

웃음소리를 가르며 엄숙하고 냉랭한 목소리가 물었다.

"누가 내게도 가르쳐 주지 않겠는가? 이봐, 기사, 무슨 연유로 내 사돈 언니를 괴롭히는 것인가?"

아까 화살을 쏘던 소녀였다. 한쪽 옆구리에 화살 통을 달았고 손에는 그녀의 작은 키만큼이나 기다란 장궁을 들고 있었다. 덩크의 키가 7피트에서 1인치 부족하다면, 궁수 소녀는 5피트에서 1인치가 부족한 듯했다. 그녀의 허리는 덩크가 두 손으로 다 감쌀 수 있을 만큼 가날팠다. 땋아 내린 붉은 머리는 허벅지에 닿을 정도로 길었고, 얼굴에는 보조개가 있고 코는 앙증맞았으며 옅은 주근깨가 뺨을 덮었다.

"죄송합니다, 로한 영주님."

입을 연 사람은 카스웰 가문의 켄타우로스를 수놓은 더블릿을 걸친 잘생긴 젊은 귀족이었다.

"이 덩치 큰 얼간이가 헬리센트 아씨를 영주님으로 착각하잖습니까."

덩크는 두 여인을 번갈아 쳐다보다가 엉겁결에 외쳤다.

"당신이 붉은 과부라고? 하지만 당신은 너무……."

"어리다고?" 소녀는 함께 활을 쏘았던 키 큰 청년에게 장궁을 던졌다.

"난 스물다섯 살이야. 혹시 **작은데**라고 말하려 한 건 아닌가?"

"……아름답습니다. **아름답습니다**라고 말하려 했습니다."

어디서 그 말이 튀어나왔는지 몰랐지만, 덩크는 그래도 다행이라고 생각했다. 소녀의 코와 딸기 색 금발 머리 그리고 가죽조끼 아래로 작지만 보기 좋은 모양의 윤곽을 드러낸 젖가슴까지 전부 마음에 들었다.

"전 영주님이…… 그러니까…… 네 번이나 남편과 사별하셨다는 소리를 들어서……."

"내 첫 남편은 내가 열 살이었을 때 죽었어. 아버지의 종자였는데 열두 살 때 레드그라스 벌판에서 말에 밟혀 죽었지. 안타깝지만 내 남편들은 내 곁에 오래 머물지 않더군. 마지막 남편은 봄에 죽었고."

'봄에 죽었다.' 2년 전 봄의 대역병이 창궐했을 때 죽은 사람들을 입에 담을 때 하는 말이었다. 그 봄에 수만 명이 죽었고, 그들 중에는 현명했던 늙은 왕과 미래를 촉망받던 두 젊은 왕자도 포함되었다.

"저…… 조의를 표합니다, 부인."

'멋진 찬사 말이야, 이 멍텅구리야. 멋진 찬사를 건네라고.'

"제가 드리고 싶은 말은…… 당신의 가운이……."

"가운이라니?"

그녀는 자신이 입은 헐렁한 아마포 튜닉과 가죽조끼, 바지와 장화를 굽어보았다.

"가운을 입고 있지 않은데."

"아니, 영주님의 머리카락이…… 보드랍고……."

"그걸 네가 어떻게 알지, 기사? 네가 내 머리를 만진 적이 있다면 나도 기억할 터인데."

덩크가 어쩔 줄 몰라 하며 말했다.

"보드라운 게 아니라 빨갛다는 말씀입니다. 영주님의 머리카락은 아주 빨갛군요."

"**아주** 빨갛다고? 저런, 네 얼굴만큼 빨갛지는 않으면 한데."

그녀가 웃음을 터뜨리자 구경꾼들도 덩달아 폭소를 터뜨렸다.

다만 롱인치를 제외하고. 그가 끼어들며 말했다.

"영주님, 이 사내는 스탠드패스트의 용병 중 한 명입니다. 갈색 방패의 베니스가 둑의 인부들을 공격하고 월머의 얼굴에 칼질했을 때 같이 있었던 놈이지요. 오스그레이 늙은이가 영주님과 교섭하라고 보냈답니다."

"그렇습니다, 영주님. 전 키 큰 던칸이라 합니다."

"우둔한 던칸 경이 더 나을 듯싶군."

레이굿 가문의 세 개의 번개 문장을 단 옷을 입고 수염을 기른 기사가 빈정거렸다. 또다시 껄껄 웃음소리가 터져 나왔다. 어느새 정신을 차린 헬리센트 아씨조차도 작게 쿡쿡 웃을 정도였다.

"콜드모트의 예의는 내 부친께서 돌아가실 때 같이 죽은 것인가?"

소녀가 물었다. '아니, 소녀가 아니다. 성숙한 여성이야.'

"던칸 경이 어떻게 그런 실수를 하게 되었는지 궁금하군."

덩크가 매섭게 인치필드를 노려보았다.

"그건 제 실수였습니다."

"그랬나?"

붉은 과부는 덩크를 발끝에서 머리까지 쭉 훑어보았다. 그녀의 시선이 가장 오래 머무른 곳은 그의 가슴팍이었다.

"나무와 별똥별이라. 이런 문장은 한 번도 본 적이 없는데."

그녀가 덩크의 튜닉에 손을 대고 두 손가락으로 옷에 그려진 느릅나무 가지를 쓰다듬었다.

"그리고 기워 넣은 게 아니라 그림이네. 도르네에서 비단옷에 그림을 그려 넣는다는 말은 들어 보았지만, 넌 도르네인으로 보기에는 너무 키가 큰데."

"도르네 사람들이 모두 작은 것만은 아닙니다, 영주님."

덩크는 비단 너머로 그녀의 손가락을 느꼈다. 손에도 주근깨가 나 있었다. '아마 온몸에 주근깨가 가득할 거야.' 이상하게도 입안이 까칠했다.

"도르네에서 1년 동안 지낸 적이 있습니다."

"그곳의 떡갈나무들은 전부 크게 자라나?"

덩크의 심장이 자리한 부위에 그려진 나뭇가지를 따라 쓰다듬으며 그녀가 물었다.

"느릅나무입니다만."

"기억하겠다."

그녀가 진지한 표정으로 손을 떼고 말했다.

"여긴 대화를 나누기에는 먼지도 많고 너무 뜨겁군. 셉톤, 던칸 경을 접견실로 안내해요."

"기꺼이 이행하겠습니다, 사돈 누이."

"손님이 아마 갈증을 느끼고 있을 테니, 포도주도 한 병 준비하도록 하고."

"그리해야만 합니까? 뭐, 바라신다면 어쩔 수 없지만."

뚱뚱한 셉톤이 신이 난 얼굴로 대답했다.

"먼저 옷부터 갈아입고 다시 이야기하도록 하지요."

그녀가 혁대와 화살 통을 풀어 옆에 있던 사람에게 건넸다.

"마에스터 세릭도 부르기를. 루카스 경, 그에게 가서 참석하라고 전하시오."

"즉시 데려가겠습니다, 영주님." 루카스 롱인치가 대답했다.

자신의 성주를 보는 그녀의 눈길은 냉랭했다.

"그럴 필요는 없소. 이미 그대가 성안에서 하는 일이 얼마나 많은지 알고 있으니. 마에스터 세릭을 내 방으로 보내는 것만으로 충분하오."

"영주님!" 덩크가 떠나는 그녀에게 소리쳤다.

"제 종자가 성문 앞에서 기다리고 있습니다. 그 아이도 불러도 괜찮겠습니까?"

"종자?"

미소를 짓는 그녀의 모습은 스물다섯 살의 여인이 아닌 열다섯 살 소녀

와 같았다. '웃음과 장난기로 가득한 예쁜 소녀.'

"물론, 원한다면 그리하도록."

*　*　*

"포도주는 마시지 마세요, 기사님."

접견실에서 셉톤과 함께 영주를 기다릴 때 에그가 덩크에게 속삭였다. 돌바닥은 향긋한 냄새를 풍기는 짚이 깔려 있었고, 벽에는 마상 대회와 전쟁 장면을 묘사한 태피스트리들이 걸려 있었다.

덩크는 코웃음을 쳤다.

"그녀는 날 독살할 필요가 없어."

그도 속삭이며 대답했다.

"날 머릿속에 완두콩 죽만 가득 든 덩치 큰 얼간이로 알고 있으니까 말이야."

"그런데 말이오, 내 사돈 누이는 완두콩 죽을 좋아한다오."

그때 물병과 포도주가 담긴 술병 그리고 잔 세 개를 들고 나타난 셉톤 세프톤이 말했다.

"네, 네, 다 들었소이다. 난 뚱뚱하지 귀가 먹은 건 아니니까."

셉톤이 잔 두 개에는 술을, 남은 잔에는 물을 따랐다. 그가 에그에게 물잔을 건넸지만, 에그는 한참 동안 의심 어린 눈빛으로 잔을 바라보더니 그냥 옆에다 내려놓았다. 셉톤은 개의치 않고 덩크에게 말했다.

"이건 아보르산 명주라오. 맛도 일품이고, 또 독에서 나는 특유의 짜릿한 풍미도 있지. 직접 포도를 만지는 일은 거의 없지만, 그런 이야기를 들었다오."

그가 에그를 향해 장난스레 눈짓하며 덩크에게 술잔을 건넸다.

포도주는 달콤하고 색깔도 좋았지만, 덩크는 셉톤이 꿀꺽꿀꺽 세 번 만에 술잔의 반이나 비우고 입맛을 다시는 모습을 보고 난 다음에야 조금씩 들이켰다. 에그는 팔짱을 끼고 계속 물 잔을 무시했다.

"영주님이 완두콩 죽을 좋아한다는 말은 사실이오." 셉톤이 말했다.

"그리고 그대도 마음에 든 것 같더군, 기사. 난 사돈 누이를 잘 안다오. 처음 연무장에서 그대를 보았을 때, 당신이 킹스랜딩에서 그녀에게 청혼하러 온 구혼자였으면 하고 바란 마음도 조금 없지 않았지."

덩크가 눈살을 찌푸렸다.

"내가 킹스랜딩 출신인지 어떻게 아셨습니까, 셉톤?"

"킹스랜딩 사람들은 특유의 억양이 있으니."

셉톤은 술을 한 모금 들이켜고 입안에서 잠시 굴리다가 꿀꺽 삼킨 뒤 만족스러운 듯 작게 탄성을 질렀다.

"바엘로의 그레이트 셉트에서 하이셉톤을 모시면서 몇 년 지낸 적이 있다오."

그가 한숨을 쉬고 말을 계속했다.

"봄 이후 도시가 너무 바뀌어 이젠 아마 못 알아볼 것이오. 화재 때문이지. 민가의 4분의 1이 사라졌고, 남은 4분의 1은 텅텅 비었다오. 쥐들조차 사라졌고. 사실 그것이 가장 이상했소. 쥐가 한 마리도 없는 도시를 보리라고는 상상도 하지 못했으니까."

덩크도 그런 소문을 들은 적이 있었다.

"봄의 대역병이 창궐할 때 그곳에 계셨습니까?"

"오, 물론이지. 정말 참혹했다오, 기사, 정말 참혹했어. 아침에 아무 탈 없이 일어난 건장한 사람들이 저녁 무렵에는 싸늘한 시체가 되어 버렸지. 사람들이 너무 빨리 죽는 바람에 시신을 묻을 시간조차 없었어. 그래서 결국 시체를 전부 드래곤피트(용구덩이) 안에 던져 넣었고, 시체가 쌓여 구덩이의 깊이가 열 걸음에 이르자 리버스 공이 화염술사들에게 모두 태워 버리라는 명령을 내렸다오. 옛적 그 둥근 지붕 아래 드래곤들이 똬리를 틀던 시절 이후 처음으로, 창문 틈으로 활활 타오르는 불빛이 새어 나왔지. 밤이 되면 도시 어느 곳에서도 은은한 녹색으로 타오르는 와일드파이어의 불빛을 볼 수가 있었소. 덕분에 난 지금도 초록색을 보면 악몽에 시달린다오. 사람들은 '봄'이 라니스포트에 가혹했고 올드타운에선 더 심했다고들 하지만, 킹스랜딩에서는 열 명 중 네 명이 죽었다오. 남녀노소, 빈부와 지위의 고하를 막론하고 다 죽어 나갔지. 사람 좋던 하이셉톤도, 지상에서 신들의 목소리를 전한다는 그분마저도 예외는 아니었고, 고위 신관단의 3분의 1과 침묵의 수녀(The Silent Sisters) 거의 전원 역시 죽음을 피하지 못했다오. 다에론 국왕 전하, 상냥한 마타리스와 용감한 발라르 왕자, 핸드 각하…… 정말 처참한, 처참한 시절이었소. 오죽하면 왕성의 시민들이 견디다 못해 이방인의 신(Stranger)에게 기도를 했을까."

그가 다시 술잔을 기울였다.

"그때 그대는 어디에 있었소, 기사?"

"도르네에 있었습니다." 덩크가 대답했다.

"다행이었군. 어머니 신께 감사를 드려야 할 것이오."

봄의 대역병은 도르네까지 퍼지지 않았는데, 아마 역병을 피한 배일의 아린 가문처럼 국경과 항구를 봉쇄했기 때문이었을 것이다.

"이런 비참한 죽음의 이야기는 술맛을 떨어뜨리기에 딱 좋지만, 지금 우리가 사는 이 시대는 즐거운 일이 별로 없잖소. 우리가 그렇게 기도를 올려도 이 지독한 가뭄은 멈출 낌새가 안 보이고, 덕분에 킹스우드 숲은 바싹 말라 버려 밤낮으로 타오르고 있다오. 비터스틸과 다에몬 블랙파이어의 아들들은 티로시에서 음모를 꾸미고, 다곤 그레이조이의 크라켄들은 늑대 무리처럼 선셋 해(Sunset Sea)를 어슬렁거리며 먼 남쪽의 아보르까지 습격한다 하오. 이미 페어 섬(Fair Isle)을 약탈하고 여자도 백 명이나 납치해 갔다더군. 파만 공이 뒤늦게 방어 시설을 구축하고 있다고는 하지만, 그건 마치 나만큼이나 배가 부른 딸에게 정조대를 채우는 짓과 다를 바가 없다고 생각되오. 한편 트라이덴트에서는 브락켄 공이 천천히 죽어가는 중인데, 그의 장남이 봄에 죽었으니 그건 오토 경이 가문을 계승한다는 뜻이오. 블랙우드 가문은 절대 브락켄의 야수를 이웃으로 용납하지 않을 테니 반드시 전쟁이 일어나겠지.”

덩크도 블랙우드와 브락켄 가문의 해묵은 원한에 관해 알고 있었다.

“그들의 대영주가 화해를 강요하지 않겠습니까?”

“안타깝게도 툴리 공은 치마폭에 휩싸인 여덟 살 소년이라오. 리버룬은 거의 관여하지 않을 것이고, 아에리스 왕은 더욱 도움이 안 되겠지. 국왕 전하는 어떤 마에스터가 이 일을 책에 써서 남기지 않는 한 알지도 못하고 넘어갈 것이오. 리버스 공이 힘을 써서 브락켄 가문의 인물이 왕을 접견하는 것을 막을 테니까. 핸드 각하는 블랙우드 가문의 피가 흐르니, 그가 어떤 행동을 취한다면 그건 오로지 그의 사촌들이 ‘야수’를 처리할 때 도움을 주기 위해서일 것이오. 어머니 신께서 리버스 공이 태어난 날 표식을 남기셨고, 이후 비터스틸이 레드그라스 벌판에서 또 다른 표식을 남겼다오.”

덩크는 셉톤이 블러드레이븐에 대해 말하는 것임을 알고 있었다. 핸드의 본명은 브린덴 리버스였고, 모친은 블랙우드 가의 영애, 부친은 전전왕 아에곤 4세였다.

뚱뚱한 남자는 포도주를 들이켜고 계속 말을 늘어놓았다.

“아에리스 왕에 대해 말하자면, 전하는 영주들의 사안이나 법의 집행보다는 고문서와 해묵은 예언 따위에 더 관심이 많으시다오. 후계자를 만드는 것조차도 귀찮아한다더군. 아엘리노르 왕비가 매일 그레이트 셉트에서 하늘에 계신 어머니께 아기를 내려 달라고 기도하지만, 여태 처녀로 남아 있다오. 아에리스는 독방을 쓴다 하고, 여자와 동침할 바에는 차라리 책을 끼고 잘 것이라는 말까지 돈다오."

그가 다시 잔에 술을 따랐다.

"분명한 것은, 우릴 지배하는 건 리버스 공과 그의 주술과 첩자들이고, 그를 견제할 인물이 없다는 것이오. 형한테 불만을 품은 마에카르 왕제는 삐쳐서 서머홀에 처박혀 있소. 라에겔 왕제는 너무 유순한 데다 제정신이 아니고, 그의 아이들은…… 말 그대로 아직 어린아이들일 뿐. 리버스 공의 친구들과 심복들이 모든 요직을 차지하고 있고 소의회 의원들은 모두 그에게 아첨하는 것에 급급하며, 새로 들어선 그랜드 마에스터는 핸드 못지않게 주술에 깊이 빠져 있다오. 더구나 큰까마귀의 이빨들이 레드킵의 경비를 맡은 바람에 아무도 핸드의 허락 없이는 왕을 만날 수가 없다는구려."

덩크가 불안해하며 자리에서 몸을 뒤척였다. '블러드레이븐 공은 눈이 몇 개나 있을까? 천 개하고도 하나 더 있다지.' 그는 왕의 핸드에게 귀 또한 천 개하고도 하나가 더 있지 않기를 빌었다. 셉톤 세프톤이 하는 말 중에는 반역적인 것처럼 들리는 언사가 꽤 섞였기 때문이다. 에그가 이런 이야기를 어떻게 받아들이는지 슬쩍 쳐다보았더니, 소년은 입을 열지 않으려 안간힘을 다해 참고 있었다.

셉톤이 자리에서 일어났다.

"내 사돈 누이가 오려면 좀 더 있어야 할 거요. 귀부인이면 다들 그러하듯, 그녀도 처음 입어 본 드레스 열 벌이 마음에 들지 않을 것이니 말이오. 술 더 하지 않겠소?"

그는 덩크의 대답을 기다리지 않고 다시 두 잔에 술을 따랐다.

"제가 잘못 알아본 숙녀분은……."

덩크가 화두를 돌리고 싶은 마음에 급히 물었다.

"당신의 누이입니까?"

"우리 모두 세븐의 자식이긴 하나…… 아니, 전혀 아니오. 헬리센트 아씨는 봄에 죽은 로한 영주님의 넷째 남편, 롤랜드 우퍼링 경의 누이라오. 난 셋째 남편이었던 사이먼 스탠턴 경의 동생인데, 내 형은 재수 없게도 닭 뼈가 목에 걸려 죽고 말았소. 콜드모트 성은 죽은 자들로 득실거린다고 말할 수도 있겠군. 남편들은 차례로 죽어 나가는데, 그들의 유족은 끈질기게 살아남아 비단과 벨벳으로 치장한 피둥피둥한 메뚜기 떼처럼 영주님의 포도주를 마시고 음식을 먹어 치우고 있지."

그가 입가를 닦았다.

"그럼에도 영주님은 반드시 이른 시일 안에 재혼하셔야 한다오."

"반드시?" 덩크가 물었다.

"그녀의 부친이 남긴 유언 때문이오. 와이만 공은 가문의 대를 이을 손자를 원했거든. 그는 병상에 들자 죽기 전에 딸을 든든한 사위에게 맡길 생각에 롱인치와 혼인시키려고 했지만, 로한이 거부했소. 그러자 영주님은 복수를 유언장에 남겼다지. 만약 부친이 죽은 지 두 해가 지난 다음에도 그녀가 다시 혼인하지 않는다면, 콜드모트 성과 딸린 영지는 전부 그녀의 사촌인 웬델에게 상속된다오. 아마 그대도 웬델을 연무장에서 보았을 것이오. 땅딸막하고 목에 혹이 달린 사내인데, 지독한 방귀쟁이라오. 하지만 방귀라면 나도 만만치 않으니 남에게 뭐라 말을 할 처지는 아니지만. 뭐, 그건 그렇다 치고. 어쨌든 웬델 경이 욕심 많고 멍청한 인물이긴 하나, 그의 아내가 하필 로완 공의 여동생이고 임신도 잘해서 남편이 방귀를 뀌는 횟수만큼이나 자주 새끼를 까 놓는다오. 그 부부의 아들들은 고약함이 아비에 못지않고 딸들은 더욱 지독한 데다, 이젠 하나같이 영지를 차지할 날만을 손꼽아 기다리고 있다오. 로완 공이 직접 유언장을 보증하였으니,

영주님은 이제 한 달 안에 새 남편을 찾아야 하오."

"왜 지금까지 기다리신 겁니까?" 덩크가 의아해하며 물었다.

셉톤은 어깨를 으쓱거렸다.

"실은 청혼자가 거의 없었다오. 내 사돈 누이는 그대도 보았듯이 외모가 딸리는 것도 아니고, 튼튼한 성과 널따란 영지까지 있어서 조건은 매력적이라 할 수 있지. 그러니 아마 명가의 차남들이나 봉토를 얻지 못한 기사들이 파리 떼처럼 영주님에게 달라붙으리라고 생각할 것이오. 그런데 그게 그렇지 않거든. 남편 네 명과 사별했다는 것도 꺼림칙하고, 게다가 아이를 낳지 못한다는 소문도 있으니……. 물론 까마귀 우리 안에 갇히고 싶지 않은 이상 감히 영주님 앞에서 그런 말을 지껄이지는 못하지만 말이오. 사돈 누이는 지금까지 사내아이와 계집아이 한 명씩 모두 두 아이를 낳았지만, 둘 다 한 살이 채 되기 전에 죽었소. 그리고 독살이나 주술 따위의 허튼 소문을 믿지 않는 구혼자들은 롱인치한테 기겁한다오. 와이만 공은 임종 전에 롱인치에게 자격 없는 구혼자들로부터 딸을 보호하라는 유지를 남겼는데, 롱인치는 그 말을 **모든** 구혼자로 해석하는 것 같더군. 누구든 영주님과 혼인하고자 하는 남자는 우선 롱인치의 검을 넘어야 한다오."

그는 술잔을 비우고는 옆에 내려놓았다.

"하지만 지금껏 구혼자가 단 한 명도 없었다는 말은 아니오. 클레이턴 카스웰과 사이먼 레이굿이 가장 끈질긴데, 다만 그들은 영주님보다는 그녀의 땅에 더 관심이 있는 것 같더군. 내가 도박꾼이었다면, 난 제롤드 라니스터에게 돈을 걸 것이오. 아직 성을 찾아오지는 않았지만, 금발 미남에 재치도 뛰어나고, 키도 6피트가 넘는다고 하며……."

"그리고 웨버 부인이 그가 보낸 편지에 마음을 빼앗겼다는 소문도 있지요."

입방아의 주인공이 커다란 매부리코에 얼굴이 못생긴 젊은 마에스터와 함께 문가에 서 있었다.

"돈을 걸었다면 잃었을 거예요, 사돈 오라버니. 제롤드는 결코 보잘것없는 영지를 하나 얻으려고 라니스포트의 쾌락과 캐스틀리 록의 화려함을 스스로 버리지는 않을 거니까. 이미 티볼트 공의 동생이면서 참모의 신분으로서, 내 남편으로서 누릴 수 있는 것과는 비교도 할 수 없는 권력을 누리고 있답니다. 그리고 다른 이들을 말하자면, 사이먼 경은 내 영지의 절반을 팔아 치워야 간신히 갚을 수 있는 빚이 있고, 클레이턴 경은 롱인치가 그를 향해 눈길을 돌릴 때마다 온몸을 사시나무 떨듯 떨지요. 게다가 나보다 더 예쁘장하기까지 해요. 그리고 셉톤, 당신은 웨스테로스에서 가장 입이 크고 헤픈 사람입니다."

"배가 큰 만큼 입도 커야 하잖습니까. 안 그러면 배가 금방 작아질 터이니."

셉톤 세프톤이 부끄러운 기색 하나 없이 태연하게 대답했다.

"당신이 붉은 과부예요? 저랑 키가 거의 비슷하네요!"

에그가 놀라워하며 물었다.

"반년 전에도 너랑 똑같은 말을 한 다른 꼬마가 있었지. 그래서 그 애의 키를 늘려 주려고 고문대에 보냈단다."

단상의 상좌에 앉은 로한 여영주가 땋은 머리를 왼쪽 어깨 앞으로 넘겼다. 땋은 머리는 너무 긴 나머지 그녀의 무릎 위에 돌돌 말아 놓았는데, 그 모습이 마치 잠든 고양이 같았다.

"던칸 경, 연무장에서 예의를 지키려고 그렇게 애쓰던 그대를 놀린 건 미안하다. 다만 얼굴이 너무 빨개져서 장난기가 돈는 바람에 그만……. 그대가 그렇게 크게 자라난 마을에는 놀리던 여자아이가 하나도 없었는가?"

"그 마을은 킹스랜딩이었습니다."

플리바톰은 일부러 언급하지 않았다.

"여자아이들이 있기는 했습니다만……."

플리바톰에서 누가 놀림을 당할 때는 이따금 당하는 사람의 발가락이 잘려 나가기도 했다.

"아마 그대가 무서워서 놀리지 않았으리라 생각한다."

로한 여영주가 땋은 머리를 쓰다듬었다.

"분명 그 엄청난 덩치에 겁을 먹었을 거야. 부탁인데 헬리센트 아씨를 나쁘게 생각하지 마라. 내 사돈 언니는 단순하지만 악의는 전혀 없는 사람이니. 신앙심은 깊지만 셉타 없이는 옷도 혼자 입지 못하는 사람이야."

"그분의 잘못이 아니었습니다. 그냥 제 실수였지요."

"거짓말도 아주 정중하게 하는군. 이미 루카스 경의 짓인 건 알고 있다. 성품이 냉혹하고 심술궂은 사람이고 널 처음 본 순간부터 마음에 들어하지 않았을 테니까."

"예?" 덩크가 의아해하며 물었다.

"전 그에게 아무런 폐를 끼치지 않았습니다만."

그녀가 미소를 짓자 덩크는 그녀의 외모가 더 평범했기를 바랐다.

"네가 그와 나란히 서 있는 모습을 봤어. 그보다 한 뼘 정도 더 크더군. 루카스 경은 아주 오랫동안 자기가 내려다보지 못하는 사람과 마주한 적이 없지. 나이가 몇인가, 기사?"

"스물 가까이 되었습니다."

실은 한 살이나 두 살 정도 적을 테지만, 덩크는 **스물**이라는 단어의 어감이 좋았다. 그의 정확한 나이는 덩크 본인을 포함해 아무도 아는 사람이 없었다. 그도 다른 이들처럼 부모가 있었을 테지만 그들이 누구였는지, 그들의 이름이 뭔지도 몰랐고, 플리바톰에서도 덩크가 언제 태어났는지, 누구의 자식인지 아무도 신경 쓰지 않았다.

"넌 보이는 것만큼 강한가?"

"제가 얼마나 강해 보입니까, 영주님?"

"오, 적어도 루카스 경이 짜증을 낼 만큼. 그는 내 성주이긴 하지만, 내가 고른 인물은 아니야. 이 콜드모트 성처럼 그도 아버지가 내게 떠맡긴 유물이지. 넌 전장에서 기사로 서임되었나, 던칸 경? 무례하게 들린다면 미안하지만, 말투로 보아서는 명가의 출신은 아닌 것 같아서 말이야."

'전 시궁창 출신입니다.'

"페니트리의 알란 경이라는 떠돌이기사께서 어린 저를 종자로 받아 주셨습니다. 제게 기사도와 전투술을 가르쳐 주신 스승님이시지요."

"그럼 그 알란 경이 널 기사로 서임했나?"

던크는 발을 이리저리 움직이며 뭉그적거렸다. 한쪽 장화 끈이 거의 풀려 있었다.

"달리 해 줄 사람이 없었습니다."

"알란 경은 지금 어디에 있는가?"

"돌아가셨습니다."

던크가 고개를 들었다. 장화 끈은 나중에 묶어도 되었다.

"제가 어느 언덕에 묻어 드렸습니다."

"전투 중에 용감히 전사하였나?"

"어느 날 비를 맞고 감기에 걸리셨습니다."

"노인들은 몸이 약하지. 나도 잘 알아. 내 둘째 남편이 그러했으니까. 우리가 혼인했을 때 난 열세 살이었어. 그는 만약 다음 생일까지 살았더라면 쉰다섯이 되었을 테고. 그를 땅에 묻은 지 반년 후에 그의 아들을 낳았지만, 그 아이도 이방인의 신께서 와서 데려갔지. 셉톤들은 아비가 함께 있고 싶어서 자식을 데려갔다고 말하더군. 네 생각은 어떤가?"

"글쎄요. 그럴지도 모르겠습니다." 던크가 머뭇거리다가 대답했다.

"헛소리다. 그저 너무 허약하게 태어난 아이였을 뿐. 몸도 작고 젖을 빠는 것조차도 힘겨워했으니. 하지만 신들은 그 애의 아비에게 55년이라는 시간을 주었어. 그러니 그의 아들에게 사흘보다는 좀 더 긴 시간을 허락해도 괜찮지 않았을까 하는 생각이 든다."

"옳으신 말씀입니다."

덩크는 신들에 대해 거의 아는 것이 없었다. 가끔 셉트에 가서 전사의 신에게 힘을 내려 달라고 기도하는 것 외에는 세븐과 무관하게 살아왔다.

"네 스승이었던 알란 경이 죽은 건 유감이야. 그리고 지금 유스테이스 경을 섬긴다는 사실은 더욱 유감스럽고. 노인들이 모두 같은 건 아니다, 던칸 경. 지금이라도 페니트리로 귀향하는 게 너한테도 좋을 거야."

"전 검을 맹세한 곳 외에 집이라 부를 곳이 없습니다."

덩크는 한 번도 페니트리에 가 본 적이 없었고, 그곳이 리치 지역에 있는 마을인지도 알지 못했다.

"그럼 여기에서 다시 맹세하도록 해. 지금은 어수선하고 불안정한 시절이라 난 기사가 더 필요하다. 보아하니 상당히 먹성이 좋아 보이는 것 같군, 던칸 경. 언제까지 닭에만 만족할 건가? 콜드모트에서는 따뜻한 살코기와 달콤한 과일 파이를 양껏 먹을 수 있어. 네 종자도 더 잘 먹어야 할 것처럼 보이고. 야위다 못해 머리카락이 전부 빠져 버렸잖아. 여기서는 비슷한 또래의 소년들과 같은 방에서 함께 지낼 수 있으니 아이한테도 좋을 거야. 내 훈련대장에게서 모든 필요한 전투술을 배울 수도 있을 테고."

"그건 제가 이미 가르치고 있습니다만." 덩크가 변명하듯 말했다.

"너 말고 또 누가 있지? 베니스? 오스그레이 노인? 닭들?"

어떤 날은 덩크가 에그에게 닭들을 쫓아다니라고 시킨 적이 있긴 했다. '녀석의 순발력을 키우는 데 도움이 되니까.'라고 생각했지만, 그 생각을 입 밖에 낸다면 비웃음만 당할 것이라는 사실을 덩크는 알고 있었다. 게다가 그녀의 앙증맞은 코와 주근깨 때문에 정신을 집중할 수 없었다. 덩크는 유스테이스 경이 자기를 이곳으로 보낸 이유를 애써 떠올렸다.

"전 이미 주군이신 오스그레이 경께 검을 맹세했습니다, 영주님. 그건 변할 수 없는 현실입니다."

"어쩔 수 없군, 기사. 그럼 이제 덜 유쾌한 이야기를 시작해 보지."

로한 여영주가 땋은 머리를 잡아당겼다.

"우린 콜드모트나 영지민들에 대한 공격을 용납하지 않는다. 그러니 내가 왜 널 자루 안에 처넣지 말아야 하는지 해명해 보도록."

"전 교섭을 하러 왔고, 영주님의 술을 마셨습니다."

덩크가 그녀에게 상기시켜 주었다. 아직도 진하고 달콤한 향취가 입안에 감돌았고, 중독의 조짐도 나타나지 않았다. 오히려 술기운 때문에 대담해진 것인지도 모를 일이다.

"그리고 저를 집어넣을 만한 큰 자루도 없을 겁니다."

다행스럽게도 덩크가 써먹은 에그의 농담을 듣고 그녀가 미소 지었다.

"하지만 베니스를 넣을 만한 크기의 자루는 여러 개 있어. 마에스터 세릭은 월머의 얼굴이 거의 뼈가 드러나 보일 정도로 베였다고 했다."

"그건 베니스 경이 화를 참지 못해서 벌어진 일입니다, 영주님. 유스테이스 경이 저를 보내신 건 바로 혈채를 갚기 위함입니다."

"혈채라고?" 그녀가 웃음을 터뜨렸다.

"그가 노인임은 알고 있었지만, 그걸 기억할 정도로 늙었는지는 미처 몰랐군. 그는 우리가 아직도 사람 목숨을 은화 한 자루 정도의 가치로밖에 보지 않았던 영웅시대(The Age of Heroes)에 살고 있다고 생각하는 건가?"

"그 인부는 살해당하지 않았습니다, 영주님. 아무도 죽지 않았습니다. 단지 그의 얼굴을 벤 것뿐 아닙니까."

덩크가 지적했다.

그녀의 손가락이 하릴없이 땋은 머리를 쓰다듬었다.

"그래서 유스테이스 경은 월머의 뺨의 가치를 얼마로 책정하였는데?"

"수사슴 은화 한 닢입니다. 그리고 영주님께는 따로 은화 세 닢을 드리려고 합니다."

"유스테이스 경은 나의 체면을 정말 싸구려로 여기는가 보는군. 그나마 닭 세 마리보다는 은화 세 닢이 낫지만. 하지만 베니스를 보내 처벌을 받게 하는 것이 더 좋을 거다."

"처벌이라시면 아까 말씀하신 자루와 연관이 있습니까?"

"글쎄." 그녀가 땋은 머리를 한 손에 둘둘 말았다.

"오스그레이의 은화 따위는 필요 없어. 오직 피만이 피 값을 치를 수 있다."

"그렇군요. 영주님의 말씀대로일지도 모르겠습니다만, 베니스에게 얼굴을 베인 그 인부를 불러서 수사슴 은화 한 닢과 베니스를 자루 속에 집어넣는 것 중 무엇을 더 원하는지 직접 물어보는 것은 어떠십니까?"

"아, 둘 다 가질 수 없다면 그는 물론 은화를 고르겠지. 그건 나도 의심치 않아, 기사. 그러나 선택은 그가 하는 것이 아니야. 이건 단순히 한 영지민의 뺨에 관한 문제가 아니라 사자와 거미 사이의 일이니까. 내가 원하는 건 베니스고, 받아야 할 것도 베니스다. 그 누구도 감히 내 영지에 마음대로 말을 타고 들어와 내 영지민을 해치고 유유하게 도망친 뒤 웃을 수는 없다."

"하지만 영주님께서도 스탠드패스트의 영지에 침입하여 유스테이스 경의 사람을 해친 적이 있지 않으십니까."

덩크가 자기도 모르게 불쑥 말해 버렸다.

"그런 적이 있던가?" 그녀가 다시 땋은 머리를 잡아당겼다.

"혹시 그 양 도둑을 말하는 거라면, 그는 상습범이었어. 난 오스그레이에게 두 번이나 항의했지만 아무런 조처도 하지 않았지. 난 세 번 부탁하지 않아. 그리고 내겐 왕법이 부여한 처형권이 있다."

그 말을 받은 건 에그였다.

"그건 영주님의 영지 내에 국한된 거잖아요. 왕법이 영주들에게 부여한 처형권은 오직 그들의 영지에서만 행사할 수 있는 거예요."

"똑똑한 아이로구나. 그걸 안다면 지주기사들이 대영주의 허가 없이 함부로 누구를 처벌할 수 없다는 것도 알고 있겠지. 유스테이스 경은 로완 공의 소유인 스탠드패스트를 지키고 있는 것일 뿐. 베니스는 왕법을 어기고 남의 피를 흘렸으니 반드시 그에 대한 죗값을 치러야 한단다."

그녀가 덩크를 돌아보았다.

"유스테이스 경이 베니스를 보내면, 난 단지 그의 코를 베는 것으로 이 일을 마무리할 생각이야. 하지만 그를 잡기 위해 내가 직접 움직여야 한다면, 그렇게 간단하게 끝나지 않을 것이다."

덩크는 갑자기 속이 철렁했다.

"그 말씀을 전해 드릴 수는 있지만, 그분은 결코 베니스 경을 보내지 않으실 겁니다."

그가 머뭇거리다가 말을 계속했다.

"문제의 근원은 바로 그 둑입니다. 만약 영주님께서 그것을 허문다는 데 동의하신다면……."

"불가능합니다."

로한 여영주 곁에서 젊은 마에스터가 큰 소리로 반대했다.

"콜드모트는 스탠드패스트의 스무 배가 넘는 영지민을 유지하고 있습니다. 영주님의 밭에서 자라는 밀과 옥수수, 보리가 전부 가뭄 때문에 시들어 가고 있습니다. 과수원도 대여섯 개가 있어서 사과와 살구와 세 품종의 배를 재배하고 있지요. 곧 새끼를 낳을 암소 여러 마리와 검은 코 양

5백여 두 그리고 리치에서 가장 뛰어난 품종의 말도 사육하는 중입니다. 곧 새끼를 낳을 암말이 열 마리가 넘어요."

"유스테이스 경도 양이 있습니다." 덩크가 대답했다.

"밭에서 멜론과 콩, 보리를 재배하고……."

"훔친 물로 해자를 채우고 있잖아요!" 에그가 소리쳤다.

'나도 막 해자를 언급하려고 했단 말이야.' 덩크가 생각했다.

"해자는 콜드모트의 방어에 매우 중요합니다. 요즘처럼 민심이 흉흉한 시기에 로한 영주님께서 전혀 무방비한 상태로 계셔야 한단 말입니까?" 마에스터가 반론했다.

덩크가 천천히 입을 열었다.

"음. 물이 없더라도 해자는 해자입니다. 그리고 영주님은 이미 튼튼한 성벽과 그것을 지킬 충분한 병력이 있지 않으십니까."

"던칸 경, 검은 드래곤이 반기를 들었을 때 난 열 살이었다. 아버지께 위험 속으로 뛰어들지 마시라고, 최소한 내 남편만은 남겨 두고 가시라고 애원했지. 날 지켜 줄 두 남자가 모두 떠나 버리면 누가 날 지켜 주겠느냐고 말하면서. 그랬더니 아버지는 날 데리고 성벽 위로 올라가서 콜드모트 성의 주요 시설을 하나하나 가리키면서, '저것들을 굳건히 하여라. 그럼 저것들이 널 지켜 줄 것이다. 항상 잘 방비한다면 누구도 널 해치지 못할 게야.'라고 말씀하셨어. 그리고 아버지가 가장 먼저 가리키신 곳이 바로 해자였다."

로한 여영주가 대답하며 땋은 머리의 끝 부분으로 자기 뺨을 쓰다듬었다.

"내 첫 남편은 레드그라스 벌판에서 전사했어. 아버지께서 다른 남편들을 찾아 주셨지만, 그들도 이방인의 신께서 모두 데려갔지. 남자가 **세상에 얼마나 많이 있든 간에**, 이제 난 남자를 믿지 않아. 오직 돌과 강철과 물을 믿을 뿐. 난 해자를 믿는다, 기사. 그리고 내 해자에서 물을 빼는 일은 절대 없을 것이다."

"영주님의 부친께서 하신 말씀은 전부 좋고 옳으신 말씀입니다만, 그래도 영주님이 마음대로 오스그레이의 물을 가져갈 권리는 없지 않습니까."

그녀가 땋은 머리를 잡아당겼다.

"유스테이스 경이 그 시내가 자기 것이라고 말했나 보군."

"그것도 천 년 동안. **이름**까지도 체키워터이니, 명백한 사실이지요."

"그래." 그녀가 다시 땋은 머리를 한 번, 두 번, 세 번 잡아당겼다.

"맨더(Mander) 강은 맨덜리(Manderly) 가문이 강변에서 쫓겨난 지 천 년이 지났음에도 아직 같은 이름으로 불리지. 하이가든은 가드너 가문이 불의 들판에서 대가 끊겼어도 여전히 하이가든이고. 캐스틀리 록도 라니스터 사람들로 우글거리지만, 정작 캐스틀리 가문 사람은 한 명도 없어. 세상은 바뀌는 것이다, 기사. 체키워터의 수원(水源)은 말발굽 언덕에 있고, 그곳은 내가 저번에 확인했을 때 온전히 내 영지에 속해 있었다. 시냇물도 마찬가지고. 마에스터 세릭, 그걸 보여 주도록 해요."

마에스터가 단상에서 내려왔다. 덩크보다 그렇게 나이가 많아 보이지는 않았지만, 잿빛 로브를 입고 목에 사슬을 걸친 모습은 나이를 뛰어넘는 진지함과 지혜를 갖춘 분위기를 풍겼다. 그가 손에 들고 있던 낡은 두루마리를 펴고 덩크에게 내밀며 말했다.

"직접 보시지요, 기사."

'멍텅구리 덩크, 성벽처럼 아둔해.' 덩크는 다시 뺨이 달아올랐다. 그는 마에스터한테서 마지못해 받아 든 양피지에 적힌 글을 보며 인상을 찌푸렸다. 단 한 자도 알아볼 수 없었지만, 화려한 서명 밑에 보이는 밀랍 봉인은 그도 아는 타르가르옌 가문의 삼두룡이었다. '왕의 문장이잖아.' 양피지는 국왕의 칙령을 담은 문서였다. 덩크는 머리를 갸우뚱거리며 문서를 읽는 시늉을 했다.

"이 단어는 잘 안 보이네." 잠시 후 그가 중얼거렸다.

"에그, 와서 이것 좀 봐 봐라. 네 눈이 나보다 좋잖아."

소년이 재빨리 그의 곁으로 다가왔다.

"어떤 단어요, 기사님?"

덩크가 가리켰다.

"그거요? 아."

에그가 양피지를 재빨리 읽어 내리고는 덩크의 눈을 보며 슬쩍 고개를 끄덕였다.

'시내는 그녀의 것이야. 증서까지 있잖아.' 덩크는 마치 배를 호되게 언어맞은 듯한 기분이 들었다. '왕의 친서라니.'

"이건…… 어떤 착오가 있었을 겁니다. 제 주군의 아드님들이 왕을 위해 싸우다가 죽었는데, 어찌하여 전하께서 그분의 시내를 빼앗았단 말입니까?"

"다에론 왕이 덜 관대한 인물이었다면, 오스그레이는 머리도 잃었을 거야."

그 말을 듣고 덩크는 잠시 어리둥절했다.

"무슨 말씀이십니까?"

마에스터 세릭이 대답했다.

"영주님의 말씀은, 유스테이스 오스그레이 경은 반란에 가담했던 역적이란 뜻입니다."

"유스테이스 경은 블랙파이어가 왕이 되면 오스그레이 가문이 타르가르옌 왕조한테 빼앗긴 영지와 성들을 돌려받을 수 있으리라는 기대에, 붉은 드래곤이 아닌 검은 드래곤을 선택했다."

로한 여영주가 입을 열었다.

"가장 원했던 건 이 콜드모트 성이었지. 그가 저지른 반역죄의 대가로 아들들이 목숨을 바쳐야 했고, 자식들의 유골을 가지고 돌아온 그가 마지막 남은 딸마저 인질로 왕의 병사들에게 보내자 그의 부인이 스탠드패스트 탑의 꼭대기에서 몸을 던져 자살했다. 유스테이스 경이 그 이야기를 해 주던가?"

그녀가 슬픈 미소를 지었다.

"안 했겠지, 그럴 줄 알았어."

"검은 드래곤이라니……."

'멍텅구리, 넌 반역자에게 검을 맡기고 충성을 맹세한 거야. 넌 반역자의 빵을 먹고 역적의 지붕 아래서 잠을 잤어.'

"영주님." 그가 간신히 입을 열었다.

"검은 드래곤은…… 그건 15년 전의 일입니다. 지금은 지금이고, 가뭄이 극심합니다. 유스테이스 경이 한때 역적이었다 해도, 지금은 꼭 물이 필요합니다."

붉은 과부가 자리에서 일어나 치마를 가다듬었다.

"그렇다면 그는 어서 비가 내리도록 기도를 해야 할 것이다."

그때 덩크는 숲에서 오스그레이가 떠나며 한 말을 떠올렸다.

"만약 그분을 위해서 물을 조금도 허락하지 못하시겠다면, 그분의 아드님을 봐서라도 허락해 주십시오."

"아들?"

"아담. 이곳에서 전대 영주님의 시동과 종자로 지냈던 아담 말입니다."

로한 여영주의 얼굴이 돌처럼 굳어졌다.

"가까이 오너라."

덩크는 그 말에 따를 수밖에 없었다. 단상은 그녀의 키에 1피트를 더했으나, 그래도 덩크가 훨씬 높은 위에서 내려다보는 꼴이었다.

"무릎을 꿇어라." 그녀가 말하자 덩크는 무릎을 꿇었다.

그녀가 온 힘을 다해 덩크의 빰을 때렸다. 그녀는 겉으로 보기보다 훨씬 힘이 셌다. 빰이 불타오르듯 뜨거워지고 입술도 터져 피 맛이 느껴졌지만, 그가 진정으로 상처를 입은 건 아니었다. 순간 덩크는 저 기다랗고 붉은 머리카락을 잡아채 그녀를 자기 무릎 위로 끌어 내리고는 마치 버릇없는 아이를 혼내듯 볼기짝을 찰싹찰싹 때리고 싶다는 생각밖에 들지 않았다. '하지만 그렇게 한다면 영주의 비명을 듣고 기사 스무 명이 문을 박차고 들어와 날 죽이겠지.'

"감히 내 앞에서 **아담**의 이름을 들먹이며 호소를 해? 콜드모트에서 떠나라, 기사. 지금 당장."

분노에 찬 그녀가 씩씩거리며 말했다.

"전 절대 그런 의도가……."

"가, 안 가면 손수 바느질을 하는 한이 있더라도 네가 들어갈 만한 자루를 준비할 테니. 가서 유스테이스 경에게 전해. 내일까지 갈색 방패의 베니스 경을 데려오지 않는다면, 내가 직접 불과 검으로 쳐들어갈 것이라고. 내 말 알아듣겠어? **불과 검으로!**"

셉톤 세프톤이 덩크의 팔을 붙들고는 재빨리 방에서 끌고 나갔다. 에그도 그들의 뒤를 따랐다. 뚱뚱한 셉톤이 계단으로 안내하며 속삭였다.

"그건 아주 현명하지 못한 처사였소, 기사. **아주** 어리석은 짓이었단 말이오. 하필이면 아담 오스그레이를 언급하다니……."

"유스테이스 경은 영주님이 아드님을 좋아했다고 말씀하셨습니다."

"좋아했다고?" 셉톤이 숨을 헐떡이며 말을 이었다.

"그들은 서로 사랑했소. 비록 한두 번의 입맞춤 이상으로 발전하지는 않았지만…… 레드그라스 벌판 이후 그녀가 흘렸던 눈물은 아담을 위한 것이었지 잘 알지도 못한 남편을 위한 것이 아니었다오. 그녀는 아담의 죽음을 유스테이스 경의 탓이라 여기는데, 그럴 만도 하다고 생각하오. 당시 아담은 고작 열두 살밖에 안 된 어린 소년이었으니."

덩크는 상처를 지고 사는 기분을 잘 알았다. 누가 애시포드 초원을 언급할 때마다 덩크는 그의 발을 구하려다 목숨을 잃은 훌륭한 세 명의 남자를 떠올렸고, 그때마다 가슴이 아렸다.

"제가 일부러 영주님의 마음을 아프게 하려 한 것이 아니었다고 전해주십시오. 제가 용서를 빈다고."

"내가 할 수 있는 것은 다 하리다, 기사." 셉톤 세프톤이 말했다.

"하지만 유스테이스 경에게 가능한 한 **빨리** 베니스를 보내라고 전하시오. 아니면 그는 괴롭게 될 거요. 아주 괴롭게."

* * *

콜드모트의 성벽과 탑들이 시야에서 서쪽 뒤로 사라진 다음에야 덩크가 에그를 돌아보며 물었다,

"그 종이에는 뭐라 적혀 있었어?"

"소유권을 인정하는 증서였어요, 기사님. 왕이 와이만 웨버 공에게 내린 것이죠. 지난 반란 진압 때 충성을 바친 대가로 와이만 공과 그의 자손들은 말발굽 언덕에서 시작해서 리피 레이크까지 흐르는 체키워터에 관한 모든 권리를 갖게 되었어요. 또한, 와이만 공과 그의 자손들은 와트의 숲에서 마음껏 붉은 사슴과 멧돼지와 토끼를 사냥할 수 있고, 해마다 나무 스무 그루를 벨 권리가 있다고 적혀 있었죠."

소년이 목청을 가다듬었다.

"하지만 그 권리도 한정된 기한까지만이에요. 만약 유스테이스 경이 남자 후계자를 남기지 않고 죽는다면, 스탠드패스트는 왕가에 귀속되고 웨

버 공의 특권 역시 종료한다고 증서에 쓰여 있었어요."

'그들은 천 년 동안 노스마치의 대장군이었는데.'

"결국 딱 그가 여생을 보낼 탑만 남겨 준 것이었군."

"그의 목도. 전하께선 그의 목숨을 살려 주셨어요. 반역자였는데도."

에그가 덧붙였다.

덩크가 소년을 쳐다보았다.

"너라면 목숨을 빼앗았겠어?"

에그는 잠시 생각에 잠겼다.

"왕궁에 있을 때, 전 가끔 왕의 소의회에서 시중을 들었어요. 의원들이 그 문제로 자주 싸우곤 했죠. 바엘로 백부님은 명예로운 적들에겐 자비를 베푸는 것이 제일 나은 방법이라 하셨어요. 만약 패하더라도 용서를 받을 수 있다고 믿는다면 그들은 칼을 내팽개치고 무릎을 꿇을지도 모르지만, 그런 희망조차 없다면 죽을 때까지 싸워서 더 많은 충신과 무고한 사람을 죽일 거라고 하셨죠. 하지만 블러드레이븐 공은 역적들을 용서하는 처사는 오직 다음에 일어날 반란의 씨앗을 심는 행위일 뿐이라며 반박했어요."

소년의 목소리는 의혹으로 가득했다.

"왜 유스테이스 경은 다에론 전하께 반기를 들었던 걸까요? 그분은 좋은 왕이셨다고 모두 입을 모으잖아요. 도르네를 왕국에 편입시키고 도르네 사람들을 우리의 친구로 만드셨고요."

"그건 유스테이스 경에게 물어봐야 할 거다, 에그."

덩크는 답이 무엇인지 대강 짐작했지만, 소년이 듣고 싶어 할 만한 것은 아니었다. '그는 성문 위에 사자가 새겨진 성을 원했지만, 얻은 건 검은딸기 덤불 속의 무덤들이 전부였어.' 누군가에게 검을 맹세하면 그에게 충성을 바치고 명령에 복종하며 그를 위해 싸우고, 그의 사생활을 캐거나 국왕에 대한 충성심을 의심해서는 안 된다고 하지만…… 그동안 유스테이스 경은 덩크를 우롱해 왔다. '아들들이 왕을 위해 싸우다 죽었다며 날 속였고, 게다가 시내도 자기 것이라고 믿게 했어.'

날이 저물었을 때 그들은 와트의 숲 속에 있었다.

덩크의 실수였다. 원래 왔던 길로 그대로 돌아가면 되었는데, 둑을 한번 더 볼 생각에 말 머리를 북쪽으로 돌린 게 탈이었다. 실은 맨손으로 둑을 무너뜨릴 생각도 아주 없지 않았다. 하지만 세븐과 루카스 롱인치 경은 그렇게 호락호락하지 않았다. 둑에 다다르니 거미 문장을 조끼에 기워 넣은 십자궁병 두 명이 지키고 있었고, 그중 한 명은 그들이 훔친 강물에 맨발을 담그고 있었다. 단지 그것만으로도 덩크는 기꺼이 놈의 목을 졸라 죽이고 싶은 마음이 들었지만, 병사는 그들의 기척을 듣자마자 재빨리 십자궁을 집어 들었다. 그의 동료는 이미 그보다 더 빠르게 장전을 마치고 겨누는 중이었다. 덩크는 그들을 향해 험악하게 인상을 쓰며 위협하는 것 외에는 아무것도 하지 못했다.

결국 왔던 길을 돌아가는 것 외에는 달리 할 것이 없었다. 덩크는 베니스 경만큼 이 지역을 잘 알지 못했고, 와트의 숲처럼 작은 숲에서 길을 잃는다면 상당히 창피할 것이었다. 그들이 첨벙거리며 시내를 건넜을 때쯤 해는 지평선 위에 낮게 걸렸고 구름 같은 날벌레 떼와 함께 첫 별들이 모습을 드러내고 있었다. 검은색 거목들 사이를 지날 때, 에그가 입을 열었다.

"기사님? 그 뚱뚱한 셉톤이 제 아버지가 삐쳐서 서머홀에 계신다고 했잖아요."

"말은 그냥 바람 소리일 뿐이야."

"아버진 삐치거나 하지 않으세요."

"글쎄다. 또 모르지. **너도** 삐칠 때가 있잖아."

"아니에요, 기사님."

소년이 얼굴을 찡그렸다.

"제가 그러나요?"

"가끔. 자주는 아니야. 그랬다면 내가 지금보다 더 자주 네 귀싸대기를 날렸을 테니까."

"성문 앞에서 제 귀싸대기를 날리셨잖아요."

"그건 제대로 한 게 아니었어. 내가 언젠가 귀싸대기를 제대로 날린다면 너도 알게 될 거다."

"붉은 과부는 **기사님**의 귀싸대기를 정말 제대로 날린 것 같던데요."

덩크가 부어오른 입술로 손가락을 가져갔다.

"그렇게 고소해할 것까진 없잖아."

'하지만 누구도 네 아버지의 귀싸대기를 날린 사람은 없었을 테지. 마에카르 왕제의 성격이 그런 건 아마 그 때문일 거다.'

"왕이 블러드레이븐 공을 핸드로 임명하자, 네 아버지는 소의회에 참여하기를 거부하고 킹스랜딩을 떠나 자신의 영지로 돌아가셨지."

덩크가 에그에게 지적했다.

"그 후로 1년 반 동안 서머홀에서 나오지 않으셨어. 그게 삐친 게 아니라면 도대체 뭐겠어?"

"전 진노하신 상태라고 하겠어요." 에그가 고고한 말투로 선언했다.

"전하께서는 우리 아버지를 핸드로 임명하셨어야 했어요. 아버진 그분의 **동생**이고 바엘로 백부님께서 돌아가신 지금 왕국에서 가장 뛰어난 지휘관이기도 하시잖아요. 블러드레이븐 공은 진짜 영주도 아니고, 공이라는 칭호도 그냥 예의로 부르는 것에 불과해요. 주술사인 데다 태생도 비천하다고요."

"서자이긴 하지만 태생이 비천한 건 아니지."

블러드레이븐이 진짜 영주가 아닐지는 몰라도 양친은 신분이 고귀했다. 그의 모친은 쓸모없는 아에곤이 거느렸던 많은 정부 중의 한 명이었다. 아에곤의 사생아들은 그가 죽은 이후 세븐킹덤에 수많은 골칫거리를 가져다주었다. 아에곤은 임종하기 전 병상에서 그의 모든 사생아를 적자 신분으로 인정했다. 모친이 고귀한 가문의 여식이었던 블러드레이븐, 비터스틸, 다에몬 블랙파이어 같은 '위대한 사생아들(Great Bastards)'뿐만 아니라, 창녀나 작부, 상인의 딸, 광대단의 처녀, 예쁜장해서 그의 눈에 들었던 촌민 처녀 등을 건드려 얻은 사생아들까지도 모두 적자로 인정해 버린 것이다. 타르가르옌 가문의 가언은 '불과 피'였으나, 덩크는 언젠가 알란 경이 아에곤의 가언은 '계집을 씻겨서 내 침대로 데려오라'여야 했다며 농담하는 것을 들은 적이 있었다.

"아에곤 왕이 블러드레이븐의 서출 신분을 지웠잖아. 다른 모든 사생아에게 한 것처럼."

그가 에그에게 말했다,

"예전의 하이셉톤은 제 아버지에게 왕의 법과 신들의 법은 다르다고 말한 적이 있어요."

소년이 고집스레 말했다.

"적출의 아이들은 부부의 결합으로 태어나 아버지 신과 어머니 신의 축복을 받지만, 사생아들은 색욕과 심약함에 비롯되어 태어난다고 했지요. 아에곤 전하는 칙명을 내려 그의 사생아들이 서출이 아니라고 했지만, 그들의 본성까지는 바꾸지 못했어요. 하이셉톤 말로는, 모든 사생아는 태어날 때부터 배신하게 되어 있대요……. 다에몬 블랙파이어, 비터스틸 그리고 블러드레이븐조차도. 리버스 공이 다른 두 명보다 영리하지만, 결국 그도 언젠가는 반역자의 본성을 드러낼 거라고요. 하이셉톤은 아버지에게 절대 그를 믿지 말라고, 신분의 고하를 막론하고 사생아는 절대 믿지 말라고 조언했어요."

'태어날 때부터 배신하게 되어 있다. 색욕과 심약함에 비롯되어 태어난

다. 신분의 고하를 막론하고 절대 믿으면 안 된다라.' 덩크가 생각했다.

"에그, 넌 내가 사생아일지도 모른다고 생각해 본 적 없어?"

"기사님이요? 기사님은 아니잖아요."

소년은 상당히 놀란 듯했다.

"사생아일 수도 있어. 난 어머니가 누구였는지, 어떻게 되었는지도 몰라. 내가 태어날 때 너무 커서 날 낳을 때 죽었을지도 모르지. 내 어머니는 아마 어떤 창녀나 작부였을 거야. 플리바톰에는 귀족 아가씨가 없으니까. 그리고 어머니가 혼인하였다면…… 그럼 내 **아버지**는 어떻게 된 거지?"

덩크는 알란 경이 그를 거두기 전의 삶을 떠올리는 것을 좋아하지 않았다.

"킹스랜딩에 있을 때 내가 잡은 쥐와 고양이와 비둘기를 팔던 스튜 가게가 하나 있었어. 그곳의 주방장은 날 볼 때마다 항상 내 아버지가 어떤 좀도둑이나 소매치기였다고 말했어. '아마 내가 본 교수형을 당한 놈 중에 네 아비도 있었을 거다.'라거나 '아니면 그냥 장벽으로 보내졌을지도 모르고.'라고 비아냥거렸지. 알란 경의 종자였을 때는 이따금 장벽 쪽으로 가보는 건 어떠냐고, 윈터펠이나 다른 북부의 성에서 일을 찾아보는 건 어떠냐고 스승님을 떠보기도 했어. 장벽으로 가기만 하면 키가 정말 크고 얼굴도 나처럼 생긴 노인을 만나지 않을까라고 생각했던 거지. 하지만 그쪽으로는 한 번도 가지 않았어. 알란 경은 북부에는 산울타리가 없고, 숲은 전부 늑대들로 가득하다고 하셨거든."

그가 머리를 흔들었다.

"그러니까 말이야, 사실 넌 아마 사생아인 자의 종자 노릇을 하고 있다는 거야."

에그는 처음으로 말문이 막힌 듯했다. 주변에는 어둠이 내려앉고 있었다. 나무 사이로 등불벌레들이 천천히 날며 마치 하늘을 마냥 떠도는 별들처럼 작게 반짝거렸다. 그리고 하늘에도 별이, 설령 자에하에리스 왕처럼 오래 살아서 평생을 바쳐 센다고 해도 다 세지 못할 듯한 수많은 별이 떠 있었다. 덩크는 단지 시선을 올리는 것만으로 여러 친숙한 친구를 찾을 수 있었다. '종마'와 '암퇘지', '왕관'과 '노파의 등불', '갤리선', '유령' 그리고 '달처녀'. 하지만 북녘은 구름이 가리고 있어서, 북쪽을 가리키는 '얼음 드래곤'의 새파란 눈은 보이지 않았다.

그들이 언덕 위에 높게 솟아올라 짙은 그림자를 드리우는 스탠드패스트에 도착했을 때는 이미 달이 뜬 다음이었다. 탑 위층의 창문 틈으로 노란 불빛이 희미하게 새어 나왔다. 유스테이스 경은 평소 저녁을 마치자마자 침대에 들었는데, 오늘 밤은 아닌 듯했다.

'우릴 기다리고 있구나.' 덩크가 깨달았다.

갈색 방패의 베니스도 자지 않고 기다리고 있었다. 그는 성탑에 오르는 계단에 앉아 신 풀을 씹으며 달빛 아래서 칼날을 갈던 중이었다. 돌이 느릿느릿 쇠를 가는 소리가 멀리까지 울려 퍼졌다. 베니스 경은 자신의 옷과 몸은 거의 돌보지 않았지만, 무기만큼은 정성 들여 손질했다.

"멍텅구리가 돌아왔네. 난 붉은 과부한테서 널 구해 주려고 이렇게 칼을 갈고 있었는데 말이야."

베니스가 말했다.

"병사들은 어디 있습니까?"

"트렙과 젖은 와트는 혹시나 과부가 쳐들어올 것을 대비해 지붕에서 망을 보고 있다. 나머지는 칭얼대며 잠자리로 기어들어 갔지. 다들 몸이 아주 쑤실 거야. 내가 심하게 닦달했거든. 그 덩치 큰 바보 녀석의 성을 돋우려고 칼자국도 좀 내줬지. 화가 나니까 더 잘 싸우더라고."

그가 갈색과 붉은색이 어우러진 미소를 지었다.

"입술에 피멍이 멋지게 들었군그래. 그러니 다음에는 돌멩이 따윌 들추고 다니지 말라고. 계집은 뭐라고 하든가?"

"시내를 돌려주지 않을 생각이고, 또 둑에서 인부에게 칼질했던 당신도 원하고 있습니다."

"그럴 줄 알았다. 그깟 촌민 따위 때문에 귀찮아졌군. 놈은 날 고마워해야 해. 여자들은 흉터 있는 남자를 좋아하니까."

베니스가 침을 뱉으며 말했다.

"그렇다면 당신도 코를 베이는 것에 대해 별 이의가 없겠군요."

"헛소리. 내가 코를 베이고 싶다면 직접 할 거야."

그가 엄지를 치켜들었다.

"쓸모없는 영감쟁이는 침실에서 옛적에 자기가 얼마나 굉장했는지 추억하면서 궁상을 떨고 있다."

에그가 불쑥 입을 열었다.

"그는 예전에 검은 드래곤을 위해 싸웠대요."

덩크는 소년의 귀싸대기를 날릴 뻔했으나, 갈색 기사는 단지 웃음을 터뜨렸다.

"당연히 그랬겠지. 딱 꼬락서니를 봐라. 그가 승리하는 편을 고를 인간으로 보이더냐?"

"당신도 마찬가집니다. 아니었다면 지금 여기에 우리와 함께 있지 않을 테니."

덩크는 에그를 돌아보았다.

"썬더와 마에스터를 돌본 다음에 너도 올라와라."

덩크가 계단을 타고 올라가니 노기사는 잠옷 차림으로 화덕 옆에 앉아 있었는데, 정작 화덕에는 불을 때지 않았다. 손에는 그가 선친에게서 물려받은, 정복시대 이전의 어떤 오스그레이 공을 위해 만들었다는 묵직한 은술잔이 들려 있었다. 술잔의 표면에는 체키 사자가 옥과 금 조각으로 장식

되어 있었고 몇몇 옥 조각은 떨어져 나간 모습이었다. 덩크의 발소리가 들리자 노기사가 얼굴을 들어 올리고 마치 막 잠에서 깨어난 사람처럼 눈을 끔뻑였다.

"던칸 경, 돌아왔구먼. 그대의 모습에 루카스 인치필드가 놀라지 않던가?"

"그러진 않았습니다, 영주님. 오히려 절 보고 화가 난 것 같더군요."

덩크는 자기가 바보가 되어 버렸던 헬리센트 아씨에 대한 부분을 제외한 모든 이야기를 정성껏 털어놓았다. 뺨 맞은 이야기도 하지 않으려 했지만, 이미 평소보다 두 배나 부어오른 입술을 유스테이스 경이 놓칠 리 없었다.

노기사는 그의 입술을 보고 눈살을 찌푸렸다.

"그대의 입술이……."

덩크가 조심스레 입술을 만지작거렸다.

"영주가 제 뺨을 때렸습니다."

"그 여자가 그대를 **때렸다고?**"

노기사가 입을 열었다 닫았다 했다.

"그 여자가 체키 사자의 깃발을 들고 찾아간 내 사절을 때렸단 말인가? 감히 그대의 몸에 손찌검했다고?"

"단지 한 손으로 때렸을 뿐입니다. 피는 저희가 성에서 나오기도 전에 벌써 멈췄습니다."

덩크는 주먹을 쥐었다.

"그녀는 영주님의 은화를 거부했습니다. 베니스 경 본인을 원하고, 둑도 무너뜨리지 않겠답니다. 제게 어떤 글자가 적혀 있고 왕의 인장이 찍힌 양피지를 보여 주더군요. 시내가 그녀의 소유임을 증명하는 문서라고 했습니다. 그리고……."

그가 멈칫거렸다.

"그녀는 영주님이…… 예전에……."

"검은 드래곤의 편에서 싸웠다고 말하던가?"

유스테이스 경은 갑자기 기력이 빠진 듯한 모습이었다.

"그런 말을 할까 걱정했지. 만약 그대가 날 떠나겠다면, 막지는 않겠네."

노기사는 술잔 속을 뚫어지게 쳐다보았고, 덩크는 그가 무슨 생각을 하고 있는지 짐작할 수 없었다.

"제겐 아드님들이 왕을 위해 싸우다 죽었다고 말씀하지 않으셨습니까."

"그랬네. **진정한** 왕인 다에몬 블랙파이어를 위해 싸우다 죽었지. '검을 든 왕'을 위해서 말이네."

노인의 턱수염이 파르르 떨렸다.

"붉은 드래곤을 따르는 자들은 스스로 **왕당파**(loyalist)라 일컬었지만, 검은 드래곤을 따랐던 우리도 한때는 그들에 못지않은 충성(loyal)을 바쳤지. 하지만 지금은…… 다에몬 왕자를 철왕좌에 앉히고자 내 곁에서 행군했던 이들은 모두 아침 이슬처럼 어디론가 사라져 버리고 없다네. 혹시 그들을 꿈속에서 본 것이 아니었는지. 아니야, 다들 블러드레이븐 공과 큰까마귀의 이빨한테 겁을 먹고 움츠러든 것이겠지. 전부 죽었을 리가 없어."

덩크는 그 말을 부인할 수 없었다. 여태껏 그는 단 한 번도 칭왕자를 위해 싸웠다는 사람을 만나 본 적이 없었다. '하지만 분명 만난 적이 있었을 거야. 수천 명이나 있었다고 하잖아. 왕국이 반으로 갈라져 각각 붉은 드래곤과 검은 드래곤의 편을 들었다고 하니.'

"양쪽 모두 용감하게 싸웠다고 알란 경은 항상 말씀하셨죠."

덩크는 노기사가 그 말을 듣고 기꺼워하리라고 생각했다.

유스테이스 경이 양손으로 술잔을 감쌌다.

"만약 다에몬이 그냥 그웨인 코브레이를 짓밟고 갔더라면…… 만약 파이어볼(Fireball)이 전투 전날 죽지 않았더라면…… 만약 하이타워와 타르벡, 오크하트, 버터웰 가문이 양다리를 걸치지 않고 우릴 전력으로 지지했더라면…… 만약 만프레드 롯스톤이 배반하지 않았더라면…… 만약 미르의 십자궁병을 신고 오던 브락켄 공의 함대가 태풍으로 지연되지 않았더라면…… 만약 퀵핑거(Quickfinger)가 드래곤의 알을 훔치려다 들키지 않았더라면……. **만약**은 셀 수도 없네, 기사여. 그때 단 하나라도 우리에게 이로운 결과가 나왔더라면, 전쟁은 전혀 다르게 끝났을 것이야. 그랬다면 왕당파라 불리는 건 우리였을 테고, 붉은 드래곤을 지지했던 자들은 '거짓된 찬탈자' 다에론이 훔친 왕좌를 지키려다 실패한 이들로 기억되었을 것이네."

"그럴지도 모릅니다만, 하지만 일은 그렇게 흘러가지 않았지요. 벌써 수년 전의 이야기고, 영주님도 사면을 받으셨습니다."

"그래, 우린 모두 사면받았지. 다에론은 무릎을 꿇고 앞으로의 충성을 보증할 인질을 넘긴 배신자들과 반역도들을 모두 사면했어."

그가 씁쓸하게 말했다.

"난 딸애의 인생을 바쳐 내 목숨을 보전했네. 알리샌은 일곱 살에 킹스랜딩으로 끌려가 침묵의 수녀가 되어 스무 살에 죽었어. 한번 그 아이를 보러 킹스랜딩으로 갔지만, 아비인 내게 단 한마디도 하지 않았지. 왕의 자비는 독이 든 선물이야. 다에론 타르가르옌은 내게 목숨을 남겨 주었지만, 대신 나의 자존심과 꿈과 명예를 모두 앗아 갔다네."

그가 부르르 손을 떨자 술잔이 넘쳐 무릎을 적셨지만, 노인은 개의치 않았다.

"나도 비터스틸을 따라 망명하거나, 내 아들들과 내가 모시던 왕의 옆에서 죽었어야 했네. 그건 수많은 위대한 영주와 용맹한 전사들의 자손인 체키 사자에게 걸맞은 죽음이었을 것이야. 다에론의 자비심은 나를 더욱 비참하게 만들었을 뿐이네."

'이분의 마음속에는 아직도 검은 드래곤이 살아 있구나.'

덩크가 깨달았다.

"영주님?"

에그의 목소리였다. 소년은 유스테이스 경이 자신의 죽음을 언급할 때 방에 들어왔다. 노기사는 마치 소년을 생전 처음 보는 듯한 얼굴로 눈을 껌벅거렸다.

"왜 불렀느냐, 얘야? 무슨 일이냐?"

"죄송합니다만…… 붉은 과부는 영주님이 그녀의 성을 빼앗기 위해 반란에 가담하신 것이라고 했어요. 그건 사실이 아니지요?"

"성이라니?" 그는 혼란스러운 표정이었다.

"콜드모트…… 그래, 다에몬이 내게 콜드모트 성을 내리겠다는 약속을 하긴 했지만…… 아니, 단지 그것을 얻기 위함은 아니었어……."

"그럼 어째서였나요?" 에그가 물었다.

"어째서라니?" 유스테이스 경이 눈살을 찌푸렸다.

"어째서 반란에 가담하신 건가요? 단지 성 때문이 아니라면요."

유스테이스 경은 대답하기 전 오랫동안 에그를 쳐다보았다.

"넌 아직 어린아이이지 않느냐. 이해하지 못할 것이다."

"음. 또 모르잖아요." 에그가 말했다.

"반란은…… 그저 하나의 단어일 뿐이다. 오직 한 명만이 앉을 수 있는 자리를 두고 두 왕자가 싸운다면, 고귀한 영주든 보잘것없는 평민이든 반드시 선택해야 한단다. 그리고 전쟁이 끝나면, 승자들은 진실한 충신이라며 갈채를 받고 패자들은 불충한 역적이라며 영원토록 손가락질을 당하는 것이지. 그것이 내 운명이었다."

에그는 한동안 그 말을 되새겼다.

"네, 영주님. 다만…… 다에론 왕은 좋은 분이셨어요. 왜 다에몬을 선택하신 건가요?"

"다에론이라……."

유스테이스 경은 거의 더듬거리듯 말했고, 덩크는 노인이 상당히 취했음을 깨달았다.

"다에론은 등이 굽고 몸도 가는 막대기처럼 볼품없었으며, 걸을 땐 늘어진 뱃살이 출렁거렸다. 반면 다에몬은 훤칠하며 당당했고, 그의 배는 떡갈나무 방패처럼 평평하고 탄탄했지. 게다가 무예도 **대단**하였다. 도끼면 도끼, 장창이면 장창, 철퇴면 철퇴까지 그 어떤 기사에 못지않게 잘 다루었지만, 그 **검**을 들기만 하면 바로 전사의 신 그 자체였단다. 다에몬 왕자가 보검 블랙파이어를 들었을 땐 적수를 찾아볼 수 없었지……. '여명(Dawn)'의 주인이었던 울릭 데인도, 검은 자매를 든 드래곤 기사마저도 그의 상대가 아니었다. 어떤 사람을 판단할 때는 그가 가까이하는 인물들을 봐야 한다, 에그. 다에론의 주변에는 마에스터와 셉톤, 음유시인 들밖에 없었다. 여인들이 항상 그의 귀에 속삭여 댔고, 왕궁은 도르네인들로 넘쳐났지. 하긴 도르네 여자를 왕비로 맞아들이고 다에몬을 사랑했던 자신의 친여동생마저도 도르네의 대공에게 팔아 버린 작자에게 무엇을 기대할 수 있었겠느냐? '젊은 드래곤'의 이름을 이어받은 다에론은 정작 그의 도르네 왕비가 낳은 장남에게는 철왕좌에서 군림한 왕 중 가장 무력한 왕이었던 바엘로의 이름을 붙여 주었다.

그에 비해 다에몬은……. 다에몬은 왕으로서 필요한 그 이상으로 종교에 빠지지 않았고, 왕국의 위대한 기사들은 모조리 그의 휘하로 몰려들었다. 블러드레이븐 공은 그들의 이름이 잊히는 것을 바라니 사람들이 그들을 노래하는 것을 금하고 있지만, **난** 똑똑히 기억하고 있단다. 롭 레인, 회색의 가렛, 오브리 앰브로즈 경, 고몬 피크 공, 블랙 바이렌 플라워스, 레드터스크, 파이어볼…… 그리고 **비터스틸!** 내가 묻건대, 이보다 더 위대하고 고귀한 영웅들이 한곳에 모인 적이 있었더냐?

어째서냐고, 아이야? 내게 어째서냐고 물었느냐? 그건 바로 다에몬이 더 나은 남자였기 때문이다. 선왕도 그것을 보았기 때문에 그 검을 다에몬에게 주었던 것이야. 정복자 아에곤의 검이며, 이후 모든 타르가르옌 왕이 지녔던 보검 블랙파이어를. 그래서 아직 열두 살의 소년이었던 다에몬을 기사로 서임하며 그 검을 그의 손에 쥐어 주었던 거란다."

"제 아버지는 그건 다에몬이 검사였고 다에론은 검사가 아니었기 때문이라고 하셨어요. 말을 타지 못하는 사람에게 말을 줄 필요는 없잖아요? 아버지는 그 '검'이 왕국을 뜻하는 건 아니라고 하셨어요."

노기사의 손이 갑자기 홱 들리면서 은잔에서 술이 흘러내렸다.

"네 아비는 어리석은 자다."

"아니에요." 소년이 대답했다.

오스그레이가 성을 내며 얼굴을 일그러뜨렸다.

"네가 질문을 하여 내 대답을 하였으나, 네 건방진 행동은 용납하지 않겠다. 던칸 경, 저 아이를 더 자주 매질하여야 할 것이네. 아직도 예절이 매우 부족해. 필요하다면 내 손수……."

"아니, 그러실 필요는 없습니다."

마음을 정한 덩크가 그의 말을 잘랐다.

"지금은 어두우니, 내일 해가 뜨는 대로 저흰 떠나겠습니다."

유스테이스 경은 충격 받은 얼굴로 멍하니 바라보았다.

"떠난다고? 어딜?"

"스탠드패스트를. 이제는 당신을 섬기지 않으렵니다."

'당신은 우리에게 거짓말을 했어. 뭐라 변명해도 명예롭지 못한 처사였어.' 덩크는 망토를 벗고 둘둘 말아서 노인의 무릎 위에 내려놓았다.

오스그레이의 눈매가 날카로워졌다.

"그 여자가 유혹하던가? 그 갈보의 침대로 가려고 날 떠나는 것인가?"

"그녀가 갈보인지는 잘 모르겠습니다. 마녀든 독살가든 뭐든. 하지만 그녀가 누구인가는 상관없습니다. 저흰 콜드모트가 아니라 다시 산울타리를 찾아 떠날 겁니다."

"시궁창으로 떠난다는 말이겠지. 날 떠나 숲에서 늑대처럼 어슬렁거리며 도로를 지나가는 선량한 이들을 덮치려는 것이 아닌가."

노인의 손이 마구 떨렸다. 손에서 떨어진 술잔이 바닥을 구르며 포도주를 흘려 댔다.

"그렇다면 가라. 가. 나도 너희가 필요하지 않아. 처음부터 받아들이는 게 아니었다. **가라!**"

"알겠습니다, 기사님." 덩크가 손짓하자, 에그가 그의 뒤를 따랐다.

* * *

마지막 밤, 덩크는 유스테이스 오스그레이와 가능한 한 멀리 떨어져 있고 싶어서 지하 저장실로 자리를 옮겨 몇 안 되는 스탠드패스트의 신병들 사이에서 잠을 청했다. 그러나 잠자리는 몹시 산만했다. 렘은 끊임없이, 눈이 빨간 페이트는 시끄럽게 코를 골았고, 아래 더 깊은 곳의 지하실에서 통풍구를 통해 스며 올라온 습기 때문에 실내는 습한 공기로 가득했다. 덩크는 까칠까칠한 침구 위에서 몸을 뒤척이며 이리저리 눕다가 간신히 잠이 들었지만 바로 벌떡 어둠 속에서 깨고 말았다. 숲에서 벌레에게 물린 부위가 미칠 듯이 가려웠고, 잠자리로 쓰는 짚더미에도 벼룩이 있었다. '곧 이곳과 노기사와 베니스 경과 다른 모든 지긋지긋한 것과도 작별할 수 있을 거야.' 어느덧 에그를 서머홀로 데려가서 부친을 뵙게 할 시기가 된 것 같기도 했다. 아침에 길을 오르면 소년의 의향을 물어볼 생각이었다.

하지만 아침은 까마득히 멀게 느껴졌다. 덩크의 머릿속은 붉은 드래곤과 검은 드래곤…… 체키 사자, 오래된 방패, 낡은 장화…… 시내와 해자와 둑 그리고 커다란 왕의 인장이 찍힌 그가 읽지 못하는 문서까지, 이런저런 생각으로 뒤죽박죽이었다.

그리고 **그녀**도, 붉은 과부, 콜드모트의 로한도 있었다. 그녀의 주근깨 어린 얼굴과 늘씬한 팔, 길게 땋은 빨간 머리가 보였다. 왠지 모르게 죄책감이 들었다. '탄셀의 꿈을 꾸어야 하는데. 사람들은 그녀를 키가 너무 큰 탄셀이라고 불렀지만, 내겐 너무 크지 않았어.' 탄셀은 덩크의 방패에 문장을 그려 줬고 덩크는 빛나는 왕자에게서 그녀의 목숨을 구해 주었지만, 그녀는 일곱의 재판이 시작하기도 전에 종적을 감추었다. '내가 죽는 모습을 보고 싶지 않아서 그랬을 거야.'라고 생각하며 덩크는 자위했지만, 그가 무엇을 알겠는가? 그는 아둔한 멍텅구리에 불과한데. 붉은 과부를 떠올리는 것 자체가 그 증거였다. '탄셀은 내게 미소를 보였지만, 우린 한 번도 껴안은 적도, 입맞춤은커녕 볼에 키스한 적도 없어.' 적어도 로한은 그에게 손을 대었고, 부풀어 오른 그의 입술이 그 증거였다. '성급한 생각 말자. 그녀는 나 같은 놈과는 어울리지 않아. 키도 너무 작고 너무 똑똑한 데다, 너무 위험한 여자다.'

한참 후에야 꾸벅꾸벅 졸기 시작한 덩크는 꿈을 꾸었다. 와트의 숲 한가운데 빈터에서 로한을 향해 내달리고 있었는데, 그녀는 덩크를 향해 화살을 쏘고 있었다. 그녀가 쏘는 화살마다 정확히 그의 가슴을 꿰뚫었지만, 고통은 이상하게도 달콤했다. 몸을 돌려 도망치는 것이 마땅했으나, 오히려 덩크는 꿈속에서 늘 그러하듯 마치 꿀처럼 끈적끈적해진 공기를 가로지르며 그녀를 향해 느릿느릿 나아갔다. 화살이 날아오고 또 날아왔다. 화살 통의 화살은 마치 끝이 없는 듯했다. 로한의 녹회색 눈동자는 장난기로 가득했다. '그 가운은 당신의 아름다운 눈동자를 돋보이게 하는군요.'라고 덩크가 말하려 했지만, 그녀는 가운은커녕 아무 옷도 입고 있지 않았다. 작은 젖가슴 위에 주근깨가 희미하게 흩뿌려져 있었고, 유두는 작은 산딸 기처럼 빨갛고 단단했다. 간신히 그녀의 발 앞에 쓰러지듯 도달한 덩크는 온몸에 화살이 박혀 마치 거대한 고슴도치 같았지만, 어디선가 솟아오른 힘으로 그녀의 땋은 머리를 낚아챘다. 그리고 머리를 거칠게 잡아당겨 그 녀를 자기 몸 위에 쓰러뜨리고는 그녀에게 입을 맞추었다.

그때 터져 나온 고함에 덩크는 갑작스레 잠에서 깨어났다.

어둑한 저장실은 아수라장이었다. 여기저기서 욕설과 불평 소리가 메 아리쳤고, 사람들은 창이나 바지를 찾아 비틀거리며 서로의 몸을 밟고 지 나갔다. 아무도 무슨 일이 일어났는지 영문을 몰랐다. 에그가 수지 양초에 불을 붙여 실내를 밝혔고, 덩크가 가장 먼저 계단을 뛰어 올라가다가 횡설 수설하면서 헐레벌떡 내려오던 샘 스툽스와 부딪칠 뻔했다. 노인이 쓰러 지기 전에 덩크가 그의 어깨를 붙잡아 일으켜 세웠다.

"샘, 무슨 일입니까?"

노인이 흐느꼈다.

"하늘이! 하늘이!"

다른 말은 전혀 알아들을 수 없어서, 그들 모두 지붕으로 올라갔다. 이 미 먼저 도착해 있던 유스테이스 경이 잠옷 차림으로 흉벽 옆에 서서 먼 곳을 멍하니 바라보고 있었다.

해가 서쪽에서 뜨고 있었다.

한참 후에야 덩크는 무슨 일이 벌어졌는지 깨달았다.

"와트의 숲이 불타고 있잖아."

그가 숨죽인 목소리로 말했다. 탑 아래서는 베니스가 쓸모없는 아에곤조차도 얼굴을 붉혔을 만한 더러운 욕설을 쉴 새 없이 퍼붓고 있었다. 샘 스툽스가 기도하기 시작했다.

너무 멀어서 불길은 보이지 않았지만, 벌겋게 타오르는 빛은 서쪽 지평선을 거의 다 삼켜 버렸고 하늘에서는 별들이 모습을 감추고 있었다. '왕관'은 이미 솟아오르는 연기의 장막에 가려 거의 보이지 않았다.

'불과 검으로.'라고, 그녀는 말했다.

***

불은 아침까지 수그러들지 않았다. 그날 밤 스탠드패스트에서는 아무도 자지 못했다. 오래지 않아 연기 냄새가 풍겨 오기 시작했고, 멀리서 마치 빨간 치마를 두른 처녀들이 춤추듯 타오르는 불길이 보였다. 모두 불이 성탑에까지 번질지 걱정했다. 덩크는 흉벽 뒤에 충혈된 눈을 부릅뜨고 서서 야음을 틈타 기마병들이 달려오는지 감시했다.

"베니스, 그 여자가 원하는 것은 당신입니다. 이곳을 뜨는 게 낫지 않겠습니까?"

갈색 기사가 신 풀을 씹으며 올라오자 덩크가 말했다.

"뭐? 도망치라고?" 그가 고함쳤다.

"**내 말**을 타고? 차라리 저 빌어먹을 닭을 타고 날아가는 게 더 빠르겠구먼."

"그렇다면 자수하십시오. 고작해야 코를 베이는 것이 전부입니다."

"이봐, 멍텅구리, 난 지금 내 코가 마음에 든다고. 그년더러 와서 날 잡아가 보라고 해. 누가 뭘 베나 보게."

베니스는 화살 구멍 사이의 성벽에 등을 기댄 채 책상다리를 하고 앉아 주머니에서 숫돌을 꺼내 칼날을 갈기 시작했다. 유스테이스 경이 그의 앞에 가서 섰다. 그들은 낮은 목소리로 곧 다가올 전투를 의논했다. 노기사가 말하는 소리가 들렸다.

"롱인치는 우리가 둑으로 갈 것이라 예상할 것이야. 그러니 우린 대신 여자의 작물을 태울 것이네. 불에는 불로 맞싸우는 것이지."

베니스 경은 그 말에 맞장구치면서 한술 더 떠서 물방앗간도 태우는 건 어떠냐고 제의했다.

"성의 반대편으로 여섯 리그나 떨어진 곳이니, 롱인치는 우리가 그곳에 가리라고 생각하지 못할 겁니다. 물방앗간을 태워 버리고 방앗간 주인까지 죽여 버리면 거미 년에게 큰 타격이 가겠지요."

에그도 귀를 기울이고 있었다. 꼬마가 헛기침하며 놀라서 하얀 눈자위를 드러낸 얼굴로 덩크를 쳐다보았다.

"기사님, 저들을 막으셔야 해요."

"어떻게?" 덩크가 물었다.

'붉은 과부가 저들을 막을 거야. 그녀와 롱인치 루카스가.'

"저건 그냥 허세 부리는 것뿐이야, 에그. 저렇게라도 하지 않으면 겁에 질려 바지를 지리는 것 외에는 아무것도 못 할 테니. 게다가 이젠 우리와 아무런 상관도 없는 일이다."

새벽은 연기로 자욱한 잿빛 하늘과 눈을 아리는 바람과 함께 찾아왔다. 덩크는 일찍 떠나고 싶었지만, 밤을 거의 뜬눈으로 새운지라 그날 얼마나 멀리 갈 수 있을지 의문이었다. 베니스가 신병들을 조련하려고 밖으로 끌어내는 동안 그와 에그는 아침으로 삶은 달걀을 먹었다. '저들은 오스그레이 병사들이고 우린 아니야.' 그가 되뇌었다. 덩크는 달걀을 네 개나 먹었는데, 그동안 유스테이스 경을 섬기면서 이 정도 밥값은 했다고 생각했다. 에그는 두 개를 먹었고, 다 먹은 다음에는 둘 다 맥주로 입가심했다.

"페어 섬으로 가 볼 수도 있어요, 기사님. 만약 아이언 제도 해적들이 아직도 노략질을 한다면, 파만 공이 병사를 더 모집하고 있을지도 모르니까요."

짐을 꾸릴 때 에그가 말했다.

나쁘지 않은 제안이었다.

"페어 섬에 가 본 적은 있냐?"

"아뇨. 하지만 다들 아름답다고 하더라고요. 파만 공의 본성도 아름답다고(fair) 하고. 그래서 페어캐슬(Faircastle)이라 불린대요."

덩크가 웃음을 터뜨렸다.

"그래, 그럼 페어캐슬로 가자."

마치 어깨에서 큰 짐을 덜어 낸 것처럼 마음이 홀가분해졌다. 그가 갑옷 더미를 밧줄로 단단히 묶고는 말했다.

"난 가서 말들을 준비할 테니, 넌 지붕으로 올라가서 우리 침구를 가져오너라, 종자야."

아침부터 또 체키 사자와 부딪치고 싶지는 않았다.

"유스테이스 경을 보거든 그냥 가만히 있고."

"네, 기사님."

밖에서는 베니스가 창과 방패를 든 신병들을 일렬로 세우고 함께 전진하는 법을 가르치고 있었다. 갈색 기사는 뜰을 가로지르는 덩크를 본 척도하지 않았다. '저 신병들을 모두 죽음으로 이끌고 가겠지. 붉은 과부는 지금이라도 들이닥칠지 몰라.' 침구를 든 에그가 성탑 문을 쾅 열고 나무 계단을 쿵쾅거리며 달려 내려왔다. 위에는 유스테이스 경이 흉벽에 두 손을 얹고 뻣뻣하게 서 있었다. 덩크와 시선이 마주치자 수염을 부르르 떨면서 휙 고개를 돌렸다. 하늘은 휘날리는 연기로 자욱했다.

베니스는 등에 거대한 카이트 실드(kite shield : 연 모양의 방패)를 짊어졌다. 무쇠로 테두리를 두르고 아무것도 그려 넣지 않은 방패였는데, 하도 유약으로 덧칠해서 온통 거무튀튀했다. 문장도 없었고 다만 중앙에 마치 꾹 감은 눈동자처럼 생긴 돌기가 붙어 있었다. '베니스만큼이나 눈이 꽉 막혔군.' 덩크가 물었다.

"어떻게 싸울 생각입니까?"

베니스 경이 입에서 붉은 즙을 흘리며 병사들을 훑어보았다.

"이 숫자로 언덕을 지킬 수는 없겠지. 그럼 성탑밖에 없다. 우린 탑 안에서 농성한다."

그가 탑 입구를 보며 고개를 끄덕였다.

"입구는 단 한 곳. 저 나무 계단을 올려 버리면 놈들이 들어올 수 있는 방법은 없어."

"저들이 직접 계단을 만들 때까지만입니다. 밧줄과 고리로 벽을 타고 넘어와 숫자로 밀어 버릴 수도 있고. 그냥 멀찍감치 서서 십자궁을 쏘아 대 문을 지키려는 이들을 모두 고슴도치로 만들어 버리지 않는다면 말입니다."

멜론과 빈, 발리콘 모두 그들의 대화에 귀를 기울이고 있었다. 바람 한 점 불지 않았지만 그들의 허세는 어느새 전부 휘날려 버리고 없었다. 그저 끝을 뾰족하게 깎은 장대를 움켜쥐고 서서 덩크와 베니스를 보거나 서로 멀뚱멀뚱 쳐다볼 뿐이었다.

"이들은 전혀 쓸모가 없을 겁니다."

덩크가 초라한 오스그레이 병사들을 향해 고개를 저으며 말했다.

"평지에서는 붉은 과부의 기사들에게 박살이 날 것이고, 저 탑 안에서는 창을 쓸 수 없잖습니까."

"지붕에서 뭔가 던질 수 있겠지. 트렙은 돌팔매질을 잘하잖아."

베니스가 대꾸했다.

"뭐, 돌멩이 한두 개는 던질 수 있겠지요. 그러다가 과부의 십자궁수가 쏜 화살에 맞아 죽기 전까지는 말입니다."

"기사님?" 에그가 옆에 와서 섰다.

"기사님, 떠나시려면 어서 출발하셔야 해요. 과부의 군대가 오기 전에."

소년의 말이 옳았다. '계속 우물쭈물하다가는 여기 갇히고 말 거다.' 그럼에도 덩크는 머뭇거렸다.

"저들을 그냥 보내 주시죠, 베니스."

"이 용감한 용사들을 놓아주라고?"

베니스는 촌민들을 보더니 당나귀처럼 웃어 댔다.

"이봐, 딴생각하지 마라. 누구든 도망치는 놈은 내가 배를 갈라 버리겠어."

그가 병사들에게 으름장을 놓았다.

"한번 해 보시지, 그럼 내가 당신의 배를 가를 테니."

덩크가 칼을 뽑았다.

"모두 집에 가시오. 마을로 돌아가서 집과 작물이 불에 타지 않았는지 보라고."

그가 촌민들에게 말했다.

아무도 움직이지 않았다. 갈색 기사는 계속 질겅질겅 풀을 씹으며 덩크를 바라보았다. 덩크는 그의 시선을 무시했다.

"가라."

그가 다시 촌민들에게 말했다. 마치 어떤 신이 그의 입을 통해 말하는 것 같았다. '전사의 신은 아니야. 바보들을 보살피는 신이 있던가?' 그가 다시 말했고, 이번에는 크게 호통 쳤다.

"가란 말이다! 내일 뜨는 해를 보고 싶다면 창과 방패를 들고 어서 **가란** 말이야. 다시 마누라의 입을 맞추고 싶지 않아? 자식들을 안아 보고 싶지 않아? **집으로 가라고!** 모두 귀가 먹은 것이냐?"

귀를 먹은 것은 아니었다. 곧 닭들 사이로 소동이 벌어졌다. 빅 롭이 달려가다 암탉 한 마리를 짓밟았고 페이트는 들고 있던 창에 헛디뎌 윌 빈의 배를 꿰뚫을 뻔했지만, 그래도 모두 도망치기 시작했다. 멜론들은 한쪽으로 가고, 빈들은 다른 쪽으로, 그리고 발리콘들은 또 다른 쪽으로 달려갔다. 위에서 유스테이스 경이 뭐라 외쳤지만, 아무도 그의 말에 신경 쓰지 않았다. '적어도 유스테이스 경의 말에는 귀를 닫았구나.' 덩크가 생각했다.

노기사가 탑에서 나와 허둥지둥 계단을 내려왔을 때는, 오직 덩크와 에그와 베니스만이 닭들 사이에 서 있었다.

"돌아오너라!"

유스테이스 경이 빠르게 멀어져 가는 그의 병사들을 향해 외쳤다.

"난 가라고 허락을 내린 적이 없다. **난 허락한 적이 없단 말이다!**"

"소용없습니다, 영주님. 다들 멀리 도망쳤습니다." 베니스가 말했다.

유스테이스 경이 획 고개를 돌려 덩크를 노려보았다. 콧수염이 분노에 부르르 떨었다.

"넌 저들을 보낼 자격이 없었다. 자격이 없었어! 난 저들에게 가지 말라고 했다. 가는 것을 **금하지 않았던가!** 네게도 저들을 보내는 것을 **금했다!**"

"영주님 목소리가 들리지 않았거든요. 닭들이 너무 시끄럽게 우는 바람에."

에그가 모자를 벗어 연기를 향해 부채질했다.

노기사가 스탠드패스트의 가장 낮은 계단에 풀썩 주저앉았다. 그가 풀죽은 목소리로 덩크에게 물었다.

"그 여자가 그대에게 뭘 제시하며 날 팔아넘기라고 하던가? 도대체 얼마나 많은 황금을 받았기에 이렇게 날 배신하고 내 병사들까지 쫓아내어 날 혼자 남게 한 것이냐는 말일세."

"혼자가 아니십니다, 영주님." 덩크가 칼을 집어넣으며 말했다.

"전 당신의 지붕 밑에서 잤고, 오늘 아침 당신의 달걀을 먹었습니다. 그러니 전 아직 당신에게 갚을 빚이 있습니다. 꼬리를 말고 도망치듯 사라지지는 않을 겁니다. 제 검은 아직도 여기 있습니다."

그가 검의 손잡이를 건드렸다.

"검 한 자루라."

노기사가 천천히 자리에서 일어났다.

"검 한 자루로 그 여자를 상대로 뭘 할 수 있단 말인가?"

"우선 그녀가 영주님의 영지에 침입하는 것을 막아 볼 수는 있겠지요."

덩크는 자신의 호언장담만큼이나 자신할 수 있었으면 했다.

노기사가 숨을 쉴 때마다 콧수염이 부르르 떨었다.

"그래. 돌벽 뒤에 숨는 것보다는 용감히 나가는 게 낫네. 토끼보다는 사자로서 죽는 것이 나아. 우린 천 년 동안 노스마치의 대장군이었어. 내 갑옷을 가지러 가야겠군."

그가 그렇게 말하고 계단을 올라갔다.

에그가 덩크를 올려다보고 있었다.

"기사님께 꼬리가 있었는지는 몰랐는데요."

"귀싸대기 맞고 싶으냐?"

"아뇨. 기사님 갑옷을 준비할까요?"

"그래. 그것하고, 한 가지 더."

***

베니스 경도 같이 간다는 말이 있었지만, 결국 유스테이스 경은 그에게 뒤에 남아 성탑을 지키라고 명령했다. 그가 가세해도 그들이 상대할 적을 생각하면 큰 도움이 될 것도 아니었고, 도리어 과부가 그의 모습을 보고 더 진노할 수도 있었다.

갈색 기사는 오랜 설득이 필요하지 않았다. 덩크는 그를 도와 계단 윗부분을 고정하는 쇠못을 풀었다. 베니스가 위로 기어 올라가 낡은 회색 동아줄을 풀고는 온 힘을 다해 끌어 올렸다. 그러자 나무 계단이 삐걱거리는 소리를 내며 위로 들어 올려졌고, 성탑의 유일한 입구와 돌계단 사이에는 십여 피트의 공간이 생겼다. 샘 스툽스 노부부는 이미 탑 안에 있었고, 닭들은 그냥 밖에 남겨졌다. 밑에서 회색 거세마를 탄 유스테이스 경이 올려다보며 외쳤다.

"만약 우리가 해 질 무렵까지 돌아오지 않는다면……."

"하이가든으로 말을 달리겠습니다, 영주님. 그리고 티렐 공에게 그 계집이 어떻게 숲을 태우고 영주님을 살해했는지 낱낱이 고하겠습니다."

덩크는 에그와 노새 마에스터의 뒤를 따라 언덕을 내려갔다. 그 뒤를 노기사가 나지막하게 철거덕거리는 소리와 함께 따라 내려왔다. 오랜만에 거센 바람이 불면서 망토가 펄럭이는 소리가 들렸다.

와트의 숲이 있던 곳은 연기가 피어오르는 황무지밖에 남지 않았다. 그들이 도착했을 때쯤 불길은 거의 사그라졌으나, 이곳저곳에서 작은 불이 잿더미 바다 위에 뜬 섬처럼 계속 타오르고 있었다. 새카맣게 탄 나무들이 마치 하늘을 향해 솟아오른 검은 창처럼 서 있었고, 검게 그을리고 가지가 부러진 나무들이 텅 빈 속에 이글거리는 불을 품은 채 비스듬하게 쓰러져 서쪽 길을 막고 있었다. 숲 바닥도 아직 곳곳이 뜨거웠고, 어떤 곳은 연기 구름이 마치 뜨거운 회색 장막이 드리운 것처럼 허공에 떠 있기도 했다. 유스테이스 경이 갑자기 심하게 기침하기 시작하자 덩크는 잠시 노인을 돌려보내야 할지 염려했지만, 기침은 곧 멈추었다.

그들은 붉은 사슴의 주검을 지나쳤고, 이어서 두더지였을 법한 짐승의 사체를 지나쳤다. 파리 외에는 아무것도 살아 있지 않았다. 파리들은 어디에서나 살아남는 것 같았다.

유스테이스 경이 입을 열었다.

"불의 들판이 이러한 모습이었을까. 우리의 불행은 2백 년 전 그곳에서 비롯되었네. 그 평원에서 최후의 녹색왕과 리치에서 가장 뛰어났던 인재들이 모두 전사하였어. 선친께서는 드래곤의 화염이 너무도 뜨겁게 타올라 그들이 손에 든 검이 그대로 녹아내렸다고 이야기하셨다네. 전투가 끝나고 그렇게 녹은 칼을 모아 철왕좌를 만든 것이지. 그 후 하이가든은 왕으로부터 집사에게 넘어갔고, 오스그레이 가문도 점차 쇠락하여 한때 노스마치의 대장군으로 군림하던 우리는 로완 가문 따위한테 충성을 맹세한 한낱 지주기사로 전락하고 말았네."

덩크는 그에게 뭐라 할 말이 없었기에 한동안 그들은 말없이 말을 몰았고, 유스테이스 경이 다시 한 번 쿨룩거리고는 말했다.

"던칸 경, 내가 예전에 해 준 이야기를 기억하는가?"

"글쎄요. 어떤 이야기 말씀이십니까?"

"작은 사자의 이야기 말일세."

"기억합니다. 다섯 형제 중 막내였던 분이셨죠."

"그래." 노기사가 다시 기침했다.

"그가 란셀 라니스터를 죽이자 서부인들은 그냥 돌아가야 했다네. 왕이 없으면 전쟁도 없어. 내가 무슨 말을 하는지 이해하겠는가?"

"예."

덩크가 마지못해 대답했다. '내가 여자를 죽일 수 있을까?' 처음으로 덩크는 자기가 정말로 아둔한 멍텅구리이기를 바랐다. '절대 그런 지경까지 가서는 안 돼. 반드시 막아야 한다.'

서쪽 길이 체키워터를 가로지르는 부근에는 아직도 잎이 푸른 나무가 몇 그루 서 있었다. 나무는 모두 한쪽 면이 타서 검게 그을린 모습이었다. 나무들 너머로 짙은 시냇물이 희미하게 빛나고 있었다. '파란색과 초록색이라.' 덩크가 생각했다. '하지만 황금빛은 모두 사라졌군.' 해는 자욱한 연기에 가려 보이지 않았다.

물가에 다다르자 유스테이스 경이 말을 멈춰 세웠다.

"난 신들께 맹세했네. 난 저 시내를 건너지 않을 것이야. 저 건너편 땅을 **그 여자**가 소유하는 한에는."

노기사는 누렇게 바랜 전포 아래로 철판 사슬 갑옷을 껴입었고, 옆구리에 검을 찼다.

"그런데 그녀가 오지 않으면 어쩌죠, 기사님?" 에그가 물었다.

'불과 검으로.' 덩크가 생각했다.

"반드시 올 거다."

* * *

그녀는 한 시간이 채 지나기 전에 도착했다. 먼저 들린 건 말발굽 소리였고, 곧이어 갑옷이 철커덕거리는 소리가 희미하게 들리다가 점점 커졌다. 바람에 휘날리는 연기 때문에 깃발을 든 기마병이 잿빛 장막을 뚫고 모습을 드러낼 때까지는 적의 위치를 가늠하기 어려웠다. 깃대의 꼭대기에 흰색과 붉은색으로 칠한 무쇠 거미가 웅크렸고 그 밑으로 웨버 가문의 검은 깃발이 늘어져 있었다. 기수는 시내 너머에 있는 덩크 일행을 발견하고 기슭에서 말을 멈췄다. 그 직후 머리에서 발끝까지 철갑을 두른 루카스 인치필드 경이 나타났다.

그다음에야 로한 여영주가 모습을 드러냈다. 그녀가 탄 새카만 암말은 거미줄을 연상시키는 은빛 비단을 걸쳤고, 과부가 입은 망토도 같은 재질이었다. 망토는 그녀의 어깨와 손목에서 마치 공기처럼 가볍게 하늘거렸다. 여영주도 금은으로 양각하고 녹색 유약을 칠한 미늘 갑옷으로 무장한 차림이었다. 갑옷은 장갑처럼 착 달라붙어 그녀의 몸매를 그대로 드러냈고, 마치 그녀가 푸른 여름 이파리로 몸을 감싼 것처럼 보이게 했다. 땋아서 뒤로 길게 늘어뜨린 빨간 머리가 말의 움직임에 따라 위아래로 들썩거렸다. 그녀의 옆에는 셉톤 세프톤이 벌건 얼굴로 커다란 회색 거세마를 몰았고, 반대쪽에는 당나귀를 탄 젊은 마에스터 세릭이 있었다.

그 뒤를 따라 기사 대여섯 명이 역시 비슷한 숫자의 종자들과 함께 나타났다. 마지막은 십자궁을 든 궁기병대였고, 체키워터 천에 이르러 반대편에서 기다리는 덩크를 보고 도로의 양쪽으로 길게 늘어섰다. 셉톤과 마에스터와 과부를 제외한 전투 병력은 서른셋이었다. 그들 중 기사 한 명이 덩크의 눈길을 끌었는데, 화가 난 듯한 얼굴에 목에 보기 흉한 혹이 있고 사슬과 가죽 갑옷을 걸친 땅딸막한 대머리 사내였다.

붉은 과부가 물가로 천천히 말을 몰아온 뒤 외쳤다.

"유스테이스 경, 던칸 경, 밤에 숲이 불타는 광경을 보았다."

"보았다고? 그래, 보았겠지…… 그대들이 불을 지른 다음에."

유스테이스 경이 맞받아쳤다.

"더러운 모함이군."

"더러운 짓에 걸맞은 말이지."

"난 어젯밤 침대에서 자고 있었어. 시녀들도 가까이 있었고. 성벽 위에서 외치는 소리에 성안의 거의 모든 이와 함께 나도 잠에서 깼고. 노인들마저도 가파른 계단을 타고 탑 위로 올라가 구경했고, 젖먹이들은 빨간 불빛을 보고 겁에 질려 울음을 터뜨렸지. 그게 어젯밤의 불에 관해 내가 아는 것의 전부다."

"그대가 지른 불이었다." 유스테이스 경이 고집스레 외쳤다.

"내 숲이 사라졌어, **사라졌단** 말이다!"

셈튼 세프튼이 목구멍을 가다듬고 우렁차게 외쳤다.

"유스테이스 경, 킹스우드 숲에도, 레인우드 숲에서조차도 산불이 일고 있습니다. 가뭄 때문에 모든 숲의 나무가 언제 불붙을지 모르는 불쏘시개가 돼 버린 겁니다!"

로한 여영주가 한쪽 팔을 들어 가리켰다.

"저기 메마른 내 밭을 보아라, 오스그레이. 내가 바보가 아닌 이상 불을 질렀을 리 없잖아. 바람의 방향이 바뀌기라도 했다면 불길이 시내를 뛰어넘어 내 작물의 절반을 태울 수도 있었을 테니까."

"있었을 거라고? 그러나 타 버린 건 내 숲이고, 그렇게 태운 건 너다. 아마 어떤 마녀의 주술을 써서 바람의 방향을 조종했을 테지. 더러운 흑마술로 네 형제들과 남편들을 죽였을 때처럼!"

로한 여영주 얼굴이 굳어졌다. 콜드모트에서 덩크의 뺨을 때리기 직전에도 똑같은 표정을 지었다. 그녀가 노기사에게 말했다.

"헛소리. 당신에게는 시간을 더 낭비하지 않겠다, 기사. 갈색 방패의 베니스나 내놓아라. 아니면 우리가 가서 잡아가겠다."

"그렇게는 못 한다."

유스테이스 경이 콧수염을 실룩거리며 쩌렁쩌렁 울리는 목소리로 선언했다.

"그것만은 **절대로** 안 돼! 더 가까이 오지 마라. 시내의 이쪽은 내 땅이고 네놈들이 올 이유가 없다. 내게서 어떤 대접도 받지 못할 것이야. 빵과 소금은커녕 한 줌 그늘이나 물 한 방울조차도 없다. 너흰 침입자야. 네놈들이 오스그레이 땅을 밟는 것을 불허한다!"

로한 여영주는 땋은 머리를 어깨 앞으로 넘기고 한마디만을 내뱉었다.

"루카스 경."

롱인치가 손짓하자 십자궁수들이 말에서 내려 고리와 등자를 이용해 시위를 당긴 뒤, 화살 통에서 화살을 꺼냈다. 모든 십자궁의 장전이 끝나고 발사 준비가 완료되자 여영주가 불렀다.

"자, 기사여, 무엇을 불허한다고?"

덩크는 더 잠자코 있을 수 없었다.

"허가 없이 시내를 건너는 건 왕의 평화를 어기는 행위입니다."

셉톤 세프톤이 말을 한 걸음 앞으로 움직이며 나섰다.

"왕은 알지도, 개의치도 않을 것이오. 우린 모두 어머니 신의 자식이 아닌가, 기사여. 그녀를 생각해서라도 옆으로 물러서시오."

덩크가 얼굴을 찡그렸다.

"난 신들에 관해 많이 알지는 못합니다만, 셉톤……. 우린 전사의 신의 자식이기도 하지 않습니까?"

그가 목덜미를 문지르며 덧붙였다.

"당신들이 시내를 건너려 한다면 내가 막을 겁니다."

루카스 롱인치 경이 너털웃음을 터뜨렸다. 그가 붉은 과부에게 말했다.

"저기 고슴도치가 되고 싶어 하는 떠돌이기사가 있군요, 영주님. 명만 내리십시오, 순식간에 놈의 몸에 화살 수십 발을 박아 넣을 테니. 이 정도 거리면 저런 갑옷 따윈 종잇장처럼 꿰뚫을 수 있을 겁니다."

"아니, 잠깐 기다리시오."

로한 여영주가 시내 너머로 덩크를 바라보았다.

"너희는 고작해야 두 명 그리고 꼬마 하나일 뿐이다. 우린 서른셋이고. 어떻게 우리가 건너는 것을 막을 것이냐?"

"뭐, 알려 드리지요. 하지만 영주님께만 말씀드리겠습니다."

"좋아."

그녀가 말 옆구리에 박차를 가하고 시내에 들어섰다. 물이 암말의 배까지 오르자 그녀가 말을 멈춰 세우고 불렀다.

"이제 어서어서 와라, 기사. 자루에 처넣지 않을 테니 겁먹지 말고."

덩크가 미처 대답하기 전에 유스테이스 경이 그의 팔을 붙들었다.

"가게나. 하지만 작은 사자를 꼭 명심하게."

"명심하겠습니다."

덩크는 썬더를 시내로 몰았고, 그녀의 옆에서 말을 세운 뒤 말했다.

"영주님."

"던칸 경."

그녀가 손을 들어 덩크의 부어오른 입술에 두 손가락을 가져다 댔다.

"내가 한 짓인가, 기사?"

"최근에 다른 사람한테 뺨을 맞은 적은 없습니다."

"내 불찰이었다. 절대 예절을 어긴 행동이었지. 셉톤이 내내 꾸중했어."

그녀가 고개를 돌려 시내 너머의 유스테이스 경을 주시했다.

"아담은 이제 거의 기억도 나지 않아. 워낙 오래전의 일이라. 하지만 그를 사랑했던 것만큼은 기억해. 다른 이들은 사랑하지 않았으니."

"그의 부친은 그를 형들과 함께 검은딸기 밭에 묻었습니다. 검은딸기를 좋아했다더군요."

"기억한다. 그는 나를 위해 곧잘 딸기를 따 왔고, 크림을 곁들여 같이 먹곤 했지."

"왕은 다에몬을 지지했던 노인을 용서했습니다. 영주님께서도 아담에 대해 그가 지은 죄를 이만 용서해 주시지요."

덩크가 말했다.

"베니스를 내놓는다면 고려해 보겠어."

"베니스는 제가 드릴 수 있는 사람이 아닙니다."

그녀는 한숨을 내쉬었다.

"너만은 될 수 있으면 죽이고 싶지 않았는데."

"저도 될 수 있으면 죽지 않았으면 합니다."

"그렇다면 베니스를 내놔. 그의 코를 베고 다시 돌려보내는 걸로 이 일을 끝낼 테니."

"하지만 그렇게 끝날 일이 아니지 않습니까. 아직 둑에 대한 것도 해결되지 않았고, 또 산불의 문제도 있습니다. 불을 지른 자들을 넘겨주시겠습니까?"

"숲에는 등불벌레들이 있었지. 그 벌레들이 조그만 등불로 불을 붙였을지도 모르잖아."

"농담은 그만하시지요, 영주님."

덩크가 경고했다.

"지금은 그럴 시간이 아닙니다. 둑을 무너뜨리고 타 버린 숲에 대한 보상으로 시내를 돌려주십시오. 그러면 공평하지 않겠습니까?"

"내가 정말 숲을 불태웠다면 그럴지도. 하지만 내가 한 짓이 아니야. 난 콜드모트에서 잠을 자고 있었다고."

그녀가 시내를 내려다보며 말을 이었다.

"무엇이 우리가 이 시내를 건너는 것을 막을 수 있는데? 바위 사이에 덫이라도 잔뜩 깔아 놓았나? 잿더미 속에 궁수라도 숨어 있어? 무엇이 우릴 막을 수 있다고 생각하는지 한번 말해 보아라."

"제가 막을 겁니다." 덩크가 한쪽 장갑을 벗었다.

"플리바톰에 살 때 전 항상 다른 아이들보다 덩치도 크고 힘도 세서 애들을 때리고 물건을 빼앗곤 했습니다. 하지만 제 스승님은 그렇게 하면 안 된다고 가르치셨습니다. 그건 옳지 않은 행위고, 게다가 작은 꼬맹이에게 크고 힘센 형이 있을지도 모르니까라고 말씀하시더군요. 자, 이걸 보십시오."

덩크가 손가락에 낀 반지를 뒤틀어 빼고는 그녀에게 내밀었다. 그녀가 땋은 머리에서 손을 떼고 반지를 받았다.

"황금? 이게 무엇이냐, 기사?"

그녀가 묵직한 무게를 느끼면서 말했고, 곧 손바닥 위에서 반지를 뒤집었다.

"문장이 있군. 황금과 줄마노로 된."

반지의 문장을 살펴보던 그녀의 초록빛 눈매가 서서히 좁혀졌다.

"이건 어디에서 찾은 건가, 기사?"

"장화 속에서. 넝마에 싸인 채 신발 안에 숨겨져 있었습니다."

로한 여영주의 손가락이 반지를 움켜쥐었다. 그녀가 에그와 늙은 유스테이스 경을 힐긋 쳐다보았다.

"매우 큰 모험을 했군, 기사. 내게 이 반지를 보여 주다니. 하지만 이게 무슨 소용이 있지? 내가 병사들에게 강을 건너라는 명령을 내리면……."

"음. 그럼 전 싸워야겠지요."

"그리고 죽을 거다."

"아마 그럴 테지요. 그러면 에그는 원래 있던 곳으로 되돌아가 여기서 무슨 일이 벌어졌는지 보고할 것입니다."

"그 아이도 죽지 않는다면 말이지."

"영주님께서 열 살 난 아이를 죽이실 거라고는 생각하지 않습니다만."

덩크는 그의 짐작이 맞기를 빌며 말을 계속했다.

"적어도 **이 열 살 난 아이**만큼은. 이미 영주님께서 말씀하신 대로 여긴 서른세 명의 병사가 있습니다. 그럼 누군가 말을 할 겁니다. 저기 있는 뚱뚱한 남자는 특히. 얼마나 깊은 무덤을 파더라도 소문은 퍼지게 마련입니다. 그리고 그렇게 된다면…… 뭐, 점박이 거미의 독이 사자를 죽일 수 있을지는 몰라도, 드래곤은 전혀 다른 짐승입니다."

"난 차라리 드래곤의 친구가 되기를 원해."

그녀가 반지를 손가락에 끼어 보려 했으나, 너무 커서 엄지손가락에도 맞지 않았다.

"하지만 드래곤이든 뭐든, 난 반드시 갈색 방패의 베니스를 잡아가야 한다."

"안 됩니다."

"네 그 7피트짜리 몸은 전부 고집으로 꽉꽉 찼나 보군."

"1인치는 빼셔야 합니다만."

그녀가 반지를 돌려주었다.

"난 빈손으로 콜드모트로 돌아갈 수 없어. 그러면 붉은 과부가 독기를 잃었느니, 나약해서 영지민을 보호하지 못했다느니 하는 말이 나돌 테니까. 넌 이해하지 못해, 기사."

"글쎄요."

덩크는 생각했다. '당신이 생각하는 것보다 더 잘 이해합니다.'

"언젠가 스톰랜드에서 어떤 작은 영지의 영주가 다른 소영주와 싸울 때 알란 경을 고용했던 적이 기억나는군요. 스승님께 그들이 무엇 때문에 싸우는지 여쭸더니, 그분은 단지, '별거 아니다, 얘야. 그냥 누가 오줌발을 더 멀리 날리는지 겨루는 거야.'라고 말씀하셨습니다."

로한 여영주는 순간 충격 받은 얼굴로 덩크를 바라보았지만, 곧 씩 웃음을 지었다.

"그동안 공치사라면 수없이 들어 봤지만, 내 앞에서 **오줌발**이란 단어를 쓴 기사는 네가 처음이야."

그녀의 주근깨 어린 얼굴이 다시 진지해졌다.

"그러나 그 오줌발 겨루기는 영주들이 서로 힘을 가늠하는 방법이고, 누구든 나약함을 보이면 반드시 후회하게 돼. 게다가 영주가 여자라면 오줌발을 두 배는 더 세게 날려야 하지. 그것도 **작은 체구**의 여자라면 더욱. 스택하우스 공은 말발굽 언덕에 군침을 흘리고 클리포드 콩클린 경은 예전부터 리피 레이크를 노렸어. 또 그 비열한 더스웰 인간들은 내게서 훔치는 가축으로 연명할 정도고. 게다가 내 지붕 밑에는 롱인치가 도사리고 있어. 난 매일 아침 일어날 때마다 오늘이 롱인치가 날 강제로 취하려 드는 날일지 불안에 떤다."

그녀는 마치 벼랑 끝에 매달린 사람이 밧줄을 붙잡듯 땋은 머리를 꼭 움켜쥐고 있었다.

"그는 날 원하고 있어. 다만 그도 콩클린과 스택하우스와 더스웰처럼 나의 분노를, 붉은 과부의 분노를 두려워하기에 조심하고 있을 뿐. 하지만 그들 중 하나가 한순간이라도 내가 나약해졌다고 생각한다면……."

덩크는 반지를 다시 끼고는 단검을 뽑아 들었다.

단검을 본 과부의 눈이 크게 떠졌다.

"무슨 짓이냐? 머리가 어떻게 되었어? 지금 널 겨누고 있는 십자궁의 수가 열 개는 넘어."

"피는 오직 피로 값을 치를 수 있다고 하셨지요."

덩크가 단검을 자기 뺨에 가져다 댔다.

"영주님께선 잘못 알고 계신 겁니다. 그 인부를 벤 건 베니스가 아니라, 바로 저였습니다."

덩크는 칼날을 얼굴에 꾹 누른 다음, 획 그어 내렸다. 그리고 칼을 흔들어 피를 털어 내자 핏방울이 로한의 얼굴에 튀었다. '주근깨가 더 생겼네.' 그가 생각했다.

"자, 이제 붉은 과부께서 원하신 것을 받으셨습니다. 뺨에는 뺨을."

"넌 미쳤어."

그때 그녀의 눈에 눈물이 고인 건 단지 눈에 연기가 들어간 탓일까.

"태생만 좋았더라면 기꺼이 너와 혼인했을 텐데."

"네, 영주님. 그리고 돼지한테 날개가 달리고 비늘이 생기고 화염도 뿜어낼 수 있다면, 돼지가 아니라 드래곤이겠지요."

덩크는 단검을 다시 칼집에 집어넣었다. 얼굴이 욱신거리기 시작했다. 뺨에서 피가 흘러 목가리개에 뚝뚝 떨어졌다. 피 냄새를 맡은 썬더가 콧김을 내뿜으며 물에 발길질했다.

"숲에 불을 지른 자들을 넘겨주십시오."

"아무도 숲에 불을 지르지 않았어. 하지만 내 부하의 짓이라면 분명 나를 기쁘게 하려고 그런 짓을 저질렀을 터인데, 어떻게 그런 사람을 네게 넘기겠어?"

로한이 뒤에 포진한 자신의 호위대를 돌아보았다.

"그냥 유스테이스 경이 고발을 철회하는 게 제일 나은 방법이야."

"돼지가 화염을 내뿜기를 기다리는 것이 더 빠를 겁니다, 영주님."

"그렇다면 난 신들과 인간 앞에서 내 무죄를 증명할 수밖에 없어. 유스테이스 경에게 난 그의 사과를 요구한다고 전해……. 아니면 재판을 원한다고. 선택은 그의 것이다."

그녀는 부하들이 있는 곳으로 말 머리를 돌렸다.

* * *

그들의 전장이 될 곳은 바로 시내였다.

어기적거리며 시내로 들어온 셉톤 세프톤은 하늘 위의 아버지 신에게 두 전사를 굽어살펴 공정한 심판을 내려 달라 청원했고, 전사의 신에게는 정의롭고 진실한 이에게 힘을 내려 달라는 부탁을, 그리고 어머니 신에게는 거짓을 고한 자가 회개할 수 있도록 자비를 베풀어 달라고 애원했다.

그리고 기도가 끝나자 셉톤이 마지막으로 유스테이스 경을 돌아보며 말했다.

"기사여, 다시 한 번 애원하건대, 부디 고발을 철회하여 주십시오."

"그럴 수 없소이다." 노인이 수염을 부르르 떨며 말했다.

그러자 뚱뚱한 셉톤은 이번에는 로한 여영주를 돌아보았다.

"사돈 누이, 만약 그대가 이 짓을 저질렀다면 지금 고백하고, 유스테이스 경에게 숲에 대한 배상을 제시하시오. 아니면 피가 흐를 겁니다."

"내 대전사가 신들과 인간들이 보는 앞에서 내 결백을 증명해 줄 것입니다."

"결투 재판만이 유일한 방법은 아닙니다. 두 분께 제가 청원하건대, 골든그로브로 가서 이 문제를 로완 공의 판결에 맡기십시오."

허리까지 물에 잠긴 셉톤이 애원했다.

"절대 불가하오."

유스테이스 경이 대답했다. 붉은 과부도 고개를 저었다.

루카스 인치필드 경이 성이 잔뜩 나 붉어진 얼굴로 로한 여영주를 노려보았다.

"이 광대놀음이 끝난 뒤에 당신은 나와 **혼인해야** 할 것이오. 애초 당신의 부친이 바랐듯이 말이오."

"아버지는 당신을 나만큼 잘 알지 못하셨어."

그녀가 반박했다.

덩크는 에그 옆에서 한쪽 무릎을 꿇고 반지를 소년의 손에 쥐여 주었다. 반지에 새겨진 인장은 두 마리씩 짝을 이룬 네 마리의 삼두룡, 바로 서머홀의 왕자 마에카르의 문장이었다.

"다시 장화 속에 넣어 둬. 그리고 만약 내가 죽는다면, 가장 가까이 있는 네 아버지의 지인을 찾아가서 서머홀로 데려가 달라고 부탁해. 홀로 리치를 가로지를 생각은 하지 말고. 잊지 마, 안 그러면 내 귀신이 널 찾아가서 귀싸대기를 날려 줄 테니까."

"네, 기사님. 하지만 기사님이 죽지 않으면 더 좋겠는데요."

에그가 말했다.

"하긴, 죽기에는 너무 덥다."

덩크는 투구를 쓰고 에그의 도움을 받아 목가리개에 단단히 조였다. 유스테이스 경이 지혈하라며 망토에서 찢어 준 천 조각을 얼굴의 칼자국에 댔지만, 그래도 피가 스며 나와 얼굴이 끈적끈적했다. 덩크가 자리에서 일어나 썬더한테 다가갔다. 몸을 안장 위에 싣던 덩크의 눈에 연기가 거의 바람에 흩어졌음에도 무척 어둑어둑한 하늘이 보였다. '구름이라.' 그가 생각했다. '짙은 구름이네.' 그런 구름은 정말 오랜만이었다. '혹시 어떤 징조가 아닐지. 하지만 누구에게 길한 징조일까?' 덩크는 징조에 관해 아는 것이 없었다.

시내 건너편을 보니 루카스 경도 이미 말에 오른 모습이었다. 그가 탄 말은 날렵하고 강인하게 생긴 멋진 밤색 군마였는데, 썬더보다는 덩치가 작았다. 그러나 크기의 열세는 목 장갑과 안면 장갑 그리고 전신을 가린 얇은 사슬 마갑으로 만회했다. 롱인치 본인은 검은 유약을 칠한 판금 갑옷과 은빛 고리 갑옷으로 무장했다. 투구에는 줄마노 거미가 음흉하게 도사렸지만, 방패에는 본인의 문장인 흐릿한 회색 바탕 위에 자리한 흑백 체크무늬 서자선(庶子線, bend sinister)을 드러냈다. 덩크는 루카스 경이 종자에게 방패를 넘기는 광경을 보았다. '방패를 쓸 생각이 없구나.' 다른 종자가 미늘창을 건네는 모습을 보고 덩크는 이유를 깨달았다. 미늘창은 철로 두른 창대에 묵직한 창머리가 달리고 반대편 끝에는 날카로운 대못이 박힌 길고 위험한 무기였는데, 다만 두 손으로 휘둘러야 했다. 롱인치는 오직 그가 걸친 갑옷에 모든 방어를 맡겨야 했다.

'저 선택을 후회하게 해 주겠어.'

덩크는 탄셀이 그려 준 느릅나무와 별똥별 방패를 왼팔에 맸다. 문득 동요의 한 구절이 머릿속에 울려 퍼졌다. '떡갈나무와 쇠여, 나를 잘 지켜 줘요, 안 그러면 난 죽어서 지옥에 떨어질 거예요.' 그가 칼집에서 장검을 뽑아 들었다. 손에 느껴지는 묵직한 무게감에 마음이 든든했다.

덩크는 썬더의 옆구리를 건드려 천천히 커다란 군마를 시냇물로 이끌었다. 건너편 기슭에서 루카스 경도 물에 들어섰다. 덩크는 롱인치를 방패가 있는 왼쪽에 두려고 오른쪽으로 말을 몰았다. 루카스 경 역시 그런 이점을 호락호락 양보할 생각은 아닌 듯했다. 그도 재빨리 말 머리를 돌렸고, 곧 그들은 회색 강철을 부딪치고 푸른 물보라를 뿌리며 격돌했다. 루카스 경이 미늘창으로 내려치자 덩크가 안장 위에서 몸을 비틀어 간신히 방패로 막았다. 엄청난 충격이 팔을 따라 치달리자 아랫니와 윗니가 부딪쳐 달그락거렸다. 덩크가 반격으로 가로로 휘두른 칼이 상대의 들어 올린 팔 밑 겨드랑이를 가격했다. 쇠에 쇠가 부딪치며 시끄럽게 울렸고, 결투가 본격적으로 시작되었다.

롱인치는 계속 군마를 빙빙 돌리며 덩크의 무방비한 오른쪽을 노렸지만, 썬더도 그에 맞서 몸을 돌리며 상대 말을 물어뜯으려 했다. 루카스 경이 아예 등자를 디디고 일어서 온 힘을 다해 계속하여 미늘창을 내려쳤고, 덩크는 그때마다 방패를 움직여 공격을 막았다. 그도 떡갈나무 방패 뒤에 웅크린 채 인치필드의 팔과 옆구리와 다리에 칼을 휘둘렀지만, 번번이 판금 갑옷에 튕겨 나갔다. 그렇게 그들은 시냇물에 다리를 적시며 돌고 돌면서 접전을 벌였다. 롱인치는 공격했고 덩크는 방어하면서 허점이 보이기를 기다렸다.

마침내 덩크가 기회를 포착했다. 루카스 경이 공격하려고 도끼를 들어 올릴 때마다 겨드랑이 부분에 틈새가 나타났다. 사슬과 가죽과 누빈 솜옷이 있긴 했지만, 판금 갑옷은 없는 곳이었다. 덩크는 방패를 들어 올리고 공격할 시기를 가늠했다. '곧. 곧이야.' 꽝 하고 내려친 도끼가 다시 위로 올라갔다. '지금이다!' 썬더의 옆구리에 박차를 가해 몸을 가까이 들이댄 덩크는 드러난 틈새를 향해 힘껏 장검을 내질렀다.

그러나 빈틈은 순식간에 사라졌다. 칼끝은 겨드랑이 보호구를 긁는 데 그쳤고 덩크는 몸을 너무 뻗은 터라 하마터면 말에서 떨어질 뻔했다. 그때 도끼가 내려오며 꽝 하고 방패의 무쇠 테두리에 비스듬히 튕겨 나간 뒤 덩크가 쓴 투구의 측면을 강타하고 썬더의 목도 스치며 지나갔다.

진한 피 냄새가 진동했고 고통에 겨워 허연 눈자위를 드러낸 썬더가 비명과 함께 앞다리를 들어 올리며 일어섰다. 그때 막 달려들던 루카스 경이 말이 내지른 쇠발굽에 얼굴과 어깨를 정통으로 얻어맞았다. 그리고 육중한 군마가 쓰러지며 롱인치가 탄 말을 덮쳤다.

모든 건 순식간에 벌어졌다. 두 군마가 뒤엉킨 채 쓰러지면서 서로 발길질하고 물어뜯으며 물과 진흙을 흩뿌렸다. 덩크는 말 위에서 뛰어내리려 했지만, 한쪽 발이 등자에 얽히고 말았다. 물속에 곤두박질치는 와중에 눈구멍으로 시냇물이 쏟아 들어오기 직전 황급히 숨을 들이마셨다. 그의 발이 아직도 등자와 엉켜 있었고 썬더가 몸부림치자 거칠게 끌려가는 느낌과 함께 다리의 관절이 빠지는 듯한 통증을 느꼈다. 그 순간 몸이 자유로워진 덩크는 허우적거리며 물속으로 가라앉았다. 세상은 온통 파랑과 초록과 갈색뿐이었다.

갑옷의 무게 때문에 계속 가라앉다가 어깨가 시내 바닥에 부딪쳤다. '이쪽이 밑이라면 반대쪽이 위다.' 덩크가 철 장갑을 두른 손으로 돌과 모래를 더듬다가 간신히 다리를 모으고 일어섰다. 진흙이 뚝뚝 떨어지고 찌그러진 투구의 숨구멍에서 물이 쏟아져 나오는 모습으로 휘청거렸지만, 그래도 다시 두 다리로 서 있었다. 덩크가 숨을 크게 들이마셨다.

방패는 엉망으로 찌그러진 채 아직도 왼팔에 매달려 있었으나, 칼집이 비었고 검도 보이지 않았다. 투구 속은 물과 피로 흥건했다. 몸을 움직이려 하니 발목에서 치솟은 극심한 통증이 다리를 관통했다. 군마도 두 마리 다 일어선 모습이 보였다. 한쪽 눈이 감긴 덩크는 흘러내리는 핏물 속에서 성한 눈을 찡그리며 적의 위치를 찾아 두리번거렸다. '죽었구나. 익사했거나 썬더에게 머리가 박살이 났나 보다.'

그때 바로 앞에서 루카스 경이 검을 들고 물속에서 뛰쳐나왔다. 그가 휘두른 검이 덩크의 목을 강타했으나, 두꺼운 목가리개 덕택에 간신히 목이 잘려 나가는 것을 피할 수 있었다. 덩크는 칼이 없어서 오직 방패만으로 대응해야 했고, 괴성을 지르며 마구 검을 휘두르는 롱인치에게 밀려 계속 뒷걸음질 쳤다. 덩크는 방패를 들어 올린 팔을 가격당해 팔꿈치 위의 감각이 사라졌다. 칼이 옆구리를 베며 지나가자 덩크가 고통에 신음했다. 계속 뒤로 물러서던 덩크는 물속의 돌에 발이 미끄러지는 바람에 털썩 한쪽 무릎을 꿇었고, 그러자 시냇물이 가슴팍까지 차올랐다. 간신히 다시 방패를 들어 올렸지만, 루카스 경이 전력을 다해 내려친 검이 두꺼운 떡갈나무 방패를 두 쪽으로 가르면서 파편이 덩크의 얼굴에 튀었다. 귀가 울리고 입안은 피로 가득했으나, 어딘가 멀리서 에그가 외치는 소리가 들렸다.

"죽여 버려요, 기사님! 놈은 바로 앞에, **바로 앞에 있어요!**"

덩크가 앞으로 몸을 던졌다. 루카스 경이 이미 방패에서 칼을 비틀어 뺀 다음이었다. 덩크는 롱인치의 허리에 몸통 박치기를 하고 그와 함께 물속에 쓰러졌다. 시냇물은 다시 한 번 두 사내를 집어삼켰지만, 이번에는 덩크도 준비되어 있었다. 덩크는 한 팔로 롱인치를 감아 버리고 그가 일어나지 못하게 계속 눌러 내렸다. 인치필드의 찌그러지고 뒤틀려 버린 면갑에서 물거품이 계속 솟아올랐지만, 그는 저항을 멈추지 않았다. 인치필드가 시내 바닥에서 주운 돌멩이로 덩크의 머리와 손을 후려치기 시작했다. 덩크가 황급히 검대를 더듬었다.

'설마 단검마저도 잃어버린 건가?'

하지만 다행히도 단검은 그대로 있었다. 덩크는 재빨리 단검을 뽑고 요동치는 시냇물 속으로 손을 넣어 롱인치 루카스의 겨드랑이를 가린 무쇠고리와 가죽 틈으로 서서히 단검을 밀어 넣었다. 루카스 경이 격렬하게 몸부림을 쳤지만, 곧 몸에서 힘이 스르르 빠져나갔다. 덩크는 롱인치를 밀쳐내고 시냇물에 몸을 맡겼다. 가슴에 불이 붙은 듯했다. 길고 늘씬한 흰 물고기가 슬쩍 얼굴 옆을 지나갔다.

'저게 뭐지?' 덩크가 생각했다.

'저게 뭐지? 저게 뭐지?'

* * *

그는 생소한 성에서 깨어났다.

눈을 떴을 때 그는 자신이 어디에 있는지 몰랐다. 어디였든 무척 시원한 곳이었다. 입안에는 피 맛이 감돌고 눈에는 어떤 고약을 발라 진한 향을 풍기는 묵직한 천이 얹혀 있었다. 정향 냄새 같았다.

덩크는 얼굴을 더듬어 천을 치웠다. 머리 위에는 높은 천장에서 불빛이 하늘거렸고 서까래에 앉은 큰까마귀들이 작은 검은 눈으로 내려다보며 그를 향해 까악거렸다. '적어도 눈은 안 멀었네. 다행이다.' 그가 있는 곳은 마에스터의 탑이었다. 벽에 줄지어 걸린 선반들에는 약초 더미와 물약이 담긴 토기와 녹색 유리병 들이 가득했다. 가까이 있는 가대식 탁자에는 양피지와 책과 괴상한 청동 도구 들이 큰까마귀 똥으로 얼룩진 채 어지러이 놓여 있었다. 큰까마귀들이 서로 중얼거리는 소리가 들렸다.

덩크는 일어나 앉으려 했다가 깊게 후회했다. 머리가 빙빙 돌았고 왼쪽 다리는 살짝 힘을 주니 극심한 통증이 느껴졌다. 아마 붕대로 동여맨 발목이 보였고, 가슴과 어깨도 기다란 아마포로 둘러싸여 있었다.

"움직이지 마십시오."

한 젊은 남자의 얼굴이 위에 나타났다. 짙은 갈색 눈 사이로 매부리코가 보이는 여윈 얼굴. 덩크가 아는 얼굴이었다. 얼굴의 주인은 회색 로브를 입고 목에는 여러 종류의 금속을 체인으로 엮은 마에스터의 목걸이를 걸었다. 덩크가 그의 손목을 움켜쥐었다.

"여기는……?"

"콜드모트입니다. 스탠드패스트로 돌아가기에는 너무 부상이 심해서, 로한 부인께서 이곳으로 모시라고 명하셨지요. 이걸 드십시오."

마에스터가 대답하고 뭔가 담긴 잔을 덩크의 입술에 갖다 댔다. 약은 마치 식초처럼 쓴맛이 났지만, 덕분에 비릿한 피 맛은 모두 사라졌다.

덩크는 억지로 약을 전부 마셨다. 그리고 오른손으로 몇 번 주먹을 쥐었다가 편 다음 왼손으로 반복했다.

'그나마 손하고 팔은 제대로 움직이는구나.'

"내가 어디…… 어딜 다쳤습니까?"

"다치지 않은 곳이 어디일까?"

마에스터가 코웃음을 쳤다.

"발목 골절에 무릎 염좌, 쇄골도 부러지고 그 수많은 멍…… 당신의 상반신은 녹색과 노란색 멍으로 덮여 있고 오른팔은 검푸르게 물들었습니다. 처음엔 머리도 깨진 줄 알았는데, 그건 아닌 듯하군요. 그리고 얼굴의 칼자국은 안타깝게도 흉터가 남을 겁니다. 아, 그리고 시내에서 당신을 끌어냈을 때 당신은 이미 익사한 상태였습니다."

"익사?"

덩크가 말했다.

"아무리 당신처럼 체구가 거대한 사람이라도 그렇게 많은 물을 삼킬 수 있으리라고는 상상도 못 했습니다, 기사. 내가 아이언 제도 출신인 걸 행운이라 여기십시오. 익사한 신(the Drowned God)의 사제들은 사람을 익사시킨 후 되살리는 방법을 알고 있고, 난 그들의 신앙과 관습을 익힌 적이 있습니다."

'내가 익사했다니.'

덩크는 다시 앉으려 했지만, 몸에 힘이 남아 있지 않았다.

'내 목에도 닿지 않는 물에서 익사했다니.'

그는 웃음을 터뜨리다가 통증에 신음했다.

"루카스 경은?"

"죽었지요. 의심의 여지가 있었습니까?"

'아니.'

덩크는 여러 가지를 의심했지만, 그것만은 아니었다. 롱인치의 팔다리에서 갑자기 힘이 쭉 빠져나가던 것이 기억에 생생했다.

"에그." 그가 간신히 말했다.

"난 에그를 원합니다."

"허기를 느낀다는 건 좋은 조짐입니다만, 지금 당신에게 필요한 건 음식이 아니라 수면입니다."

마에스터가 대답했다.

덩크는 머리를 흔들다가 바로 후회했다.

"그 에그가 아니라 내 종자……."

"그렇습니까? 보기보다 힘도 세고 용감한 소년이더군요. 당신을 시냇물에서 끌어낸 것도 그 아이였습니다. 우리가 갑옷을 벗길 때도 도와줬고, 당신을 여기로 싣고 온 마차에도 함께 타서 왔습니다. 또 누가 당신을 해치려 들까 봐, 잠도 자지 않고 당신의 검을 무릎에 놓은 채로 당신 곁에서 떠나질 않더군요. 심지어는 **나까지** 의심하면서, 당신에게 뭘 먹일 때마다 나보고 먼저 맛을 보라며 고집부렸습니다. 이상한 면이 있기는 하지만, 매우 충직한 아이였습니다."

"지금은 어디에 있습니까?"

"유스테이스 경의 초대를 받고 혼인 만찬에 참석했습니다. 유스테이스 경의 하객은 아무도 없었으니까요. 소년이 거부했더라면 그건 예의에 어긋나는 행동이었을 겁니다."

"혼인 만찬?"

덩크는 무슨 말인지 이해할 수 없었다.

"아, 물론 당신은 알 리가 없겠지요. 당신의 결투가 끝난 후, 콜드모트와 스탠드패스트는 화해했습니다. 로한 부인은 유스테이스 경에게 영지를 가로질러 아담의 무덤을 방문하는 것을 허락해 달라고 부탁했고, 유스테이스 경이 허락했습니다. 그녀가 검은딸기 무덤 앞에 무릎을 꿇고 울음을 터뜨리자, 그에 감동한 유스테이스 경이 그녀를 위로하였지요. 그분들은 밤 내내 아담과 영주님의 선친에 관해 이야기를 나누었습니다. 블랙파이어 반란이 일어나기 전까지만 해도 와이만 공과 유스테이스 경은 사이가 돈독한 친우들이었지요. 그리고 오늘 아침, 유스테이스 경과 로한 부인은 셉톤 세프톤의 주례로 혼인을 올리셨습니다. 유스테이스 오스그레이는 이제 콜드모트의 주인이고, 그의 체키 사자 깃발이 모든 탑과 성벽 위에서 웨버 가문의 거미와 함께 휘날리고 있습니다."

덩크의 세상이 천천히 빙빙 돌기 시작했다. '그 약. 나를 재우려는 것이었군.' 그는 눈을 감고, 모든 통증이 가라앉기를 기다렸다. 큰까마귀들이 까악거리며 서로 비명 치는 소리와 그가 숨 쉬는 소리 그리고 또 다른 소리가 들려왔다……. 부드럽고 꾸준한, 뭔가 묵직하면서도 감미로운 소리였다. 덩크가 졸음에 취한 목소리로 물었다.

"저건 뭡니까? 저 소리는……?"

"저 소리 말입니까?" 마에스터가 귀를 기울였다.

"그냥 비가 내리는 소리입니다."

***

덩크는 그곳을 떠나는 날까지 그녀를 보지 못했다.

"이건 어리석은 짓이오, 기사."

목발에 몸을 기댄 채 부목으로 고정한 다리를 움직여 뜰을 가로지르는 덩크 옆에서 셉톤 세프톤이 툴툴댔다.

"마에스터 세릭은 아직 그대의 몸이 절반도 회복하지 못했다 하고, 게다가 이렇게 비도 내리는데……. 또 익사는 하지 않더라도 감기에 걸려 고생할 것이오. 최소한 비가 그칠 때만이라도 기다리는 건 어떻겠소?"

"그건 몇 년이 걸릴지 모릅니다."

덩크는 거의 매일 자신을 찾아 준 이 뚱뚱한 셉톤을 고맙게 여겼다. 그는 기도를 해 준답시고 와서는 이런저런 이야기로 수다를 떨며 시간을 보냈다. 그의 활발한 성격과 재기 발랄한 입담은 그리울 테지만, 그래도 바뀌는 것은 없었다.

"난 가야 합니다."

주위에는 세찬 빗발이 마치 수천 가닥의 차가운 잿빛 채찍처럼 등을 때리며 쏟아지고 있었다. 덩크의 망토도 흠뻑 젖은 지 오래였다. 일전에 유스테이스 경이 주었던 녹색과 금색 체크무늬 자락이 달린 하얀 양털 망토였는데, 노기사가 "그대가 보인 용맹과 충성심에 보답하고 싶네, 기사여." 라며 작별 선물이라고 그에게 다시 막무가내로 떠안겼다. 망토를 어깨에 고정한 브로치도 선물로 받은 것이었다. 은으로 만든 다리가 달린 거미 형상의 상아 브로치였고, 잘게 부순 석류석 조각이 거미 등에 점박이 무늬를 이루었다.

"혹시 이게 베니스를 찾아 나서려는 미친 짓이 아니기를 바라오. 몸도 성하지 않고 온통 멍과 상처투성이라, 설령 그놈을 찾더라도 그대가 더 걱정이야."

셉톤 세프톤이 말했다.

'베니스, 그 빌어먹을 자식.'

덩크가 씁쓸하게 생각했다. 덩크가 시내에서 사투를 벌일 때, 베니스는 샘 스툽스와 그의 아내를 밧줄로 묶은 뒤 스탠드패스트의 다락에서 지하까지 탈탈 뒤지며 촛대와 옷가지부터 병장기와 오스그레이의 오래된 은잔과 노기사가 서재의 낡은 태피스트리 뒤에 숨겨 둔 돈주머니까지 포함하여 돈이 될 만한 것은 모조리 훔쳐 도망가 버렸다. 덩크는 갈색 방패의 베니스 경을 언젠가 다시 만나기를 빌었다. 그리고 그때는……

"베니스는 나중의 일입니다."

"어디로 갈 생각이오?"

셉톤이 가쁘게 숨을 몰아쉬며 물었다. 덩크가 목발에 기댄 채 걷는 발걸음조차도 뚱뚱한 셉톤에게는 너무 빨랐다.

"페어 섬. 하렌할. 트라이덴트 강. 산울타리라면 어디든지 있으니. 장벽에도 항상 가 보고 싶었고."

덩크가 어깨를 으쓱거리며 대답했다.

"장벽이라고?" 셉톤이 우뚝 멈춰 섰다.

"너무 아쉽군, 던칸 경. 너무 아쉬워!"

그가 양팔을 활짝 뻗고 비를 맞으며 진창 속에서 외쳤다.

"기도하시오, 기사여. 노파의 신(Crone)께서 그대의 앞길을 비춰 주기를 기도하시오!"

덩크는 가던 길을 계속 갔다.

마구간 안에는 여름처럼 싱그러운 녹색 가운을 입은 그녀가 노란 짚더미 옆에 서서 그를 기다리고 있었다.

"던칸 경."

덩크가 문을 열고 들어오자 그녀가 불렀다. 길게 땋은 빨간 머리가 앞으로 늘어져 허벅지 부근을 건드리고 있었다.

"그렇게 자리에서 일어난 모습을 보니 기쁘군."

'하지만 내가 병상에 드러누운 모습은 한 번도 보지 않았지.'

그가 생각했다.

"부인, 어인 일로 마구간에 행차하셨습니까. 말을 타기엔 비가 좀 많이 내리는 날입니다만."

"네게도 같은 말을 할 수 있어."

"에그가 이야기했습니까?"

'녀석에게 또 귀싸대기를 날릴 일이 늘었군.'

"그 아이가 말한 것을 다행이라 여겨. 안 그랬다면 병사들을 보내 다시 끌고 왔을 테니. 작별 인사 한마디 없이 몰래 도망치듯 떠나려고 하다니, 너무 매정하잖아."

덩크가 마에스터 세릭의 치료를 받던 동안, 그녀는 단 한 번도 찾아오지 않았다.

"그 초록빛 가운이 잘 어울리는군요, 부인. 당신의 눈동자를 돋보이게 합니다."

그가 어색한 몸짓으로 목발에 기댄 몸을 뒤척였다.

"전 말을 가지러 왔습니다."

"굳이 떠나지 않아도 돼. 완쾌한 다음에 네가 맡아 줬으면 하는 자리가 있어. 내 호위대장의 자리. 에그도 다른 종자들과 함께 지내면 되고. 아무도 그 아이의 정체를 알지 못할 거야."

"감사합니다만, 부인, 거절하겠습니다."

썬더는 열 칸 정도 떨어진 칸에 있었다. 덩크가 절뚝거리며 그쪽으로 갔다.

"다시 한 번 생각해 봐, 기사. 지금은 드래곤과 그들의 친구에게도 위험한 시절이야. 최소한 몸이 다 나을 때까지만이라도 여기에 머물러라."

그녀가 옆에서 함께 걸었다.

"유스테이스 공도 기뻐하실 거야. 널 몹시 아끼시던데."

"네." 덩크가 대꾸했다.

"만약 그분의 따님이 죽지 않았더라면 절 사위로 맞고 싶어 할 정도로 아끼시지요. 그랬다면 부인이 제 장모님이 되었겠군요. 전 장모님은커녕 어머니조차 있던 적이 없는데."

순간 로한 부인의 얼굴에 떠오른 표정을 보고 덩크는 또 뺨을 맞는 것이 아닌가 하고 생각했다.

'아니면 내 목발을 차 버릴지도 모르지.'

하지만 그녀는 단지 입을 열어 대답했다.

"나한테 화가 났구나, 기사. 그럼 내게 사죄할 기회 정도는 줘야지."

"뭐, 정 그러시다면 제가 썬더한테 안장을 얹는 것을 도와주시죠."

"난 다른 걸 생각하고 있었는데."

그녀의 주근깨 어린 손이, 기다랗고 얇은 손가락들이 덩크의 손을 감쌌다. '아마 온몸에 주근깨가 가득할 거야.'

"말에 대해서 얼마나 잘 알아?"

"한 마리 타고 다니긴 합니다만."

"전투를 위해 길러진, 다리도 느리고 성질도 거친 늙은 군마잖아. 그냥 타고 다니기에는 적합한 말이 아니지."

"그 말이라도 타지 않는다면 이것들밖에 없습니다."

덩크가 자신의 두 발을 가리키며 대답했다.

"발이 참 크네."

그녀가 덩크의 발을 보면서 말했다.

"손도 크고. 넌 몸의 모든 부분이 다 클 것 같아. 그러니 웬만한 승용마도 네겐 너무 작겠지. 네가 올라타면 작은 조랑말처럼 보일 거야. 그래도 좀 더 빠른 말이 있다면 쓸모가 있을 거다. 특히 덩치가 크고 도르네 모래말의 피가 섞여 지구력도 강한 준마라면."

그녀가 썬더가 있는 칸을 마주 보는 칸을 향해 손짓했다.

"가령, 저런 말 같은."

그곳에는 눈동자가 맑고 길고 불꽃처럼 빨간 갈기를 가진 구렁말이 있었다. 로한 부인이 소매에서 당근을 꺼내 말한테 먹이면서 말의 머리를 쓰다듬었다.

"당근을 먹어야지. 손가락 말고."

그녀가 다시 덩크를 돌아보았다.

"난 이 애를 '불꽃(Flame)'이라 부르지만, 네 마음껏 새로운 이름을 붙여도 돼. 원한다면 '사죄'라고 부르던지."

순간 덩크는 할 말을 잃었다. 그는 목발에 기댄 채 구렁말을 멍하니 쳐다보았다. 말할 나위 없이 훌륭했다. 그의 스승이 소유했던 그 어떤 말에 비해도 훨씬. 저 길고 깨끗한 다리만 보아도 얼마나 빠를지 알 수 있었다.

"더 아름답고 더 빠르도록 신경 써서 교배한 말이야."

덩크는 다시 썬더를 향해 몸을 돌렸다.

"전 받을 수 없습니다."

"어째서?"

"제겐 너무 과분한 말입니다. 저 말을 보십시오."

로한의 얼굴에 홍조가 드리웠다. 그녀가 땋은 머리를 움켜쥐고는 손안에서 비틀어 댔다.

"너도 알다시피 난 꼭 혼인을 해야 했어. 아버지 유언 때문에. 제발 그렇게 바보처럼 굴지 마."

"그럼 어쩌란 말씀이십니까? 전 멍텅구리고 게다가 서출이라 어쩔 수 없습니다."

"말을 가져가. 날 기억할 것 하나 없이 그냥 떠나보낼 수는 없어."

"전 당신을 잊지 않을 겁니다, 부인. 그건 염려하지 마시죠."

"말을 가져가라니까!"

덩크가 로한의 땋은 머리를 낚아채고 그녀의 얼굴을 자기에게 끌어당겼다. 목발을 짚고 있는 데다 키 차이 때문에 자세가 몹시 불편해서, 덩크는 입술을 채 맞추기 전에 하마터면 자빠질 뻔했다. 그는 격정적으로 입술을 훔쳤다. 로한의 한 손이 그의 목덜미를, 그리고 다른 손이 그의 등을 감쌌다. 그 짧은 순간 덩크는 입맞춤에 관해 그동안 구경꾼으로서 배운 것보다 훨씬 더 많은 것을 터득했다. 하지만 입맞춤이 끝나고 다시 몸이 떨어지자, 덩크가 단검을 뽑아 들었다.

"당신을 기억하는 데 필요한 건 따로 있습니다, 부인."

에그는 멋진 밤색 조랑말을 타고 한 손으로 마에스터의 고삐를 잡은 채 문루 앞에서 그를 기다리고 있었다. 덩크가 썬더를 타고 오는 모습을 보고 소년이 놀란 표정을 지었다.

"부인께서 새 말을 주신다고 들었는데요, 기사님."

"아무리 태생이 고귀한 귀부인이라도 항상 뭐든지 마음대로 할 수 있는 건 아니야. 내가 원한 건 말이 아니었어."

도개교 위를 지나면서 덩크가 말했다. 해자의 수위는 이미 거의 기슭에서 넘칠 정도로 높게 차올라 있었다.

"대신 그녀를 기억할 다른 것을 가져왔지. 그 빨간 머리카락 한 타래를."

그는 망토 속에 손을 집어넣어 땋은 머리 타래를 꺼내고는, 씩 미소를 머금었다.

***

네거리에는 시체들이 아직도 철 우리 안에서 서로 껴안고 있었다. 외롭고 처량해 보였다. 파리 떼조차도 그들을 버린 지 오래였고, 까마귀들도 마찬가지였다. 죽은 사내들의 뼈에 남은 건 살가죽 몇 점과 머리카락뿐이었다.

덩크가 눈살을 찌푸리며 말을 멈춰 세웠다. 말을 타는 바람에 발목이 뻐근했지만 상관없었다. 고통은 칼이나 방패만큼이나 기사로서 사는 삶의 일부였다.

"어느 쪽이 남쪽이지?"

그가 에그에게 물었다. 계속 비가 쏟아져 땅이 온통 진창투성이고 하늘이 화강암 벽처럼 어두운 잿빛일 때는 방향을 가늠하기 어려웠다.

"남쪽은 저쪽이에요, 기사님. 북쪽은 저쪽이고요."

에그가 가리키며 말했다.

"서머홀은 남쪽에 있어. 네 아버지가 계신 곳."

"장벽은 북쪽인데요."

덩크가 소년을 바라보았다.

"그건 참 먼 길인데."

"마침 새로운 말도 생겼는데요, 기사님."

"그건 그러네." 덩크는 미소가 절로 피어 나왔다.

"그런데 넌 왜 장벽이 보고 싶은데?"

에그가 대답했다.

"뭐, 그냥. 꽤 높다고 하더라고요."

세븐킹덤의 기사—세 번째 이야기

신비기사
The Mystery Knight

덩크와 에그는 보슬보슬 내리는 여름비를 맞으며 스토니셉트를 나섰다. 덩크는 그의 늙은 군마 썬더를 탔고, 그 옆에는 에그가 직접 레인(Rain)이라 이름 붙인 기운 넘치는 어린 승용마를 몰며 노새 마에스터를 이끌었다. 마에스터는 덩크의 갑옷과 에그의 책, 침낭, 천막과 옷가지, 소금 절인 딱딱한 쇠고기 몇 덩어리, 벌꿀 술이 반쯤 담긴 술병 그리고 물 부대 두 개를 등에 싣고 있었다. 노새의 머리에 씌워 둔 챙이 넓고 느슨한 에그의 낡은 밀짚모자가 비를 막아 주었다. 에그는 마에스터의 귀가 빠져나올 수 있게 모자에 구멍을 뚫어 노새한테 씌우고 자기는 새로 구한 밀짚모자를 썼는데, 덩크의 눈에는 귓구멍을 제외한다면 낡은 모자나 새 모자나 똑같아 보였다.

마을 앞에 거의 이르렀을 때, 에그가 급히 고삐를 잡아당겼다. 입구 위에 어떤 반역자의 머리가 쇠말뚝에 꽂혀 있었다. 아직 퍼렇게 변색하지 않고 불그스레한 핏기가 많이 남은 살점을 보아하니 죽은 지 오래되지 않은 듯했지만, 이미 까마귀들이 거쳐 간 다음이었다. 시신의 입술과 뺨은 찢겨서 너덜너덜했고, 거무스름한 구멍만 남은 두 눈에서는 굳은 피가 빗방울에 섞여 피눈물처럼 느릿느릿 흘러내렸다. 힘없이 벌어진 입은 마치 아래 입구를 지나는 여행자들에게 열변이라도 토할 듯한 모습이었다.

덩크에게는 낯설지 않은 광경이었다.

"어릴 적 킹스랜딩에 살 때, 한번은 저런 말뚝에 꽂혀 있던 머리를 훔친 적이 있었어."

그가 에그에게 말했다. 사실 성벽을 기어올라 머리통을 낚아챈 건 족제비였고, 그것도 래프와 푸딩이 부추긴 결과였지만, 경비병들이 달려오자 족제비가 내던진 머리를 밑에서 받아 낸 사람은 덩크였다.

"반역 귀족 아니면 강도기사였을 거야. 그냥 흔한 살인자 따위였을 수도 있고. 어쨌든 머리는 머리일 뿐. 며칠 동안 말뚝에 꽂혀 있다 보면 다 똑같아지거든."

덩크와 그의 세 친구는 그 머리를 가지고 플리바톰의 소녀들을 괴롭혔다. 골목길 사이로 계집애들을 쫓아다니며 머리에 입을 맞추어야만 풀어 주고는 했다. 그가 기억하기에 그 머리통은 많은 입맞춤을 받았다. 킹스랜딩에서 래프보다 더 빨리 달리는 소녀는 없었으니까. 하지만 에그가 굳이 들을 필요는 없는 부분이었다. '족제비, 래프, 푸딩. 셋 다 지독한 악동이었지만, 최악은 나였지.' 머리통이 검푸르게 변하다 못해 살점이 벗겨지기 시작해서 소녀들을 쫓아다니는 놀이도 흥이 떨어지자, 그들은 밤에 어느 스튜 가게에 몰래 들어가 썩다 남은 머리통을 솥 안에 던져 넣고 나왔다.

"까마귀들은 항상 눈알을 먹어. 그리고 볼살이 꺼지면서 피부가 퍼렇게 변하고……."

덩크가 눈을 가늘게 뜨고 머리를 바라보았다.

"잠깐. 저건 아는 얼굴이잖아."

"맞아요, 기사님. 사흘 전에 블러드레이븐 공을 비판하는 설교를 하던 그 꼽추 셉톤이에요."

에그가 대답했다.

그제야 기억이 났다. '반역적인 설교를 하긴 했지만, 그래도 세븐을 섬기는 성직자였는데.' 그날 그 꼽추 셉톤은 시장 광장에 모인 궁중 앞에서 열성적으로 외쳤다.

"그의 손은 그의 형이 흘린 피는 물론, 어린 조카들의 피로 붉게 물들었다. 그리고 그가 불러낸 사악한 그림자가 용감한 발라르 왕자의 아들들도 태중에서 목 졸라 살해한 것이다. 우리의 젊은 왕자는 지금 어디에 있나? 그의 동생, 다정한 마타리스는? 선한 왕 다에론과 용감무쌍한 창파괴자 바엘로는 모두 어디로 가 버렸나? 그들 모두 무덤으로 들어간 지 오래지만, 부리가 피에 전 이 하얀 큰까마귀만은 아직도 살아남아 아에리스 왕의 어깨에 앉아 왕의 귀에 우짖고 있다. 그자는 얼굴과 텅 빈 눈구멍 속에 지옥의 낙인이 찍혔고, 우리에게 가뭄과 역병과 살육을 가져왔다. 내 그대들에게 고하건대, 모두 일어나서 저 바다 너머에 계시는 우리의 진정한 왕을 기억하라. 일곱 신이 계시고 일곱 개의 왕국이 있는 것처럼, 검은 드래곤도 일곱 아들을 두었다! 일어나라, 고귀한 영주들과 귀부인들이여. 일어나라, 용감한 기사들과 강인한 자유민들이여. 저 사악한 주술사 블러드레이븐을 물리치고 영원한 저주로부터 너희 자식과 후손을 구할지어다."

'하나같이 불충하지 않은 말이 없었지.' 그럼에도 이곳에서 퀭한 눈구멍만 남은 그의 모습을 보는 건 충격적인 일이었다. 덩크가 입을 열었다.

"그래, 그 사람이로구나. 우리가 이 마을을 떠나야 할 좋은 이유가 하나 더 생겼네."

덩크는 썬더에 살짝 박차를 가하고 에그와 함께 말을 몰아 스토니셉트의 입구를 빠져나갔다. 비가 나직하게 내리고 있었다. '블러드레이븐 공은

눈이 몇 개나 있을까?' 수수께끼는 그렇게 물었다. '천 개하고도 하나 더 있다지.'

혹자는 왕의 핸드가 외모를 바꾸는 흑마술을 알고 외눈박이 개로 변신하며, 심지어는 안개로까지 변한다고도 주장했다. 앙상한 회색 늑대 무리가 그의 적을 사냥하고 까마귀들이 비밀을 캐서 그의 귀에 속삭여 준다는 소문도 있었다. 대부분 근거 없는 헛소문임을 덩크는 의심치 않았지만, 왕국에 블러드레이븐이 간자(間者)를 심지 않은 곳이 없다는 건 누구도 의심할 수 없는 사실이었다.

덩크는 예전에 킹스랜딩에서 본인을 직접 본 적이 있었다. 브린덴 리버스의 피부와 머리카락은 뼈처럼 희었고, 레드그라스 벌판에서 배다른 형제인 비터스틸에게 한쪽 눈을 잃어 하나만 남은 눈은 피처럼 새빨갰다. 뺨과 목덜미에는 그가 블러드레이븐이라는 이름을 얻은 이유인 큰까마귀 형상의 포도주색 모반이 있었다.

마을과 꽤 멀리 멀어졌을 때, 덩크가 목청을 가다듬고 말했다.

"셉톤의 목을 자르다니, 불길한 짓이잖아. 단지 몇 마디 조금 지껄였을 뿐인데. 말은 그저 바람 소리에 불과해."

"어떤 말은 바람 소리지만 어떤 말은 반역이에요, 기사님."

에그는 팔도 앙상하고 갈비뼈가 드러나 보일 정도로 말랐지만, 입심만큼은 누구에게도 뒤지지 않았다.

"참으로 왕자님다운 말씀이시네."

덩크의 의도대로 에그는 그 말을 모욕으로 받아들였다.

"그가 셉톤이었을지는 몰라도 거짓말을 퍼뜨리고 있었어요, 기사님. 가뭄도, 봄의 대역병도 블러드레이븐 공의 잘못은 아니잖아요."

"그럴지도 모르지. 하지만 세상의 모든 바보나 거짓말쟁이의 목을 베기 시작한다면, 세븐킹덤에 있는 마을의 절반은 텅텅 비고 말 거야."

엿새 후, 비는 어렴풋한 기억에 불과했다.

덩크는 튜닉을 벗고 몸을 쓰다듬는 따스한 햇볕을 즐겼다. 소녀의 숨결처럼 시원하고 신선하며 향기로운 산들바람이 불자, 그가 한숨을 내쉬고는 큰 소리로 말했다.

"물이다. 냄새나지 않아? 호수에 거의 도착한 것 같다."

"전 지금 마에스터 냄새밖에 맡지 못하겠어요, 기사님. 녀석 냄새가 지독하네요."

에그가 노새를 거칠게 끌어당겼다. 마에스터는 가끔 그러듯이 멈춰 서서 길가에 자란 풀을 뜯던 중이었다.

"호숫가에 오래된 여관이 하나 있어."

덩크가 노인의 종자였던 시절에 한번 머물렀던 곳이다.

"알란 경은 그곳의 갈색 맥주가 일품이라고 하셨지. 나룻배를 기다리면서 그 맛을 볼 수도 있을 거야."

에그가 기대하는 눈으로 바라보았다.

"음식을 먹은 후에 입가심으로요, 기사님?"

"뭘 먹을 건데?"

"구운 고깃덩이? 오리나 고기 스튜도 좋겠지요? 거기에 있는 거라면 아무거나 괜찮아요, 기사님."

그들이 마지막으로 따뜻한 음식을 먹은 건 사흘 전이었다. 그 이후로는 땅에 떨어진 나무 열매와 오래되어 나무토막처럼 딱딱해진 소금 절인 쇠고기 조각으로 연명해 왔다. '북부로 향하기 전에 제대로 된 음식으로 배를 채우는 것도 나쁘지 않겠지. 장벽은 까마득히 머니까.'

"하룻밤도 묵는다면 좋겠어요." 에그가 제안했다.

"그러십니까, 왕자님. 깃털 침대도 대령하오리까?"

"짚단으로도 충분해요, 기사님."

에그가 뿔난 목소리로 대답했다.

"숙박에 쓸 돈은 없어."

"지금 우린 동전 스물두 푼, 별 동화 세 닢, 수사슴 은화 한 닢 그리고 그 낡고 깨진 석류석이 하나 있어요, 기사님."

덩크가 귓불을 긁적였다.

"은화는 두 닢이 있는 줄 알았는데."

"있었죠, 기사님이 천막을 사시기 전까지는요. 이젠 하나만 남았어요."

"여관에서 묵기 시작하면 그나마도 안 남을 거야. 벼룩이 득실거리는 어느 행상인이 썼던 침대에서 자고 싶어?"

덩크가 콧방귀를 뀌었다.

"난 아니야. 내가 키우는 벼룩은 다른 벼룩들을 싫어하거든. 우린 별이 있는 하늘 아래서 노숙한다."

"별도 좋긴 하지요." 에그가 인정했다.

"하지만 땅은 딱딱해요, 기사님. 가끔은 베개를 베고 싶어요."

"베개는 왕자님들이나 베는 거야."

에그는 모든 기사가 반길 만한 뛰어난 종자지만, 이따금 자신이 왕자라는 기분을 내고 싶어 했다. '이 녀석 몸에 드래곤의 피가 흐른다는 사실을 절대 잊으면 안 돼.' 그에 비해 덩크는…… 플리바툼에 있을 때 툭하면 그더러 교수형에 처해 죽을 거라며 악담을 퍼붓던 이들의 말을 빌리자면, 그의 몸에는 비렁뱅이의 피가 흘렀다.

"맥주와 따뜻한 식사 한 끼라면 모르지만 숙박에 낭비할 돈은 없다. 나룻배를 타려면 돈을 아껴야 해."

과거에 호수를 건널 때는 뱃삯이 동화 몇 닢에 불과했지만, 벌써 육칠

년 전의 일이었다. 지금은 모든 것이 비싸졌다.

"뭐, 건널 때 제 장화를 쓸 수도 있겠지요."

"그럴 수도 있긴 하지. 하지만 안 돼."

덩크가 대꾸했다. 장화를 사용하는 것은 위험한 짓이었다. '당연히 소문이 퍼지겠지. 안 퍼질 리가 없어.' 그의 종자가 까까머리인 것은 우연이 아니었다. 에그의 눈동자는 고대 발리리아인처럼 보라색이었고, 머리카락은 순금과 은실을 섞은 듯한 은금색으로 빛났다. 그런 머리를 드러내고 돌아다니는 건 삼두룡 브로치를 달고 다니는 것과 마찬가지였다. 현재 웨스테로스의 정세가 특히 불안했고, 굳이 위험을 무릅쓸 필요는 없었다.

"한 번이라도 네 망할 장화 이야기를 해 봐, 호수 건너편까지 **날아갈** 정도로 세게 귀싸대기를 날려 줄 테니까."

"차라리 헤엄을 치겠어요, 기사님."

덩크와는 달리 에그는 헤엄을 잘 쳤다. 소년이 안장에 앉은 채 몸을 돌려 뒤를 바라보았다.

"기사님? 누가 길을 따라 우리 쪽으로 오고 있어요. 말발굽 소리가 들리세요?"

"내가 귀머거리냐."

덩크도 그들이 일으키는 먼지구름을 볼 수 있었다.

"사람이 많아 보이네. 게다가 급하게 달려오고 있어."

"혹시 도적 떼일까요, 기사님?"

에그는 겁을 먹기는커녕 오히려 신이 나서 등자를 디디고 일어섰다. 에그는 그런 녀석이었다.

"도적 떼라면 더 은밀하겠지. 저렇게 시끄럽게 구는 건 귀족들뿐이야."

덩크가 칼집에서 칼을 빼기 쉽게 칼자루를 흔들어 느슨하게 했다.

"어쨌든 길에서 벗어나 저들이 먼저 지나가게 하자. 귀족도 귀족 나름이니까."

조심한다 하여 나쁠 건 없었다. 선한 왕 다에론이 철왕좌에 앉았던 시절과는 달리, 길은 이제 안전하지 않았다.

덩크와 에그는 가시덤불 뒤에 몸을 숨겼다. 덩크가 등에 진 방패를 풀어서 팔에 맸다. 크고 무거우며 쇠로 테두리를 두른 연 모양의 낡은 소나무 방패였는데, 롱인치와의 결투에서 산산조각이 난 방패를 대신하려고 덩크가 스토니셉트에서 산 것이었다. 그의 문장인 느릅나무와 별똥별을 그려 넣을 시간이 없어서, 방패에는 전 주인의 문장인 교수대에 음침하게 매달린 잿빛 시체가 그대로 남아 있었다. 마음에 드는 문장은 아니었지만, 방패는 값이 쌌다.

곧 선두의 기수들이 전속력으로 말을 달려 앞을 지나갔다. 각각 준마를 탄 두 젊은 귀족이었다. 둘 중 적갈색 말을 탄 기수는 기다란 흰색, 붉은색, 노란색 깃털 세 개가 달리고 앞이 트인 금빛 쇠 투구를 썼고, 말의 목 장갑에도 같은 색의 깃털 장식이 달려 있었다. 그 옆을 달리는 귀족은 파란색과 황금색 마갑을 걸친 흑마를 탔고, 질주하는 말 뒤로 기다란 천이 펄럭였다. 기수들은 소란스럽게 떠들고 웃으며 나란히 말을 달렸고, 그들 뒤로 긴 망토 자락이 바람에 휘날렸다.

세 번째로 나타난 귀족은 좀 더 차분한 모습으로 긴 행렬을 이끌었다. 기사 세 명의 수발을 들기 위해 스무 명이 넘는 마부와 요리사와 하인 들이 동행했고, 그 외 중기병과 기마 십자궁병 그리고 갑옷과 천막과 식료품을 잔뜩 실은 짐마차 십여 대도 행렬에 속해 있었다. 귀족의 안장에 매달린 방패에는 짙은 주황색 바탕 위에 검은 성 세 개가 그려져 있었다.

덩크가 아는 문장이었지만 어디서 보았는지 기억나지 않았다. 문장의 주인은 심술궂고 냉소적인 얼굴에 희끗희끗한 수염을 짧게 기른 중년 남자였다. 덩크가 생각했다. '애시포드 초원에 있었던가? 아니면 내가 알란

경의 종자였을 때 성에 머물며 섬긴 적이 있는 영주라거나.' 그의 스승이
었던 늙은 떠돌이기사가 몸을 의탁했던 성이나 아성(牙城)은 하도 많아서
덩크는 절반도 채 기억하지 못했다.

　귀족이 갑자기 고삐를 잡아당기더니 눈살을 찌푸리며 덩크와 에그가
숨은 가시덤불을 노려보았다.

　"거기. 덤불 속에. 모습을 드러내라."

　귀족 뒤에서 십자궁병 두 명이 화살을 장전했다. 남은 이들은 계속 가던
길을 갔다.

　덩크가 팔에 방패를 매고 오른손을 장검의 자루 끝에 얹은 채 높은 풀
사이로 모습을 드러냈다. 그의 얼굴은 말들이 일으킨 흙먼지를 뒤집어써
서 온통 검붉었고, 웃통은 아예 알몸이었다. 덩크도 자기가 꽤 지저분한
꼴임을 알았지만, 상대가 놀란 건 그의 행색보다 거대한 덩치 때문이었을
것이다.

　"저희는 어떤 싸움도 바라지 않습니다, 나리. 저와 제 종자, 둘뿐입니다."

　덩크가 에그에게 나오라고 손짓했다.

　"종자라? 네가 기사란 말인가?"

　덩크는 귀족이 그를 바라보는 시선이 마음에 들지 않았다. '단지 보는
것만으로 가죽을 벗겨 낼 듯한 시선이야.' 장검에서 손을 떼는 게 현명할
듯싶었다.

　"전 몸을 의탁할 주군을 찾는 떠돌이기사입니다."

　"내가 지금까지 목을 매단 강도기사들도 다들 같은 말을 했지. 네 문장
도 뭔가 암시하는 듯하고 말이야, **기사**…… 네가 정말 기사라면 말이지.
교수대와 목이 매달린 사내라. 그게 너의 문장인가?"

　"아닙니다, 나리. 방패는 곧 새로 덧칠할 생각입니다."

　"어째서? 어느 시신한테 훔쳤기라도 하였느냐?"

"정직하게 돈을 내고 산 것입니다."

'주황색 바탕 위에 검은 성 세 개라……. 어디서 보았더라?'

"전 강도가 아닙니다."

귀족의 시선은 냉랭했다.

"뺨에 난 흉터는 어떻게 생긴 것이냐? 채찍 자국이 아니냐?"

"단검에 베인 상처입니다. 나리가 제 얼굴에 신경 쓰실 필요는 없습니다만."

"그건 내가 판단할 일이다."

그때 맨 앞에서 지나갔던 두 젊은 기사가 무엇이 일행을 지연시키는지 알아보려 되돌아왔다.

"여기 있었군요, 고미."

흑마를 탄 청년이 불렀다. 날렵한 몸매에 수염을 말끔히 깎고 용모가 수려한 젊은이였다. 윤기 흐르는 검은색 머리카락이 목덜미 주변에서 찰랑거렸다. 그는 금빛 공단으로 테두리를 두른 짙은 파란색 비단 더블릿을 걸치고 있었다. 가슴팍에 금실로 수놓은 깔쭉깔쭉한 십자가의 첫째와 셋째 칸에는 황금 바이올린이, 둘째와 넷째 칸에는 황금 장검이 수놓아져 있었다. 더블릿과 같은 색깔의 짙은 파란색 눈동자에는 즐거운 빛이 역력했다.

"혹시나 말에서 떨어진 건 아닌지 알린이 걱정했잖아요. 마침 내가 막 앞서 나가려던 터라, 뻔한 핑계를 대는 거로 생각했어요."

"이 두 산적 놈들은 뭡니까?"

적갈색 말을 탄 기수가 물었다.

에그가 분개하며 말했다.

"산적이라니 당치 않습니다, 나리. 우린 여러분이 일으킨 먼지구름을 보고 혹시나 도적 떼일까 생각해서 숨은 것뿐이에요. 이분은 키 큰 던칸 경이고, 전 이분의 종자입니다."

귀족 청년들은 어디서 개구리가 우냐는 듯 에그의 말을 무시했다.

"저 시골뜨기는 분명 내가 지금껏 보아 온 것 중 가장 덩치가 큰 녀석이야."

투구에 깃털 세 개를 단 기사가 단언했다. 얼굴은 통통했고, 머리카락은 진한 벌꿀 색 곱슬머리였다.

"키가 7피트라는 것에 돈을 걸겠어. 넘어지기라도 한다면 땅이 울리겠는데."

덩크는 얼굴이 달아오르는 것을 느꼈다. '그럼 넌 돈을 잃을 거다.' 그가 생각했다. 마지막으로 키를 쟀을 때, 에그의 형 아에몬은 그의 키가 7피트에서 1인치 모자란다고 했다.

"저건 너의 군마인가, 거인 기사? 뭐, 잡으면 그나마 고기는 건질 수 있겠군."

깃털을 단 귀족 청년이 말했다.

"알린 공은 종종 예의를 잊는 버릇이 있네. 방금 그 실례는 용서해 주게나, 기사. 알린, 던칸 경에게 사과해."

검은 머리의 기사가 말했다.

"어쩔 수 없지. 날 용서해 주겠나, 기사?"

알린은 답변을 기다리지 않고 적갈색 말을 돌려 다시 길을 달려갔다.

다른 청년이 떠나지 않고 물었다.

"결혼식으로 향하는 중인가, 기사?"

그의 말투를 들으니 덩크는 왠지 앞머리를 잡아당기고 싶은 마음이 들었다. 덩크가 간신히 충동을 이겨 내고 대꾸했다.

"저희는 나루터로 향하는 중입니다, 나리."

"우리도 그곳으로 가는 길이네만……. 그런데 여기에 나리라고 불릴 사람은 고미와 방금 떠난 건달 녀석 알린 콕쇼우뿐이야. 나도 당신과 같은 떠돌이기사라고. '바이올린 악사' 존이라 하네."

이름만은 떠돌이기사가 쓸 법한 것이었지만, 덩크는 여태껏 이처럼 호화롭게 차려입거나 무장하고 훌륭한 군마를 타고 다니는 떠돌이기사를 본 적이 없었다. '온몸에 금칠한 떠돌이기사인가.' 덩크가 생각했다.

"제 이름은 이미 들으셨지요. 종자 녀석은 에그라고 합니다."

"만나서 반갑네, 기사. 이왕 이렇게 된 김에 우리와 함께 화이트월스로 가서 창대를 몇 개 부러뜨리며 버터웰 공의 재혼을 축하하는 건 어떻겠나? 보아하니 실력이 만만찮을 것 같은데."

덩크는 애시포드 초원 이후로 한 번도 마상 창시합에 나서지 않았다. '몇 번 이겨서 몸값을 받아 낸다면 북부로 가는 동안 잘 먹을 수 있겠지.' 라고 덩크는 생각했지만, 방패에 성이 세 개가 그려진 귀족이 반대했다.

"던칸 경은 따로 갈 길이 있고, 우리도 마찬가지네."

바이올린 악사 존은 중년 귀족의 말을 들은 척도 하지 않았다.

"당신과 검을 겨뤄 보고 싶어, 기사. 여러 나라에서 온 많은 민족의 남자들과 싸워 봤지만, 당신처럼 거대한 상대는 처음이야. 당신 아버지도 그렇게 컸나?"

"전 제 아버지가 누군지 모릅니다, 기사님."

"안타깝군. 내 부친도 너무 일찍 나를 떠나셨지."

바이올린 악사가 성 세 개의 귀족을 돌아보았다.

"던칸 경에게 우리의 유쾌한 일행에 합류하도록 제안해 봐요."

"이런 부류의 놈들과 동행할 필요는 없네."

덩크는 할 말을 잃었다. 빈털터리 떠돌이기사가 고귀한 귀족에게 동행을 권유받는 일은 거의 없었다. '이들보다는 차라리 하인들과 격이 맞겠지.' 행렬의 길이를 보아하니 콕쇼우 공과 바이올린 악사는 군마를 돌볼 마부와 식사를 준비할 요리사, 갑옷을 닦을 종자와 경호를 맡을 호위병 들을 대동하는 듯했지만, 덩크는 에그가 전부였다.

"이런 부류라? 그게 무슨 부류인가요? 거대한 부류? 이 사람의 **몸집**을 보아요. 우린 강한 사람들이 필요합니다. 오래된 명성보다는 젊은이의 검이 더 가치 있다고 흔히들 말하잖아요."

바이올린 악사가 웃음을 터뜨리며 말했다.

"어리석은 놈들이나 하는 말이지. 자네는 견식이 짧고 이 남자에 관해서는 더욱 아는 것이 없어. 산적 놈이거나 블러드레이븐 공의 간자일 수도 있네."

"전 누구의 간자도 아닙니다. 그리고 나리한테 마치 제가 귀머거리나 죽은 사람이거나 도르네처럼 먼 곳에 있는 사람인 양 무시당할 이유도 없습니다."

발끈한 덩크가 대답했다.

귀족이 냉랭한 시선으로 그를 주시했다.

"도르네라면 잘 어울리겠군, 기사. 그곳으로 가는 것을 허락하겠네."

"신경 쓰지 마." 바이올린 악사가 말했다.

"고미는 심술궂은 늙은이라서 누구라도 의심부터 하고 보니까. 고미, 난 이 친구가 마음에 드네요. 던칸 경, 우리와 함께 화이트월스로 가지 않겠어?"

"나리, 전……."

어떻게 이런 이들과 함께 지낸다는 말인가? 하인들이 거대한 천막을 세우고 마부들이 말을 돌보며 요리사들이 구운 수탉이나 큼직한 고깃덩이를 귀족들에게 식사로 내놓을 때, 덩크와 에그는 한쪽에서 딱딱하고 질긴 소금 절인 쇠고기 조각이나 씹고 있을 터였다.

"그리하지는 못하겠습니다."

"보았나. 주제를 아는 녀석이라서 우리와 같이 다닐 수 없다고 하잖아."

성 세 개의 영주가 말했다. 그가 길 쪽으로 말 머리를 돌리며 덧붙였다.

"지금쯤이면 콕쇼우 공이 반 리그는 더 갔겠군."

"그럼 다시 따라잡아야겠네."

바이올린 악사가 덩크에게 미안해하는 미소를 지었다.

"언젠가 다시 만날지도. 그러길 기대해. 당신과 정말 창을 겨뤄 보고 싶으니까."

덩크는 어떻게 대꾸해야 할지 몰랐다. "대회에서 행운을 빕니다."라고 간신히 말하긴 했지만, 존 경이 이미 말 머리를 돌려 일행을 쫓아간 다음이었다. 중년 귀족도 뒤따라 떠나자 덩크는 안도했다. 중년 귀족의 냉랭한 시선과 알린 공의 오만한 태도 때문에 기분이 언짢던 참이었다. 바이올린 악사는 싹싹했지만, 그도 어딘가 이상하기는 마찬가지였다.

"바이올린 두 개와 검 두 자루와 깔쭉깔쭉한 십자가가 있는 문장은 어떤 가문이야?"

흙먼지를 일으키며 멀어지는 그들의 뒷모습을 지켜보며 덩크가 에그에게 물었다.

"모르겠어요, 기사님. 그런 문장은 어떤 명부에서도 본 적이 없어요."

'정말로 떠돌이기사인가.' 덩크가 그만의 문장을 만든 건 애시포드 초원에서 키가 너무 큰 탄셀이라는 인형사가 방패에 무엇을 그려야 할지 물었을 때였다.

"아까 그 중년 귀족은 프레이 가문의 일가인가?"

프레이 가문의 문장에도 성이 있었고, 멀지 않은 곳에 그들의 영지가 있었다.

에그가 어이없다는 듯 눈알을 뒤룩거렸다.

"프레이 문장은 회색 바탕에 다리로 연결된 두 개의 파란색 탑이에요. 그 귀족의 문장은 주황색 바탕에 검은색 성이 세 개가 있었잖아요, 기사님. 거기에 다리가 있던가요?"

"아니." '일부러 내 약을 올리려고 이러는 거야.'

"그리고 또 내 앞에서 눈알을 굴렸다간 눈알이 까뒤집히도록 제대로 귀싸대기를 날려 주마."

찔끔한 에그가 서둘러 대답했다.

"그런 뜻이 아니라……."

"그건 됐고. 그 사람이 누군지나 말해."

"고몬 피크예요. 스타파이크의 영주."

"리치에 있는 곳 말이야? 정말 성이 세 개나 있어?"

"문장에만요. 한때 피크 가문이 세 개의 성을 소유한 적이 있지만, 두 개를 잃어버렸어요."

"어떻게 하면 성을 두 개나 잃는데?"

"검은 드래곤을 위해 싸우면 그렇게 돼요, 기사님."

"아." 덩크는 자신이 바보라는 생각이 들었다. '또 그거냐.'

지난 2백 년간, 세븐킹덤은 전국을 통일하고 철왕좌를 벼린 정복자 아에곤과 그 누이들의 자손이 지배해 왔다. 왕가의 깃발은 타르가르엔 가문의 상징인 검정 바탕 위에 붉은 삼두룡을 과시했다. 16년 전, 아에곤 4세의 서자 다에몬 블랙파이어는 적출인 그의 이복형을 상대로 반란을 일으켰다. 다에몬도 삼두룡을 문장으로 썼으나, 많은 서자가 그랬던 것처럼 바탕색과 드래곤의 색을 뒤바꿨다. 반란은 레드그라스 벌판에서 다에몬과 그의 쌍둥이 아들들이 블러드레이븐 공의 궁수대가 쏜 화살 비에 맞고 죽으면서 진압되었다. 살아남은 반도들은 무릎을 꿇음으로써 사면을 받았지만, 토지나 작위, 재산을 잃었고 모두 앞으로의 충성에 대한 보장으로 볼모를 바쳐야 했다.

'주황색 바탕에 검은 성 세 개.'

"이제야 기억이 나네. 알란 경은 레드그라스 벌판에 일어났던 일을 입에 담는 것을 즐기지 않으셨지만, 한번은 술에 취해 그분의 조카가 어떻게 죽었는지 이야기해 주셨어."

지금도 술 냄새를 풍기며 이야기하는 노인의 목소리가 귓가에 울리는 듯했다.

"이름이 페니트리의 로저라고 하셨지. 세 개의 성이 그려진 방패를 든 귀족이 휘두른 전곤을 맞고 머리가 부서져 죽었다고 하셨어."

'고몬 피크 공이라. 영감님은 결국 그의 이름도 모른 채 돌아가셨지. 실은 알고 싶지 않으셨을지도 모르지만.' 어느덧 피크 공과 바이올린 악사 존의 일행은 아득하게 멀어져 벌건 먼지구름만 어렴풋이 보였다. '벌써 16년 전의 일이다. 칭왕자는 죽었고, 그를 따르던 이들은 추방당하거나 죄를 용서받았어. 어쨌든 나와는 상관없는 일이야.'

한동안 그들은 아무 말 없이 새들의 구슬픈 울음소리를 들으며 말을 몰았다. 반 리그 정도 달렸을 때, 덩크가 목청을 가다듬고 말했다.

"버터웰이라 했지. 영지가 근처야?"

"이 호수 반대편에 있어요. 버터웰 공은 아에곤 전하께서 철왕좌에 앉으셨을 때 재무대신이었고, 다에론 전하께서 핸드로 임명하셨지만 오래 버티지 못했어요. 그의 문장은 물결치는 녹색, 흰색과 노란색이에요, 기사님."

에그는 귀족들의 문장에 관한 지식을 뽐내는 것을 좋아했다.

"네 아버지의 친구라고 할 수 있어?"

에그가 인상을 썼다.

"아버지께서 싫어하시던 사람이에요. 반란이 일어나자 버터웰 공의 차남은 칭왕자를 위해 싸웠고, 장남은 국왕군에 있었어요. 그러니 누가 이기든지 그에게 피해가 가는 일은 없었지요. 버터웰 공은 누구를 위해서도 싸우지 않았어요."

"좋게 말하면 신중한 처사라고 할 수도 있지."

"아버지는 비열한 짓이라고 하셨어요."

'그래, 그라면 그랬겠지.' 마에카르 왕제는 완고하고 자존심이 강하며 타인에 대한 경멸로 가득한 인물이었다.

"킹스로드로 가려면 어차피 화이트월스를 지나야 하잖아. 배불리 먹을 기회인데……."

단지 생각만 했을 뿐인데 배 속에서 꾸르륵 소리가 났다.

"혹시 결혼식에 참석한 하객 중에 본성으로 돌아갈 때 호위가 필요한 사람도 있을지 모르고 말이야."

"북부로 간다고 하셨잖아요."

"장벽은 8천 년 동안 잘 서 있었잖아. 우리가 좀 늦게 간다고 무너지는 일은 없을 거다. 거기까지 천 리그가 넘는 길을 가야 하니까 여비를 넉넉히 벌어 두는 것도 좋지 않겠어?"

덩크는 썬더를 올라탄 자신이 성 세 개가 그려진 방패를 든 심술궂은 얼굴의 귀족을 말에서 떨어뜨리는 모습을 상상하며 통쾌한 기분을 느꼈다. '당신을 쓰러뜨린 자는 알란 경의 종자였소라고, 귀족이 무기와 갑옷에 대한 배상금을 내러 올 때 말해 주는 거야. 내가 바로 당신이 죽인 소년의 자리를 대신한 소년이라고. 영감님도 기뻐하실 거다.'

"설마 마상 대회에 참가할 생각은 아니시죠, 기사님?"

"슬슬 그럴 시간이 된 것 같다."

"아닌데요, 기사님."

"네가 귀싸대기를 한번 제대로 처맞을 시간이 된 것 같진 않아?"

'딱 두 번만 이기면 돼. 배상금을 두 번 받고 한 번 져서 배상금을 한 번 내면, 1년은 왕처럼 호의호식할 수 있겠지.'

"난투전이 열리면 좋을 텐데."

덩크의 거구와 완력은 마상 창시합보다는 난투전에 더 쓸 만했다.

"결혼식에서 난투전을 여는 풍습은 없어요, 기사님."

"하지만 연회를 여는 풍습은 있지. 우리는 갈 길이 멀어. 오랜만에 배불리 먹고 길을 떠나는 것도 나쁘지 않겠지, 안 그래?"

* * *

덩크와 에그의 시야에 호수가 들어왔을 때는 이미 해가 서쪽 하늘에 낮게 내려앉았고, 저녁놀을 머금은 호수는 매끄러운 구리판처럼 붉은빛과 금빛으로 반짝였다. 버드나무 위로 여관의 굴뚝 탑이 보이자, 덩크는 땀에 젖은 웃옷을 다시 걸치고 말에서 내려 물가로 갔다. 그동안 얼굴에 뒤집어쓴 흙먼지를 가능한 한 씻어 내고 젖은 손으로 햇빛에 바랜 텁수룩한 머리카락을 털었다. 그의 거대한 몸집이나 뺨에 남은 칼자국은 어쩔 수 없지만, 적어도 너저분한 강도기사처럼 보이고 싶지는 않았다.

여관은 그가 생각하던 것보다 컸다. 굴뚝 탑이 있고 통나무로 지은 거대한 회색 건물이었는데, 여관의 절반은 말뚝으로 받친 채 물 위에 떠 있었다. 질척거리는 호숫가에서 나루터까지 대충대충 자른 널빤지를 깔아 만든 길이 이어져 있었지만, 나룻배나 뱃사공은 보이지 않았다. 길 건너편에는 초가지붕을 얹은 마구간이 있었다. 앞마당을 둘러싼 돌담 사이로 정문이 열려 있었으며, 안에 들어가니 우물과 구유 물통이 보였다.

"말들을 돌보고 있어라. 물은 너무 많이 먹이지 말고. 가서 음식을 구할 수 있는지 알아보고 오마."

덩크가 에그에게 일렀다.

여관 앞에는 여관 주인인 듯한 여자가 계단을 쓸고 있었다. 여자가 덩크를 보고 물었다.

"나룻배를 타러 왔수? 그러면 너무 늦었네. 해가 거의 저물었고, 네드는 보름달이 뜨는 날이 아니면 밤에 호수를 건너는 걸 질색한다우. 하지만 아침에 해가 뜨면 돌아올 거요."

"뱃삯이 얼마인지 아십니까?"

"사람은 동전 세 푼, 말은 열 푼이우."

"말이 두 마리 있고, 노새도 한 마리 있습니다만."

"노새도 열 푼이라우."

덩크가 속으로 계산해 보니 전부 서른여섯 푼이었는데, 예상했던 것보다 훨씬 비싼 값이었다.

"예전에 왔을 때는 사람은 두 푼, 말은 여섯 푼이었는데요."

"그건 네드한테 따지소, 나와는 상관없는 일이니. 그리고 방을 찾는다면 내주고 싶어도 방이 없수. 쇼우니 나리와 코스테인 나리가 수행원들을 잔뜩 데려와서 방마다 미어터질 지경이니까."

"피크 공도 여기 계십니까?" '알란 경의 종자를 죽인 남자.'

"콕쇼우 공과 바이올린 악사 존과 함께 있던 분입니다."

"네드가 마지막으로 배를 태워 드린 분들이네. 일행이라도 되우?"

그녀가 덩크를 아래위로 훑어보며 물었다.

"길에서 우연히 만난 사이입니다."

여관의 창문 틈으로 맛있는 냄새가 풍기자 덩크는 절로 입가에 침이 고였다.

"비싸지 않다면 지금 굽는 것을 조금 사고 싶습니다."

"멧돼지라우. 후추를 듬뿍 뿌리고 양파와 버섯과 으깬 순무를 곁들여 내놓을 것이지."

"순무는 필요 없고 멧돼지에서 썰어 낸 고기 몇 덩이와 시원한 갈색 맥주 한 잔이면 충분합니다. 그 정도면 돈을 얼마나 내야 합니까? 그리고 혹시 여기 마구간 바닥에서 하룻밤 묵을 수 있을까요?"

그렇게 물은 건 실수였다.

"마구간은 말을 위한 곳이우. 그래서 마구간이라고 부르는 거지. 그쪽이 말처럼 크다는 건 나도 알겠소만, 다리는 두 개뿐이구려."

여관 주인이 덩크더러 가라는 듯 그를 향해 빗질했다.

"내가 세븐킹덤에 있는 모든 사람을 먹일 수 있는 건 아니잖수. 멧돼지는 내 손님들을 위한 것이우. 맥주도 마찬가지고. 귀하신 분들이 넉넉히 드시기 전에 고기가 떨어졌다느니, 술이 없다느니 하며 불평하시는 소리는 듣고 싶지 않다우. 호수에는 물고기가 잔뜩 있고, 그루터기 주변에 자기가 떠돌이기사라는 부랑자들이 야영하고 있으니 그 말을 믿는다면 거기로 가 보시든가."

정작 여관 주인은 그 말을 전혀 안 믿는다는 말투였다.

"그들이라면 나눠 줄 음식이 있을지도 모르겠수. 어쨌든 나와는 상관없는 일이우. 할 일이 많으니 어서 가 보시우."

덩크가 그루터기가 어디냐고 물어볼 생각도 하기 전에 여관 주인이 쾅 하고 문을 닫아 버렸다.

마구간에 돌아가니 에그가 말구유에 발을 담그고 커다란 밀짚모자로 얼굴에 부채질하고 있었다.

"여관에서 굽는 건 돼지인가요, 기사님? 돼지고기 냄새가 나서요."

"멧돼지야. 하지만 맛 좋은 소금 절인 쇠고기가 있는데 누가 멧돼지 고기 따위를 먹겠냐?"

덩크가 풀죽은 목소리로 대답했다.

에그가 인상을 썼다.

"그냥 제 장화를 먹어도 될까요, 기사님? 그리고 쇠고기로는 새 신발을 만들어 신고요. 장화보다 더 질기잖아요.”

“안 돼.” 덩크가 웃음을 참으며 말했다.

“장화는 먹으면 안 돼. 그리고 더 나불댔다간 내 주먹을 먹게 될 거야. 구유에서 나와라.”

덩크는 노새의 짐을 뒤져 꺼낸 판금 투구를 에그에게 슬쩍 던졌다.

“그걸로 우물에서 물을 퍼서 고기를 담가 놔.”

소금 절인 쇠고기는 미리 물에 오랫동안 담가 놓지 않으면 씹다가 이가 부러질 정도로 질겼다. 맥주에 담그면 그나마 가장 먹을 만했지만, 지금은 물밖에 없었다.

“그 구유의 물은 쓰지 마라, 네 발이 어떤 맛인지는 알고 싶지 않으니.”

“차라리 제 발 맛이라도 더해지면 맛이 나아질걸요, 기사님.”

에그가 발가락을 꼼지락거리며 대꾸했지만, 덩크가 시키는 대로 했다.

* * *

떠돌이기사들은 그다지 어렵지 않게 찾을 수 있었다. 에그가 호수 근처의 숲 사이로 반짝거리는 불빛을 발견해서 말들과 노새를 이끌고 그쪽으로 향했다. 한쪽 겨드랑이 사이에 덩크의 투구를 낀 에그가 발걸음을 옮길 때마다 투구 안에서 물이 출렁거렸다. 해는 거의 저물어 서쪽 하늘에 희끄무레한 빛무리만이 보일 뿐이었다. 곧 나무들 사이로 길이 넓어지며 한때 작은 위어우드 숲이었던 곳이 나타났다. 둥그렇게 자리 잡은 하얀 그루터기와 뒤엉킨 뼈처럼 허연 나무뿌리들만이 옛적 ‘숲의 아이들’이 웨스테로스를 지배하던 시절 이곳에 위어우드 숲이 있었다는 흔적을 남겼다.

위어우드 그루터기 사이에서 모닥불 앞에 쪼그리고 앉은 사내 두 명이 가죽 부대를 돌려 가며 술을 마시고 있었다. 그들의 말들은 숲 터 바깥 풀밭에서 풀을 뜯었고, 한쪽에 가지런히 쌓아 놓은 무기와 갑옷이 보였다. 조금 떨어진 곳에는 두 남자보다 훨씬 젊어 보이는 청년이 홀로 밤나무에 등을 기대고 앉아 있었다.

"안녕하십니까, 기사님들."

덩크가 쾌활하게 외쳤다. 무장한 남자들 앞에 불쑥 나타나는 건 결코 현명한 짓이 아니었다.

"전 키 큰 던칸이라 하고, 이 꼬마는 에그입니다. 모닥불을 같이 써도 괜찮겠습니까?"

한때는 화려했으나 이제는 넝마나 다름없어 보이는 옷을 입은 뚱뚱한 중년 남자가 자리에서 일어나 그들을 맞이했다.

"반갑네, 던칸 경. 참으로 큰 친구로군……. 그리고 물론 그 꼬마도 환영하고. 이름이 에그라고? 무슨 이름이 그래?"

"그냥 짧은 이름이에요, 기사님."

에그가 아에곤을 줄인 이름이라는 사실을 낯선 사람에게 떠벌리지 말아야 한다는 것쯤은 에그도 잘 알고 있었다.

"그렇구나. 머리는 또 왜 그렇고?"

'뿌리벌레.' 덩크가 생각했다. '뿌리벌레 때문이라고 해, 에그.' 그게 제일 안전하고 둘러댈 때 가장 자주 쓰는 말이었지만…… 가끔 에그는 어린애답게 말을 지어내 장난을 치기도 했다.

"제가 밀어 버렸어요, 기사님. 서임 받을 때까진 머리를 기르지 않으려고요."

"고결한 맹세로구나. 난 '미스티 무어의 고양이' 카일이란다. 저기 밤나무 밑에 앉은 젊은이는 글렌던 경, 아니, 글렌던 볼 경이고. 그리고 여기 이 친구는 메이나드 플럼(Plumm) 경이라 하지."

에그가 플럼이라는 이름에 관심을 보였다.

"플럼이라면…… 기사님은 비세리스 플럼 영주의 친척인가요?"

"먼 친척이다."

메이나드 경이 시인했다. 키가 크고 마른 체형에 등이 조금 굽었으며, 곧은 아마 빛 머리칼을 길게 기른 사내였다.

"영주가 그걸 인정할지는 모르겠지만 말이야. 그가 자두(plum) 중에서도 달콤한 자두라면, 난 쉬어 버린 자두라고 할 수 있겠지."

플럼의 망토는 그의 이름처럼 보라색이었지만, 가장자리가 해어졌고 염색도 조잡한 것이었다. 달걀만 한 크기의 월장석(月長石) 브로치로 어깨에 낡은 망토를 고정했고, 그 외에 거친 암갈색 상의와 얼룩진 밤색 가죽 바지를 걸치고 있었다.

"저흰 소금 절인 쇠고기가 있습니다." 덩크가 말했다.

"메이나드 경이 사과를 한 부대 가져왔고, 난 달걀 절임과 양파가 있다네. 이거 여기서 푸짐한 연회라도 열 수 있겠군! 어서 앉게나, 기사. 그루터기야 많으니 아무거나 편한 대로 골라 앉게. 내 예상이 틀리지 않다면 우린 내일 점심나절까지 여기에 머무를 게야. 나룻배는 한 척밖에 없고, 우릴 전부 한꺼번에 실어 나르기에는 비좁으니까. 게다가 귀족들과 시종들이 먼저 건널 테니 말일세."

고양이 카일이 대답했다.

"말들을 돌봐야 하니 거들어라."

덩크가 에그에게 말했다. 둘은 함께 썬더와 레인, 마에스터의 안장을 풀었다.

덩크는 말과 노새한테 건초와 물을 먹이고 말뚝에 묶고 난 다음에야 메이나드 경이 권하는 술 부대를 받아 들었다. 고양이 카일이 입을 열었다.

"시어 빠진 포도주라도 없는 것보다는 낫지. 화이트월스에 가면 더 양질의 포도주를 맛볼 수 있을걸세. 버터웰 공의 포도주는 아보르를 제외한다면 최고라고 하니까. 그도 그의 조부처럼 한때 핸드의 자리에 올랐고, 신앙심이 깊다는 소문도 있는 데다 엄청난 갑부이기도 하다네."

"그의 부는 전부 젖소한테서 나온 거야."

메이나드 플럼이 끼어들었다.

"가문의 문장으로 퉁퉁 분 젖통을 삼는 게 더 적절할걸. 버터웰 가문의 사람들은 몸에 피 대신 우유가 흐르고, 프레이 가문도 다를 바 없지. 이 혼인은 소도둑놈과 통행료 징수원의 결합이야. 돈만 셀 줄 아는 놈들이 끼리끼리 논다고 할까. 검은 드래곤이 반란을 일으켰을 때 이 젖소의 영주는 버터웰 가문이 반드시 승자 편에 설 수 있도록 한 아들을 다에몬에게 보내고 다른 아들을 다에론에게 보냈어. 그런데 둘 다 레드그라스 벌판에서 전사하고 막내마저 지난번 봄의 대역병으로 죽어 버린 바람에 이렇게 새로 결혼을 하는 거지. 이번에 새로 맞이하는 신부가 아들을 낳지 못하면 버터웰 가문은 그의 대에서 끝장나는 거다."

"자업자득입니다. 전사의 신께서는 비겁한 놈들을 싫어하시니까요."

글렌던 볼 경이 숫돌에 검을 갈며 말했다.

경멸을 가득 담은 그의 목소리를 듣고 덩크가 젊은이를 찬찬히 훑어보았다. 글렌던 경이 걸친 옷은 옷감은 좋았지만, 많이 낡고 서로 어울리지도 않아서 남한테서 물려받은 티가 났다. 반투구 아래로 짙은 갈색 머리카락 다발이 삐져나온 젊은이는 땅딸막하고 어깨가 떡 벌어졌으며 팔은 근육으로 울퉁불퉁했다. 얼굴 가운데로 쏠린 작은 두 눈 위에는 비 내리는 봄날에 볼 법한 송충이처럼 더부룩한 눈썹이 자리했고, 코는 주먹코였으며 턱은 앞으로 튀어나왔다. 그리고 어렸다. '열여섯쯤 되었나. 기껏해야 열여덟이겠지.' 카일 경이 '경'이라고 부르지 않았더라면 아마 종자라고 여겼을 것이다. 소년의 뺨에는 아직 구레나룻 대신 여드름이 있었다.

"기사가 된 지는 얼마나 되었어?" 덩크가 물었다.

"충분히 오래되었습니다. 이달이 지나면 반년이지요. 스무 명이 넘는 사람들이 보는 앞에서 텀블러스 폴스의 모건 던스테이블 경에게 서임을 받았습니다만, 저는 태어날 때부터 기사 수행을 해 왔습니다. 걸음마를 떼기도 전에 말을 탔고, 젖니가 빠지기도 전에 주먹으로 다 큰 어른의 이빨을 부러뜨렸죠. 화이트월스에서 제 이름을 세상에 알리고 드래곤의 알을 차지할 생각입니다."

"드래곤의 알이라니? 그게 이번 마상 대회의 우승 상품인가? 정말로?"

마지막 남았던 드래곤은 반세기 전에 죽었다. 하지만 알란 경은 그 드래곤이 낳은 알 무더기를 본 적이 있다고 했다. '돌처럼 단단했지만 무척 아름다웠다고 하셨지.'

"어째서 버터웰 공에게 드래곤의 알이 있는 걸까?"

"아에곤 왕이 그의 옛 성에 하룻밤 묵고 그의 조부에게 하사했다고 하더군."

메이나드 플럼 경이 대답했다.

"어떤 전장에서 떨친 용맹에 대한 포상이었습니까?" 덩크가 물었다.

카일 경이 키득거렸다.

"그렇게 말하는 사람들도 있겠지. 전해지는 이야기로는 왕이 방문했을 당시 영주였던 현 버터웰 공의 조부에게 어린 처녀였던 딸이 셋이 있었는데, 다음 날 아침이 밝았을 때는 그 셋 모두의 배 속에 왕의 피가 흐르는 사생아가 들어섰다고 하네. 꽤 뜨거웠던 밤이었을 거야."

덩크도 그런 이야기를 들은 적이 있었다. 소문에 의하면 쓸모없는 아에곤은 왕국에 있는 처녀의 절반을 침대에 들였고 수많은 사생아를 남겼다고 했다. 게다가 왕은 임종 전에 병상에서 명문 귀족의 여식들에게서 얻은 위대한 사생아들뿐만 아니라 술집 작부와 매춘부, 양치기 처녀 들에게서 얻은 자식들까지 모두 적자로 인정한다는 유언을 남겼다.

"그런 풍문이 반만이라도 사실이면 우린 모두 아에곤 왕의 사생아일 겁니다."

"왜, 또 모르잖아?" 메이나드 경이 농을 건넸다.

"우리와 함께 화이트월스로 가세, 던칸 경." 카일 경이 권유했다.

"자네의 그 거구라면 분명히 어떤 영주의 눈에 들 수 있을 게야. 좋은 대우를 받을지도 모르지. 나도 마찬가지고. 이 결혼식에는 비터브리지의 영주인 조프리 카스웰 님이 참석한다네. 그분이 세 살이었을 때, 내가 직접 소나무를 깎아 그분의 손에 처음으로 검을 쥐여 드렸지. 소싯적에는 그분의 부친을 위해 검을 휘둘렀다네."

"그 검도 소나무를 깎아 만든 검이었는가?" 메이나드 경이 물었다.

고양이 카일이 농을 듣고 웃어 젖혔다.

"아니, 그건 확실히 잘 드는 강철 검이었네. 그리고 다시 한 번 켄타우로스를 위해 기꺼이 검을 휘두를 준비가 되어 있어. 던칸 경, 설령 마상 창시합에는 참가하지 않더라도 꼭 우리와 함께 연회에 참석하세나. 음유시인과 악사는 물론, 재주꾼이며 곡예사에 난쟁이 광대 들까지 잔뜩 볼 수 있을 게야."

덩크가 얼굴을 찡그렸다.

"에그와 저는 아직 갈 길이 멉니다. 베론 스타크 공이 해안가를 약탈하는 크라켄들을 소탕하려고 병력을 모은다 해서 북부의 윈터펠로 향하는 중이거든요."

"북부는 너무 추워. 크라켄들을 죽이고 싶다면 서쪽으로 가게. 라니스터 가문이 아이언 제도 놈들의 본거지를 치려고 군선을 만들고 있어. 다곤 그레이조이를 끝장내려면 그렇게 해야지. 툭하면 바다로 도망쳐 버리니 육지에서 싸우려는 건 쓸모없는 짓이네. 그를 잡으려면 바다에서 싸워야 해."

메이나드 경이 말했다.

맞는 말이기는 했지만, 바다에서 아이언인들과 싸우라는 건 덩크로서는 전혀 반길 수 없는 말이었다. 범선 '하얀 숙녀'를 타고 도르네를 떠나 올드타운으로 갈 때 이미 경험한 적이 있었다. 해적들이 배를 습격하자 덩크는 갑옷을 걸치고 선원들을 도와 싸웠다. 전투는 격렬하고 치열했으며, 하마터면 바다에 빠질 뻔하기도 했다. 만약 그때 물에 빠졌더라면 살아남지 못했을 것이다.

"왕실도 스타크나 라니스터 가문을 보고 배워야 해."

고양이 카일이 주장했다.

"적어도 그들은 싸우기라도 하지. 대체 타르가르엔 가문이 하는 게 뭐야? 아에리스 왕은 책 속에 파묻혀 지내고, 라에겔 왕제는 벌거벗은 채로 왕궁을 돌아다니고, 마에카르 왕제는 삐쳐서 서머홀에 처박혀 있을 뿐이잖아."

에그는 말없이 나무 막대기로 불쏘시개를 뒤집으며 불똥을 밤하늘로 날리고 있었다. 덩크는 부친의 이름을 듣고도 아무런 반응을 보이지 않는 소년이 대견했다. '드디어 녀석이 말을 참을 수 있게 된 건가.'

카일 경이 말을 계속했다.

"난 이게 블러드레이븐의 책임이라고 생각하네. 왕의 핸드이면서도 크라켄들이 선셋 해를 오가며 약탈하고 방화하면서 백성을 도탄에 빠뜨리는 꼴을 방관하고 있잖나."

메이나드 경이 어깨를 으쓱댔다.

"온 신경을 티로시에 쏟고 있으니 그렇지. 그곳으로 망명한 비터스틸이 다에몬 블랙파이어의 아들들과 무슨 음모를 꾸미고 있을지 모르니까. 그러니 그들이 바다를 건너 침공할 것을 대비해 국왕의 직속 함대를 움직이지 않고 있는 거네."

"그럴지도 모르지. 하지만 비터스틸의 귀환을 반길 이들이 많을 게야. 이 모든 재앙은 바로 블러드레이븐, 왕국의 심장을 갉아먹고 있는 그 하얀 이무기로부터 비롯된 것이니."

카일 경이 대답했다.

덩크는 스토니셉트의 꼽추 셉톤을 떠올리며 얼굴을 찡그렸다.

"그런 말을 하다가는 머리가 달아날지도 모릅니다. 누가 들으면 반역을 논한다고 할 수도 있겠습니다."

"진실을 말하는 것이 어떻게 반역을 논한다는 겐가?"

고양이 카일이 물었다.

"다에론 선왕 시절에는 아무도 자기 생각을 털어놓는 것을 두려워하지 않았지. 하지만 지금은 어떠한가?"

그가 방귀를 뀌고 말을 이었다.

"블러드레이븐이 아에리스 왕을 철왕좌에 앉히기는 했지만, 그게 얼마나 갈까? 아에리스는 병약하니, 그가 죽으면 핸드인 리버스 공과 후계자인 마에카르 왕제가 왕좌를 두고 피 터지는 전쟁을 벌일 것이네."

"라에겔 왕제를 잊었나 보군, 친구. 아에리스의 뒤를 이를 후계자는 마에카르가 아니라 라에겔과 그의 자식들이 아닌가."

메이나드 경이 부드러운 어조로 반박했다.

"라에겔은 지나치게 심약하네. 내가 어떤 앙심을 품어서 이런 말을 하는 게 아니라, 라에겔과 그의 쌍둥이 아들들은 이미 죽은 목숨이나 마찬가지야. 마에카르의 전곤에 맞아 죽든, 블러드레이븐의 주술에 죽든 간에 말이지."

'오, 신들이시여.' 덩크가 생각한 것과 동시에 에그가 새된 목소리로 외쳤다.

"마에카르 왕제는 라에겔 왕제님의 **아우**잖아요. 그분이 사랑하는 형님과 형님의 자식들을 해칠 리가 없어요!"

"닥쳐라, 꼬마야. 기사님들은 네 녀석의 의견 따위는 필요 없으시다."

덩크가 으르렁거리듯 말했다.

"저도 하고 싶은 말이 있을 때는 할 수 있어요."

"아니, 그러지 못해."

덩크가 대꾸했다. '언젠가 넌 그 주둥이 때문에 죽고 말 거다. 아마 나까지 함께 끌고 말이야.'

"지금쯤이면 쇠고기도 먹을 만하겠지. 빨리 건져서 기사님들께 드리거라."

에그의 얼굴이 벌게지자 순간 덩크는 소년이 말대꾸할까 걱정했지만, 단지 열한 살짜리 사내아이답게 화를 삭이며 시무룩한 표정을 지을 뿐이었다.

"네, 기사님."

에그가 투구에서 쇠고기를 건져 내며 대답했다. 소금 절인 쇠고기를 나눠 주는 소년의 까까머리가 모닥불에 비쳐 붉게 빛났다.

덩크가 건네받은 쇠고기 조각을 질겅질겅 씹었다. 물에 담가 놓았더니 나무토막처럼 딱딱하던 고기가 질긴 가죽처럼 되었지만, 그뿐이었다. 그는 소금기가 느껴지는 고기를 핥으며, 여관에서 꼬챙이에 꿰여 기름을 뚝뚝 흘리며 바삭바삭하게 익어 가던 멧돼지 구이를 떠올리지 않으려고 애썼다.

밤이 깊어지자 호수에서 파리와 날벌레가 몰려오기 시작했다. 파리 떼는 말 주위로 몰려들었지만, 날벌레들은 인육을 더 좋아했다. 벌레에 물리지 않으려면 연기를 들이마시는 것을 감수하며 모닥불에 가까이 앉아야 했다. '불에 익혀지느냐, 벌레에 먹히느냐. 참 거지 같은 선택이군.' 우울해진 덩크가 팔을 벅벅 긁으며 모닥불에 더 가까이 다가갔다.

술 부대가 다시 덩크에게 돌아왔다. 포도주는 시고 독했다. 덩크가 포도주를 깊게 들이켜고 술 부대를 다음 사람에게 넘겼을 때는, 미스터 무어의 고양이가 블랙파이어 반란 때 어떻게 비터브리지의 영주를 구했는지 이야기하려던 참이었다.

"그때 아르몬드 공의 기수가 쓰러졌고, 반란군 놈들이 사방에서 포위하던 와중에 내가 말에서 뛰어내려······."

"기사님. 누가 **반란군 놈들**입니까?" 글렌던 볼이 불쑥 말을 잘랐다.

"블랙파이어의 병사들 말이네."

글렌던 경의 손에서 장검이 모닥불 빛에 반짝였다. 얼굴의 여드름 흔적이 벌건 흉터처럼 붉게 달아오르고, 온몸의 힘줄이 바짝 당겨진 십자궁의 시위처럼 팽팽하게 일어섰다.

"제 아버지께서는 검은 드래곤을 위해 싸우셨습니다."

'또냐.' 덩크가 신음을 흘렸다. '붉은 드래곤이었나, 검은 드래곤이었나?'라는 질문은 어디서나 말썽을 일으켰기에, 누구에게 함부로 묻는 것이 아니었다. 덩크가 말했다.

"카일 경이 네 부친을 모욕할 의도는 없었을 거야."

"전혀." 카일 경이 서둘러 맞장구쳤다.

"붉은 드래곤이든 검은 드래곤이든 전부 옛날이야기일 뿐이지. 그 때문에 우리가 싸울 이유는 없네, 젊은 친구. 여기 있는 우린 모두 산울타리의 형제들이라네."

글렌던 경은 고양이가 자기를 조롱하는 건 아닌지 곱씹는 듯했다.

"다에몬 블랙파이어 님은 반역자가 아니셨습니다. 선왕은 바로 **그분**에게 보검을 내리지 않았습니까. 다에몬 님은 서자로 태어나셨지만, 선왕은 그분의 진가를 알아보았던 것이지요. 그렇지 않다면 왜 보검 블랙파이어를 다에론이 아닌 다에몬 님에게 내렸단 말입니까? 왕국 또한 그분에게 물려줄 생각이 아니었다면 말입니다. 바로 다에몬 님이 더 나은 분이셨기 때문입니다."

좌중에 침묵이 흘렀다. 덩크의 귀에 부드럽게 타닥거리는 모닥불 소리가 들리고, 목덜미에서 날벌레들이 기어 다니는 것이 느껴졌다. 손바닥을 내려쳐 벌레들을 쫓아내며 에그의 얼굴을 바라보던 덩크는 소년이 가만히 있기를 빌었다.

"레드그라스 벌판에서 그들이 전투를 벌였을 때, 난 아직 어린 꼬마였어."

아무도 말을 할 기미가 보이지 않자 덩크가 입을 열었다.

"하지만 종자 시절에는 붉은 드래곤을 위해 싸운 기사를 모셨고, 기사가 된 후에는 검은 드래곤을 위해 싸운 기사를 섬겼지. 붉든 검든 간에 양쪽 다 용감한 사람들이 있었어."

"용감한 사람들이었지."

고양이 카일이 조금 힘이 빠진 목소리로 중얼거렸다.

"영웅들이었습니다."

글렌던 볼이 그의 방패를 뒤집었다. 밤하늘처럼 까만 바탕 위에 붉고 노랗게 타오르는 불덩어리가 그려져 있었다.

"그리고 제게는 영웅의 피가 흐릅니다."

"기사님은 **파이어볼**의 아들이군요." 에그가 말했다.

그 말을 듣고 글렌던 경이 처음으로 미소 지었다.

카일 경이 글렌던 경을 자세히 살펴보았다.

"그럴 리가? 자네는 몇 살인가? 쿠엔틴 볼이 죽은 건……."

"제가 태어나기 전이었지요. 하지만 제 가슴속에는 지금도 살아 계십니다."

글렌던 경이 말을 가로챘다. 그리고 검을 검집에 거칠게 꽂아 넣으며 선언했다.

"화이트월스에서 드래곤의 알을 손에 넣어 그 사실을 반드시 증명해 보이겠습니다."

* * *

다음 날은 카일 경의 예상대로 흘러갔다. 네드의 나룻배는 호수를 건너고자 하는 사람들을 모두 태우기에는 턱없이 작았기에 코스테인과 쇼우니 영주 일행이 먼저 건너게 되었다. 그들을 옮기는 것만으로도 배가 여러 번 왕복해야 했고, 한 번 오갈 때마다 한 시간이 넘게 걸렸다. 매번 진창이 된 호반을 넘어 널빤지를 깐 길 위로 말과 수레를 이끌고 나룻배에 오른 다음, 호수를 건너서 내릴 때도 같은 작업을 반복해야 했다. 게다가 두 영주가 누가 먼저 건너야 할지 고함치며 다투는 바람에 시간이 더 지체되었다. 나이는 쇼우니가 더 많지만 코스테인이 자신의 혈통이 더 고귀하다고 내세웠기 때문이다.

덩크는 그저 뜨거운 햇볕 밑에서 땀을 흘리며 하릴없이 기다리는 수밖에 없었다.

"제 장화를 쓴다면 먼저 배를 탈 수 있을 텐데요." 에그가 말했다.

"그래. 하지만 안 돼. 어차피 쇼우니 공과 코스테인 공이 우리보다 먼저 왔잖아. 게다가 귀족 나리들이기도 하고."

덩크가 대답했다.

에그가 정색했다.

"반역 귀족들이죠."

덩크가 눈살을 찌푸리며 소년을 내려다보았다.

"그게 무슨 말이야?"

"둘 다 검은 드래곤의 편을 들었거든요. 뭐, 쇼우니 공은 본인이, 코스테인 경은 그의 부친이요. 저하고 아에몬 형은 종종 마에스터 멜라퀸의 녹색 탁자 위에 장난감 병정하고 작은 깃발을 놓고 전쟁놀이를 했어요. 코스테인 가문의 문장은 사분된 검은 바탕 위의 은색 술잔과 금색 바탕 위의 검은색 장미예요. 그 깃발은 다에몬의 진영 좌측에 포진했죠. 쇼우니는 비터스틸과 함께 우익에서 싸웠고, 그때 입은 상처로 죽을 뻔했어요."

"다 지나간 일이다. 지금은 다들 여기에 있잖아? 모두 다에론 왕에게 무릎을 꿇었고 왕도 그들을 용서했잖아."

"그랬죠. 하지만……."

덩크가 에그의 입술을 꼬집었다.

"그냥 입 다물고 있어라."

에그가 입을 다물었다.

마침내 나룻배가 마지막 남은 쇼우니 가문의 수행원들을 싣고 건너편으로 떠났지만, 그때 스몰우드 영주 부부의 일행이 도착하는 바람에 더 기다려야 했다.

떠돌이기사들이 전날 밤 다진 우의는 하루도 채 가기도 전에 쉽게 깨져버렸다. 글렌던 경은 우울하고 가시 돋친 모습으로 혼자 있기를 고수했고, 고양이 카일은 정오나 되어야 배를 탈 수 있을 것 같다며 조금 안면이 있다는 스몰우드 공의 환심을 사러 갔다. 메이나드 경은 여관 주인과 잡담을 나누며 시간을 보냈다.

"저자는 가까이하지 마라."

덩크가 에그에게 경고했다. 이유는 모르겠지만, 플럼은 뭔가 수상했다.

"강도기사일지도 몰라."

하지만 그러한 경고는 오히려 메이나드 경을 향한 에그의 호기심을 부채질한 듯했다.

"강도기사는 한 번도 만난 적이 없는데. 혹시 드래곤의 알을 훔칠 거라고 생각하세요?"

"버터웰 공이 알아서 잘 지키겠지. 연회에서 그가 드래곤의 알을 선보일까? 한번 보고 싶은데."

목에 날벌레한테 물린 곳을 긁으며 덩크가 대답했다.

"원하신다면 제걸 보여 드릴 수도 있는데 아쉽게도 서머홀에 있네요, 기사님."

"네 것? 너한테 드래곤의 알이 있다고?"

덩크는 인상을 쓰며 에그가 자기를 놀리는 건 아닌지 의심했다.

"어디서 났는데?"

"드래곤한테서 얻은 거예요. 제 요람에 놔두었지요."

"귀싸대기를 맞고 싶어? 드래곤은 이제 없잖아."

"없지요, 하지만 알은 남아 있어요. 최후의 드래곤은 죽기 전에 다섯 알을 낳았고, 드래곤스톤에도 '드래곤들의 춤' 이전부터 내려오는 오래된 알이 여럿 있어요. 제 형들도 하나씩 가지고 있고요. 아에리온의 알은 금과 은으로 만들어진 것처럼 반짝이고 불길처럼 빨간 줄무늬가 여기저기 나 있어요. 제 알은 흰색과 초록색 무늬가 소용돌이처럼 뒤섞여 있고요."

"네 드래곤 알이라."

'요람 안에 알을 놔두었다니.' 덩크는 에그에게 너무 익숙해진 나머지 가끔 아에곤이 왕자라는 사실을 잊을 때가 있었다. '당연히 녀석의 요람에 알을 넣었겠지.'

"뭐, 다른 사람들 앞에서는 그런 이야기를 꺼내지 마라."

"전 **바보**가 아니에요, 기사님. 언젠가는 드래곤들이 돌아올 거예요. 다에론 형도 그런 꿈을 꾸었고, 아에리스 왕께서도 그것을 언급하는 예언을 읽으셨다고 하고요. 또 모르죠, 제 알이 부화할지도. 그럼 정말 **멋질 텐데**."

에그가 목소리를 낮추며 말했다.

"정말 그럴까?"

덩크는 반신반의했지만, 에그는 확신으로 가득 찬 표정이었다.

"아에몬 형하고 전 서로 우리 알이 깨어날 거라고 상상하며 놀곤 했어요. 정말 드래곤이 태어난다면, 우리도 초대 아에곤 전하와 그분의 누이들처럼 드래곤의 등을 타고 하늘을 날 수 있을 텐데."

"그래, 그리고 내친김에 왕국 내의 모든 기사가 죽으면 나도 킹스가드의 로드커맨더가 될 수 있겠지. 드래곤의 알이 그렇게 귀하다면 버터웰 공은 왜 자기 걸 남에게 주려는 걸까?"

"자기가 얼마나 갑부인지 온 세상에 자랑하고 싶은 건 아닐까요?"

"그럴 수도 있겠네."

덩크는 다시 목을 긁으면서, 나룻배를 기다리며 안장 띠를 꽉 죄고 있던 글렌던 볼 경을 바라보았다. '저런 말 가지고는 절대 시합을 할 수가 없을 텐데.' 글렌던 경의 말은 몸집도 작고 등이 휘어 버린 늙은 말이었다.

"저 친구의 부친에 대해 아는 것이 있어? 왜 파이어볼이라 불렸지?"

"성격이 불같고 머리카락도 빨간색이었거든요. 쿠엔틴 볼 경은 왕궁의 훈련대장이었어요. 제 아버지와 백부들께 무술을 가르친 사람이었지요. 위대한 사생아들을 가르친 것도 그였고요. 아에곤 전하께서 그를 킹스가드에 임명할 것을 약속하시자 파이어볼은 아내를 침묵의 수녀로 만들었는데, 막상 자리가 났을 때는 아에곤 전하께서 서거하신 다음이었고 다에론 전하는 파이어볼 대신 윌렘 와일드 경을 킹스가드에 임명하셨어요. 제 아버지께서 말씀하시길, 비터스틸 못지않게 다에몬 블랙파이어가 왕위를 노리도록 부추긴 사람이 파이어볼이었고, 또 다에론 전하께서 킹스가드를 보내 다에몬을 붙잡으려 했을 때 다에몬을 구출해 낸 것도 바로 그였다고 하셨어요. 이후 파이어볼은 라니스포트 성문 앞에서 레포드 공을 죽이고 회색 사자를 캐스틀리 록 안으로 도망치게 하였지요. 맨더 강 건널목에서는 펜로즈 여영주의 아들들을 하나하나 참살했는데, 여영주를 불쌍히 여겨서 막내아들만은 죽이지 않았다고 하더군요."

"그건 명예로운 처사였네. 쿠엔틴 경도 레드그라스 벌판에서 죽은 거야?"

덩크가 인정하며 물었다.

"그 전에요. 시냇가에서 물을 마시려고 말에서 내릴 때 화살이 목을 꿰뚫었대요. 어느 일반 병사가 쏜 거라는데, 누구였는지는 아무도 몰라요."

"하찮은 평민들도 높으신 귀족이나 영웅을 죽이겠다고 마음먹으면 꽤 위험해지는 법이지."

나룻배가 느릿느릿 호수를 가로질러 오는 모습이 보였다.

"이제야 오는군."

"느리게도 오네요. 우리도 화이트월스로 가는 건가요, 기사님?"

"안 갈 이유가 없잖아? 나도 그 드래곤의 알이란 걸 보고 싶다고."

덩크가 미소를 머금으며 말을 맺었다.

"대회에서 우승하면 우리 **둘 다** 드래곤의 알을 갖게 되는 거야."

에그가 미심쩍은 눈초리로 그를 쳐다보았다.

"뭐야? 왜 그런 눈으로 쳐다보는데?"

"말씀드리고 싶지만, 그냥 입 다물고 있는 게 나을 것 같네요."

* * *

떠돌이기사들의 자리는 단상보다는 입구 쪽에 가까운 말석이었다.

화이트월스는 불과 40여 년 전에 현 영주의 조부가 세운, 거의 새로 지은 것과 다름없는 성이었다. 성벽과 아성, 탑까지 전부 배일에서 캐내고 거금을 들여 산맥을 넘어 들여온 새하얗고 세심하게 손질한 석재로 만들었기 때문에, 근방의 촌민들은 이 성을 '우유 저택'이라고 불렀다. 실내의 바닥과 기둥도 금색 결이 있는 우윳빛 대리석이었고, 머리 위의 서까래마저도 뼈처럼 하얀 위어우드 목재를 깎아 만든 것이었다. 성을 짓는 데 얼마나 많은 돈이 들었을지 덩크는 상상도 할 수 없었다.

그러나 성의 본관은 예전에 본 다른 성들에 비해 넓은 편은 아니었다. '그나마 안으로 들어올 수 있어서 다행이야.' 덩크가 메이나드 플럼 경과 고양이 카일 사이에 앉으며 생각했다. 셋 다 불청객이었지만, 혼인날 찾아온 기사를 쫓아내는 건 불길하다 여겼기에 손쉽게 들어올 수 있었다.

하지만 글렌던 경은 아니었다. "파이어볼은 아들이 없었어."라고 덩크는 버터웰 경의 집사가 언성을 높이는 소리를 들었다. 젊은 기사는 열을 올리며 반박하고 모건 던스테이블 경의 이름도 몇 번이나 언급했지만, 집사는 단호했다. 마침내 글렌던 경이 칼자루로 손을 가져가고 창을 든 중장병 십여 명이 나타나면서 칼부림 직전까지 갔지만, 커비 핌이라는 덩치 큰 금발 머리 기사의 중재로 간신히 진정되었다. 덩크는 핌이 집사의 어깨에 한 팔을 두르고 키득거리며 뭐라 소곤거리는 모습을 보았는데, 너무 멀어서 무슨 말을 했는지는 들리지 않았다. 집사가 눈살을 찌푸리고 글렌던 경에게 뭐라고 말하자 소년의 얼굴이 붉게 달아올랐다. '금방이라도 울 것 같은 표정이군.' 덩크가 바라보며 생각했다. '아니면 당장 누구를 죽일 듯한 모습인가.' 그런 일이 있고 난 다음에야 젊은 기사도 본관에 입장할 수 있었다.

에그는 가엾게도 그렇게 운이 좋지 않았다.

"본관은 귀족 나리들과 기사님들을 위한 곳입니다."

덩크가 에그를 안으로 데리고 들어가려 할 때 부집사가 거만한 목소리로 말했다.

"종자와 마부, 병사 들은 안뜰에 자리를 마련해 두었습니다."

'네가 이 녀석이 누구인지 조금이라도 알았다면, 당장 단상으로 안내해 쿠션을 깐 상석에 모셨을 테지.' 덩크는 다른 종자들의 모습이 탐탁지 않았다. 몇몇은 에그 또래였지만, 대부분 오래전에 기사가 되기를 포기한 노련하고 나이 많은 사내들이었다. '아니, 포기가 아니라 선택의 여지가 없었던 건가?' 기사가 되려면 단지 기사도 정신과 무술 외에도 말과 검과 갑옷이 필요했고, 전부 돈이 많이 드는 것들이었다.

덩크가 헤어지기 전에 에그에게 당부했다.

"주둥이 닥치고 있어라. 이 사람들은 다 너보다 나이가 훨씬 많은 어른들이니, 너 같은 꼬마가 건방을 떨면 가만있지 않을 거다. 그냥 얌전히 앉아서 먹으며 듣기만 해. 뭔가 새로운 걸 배울지도 모르잖아."

덩크는 그저 뜨거운 햇볕을 벗어나 포도주가 담긴 술잔을 앞에 두고 배를 채울 기대만으로도 기분이 좋았다. 아무리 떠돌이기사라도 매번 식사할 때마다 반 시간이나 딱딱한 고기를 씹는 건 지겨워지는 법이다. 말석이라 호화로운 요리는 나오지 않을 테지만, 적어도 음식이 부족하지는 않을 터였다. 덩크는 말석이라도 충분했다.

하지만 노인은 평민이 자랑스레 여기는 것도 귀족에게는 수치일 수 있다고 곧잘 말했다.

"여기가 내 자리일 리가 없어."

글렌던 경이 부집사에게 화를 내며 따졌다. 그는 만찬을 위해 가슴에 붉은 갈매기 무늬와 하얀 방패로 이루어진 볼 가문의 문장을 수놓고 소매와 깃에는 금실 레이스가 달린 더블릿으로 갈아입은 모습이었는데, 낡지만 깨끗하고 화사한 옷이었다.

"내 부친이 누구셨는지 알고 내게 이러는 거요?"

"물론 어떤 고귀한 기사나 위대한 영주님이셨겠지요. 하지만 그런 분은 여기 수두룩합니다. 앉기 싫다면 나가십쇼, 기사 나리. 전 상관없습니다."

부집사가 퉁명스레 대꾸했다.

결국 소년은 부루퉁한 얼굴로 다른 이들과 함께 말석에 앉을 수밖에 없었다. 길고 하얀 본관의 내부는 긴 의자에 앉는 기사들이 점점 늘어나며 북적댔다. 덩크의 예상보다 많은 하객이 참석했고, 행색을 보아하니 아주 먼 곳에서 방문한 이들도 있었다. 그와 에그는 애시포드 초원 이후로 한곳에서 이렇게 많은 귀족과 기사를 가까이한 적이 없었고, 여기서 어떤 인물과 마주하게 될지 몰랐다. '그냥 야외에 남아 나무 밑에서 노숙할 걸 그랬어. 누가 나를 알아보기라도 한다면……'

시종들이 그들 앞 식탁보 위에 검은 빵을 한 덩이씩 올려놓자, 덩크는 기꺼이 근심을 떨쳐 내고 음식에 집중했다. 그는 빵을 길게 반으로 쪼개고 아랫부분은 속을 파내 접시 빵으로 만든 다음, 윗부분을 먹었다. 오래 묵은 빵이었지만, 그동안 먹어야 했던 소금 절인 쇠고기에 비하면 막 구워 낸 커스터드나 다름없었다. 게다가 먹기 전에 씹기 편하게 맥주나 우유나 물에 한참 동안 적실 필요도 없었다.

"던칸 경, 많은 사람이 자네에게 관심이 있는가 보네."

바이렐 공과 수행원들이 거들먹거리며 그들이 앉은 옆을 지나 앞쪽의 상석으로 향할 때 메이나드 플럼 경이 말했다.

"저기 단상에 앉은 소녀들은 아예 자네에게서 눈을 떼지 못하는구먼. 하긴 자네처럼 거대한 사람은 본 적이 없겠지. 이렇게 앉아 있어도 자네는 여기 있는 그 누구보다도 머리 반 개는 더 크니까."

덩크가 어깨를 움츠렸다. 사람들의 시선을 받는 건 익숙했지만, 그렇다고 즐기는 것도 아니었다.

"마음껏 보라고 하십시오."

"저기 단상 아래 '늙은 황소'가 있군." 메이나드 경이 다시 말했다.

"다들 기골이 장대하다고 말하는 사람이나, 내가 보기에는 그냥 배불뚝이일 뿐이야. 그에 비하면 자넨 진짜 거인이야."

"옳으신 말씀입니다."

그들과 합석한 사내가 말했다. 누르께한 안색에 냉소적인 표정을 짓고 녹색과 회색 천으로 만든 옷을 걸친 남자였다. 호선을 그린 얇은 눈썹 아래 얼굴 중앙으로 쏠린 두 눈은 작지만 기민해 보였고, 숱이 많이 줄어든 이마를 대신해 단정하게 손질한 검은 턱수염을 길렀다.

"이런 대회에서 당신은 그 거대한 체구만으로도 가장 강력한 경쟁자 중 한 명으로 여겨질 겁니다."

"브락켄의 야수도 온다고 들었소이다만."

좀 더 떨어진 곳에 앉은 다른 남자가 말했다.

"그는 오지 않을 겁니다."

녹색과 회색 옷의 사내가 대답했다.

"이건 단지 이곳 영주님의 혼인을 축하하기 위해 여는 작은 마상 대회에 불과하니. 침대에서 벌어질 정사를 기념하기 위한 여흥일 뿐이지요. 오토 브락켄 같은 거물이 흥미를 느낄 리가 없습니다."

고양이 카일 경이 술잔을 기울였다.

"아마 버터웰 공도 출전하지 않을 게야. 그늘 아래 느긋이 앉아 관람석에서 자기가 내세운 대전사들을 응원하겠지."

"그렇다면 그는 대전사들이 모조리 패하는 광경을 볼 것이고, 끝에 가서는 제게 드래곤의 알을 내놓을 겁니다."

글렌던 볼 경이 큰소리쳤다.

"글렌던 경은 파이어볼의 아들이라네."

카일 경이 새로운 남자에게 설명한 뒤 물었다.

"자네 이름은 뭔가, 기사?"

"우토르 언더리프. 전혀 유명하지 않은 사람의 아들입니다."

언더리프가 입은 옷은 깔끔하고 재질도 좋았지만, 재단은 평범했다. 달팽이 모양의 은 장신구가 망토를 고정하고 있었다.

"글렌던 경, 자네의 창술이 그 입심만큼이나 대단하다면, 여기 이 덩치 큰 분과도 좋은 상대가 되겠어."

시종들이 잔을 다시 채울 때 글렌던 경이 덩크를 흘긋 쳐다보았다.

"우리가 맞붙는다면 쓰러지는 건 그일 겁니다. 키가 얼마나 크든 제가 이깁니다."

덩크는 시종이 그의 술잔에 포도주를 따르는 모습을 지켜보다가 시인했다.

"사실 전 장창보다는 칼을 더 잘 다룹니다. 그리고 전투 도끼는 더욱 잘 다루지요. 혹시 난투전도 열립니까?"

그의 거구와 완력은 난투전에 더 적합했고, 덩크도 잘 싸울 자신이 있었다. 하지만 마상 창시합은 별개의 문제였다.

"난투전? 결혼식에서 말인가? 그건 모양새가 좋지 않다네."

카일 경이 깜짝 놀라며 대답했다.

메이나드 경이 킬킬거리며 웃었다.

"결혼 자체가 바로 난투전이지. 유부남이라면 누구라도 동감할걸."

우토르 경도 쿡쿡 웃었다.

"아쉽게도 마상 창시합뿐입니다만, 우승 상품인 드래곤의 알 외에도 버터웰 공은 결승에서 패한 기사에게 드래곤 금화 서른 닢, 준결승에서 패한 기사들에게는 각각 금화 열 닢을 내리겠다고 약속하였습니다."

'드래곤 금화 열 닢이라면 나쁘지 않아. 드래곤 금화 열 닢이라면 승용마를 한 마리 살 수 있어.' 그러면 그도 썬더를 전투 외에는 타지 않아도 되었다. 드래곤 금화 열 닢이라면 에그에게 판금 갑옷을 한 벌 사 주고, 덩크의 문장인 나무와 별똥별이 수놓아진 기사용 천막을 살 수도 있었다. '드래곤 금화 열 닢이라면 구운 오리와 햄과 비둘기 파이도 마음껏 먹을 수 있어.'

"게다가 마상 창시합의 승자는 패자에게서 몸값을 받을 수도 있지요."

우토르 경이 접시 빵 속을 파내며 말을 계속했다.

"듣자하니 시합에 돈을 거는 이들도 있고 말입니다. 버터웰 공 본인은 그런 내기를 즐기지 않지만, 하객 중에는 판을 꽤 크게 벌이는 사람도 있다고 하더이다."

그의 말이 끝나자마자 악사들의 화려한 나팔 연주와 함께 앰브로즈 버터웰이 입장했다. 덩크도 실내의 모든 사람과 함께 자리에서 일어나 버터웰이 새 신부의 팔짱을 끼고 호사스러운 미르산 양탄자를 밟으며 단상으로 걸어가는 모습을 구경했다. 신부가 싱그러운 열다섯 살 처녀인데 반해, 그녀의 영주 남편은 최근에 홀아비가 된 오십 세의 중년 남자였다. 신부가 피어오르는 분홍빛이라면, 신랑은 색이 바랜 잿빛이었다. 선명한 초록색, 흰색과 노란색으로 이루어진 망토가 신부의 뒤에서 질질 끌려갔다. 망토가 너무 덥고 무거워 보여 덩크는 신부가 어떻게 갑갑함을 견디는 것인지 궁금했다. 두툼한 턱살에 머리숱이 많이 줄어든 아마 빛 머리의 버터웰 공역시 덥고 답답해 보였다.

그 뒤를 이어 신부의 아버지가 어린 아들의 손을 잡고 입장했다. 크로싱의 영주인 프레이 공은 청회색의 우아한 옷차림을 한 마른 남자였고, 그의 후계자는 콧물을 질질 흘리고 허약해 보이는 네 살짜리 꼬마였다. 버터웰 공이 첫 부인에게서 얻은 딸들과 결혼한 코스테인 공과 리슬리 공이 각각 부인과 함께 뒤를 이었다. 그다음은 프레이 공의 딸들과 사위들이었다. 그리고 고몬 피크 공, 스몰우드 공, 쇼우니 공이 차례로 입장했고, 여러 군소 영주와 지주기사가 그 뒤를 따랐다. 그들 사이로 바이올린 악사 존과 알린 콕쇼우의 모습도 얼핏 보였다. 아직 만찬이 시작하지도 않았는데 알린 공은 이미 술에 취한 듯했다.

주빈들이 모두 자리에 앉자 단상도 아래 말석만큼이나 사람들로 북적거렸다. 버터웰 공과 새 신부는 금박을 입힌 2인용 떡갈나무 옥좌에 푹신한 깃털 방석을 깔고 앉았다. 다른 고귀한 하객들도 화려하게 조각된 팔걸이가 달린 높은 의자에 자리 잡았다. 그들 뒤의 벽에는 서까래에 매단 거대한 깃발 두 개가 늘어져 있었다. 회색 바탕 위로 파란 쌍둥이 탑이 있는 프레이 가문의 깃발과, 녹색과 흰색과 노란색이 물결치는 버터웰 가문의 깃발이었다.

첫 축배는 프레이 공의 몫이었다.

"전하를 위하여!"

그가 간단하게 시작했다. 글렌던 경이 물통 위로 술잔을 내밀었다. 덩크는 그 잔에 자신의 술잔을 마주치고, 우토르 경과 다른 이들과도 술잔을 마주쳤다. 그리고 다들 술잔을 들이켰다.

"품위 있는 주인인 버터웰 공을 위하여."

프레이가 외치며 다시 축배를 들었다.

"아버지 신께서 그가 장수를 누리고 많은 아들을 얻게 해 주시기를 빕니다."

다들 다시 술잔을 들이켰다.

"내가 사랑하는 딸이며 처녀인 버터웰 영주 부인을 위하여. 어머니 신께서 다산의 축복을 내려 주시기를 빕니다."

프레이가 딸에게 미소 지었다.

"올해가 가기 전에 손자를 보고 싶구나. 쌍둥이라면 더욱 좋고. 그러니 오늘 밤에는 열심히 버터를 휘젓거라, 얘야."

웃음소리가 천장까지 울려 퍼졌고, 하객들이 다시 한 번 술잔을 들이켰다. 포도주는 강렬하고 붉으며 달콤했다.

프레이 공이 말을 이었다.

"전하의 핸드인 브린덴 리버스를 위하여. 노파의 신의 등불이 그의 앞길을 비추어 지혜로움으로 인도하기를 빕니다."

그는 술잔을 높이 쳐든 다음 술을 들이켰고, 버터웰 공과 신부를 비롯한 단상의 하객들도 그를 따라 술잔을 들이켰다. 그러나 글렌던 경은 잔을 뒤집어 술을 바닥에 쏟아 버렸다.

"좋은 술인데 아깝구먼."

메이나드 플럼이 보고 말했다.

"친족 살해자 따위를 위해 마실 술은 없습니다. 특히 주술사이며 서자로 태어난 블러드레이븐 공을 위해서는."

글렌던 경이 대꾸했다.

"서자로 태어나기는 했지."

우토르 경이 조심스럽게 동의했다.

"하지만 국왕인 그의 부친이 죽음 앞둔 병상에서 적자로 만들어 줬다네."

그는 깊게 술을 들이켰고, 메이나드 경과 본관 안에 있는 많은 사람도 술잔을 들이켰다. 그러나 그들에 못지않은 많은 사람이 술잔을 내리거나 글렌던 경처럼 잔을 엎었다. 덩크는 손에 든 잔이 무겁게 느껴졌다. '블러드레이븐 공은 눈이 몇 개나 있을까?' 수수께끼는 그렇게 물었다. '천 개하고도 하나 더 있다지.'

프레이 공 외에도 다른 하객들의 축하와 함께 축배가 이어졌다. 하객들은 양해를 구하고 결혼식에 참석하지 않은 버터웰 공의 어린 대영주, 툴리 공을 위해 술잔을 들었고, 병석에 누웠다는 소문이 자자한 하이가든의 영주, 긴 가시 레오의 건강을 기원하며 건배했다. 그리고 명예롭게 죽어 간 이들을 위해 축배를 들었다. '그래.' 덩크가 추억을 떠올리며 생각했다. '그들을 위해서라면 기꺼이 술을 마시겠어.'

마지막으로 건배를 제의한 건 바이올린 악사 존 경이었다.

"**나의 용감한 형님들을 위하여!** 그들도 오늘 밤 웃고 있으리란 걸 알고 있습니다!"

덩크는 원래 다음 날 열릴 마상 대회를 생각하여 과음을 피하려 했지만, 축배를 들고 술잔을 비울 때마다 바로 술이 채워졌고 그도 왠지 갈증을 느끼고 있었다. "포도주나 맥주를 마실 기회가 생기면 절대 거절하지 말거라. 또 언제 마실 수 있을지 모르지 않느냐."라고 알란 경이 이야기한 적이 있었다. '신부와 신랑을 위해 술을 마시지 않는 건 예의가 아니겠지. 그리고 이렇게 모르는 사람들로 가득한 곳에서 왕과 핸드를 위해 마시지 않는 것도 수상한 짓이잖아.'

다행스럽게도, 바이올린 악사의 건배가 마지막이었다. 버터웰 공이 느릿느릿 자리에서 일어나 참석해 준 모든 하객에게 감사의 말을 전하고, 내일 멋진 마상 대회가 열릴 것이라 약속했다.

"자, 이제 만찬을 시작하십시다!"

단상의 하객들에게는 새끼 돼지 구이와 깃털까지 통째로 구워 낸 공작새 그리고 잘게 부순 아몬드로 덮은 거대한 창꼬치 요리가 나왔다. 하지만 말석에 앉은 이들은 단 한 점도 맛볼 수 없었다. 새끼 돼지 대신 아몬드 즙에 적셔 후추로 맛깔스럽게 양념한 소금 절인 돼지고기가, 공작새 대신 양파, 나물, 버섯, 군밤을 속에 채워 넣고 노릇노릇 먹음직스럽게 구워 낸 닭고기가 나왔다. 창꼬치 대신 나온 건 하얀 대구 살을 저며서 파이 겉옷을 입히고 감칠맛 나는 갈색 소스와 함께 내놓은 요리였는데, 덩크는 그 소스가 무엇인지 긴가민가했다. 그 외에도 완두콩 죽과 버터 바른 파스닙, 꿀을 듬뿍 뿌린 당근 그리고 갈색 방패의 베니스만큼이나 냄새가 고약한 잘 익은 하얀 치즈가 나왔다. 덩크는 마음껏 먹으면서도 안뜰에서 에그가 뭘 먹고 있을지 걱정했다. 그래서 혹시나 몰라 닭 반 마리와 빵 몇 덩어리 그리고 고약한 냄새를 풍기는 치즈를 조금 덜어 망토의 주머니에 몰래 집어 넣었다.

그들이 먹고 마시는 동안 악사들이 피리와 바이올린으로 경쾌한 곡조를 연주했고, 어느덧 대화의 주제는 다음 날 있을 마상 대회로 옮겨 갔다.

"프랭클린 프레이 경은 그린포크 지류 부근에서 꽤 유명하지요."

이 고장의 명사들을 잘 꿰고 있는 듯한 우토르 언더리프가 이야기하고 있었다.

"저기 단상에 앉아 있고, 신부의 숙부입니다. '깃발의 늪(Flag's Mire)'에서 올라온 루카스 네일랜드도 우습게 볼 상대가 아니고. 크랙클로우 곶 출신인 모티머 보그스 경도 마찬가집니다. 그 외에 나머지 출전자는 가신들과 이곳의 명사들일 것이외다. 그들 중 실력자라면 커비 핌과 녹색의 갈트리가 있는데, 둘 다 버터웰 공의 사위인 블랙 톰 헤들의 상대는 아닙니다. 꽤 험악한 친구지. 소문에 의하면 그는 이곳 영주님의 장녀를 얻기 위해 다른 구혼자 세 명을 죽였다 하고, 한번은 캐스틀리 록의 영주조차 말에서 떨어뜨린 적이 있다고 하더이다."

"응? 젊은 티볼트 공 말이오?" 메이나드 경이 말했다.

"아뇨, 봄에 죽은 노영주, 회색 사자 말입니다."

'봄에 죽었다.' 바로 그것이 봄의 대역병에 죽은 사람들을 일컬을 때 쓰는 말이었다. 봄에 수만 명도 넘는 이들이 병마에 목숨을 잃었고, 그들 중에는 왕 한 명과 젊은 왕자 두 명도 포함되었다.

"버포드 불워 경을 얕보지 마시게. 저래 봬도 늙은 황소는 레드그라스 벌판에서 사십 명이나 죽인 남자니까."

고양이 카일이 끼어들었다.

"그렇게 죽였다는 숫자는 매년 늘어나지 않는가. 불워의 전성기는 예전에 지났어. 저 모습을 보게. 나이는 육순이 지났고, 살이 투실투실 오른 데다 오른눈은 거의 보이지도 않아."

메이나드 경이 대꾸했다.

"그렇게 챔피언을 찾아 실내를 두리번거리실 필요는 없습니다."

덩크 뒤에서 누군가 말했다.

"챔피언은 바로 여기 있으니까요, 기사 여러분."

덩크가 뒤를 돌아보니 입가에 미소를 띤 바이올린 악사 존 경이 서 있었다. 그는 하얀 비단 더블릿을 입었는데, 붉은 공단으로 안감을 댄 소매는 너무도 길어서 끝자락이 무릎 아래까지 늘어졌다. 가슴팍에는 그의 눈동자와 어울리는 커다란 짙은 자수정이 촘촘히 박힌 묵직한 은 목걸이가 걸려 있었다. '저 목걸이만으로도 내가 가진 모든 것과 맞먹겠네.' 덩크가 생각했다.

글렌던 경이 술기운이 올라 여드름까지 벌겋게 달아오른 얼굴로 따졌다.

"당신은 누구기에 그런 큰소리를 치는 거요?"

"난 바이올린 악사 존이라고 불린다네."

"악사요, 전사요?"

"장창은 물론 바이올린 활도 꽤 잘 다룬다네. 모든 결혼식에 음유시인이 필요하듯, 모든 마상 대회에도 정체를 감춘 신비기사가 필요한 법이지. 여기 합석해도 될까? 버터웰이 인심을 써서 단상에 자리를 마련해 주기는 했지만, 난 뚱뚱한 귀부인들이나 영감들보다는 같은 떠돌이기사들과 함께 있는 게 편해서 말이야."

바이올린 악사가 덩크의 어깨를 두드렸다.

"좀 옆으로 비켜 주지, 던칸 경."

덩크가 옆으로 엉덩이를 움직였다.

"식사하기에는 너무 늦었습니다, 기사."

"상관없어. 버터웰의 주방이 어디에 있는지는 알고 있으니까. 그래도 술은 좀 남았겠지?"

바이올린 악사의 몸에서 오렌지와 라임 향이 풍겼고, 은근히 동방의 이

국적인 향신료 냄새도 맡을 수 있었다. '육두구인가.' 덩크는 확신할 수 없었다. 그렇다고 그가 육두구에 대해 뭔가 아는 것도 아니었지만.

"그렇게 큰소리치는 건 보기 좋지 않습니다."

글렌던 경이 바이올린 악사에게 말했다.

"그래? 그렇다면 자네의 용서를 구해야겠군. 파이어볼의 아들에게 무례를 범할 의도는 결코 없으니."

소년은 그 말을 듣고 놀란 듯했다.

"내가 누군지 압니까?"

"자네가 그 사람의 아들이라고 하지 않았나."

그때 고양이 카일 경이 말했다.

"보게나. 혼례 파이가 들어오는군."

주방 일꾼 여섯이서 바퀴가 달린 넓은 수레에 파이를 싣고 들어오고 있었다. 갈색으로 바삭바삭하게 구워진 파이는 엄청나게 컸고, 속에서 뭔가 끽끽대고 까악거리며 쿵쿵 부딪치는 소리가 들렸다. 버터웰 영주 부부가 검을 들고 단상에서 내려와 파이를 맞이했다. 그들이 파이를 자르자 새 수십 마리가 튀어나와 정신없이 실내를 날아다녔다. 그동안 덩크가 참석했던 결혼식에서는 파이 안에 대개 하얀 비둘기들이나 노래하는 새들을 집어넣었는데, 이 파이 안에는 하얀 비둘기는 물론 회색 집비둘기와 큰어치, 종달새, 흉내지빠귀, 나이팅게일, 작은 갈색 참새에 커다란 빨강 앵무새까지 들어 있었다.

"새가 전부 스물한 가지로군."

카일 경이 말하자 메이나드 경이 심드렁하게 대꾸했다.

"새똥도 스물한 가지지."

"자넨 시적인 감성이 없군, 기사."

"자넨 어깨에 새똥이 묻었는데."

"이게 바로 파이를 제대로 채우는 방법이야."

카일 경이 코를 킁킁대며 튜닉을 닦고는 말했다.

"파이는 혼인을 뜻하고, 진정한 혼인에는 기쁨과 슬픔, 고통과 쾌락, 사랑과 욕정과 정절을 포함한 여러 가지가 있는 것이네. 그러니 이렇게 여러 종류의 새가 들어가는 게 적절한 거야. 그 어떤 남자도 새로 맞이하는 신부가 뭘 가져오는지 모르는 거라네."

"뭘 가져오긴, 신부 가랑이 사이에 그거잖아. 그것 말고 결혼에 무슨 의미가 있는데?"

플럼이 대답했다.

덩크가 탁자를 짚고 자리에서 일어났다.

"바람 좀 쐬고 와야겠습니다."

사실은 소변을 보러 가는 것이지만, 이렇게 '고상한' 일행 앞에서는 바람을 쐰다고 하는 게 더 예의 바른 행동이었다.

"실례하겠습니다."

"빨리 돌아오게. 곧 재주꾼들이 나올 테고, 신방의 의식도 놓칠 수 없지 않나."

바이올린 악사가 말했다.

밖에 나오니 밤바람이 마치 어느 거대한 짐승의 혓바닥처럼 덩크를 핥았다. 단단한 땅바닥이 발밑에서 흔들렸는데, 사실 흔들리는 건 술에 취해 휘청이는 덩크 자신일 것이리라.

시합장은 바깥뜰의 중앙에 세워져 있었다. 성벽 밑에는 버터웰 공과 높으신 하객들이 그늘에서 푹신한 방석에 앉아 구경할 수 있도록 나무로 세운 3층 관람석이 있었다. 시합장의 양 끝에는 기사들의 무장을 위한 천막과 대회용 장창이 놓인 무기대가 준비되어 있었다. 바람이 불어 깃발들이 잠시 펄럭이자 시합장 중앙의 말뚝 울타리에 칠한 하얀 도료의 냄새가 풍겨 왔다. 그는 안뜰을 찾아 발걸음을 옮겼다. 에그를 찾아서 대회의 사무장에게 보내 참가 신청을 하게 해야 했다. 그건 종자의 일이었다.

하지만 화이트월스는 그에게 낯선 곳이었고, 어쩌다 보니 길을 잃고 말았다. 정신을 차렸을 때는 어느새 견사 밖에 서 있었고, 그의 체취를 맡은 사냥개들이 시끄럽게 짖어 대기 시작했다. '내 목을 물어뜯고 싶겠지.' 그가 생각했다. '아니면 망토 속에 있는 닭고기 냄새를 맡았다든가.' 셉트를 지나 왔던 길을 되돌아가는데, 한 여자가 헐떡이면서도 웃음을 터뜨리며 뛰어갔고 그 뒤를 머리가 벗겨진 기사가 맹렬히 쫓았다. 사내가 계속 넘어지는 바람에 끝내는 여자가 돌아와 일으켜 세워야 했다. '셉트에 들어가 세븐께 저 기사를 내 첫 상대로 해 달라고 빌어 볼까.'라는 생각이 들기도 했지만, 불경스런 짓일 것이다. '내게 정말 필요한 건 기도가 아니라 뒷간이잖아.' 가까운 하얀 돌계단 밑에 작은 덤불이 보였다. '저거라도 괜찮아.' 덩크는 손을 더듬어 덤불 뒤로 돌아간 뒤 바지를 내렸다. 오줌보가 터지기 직전이었기 때문에 물줄기는 끊이지 않고 계속 이어졌다.

위 어딘가에서 문이 열리는 소리가 들렸다. 장화 밑창이 돌에 긁히는 소리와 함께 누군가가 계단을 내려왔다.

"……참으로 거지 같은 연회입니다. 비터스틸도 없는데……."

"비터스틸은 필요 없어. 서자 놈 따위는 믿을 수 없다. 설령 그라도 말이야. 우리가 몇 번 승리를 거두면 어차피 놈도 알아서 바다를 건너올 거다."

덩크가 아는 목소리가 대답했다.

'피크 공이다.' 덩크는 숨을 죽였고, 어느새 오줌발도 멈췄다.

"말로만 하는 승리는 누가 못 하겠소이까."

대꾸하는 목소리는 피크보다 더 굵었고, 어딘가 성이 난 듯했다.

"우유 영감은 애송이가 그것을 가지고 있다고 기대했고, 나머지 녀석들도 마찬가지일 겁니다. 입에 발린 소리나 호감만으로는 턱없이 부족하다는 겁니다."

"드래곤이라면 만회하고도 남아. 왕자는 알의 부화를 장담하고 있다. 예전에 그의 형들이 죽었을 때처럼 이번에도 꿈을 꾸었다고 했어. 살아 있는 드래곤만 있으면 군대는 순식간에 모일 거다."

"드래곤과 꿈은 별개의 문제입니다. 그리고 제가 장담하는데, 블러드레이븐은 지금 꿈 따위를 꾸고 있지 않습니다. 우리가 필요한 건 전사지 몽상가가 아닙니다. 애송이는 그분의 진정한 아들입니까?"

"자넨 자네 맡은 일이나 신경 쓰고, 그 일은 내게 맡겨 두게. 버터웰의 재력과 프레이 가문의 병력을 얻으면 하렌할과 브락켄도 우리에게 가담할 수밖에 없어. 오토 본인도 혼자서 맞설 수 없다는 것을 알고 있으니……."

사내들이 멀어져 가자 목소리도 희미해졌다. 다시 오줌발이 흘렀고, 곧 덩크는 물건을 한 번 턴 다음 바지를 끌어 올렸다.

"그분의 아들이라."

그가 중얼거렸다. '누구 이야기일까? 파이어볼의 아들?'

덩크가 계단 아래서 나왔을 때, 두 귀족은 이미 멀리 뜰 저편에서 걸어가는 중이었다. 얼굴이라도 보려고 고함칠까도 했지만 곧 마음을 바꾸었다. 혼자인 데다 무기도 없었고 조금 취했기 때문이었다. '사실 조금 취한 건 아닐지도.' 덩크는 잠시 서서 인상을 쓰다가 그냥 본관을 향해 발걸음을 옮겼다.

안에 들어가니 마지막 요리가 나오고 여흥이 막 시작하려는 참이었다. 프레이 공의 딸 중 한 명이 큰 하프로 '하나처럼 뛰는 두 심장'을 형편없이 연주하기 시작했다. 재주꾼들이 횃불을 서로 주거니 받거니 하는 동안 한쪽에서는 곡예사들이 공중제비를 돌았다. 프레이 공의 조카가 '곰과 아름다운 처녀'를 부르기 시작하자 커비 핌 경이 나무 숟가락으로 탁자를 두

드리며 장단을 맞췄다. 다른 이들도 따라 부르기 시작했고, 곧 본관 내의 모두가 우렁차게 노래를 부르고 있었다.

"곰이, 곰이! 온몸이 검은색과 다갈색 털로 뒤덮인 곰이!"

카스웰 공이 포도주를 쏟은 식탁 위에 코를 박은 채 기절했고, 바이렐 부인이 울기 시작했는데 아무도 그녀가 우는 이유를 알지 못했다.

그런 와중에도 술은 끊임없이 흘렀다. 바이올린 악사의 말로는 술이 농밀한 아보르산 적포도주에서 이 고장의 우량주로 바뀌었다고 했지만, 덩크에게는 똑같은 맛이었다. 히포크라스(향료를 탄 포도주)도 나와서 덩크도 한 잔 맛을 보았다. '언제 또 마실 수 있을지 모르니까.' 다른 유쾌한 떠돌이기사들이 각자 알고 지냈던 여자들에 대해 떠벌리기 시작했다. 덩크는 탄셀이 오늘 밤 어디에 있을지 상상했다. 로한 부인이라면 어디에 있는지 알았다. 지금쯤이면 콜드모트 성에서 유스테이스 경과 같은 침대에 누워 노기사가 콧수염 사이로 내는 코 고는 소리를 들으며 잠을 청하고 있겠지. 그래서 애써 그녀는 생각하지 않으려고 했다. '그녀들도 가끔 내 생각을 할까?' 덩크가 고민했다.

하지만 그의 우울한 고민은 바퀴 달린 나무 돼지의 배 속에서 얼굴을 색색으로 칠한 난쟁이들이 뛰쳐나왔을 때 갑작스레 끊겨 버렸다. 난쟁이들은 탁자들 사이로 버터웰 공의 광대를 쫓아다니며 바람 넣은 돼지 오줌통으로 광대를 때렸고, 광대가 맞을 때마다 돼지 오줌통에서 우스꽝스러운 소리가 났다. 덩크가 지난 수년간 본 것 중 가장 우스운 광경이어서 그도 다른 하객들과 함께 폭소를 터뜨렸다. 프레이 공의 어린 아들은 광대들의 놀이에 너무 빠져든 나머지 한 난쟁이한테 빌린 오줌통을 들고 뛰어다니며 하객들을 때리기 시작했다. 꼬마는 덩크가 지금껏 들어 본 것 중 가장 비위에 거슬리는 웃음소리를 냈고, 그 고성의 딸꾹질하는 듯한 소리가 들릴 때마다 덩크는 아이를 잡아 무릎 위에 놓고 엉덩이를 패거나 깊은

우물에 내던져 버리고 싶은 충동을 느꼈다. '만약 저 오줌통으로 날 갈기면 정말 그렇게 할지도 모르겠어.'

"저기 이 혼인을 성사시킨 녀석이 가는군."

비실비실한 꼬마가 고래고래 소리를 지르며 지나가자 메이나드 경이 입을 열었다.

"무슨 뜻입니까?"

바이올린 악사가 빈 잔을 치켜들자 지나가던 시종이 술을 따랐다.

메이나드 경이 단상으로 시선을 돌려 새 신부가 남편에게 체리를 먹이는 모습을 흘긋 바라보았다.

"저 달콤한 과자에 처음으로 버터를 바르는 사람이 이곳 영주님이 아니란 뜻이지. 저 신부의 처녀성은 트윈스 성의 부엌에서 허드렛일을 하던 소년이 가져갔다는 소문이 있거든. 밤마다 몰래 부엌으로 내려가서 밀회를 즐겼다더군. 하지만 불행하게도, 하룻밤은 저 어린 동생 녀석이 누나의 뒤를 밟았다는 것이야. 두 남녀가 엉겨 붙은 모습을 본 꼬마가 겁에 질려 소리를 질렀고, 그 소리를 듣고 뛰어온 요리사들과 경비병들 앞에 펼쳐진 광경은 실오라기 하나 걸치지 않은 아가씨와 그녀의 설거지꾼 애인이 머리에서 발끝까지 허옇게 밀가루를 처바른 꼴로 요리사가 빵 반죽을 굴리는 대리석 작업대 위에서 열심히 방아질을 하는 모습이었다는 것이네."

'그게 사실일 리가 없어.' 덩크가 생각했다.

버터웰 공은 영지도 넓고 황금도 많았다. 그런 사람이 무슨 이유로 설거지꾼에게 더럽혀진 소녀와 혼인하고 결혼식을 기념하려 드래곤의 알까지 내놓는다는 말인가? 그렇다고 크로싱의 프레이 가문이 버터웰 가문보다 더 고귀한 신분인 것도 아니었다. 두 가문이 다른 점이라면 프레이 가문이 암소 대신 다리를 소유한다는 것뿐. '귀족들이란. 누가 그들을 이해할 수 있을까?' 덩크는 나무 열매를 몇 개 입안에 털어 넣고 우물거리면서 조금 전에 엿들은 대화를 곱씹었다. '이 술 취한 덩크야, 네가 무엇을 들었다고 생각하는 거냐?' 처음 마셨던 히포크라스가 맛이 좋아서 한 잔 더 마셨다. 그러고는 두 팔을 포개고 머리를 얹고는 연기 때문에 매워진 눈을 쉬게 하려고 잠시 눈을 감았다.

* * *

덩크가 다시 눈을 뜨니 하객들이 대부분 자리에서 일어나 소리 높여 외치고 있었다.

"침대로! 침대로!"

그들이 워낙 요란하게 소란을 떠는 바람에 덩크는 키가 너무 큰 탄셀과 붉은 과부와 함께 달콤한 시간을 보내던 꿈에서 깨고 말았다.

"침대로! 침대로!"

함성이 우렁차게 울려 퍼졌다. 덩크가 일어나며 눈을 비볐다.

신부를 들쳐 안은 프랭클린 프레이 경이 여러 사내와 소년에게 둘러싸인 채 중앙 통로를 걸어왔고, 단상에서는 귀부인들이 버터웰 공을 에워쌌다. 바이렐 부인은 어느새 슬픔에서 벗어났는지 버터웰을 마구 잡아당기며 자리에서 일어나게 하려 했고, 그 와중에 버터웰의 딸 하나가 장화를 빼앗고 어느 프레이 가문의 영애가 그의 튜닉을 벗겨 버렸다. 버터웰 본인이 웃음을 터뜨리며 팔다리를 허우적댔지만, 소용없는 저항이었다. 영주는 술에 취했고, 프랭클린 경은 더 심하게 취한 터라 하마터면 신부를 바닥에 떨어뜨릴 뻔했다. 그때 바이올린 악사 존이 덩크를 잡아끌자 덩크는 영문도 모른 채 자리에서 일어섰다. 존 경이 외쳤다.

"여기로! 거인이 신부를 안고 가게 하시오!"

덩크가 다시 정신을 차렸을 때는 이미 발버둥치는 신부를 품 안에 안고 어떤 탑의 계단을 오르던 중이었다. 어떻게 자기가 아직도 멀쩡히 서 있는 지는 덩크도 알지 못했다. 신부는 가만히 있지 못했고, 그들을 둘러싼 사 내들이 밀가루를 발라 잘 반죽해야 한다는 등 음담패설을 하며 신부의 옷 가지를 하나하나 벗겨 냈다. 난쟁이들도 끼어들어 덩크의 다리 주변에서 알짱거렸고, 소리치고 웃음을 터뜨리며 오줌통으로 그의 종아리를 마구 때렸다. 난쟁이들에 걸려 넘어지지 않도록 덩크는 안간힘을 다해야 했다.

덩크는 버터웰 공의 침소가 어디에 있는지 몰랐지만, 따라오는 사내들 이 밀고 쿡쿡 찌르며 길을 알려 줘서 제대로 도달할 수 있었다. 계단을 오 르는 동안 옷이 벗겨져 왼쪽 다리에 남은 긴 양말 한 짝 외에는 실오라기 하나 걸치지 않은 신부가 그의 품 안에서 빨갛게 달아오른 얼굴로 까르르 웃어 댔다. 덩크도 얼굴이 벌겠지만, 신부를 안고 올라오느라 힘들어서 그 런 것만은 아니었다. 누구라도 덩크에게 신경을 썼다면 그가 얼마나 흥분 했는지 알아차렸을 터이나, 다행히 좌중의 시선은 모두 신부를 향하고 있 었다. 버터웰 영주 부인은 탄셀과 전혀 닮지 않았지만, 품에 반라의 여인 을 안고 있으니 절로 그녀가 떠올랐다. '그녀의 이름은 키가 너무 큰 탄셀 이었지만, 나한테는 너무 크지 않았어.' 언제고 다시 만날 수 있을까. 가끔 밤에 누워서 잠을 청할 때 그녀를 만난 것 자체가 꿈이 아니었나 하는 생 각이 들기도 했다. '아냐, 멍텅구리야. 넌 단지 그녀가 너를 좋아했다는 꿈 을 꾸었을 뿐이야.'

버터웰 공의 침소는 넓고 호화스러웠다. 미르산 양탄자가 바닥을 덮고 향내 나는 양초 수십 개가 벽의 틈과 구석진 곳마다 타오르며 실내를 밝혔 으며, 문 옆에는 황금으로 양각하고 보석을 박아 넣은 판금 갑옷 한 벌이 세 워져 있었다. 외벽으로 이어진 작은 석실에는 변소까지 마련되어 있었다.

마침내 덩크가 신부를 신방 침대에 내려놓자, 난쟁이 한 명이 침대 위로 뛰어올라 신부의 한쪽 가슴을 움켜쥐며 희롱하기 시작했다. 소녀가 꺅꺅거리자 사내들이 폭소했고, 덩크가 발버둥치는 난쟁이의 목덜미를 잡아채 신부에게서 떨어뜨렸다. 난쟁이를 밖으로 내던지려고 덩크가 문 쪽으로 발걸음을 옮길 때 드래곤의 알이 눈에 들어왔다.

알은 대리석 대좌 위에 얹은 검은 벨벳 쿠션 위에 놓여 있었다. 달걀보다는 훨씬 컸지만 덩크가 상상한 만큼 크지는 않았다. 표면을 덮은 섬세한 붉은 비늘이 등불과 촛불에 비쳐 보석처럼 반짝였다. 덩크가 난쟁이를 떨어뜨리고 어떤 느낌인지 보려고 잠시 알을 집어 들었다. 알은 생각보다 묵직했다. '이걸로 다른 사람의 머리를 부숴도 껍데기에 흠집 하나 남지 않겠군.' 비늘들은 매끄러웠고, 손안에서 알을 이리저리 굴리자 진한 심홍빛이 가물거렸다. '피와 화염인가.'라고 생각했지만, 표면에는 금빛 반점과 새카만 소용돌이무늬도 있었다.

"이봐, 거기! 지금 무슨 짓인가, 기사?"

검은 수염을 기르고 얼굴에 부스럼이 난 거구의 낯선 기사가 덩크를 노려보았는데, 덩크가 놀라서 눈을 깜빡거린 건 사내의 모습이 아니라 목소리 때문이었다. 굵고 어딘가 성난 듯한 목소리. '그자다. 피크와 함께 있던 남자.' 덩크가 깨달았고, 남자가 계속해서 말했다.

"어서 내려놓지그래. 내 세븐께 맹세하는데, 지금 당장 영주님의 보물에서 그 지저분한 손가락을 떼지 않으면 반드시 후회하게 해 줄 테다."

상대 기사는 덩크만큼 취해 보이지 않았기 때문에, 그의 말대로 하는 편이 좋을 것 같았다. 덩크는 매우 조심스레 알을 다시 쿠션 위에 돌려놓고 소매로 손가락을 닦았다.

"별다른 의도는 없었습니다."

'멍텅구리 덩크, 성벽처럼 아둔해.' 그리고 검은 수염의 사내를 밀치며 문 밖으로 나갔다.

계단 아래서 흥에 겨운 외침과 여인들이 웃는 소리가 들렸다. 여자들이 버터웰 공을 신부에게 데려가는 중이었다. 덩크는 그들과 마주치고 싶은 마음이 없어서 계단을 내려가는 대신 위로 올라갔고, 탑의 지붕 위에 올라서니 별이 반짝이는 밤하늘과 달빛에 비쳐 사방에서 새하얗게 빛나는 성의 광경이 눈에 들어왔다.

취기가 올라 머리가 어질어질해지자 덩크는 난간에 몸을 기댔다. '먹은 게 넘어오려나. 드래곤의 알에는 왜 손을 댄 것일까?' 탄셀의 인형극과 애시포드에서 분란의 시발점이었던 목각 드래곤 인형이 기억났다. 그리고 그 기억을 떠올릴 때마다 항상 그러하듯, 또 죄책감에 빠져들었다. '일개 떠돌이기사의 발을 구하려고 훌륭한 남자 셋이 목숨을 잃었다.' 그때나 지금이나 이해할 수 없는 일이었다. '그럼 깨우쳐야 할 거 아냐, 이 멍텅구리야. 너 같은 놈은 드래곤이나 드래곤의 알에 관한 일에 끼어들어서는 안 되는 거야.'

"마치 눈으로 만든 것 같군."

덩크가 뒤를 돌아보았다. 비단과 금사포로 만든 옷을 걸친 바이올린 악사 존이 미소 짓고 있었다.

"무엇을 눈으로 만들었다는 말씀입니까?"

"성 말이야. 저렇게 달빛에 빛나는 하얀 돌들. 넥의 북쪽에 가 본 적이 있나, 던칸 경? 그곳은 여름에도 눈이 내린다고 들었어. 장벽은 본 적이 있어?"

"아닙니다, 나리." '장벽이라니, 왜 묻는 거지?'

"저와 에그가 그쪽으로 가는 길입니다만. 윈터펠이 있는 북쪽."

"나도 갈 수 있다면 좋으련만. 그대가 길을 안내하면 되겠지."

"안내라니요?" 덩크가 눈살을 찌푸렸다.

"킹스로드가 있잖습니까. 그냥 킹스로드를 따라서 북쪽으로 쭉 올라가면 길을 잃을 리가 없는데."

바이올린 악사가 웃음을 터뜨렸다.

"그렇겠군…… 하지만, 어떤 이들은 정말 어이없게도 뻔한 것을 놓치기도 한다고."

그가 난간으로 다가가 성안을 내려다보았다.

"소문을 듣자 하니 북부인들은 난폭하고 숲은 늑대들로 가득하다고 하던데."

"왜 여기로 올라오신 겁니까, 나리?"

"알린이 날 찾아다녀서 숨는 중이었네. 녀석은 술이 들어가면 꽤 성가시게 굴어서 말이야. 자네가 그 끔찍한 침소에서 나가는 걸 보고 나도 뒤따라 나왔지. 물론 나도 술을 많이 마신 건 인정하지만, 그렇다고 벌거벗은 버터웰을 마주할 정도로 취한 건 아니거든."

그가 덩크를 보며 알 수 없는 미소를 지었다.

"난 자네를 꿈속에서 봤어, 던컨 경. 자네를 만나기도 전에. 그래서 길에서 자네를 보았을 때 바로 얼굴을 알아보았지. 마치 우리가 오랜 친구인 듯한 기분이었어."

그때 덩크는 이 일을 예전에 겪은 듯한 기이한 기분에 사로잡혔다. '그도 그렇게 말했지. 너를 꿈속에서 봤어. 내 꿈은 네가 꾸는 꿈과는 달라, 던컨 경. 내 꿈은 실제로 일어나.' 덩크가 술기운이 올라 걸걸해진 목소리로 물었다.

"저를 꿈속에서 보셨단 말입니까? 어떤 꿈이었습니까?"

"아, 자네가 머리에서 발끝까지 하얀 갑옷을 입고, 그 널따란 어깨에서 길고 흰 망토를 휘날리는 꿈을 꾸었지. 자네는 백기사였어, 기사. 국왕에게 충성을 맹세한 킹스가드의 일원이며 세븐킹덤 최강의 기사였고, 오로지 왕을 지키고 왕을 모시며 왕의 명을 수행하기 위해 살았어."

바이올린 악사가 한 손을 덩크의 어깨에 올렸다.

"자네도 똑같은 꿈을 꾼 적이 있겠지. 난 알아."

그건 사실이었다. '영감님이 처음으로 내가 그분의 검을 드는 것을 허락하셨을 때였지.'

"킹스가드가 되는 건 모든 소년이 꾸는 꿈입니다."

"하지만 자라서 하얀 망토를 걸치는 소년은 단 일곱 명뿐이지. 그들의 한 명이 된다면 기쁘겠나?"

"제가 말입니까?"

덩크가 어깨를 주무르기 시작한 젊은 귀족의 손을 슬쩍 털어 냈다.

"글쎄요."

킹스가드 기사들은 평생 왕을 섬겨야 했고, 결혼하거나 영지를 소유할 수 없었다. '언젠가 탄셀을 다시 만날지도 모르는데. 나도 아내를 얻거나 아들을 낳지 못할 이유가 없잖아?'

"제가 무슨 꿈을 꾸는지는 중요하지 않습니다. 어차피 국왕 전하만이 킹스가드 기사를 임명할 수 있으니까요."

"그렇다면 내가 왕위에 오를 수밖에 없겠군. 차라리 자네에게 바이올린 켜는 법을 가르쳐 주고 싶은데."

"취하셨습니다." '까마귀가 큰까마귀 보고 검다고 나무라는 거냐.'

"아주 기분 좋게 취했지. 포도주는 모든 것을 가능케 한다네, 던칸 경. 자네가 하얗게 차려입으면 신처럼 멋있을 것이라고 생각하지만, 색깔이 마음에 안 든다면 영주가 되는 건 어떻겠나?"

덩크가 대놓고 비웃었다.

"아니, 차라리 커다란 파란 날개가 자라서 날아다녔으면 합니다만. 둘 다 불가능한 건 마찬가지잖습니까."

"이제는 나를 조롱하는군. 참된 기사라면 결코 그가 섬기는 왕을 조롱하지 않을 거야. 드래곤이 부화하는 것을 본 다음에는 내 말을 더 믿어 주기 바라네."

바이올린 악사가 서운하다는 듯 말했다.

"드래곤이 부화한다고요? **살아 있는 드래곤이?** 여기서 말입니까?"

"꿈을 꾸었어. 이 하얀 성과 자네, 알에서 뛰쳐나오는 드래곤까지 전부 꿈에서 보았지. 예전에 형들이 쓰러져 죽은 광경을 꿈에서 보았던 것처럼 말이야. 그때 형들은 열두 살이고 난 일곱 살밖에 안 되어서 형들이 날 비웃었지만, 결국에는 죽고 말았지. 이제 난 스물두 살이고, 난 내 꿈을 믿는다네."

덩크는 언젠가 다른 마상 대회에서 부슬부슬 내리는 봄비를 맞으며 또 다른 왕자와 함께 한 산책이 기억났다. '꿈에서 너와 죽은 드래곤을 보았다.'라고 에그의 형, 다에론이 말했다. '날개가 이 초원을 전부 덮을 정도로 엄청나게 거대한 드래곤을. 드래곤이 네 몸 위에 쓰러졌지만, 넌 살고 드래곤은 죽었어.' 그래, 죽고 말았지. 가엾은 바엘로 왕자님. 꿈만으로 무언가를 도모하는 것은 너무 위험했다. 그가 바이올린 악사에게 말했다.

"그렇군요, 나리. 이만 실례하겠습니다."

"어딜 가는 건가, 기사?"

"침대로 자러 갑니다. 개처럼 취해서 말입니다."

"그럼 내 개가 되게. 이 밤은 아직 활기가 남아 있어. 함께 시끄럽게 짖어 대며 신들까지 깨우는 거야."

"제게 원하시는 게 뭡니까?"

"자네의 검. 내 충복이 된다면 높은 자리에 올려 주겠어. 내 꿈은 거짓말을 하지 않아, 던칸 경. 자네는 하얀 망토를, 난 드래곤의 알을 가지게 될 거야. 꿈에서 보았으니 그렇게 될 수밖에 없지. 그리고 설령 알이 부화하지 않더라도……."

뒤에서 문이 쾅 하고 열렸다.

"찾았습니다, 영주님."

중장병 두 명이 지붕 위로 올라왔고, 고몬 피크 공이 그 뒤를 따랐다.

"고미. 이런, 내 침소에는 무슨 이유로 오신 겁니까, 영주님?"

바이올린 악사가 느릿느릿 말했다.

"여긴 지붕이라네, 기사. 그리고 술을 너무 많이 마신 것 같군."

고몬 공이 홱 손짓하자 위병들이 앞으로 다가왔다.

"침대로 모셔다 드리겠소. 내일 마상 창시합이 있다는 걸 잊지 말아야지. 커비 펌은 꽤 까다로운 상대야."

"여기 있는 내 친구 던칸 경과 겨뤘으면 합니다만."

피크가 냉랭한 시선으로 덩크를 쳐다보았다.

"나중이라면 또 모르지. 우선 첫 상대는 커비 펌 경이네."

"그렇다면 펌은 질 수밖에 없겠군요! 내게 맞서는 이들 모두! 신비기사는 모든 도전자를 물리치고, 그의 뒤에는 경이로움만이 남을 겁니다."

중장병 한 명이 바이올린 악사의 팔을 잡았다.

"던칸 경, 아쉽지만 헤어질 시간이군."

병사들의 부축을 받고 계단을 내려가면서 그가 큰 목소리로 말했다.

지붕에 남은 건 고몬 공과 덩크뿐이었다. 고몬이 으르렁댔다.

"떠돌이기사. 네 어미가 드래곤의 아가리에 함부로 손을 집어넣지 말라고 가르치지 않았느냐?"

"전 제 어머니가 누군지 모릅니다, 나리."

"그러면 그렇지. 그가 네게 무엇을 약속하였느냐?"

"작위. 하얀 망토. 커다란 파란 날개였습니다."

"그럼 이건 내가 하는 약속이다. 여기서 벌어진 일에 관해 한마디라도 나불거린다면, 차가운 3피트짜리 쇳덩이를 네 배 속에 박아 주겠다."

덩크가 정신을 차리려 고개를 흔들었지만 전혀 도움이 되지 않았다. 그가 몸을 앞으로 구부리고 토하기 시작했다.

토사물이 피크의 장화에까지 튀자 그가 욕설을 뱉었다.

"떠돌이기사 놈들."

피크가 진저리치며 외쳤다.

"여긴 네가 있을 곳이 아니다. 참된 기사라면 초대도 받지 않았는데 찾아오는 무례를 범할 리가 없지만, 아무 곳이나 떠도는 네놈들은……."

"저희는 아무도 환영하지 않지만 어디에서도 나타납니다, 나리."

평상시에는 입을 다물었을 테지만, 술기운 때문에 간이 커졌다. 덩크가 손등으로 입가를 닦았다.

"내가 한 말을 잘 기억해라, 기사. 그리하지 아니하면 신상에 좋지 않은 일이 생길 것이니."

피크 공은 장화를 흔들어 토사물을 털어 내고는 밑으로 내려갔다. 덩크는 다시 난간에 몸을 기댔다. 고몬 공과 바이올린 악사, 누가 더 미친 것일까. 본관으로 돌아오자 아직도 자리에 남은 동료는 메이나드 플럼뿐이었다.

"속옷을 벗겨 내니 젖꼭지에 밀가루가 묻어 있던가?"

그가 알고 싶어 했다.

덩크는 고개를 젓고는 잔에 다시 포도주를 부었고, 한 모금 맛을 보고는 술을 그만 마셔야겠다고 생각했다.

***

버터웰의 집사들은 귀족들을 위해 아성 내에 침실을 준비했고 수행원들은 병영에 묵게 했다. 그 외 하객들은 지하 저장실에 깔아 놓은 밀짚 요를 쓰거나, 서쪽 성벽 아래 마련된 빈터에 천막을 세워야 했다. 덩크가 스토니셉트에서 구한 수수한 삼베 천막은 사실 천막이라 부르기 어려웠지만, 그래도 비와 햇볕을 막기에는 충분했다. 아직 잠들지 않은 몇몇 이웃의 비단 천막에서 불빛이 새어 나오며 마치 밤에 색색으로 빛나는 등불처럼 반짝였다. 해바라기 무늬로 뒤덮인 파란 천막에서는 웃음소리가 들렸고, 흰색과 보라색 줄무늬 천막에서는 사랑을 나누는 열띤 신음성이 흘러나왔다. 에그가 천막을 세운 자리는 다른 천막들과 조금 떨어진 곳이었다. 마에스터와 다른 두 마리 말이 가까운 곳에 묶여 있었고, 덩크의 무기와 갑옷은 성벽에 기대어 가지런히 쌓여 있었다. 천막에 기어들어 가니 책상다리를 하고 앉아 촛불 옆에서 책을 읽는 종자의 번들번들한 머리통이 눈에 들어왔다.

"촛불 옆에서 책을 읽다가는 눈이 멀어 버린다."

에그가 그에게 글을 가르치려 했지만, 덩크는 아직도 까막눈 신세였다.

"글자를 보려면 촛불이 필요해요, 기사님."

"귀싸대기 맞아 볼래? 그건 무슨 책이야?"

종이 위에는 작은 색색의 방패들이 글자 사이에 여기저기 숨어 있었다.

"문장 명부예요."

"바이올린 악사를 찾는 거야? 거기에 없을 거다. 그런 명부에는 귀족들이나 챔피언들이 올라가지 떠돌이기사는 못 올라가."

"그를 찾고 있지 않았어요. 안뜰에서 본 문장이 있어서⋯⋯. 선더랜드 공도 여기에 있더라고요, 기사님. 그의 문장은 초록색과 파란색 물결 바탕에 창백한 여자 머리 세 개가 있는 거예요."

"시스터맨(Sisterman)이라고? 정말로?"

'스리시스터스(The Three Sisters, 세 자매 섬)'는 '바이트(the Bite)'에 있는 섬들이었다. 덩크는 어떤 셉톤이 그 섬들을 죄악과 탐욕의 구렁텅이라고 부르는 것을 들은 적이 있었다. 시스터톤은 웨스테로스에서 밀수꾼들의 소굴로 가장 악명을 떨치는 마을이었다.

"멀리서도 왔군. 버터웰의 처가 친척인가 보네."

"아니에요, 기사님."

"그러면 연회에 참석하러 왔겠지. 스리시스터스에서는 생선만 먹는다고 하잖아? 생선도 먹다 보면 질리는 법이니. 너도 잘 챙겨 먹었어? 혹시나 해서 닭 반 마리하고 치즈를 조금 가져왔는데."

덩크가 망토의 호주머니를 뒤졌다.

"식사로 갈비가 나왔어요, 기사님. 선더랜드 공은 검은 드래곤을 위해 싸웠어요."

에그가 책에 코를 박고 말했다.

"늙은 유스테이스 경처럼? 하지만 그분은 그렇게 나쁘지 않았지?"

"네, 기사님. 하지만⋯⋯."

"드래곤의 알을 봤다."

덩크가 챙겨 온 음식을 딱딱한 빵과 소금 절인 쇠고기와 함께 넣어 두며 말했다.

"온통 빨간색이었어. 블러드레이븐 공도 드래곤의 알을 가지고 있냐?"

에그가 책을 내렸다.

"그럴 리가 없잖아요? 비천한 태생인데."

"서출이지. 비천한 태생은 아니고."

블러드레이븐은 비록 적자로 태어나지는 않았지만 양친은 모두 고귀한 혈통이었다. 덩크가 에그에게 아까 엿들은 이야기를 하려던 참에 소년의 얼굴이 눈에 들어왔다.

"입술은 어떻게 된 거야?"

"싸웠어요, 기사님."

"좀 보자."

"피를 조금 흘렸을 뿐이에요. 아까 포도주로 닦았어요."

"누구랑 싸웠는데?"

"다른 종자들이랑요. 걔들이 뭐라고 했느냐면……."

"그 녀석들이 한 말은 상관없어. 내가 너한테 뭐라고 했지?"

"말조심하고 문제를 일으키지 말라고 하셨어요. 하지만 아버지를 **친족살해자**라고 욕했다고요."

소년이 터진 입술에 손가락을 가져가며 말했다.

'그건 사실이잖아, 꼬마야. 의도한 짓은 아니라고 생각하지만.' 덩크는 에그에게 그런 말을 마음에 담아 두지 말라고 수십 번이나 타일렀다. '넌 진실을 알고 있잖아. 그걸로 만족해라.' 허름한 주점이나 여관, 혹은 숲에서 모닥불을 피고 야영할 때 종종 듣는 소리였다. 애시포드 초원에서 마에카르 왕제가 전곤으로 자신의 형인 창파괴자 바엘로를 때려죽인 일은 왕국에서 모르는 사람이 없는 이야기였고, 음모에 관한 풍문이 떠도는 것도 당연했다.

"마에카르 왕제가 네 부친이라는 사실을 알았다면 그들도 그런 말을 입에 담지 않았겠지."

'적어도 네 앞에서는 하지 않겠지. 등 뒤에서는 모르지만.'

"그래서 다물라는 입을 다물지 않고 그 종자들에게 뭐라고 말했는데?"

에그가 무안해하는 표정을 지었다.

"바엘로 백부님의 죽음은 그냥 사고라고 했어요. 하지만 제가 마에카르 왕제는 형인 바엘로 왕세자와 우의가 깊었다고 하니까, 아담 경의 종자가 죽이고 싶을 만큼 우의가 깊었다고 지껄이고 맬러 경의 종자는 한술 더 떠서 아에리스 왕에게도 똑같은 우의의 표시를 할 거라고 하잖아요. 그때 제가 때렸죠. 제대로 두들겨 줬어요."

"나도 널 제대로 두들겨 줘야겠다. 그 부어터진 입술과 잘 어울리도록 부어오른 귓불이 생기게 말이야. 네 아버지께서도 여기 계셨으면 똑같이 하셨을 거다. 마에카르 왕제가 너 같은 꼬마의 보호가 필요하다고 생각해? 그분께서 네가 나와 함께 가는 걸 허락하실 때 뭐라고 이르셨냐?"

"종자로서 기사님을 충실히 모시고, 어떤 일이나 어려움 앞에서도 몸을 사리지 말라고 하셨어요."

"그리고?"

"왕법에 복종하고, 기사도의 예법을 따르며, 기사님의 말을 들으라고 하셨어요."

"그리고?"

"제 머리를 빡빡 밀거나 물을 들이고, 아무한테도 제 본명을 밝히지 말라고 하셨어요."

소년이 눈에 띄게 마지못해 하며 대답했다.

덩크가 고개를 끄덕였다.

"네가 싸운 녀석은 포도주를 얼마나 마셨어?"

"보리 맥주를 계속 마시고 있었는데요."

"봐라. 녀석은 보리 맥주에 취했던 거였어. 말은 바람 소리에 불과해, 에그. 그냥 바람처럼 네 곁을 스쳐 지나가게 놔둬라."

"어떤 말은 바람 소리가 맞아요." 소년은 고집이라면 절대 지지 않았다. "어떤 말은 반역이고요. 이건 역적들의 마상 대회예요, 기사님."

"여기 있는 사람들 모두?" 덩크가 고개를 저었다.

"네 말이 맞다 해도 이미 옛적 이야기야. 검은 드래곤은 죽었고, 그를 위해 싸웠던 이들은 도망치거나 사면받았어. 그리고 네 말도 틀렸다. 버터웰 공의 아들들은 양편에서 싸웠잖아."

"그럼 **반쪽짜리** 반역자인 거죠."

"16년 전의 일이다."

술기운에 취해 나른했던 기분이 싹 가셨다. 지금은 화가 치밀었고, 취기도 거의 사라졌다.

"버터웰 공의 집사 중 코스그로브라는 자가 대회의 사무장이다. 찾아가서 내 이름으로 참가를 신청해. 아니, 잠깐만⋯⋯. 내 이름은 쓰지 말자."

하객으로 방문한 귀족 중에 애시포드 초원의 키 큰 던칸 경을 기억하는 사람이 있을지도 몰랐다.

"교수대의 기사라는 이름으로 신청해라."

촌민들은 마상 대회에 정체를 감춘 신비기사가 출현하면 열광했다.

에그가 부어오른 입술을 만지작거렸다.

"교수대의 기사라고요?"

"방패의 문장을 따라서."

"그렇지만⋯⋯."

"가서 시킨 대로 해. 오늘 밤 책은 충분히 읽었잖아."

덩크가 촛불을 엄지와 검지로 비벼서 껐다.

***

다음 날 뜬 해는 인정사정없이 뜨겁고 강렬했다.

성의 하얀 석벽에서 뜨거운 아지랑이가 아물아물 피어올랐다. 달군 흙과 짓이긴 풀 냄새가 코를 자극했고, 단 한 줄기 바람도 아성과 문루 위에 꽂힌 채 축 늘어진 녹색과 흰색, 노란색의 깃발들을 건드리지 않았다. 썬더의 안절부절못하는 모습은 덩크도 좀처럼 보지 못한 것이었다. 에그가 안장을 죄는 동안 썬더는 계속 머리를 이리저리 흔들었고, 심지어는 소년에게 커다란 각진 이빨을 드러내기도 했다. '너무 더워. 사람에게도 말한테도.' 군마는 평상시에도 성정이 거친 짐승이었다. '어머니 신조차도 이런 더위에는 짜증을 낼 수밖에 없을 거다.'

연무장의 중앙에서 출전자들이 다시 말을 달리기 시작했다. 하버트 경은 검은 마갑을 얹고 페이지 가문의 붉은색과 흰색 뱀 문장의 마구로 장식한 황금빛 준마를 탔고, 프랭클린 경은 프레이 가문의 쌍둥이 탑을 수놓은 회색 비단을 걸친 구렁말을 몰았다. 두 기사가 격돌하자 붉은색과 흰색의 장창은 깨끗이 두 동강 나고 파란색 창은 산산이 부서졌지만, 둘 다 낙마하지 않았다. 관람석과 성벽 위에서 환호가 터져 나왔지만, 짧고 활기도 없이 공허했다.

'환호하기에는 너무 더워. 마상 창시합을 하기에도 너무 덥다.' 덩크가 이마에서 땀을 닦으며 생각했다. 머릿속은 마치 북을 두드리듯 쿵쾅쿵쾅 울리고 있었다. '이번 시합하고 다음 시합만 이기게 해 줘. 그럼 더 바랄 게 없다.'

기사들은 각각 시합장 양쪽 끝까지 가서 말 머리를 돌리고는 들쭉날쭉한 밑동만 남은 장창을 내던졌다. 그들이 네 번째로 부러뜨린 창이었다. '너무 오래 끌어.' 덩크는 갑옷을 입는 것을 가능한 한 늦게 미뤘지만, 벌써 철갑 아래로 땀에 전 속옷이 살갗에 들러붙었다. '온몸이 땀투성이가 되는 건 별것도 아니야.' 덩크가 '하얀 숙녀' 선상의 혈투를 떠올리며 애써 자위했다. 그날 덩크는 범선을 노리고 사방에서 몰려드는 아이언인들과 싸워야 했고, 날이 저물고 전투가 끝났을 때는 온몸에 피 칠갑을 했다.

각각 새 창을 든 페이지와 프레이가 다시금 말에 박차를 가했다. 말발굽이 땅에 닿을 때마다 메마른 땅이 파이며 흙덩이가 솟구쳤다. 창들이 부딪치며 쪼개지는 소리에 덩크가 움찔거렸다. '어젯밤에 술을 너무 마시고 게다가 과식까지 해 버렸어.' 어렴풋이 떠오르는 건 신부를 안고 계단을 오른 것과 어느 지붕 위에서 바이올린 악사 존과 피크 공을 만난 것이었다. '지붕에는 왜 올라갔지?' 그때 드래곤인지 드래곤의 알인지, 뭔가에 관해 이야기한 것 같지만……

갑작스러운 함성과 신음이 들려오자 덩크가 회상에서 벗어났다. 금빛 말이 홀로 시합장 끝으로 달려가고 하버트 페이지 경이 땅을 구르는 광경이 눈에 들어왔다. '내 차례까지 두 명 남았네.' 빨리 우토르 경을 말에서 떨어뜨려야 갑옷도 빨리 벗고 시원한 음료를 마시며 쉴 수 있을 터. 다시 이름이 불릴 때까지 적어도 한 시간은 쉴 수 있을 것이다.

버터웰 공의 뚱뚱한 전령관이 관람석 위로 올라가 다음 출전자들을 호명했다.

"너니의 기사이며 화이트월스의 영주 버터웰 공을 섬기는 '반항아' 아그레이브 경. 그리고 '갯버들의 기사' 글렌던 플라워스 경. 나와서 그대들의 용맹을 증명하시오."

관람석에서 폭소가 터져 나왔다.

아그레이브 경은 피부가 가죽 같은 마른 체구의 노련한 가문기사였다. 그는 찌그러진 회색 갑옷을 걸치고 마갑을 얹지 않은 말을 탔다. 덩크는 이러한 사내들이 다들 오래된 뿌리처럼 질기고 능숙하다는 사실을 익히 알았다. 그의 상대는 묵직한 사슬 갑옷과 얼굴이 노출된 무쇠 반투구로 무장하고 비루한 늙은 말을 탄 젊은 글렌던 경이었다. 팔에 매단 방패에는 부친의 불덩어리 문장이 그려져 있었다. '저 친구는 흉갑과 제대로 된 투구가 필요해. 저따위 무장으로 싸우면 머리나 가슴에 한 방 맞고 죽을 수도 있어.' 덩크가 생각했다.

글렌던 경이 자기를 소개하는 말을 듣고 분통을 터뜨렸다. 그가 거칠게 말을 한 바퀴 달리며 외쳤다.

"난 글렌던 플라워스가 아니라 글렌던 **볼**이다! 경고하는데, 화를 당하고 싶지 않다면 나를 조롱하지 마라, 전령관. 내겐 영웅의 피가 흐른다."

전령관은 아무런 대꾸도 하지 않았지만, 하객들은 젊은 기사의 항의를 듣고 더욱 큰 폭소를 터뜨렸다. 덩크가 궁금해서 물었다.

"왜 웃는 거야? 저 친구가 사생아란 말인가?"

플라워스는 리치 지방 귀족에게 태어난 사생아에게 주어지는 성이었다.

"도대체 갯버들이 어쨌는데?"

"알아보고 올게요, 기사님." 에그가 대답했다.

"아니. 우리와는 상관없는 일이다. 내 투구 가지고 있어?"

아그레이브 경과 글렌던 경이 버터웰 영주 부부 앞에서 장창을 늘어뜨려 예를 차렸다. 버터웰이 옆으로 몸을 숙여 신부의 귀에 뭔가 속삭이는 모습이 보였다. 소녀가 키득거리며 웃기 시작했다.

"네, 기사님."

에그는 예의 느슨한 밀짚모자로 햇볕으로부터 까까머리와 얼굴을 가리고 있었다. 덩크는 종종 모자를 가지고 에그를 놀렸지만, 지금만큼은 그도 그런 모자가 하나 있었으면 했다. 이런 태양 아래서는 쇠 투구보다는 밀짚모자가 훨씬 나았다. 덩크는 눈가에서 머리카락을 치우고 양손으로 판금 투구를 머리 위로 내린 다음 목가리개에 단단히 고정했다. 투구의 안감에서 퀴퀴한 땀 냄새가 진동했고, 목과 어깨를 짓누르는 묵직한 쇳덩어리의 무게가 느껴졌다. 그리고 어제 마신 술 때문에 머리가 욱신거렸다.

"기사님, 지금 기권하셔도 늦지 않아요. 혹 썬더와 갑옷을 잃으시기라도 한다면……."

에그가 설득했다.

'그럼 내 기사로서의 삶은 끝나는 거지.'

"내가 왜 지는데?"

덩크가 다그쳐 물었다. 아그레이브 경과 글렌던 경이 각각 시합장의 양쪽 끝으로 말을 몰아갔다.

"내가 무슨 웃음을 터뜨리는 폭풍과 싸우는 것도 아니잖아. 여기 있는 어느 기사가 날 위협할 만한데?"

"아마 거의 모두가 아닐까요, 기사님."

"야, 네가 정말 귀싸대기를 맞고 싶나 보구나. 우토르 경은 나보다 나이가 열 살이나 많고, 체구도 내가 그보다 두 배는 더 크다고."

아그레이브 경이 면갑을 내렸다. 글렌던 경은 내릴 면갑이 없었다.

"애시포드 초원 이후로 한 번도 마상 창시합을 하지 않으셨잖아요, 기사님."

'건방진 꼬마.'

"훈련은 했어."

사실 그다지 열심히 한 건 아니었다. 기회가 생기면 목각 과녁이나 고리를 향해 말을 달리며 연습했고, 때로는 에그를 시켜 적당한 나뭇가지에 방패나 나무 통널을 매달게 한 것을 과녁으로 삼아 창을 겨누며 말을 달리기도 했다.

"기사님은 장창보다는 칼을 더 잘 쓰시잖아요. 도끼나 전곤이라면 기사님의 힘을 당할 상대를 찾기 어렵고요."

그 말이 옳았기 때문에 덩크는 더 짜증이 났다.

"여긴 칼이나 전곤을 쓰는 시합이 없잖아."

파이어볼의 아들과 반항아 아그레이브 경이 서로를 향해 말을 달리기 시작할 때 덩크가 대꾸했다.

"가서 내 방패나 가져와라."

에그가 인상을 쓰더니 방패를 가지러 갔다.

시합장에서는 아그레이브 경의 장창이 글렌던 경의 방패를 때리고 불덩어리 문장에 길게 파인 자국을 남기고는 튕겨 나갔다. 하지만 글렌던 볼의 창은 상대의 흉갑 중앙을 정확히 찔렀고, 엄청난 힘으로 상대의 안장 띠까지 끊어 버렸다. 기사와 안장 모두 땅바닥을 굴렀다. 덩크는 자기도 모르게 감탄했다. '녀석이 큰소리칠 만하네.' 이런 실력을 보였으니 하객들의 비웃음도 쑥 들어가지 않을까.

나팔 소리가 시끄럽게 울리자 덩크가 다시 움찔했다. 전령관이 다시 한 번 단상 위로 올라갔다.

"비터브리지의 영주이며 '여울의 방어자'인 카스웰 가문의 조프리 경. 그리고 미스티 무어의 고양이 카일 경. 나와서 그대들의 용맹을 증명하시오."

카일 경의 갑옷은 양질의 것이었으나, 낡고 닳았으며 찌그러진 부위와 흠집도 수두룩했다.

"어머니 신께서 내게 자비를 베푸셨네, 던칸 경. 내 상대가 카스웰 공이야. 내가 만나고자 하는 바로 그분 말일세."

에그와 함께 시합장으로 가던 길에 마주쳤을 때, 그가 한 말이었다.

오늘 아침 출전자 중 덩크보다 상태가 나쁜 사람이 있다면, 그건 바로 어젯밤 연회에서 기절할 때까지 술을 퍼마셨던 카스웰 공일 것이다. 덩크가 대답했다.

"어제 그렇게 마시고도 말을 탈 수 있다는 게 신기할 따름입니다. 이기신 것이나 다름없군요."

"아, 그건 안 되지."

카일 경이 유들유들 웃었다.

"크림이 담긴 그릇을 원하는 고양이는 언제 재롱을 떨고 언제 발톱을 드러낼지 알아야 하는 법이네, 던칸 경. 영주님의 창이 내 방패를 조금이라도 건드린다면, 난 바로 땅을 구를 것이야. 그리고 나중에 내 말과 갑옷을 바치러 갈 때, 영주님께 처음 만들어 드렸던 목검을 언급하며 그 후로 얼마나 늠름하게 성장하셨는지 찬사를 늘어놓는 것이지. 그럼 그분은 기억을 더듬어서 날 떠올리실 테고, 날이 저물기 전에 난 다시 카스웰 가문의 식솔이 되고 비터브리지의 기사가 될 것이라네."

'그건 명예롭지 않은 처사가 아닙니까.'라는 말이 혀끝에 맴돌았지만,

차마 입 밖에 내지는 못했다. 명예를 팔아 따뜻이 지낼 곳을 얻으려는 떠돌이기사가 카일 경이 처음인 것도 아니니까. 덩크는 대신 얼버무렸다.

"그렇군요. 행운을 빌겠습니다. 아, 여기선 불운을 빌어야 할지도 모르겠군요."

조프리 카스웰 공은 깡마른 스무 살의 청년이었는데, 갑옷을 차려입으니 어젯밤 포도주에 코를 박고 기절했을 때보다는 그나마 더 위엄 있어 보였다. 방패에는 장궁의 시위를 당기는 노란 켄타우로스가 칠해져 있다. 그의 말을 덮은 하얀 비단 마구에도 켄타우로스가 있었고, 투구 위에는 황금으로 세공한 반인반마가 번쩍거렸다. '켄타우로스를 문장으로 삼을 정도면 저것보다는 말을 잘 타야 할 것 아냐.' 덩크는 카일 경이 장창을 얼마나 잘 다루는지 몰랐지만, 카스웰 공이 말에 앉은 꼴을 보아하니 그냥 큰 기침 한 번만으로도 말에서 떨어뜨릴 수 있을 것 같았다. '옆을 지나칠 때 그냥 말을 정말 빨리 달리기만 해도 고양이가 이기겠어.'

에그가 썬더의 고삐를 잡은 동안 덩크가 높고 딱딱한 안장에 무겁게 올라탔다. 그렇게 앉아 차례를 기다리는데, 그를 주시하는 여러 시선이 느껴졌다. '이 덩치 큰 떠돌이기사가 정말 실력이 있는지 궁금한 거겠지.' 그건 덩크 본인도 알고 싶었고, 곧 알게 될 것이었다.

미스티 무어의 고양이는 그가 한 말을 지켰다. 말이 달리는 내내 카스웰 공의 장창은 흔들흔들했고, 카일 경은 목표를 제대로 겨누지도 않았다. 둘 다 말을 속보 이상으로 달리지 않았다. 그럼에도 조프리 공의 창끝이 우연찮게 어깨를 때리자 고양이는 바로 말에서 굴러떨어졌다. '고양이는 전부 우아하게 내려앉는 줄 알았는데.' 떠돌이기사가 먼지를 자욱이 일으키며 꼴사납게 구르는 모습을 보면서 덩크가 생각했다. 카스웰 공의 장창은 부러지지 않았고, 젊은 귀족은 말 머리를 돌리면서 자기가 마치 긴 가시 레오나 웃음을 터뜨리는 폭풍이라도 쓰러뜨린 것처럼 하늘을 향해 계속 창을 찔러 댔다. 고양이가 투구를 벗고 자신의 말을 쫓아 뛰어갔다.

"방패."

덩크가 에그에게 말했다. 소년이 방패를 건네주자, 덩크는 끈 사이로 왼팔을 집어넣고 손잡이를 꽉 쥐었다. 묵직한 카이트 실드를 드니 안심이 되고 용기도 생겼지만, 방패는 너무 길어 다루기가 불편했으며 목매달린 남자 그림을 또 보니 왠지 불안해졌다. '참 불길한 문장이야.' 되도록 이른 시일 안에 방패를 새로 칠해야겠다고 결심했다. '제게 매끄러운 질주와 빠른 승리를 허락해 주십시오, 전사의 신이시여.' 버터웰의 전령관이 다시 계단에 오를 때 덩크가 기도했다.

"우토르 언더리프 경. 그리고 교수대의 기사. 나와서 그대들의 용맹을 증명하시오."

전령관의 목소리가 쩌렁쩌렁 울려 퍼졌다.

"조심하세요, 기사님."

덩크에게 시합용 장창을 건네주며 에그가 경고했다. 12피트 길이에 창대가 끝으로 갈수록 얇아지고 맨 끝에는 주먹처럼 생긴 둥근 쇠 창촉이 달린 장창이었다.

"다른 종자들은 우토르 경이 승마술이 능숙하고 몸놀림도 빠르다고 말했어요."

"빠르다고? 방패에 달팽이를 그려 넣은 사람이 빨라 봤자 얼마나 빠르겠어?"

덩크가 코웃음 쳤다. 그는 창을 똑바로 세우고 뒤꿈치로 썬더의 옆구리를 눌러 말을 천천히 앞으로 몰았다. '한 번 승리하면 본전. 두 번 승리하면 큰 이득이다. 여기 출전자들을 봤을 때 두 번의 승리를 바라는 건 큰 욕심이 아니야.' 적어도 제비를 뽑을 때는 운이 좋았다. 첫 상대로 늙은 황소나 커비 핌 경, 또는 이 고장에서 유명한 다른 명사를 뽑을 수도 있었다. 혹시 귀족이 첫 시합에서 떠돌이기사에게 패해 탈락하는 수모를 방지하기 위해 사무장이 손을 써서 떠돌이기사들을 서로 붙인 게 아닌가 하는 의심도 들었지만, 그래도 상관없었다. '영감님은 항상 한 번에 한 명의 적만 생각하라고 말씀하셨지. 지금 내가 전념해야 할 상대는 우토르 경뿐이다.'

두 기사는 성벽이 드리운 그늘 아래 버터웰 영주 부부가 푹신한 방석에 앉아 있는 관람석 밑으로 모였다. 콧물을 질질 흘리는 아들을 한쪽 무릎에 앉힌 프레이 공도 동석하였다. 일렬로 늘어선 시녀들이 부채를 부쳤지만, 그럼에도 버터웰 공이 입은 다마스크 튜닉의 겨드랑이는 땀으로 얼룩졌고 영주 부인의 머리카락도 땀에 젖어 늘어진 모습이었다. 그녀는 덥고 지루하고 불편해 보이는 표정이었으나, 덩크를 보자 가슴을 도발적으로 쑥 내밀었고 덩크는 투구 속에서 얼굴이 벌게졌다. 덩크가 그녀와 그녀 남편 앞에서 장창을 늘어뜨렸고 우토르 경도 따라 했다. 버터웰이 그들이 좋은 대결을 펼치기를 기원했다. 그의 부인은 혀를 날름 내밀었다.

마침내 시간이 되었다. 덩크는 시합장 남쪽 끝으로 말을 몰았다. 80여 피트 떨어진 곳에서 덩크의 상대도 자리에 들어서고 있었다. 그의 회색 종마는 썬더보다 작았지만, 더 어리고 기운도 넘쳐 보였다. 우토르 경은 녹색 유약을 바른 판갑과 은빛 사슬 갑옷을 걸치고 녹색과 회색 비단 띠를 휘날리는 둥그런 투구를 썼으며, 그가 든 녹색 방패에는 은색 달팽이가 그려져 있었다. '갑옷도 좋고 말도 상품이니, 말에서 떨어뜨리기만 하면 배상금도 두둑하겠어.'

나팔 소리가 울렸다.

썬더가 천천히 달려 나가기 시작했다. 덩크는 장창을 왼쪽으로 돌리고 아래로 내려뜨려 창이 말의 머리 위를 지나 그와 상대를 갈라놓은 나무 울타리로 향하게 했다. 그리고 방패로 몸의 왼쪽을 방어했다. 썬더가 점점 속도를 올리기 시작하자, 덩크는 다리에 힘을 주며 몸을 앞으로 숙였다.

'우린 하나다. 사람과 말과 장창, 우린 피와 나무와 철로 이루어진 한 짐승이다.'

우토르 경이 자욱한 먼지구름을 일으키며 맹렬하게 회색 군마를 몰아왔다. 거리가 마흔 걸음 정도 남았을 때, 덩크는 박차를 가해 썬더의 속력을 올리고 장창을 들어 은색 달팽이를 겨누었다. 무정한 태양과 먼지, 더위, 성, 버터웰 공과 그의 신부, 바이올린 악사와 메이나드 경, 기사, 종자, 마부, 평민 모두 뇌리에서 사라졌다. 남은 건 오직 다가오는 상대뿐. 덩크가 다시 한 번 박차를 가하자 썬더가 전속력으로 질주했다. 달팽이는 회색 종마의 긴 다리가 움직일 때마다 시시각각 가까워졌으나, 그보다 앞에 있는 것은 우토르 경의 창끝에 달린 철 주먹이었다. '내 방패는 강해. 창의 타격은 막을 수 있다. 중요한 건 달팽이뿐. 달팽이만 맞추면 이 시합의 승자는 나야.'

거리가 열 걸음 남짓 남았을 때, 우토르 경이 창끝을 위로 들어 올렸다.

그의 장창이 목표를 때리자 **꽝** 하는 소리가 덩크의 귓속에 울려 퍼졌다. 타격의 충격이 팔과 어깨에 느껴졌지만, 목표를 제대로 맞추었는지 확인할 겨를이 없었다. 말과 기수의 모든 힘을 실은 우토르의 철 주먹이 덩크의 미간을 강타했다.

* * *

덩크가 눈을 뜨니 등을 대고 누워 있었고, 위에는 둥근 천장의 아치가 보였다. 순간 자신이 어디에 있는지, 어떻게 그곳에 왔는지 이해하지 못했다. 머릿속에서 여러 목소리가 메아리치고 여러 얼굴이 스치며 지나갔다. 노기사 알란 경, 키가 너무 큰 탄셀, 갈색 방패의 베니스, 붉은 과부, 창파괴자 바엘로, 빛나는 왕자 아에리온, 미쳤지만 애처로웠던 베이스 여영주.

그때 갑자기 마상 창시합이 떠올랐다. 더위, 달팽이, 얼굴을 향해 날아오던 철 주먹. 그가 신음을 흘리며 한쪽 팔꿈치를 딛고 몸을 돌렸다. 그러자 마치 어딘가에서 거대한 전고(戰鼓)가 울리는 것처럼 머리가 쾅쾅 울렸다.

그나마 눈은 둘 다 제대로 보이는 듯했다. 머리에 구멍이 뚫리지 않은 것도 다행이었다. 사방에 놓인 포도주 통과 맥주 통을 보니 어느 지하 저장실인 것 같았다. '그래도 여긴 시원하네. 마실 것도 가까이 있고.' 입안에서 알싸한 피 맛이 났다. 덩크는 덜컥 겁이 났다. 만약 깨물어서 혀가 떨어져 나갔다면, 그는 멍텅구리인 벙어리로 전락하는 것이다.

"안녕하세요."

단지 자기 목소리를 들어 보려고 덩크가 쉰 목소리로 불렀다. 소리가 천장에 메아리쳤다. 자리에서 일어나려고 힘을 쓰니 사방이 빙빙 돌았다.

"천천히, 천천히."

가까이서 누가 떨리는 목소리로 말했다. 등이 굽고 머리칼과 같은 색깔의 회색 로브를 입은 장발 노인이 침대 옆에 나타났다. 목에는 여러 종류의 금속 사슬을 이은 마에스터의 목걸이가 걸려 있었다. 노인의 나이 든 얼굴은 주름살이 가득했고, 커다란 매부리코 양옆에 깊은 주름이 있었다.

"자네 눈을 봐야 하니 가만히 있어 보게나."

노인이 엄지와 검지로 덩크의 눈을 벌리고는 왼눈과 오른눈을 차례로 살펴보았다.

"머리가 아픕니다."

마에스터가 코웃음을 쳤다.

"머리가 아직도 목에 붙어 있는 것을 다행으로 여기게나, 기사. 자, 이걸 마시면 좀 나을 게야. 마시게."

덩크가 맛이 고약한 약을 한 모금도 뱉어 내지 않고 한 방울 남김없이 다 마셨다. 그가 손등으로 입가를 닦으며 물었다.

"마상 대회는 어찌 되었습니까? 알려 주십시오."

"이런 소란 중에 늘 일어나는 짓거리들이 또 벌어졌지. 남자들이 막대기를 들고 서로 말에서 떨어뜨리는 짓. 스몰우드 공의 조카는 손목이 부러지고 에덴 리슬리 경이 말에 깔려 다리가 부러졌지만, 아직 죽은 사람은 없네. 하지만 자네는 꽤 위험했어, 기사."

"제가 말에서 떨어졌습니까?"

마치 머리가 솜으로 꽉꽉 찬 것처럼 멍하지 않았더라면 그렇게 어리석은 질문은 하지 않았을 것이다. 덩크는 말을 하자마자 입 밖에 낸 것을 후회했다.

"성벽의 가장 높은 누벽이 뒤흔들릴 정도로 엄청나게 요란스럽게 떨어졌지. 자네에게 적잖은 돈을 건 사람들이 가장 낙심했고, 자네 종자 녀석은 제정신이 아니었어. 내가 쫓아내지 않았더라면 아직도 자네 옆에 앉아 있었을 게야. 아이들이 거치적거리면 일하는 데 방해만 되니. 내가 그 아이에게 그의 의무를 상기시켰네."

덩크는 마에스터가 무슨 말을 하는지 몰랐다.

"의무라니요?"

"자네의 군마 말이네, 기사. 무기와 갑옷."

"아."

그제야 생각났다. 에그는 능숙한 종자이니 무엇을 해야 할지 잘 알 것이다. '영감님이 물려준 검과 스틸리 페이트가 만들어 준 갑옷을 모조리 잃고 말았어.'

"자네의 바이올린을 켜는 친구도 찾아와서 안부를 물었네. 성심성의를 다해 자네를 보살피라고 말하더군. 그놈도 쫓아냈지."

"저를 얼마 동안 돌보신 겁니까?"

덩크가 오른손을 쥐었다 풀었다 했다. 손가락은 별문제가 없는 듯했다.

'아픈 건 머리뿐인가. 하긴 알란 경도 내가 머리를 전혀 쓰지 않는다고 항상 말씀하셨지.'

"해시계로 네 시간이로군."

네 시간은 양호한 편이었다. 언젠가 시합 중 얼마나 머리를 세게 얻어맞았던지 40년이나 기절했다가 깨어나서 보니 다 늙어 빠진 노인이 되어 버렸다는 기사의 이야기를 들은 적이 있었다.

"우토르 경이 두 번째 시합에서도 이겼는지 혹시 아십니까?"

'달팽이'가 대회에서 우승할지도 몰랐다. 그렇게 된다면 그나마 덩크도 출전자 중 가장 강한 기사에게 졌다고 자위할 수 있을 것이다.

"그 녀석? 그래, 이겼다네. 새 신부의 사촌이며 창시합에 소질이 있어 보이는 젊은 기사 아담 프레이 경에게 이겼지. 그때 영주 부인을 처소로 모셔야 했다네. 아담 경이 말에서 떨어지는 모습을 보고 기절해 버렸거든."

덩크가 비틀거리며 자리에서 일어나자 마에스터가 옆에서 부축해 줬다.

"제 옷은 어디 있습니까? 전 가야 합니다. 뭔가 반드시…… 해야 할 일이……."

"무슨 일인지 기억나지 않는다면 그리 급한 일도 아니겠지."

마에스터가 짜증이 난 듯 손을 휘휘 저으며 말했다.

"기름진 음식과 독한 술을 피하고, 미간을 그만 얻어맞고 다니라고 조언하겠네만…… 기사 놈들에게 말이 통하지 않는다는 건 이미 옛적에 깨달았지. 가, 어서 가게. 난 또 다른 멍청이들을 돌봐야 하니."

* * *

바깥에 나오니 화창한 푸른 하늘에 커다란 원을 그리며 날아오르는 매한 마리가 보였다. 덩크는 매가 부러웠다. 동쪽 하늘에는 그의 기분처럼 까만 구름이 뭉게뭉게 모이고 있었다. 시합장으로 터벅터벅 돌아가는 덩크의 머리 위로 햇볕이 모루를 두드리는 망치처럼 따갑게 내리쬐었다. 발밑에서 땅이 흔들리는 듯했지만, 아마 흔들리는 건 땅이 아니라 비틀비틀 걷는 덩크 자신이었을 것이다. 지하 저장실에서 나올 때도 계단을 오르다 두 번이나 넘어질 뻔했다. '에그 말을 들을걸.'

그는 구경꾼들이 모인 곳의 언저리를 빙 돌아 외벽 내 구역을 천천히 가로질렀다. 시합장에서는 젊은 글렌던 볼에게 패한 뚱뚱한 알린 콕쇼우 공이 종자 두 명의 도움을 받아 절뚝거리며 퇴장하고 있었다. 깃털 세 개가 달린 그의 투구는 또 다른 종자가 들고 있었고, 깃털이 모두 꺾인 모습이었다. 전령관이 외쳤다.

"바이올린 악사 존 경. 그리고 트윈스의 기사이며 크로싱의 영주를 섬기는 프레이 가문의 프랭클린 경. 나와서 그대들의 용맹을 증명하시오."

덩크는 바이올린 악사의 거대한 흑마가 황금빛 검과 바이올린을 수놓은 파란 비단 천을 휘날리며 시합장을 달리는 광경을 그냥 서서 지켜볼 수밖에 없었다. 바이올린 악사의 흉갑도 파란 유약을 발랐고, 무릎보호대, 팔꿈치받이, 정강이받이, 목가리개도 마찬가지였다. 속에 입은 고리 갑옷은 금박을 입힌 것이었다. 프랭클린 경이 탄 말은 은색 갈기를 휘날리는 얼룩덜룩한 회색 말이었는데, 그가 걸친 회색 비단 전포와 은빛 갑옷과 함께 잘 어울렸다. 방패와 전포와 마갑에는 프레이 가의 쌍둥이 탑이 자리했다. 그들은 격돌하고 또 격돌했지만, 덩크의 눈에는 아무것도 들어오지 않았다. '멍텅구리 덩크, 성벽처럼 아둔해.' 덩크가 자책했다. '방패에 달팽이를 그려 넣었잖아. 어떻게 방패에 달팽이를 그려 넣은 사람에게 질 수가 있지?'

사방에서 환호가 터져 나왔다. 덩크가 고개를 드니 프랭클린 프레이가 쓰러진 모습이 보였다. 바이올린 악사가 말에서 내려 자신이 쓰러뜨린 상대를 부축하러 갔다. '저 사람은 드래곤의 알에 한 걸음 더 가까이 갔어. 그런데 나는?'

덩크는 성의 후문 가까이에서 전날 밤 연회에 나왔던 난쟁이들과 맞닥뜨렸다. 그들은 바퀴 달린 나무 돼지와 평범한 마차에 각각 조랑말을 매며 떠날 채비를 하는 중이었다. 모두 여섯 명이었는데 하나같이 모습이 추하고 왜소했다. 몇몇은 아이일 수도 있었지만, 다들 키가 너무 작아서 가늠하기 어려웠다. 얼룩덜룩한 광대 옷을 차려입은 전날 밤과는 달리, 대낮에 말가죽 바지와 후드가 달린 거친 외투를 걸친 그들은 그다지 유쾌해 보이지 않았다. 덩크가 예의를 차리며 인사했다.

"안녕하십니까. 길을 떠나시는 겁니까? 동쪽에 구름이 몰린 걸 보니 비가 내릴 것 같습니다."

인사에 대한 답례는커녕 가장 추하게 생긴 난쟁이가 그를 노려볼 뿐이었다. '어제 내가 버터웰 부인에게서 끌어냈던 사람인가?' 가까이 가니 그 난쟁이는 마치 똥통에 빠졌기라도 한 듯 지독한 악취를 풍겼다. 덩크는 그 냄새를 한 번 맡고는 서둘러 발걸음을 옮겼다.

예전에 에그와 함께 도르네의 사막을 건널 때처럼, 우유 저택의 성내도 끝없이 이어지는 듯했다. 덩크는 성벽을 따라 걸으며 종종 몸을 벽에 기댔다. 머리를 돌릴 때마다 세상이 빙빙 돌았다. '물.' 그가 생각했다. '곧 물을 마시지 않으면 쓰러지겠어.'

지나가던 마부가 가장 가까운 우물이 어디에 있는지 알려 주었다. 우물을 찾아가니 고양이 카일과 메이나드 플럼이 낮은 목소리로 이야기를 나누고 있었다. 카일 경은 낙심한 얼굴로 어깨가 축 늘어진 모습이었는데, 덩크가 다가오자 고개를 들고 반색했다.

"던칸 경 아닌가? 이미 죽었거나 사경을 헤매는 중이라고 들었는데."

덩크가 관자놀이를 문질렀다.

"차라리 죽었다면 좋겠습니다."

카일 경이 한숨을 내쉬며 대답했다.

"내 그 기분을 잘 알지. 카스웰 공은 날 모르더라고. 내가 어떻게 그의 첫 검을 깎아 주었는지 이야기했더니, 마치 정신 나간 사람을 보듯 날 쳐다보더군. 그리고 비터브리지에는 나처럼 허약한 기사가 있을 자리는 없다고 했어."

고양이가 쓴웃음을 지었다.

"그러면서 내 갑옷과 무기는 다 가져갔어. 내 말마저도. 이제 난 어떻게 해야 하지?"

덩크는 그에게 해 줄 말이 없었다. 자유기수도 말은 필요했고, 용병은 검이 있어야 했다. 덩크가 두레박을 끌어 올리며 말했다.

"말이라면 다시 구할 수 있을 겁니다. 세븐킹덤에 널린 것이 말이지 않습니까. 그리고 무장은 어떤 다른 영주가 마련해 주겠지요."

그가 두 손을 모아 물을 받아 마셨다.

"어떤 다른 영주라. 그래. 그런데 누구 아는 영주가 있는가? 난 자네처럼 젊거나 힘이 세지 않아. 덩치가 큰 것도 아니고. 덩치 큰 사람들은 항상 인기가 많지. 여기 버터웰 공도 마찬가지야. 톰 헤들을 보라고. 그의 마상 창시합을 보았나? 지금까지 싸운 모든 상대를 내던져 버렸어. 그러고 보니 파이어볼의 아들도 다 이겼군. 바이올린 악사도 그렇고. 차라리 그에게 졌으면 얼마나 좋았을까. 배상금도 받지 않으니 말이네. 그가 바라는 건 단지 드래곤의 알과…… 자기가 쓰러뜨린 상대의 우정이라고 하더군. 기사도의 꽃이 어쩌고 하던데."

메이나드 플럼이 낄낄 웃었다.

"기사도의 협잡질이겠지. 그 애송이는 폭풍을 일으키는 중이고, 우리 모두 거기에 휩쓸리기 전에 여길 뜨는 게 상책이야."

"배상금을 받지 않는다고요? 아량이 있군요."

"돈주머니가 이미 황금으로 두둑하면 아량도 베풀기 쉬운 법이지. 괜찮다면 자네에게 조언을 좀 하겠어, 던칸 경. 지금 떠나도 늦지 않아."

메이나드 경이 권유했다.

"떠나라고요? 어디로 떠납니까?"

메이나드 경이 어깨를 으쓱거렸다.

"윈터펠, 서머홀, 그림자 옆 아샤이(Asshai by the Shadow). 어디든지. 여기만 아니라면 어디라도 괜찮아. 말과 무장을 챙겨서 후문으로 빠져나가라고. 아무도 자네가 떠난 걸 모를 거야. 달팽이는 다음 시합에 집중해야 하고, 나머지는 창시합에 빠져 있으니 말이야."

아주 잠깐 덩크는 갈등했다. 무장과 말만 있다면 어떻게든 기사로 남을 수 있을 것이다. 그것들이 없다면 그는 거지와 다를 바 없었다. '거지치고는 몸집이 거대한 거지겠지만, 어쨌든 거지라는 사실은 달라지지 않아.' 하지만 이제 그의 무기와 갑옷은 우토르 경의 것이었다. 그리고 썬더도. '도둑보다는 거지로 사는 게 나아.' 플리바톰에서 족제비, 래프, 푸딩과 함께 달리던 시절에는 도둑이면서 거지였지만, 노인이 그를 그런 삶에서 구해 주었다. 페니트리의 알란 경이 플럼의 제안에 대해 어떻게 대답했을지 덩크는 잘 알고 있었다. 그래서 덩크가 죽은 알란 경을 대신해 대답했다.

"떠돌이기사라도 명예는 있습니다."

"명예를 온전히 간직한 채 죽겠나, 아니면 명예가 더럽혀진 채 살아가겠나? 아, 대답할 필요 없네. 무슨 말을 할지 알 것 같으니. 그 꼬마를 데리고 도망쳐라, 교수대의 기사. 그 문장이 자네의 운명이 되기 전에 말이야."

덩크가 성내며 대꾸했다.

"내 운명에 대해 뭘 안단 말입니까? 바이올린 악사처럼 꿈이라도 꾼 겁니까? 에그(Egg)에 대해서는 뭘 아는 겁니까?"

"달걀(egg)이 프라이팬을 피해야 한다는 것 정도는 알고 있지. 화이트 월스는 그 꼬마에게 안전한 곳이 아니야."

"마상 창시합에서는 결과가 어땠습니까?" 덩크가 물었다.

"아, 난 참가하지 않았어. 조짐이 불길해서 말이야. 그런데 자네는 누가 드래곤의 알을 차지하리라고 보나?"

'적어도 난 아니지.' 덩크가 생각했다.

"세븐께서나 아시겠지요. 전 모르겠습니다."

"적당히 찍어 보라고. 자네도 눈이 있잖아."

그가 잠시 생각했다.

"바이올린 악사?"

"아주 좋아. 이제 이유가 뭔지 설명해 주겠나?"

"그냥…… 느낌이 그렇습니다."

"나도 마찬가지야." 메이나드 플럼이 대답했다.

"몹시 나쁜 느낌이 들어. 특히 바보처럼 우리 바이올린 악사의 앞길을 막는 남자나 꼬마에게 불길한 일이 생길 것 같은 느낌이."

* * *

에그는 그들의 천막 바깥에서 썬더의 털을 솔질하는 중이었는데, 시선은 먼 곳을 향하고 있었다. '내가 말에서 떨어져서 걱정이 컸나 보구나.' 덩크가 불렀다.

"그만해. 더 하다가는 썬더도 너처럼 털이 하나도 남지 않겠어."

"기사님? 기사님이 그딴 달팽이한테 죽을 분이 아니라는 걸 알고 있었어요."

에그가 솔을 떨어뜨리고 뛰어와 덩크의 품에 안겼다.

덩크가 소년의 늘어진 밀짚모자를 낚아채 머리에 썼다.

"마에스터 말로는 네가 내 갑옷을 들고 뛰었다고 하던데."

에그가 성을 내며 모자를 다시 잡아챘다.

"사슬 갑옷을 문질러 닦고 목가리개와 정강이받이, 흉갑도 윤을 냈어요, 기사님. 그런데 투구는 우토르 경의 창촉에 맞은 곳이 금이 가고 찌그러져서 병기공한테 수리를 맡기셔야겠어요."

"수리는 우토르 경에게 맡기자. 이젠 그의 것이잖아."

'말도 없고 검도 없고 갑옷도 없어. 아까 그 난쟁이들더러 날 받아 달라고 할까. 난쟁이 여섯이 돼지 오줌통을 들고 거인 하나를 두들겨 패는 광경도 참 웃길 거야.'

"썬더도 그 사람 거다. 가자. 가서 전부 넘겨주고 그가 남은 시합에서 잘 싸우도록 무운을 빌어 주자."

"지금 당장요? 썬더의 배상금을 물지 않으실 건가요?"

"무슨 돈으로? 조약돌과 양 똥으로 말이야?"

"제가 고민을 좀 해 봤어요, 기사님. 돈을 빌려 보는 건 어떠신가요?"

덩크가 에그의 말을 잘랐다.

"나한테 그런 거금을 빌려 줄 사람은 없어, 에그. 그럴 이유도 없잖아? 어차피 난 기사랍시고 우쭐대다가 어떤 달팽이가 내지른 막대기에 머리가 깨질 뻔한 덩치 큰 얼간이일 뿐이잖아."

"음, 그럼 기사님이 레인을 타세요. 전 다시 마에스터를 타고 다닐게요. 그리고 서머홀로 가서 제 아버지의 가문기사가 되시는 거예요. 아버지의 마구간에는 말이 엄청 많으니까, 군마도 승용마도 다 가지실 수 있을 거예요."

에그야 물론 선의로 한 말이겠지만, 덩크는 차마 패배한 개처럼 꼬리를 말고 서머홀로 돌아갈 수 없었다. 검 한 자루는커녕 돈 한 푼 없는 알거지가 되어 몸을 의탁하러 간다니, 있을 수 없는 일이었다. 그가 입을 열었다.

"에그, 그건 고마운 말이다만, 난 네 아버님의 식탁에서 빵 부스러기를 얻어먹거나 마구간에서 뭘 받고 싶지는 않아. 이제 우리가 헤어질 시간이 온 것 같다."

덩크라면 언제든지 라니스포트나 올드타운으로 가서 도시 경비대에 지원할 수도 있었다. 그런 경비대는 특히 덩치 큰 사람들을 선호하니까. '지금까지 라니스포트에서 킹스랜딩 사이에 있는 모든 여관의 들보에 머리를 박아 왔잖아. 이제는 이 덩치로 머리의 혹 대신 돈을 조금 벌어 볼 때가 된 것이겠지.' 하지만 경비병은 종자를 두지 않았다.

"내가 아는 건 변변찮지만, 그래도 그동안 재주껏 널 가르쳤어. 이젠 제대로 된 훈련대장한테 가르침을 받는 것이 네게도 더 좋을 거야. 장창의 어느 쪽을 들어야 하는지 아는 어떤 기운찬 노기사에게서 말이야."

"제대로 된 훈련대장은 필요 없어요. 제가 원하는 건 기사님이에요. 그냥 제 장화를 쓰면……."

"아니. 그건 안 돼. 허락할 수 없다. 가서 내 무장을 챙겨 와라. 우토르 경한테 가서 축하의 말과 함께 건네주고 오자. 힘든 일은 미루면 미룰수록 더 힘들어질 뿐이니까."

에그가 자기의 큰 밀짚모자처럼 힘없이 늘어진 얼굴로 애꿎은 땅만 발로 찼다.

"네, 기사님. 알았어요."

* * *

바깥에서 보이는 우토르 경의 천막은 매우 평범했다. 돛베를 말뚝과 밧줄로 땅에 고정한 커다란 상자 같은 천막이었고, 장식물이라고는 중앙 기둥에 걸린 회색 창기(槍旗) 위에 달아 놓은 은 달팽이가 전부였다.

"여기서 기다려라."

덩크가 에그에게 말했다. 소년은 썬더의 고삐를 잡고 있었다. 커다란 갈색 군마는 덩크의 무기와 갑옷은 물론, 그의 낡은 새 방패까지 싣고 있었다. '교수대의 기사라. 나도 참, 신비기사치고는 너무 형편없었군.'

"오래 걸리지는 않을 거야."

덩크가 허리를 굽히고 머리를 숙인 채 천막 자락을 젖히고 안으로 들어갔다.

초라한 외양 때문에 덩크는 천막 안의 호사스러움을 보고 놀랄 수밖에 없었다. 발밑에는 화사한 미르산 깔개가 밟혔고, 여러 접의자에 둘러싸인 화려한 가대식 탁자가 보였다. 폭신한 쿠션이 놓인 깃털 침대도 있었고, 쇠 화로에서 향이 타오르며 감미로운 냄새를 풍겼다.

우토르 경은 금화와 은화가 수북이 쌓인 탁자 앞에 앉아 큰 포도주 병을 팔꿈치 옆에 두고 덩크 또래로 보이는 어수룩하게 생긴 종자와 함께 돈을 세고 있었다. 달팽이는 때때로 동전을 깨물거나 옆으로 치워 놓기도 했다. 그가 말했다.

"네게 아직도 가르칠 것이 많구나, 월. 이건 도금한 거고 저건 테두리를 깎아 낸 거잖아. 그럼 이 녀석은?"

금화 한 닢이 그의 손 안에서 팽그르르 돌았다.

"넙죽 받기만 하지 말고 돈을 제대로 살펴보라고. 자, 이건 어떤지 네가 본 것을 말해 봐."

드래곤 금화가 허공을 날았다. 월이 잡으려 했지만 손가락에 튕겨 바닥에 떨어졌다. 종자는 무릎을 꿇고 금화가 어디로 굴러갔는지 찾아야 했다. 그가 금화를 찾고 두 번 뒤집어 본 다음 말했다.

"이건 좋은 거네요, 나리. 한 면에는 드래곤이 있고 다른 면에는 왕이……."

언더리프가 덩크를 흘긋 쳐다보았다.

"아, 목매달린 친구. 일어나 움직이는 모습을 보니 다행이네, 기사. 혹시나 자네를 죽인 줄 알았거든. 부탁하는데 내 종자 녀석에게 드래곤에 관해 가르침을 주지 않겠나? 월, 던칸 경에게 그 금화를 건네주거라."

덩크는 금화를 받을 수밖에 없었다. '나를 말에서 떨어뜨렸으면 되었지 이렇게 희롱까지 해야만 하는 걸까?' 그는 눈살을 찌푸린 채 손바닥 위에서 금화의 무게를 가늠하고 양면을 꼼꼼히 살핀 뒤 깨물어 보았다.

"황금이 맞군요. 어디 깎아 내거나 잘라 낸 부분도 없고. 무게도 적당합니다. 저라도 그냥 받았을 것 같습니다만. 뭐가 문제입니까?"

"왕이 문제지."

덩크가 더 자세히 살펴보았다. 금화에 새겨진 얼굴은 젊고 수염도 깨끗이 깎은 잘생긴 얼굴이었다. 동전에 새겨진 아에리스 왕의 얼굴에는 그의 조부인 아에곤 왕처럼 수염이 있었다. 그 둘 사이에 군림했던 다에론 왕은 수염이 없었으나, 이 얼굴은 다에론의 얼굴이 아니었다. 금화는 쓸모없는 아에곤 이전 시대의 것으로 보일 만큼 낡아 보이지 않았다. 덩크가 눈을 찡그리고 머리 아래 새겨진 글자를 보았다. '여섯 글자다.' 다른 드래곤 금화에서 본 것과 똑같이 생긴 글자들이었다. 다에론(DAERON)이라 적혀 있었지만, 덩크가 아는 선한 왕 다에론의 얼굴과는 다른 얼굴이었다. 다시 금화를 살펴보니 넷째 글자가 뭔가 이상하다는 느낌이 들었다. 그건…….

"다에몬(DAEMON)."

그가 자기도 모르게 말했다.

"다에몬이라 적혀 있군요. 하지만 다에몬이라는 왕은 없었고, 다만……."

"참왕자만 있을 뿐이지. 그건 다에몬 블랙파이어가 반란 중에 주조한 경화라네."

"그래도 금은 금이잖아요. 금이라면 다른 드래곤 금화와 다를 것이 없잖아요, 나리." 윌이 반박했다.

달팽이가 종자의 머리 옆을 후려쳤다.

"멍청한 놈. 그래, 금은 금이지. 반란군의 금, 역적의 금이라는 게 문제잖아. 이따위 금화는 소유만 해도 반역죄를 짓는 것이고, 유통하면 그 죄가 두 배가 된다. 이건 녹일 수밖에 없어."

그가 종자를 또 때리며 말했다.

"내 눈앞에서 꺼져. 여기 계신 훌륭한 기사님과 나눌 이야기가 있으니."

윌은 아무 말 없이 부리나케 천막에서 나갔다.

"자리에 앉으시게. 포도주를 마시겠나?"

우토르 경이 정중하게 권했다. 자신의 천막 안에서 언더리프는 연회 때와는 전혀 다른 모습이었다.

'달팽이는 껍데기 속에 숨는 법이지.' 덩크가 깨달았다.

"감사합니다만 사양하겠습니다."

그가 손가락으로 금화를 튕겨 우토르 경에게 돌려주었다. '역적의 금. 블랙파이어의 금이라. 에그는 이것이 역적들의 마상 대회라고 말했지만 난 코웃음도 안 쳤지.' 에그에게 사과할 것이 생겼다.

"반 잔이라도 마시게. 목소리를 들어 보니 마시는 게 좋겠어."

언더리프가 재차 권유했다. 그가 두 잔에 포도주를 따르고 한 잔을 덩크에게 건넸다. 갑옷을 벗은 그는 기사보다는 상인에 더 가까운 모습이었다.

"아마 몰수품 때문에 온 것이겠지."

"그렇습니다."

덩크가 잔을 받아 들었다. 포도주를 마시면 두통이 멈출지도 몰랐다.

"제 말과 무기와 갑옷을 가져왔습니다. 제 축하와 함께 받아 주십시오."

우토르 경이 미소 지었다.

"그리고 여기서 난 자네도 멋지게 싸웠네, 라며 답례해야 하는 거겠지."

덩크는 멋지게 싸웠다는 말이 '꼴사나웠다'를 정중하게 둘러대는 말이 아닌가 하는 생각이 들었다.

"그 말씀은 고맙습니다만, 전⋯⋯."

"내 말을 잘 이해하지 못한 것 같군, 기사. 무례가 아니라면, 어떻게 기사가 되었는지 물어봐도 되겠나?"

"페니트리의 알란 경이 플리바톰에서 돼지를 쫓아다니던 저를 찾아내셨습니다. 그분의 옛 종자가 레드그라스 벌판에서 전사했기 때문에 말을 돌보고 갑옷을 닦을 일손이 필요하셨던 것이지요. 자기를 섬긴다면 검과 창을 다루는 법과 말 타는 법을 가르쳐 주겠다고 하셔서 그분을 따라갔습니다."

"좋은 이야기야⋯⋯. 하지만 내가 자네라면 돼지에 관한 부분은 빼놓겠어. 그런데, 이 알란 경이란 분은 도대체 지금 어디에 있는가?"

"돌아가셨습니다. 제가 묻어 드렸지요."

"그렇군. 유해를 페니트리까지 가져갔나?"

"그곳이 어디에 있는지 몰랐습니다."

덩크는 한 번도 노인의 고향인 페니트리를 본 적이 없었다. 덩크가 플리바톰 시절 이야기를 하지 않았듯이, 알란 경도 그의 고향을 거의 입에 담지 않았다.

"해가 지는 모습을 보실 수 있도록 어느 언덕의 서쪽 비탈에 묻어 드렸습니다."

그가 앉은 접의자가 몸무게를 못 이겨 시끄럽게 삐걱거렸다.

우토르 경이 다시 자리에 앉았다.

"난 이미 갑옷이 있고 자네 것보다 더 좋은 말이 있어. 다 늙어 빠진 말과 찌그러지고 녹투성이인 갑옷 쪼가리를 받아서 뭐에 쓰겠나?"

덩크가 노기를 띠며 반박했다.

"그 갑옷은 스틸리 페이트가 만들었고, 에그가 그동안 잘 손질해 왔습니다. 갑옷은 단 한 군데도 녹난 곳이 없고, 철도 굳세고 강합니다."

"강하지만 무겁지." 우토르 경이 불평했다.

"그리고 보통 체구의 사람이 입기에는 너무 커. 자네는 보통 체구가 아니잖나, 키 큰 던칸 경. 그리고 자네 말은 너무 늙어서 타기도 힘들고 고기도 너무 질겨."

"썬더가 늙은 말이라는 건 인정합니다." 덩크가 시인했다.

"그리고 말씀대로 제 갑옷도 큽니다. 하지만 팔 수는 있겠지요. 라니스포트와 킹스랜딩이라면 기꺼이 갑옷을 사 갈 대장장이가 많이 있을 겁니다."

"원래 가치의 10분의 1도 안 되는 가격에 말이지. 그리고 단지 녹여서 고철로 쓰려고 말이야. 아냐. 내가 원하는 건 오래된 쇳덩어리 따위가 아니라 달콤한 은화라네. 이 왕국에서 통용하는 돈. 자, 그래서 자네는 배상금을 치를 마음이 있는 건가, 없는 건가?"

덩크는 눈살을 찌푸리며 손 안에 있는 술잔을 만지작거렸다. 테두리에 금으로 달팽이 무늬를 새겨 넣은 순은으로 된 잔이었다. 포도주도 황금빛을 띠었고 혀에 농밀한 맛을 남겼다.

"할 수만 있다면야 물론 배상금을 치르고 싶습니다. 당연히. 단지……."

"수사슴 은화 두 닢도 없단 말이겠지."

"허락하신다면…… 제게 말과 갑옷을 빌려 주신다면, 나중에 배상금을 내겠습니다. 돈을 구하면 말입니다."

달팽이가 재미있다는 표정을 지었다.

"그 돈은 어디서 구할 참인데?"

"어느 영주님의 휘하로 들어가거나, 아니면⋯⋯."

말을 잇기가 너무 괴로웠다. 말을 할수록 거지가 된 듯한 비참한 기분이 들었다.

"여러 해가 걸릴지도 모르지만, 반드시 갚겠습니다. 맹세합니다."

"기사로서 자네의 명예를 걸고 말인가?"

덩크가 얼굴을 붉혔다.

"양피지에 서명하여 보증하겠습니다."

"종잇조각에 떠돌이기사가 적은 것 따위를 믿으란 말인가?"

우토르 경이 어이없다는 듯 눈알을 굴리며 말했다.

"일을 본 다음에 뒤를 닦을 때 쓸 만할 뿐, 아무런 가치도 없네."

"당신도 떠돌이기사잖습니까."

"이젠 나를 모욕하는군. 물론 내가 내키는 곳으로 말을 달리고 나 자신 외에는 어떤 주인도 섬기지 않는 건 사실이지만⋯⋯ 내가 마지막으로 산 울타리 아래서 노숙한 건 아주 오래전의 일이야. 여관에 묵는 것이 훨씬 더 편하더군. 난 **마상 대회 전문 기사**라네. 최고라고 할 수 있지."

"최고라고?" 그의 오만함에 덩크는 화가 났다.

"웃음을 터뜨리는 폭풍은 동의하지 않을 겁니다, 기사. 긴 가시 레오나 브락켄의 야수도 마찬가질 테고. 애시포드 초원에서도 달팽이에 대해 들은 적이 없습니다. 당신이 그렇게 유명한 마상 대회 챔피언이라면 왜 아무도 당신을 모르는 겁니까?"

"내가 챔피언이라고 말했던가? 그 길을 따르면 명성이야 얻겠지. 하지만 차라리 수두에 걸리는 게 나아. 고맙지만 사양하겠어. 난 다음 시합도 이기겠지만, 결승에서는 패할 거네. 난 버터웰이 준우승자의 상금으로 건 드래곤 금화 서른 닢만으로도 충분해⋯⋯. 거기에 배상금과 내기에서 딴 돈도 두둑하고 말이지."

그가 탁자 위에 수북이 쌓인 수사슴 은화와 드래곤 금화를 가리켰다.

"자넨 튼튼해 보이고 덩치도 엄청나지. 마상 창시합에서 체구는 별 의미가 없지만, 바보들은 항상 덩치가 큰 녀석에게 맘이 쏠리는 법이고. 그래서 월은 나의 승리에 3대1이라는 높은 배당률을 받을 수 있었다네. 그 멍청한 쇼우니 공은 5대1에 돈을 걸었고 말이야."

그가 수사슴 은화를 한 개 집어 들고는 긴 손가락으로 팽그르르 돌리기 시작했다.

"다음 제물은 늙은 황소야. 그다음으로 쓰러질 녀석은 그때까지 남아 있다면 갯버들의 기사가 될 것이고. 분위기를 보아하니 그 둘을 상대할 때도 짭짤한 배당률을 받을 수 있을 거야. 평민들은 자기 고장의 명사를 좋아하니까."

"글렌던 경에게는 영웅의 피가 흐릅니다."

덩크가 불쑥 말했다.

"아, 나도 그러기를 바라고 있네. 영웅의 핏줄이라면 적어도 두 배의 배당을 받을 수 있을 테니. 창녀의 핏줄은 훨씬 배당률이 낮지. 글렌던 경은 기회가 생길 때마다 자기의 아비가 누군지 떠들어 대지만, 자기의 어미에 대해서는 전혀 언급하지 않는다는 것을 아는가? 그만한 이유가 있거든. 어미가 종군 매춘부였으니까. 레드그라스 벌판의 전투 전까지는 '한 닢 제니'라고 불리던 여자였지. 하지만 전투 전날 밤, 그 여자는 셀 수도 없는 남자들과 몸을 섞었고 덕분에 레드그라스 제니라고 불리게 되었어. 파이어볼이 그 전에 그녀를 취했을 거란 건 의심치 않지만, 그때 그 말고도 제니와 잔 사내들 숫자가 기백이란 말이네. 그 글렌던이라는 친구는, 뭐랄까, 억측이 너무 심한 것 같더군. 게다가 머리카락도 빨간색이 아니잖아."

'영웅의 피라고 했는데.' 덩크가 생각했다.

"자기가 기사라고 합니다만."

"아, 그것만은 사실이야. 그는 누이와 함께 '갯버들'이라는 이름의 갈보집에서 자랐거든. 한 닢 제니가 죽자 다른 창녀들이 남매를 돌보았고, 창녀들은 소년에게 그가 파이어볼의 자식이라는, 사실은 그의 어미가 지어냈던 이야기를 계속 들려주었어. 근처에 살던 늙은 종자가 술과 계집질을 대가로 소년에게 무술을 가르쳤지만, 자기도 기사가 아니라서 사생아 꼬마를 기사로 만들어 줄 수는 없었지. 하지만 반년 전에 한 기사 일행이 그 갈보집을 방문했고, 그중 모건 던스테이블 경이라는 자가 술을 퍼마시다가 글렌던 경의 누이를 마음에 들어 했단 말이네. 다만 누이는 아직 처녀였고 모건 경은 처녀의 첫날밤을 살 돈이 없어서, 둘이 거래를 했지. 갯버들 안에 증인 스무 명이 보는 앞에서 모건 경은 그녀 오라비의 어깨를 두들겨 기사로 서임했고, 서임식이 끝나자 어린 누이가 모건 경을 위층으로 데리고 올라가 자기의 처녀성을 주었다는 이야기야."

기사라면 누구나 새로운 기사를 서임할 수 있었다. 알란 경의 종자였을 때 인정을 베풀거나, 협박하거나, 혹은 은화로 매수하여 기사 서임을 받았다는 사람들의 이야기를 들은 적은 있지만, 누이의 처녀성을 대가로 기사가 되었다는 이야기는 처음이었다. 덩크가 자기도 모르게 말했다.

"그건 그냥 헛소문일 겁니다. 그 말이 사실일 리가 없습니다."

우토르 경이 어깨를 으쓱거리며 말했다.

"나도 커비 핌에게 들은 이야기야. 자기 말로는 그 서임식의 현장에 있었다고 하더군. 영웅의 아들이든 갈보의 아들이든, 혹은 둘 다의 아들이든, 나와 싸우면 그 애송이는 지게 되어 있어."

"제비를 뽑을 때 다른 상대가 나올 수도 있습니다."

우토르 경이 한쪽 눈썹을 추켜세웠다.

"코스그로브도 돈을 좋아하는 건 여느 사람과 다를 바 없지. 장담하는데 내 다음 상대로 늙은 황소가 뽑히고, 그다음은 애송이일 것이야. 내기라도 하고 싶은가?"

"전 내기에 걸 만한 게 없습니다."

달팽이가 원하는 상대를 뽑기 위해 대회의 사무장을 매수한다는 사실을 안 것과 그런 자가 원했던 상대가 자신이었음을 깨달은 것 중 무엇을 더 괴로워해야 할지 덩크는 알지 못했다. 그가 자리에서 일어섰다.

"와서 하려고 한 말은 다 하였습니다. 제 말과 검은 당신의 것이고, 갑옷도 마찬가집니다."

달팽이가 양손을 모아 마치 탑처럼 손가락을 세웠다.

"또 다른 방도가 있을 수 있지. 자네가 전혀 무능한 건 아니니까. 아까 보니 아주 멋들어지게 말에서 떨어지더군."

우토르 경이 미소를 짓자 그의 입술이 번들거렸다.

"자네에게 군마와 갑옷을 되돌려 주겠네……. 내 휘하로 들어온다면 말이지."

"휘하로 들어오라니요?"

덩크는 언뜻 이해가 가지 않았다.

"무슨 이유로? 이미 종자가 있지 않습니까? 어디 지켜야 할 성이라도 있는 겁니까?"

"내게 성이 있다면 또 모르지. 하지만 사실대로 말하자면, 난 성보다는 여관이 더 좋아. 성은 유지비가 너무 들어가니. 아냐, 내가 자네한테 바라는 건 자네가 다른 마상 대회에서 날 몇 번 더 상대해 줬으면 하는 것이네. 스무 번 정도면 충분하겠지. 그거야 할 수 있지 않겠나? 내가 버는 상금의 1할을 주고, 또 앞으로는 자네 얼굴 대신 그 넓은 가슴팍을 겨누겠다고 약속하지."

"저더러 당신과 함께 다니며 마상 대회에서 계속 지란 말입니까?"

우토르 경이 즐겁다는 듯 킥킥 웃었다.

"자넨 워낙 키도 크고 건장해서, 자네가 등이 굽고 방패에 달팽이 따위를 그려 넣고 다니는 중년 사내한테 질 거라 믿는 사람은 아무도 없을걸."

그가 턱을 문지르며 말을 계속했다.

"그런데 자네는 그 문장부터 바꿔야겠어. 목매달린 사내도 음침하긴 하지만…… 어쨌든 **교수형을 당한 꼴**이 아닌가? 패해서 죽은 거잖아. 뭔가 더 사나운 인상을 줄 것이 필요해. 곰의 머리 같은. 해골이나. 해골이 세 개라면 더 그럴듯하겠군. 창에 꿰인 아기도 괜찮고. 거기에 머리도 길게 하고 수염도 거칠게 길러서 더 야성적으로 보이면 훨씬 나을 거야. 이 나라에는 이렇게 자잘한 마상 대회가 자네의 생각보다 훨씬 더 많이 열린다네. 그렇게 계속 높은 배당을 받다 보면, 드래곤의 알이라도 살 만한 엄청난 돈을 벌 수……."

"……있겠지요. 제 실력이 형편없다는 사실이 들통 나기 전에 말입니다. 전 갑옷을 잃었지 명예까지는 잃지 않았습니다. 썬더와 제 무장 외에 더 줄 건 없습니다."

"자존심만 내세우다가는 거지가 되기 십상이네, 기사. 나랑 함께 다니는 게 그리 나쁜 것만은 아닐 거야. 최소한 마상 창술에 대해 두어 가지 기술을 배울 수 있겠지. 지금 자넨 무식한 돼지나 마찬가지잖아."

"절 바보로 보는군요."

"그건 아까부터 그랬어. 그리고 바보라도 살려면 먹어야 하는 법이지."

덩크는 그의 빙글거리는 얼굴에 주먹을 꽂아 주고 싶었다.

"왜 당신의 방패에 달팽이가 있는지 알겠어. 당신은 진정한 기사가 아니야."

"과연 멍텅구리다운 말을 하는군. 자네가 어떤 위험에 처했는지 아직도 모르겠나?"

우토르 경이 술잔을 옆으로 치웠다.

"내가 왜 자네의 그곳을 겨냥했는지 아나, 기사?"

그가 자리에서 일어나 손으로 덩크의 가슴 한가운데를 살짝 건드렸다.

"창촉으로 여길 때려도 말에서 떨어지는 건 마찬가지야. 머리는 작아서 창으로 맞추기도 더 어렵지…… 치명상을 입힐 가능성은 커지지만. 난 돈을 받고 자네의 머리를 노린 거야."

"돈을 받았다니? 무슨 말입니까?" 덩크가 그에게서 뒷걸음치며 물었다.

"선금으로 드래곤 금화 여섯 개, 죽이는 데 성공하면 네 개 추가. 기사의 목숨 값으로는 꽤 초라한 금액이지. 오히려 감사해야 할 사람은 자네야. 만약 금액이 더 높았다면, 창끝을 자네의 눈구멍에 쑤셔 넣었을지도 모르니까 말이네."

덩크는 다시 머리가 어질어질했다. '왜 누가 날 돈까지 써 가며 죽이려는 것일까? 화이트월스에서 누구의 원한을 산 적은 없는데.' 그를 죽일 만큼 증오하는 인물은 에그의 형인 아에리온밖에 없었고, 빛나는 왕자는 협해 너머로 귀양 간 지 오래였다.

"돈을 준 게 누굽니까?"

"동이 틀 무렵 대회의 사무장이 시합 목록을 벽에 붙이고 얼마 지나지 않아 시종 한 명이 금화를 가지고 왔네. 후드로 얼굴을 가렸고, 주인이 누군지 밝히지 않았어."

"하지만 어째서?" 덩크가 물었다.

우토르 경이 다시 포도주를 따르며 대꾸했다.

"나야 묻지 않았으니 모르지. 자넨 자네가 아는 것보다 적이 더 많은가 보네, 던칸 경. 하긴 당연한 일인가? 우리의 모든 불행이 자네로부터 비롯되었다고 하는 이들도 있으니."

차가운 손이 덩크의 심장을 움켜쥔 것 같았다.

"무슨 뜻입니까?"

달팽이가 어깨를 으쓱거렸다.

"난 애시포드 초원에 있지 않았지만, 마상 대회는 내 밥줄이야. 마에스터들이 별을 따르는 것처럼, 나도 마상 대회라면 아무리 먼 곳에서 열려도 소식을 얻는다네. 그래서 어떤 떠돌이기사가 애시포드 초원에서 벌어진 일곱의 재판의 원인을 제공했고, 어떻게 창파괴자 바엘로가 그의 아우 마에카르의 손에 죽었는지 안다는 말이지."

우토르 경이 의자에 앉아 두 다리를 쭉 뻗었다.

"바엘로 왕자는 많은 사람의 사랑을 받았네. 빛나는 왕자도 친구가 많고, 그 친구들은 왕자가 쫓겨난 이유를 아직 잊지 않았을 테지. 내 제의를 잘 고려해 보게나, 기사. 달팽이는 기어 다니면서 끈적끈적한 점액 자국을 남기지만, 적어도 그 점액 때문에 누가 다치는 일은 없어……. 그러나 드래곤과 어울려 춤을 춘다면, 불에 타는 것도 감수해야 하는 것이네."

* * *

달팽이의 천막에서 나오니 날이 더 어둑해진 듯했다. 동쪽 하늘에 몰려든 구름은 더 크고 까매졌으며, 해가 시합장에 기다란 그림자를 드리우며 서쪽으로 가라앉고 있었다. 덩크는 종자 월이 썬더의 발굽을 살펴보는 모습을 보았다. 그가 종자에게 물었다.

"에그는 어디 있나?"

"까까머리 소년? 내가 어떻게 압니까? 어딘가 놀러 갔겠죠."

'썬더한테 차마 작별 인사를 할 수 없었나 보구나. 천막에 돌아가 책 속에 파묻혀 있겠지.' 덩크가 생각했다.

하지만 에그는 천막에도 없었다. 책은 그대로 에그의 침낭 옆에 가지런히 쌓여 있었지만, 소년은 어디에도 보이지 않았다. 뭔가 이상했다. 에그는 그의 허락 없이 아무 곳이나 돌아다닐 아이가 아니었다.

반백의 병사 두 명이 근처의 줄무늬 천막 바깥에서 보리 맥주를 마시고 있었다.

"……젠장, 그건 집어치워, 난 한 번으로 족해. 그날 해가 뜰 때만 해도 풀은 파랬다고. 그런데……."

한 명이 투덜거렸다. 다른 사내가 쿡 찌르자 투덜거리던 병사는 그제야 덩크가 있는 것을 알아차렸다.

"뭐요, 기사 나리?"

"내 종자를 본 적이 있습니까? 에그라고 불리는 녀석인데."

남자가 한쪽 귀밑의 짧고 까칠한 회색 수염을 긁적였다.

"기억이 나는군. 나보다도 머리카락이 없으면서 입심은 대단한 녀석이었지. 어젯밤에 다른 종자들하고 좀 다투던데. 그 이후로는 본 적이 없다오, 기사 나리."

"겁먹고 도망쳤겠지."

그의 동료가 말했다.

덩크가 그 사내를 노려보았다.

"만약 돌아온다면 여기서 날 기다리라고 전해 주십시오."

"알겠소이다, 기사 나리. 그리하지요."

'그냥 시합을 구경하러 갔을지도 모르지.' 덩크가 시합장으로 발걸음을 옮겼다. 마구간 옆을 지날 때, 예쁜 밤색 돌격마의 털을 솔질하는 글렌던 볼 경과 맞닥뜨렸다. 덩크가 물었다.

"혹시 에그를 보지 못했어?"

"좀 전에 어디로 뛰어가더군요."

글렌던 경이 호주머니에서 당근을 꺼내 밤색 말한테 먹이며 대답했다.

"이 말은 어떻습니까? 코스테인 공이 종자를 보내 배상금을 치르려 했지만 제가 거부했습니다. 직접 타고 다니려고요."

"귀족 나리가 꽤 언짢아하겠군."

"그 귀족 나리 놈은 제게 방패에 불덩어리를 그려 넣을 자격이 없다고 말했습니다. 갯버들 한 포기를 제 문장으로 삼아야 한다고 지껄였지요. 그 귀족 나리 놈은 어디 가서 뒈지라고 하십쇼."

덩크는 미소를 지을 수밖에 없었다. 그도 빛나는 왕자와 스테폰 포소웨이 경 같은 자들에게 똑같은 쓴 대접을 받은 적이 있어서 이 젊고 까칠한 기사와 동질감을 느꼈다. '나도 어머니가 창녀였을지 모르니.'

"말은 몇 필이나 생긴 거야?"

글렌던 경이 어깨를 으쓱댔다.

"몇 마린지 잊었습니다. 모티머 보그스는 아직 자기 말을 내놓지 않았어요. 차라리 말을 잡아먹으면 먹었지 어느 갈보의 사생아가 타는 꼴은 보지 못하겠다는군요. 그리고 갑옷도 보내기 전에 망치질을 잔뜩 해 놓아서 온통 구멍이 숭숭 나 있었어요. 그래도 고철로 넘기면 조금이나마 건질 수 있을 겁니다."

그의 목소리는 화가 났다기보다는 왠지 서글프게 들렸다.

"제가 자란…… 여관 옆에 마구간이 하나 있었습니다. 어릴 적 그곳에서 일했고, 시간이 날 때마다 주인들 몰래 말을 타고 나갔지요. 어릴 때부터 말을 잘 다루었거든요. 잡말을 비롯해 짐말, 승용마, 짐수레 말, 농마와 군마까지, 안 타 본 말이 없습니다. 도르네의 모래 말도 타 봤어요. 그리고 알고 지내던 할아범이 장창을 만드는 법을 가르쳐 줬고요. 저들에게 내 실력이 얼마나 좋은지 보여 주면 절 아버지의 아들로 인정해 주리라 생각했습니다만, 그렇지 않더군요. 지금조차도. 저들은 전혀 절 인정할 생각이 없습니다."

"네가 무엇을 하더라도 어떤 이들은 결코 생각을 바꾸지 않을 거다. 그렇지만…… 귀족들이 전부 그런 건 아니야. 내가 만나 본 귀족 중에는 좋은 사람들도 있었어."

그가 잠시 생각하다가 말을 계속했다.

"이번 대회가 끝나면 나와 에그는 북부로 떠날 생각이야. 윈터펠에 가서 스타크 가문을 위해 아이언인들과 싸우려고. 너도 생각이 있다면 우리와 함께 가자."

'북부는 또 다른 세상이다.'라고 알란 경은 항상 말했다. 그곳 사람들은 아마 한 닢 제니나 갯버들의 기사에 대해 들어 본 적이 없을 것이다. '그곳에 가면 아무도 널 비웃지 않을 거야. 오직 네 검술 실력과 네 됨됨이를 보고 판단하겠지.'

글렌던이 경이 그를 의심쩍은 시선으로 쳐다보았다.

"제가 왜 그리해야 합니까? 지금 저더러 도망쳐 숨으란 말입니까?"

"아니. 난 그냥…… 칼을 쓸 줄 아는 사람이 한 명보다는 두 명이 있는 게 낫잖아. 도로는 예전처럼 안전하지 않으니까."

소년이 마지못해 인정했다.

"그건 맞는 말입니다. 하지만 제 부친은 한때 킹스가드의 자리를 약속받았단 말입니다. 전 아버지가 입지 못한 하얀 망토를 차지하고야 말 겁니다."

'넌 나만큼이나 하얀 망토를 걸칠 가능성이 없어.'라는 말이 튀어나올 뻔했다. '종군 매춘부의 자식인 너, 플리바톰의 빈민굴에서 기어 나온 나나. 왕들은 우리 같은 부류에 그런 명예를 내리지 않아.' 그러나 소년은 그 진실을 달갑게 받아들이지 않을 것이다. 덩크가 대신 말했다.

"그럼 이만 무운을 빌겠다."

그가 채 몇 걸음도 옮기지 않았을 때, 뒤에서 글렌던 경이 외쳤다.

"던칸 경, 잠시만 기다리세요. 제가…… 제가 그렇게 날카롭게 대꾸할 필요는 없었는데. 기사는 언제나 예의를 갖추어야 한다고 어머니께서 늘 말씀하셨습니다."

소년은 어떻게 말을 꺼내야 할지 고심하는 표정이었다.

"마지막 시합이 끝나고 피크 공이 찾아왔습니다. 스타파이크로 오라고 제의하더군요. 곧 웨스테로스에 지난 세대 동안 겪지 못한 엄청난 폭풍이 닥칠 테니, 그에 대비하여 많은 검과 그 검을 쓸 인재들이 필요하다고 했습니다. 명령에 복종하는 충성스런 남자들이 필요하다고 했어요."

덩크는 그 말을 듣고 놀랐다. 길에서도, 지붕 위에서도 고몬 피크는 그가 떠돌이기사를 얼마나 업신여기는지 분명히 했기에, 글렌던에게 한 제의는 매우 후한 것이었다. 덩크가 조심스레 말했다.

"피크가 명문 귀족이긴 한데, 그가…… 믿을 만한 사람이라고는 생각하지 않아."

"맞습니다."

소년이 얼굴을 붉혔다.

"그는 대가를 요구했습니다. 저를 받아들이겠다고 말했지만, 그는…… 먼저 제 충성심을 입증해야 한다고 했습니다. 다음 시합에서 제가 그의 친구인 바이올린 악사와 맞붙도록 손을 써 놓을 테니, 반드시 지겠다는 맹세를 하라고 강요했습니다."

덩크는 그의 말을 믿었다. 놀라워해야 하는 것이 마땅했지만, 왠지 놀랍지 않았다.

"그래서 뭐라고 했는데?"

"이미 바이올린 악사보다 훨씬 뛰어난 상대들을 말에서 떨어뜨린 터라 지고 싶어도 질 수가 없을 것 같으니, 날이 저물기 전에 드래곤의 알은 제 것이 될 거라고 대답했어요."

볼이 힘없이 웃었다.

"그가 바란 답변이 아니었지요. 저더러 어리석다고 하면서 제 뒤를 조심해야 할 것이라고 하더군요. 바이올린 악사는 친구가 많지만 전 한 명도 없다고요."

덩크가 그의 어깨에 손을 올리고 꾹 쥐었다.

"적어도 여기 한 명은 너의 친구다, 기사. 에그를 찾으면 둘이고."

소년이 덩크의 눈을 마주하며 고개를 끄덕였다.

"아직도 참된 기사가 남아 있다는 것을 알게 되어 다행입니다."

* * *

덩크는 시합장 주변의 관중 속에서 에그를 찾다가 처음으로 토마드 헤들 경을 제대로 보았다. 버터웰 공의 사위는 어깨가 떡 벌어진 건장한 체구의 사내로, 피혁 위에 검은 판금 갑옷을 걸치고 머리에는 비늘로 뒤덮이고 침을 흘리는 악마의 형상을 본뜬 화려한 투구를 쓴 기사였다. 그의 말은 썬더보다 세 뼘이나 더 높고 무게도 2스톤이나 더 나가는 괴물 같은 말이었고, 전신을 고리 갑옷으로 무장했다. 그렇게 걸친 쇳덩이의 육중한 무게 때문에 헤들은 말을 달릴 때도 보통 구보 이상의 속도를 내지 못했지만, 그럼에도 아무런 문제 없이 클라렌스 찰튼 경을 손쉽게 격파했다. 찰튼이 들것에 실려 나갈 때 헤들이 악마 투구를 벗었다. 넓적한 얼굴에 대머리였으며, 수염은 검고 네모지게 다듬은 모습이었다. 뻘건 부스럼이 그의 뺨과 목을 흉하게 덮었다.

덩크가 아는 얼굴이었다. 덩크가 영주의 침소에서 드래곤의 알에 손을 대었을 때 으름장을 놓던 자였고, 피크 공의 말에 대꾸하던 굵은 목소리의 주인공이었다.

그때 덩크가 엿들었던 내용이 갑자기 마구 떠올랐다. '참으로 거지 같은 연회입니다…… 애송이가 그분의 아들이 맞습니까…… 비터스틸은……
필요한 건 전사이지…… 우유 영감은…… 기대를…… 애송이는 그분의
진정한 아들입니까…… 제가 장담하는데, 블러드레이븐은 지금 꿈 따위
를 꾸고 있지 않습니다…… 애송이는 그분의 진정한 아들입니까?'

덩크는 혹시 에그가 무슨 수를 써서 귀빈들 사이에 자리를 차지했나 싶
어서 관람석을 훑어보았지만, 소년은 어디에도 보이지 않았다. 버터웰과
프레이도 없었고, 버터웰의 신부만이 홀로 지루하고 지켜하는 표정으
로 자리를 지키고 있었다. '이상하네.' 덩크가 생각했다. 이곳은 버터웰의
성이고, 그의 결혼식이 열리는 중이며, 프레이는 신부의 아버지였다. 지금
열리는 마상 대회도 혼인을 축하하기 위한 것이었다. 도대체 어디로 간 것
일까?

"우토르 언더리프 경."

전령관이 우렁차게 외쳤다. 해가 구름 뒤에 숨으며 덩크의 얼굴에 그림
자를 드리웠다.

"그리고 블랙크라운의 기사이며 늙은 황소라고 불리는 불워 가문의 테
오모어 경. 나와서 그대들의 용맹을 증명하시오."

피처럼 새빨간 갑옷과 검은 황소 뿔이 달린 투구로 무장한 늙은 황소는
무시무시했다. 하지만 말에 오를 때 억세 보이는 종자의 도움을 받아야 했
고, 말을 달릴 때 계속 머리를 돌리는 모습을 보아하니 메이나드 경이 그
의 한 눈이 멀었다고 한 말도 사실인 듯했다. 그럼에도 그가 시합장에 나
서자 열렬한 환호가 터져 나왔다.

달팽이는 그런 환호를 받지 못했지만, 정작 본인은 그것을 바라 마지않
았을 것이다. 첫 격돌에서 두 기사의 공격은 모두 튕겨 나갔다. 두 번째에
서는 늙은 황소의 장창이 우토르 경의 방패에 막혀 부러졌고 달팽이의 창
은 허공을 찔렀다. 세 번째도 마찬가지였고, 이번에는 우토르 경이 마치

떨어질 듯이 몸을 휘청댔다. '일부러 저러고 있어.' 덩크가 깨달았다. '일부러 시간을 질질 끌어서 다음 시합의 배당률을 높이려는 수작이야.' 슬쩍 돌아보니 월이 자신의 주인을 위해 열심히 돈을 거는 모습을 어렵지 않게 찾을 수 있었다. 그제야 덩크도 자신 또한 달팽이의 승리에 걸었으면 돈을 벌었으리라는 생각이 들었다. '멍텅구리 덩크, 성벽처럼 아둔해.'

늙은 황소는 다섯 번째 격돌에서 그의 방패를 교묘히 피해 다가온 창촉을 가슴에 얻어맞고 옆으로 튕겨 나가며 말에서 떨어졌다. 떨어지면서 발이 등자에 얽히는 바람에 부하들이 말을 진정시킬 때까지 40여 야드나 질질 말에 끌려갔다. 이번에도 들것이 등장해 노기사를 마에스터에게 신고 갔다. 불워가 실려 나갈 때 비가 방울방울 내리기 시작하며 땅에 떨어진 그의 전포를 짙게 물들였다. 덩크는 이 광경을 무표정한 얼굴로 바라보았다. 덩크의 머릿속에는 에그 생각뿐이었다. '나를 노린다는 적이 에그를 잡아갔으면 어쩌지?' 역시 이해할 수 없는 일이었다. '에그는 잘못한 게 없어. 원한이 있다면 나를 찾아와야지 그 아이를 건드릴 필요는 없잖아.'

* * *

덩크가 바이올린 악사 존 경을 찾아갔을 때, 그는 다음 시합을 위해 무장을 갖추는 중이었다. 종자가 세 명이나 달라붙어 갑옷의 끈을 죄고 말의 마갑을 점검하는 중이었고, 알린 콕쇼우 공이 가까이 앉아 멍든 얼굴로 짜증을 부리며 묽은 포도주를 들이켜고 있었다. 알린은 덩크의 모습을 보더니 마시던 술을 내뿜으며 가슴팍을 포도주로 적셨다.

"어떻게 그렇게 멀쩡히 걸어 다니는 거지? 달팽이가 네 얼굴을 부숴 버렸잖아."

"스틸리 페이트가 제 투구를 튼튼하게 만들어서 말입니다, 나리. 그리고 알란 경은 항상 제 머리가 돌처럼 단단하다고 말씀하셨지요."

바이올린 악사가 웃음을 터뜨렸다.

"알린은 신경 쓰지 마. 파이어볼의 서자한테 꼴사납게 져서 엉덩방아를 찧은 후로는 꿍해서 모든 떠돌이기사를 싫어하기로 작정한 모양이니까."

"그 비루한 여드름쟁이 자식은 쿠엔틴 볼의 아들이 아니야. 처음부터 대회에 참가하지 못하게 해야 했어. 이게 내 결혼식이었다면 그 뻔뻔하고 주제넘은 놈을 채찍질해서 쫓아냈을걸."

알린 콕쇼우가 우겨 댔다.

"어떤 아가씨가 너와 결혼한다던? 그리고 볼의 주제넘은 짓도 네가 심통부리는 것에 비하면 아무것도 아니라고. 던칸 경, 혹시 녹색의 갈트리가 자네의 친구는 아닌가? 곧 그를 그가 탄 말한테 이별을 고하게 만들어 줄 것이라서 말이야."

존 경이 말했고, 덩크는 그의 말대로 될 것임을 의심치 않았다.

"제가 모르는 사람입니다, 나리."

"포도주를 들겠나? 빵이나 올리브라도?"

"잠시 드릴 말씀이 있습니다, 나리."

"그럼 내 천막 안으로 들어가 마음껏 이야기하도록 하지."

바이올린 악사가 천막 자락을 손수 들어 올리며 말했다.

"넌 말고, 알린. 그리고 솔직히 올리브도 작작 좀 먹으라고."

안에 들어가자 바이올린 악사가 덩크를 돌아보며 섰다.

"우토르 경이 자넬 죽이지 못했다는 건 이미 알고 있었어. 내 꿈은 절대 틀리지 않으니까. 그리고 달팽이도 곧 나와 싸우게 될 거야. 그를 말에서 떨어뜨린 다음에 자네 무기와 갑옷을 돌려 달라고 요구하겠어. 자네 군마도 물론. 자네가 타기에는 많이 부족한 말이던데, 내가 쓸 만한 말을 한 필 선물하면 받겠나?"

덩크는 그 말을 듣고 기분이 거북했다.

"전…… 아니…… 그건 받을 수 없습니다. 고마우신 말씀입니다만……."

"빚 때문에 고민하는 거라면 전혀 그럴 필요 없어. 난 자네 돈이 필요한 게 아니야, 단지 우정을 바랄 뿐. 게다가 말이 없으면 어떻게 나의 기사가 되겠나?"

존 경이 강철 가재 장갑을 끼고 주먹을 쥐었다 폈다 했다.

"제 종자가 사라졌습니다."

"어떤 아가씨와 도망친 건 아닐까?"

"그러기에 에그는 아직 어립니다, 나리. 마음대로 절 떠날 아이가 아닙니다. 설령 제가 사경을 헤매더라도, 제 몸이 차갑게 식을 때까지 곁을 지키고 있을 녀석입니다. 그 아이의 말도 그대로 있고, 저희 노새도 남아 있더군요."

"원한다면 내 부하들을 시켜서 아이를 찾도록 하겠어."

'내 부하들이라.' 덩크는 그 말이 마음에 들지 않았다. '역적들의 마상 창시합이라고 했지.' 그가 생각했다.

"당신은 떠돌이기사가 아니로군요."

"그래." 바이올린 악사의 미소는 순수한 소년의 매력으로 가득했다.

"하지만 그건 자네도 처음부터 알고 있었지. 우리가 처음 길에서 만났을 때부터 자넨 나를 **나리**라고 불렀어. 왜 그랬나?"

"당신의 말투. 당신의 겉모습. 당신의 행동거지를 보고 그랬습니다."

'멍텅구리 덩크, 성벽처럼 아둔해.'

"어젯밤 지붕 위에서 하신 말씀도 있고……."

"술이 들어가면 말을 좀 많이 하기는 하지만, 모두 진심이었어. 우린 함께해야 해, 자네와 난. 내 꿈은 거짓말을 하지 않아."

"당신의 꿈은 거짓말을 하지 않겠지요. 하지만 당신은 거짓말을 합니다. 존도 진짜 이름이 아니겠죠, 안 그렇습니까?"

"그래." 바이올린 악사의 눈이 장난기로 반짝거렸다.

'에그의 눈과 똑같은 눈이다.'

"그분의 본명은 알아야 할 사람들에게 곧 알려질 것이다."

고몬 피크가 험악한 얼굴로 천막 안에 들어오며 말했다.

"떠돌이기사, 내 경고하는데……."

"아, 적당히 해요, 고미. 던칸 경은 우리 편이고, 아니더라도 곧 우리 편이 될 겁니다. 이 사람의 꿈을 꾸었다고 말했잖아요."

바이올린 악사가 말했다. 바깥에서 전령관의 나팔 소리가 들렸다. 바이올린 악사가 고개를 돌렸다.

"저들이 날 시합장으로 부르는군. 잠시 실례하겠어, 던칸 경. 내가 녹색의 갈트리를 처리한 다음에 이야기를 계속하도록 하지."

"무운을 빌겠습니다."라고 덩크가 말했지만, 단지 인사치레에 불과한 말이었다.

존 경이 나간 다음에도 고몬 공은 그대로 남았다.

"그 꿈 때문에 우린 전부 죽고 말 거다."

"갈트리 경을 매수하는 데는 뭐가 필요했습니까?"

덩크가 자기도 모르게 입을 열었다.

"은화로 충분했습니까? 아니면 그가 금화라도 요구합디까?"

피크가 접의자에 앉으며 말했다.

"누가 입을 나불거렸던 모양이군그래. 바깥에 병사들이 열 명도 넘게 대기하고 있다. 당장에라도 불러서 그 목을 베었으면 하는데 말이야, 기사."

"왜 그리하지 않습니까?"

"전하께서 언짢아하실 테니까."

'전하라니.' 마치 누구한테 배를 후려 맞은 기분이었다. '새로운 검은 드래곤인가.' 그가 생각했다. '또 블랙파이어 반란이 일어나고, 곧 다른 레드 그라스 벌판이 벌어지는 걸까. 그날 해가 뜰 때만 해도 풀이 파랬다고 했지.'

"어째서 이 결혼식입니까?"

"버터웰 공은 같이 침대를 쓸 어린 새 신부를 원했고 프레이 공에게는 약간 더럽혀진 딸이 있었다. 두 가문의 혼사는 뜻을 같이하는 영주들이 모일 수 있는 그럴듯한 구실을 제공했지. 이곳에 초대된 인사들은 대부분 검은 드래곤을 위해 싸웠던 자들이다. 나머지는 블러드레이븐의 지배에 분개하거나 각자 원한이나 야심을 품은 자들이지. 우린 대부분 미래의 충성에 대한 보장으로 아들이나 딸을 킹스랜딩으로 보냈지만, 볼모들은 봄의 대역병에 거의 모두 죽어 버렸다. 이제 우린 거리낄 것이 없어. 우리의 시간이 온 거다. 아에리스는 나약해. 책벌레라서 전사와는 거리가 멀지. 평민들은 왕에 대해 아는 것이 거의 없고, 그나마 알려진 것도 좋지 않은 소문들 뿐. 아에리스의 부왕인 선한 왕 다에론도 나약한 인물이었지만, 적어도 그는 왕좌가 위협받을 때 그를 위해 싸워 줄 아들들이 있었다. 바엘로와 마에카르, 망치와 모루……. 그러나 창파괴자 바엘로는 이제 없고, 마에카르 왕제는 왕과 핸드와 뜻이 맞지 않아 서머홀에 틀어박혀 있다."

'그래, 게다가 어떤 멍청한 떠돌이기사가 왕제가 총애하는 아들을 적의 수중에 바치다시피 했지. 이보다 더 왕제를 서머홀에서 움직이지 못하게 막는 데 좋은 방법이 있을까?' 덩크가 생각했다.

"하지만 블러드레이븐이 건재합니다. 그는 약하지 않습니다."

"그렇다." 피크 공이 인정했다.

"하지만 주술사는 아무도 좋아하지 않고, 친족 살해자는 신과 인간 모두에게서 저주를 받는다. 조금이라도 약점이 보이거나 패배의 조짐이 드러나면 블러드레이븐의 부하들은 여름에 눈이 녹듯 순식간에 사라질 것이다. 그리고 왕자가 꾼 꿈이 진정 실현되어 이곳 화이트월스에 살아 있는 드래곤이 나타난다면…….”

덩크가 그의 말을 끝맺었다.

“왕좌는 당신의 것이 되겠지요.”

“그분의 것이 되는 것이다. 난 그저 보잘것없는 충복일 뿐.”

고몬 피크 공이 말하며 일어섰다.

“성을 떠날 생각은 하지 마라, 기사. 도망치려 한다면 배신으로 간주하여 네 목숨을 거두겠다. 이제 빠져나가기에는 너무 늦었다.”

* * *

납처럼 흐린 하늘에서 비가 주룩주룩 내렸고, 바이올린 악사 존과 녹색의 갈트리 경이 각기 새 창을 들고 시합장의 양 끝에 섰다. 하객들 일부는 비를 피해 망토를 뒤집어쓰고 본관으로 향하고 있었다.

갈트리 경이 탄 말은 하얀 수말이었다. 축 늘어진 녹색 깃털 장식이 그의 투구를 장식했고, 역시 같은 색깔의 깃털 장식이 마갑에 달려 있었다. 그가 걸친 망토는 다양한 색조의 네모진 녹색 천 조각들을 얼기설기 기워 만든 것이었다. 금으로 상감한 정강이받이와 손장갑이 빗속에서 반짝였고, 방패에는 비취색 별 아홉 개가 푸르무레한 초록색 바탕을 수놓았다. 심지어는 수염조차도 협해 너머의 티로시 사내들처럼 초록색으로 물들인 모습이었다.

그와 바이올린 악사는 서로 창을 겨루며 아홉 번을 격돌했고, 녹색 조각 망토를 걸친 기사와 황금 검과 바이올린을 문장으로 삼은 젊은 귀족 기사의 장창은 아홉 번 모두 산산이 부서졌다. 여덟 번째 격돌에 이르자 땅이 부드러워지면서 거대한 군마들이 달릴 때 고인 빗물이 사방으로 튀었다. 아홉 번째 격돌에서 바이올린 악사가 안장에서 떨어질 뻔했지만, 낙마하기 직전에 자세를 회복했다. 바이올린 악사가 웃으며 외쳤다.

"멋진 공격입니다. 하마터면 떨어질 뻔했군요, 기사."

"얼마 남지 않았다."

녹색 기사가 빗속에서 외쳤다.

"아니, 그렇게 되지는 않을 겁니다."

종자가 새 창을 건네주자 바이올린 악사가 조각난 창을 내던지며 대꾸했다.

그다음 격돌이 마지막이었다. 갈트리 경의 창은 바이올린 악사의 방패를 무기력하게 긁는 데 그쳤지만, 존 경은 녹색 기사의 흉갑을 정확히 가격하여 상대를 말에서 떨어뜨렸다. 갈트리 경이 큰 물보라를 일으키며 흙탕물 위를 굴렀고, 그 순간 덩크는 먼 동쪽 하늘에서 번쩍이는 번개를 보았다.

평민, 귀족 할 것 없이 관중이 비를 피해 앞을 다투어 빠져나가자 관람석이 빠르게 비워졌다. 알린 콕쇼우가 덩크 옆에 슬그머니 나타나서 중얼거렸다.

"저 뛰는 모습을 봐라. 비가 몇 방울 내리니 저 용감하신 영주님들이 꺅꺅거리며 비를 피해 도망치는 모습을. 진짜 폭풍이 오면 어떤 모습을 보일지 궁금하지 않나?"

'진짜 폭풍이라.' 알린 경이 하는 이야기가 날씨에 대한 것이 아님을 덩크는 알고 있었다. '이 녀석은 또 무엇을 원하는 걸까? 갑자기 나와 친해져야겠다고 마음먹은 걸까?'

전령관이 다시 상단 위에 올라섰다. 멀리서 울려 퍼지는 천둥소리와 함께 그가 고함쳤다.

"화이트월스의 기사로서 버터웰 공을 섬기는 토마드 헤들 경! 그리고 우토르 언더리프 경. 나와서 그대들의 용맹을 증명하시오!"

덩크가 우토르 경에게 시선을 향하니 달팽이의 입가에 걸린 미소가 일그러지고 있었다. 이건 그가 매수한 시합이 아니었다. 사무장이 그의 뒤통수를 쳤다는 뜻인데, 그렇다면 왜? '다른 누군가가 손을 썼군. 코스그로브가 우토르 언더리프보다 중히 여기는 그 누군가가.' 덩크는 잠시 고심하다가 돌연히 깨달았다. '저들은 우토르가 우승할 마음이 없다는 걸 몰라. 위협이 될 만한 상대로 보았기 때문에, 미리 블랙 톰을 보내 바이올린 악사와 만나기 전에 우토르를 제거하려는 거야.' 헤들은 이미 피크가 꾸민 음모에 가담한 몸이니, 필요하면 적당히 져 줄 수 있을 것이다. 그렇다면 남은 상대라고는 오직……

그때, 진창이 된 시합장을 가로지르며 달려온 피크 공이 망토를 펄럭이며 계단을 한달음에 뛰어 올라가 전령관이 있는 단상에 섰다. 그가 외쳤다.

"우리는 배신당했다! 우리 중에 블러드레이븐의 첩자가 있다. 드래곤의 알을 도난당했다!"

바이올린 악사 존 경이 급하게 말 머리를 돌렸다.

"내 알이? 그게 어떻게 가능한가? 버터웰 공의 침소는 위병들이 밤낮으로 지키고 있는데?"

피크 공이 외쳤다.

"다 죽었소! 하지만 한 명이 죽기 전에 흉수의 이름을 밝혔소!"

'내게 덮어씌우려는 생각인가?' 덩크가 다급히 생각했다. 어젯밤 덩크가 버터웰 영주 부인을 남편의 침대까지 안고 갔을 때, 그가 드래곤의 알을 건드리는 모습을 본 사람은 열 명도 넘었다.

고몬 공이 범인을 향해 손가락질했다.

"저기 서 있는 저놈이다. 갈보의 자식. 어서 붙잡아라!"

시합장의 반대편 끝에서 글렌던 볼 경이 어안이 벙벙한 얼굴로 고개를 들었다. 순간 그는 무슨 일이 일어났는지 이해하지 못한 모습이었지만, 사방에서 병사들이 달려들자 믿기지 않을 정도로 빠르게 몸을 움직였다. 그가 막 검집에서 검을 절반 정도 뽑았을 때 가장 먼저 도달한 병사가 팔로 그의 목을 죄었다. 볼이 팔을 뿌리쳤지만, 바로 다른 두 병사가 그를 덮쳤다. 병사들은 글렌던 경을 진흙탕 속에 내동댕이치고는 질질 끌고 갔다. 곧 주변을 에워싼 다른 이들이 고함치고 발길질을 해 댔다. '저건 나였을 수도 있어.' 덩크가 깨달았다. 애시포드에서 손과 발을 하나씩 잃어야 한다는 선고를 들었을 때처럼 무기력하고 절망스런 기분이 들었다.

알린 콕쇼우가 뒤에서 끌어당겼다.

"나서지 마라, 네 종자 녀석을 찾고 싶다면."

덩크가 그를 돌아보았다.

"그게 무슨 말입니까?"

"그 꼬마가 어디에 있는지 내가 알지도 모른다는 말이지."

"어디에 있습니까?" 덩크는 말장난이나 하고 있을 기분이 아니었다.

시합장의 반대편 끝에서 갑옷과 반투구를 걸친 중장병 두 명이 양쪽에서 글렌던 경을 붙잡고 거칠게 일으켜 세웠다. 그는 허리부터 발목까지 진흙투성이였고, 뺨에서는 피와 빗물이 줄줄 흘러내렸다. '영웅의 피라 했지.'라고 덩크가 생각했을 때, 블랙 톰이 결박당한 소년 앞에서 말에서 내렸다.

"알은 어디 있느냐?"

볼의 입가에서 피가 흘렀다.

"제가 왜 알을 훔친다는 말입니까? 이제 우승하기 직전이었는데."

'맞아. 그리고 저들은 그걸 보고만 있을 수 없었지.' 덩크가 생각했다.

블랙 톰이 철 장갑을 낀 주먹으로 볼의 얼굴을 후려갈겼다. 피크 공이 명령했다.

"놈의 안장주머니를 뒤져라. 내 장담하는데, 그 안에 천으로 꽁꽁 감싼 드래곤의 알이 숨겨져 있을 거다."

알린 공이 나지막하게 말했다.

"그리고 알은 물론 그 주머니 안에서 나오겠지. 네 종자를 찾고 싶다면 나를 따라와라. 다들 저기에 정신이 팔린 지금이 적기다."

그는 대답을 기다리지 않았다.

덩크는 따라갈 수밖에 없었다. 그가 성큼성큼 단 세 걸음 만에 젊은 귀족을 따라잡았다.

"에그를 손끝이라도 건드렸다면……."

"어린 소년은 내 취향이 아니라서. 이쪽으로. 빨리 걷지."

덩크는 빗속에서 웅덩이를 첨벙거리며 알린 공을 따라 아치 길을 지나 진흙투성이 계단을 내려간 뒤 한 모퉁이를 돌았다. 성벽 가까이 그늘에 몸을 감춘 채 계속 걷다 보니 어느덧 매끄럽고 빗물에 젖어 미끌미끌한 포석이 깔린 으슥한 안뜰에 이르렀다. 사면이 벽으로 에워싸인 곳이었다. 고개를 드니 덧문을 닫아건 창문들이 보였다. 안뜰의 중앙에는 낮은 돌담이 둥글게 에워싼 우물이 있었다.

'외딴곳이군.' 덩크가 생각했다. 이곳이 풍기는 분위기가 마음에 들지 않았다. 몸이 본능적으로 반응하며 검 자루를 향해 손을 뻗었지만, 달팽이에게 검을 넘긴 사실이 뒤늦게 떠올랐다. 덩크가 옆구리에 검집이 걸려 있었던 곳을 더듬을 때, 뒤에서 쿡 하고 등을 찌르는 칼끝이 느껴졌다.

"돌아보지 마라, 콩팥을 잘라 내 버터웰의 요리사들에게 줘서 연회에 튀김 요리로 내놓기 전에."

알린이 재촉하며 힘을 주자 칼끝이 덩크의 가죽조끼를 파고들었다.

"우물로 가라. 갑자기 움직일 생각일랑 하지 말고, 기사."

'이놈이 만약 에그를 우물 안으로 던졌다면.' 이런 장난감 같은 칼로는 덩크를 막지 못할 것이다. 덩크가 천천히 앞으로 걸어갔다. 속에서 점점 분노가 쌓였다.

등을 찌르던 칼이 사라졌다.

"이제 돌아서서 날 봐라, 떠돌이기사."

덩크가 돌아섰다.

"나리, 드래곤의 알 때문에 이러시는 겁니까?"

"아니. 드래곤 때문에 이러는 거다. 네가 그를 빼앗아 가는 꼴을 내가 그냥 가만히 보고 있으리라 생각했어?"

알린 공이 인상을 쓰며 말을 계속했다.

"그 비천한 달팽이 놈을 믿는 게 아니었어. 그놈에게 준 금화는 한 닢도 남김없이 모조리 받아 낼 테다."

'이놈이었다고? 나를 노린 정체 모를 자가 이 피둥피둥하고 향수나 뿌리고 다니는 허연 얼굴의 귀족 자식이라고?' 그는 웃어야 할지 울어야 할지 몰랐다.

"우토르 경은 할 만큼 했습니다. 단지 제 머리가 단단했을 뿐이죠."

"그런 것 같더군. 뒤로 물러서라."

덩크가 한 걸음 뒷걸음쳤다.

"더. 더. 한 걸음 더."

한 걸음 뒤로 물러서니 등이 우물에 닿았다. 돌담이 허리를 짓눌렀다.

"돌담 위에 앉아라. 목욕쯤은 별로 두렵지 않을 테지? 어차피 이미 흠씬 젖어서 더 젖지도 못할 테니."

"전 헤엄을 못 칩니다."

덩크가 우물가에 한 손을 짚었다. 돌담은 축축했고, 손바닥에 눌린 돌한 개가 살짝 움직였다.

"그것참 안됐군. 직접 뛸 테냐, 아니면 굳이 내가 널 찔러야겠느냐?"

덩크가 밑을 내려다보았다. 20피트도 더 아래에 있는 수면에 빗방울이 떨어지며 잔물결을 일으키는 모습이 보였다. 벽 안쪽은 찐득찐득한 이끼로 가득 덮여 있었다.

"전 당신에게 해를 끼친 적이 없습니다."

"앞으로도 그럴 일은 없을 테지. 다에몬은 내 거야. 그의 킹스가드를 지휘할 사람은 나뿐이다. 네놈은 하얀 망토를 걸칠 자격이 없어."

"전 그런 자격이 있다고 한 적이 없습니다."

'다에몬.' 덩크의 머릿속에서 이름이 쩌렁쩌렁 울려 퍼졌다. '존이 아니야. 그의 부친을 따라 다에몬이었어. 멍텅구리 덩크, 성벽처럼 아둔해.'

"다에몬 블랙파이어에게는 아들이 일곱 명이 있다고 들었습니다. 그들 중 두 쌍둥이는 레드그라스 벌판에서 죽었고……."

"아에곤과 아에몬. 딱 너처럼 야비하고 아둔한 놈들이었지. 우리가 어렸을 때 그 둘은 나와 다에몬을 괴롭히는 것을 즐겼어. 비터스틸이 다에몬을 데리고 망명을 떠났을 때 난 눈물을 흘렸고, 그가 돌아온다고 피크 공이 알려 줬을 때 또 눈물을 흘렸지. 하지만 길에서 널 본 후로 그는 내 존재를 잊어버렸어."

콕쇼우가 으르며 단검을 휘둘렀다.

"지금 이대로 우물 속으로 들어가겠느냐, 피투성이가 되어 들어가겠느냐?"

덩크가 아까 움직였던 돌을 몰래 손에 쥐었다. 그가 바란 만큼 헐겁지 않았고, 돌을 미처 빼내기 전에 알린 공이 달려들었다. 덩크가 옆으로 몸을 비틀어 막자, 알린 공이 휘두른 단검이 그의 왼팔을 베며 지나갔다. 그제야 돌이 빠져나왔고, 그 돌로 귀족의 얼굴을 갈기자 이빨이 부러지는 감촉이 느껴졌다.

"우물로 들어가라고?"

다시 한 번 돌로 콕쇼우의 얼굴을 갈긴 덩크는 돌을 버리고 그의 손목을 잡아 비틀었다. 뼈가 부러지는 소리와 함께 단검이 돌담 위에 떨어졌다.

"먼저 들어가시죠, 나리."

덩크가 옆으로 슬쩍 움직이며 귀족의 팔을 낚아챔과 동시에 그의 등을 걸어찼다. 알린 공이 곤두박질치며 우물에 풍덩 떨어졌다.

"잘했네, 기사."

덩크가 홱 몸을 돌렸다. 빗속으로 후드를 쓴 형상과 하얀 눈알 하나가 보였다. 남자가 앞으로 나서자 후드 밑에서 메이나드 플럼 경의 얼굴이 드러났고, 덩크가 하얀 눈알이라 생각한 건 그의 어깨에 망토를 고정한 월장석 브로치에 불과했다.

우물 안에서 알린 공이 첨벙첨벙 허우적거리며 살려 달라고 애원했다.

"살인이오! 날 살려 주시오!"

"날 죽이려 했습니다." 덩크가 말했다.

"그러니 그렇게 피를 많이 흘렸겠지."

"피?"

그가 시선을 내렸다. 왼팔이 어깨에서 팔꿈치까지 붉게 물들었고, 피에 젖은 튜닉이 살갖에 들러붙었다.

"아."

쓰러진 기억은 없었지만, 덩크는 어느새 땅바닥에 누워 있었고 얼굴에서 빗물이 흘러내렸다. 우물 안에서 알린 공이 흐느끼는 소리가 들렸고 힘이 빠진 듯 첨벙거리는 소리가 많이 약해졌다.

"그 팔부터 동여매야겠군. 일어나지. 나 혼자서는 자네를 일으킬 수 없다고. 다리를 움직여 봐."

메이나드 경이 덩크 몸 밑으로 한쪽 팔을 집어넣으며 말했다.

덩크가 다리를 움직였다.

"알린 공. 곧 물에 빠져 죽을 겁니다."

"어차피 찾을 사람도 없어. 바이올린 악사도 개의치 않을 테고."

"그는……."

덩크가 통증으로 창백하게 질린 얼굴로 헐떡거리며 말을 맺었다.

"바이올린 악사가 아닙니다."

"그래. 블랙파이어 가문의 다에몬 2세다. 언젠가 철왕좌를 차지한다면 그런 이름을 쓰겠지. 얼마나 많은 영주가 용감하지만 멍청한 왕을 바라는지 안다면 놀랄 거네. 그리고 다에몬은 젊고 늠름한 데다 말을 탄 모습도 멋지잖나."

이제 우물 안에서 들려오는 소리는 희미해져서 거의 들리지 않았다.

"밧줄이라도 던져 줘야 하는 거 아닙니까?"

"어차피 구해도 나중에 처형당할 건데 뭐하러? 쓸데없는 짓이야. 자네에게 하려 했던 짓을 고스란히 받게 내버려 두는 게 나아. 자, 내게 기대."

덩크가 플럼의 부축을 받으며 안뜰을 가로질렀다. 가까이에서 메이나드 경을 보니 그는 뭔가 이상했다. 덩크가 보면 볼수록 더욱 그의 생김새가 눈에 들어오지 않았다.

"자네더러 도망치라고 권유한 것을 기억하나? 하지만 자넨 목숨보다 명예를 더 중히 여겼지. 명예로운 죽음도 다 좋네만, 걸린 목숨이 자네 것이 아니라면 어쩔 텐가? 그때도 같은 대답을 할 건가, 기사?"

"누구의 목숨을 말하는 겁니까?"

우물에서 마지막으로 첨벙거리는 소리가 들렸다. 덩크가 플럼의 팔을 움켜쥐었다.

"에그? 에그 말입니까? **그 아이는 어디에 있습니까?**"

"신들과 함께 있지. 그 이유는 자네도 아마 잘 알 터인데."

그때 속을 쥐어뜯는 듯한 아픔에 덩크는 잠시 팔의 통증을 잊었다. 그가 신음했다.

"장화를 쓰려 했군요."

"그런 것 같더군. 그가 마에스터 로타르에게 반지를 보이자 마에스터는 버터웰에게 소년을 데려갔고, 반지를 본 버터웰은 겁에 질려 편을 잘못 고른 것이 아닌가 고민하고 블러드레이븐이 이 음모에 대해 얼마나 많이 알고 있을지 전전긍긍했겠지. 그 질문에 대한 답은, '아주 많이'라네."

플럼이 킥킥거리며 웃었다.

"당신은 누굽니까?"

"친구라고 해 두지. 그동안 자네를 지켜보면서 왜 자네가 이런 독사 소굴에 있는지 궁금해하던 친구. 이제 상처를 손볼 때까지 조용히 하고 있게."

그들은 그늘에 몸을 감춘 채 길을 걸어 덩크의 작은 천막으로 돌아왔다. 천막 안에 들어서자 메이나드 경이 불을 지피고 그릇에 포도주를 따르고는 불 위에 올려 끓이기 시작했다. 그가 피에 전 덩크의 튜닉 소매를 잘라 내며 말했다.

"깨끗하게 베였군. 게다가 검을 드는 오른팔도 아니고. 칼이 뼈에는 닿지 않은 모양이야. 그래도 자칫하면 팔을 잃을 수 있으니 깨끗이 씻어 내야겠어."

"에그가 죽었다면, 아무래도 상관없습니다."

배 속이 부글거려 덩크는 지금이라도 토악질을 할 것 같았다.

"그렇다면 모두 자네 탓이겠지. 그 아이를 여기로 데려오지 말아야 했어. 하지만 난 소년이 죽었다고 말하지 않았네. 신들과 함께 있다고 했지. 깨끗한 천이나 비단은 없는가?"

"도르네에서 구한 좋은 튜닉이 한 벌 있습니다. 신들과 함께 있다니, 무슨 뜻입니까?"

"천천히 이야기해 주지. 우선은 팔부터."

포도주에서 김이 오르기 시작했다. 덩크의 비단 튜닉을 찾아낸 메이나드 경이 의심쩍다는 듯 킁킁 냄새를 맡고는 단검을 꺼내 자르기 시작했다. 덩크가 말리려다 입을 다물었다.

"앰브로즈 버터웰은 언제나 우유부단했지."

메이나드 경이 길게 자른 세 개의 비단 조각을 뭉쳐 포도주에 담그며 말했다.

"그는 처음부터 이 음모에 확신이 없었고, 소년이 검을 가지고 있지 않다는 사실을 알고 난 뒤에는 의심이 더욱 커졌지. 그리고 오늘 아침, 드래곤의 알이 사라지자 그의 마지막 남은 용기마저도 모두 사라진 것이야."

"글렌던 경은 알을 훔치지 않았습니다. 하루 내내 시합장에서 시합을 치르거나 다른 기사들의 시합을 구경했으니까요."

"그래도 피크는 그의 안낭에서 알을 찾아낼 거야."

포도주가 펄펄 끓었다. 플럼이 가죽 장갑을 끼면서 말했다.

"될 수 있으면 비명은 참아 주게."

그러고는 끓는 포도주 속에서 비단 조각을 하나 꺼내 덩크의 상처를 닦기 시작했다.

덩크는 비명을 지르지 않았다. 이를 악물고 혀를 깨물며 멍이 남을 정도로 주먹으로 허벅지를 마구 쳤지만, 비명만은 지르지 않았다. 메이나드 경이 조금 전까지 덩크의 가장 좋은 튜닉이었던 것의 천 조각으로 붕대를 만들어 팔을 감쌌다.

다 끝나자 그가 물었다.

"기분이 어떤가?"

덩크가 한기에 몸을 떨며 대답했다.

"지독하게 괴롭습니다. **에그는 어디 있습니까?**"

"말했잖아. 신들과 함께 있다고."

덩크가 성한 오른팔을 뻗어 플럼의 멱살을 잡았다.

"알기 쉽게 말해. 둘러대는 말이나 눈짓 따위는 이제 질렸어. 당장 그 아이가 있는 곳을 대지 않으면 당신이 친구든 아니든 그 목을 비틀어 버리겠어."

"셉트에 있네. 가기 전에 무장을 다 챙기는 게 좋을 거야."

메이나드 경이 미소 지었다.

"그만하면 알아듣기 쉬운가, 덩크?"

***

덩크가 먼저 들른 곳은 우토르 언더리프 경의 천막이었다.

천막 안에 들어가니 종자 윌이 혼자 빨래통 앞에 쪼그려 앉아 그의 주인이 입었던 속옷을 빨고 있었다.

"또 당신이오? 우토르 경은 연회에 참석하고 계신데. 이제는 원하는 게 뭐요?"

"내 검과 방패."

"배상금을 가져왔습니까?"

"아니."

"그러면 왜 내가 그것들을 내줘야 합니까?"

"내가 필요하니까."

"그 이유만으로는 부족한데."

"그래? 그럼 한번 막아 봐, 죽여 줄 테니까."

윌이 입을 떡 벌렸다.

"저, 저기에 있습니다."

* * *

덩크가 성의 셉트 밖에서 잠시 멈춰 섰다. '부디 너무 늦지 않았기를.' 그의 검대는 다시 옆구리의 익숙한 자리에 단단히 매여 있었다. 교수대 방패는 다친 왼팔에 매달았는데, 그 묵직함 때문에 발걸음을 옮길 때마다 팔이 욱신거렸다. 만약 누군가 왼팔을 살짝이라도 건드린다면 비명을 지를 것 같았다. 그가 성한 오른손으로 셉트의 문을 열었다.

셉트 안은 어둑하고 고요했으며, 불빛이라고는 일곱 신의 제단에서 반짝이는 촛불이 전부였다. 마상 대회 도중에는 늘 그렇듯 전사의 신의 제단 앞에 가장 많은 촛불이 타오르고 있었다. 기사들이 출전하기 전에 곧잘 이곳으로 와 힘과 용기를 달라고 빌기 때문이다. 어둠에 가려진 이방인의 신 앞에는 단 한 개의 촛불이 제단을 비추었다. 어머니 신과 아버지 신 앞에는 각각 수십 개의 촛불이 있었고, 대장장이의 신(Smith)과 처녀의 신은 약간 적었다. 그리고 노파의 신의 빛나는 등불 아래서 앰브로즈 버터웰 공이 무릎을 꿇고 말없이 지혜를 내려 달라며 기도하고 있었다.

그는 혼자가 아니었다. 덩크가 그를 향해 움직이자마자 반투구를 쓴 딱딱한 얼굴의 병사 두 명이 앞을 막아섰다. 둘 다 버터웰 가문의 물결치는 녹색, 흰색, 노란색 줄무늬를 수놓은 전포 아래 사슬 갑옷을 걸친 모습이었다. 병사 한 명이 말했다.

"멈추시오, 기사. 여긴 당신이 들어올 곳이 아니외다."

"아니야. 내가 그분이 반드시 올 거라고 했잖아."

에그의 목소리였다.

아버지 신 밑의 그림자에서 에그가 걸어 나오며 촛불에 비쳐 번들거리는 까까머리가 눈에 들어왔을 때, 덩크는 기쁘게 외치며 달려가 소년을 힘껏 끌어안을 뻔했다. 하지만 덩크는 에그의 목소리를 듣고 멈칫거렸다. '겁을 먹었다기보다는 어딘가 화가 난 말투고, 녀석이 이렇게 심각한 표정을 짓는 것도 처음 본다. 게다가 버터웰은 무릎을 꿇었어. 뭔가 일이 기묘하게 돌아가네.'

버터웰 공이 자리에서 일어섰다. 어스레한 촛불에 비친 그의 피부는 창백하고 땀으로 흥건했다.

"물러서라."

그가 위병들에게 명했다. 병사들이 뒤로 물러나자 그가 덩크를 보며 가까이 오라고 손짓했다.

"난 이분을 해하지 않았네. 내가 왕의 핸드였을 때 이분의 부친을 잘 알았어. 마에카르 왕제께서는 이 일을 꾸민 자가 내가 아니라는 사실을 아셔야 하네."

"알게 되실 겁니다."

덩크가 약속했다. '이게 도대체 무슨 일이야?'

"피크. 세븐께 맹세하는데, 이 모두 그가 꾸민 일이네."

버터웰 공이 제단에 한 손을 얹었다.

"내가 거짓을 말한다면 신들께서 천벌을 내리실 것이야. 누구를 초대하고 누구를 제외할지 내게 이른 것도 그였고, 그 어린 칭왕자를 데려온 것도 피크였네. 난 결코 역모에 가담하고 싶지 않았어, 내 말을 믿어 주게. 톰 헤들이 날 부추겼다는 건 부인하지 않겠네. 내 사위는 큰딸아이의 남편이지만, 거짓말은 하지 않겠어. 그도 한통속이었네."

"그는 당신의 대전사잖아요. 그가 한통속이라면 당신도 마찬가지예요."

에그가 말했다.

'닥쳐'라고 덩크가 호통치고 싶었다. '그렇게 나불거리다가는 우리 모두 죽는다고.' 하지만 버터웰은 오히려 겁에 질려 움찔거렸다.

"왕자님, 절 이해해 주십시오. 헤들은 제 병사들을 수중에 넣었습니다."

"그래도 영주님에게 충성을 바치는 병사들이 있을 거잖아요."

에그가 다그쳤다.

"여기 있는 병사들과 그 외 몇 명이 전부입니다. 제가 그동안 소홀했음은 인정하나, 결코 반역자였던 적은 없습니다. 저와 프레이는 처음부터 피크 공이 데려온 칭왕자가 석연치 않았습니다. **그에게는 검이 없단 말입니다!** 그가 블랙파이어의 진정한 아들이라면, 비터스틸이 보검 블랙파이어를 건네주었을 겁니다. 그리고 그 드래곤에 대한 이야기는…… 미친 소리일 뿐, 미치고 어리석은 자의 헛소립니다."

영주가 소매로 얼굴의 땀을 닦으며 말을 이었다.

"그리고 이제는 알을, 조부님이 국왕께 충성을 바친 대가로 하사받았던 드래곤의 알마저도 가져갔습니다. 아침에 일어났을 때만 해도 알은 분명히 그대로 있었고, 위병들은 침소에 들어가거나 나온 사람이 없었다고 맹세했습니다. 피크 공이 위병들을 매수했을지도 모르지만, 어쨌든 알은 사라졌습니다. 그들밖에 가져갈 사람이 없습니다. 아니라면……."

'아니면 드래곤이 부화한 것이겠지.' 덩크가 생각했다. 만약 살아 있는 드래곤이 다시 웨스테로스에 나타난다면, 귀족이나 평민 할 것 없이 모두 드래곤의 주인임을 주장하는 왕자를 따를 것이다. 덩크가 입을 열었다.

"영주님, 제…… 제 종자와 이야기를 나누는 것을 허락해 주십시오."

"그리하게, 기사."

버터웰 공이 다시 무릎을 꿇고 기도하기 시작했다.

덩크는 에그를 옆으로 데리고 간 뒤 한쪽 무릎을 꿇고 소년의 얼굴을 마주 보았다.

"너 말이야, 내가 얼마나 세게 귀싸대기를 때릴 거냐면, 네 머리통이 아예 뒤쪽으로 돌아가서 평생 네가 지나온 길만 바라보며 살게 될 거다."

에그가 면목 없다는 표정을 지었다.

"제가 맞을 짓을 했어요, 기사님. 죄송해요. 전 그냥 아버지께 큰까마귀를 한 마리 날리고 싶었어요."

'내가 계속 기사로 남기를 바라서 그랬겠지. 착한 녀석.' 덩크가 기도하는 버터웰을 흘긋 쳐다보았다.

"저 사람에게 무슨 짓을 한 거야?"

"겁을 주었어요, 기사님."

"그래, 그건 알겠구나. 저러다간 밤이 가기 전에 무릎에 딱지가 지겠어."

"달리 뭘 해야 할지 몰랐어요, 기사님. 마에스터에게 아버지의 반지를 보여 주니까 그들에게 데려갔거든요."

"그들?"

"버터웰 공하고 프레이 공요. 위병도 몇 명 있었어요. 다들 당황하고 있었어요. 누가 드래곤의 알을 훔쳤거든요."

"네가 한 짓은 아니겠지?"

에그가 고개를 저었다.

"아뇨. 마에스터가 버터웰 공에게 반지를 보여 줬을 때 큰일 났다고 생각했어요. 훔쳤다고 둘러댈까도 했지만, 제 말을 믿을 것 같지 않았어요. 그때 아버지께서 예전에 해 주신 이야기가 떠올랐어요. 블러드레이븐 경이 했다는 말인데, 두려움에 떨 바에는 차라리 두려움을 주는 것이 낫다는 말이었지요. 그래서 아버지가 저를 이곳으로 염탐하러 보내셨고, 지금 군대를 이끌고 오시는 중이니 어서 저를 풀어 주고 역모를 그만두지 않으면 목이 날아갈 거라 말했어요."

에그가 부끄러운 듯 살짝 웃었다.

"생각보다 훨씬 결과가 좋았어요, 기사님."

덩크는 소년의 어깨를 붙잡고 이빨이 다 빠질 때까지 마구 흔들고 싶었다. '이건 장난이 아니야, 목숨이 왔다 갔다 하는 문제라고'라며 고함치고 싶었다.

"프레이 공도 네 이야기를 들었어?"

"네. 다 듣더니 버터웰 공에게 결혼 생활이 행복하기를 빈다고 하고는 자기는 즉시 트윈스로 돌아가겠다고 말했어요. 그러자 영주가 기도하려고 우릴 이곳으로 데려왔지요."

'프레이는 도망칠 수 있지.' 덩크가 생각했다. '하지만 버터웰은 그럴 수 없고, 시간이 지나면 왜 마에카르 왕제와 그의 군대가 나타나지 않는지 수상하게 여길 거다.'

"만일 피크 공이 네가 성안에 있다는 사실을 안다면……"

셉트의 바깥문이 와지끈하는 소리와 함께 거칠게 열렸다. 덩크가 돌아서니 사슬과 판금 갑옷으로 무장한 블랙 톰 헤들이 성난 얼굴로 덩크를 노려보고 있었다. 흠뻑 젖은 망토에서 뚝뚝 떨어지는 빗물이 그의 발치를 적셨고, 창과 도끼를 든 중장병 십여 명이 함께 서 있었다. 그들 뒤로 번쩍이는 번개가 하늘을 파랗고 하얗게 물들이며 셉트의 하얀 돌바닥에 선명한 그림자를 새겼다. 습기 찬 거센 바람이 불자 실내의 모든 촛불이 넘실거렸다.

'아, 젠장, 빌어먹을.' 덩크가 속으로 욕할 때 헤들이 말했다.

"저 녀석이다. 잡아라."

버터웰 공이 일어섰다.

"안 돼. 멈춰라. 소년을 건드리면 안 된다. 토마드, 이게 무슨 짓인가?"

헤들의 얼굴이 일그러지며 경멸 어린 표정을 지었다.

"우리 모두 몸에 우유가 흐르는 겁쟁이인 건 아닙니다, 영주님. 소년은 제가 데려가겠습니다."

버터웰이 벌벌 떨며 새된 목소리로 대답했다.

"자네가 뭘 모르는 것이네. 우린 끝났어. 프레이 공이 떠났고 다른 이들도 뒤를 따를 게야. 마에카르 왕제가 군대를 이끌고 오고 있네."

"그럼 더욱 저 꼬마를 인질로 잡아야겠군요."

"아니, 아니야. 난 이제 피크 공이나 그의 칭왕자와 더 얽히고 싶지 않아. 난 싸우지 않겠네."

블랙 톰이 그의 주군을 차가운 눈으로 쳐다보다가 내뱉었다.

"비겁한 놈. 무슨 말을 하든 상관없어. 싸우지 않으면 죽음뿐이다, 영주."

그가 손가락으로 에그를 가리켰다.

"가장 먼저 저놈의 피를 흘리는 병사에게 수사슴 은화 한 닢을 주겠다."

"안 돼, 안 돼." 버터웰이 자신의 위병들을 돌아보며 외쳤다.

"저들을 막아라. 내 명이 들리느냐? 저들을 막아라."

하지만 병사들은 모두 혼란에 빠져 누구의 명을 따라야 할지 몰랐다.

"내가 손수 해야 하는가?" 블랙 톰이 장검을 뽑았다.

덩크도 검을 뽑았다.

"내 뒤에 서라, 에그."

"모두 검을 도로 집어넣어라!" 버터웰이 비명을 질렀다.

"셉트 안에서 피를 볼 수는 없다! 토마드 경, 이자는 왕자의 수호기사다. 자넨 죽을 거야!"

그 말에 블랙 톰이 이를 보이며 씩 비웃었다.

"놈이 쓰러질 때 깔린다면 또 모를까. 아까 저놈 시합을 봤지."

"난 칼을 더 잘 써." 덩크가 그에게 경고했다.

헤들이 코웃음을 치며 달려들었다.

덩크가 거칠게 에그를 뒤로 민 다음 돌아서 그의 검을 맞이했다. 처음 베어 온 칼은 잘 막았으나, 블랙 톰의 검이 방패를 때리자 부상당한 팔이 흔들리며 격한 통증이 팔을 헤집었다. 덩크가 반격하며 헤들의 머리를 향해 칼을 휘둘렀지만, 블랙 톰은 쉽게 피하며 다시 검을 휘둘렀다. 덩크가 간신히 방패를 들어 막았다. 소나무 조각이 이리저리 튕겨 나가자 헤들이 대소하며 검을 연달아 낮게, 높게, 낮게 휘두르며 밀어붙였다. 덩크는 방패로 공격을 모두 막아 냈지만, 막을 때마다 고통에 떨며 점점 뒤로 물러섰다.

"공격하세요, 기사님!" 에그가 외치는 소리가 들렸다.

"공격, 공격하세요, 놈은 바로 거기 있어요!"

입안에서 비릿한 피 맛이 느껴졌고 감싼 팔의 상처가 다시 벌어졌다. 머리가 어지럽고 빙빙 돌았다. 블랙 톰의 검이 덩크의 기다란 카이트 실드를 산산조각 내고 있었다. '떡갈나무와 쇠여, 나를 잘 지켜 줘요, 안 그러면 난 죽어서 지옥에 떨어질 거예요'라고 덩크가 되뇌었지만, 그때 그의 방패가 떡갈나무가 아닌 소나무로 만든 것임이 생각났다. 그의 등이 제단에 거칠게 부딪치자 덩크는 한쪽 무릎을 꿇으며 더는 물러설 공간이 없음을 깨달았다.

"네놈은 기사가 아니야. 지금 눈물을 질질 짜며 우는 거냐, 멍청아?"

블랙 톰이 비아냥거렸다.

'아파서 우는 거다.' 덩크가 무릎을 딛고 일어서 방패로 적을 후려쳤다.

블랙 톰이 휘청대며 뒤로 물러났지만, 간신히 넘어지지는 않았다. 덩크가 맹렬하게 달려들며 연달아 방패로 후려갈기고 큰 키와 완력을 이용해 헤들을 셉트의 반대쪽 벽으로 날려 버렸다. 그리고 방패를 옆으로 치우고는 장검을 휘둘렀고, 칼날이 양털과 근육을 가르며 허벅지를 깊이 파고들자 헤들이 비명을 질렀다. 그가 마구잡이로 검을 내둘렀지만, 무모하고 어설픈 몸부림일 뿐이었다. 덩크는 방패로 한 번 더 막은 뒤, 온 힘을 다해 칼을 휘둘렀다.

비틀거리며 한 걸음 뒷걸음친 블랙 톰이 공포에 질린 눈으로 이방인의 신의 제단 아래 떨어진 자신의 팔뚝을 내려다보았다. 그가 헐떡였다.

"너. 너, 넌……."

"내가 말했지." 덩크의 검이 그의 목을 꿰뚫었다.

"난 칼을 더 잘 쓴다고."

* * *

블랙 톰의 몸 주변으로 피가 웅덩이를 이루며 퍼져 나갈 때, 병사 두 명이 빗속으로 뛰쳐나갔다. 남은 병사들은 창을 움켜쥔 채 머뭇거렸고, 덩크를 경계하듯 쳐다보며 그들의 주군이 명을 내리기를 기다렸다.

"이…… 일이 이렇게 되다니."

버터웰이 간신히 입을 뗐다. 그가 덩크와 에그를 돌아보았다.

"방금 나간 그 둘이 고몬 피크에게 알리기 전에 우린 화이트월스를 떠나야 하네. 이곳에 온 하객들은 나보다는 그와 친분이 있는 자들이 더 많아. 북쪽 성벽의 뒷문으로 몰래 나가야겠어……. 어서, 시간이 촉박하네."

덩크가 꽝 하고 검을 집어넣었다.

"에그, 버터웰 영주님과 함께 가거라."

그가 소년의 어깨에 한쪽 팔을 두르고 낮은 목소리로 말했다.

"필요 이상으로 함께 있지는 마. 영주가 다시 변심하기 전에 레인을 타고 다른 곳으로 가라. 메이든풀이 좋겠어, 킹스랜딩보다는 가까우니까."

"기사님은요?"

"난 신경 쓰지 마라."

"전 기사님의 종자잖아요."

"그래. 그러니 내가 시키는 대로 하지 않으면 귀싸대기를 제대로 날려 주겠어."

* * *

본관 앞에는 한 무리의 사람이 후드를 올려 쓰며 빗속으로 나갈 채비를 하는 중이었다. 그들 중에는 늙은 황소와 여전히 술잔을 든 깡마른 카스웰 공이 있었는데, 둘 다 덩크를 피해 멀찌감치 떨어진 곳에 섰다. 모티머 보그스 경이 호기심 어린 시선으로 쳐다보았지만 말을 걸지는 않았다. 하지만 우토르 언더리프는 거리낌이 없었다. 그가 장갑을 끼며 말했다.

"연회에 너무 늦었군그래, 기사. 그리고 다시 검을 걸치고 있군."

"단지 관심이 있는 게 그뿐이라면, 배상금은 꼭 갚도록 하겠습니다."

덩크는 박살이 난 방패를 놔두고 왔고, 망토를 드리워 피에 젖은 왼팔을 가리고 있었다.

"내가 죽지 않는다면 말입니다. 죽으면 내 시체를 뒤져 적당히 찾아가십쇼."

우토르 경이 웃음을 터뜨렸다.

"아, 이건 용맹함의 표출인가, 아니면 그냥 생각 없는 어리석음인가? 둘이 종이 한 장 차이라는 말이 떠오르는군. 지금 내 제의를 수락해도 아직 늦지 않았어, 기사."

"아니, 당신 생각보다 훨씬 늦었습니다."

덩크가 달팽이에게 경고했다. 그는 대답을 기다리지 않고 언더리프를 밀치고는 쌍여닫이문 사이로 들어갔다. 본관 안에 들어가니 맥주와 연기와 젖은 양털 냄새가 코를 찔렀다. 위층의 회랑에서 악사 몇 명이 조용한 곡을 연주하고 있었다. 커비 핌 경과 루카스 네일랜드 경이 주량을 겨루는 상석에서 웃음소리가 터져 나오며 실내에 메아리쳤다. 단상에는 피크 공이 코스테인 공과 진지하게 이야기하는 중이었고, 높은 주인석에는 앰브로즈 버터웰의 새 신부가 홀로 덩그러니 앉아 있었다.

말석 구석에 술로 자신의 비애를 달래려는 듯 버터웰 공의 맥주를 퍼마시는 카일 경이 보였다. 그의 접시 빵에는 어젯밤 연회에서 남은 음식물로 끓인 걸쭉한 스튜가 담겨 있었다. 킹스랜딩의 스튜 가게에서 흔히 '잡탕죽'이라 부르는 음식이었다. 카일 경의 입에는 안 맞는 듯, 입도 대지 않은 죽은 차갑게 식어 번들거리는 기름기가 갈색 국물 위에 둥둥 떠 있었다.

덩크가 그의 옆에 가서 앉았다.

"카일 경."

고양이가 고개를 끄덕였다.

"던칸 경, 맥주 좀 마시겠나?"

"아닙니다."

맥주는 지금 그가 가장 피하고 싶은 것이었다.

"어디 몸이 안 좋은가? 실례일지 모르지만, 지금 자네 안색이 영……."

"그래도 속에 비하면 겉은 양호한 편입니다. 글렌던 볼은 어찌 되었습니까?"

카일 경이 고개를 저으며 대답했다.

"지하 감옥으로 끌고 갔네. 창녀의 자식이든 아니든 간에, 녀석이 도둑처럼 보이지는 않았어."

"그는 도둑이 아닙니다."

카일 경이 눈을 가늘게 뜨며 덩크를 쳐다보았다.

"그 팔은 왜…… 무슨 일이……."

"단검에 베였습니다."

덩크가 얼굴을 찌푸리며 단상으로 얼굴을 돌렸다. 오늘 죽을 뻔하다가 살아난 게 이미 두 번. 보통 사람에게는 넘치고도 남을 횟수임을 그도 알고 있었다.

'멍텅구리 덩크, 성벽처럼 아둔해.' 그가 자리에서 일어나 외쳤다.

"전하."

가까운 의자에 앉아 있던 몇몇 사내들이 숟가락을 놓거나 하던 말을 멈추고 그를 돌아보았다.

"전하."

덩크가 다시 더 큰 목소리로 불렀다. 그가 미르산 양탄자를 밟고 단상을 향해 걸어갔다.

"다에몬 님."

어느새 본관 안이 조용해졌다. 상석에서 자신을 바이올린 악사라고 부르는 남자가 덩크를 돌아보며 미소를 머금었다. 덩크는 그가 연회를 위해 보라색 튜닉을 걸친 것을 보았다.

'보라색, 눈동자를 돋보이게 하는 색인가.'

"던칸 경, 여기 있는 모습을 보니 반갑군. 내게 원하는 게 뭔가?"

"정의입니다. 글렌던 볼을 위한 정의."

덩크가 대답했다.

그 이름이 벽과 벽 사이로 울려 퍼졌고, 순간 본관 내부의 모든 남자와 여자, 아이들이 돌로 변한 듯했다. 그때 코스테인 공이 주먹으로 탁자를 내리치며 고함쳤다.

"정의라니, 놈은 죽어야 마땅하다!"

열 명도 넘는 이들이 그에 동조하며 다투어 말했고, 하버트 페이지 경이 단언했다.

"놈은 사생아다. 사생아는 모두 도둑이 아니면 더 비루한 놈들뿐이지. 피는 속일 수 없다."

순간 덩크는 절망했다. '여기서 난 혼자야.' 그러나 그때, 고양이 카일 경이 약간 비틀거리며 자리에서 일어났다.

"그 녀석이 사생아일지는 모르겠으나, 나리님들, 적어도 그는 파이어볼의 사생아입니다. 하버트 경의 말대로지요. 피는 속일 수 없소이다."

다에몬이 이맛살을 찌푸리며 말했다.

"나보다 더 파이어볼을 존경하는 자는 없을 것이다. 난 이 가짜 기사가 그의 씨앗이라는 말을 믿지 않아. 그자는 드래곤의 알을 훔쳤고, 그 와중에 충실한 병사 셋을 살해했다."

"그는 아무것도 훔치지 않았고 아무도 죽이지 않았습니다. 정말 병사 세 명이 죽었다면, 그들의 흉수는 딴 곳에서 찾아야 할 겁니다. 전하께서도 저와 마찬가지로 글렌던 경이 온종일 시합장에서 시합을 치렀음을 아시지 않습니까."

덩크가 주장했다.

"그래."

다에몬이 인정했다.

"나도 그건 이상하다 생각했지. 하지만 그의 짐 속에서 드래곤의 알을 발견했다."

"그렇습니까? 알은 지금 어디에 있습니까?"

고몬 피크 공이 고압적이고 차가운 눈으로 노려보며 일어났다.

"안전한 곳에 철통같이 지키고 있지. 그게 왜 궁금한 것이냐, 기사?"

"이리 가져와 보십시오. 다시 한 번 보고 싶군요, 나리. 어젯밤에는 아주 잠깐밖에 보지 못해서 말입니다."

피크가 두 눈을 찌푸렸다. 그가 다에몬에게 말했다.

"전하, 그러고 보니 저 떠돌이기사가 글렌던 경과 함께 초대도 없이 화이트월스로 온 것이 기억나는군요. 저놈도 한패일지 모릅니다."

덩크는 그 말을 무시했다.

"전하, 피크 공이 글렌던 경의 짐에서 찾았다는 드래곤의 알은 그가 넣어 둔 것입니다. 알을 이리로 가져오게 해서 직접 살펴보십시오. 제가 장담하는데, 그 알은 채색한 돌덩이에 불과할 것입니다."

본관 안은 혼란에 빠졌다. 너도나도 동시에 입을 열기 시작했고, 열 명도 넘는 기사가 자리를 박차고 일어섰다. 다에몬은 마치 글렌던 경이 도둑으로 몰렸을 때처럼 어리고 어안이 벙벙한 표정이었다.

"친구, 자네 취했나?"

'차라리 취했다면 좋으련만.' 덩크가 시인했다.

"피를 조금 잃었습니다만, 얼까지 빠진 건 아닙니다. 글렌던 경은 억울하게 누명을 썼습니다."

"어째서?"

다에몬이 당혹한 목소리로 다그쳤다.

"네 말대로 볼이 아무런 잘못도 하지 않았다면, 왜 피크 공이 그가 죄를 지었다 하고 채색한 돌덩이를 증거로 내놓은 것이냐?"

"전하의 앞길에서 볼을 제거하기 위해서입니다. 피크 공은 황금과 언약으로 전하의 다른 상대들을 매수했지만, 볼은 매수할 수 없었습니다."

바이올린 악사가 얼굴을 붉혔다.

"그건 사실이 아니다."

"사실입니다. 글렌던 경을 불러와서 직접 물어보십시오."

"그리하겠다. 피크 공, 사람을 보내 그 서자를 데려오도록 하시오. 드래곤의 알도. 내가 직접 살펴보고 싶소."

고몬 피크가 증오 어린 시선으로 덩크를 쏘아보았다.

"전하, 사생아 놈은 지금 심문을 받는 중입니다. 몇 시간만 더 기다리시면 놈이 범행을 실토할 것임을 저는 의심치 않습니다."

덩크가 맞받아쳤다.

"**심문**이 아니라 고문이겠지. 몇 시간을 더 기다리시면 글렌던 경은 자기가 전하의 부친은 물론 두 쌍둥이 형님까지도 죽였다고 고백할 겁니다."

"**그만!** 한 마디라도 더 지껄인다면 네 혓바닥을 뿌리째 뽑아 버리겠다."

피크 공이 붉으락푸르락한 얼굴로 소리쳤다.

"그건 거짓말이겠지. 아, 두 마디를 해 버렸군." 덩크가 대꾸했다.

"그 말을 내뱉은 것을 후회하게 될 것이다." 피크가 다짐했다.

"저놈을 붙잡아 쇠사슬로 결박하여 지하 감옥에 가두어라."

"아니."

다에몬이 위험한 목소리로 나지막하게 말했다.

"이 일의 내막을 알아야겠다. 선더랜드, 바이렐, 스몰우드. 병사들을 데리고 지하 감옥으로 가서 글렌던 경을 찾아라. 그를 즉시 여기로 데려오고, 그가 아무런 해도 입지 않도록 보호하라. 만약 누가 널 막으려 한다면, 왕의 명을 수행하는 중이라 일러라."

"명을 따르겠나이다."

바이렐 경이 대답했다.

"난 이 일을 내 아버지의 방식으로 해결하겠다."

바이올린 악사가 말을 계속했다.

"글렌던 경은 중대한 죄의 혐의를 받고 있다. 기사로서 그는 본신의 무위로 자신을 지킬 권리가 있다. 난 그와 마상 창시합으로 겨루어 그에게 죄가 있는지 신들께 심판을 맡기겠다."

***

'영웅의 피든 창녀의 피든……' 바이렐 경의 부하 두 명이 벌거벗은 글

렌던 경을 그의 발 앞에 내버리고 갔을 때, 덩크가 생각했다. '아까보다는 피가 훨씬 줄었겠군.'

소년은 참혹하게 당했다. 멍든 얼굴은 부어오르고 이도 여러 개가 깨지거나 빠진 상태였으며, 오른눈에서는 피가 눈물처럼 흘렀다. 뜨거운 인두로 지진 가슴은 온통 살갗이 벌겋게 달아오르고 갈라진 모습이었다.

"안심해라. 여긴 우리 떠돌이기사밖에 없고, 우리가 무해하다는 건 신들께서도 아신다."

카일 경이 나지막하게 속삭였다. 다에몬은 그들에게 마에스터의 처소를 내주고 글렌던 경의 상처를 치료한 뒤 창시합에 나설 수 있도록 준비시키라고 명령했다.

소년의 얼굴과 손에서 피를 씻어 내던 덩크는 볼의 왼손에서 손톱 세 개가 뽑힌 것을 보았다. 그 어떤 상처보다 더 걱정되는 상처였다.

"장창을 들 수 있겠어?"

"장창요?"

글렌던 경이 입을 열자 피와 침이 섞여 흘러나왔다.

"제 손가락이 다 붙어 있습니까?"

"열 개 다. 그런데 손톱이 일곱 개뿐이야."

볼이 끄덕였다.

"블랙 톰이 제 손가락을 자르려던 참에 밖으로 불려 나갔어요. 제가 싸워야 할 상대가 그놈입니까?"

"아니, 놈은 내가 죽였어."

그 말을 듣고 소년이 웃었다.

"누군가는 해야 했죠."

"네가 마상 창시합으로 겨룰 상대는 바이올린 악사인데, 그의 본명은……."

"다에몬이죠, 네. 놈들이 말해 주더군요. 검은 드래곤이라고."

글렌던 경이 웃음을 터뜨렸다.

"제 아버지께선 그를 위해 목숨을 바치셨습니다. 저도 기꺼이 그의 수하가 되었을 거예요. 전 그를 위해 싸우고, 그를 위해 죽이고, 그를 위해 죽을 수도 있었지만, 그를 위해 져 줄 수는 없었습니다."

소년이 고개를 돌리고 부러진 이를 뱉어 냈다.

"포도주를 한 잔 주실 수 있겠습니까?"

"카일 경, 술 부대를 갖다주십시오."

소년이 한참 깊게 술을 들이켜고는 입가를 닦았다.

"제 꼴을 보세요. 계집아이처럼 부르르 떠는 모습이라니."

덩크가 얼굴을 찡그렸다.

"말을 탈 수 있겠어?"

"몸을 씻는 걸 도와주신 다음에 제 방패와 장창과 안장을 가져다주시면……." 글렌던 경이 대답했다.

"제가 무엇을 할 수 있는지 보여 드리겠습니다."

* * *

날이 거의 샐 무렵에야 폭풍우가 가라앉아 결투를 시작할 수 있었다. 비에 젖어 보드라운 늪으로 변한 성내 연무장이 백여 개의 횃불에 비쳐 축축하게 반짝였다. 연무장 너머에서 일어난 잿빛 안개가 마치 성벽 위를 움켜쥐려는 유령의 손가락처럼 허연 성벽을 스멀스멀 기어올랐다. 밤사이에 많은 하객이 자취를 감추었지만, 여태까지 남은 이들은 다시 관람석으로 올라가 비에 젖은 소나무 판자에 자리 잡고 앉았다. 그들 중에 일단의 군소 영주와 가문기사에 둘러싸인 고몬 피크 공이 서 있었다.

덩크가 노기사 알란 경을 종자로 섬겼던 건 불과 몇 년 전의 일이라, 아직 그때 하던 일을 잊지 않았다. 덩크는 글렌던 경의 몸에 잘 맞지 않는 갑옷을 죔쇠로 단단히 채우고 투구를 목가리개에 고정한 다음, 그가 말에 오르도록 부축하고 방패를 건네주었다. 나무 방패는 여러 시합을 거치면서 곳곳에 깊게 파인 자국이 남았지만, 아직도 활활 타오르는 불덩어리를 알아볼 수 있었다. '지금은 에그처럼 앳되어 보이네. 심각하고 겁먹은 얼굴을 한 소년처럼 보여.' 덩크가 생각했다. 글렌던 경이 탄 밤색 암말은 마갑도 없고 겁이 많은 듯했다. '원래 타던 말을 타는 게 좋을 텐데. 이 밤색 말은 품종도 좋고 더 날래지만, 기수는 누구든 익숙한 말을 가장 잘 타는 법이고 글렌던 경은 아직 이 말을 몰라.'

"장창을 주십시오. 전투용 장창으로요."

글렌던 경이 말했다.

덩크가 무기대로 갔다. 전투용 장창은 끝에 쇠 촉이 달린 8피트 길이의 단단한 물푸레나무 창으로, 지금까지 써 온 시합용 장창보다 더 짧고 묵직했다. 덩크가 창을 하나 골라 빼내고는 창대를 쓰다듬으며 갈라진 곳이 있는지 꼼꼼히 확인했다.

시합장 반대편 끝에서 다에몬이 종자에게서 역시 같은 장창을 건네받고 있었다. 그는 이제 한낱 바이올린 악사 따위가 아니었다. 군마의 마갑은 검과 바이올린 대신 붉은 바탕 위에 자리한 블랙파이어 가문의 상징, 흑색 삼두룡을 과시했다. 왕자는 검게 물들였던 머리도 탈색하였고, 어깨까지 흘러내리는 은금색 머리카락이 횃불에 비쳐 마치 윤기 도는 귀금속처럼 빛을 발했다. '에그도 머리를 기르면 저렇겠구나.' 덩크가 깨달았다. 그런 에그의 모습은 상상하기 어려웠지만, 만약 그들 둘이 오래 살아남는다면 언젠가는 그런 에그를 볼 날이 오리란 것을 덩크도 알고 있었다.

전령관이 다시 한 번 단상에 올라가서 외치기 시작했다.

"서자 글렌던 경은 절도 및 살인죄에 대한 혐의를 받고 있으며, 지금 목숨을 걸고 자신의 무죄를 증명하러 나왔습니다. 그리고 이에 맞서 왕국의 수호자이며 안달인과 로인인과 최초인의 정당한 왕이자 세븐킹덤의 군주이신 블랙파이어 가문의 다에몬 2세께서 서자 글렌던에 대한 고발의 진실을 친히 입증하고자 나오십니다."

별안간 덩크는 수년의 세월을 거슬러 올라갔고, 애시포드 초원에서 목숨을 걸고 싸우러 나가기 직전에 창파괴자 바엘로가 했던 말이 떠올랐다. 그는 전투용 장창을 제자리에 돌려 놓고 옆에 있는 무기대에서 12피트 길이의 늘씬하고 우아한 시합용 장창을 집어 들었다. 그가 글렌던 경에게 창을 건네주며 말했다.

"이걸 써. 애시포드 초원에서 열린 일곱의 재판에서 우리가 썼던 거야."

"바이올린 악사는 전투용 장창을 골랐는데. 그는 절 죽일 생각입니다."

"그러려면 먼저 널 맞춰야 하겠지. 네가 제대로 겨눈다면 그의 창은 절대 네게 닿지 못할 거다."

"모르겠습니다."

"내가 알아."

글렌던 경이 그에게서 장창을 낚아채고 말 머리를 돌려 시합장을 향해 말을 몰았다.

"그렇다면 세븐께서 우리 둘을 가호하시기를 빌어야겠군요."

동쪽 어딘가에서 번개가 불그스레한 하늘을 가르며 번쩍였다. 다에몬이 황금 박차로 자신이 탄 수말의 옆구리를 찔러 벼락처럼 뛰쳐나갔고, 날카로운 쇠 촉이 달린 전투용 장창을 내렸다. 그를 맞이해 글렌던 경도 방패를 올리고 말을 달리기 시작했고, 그의 더 긴 장창을 말 머리 위로 돌려 젊은 칭왕자의 가슴을 겨누었다. 말발굽에서 진흙이 사방으로 튀었고, 두 기사가 가까워지자 횃불들이 더욱 환하게 타오르는 듯했다.

덩크는 눈을 감았다. 우지끈하고 뭔가 부서지며 고함과 쿵 하고 떨어지는 소리가 들렸다.

"안 돼." 피크 공이 비통해하며 외치는 소리가 들렸다.

"안 돼애애애애!"

아주 잠깐 덩크는 피크 공에게 동정에 가까운 감정을 느꼈다. 덩크가 다시 눈을 떴다. 커다란 검은 수말이 기수 없이 홀로 점점 천천히 달려오고 있었다. 덩크가 앞으로 뛰어가 말의 고삐를 붙잡았다. 시합장의 반대편 끝에서 글렌던 볼 경이 암말의 말 머리를 돌리고 조각난 장창을 치켜들었다. 사람들이 진창에 코를 박고 엎어진 채 아무런 미동도 않는 바이올린 악사를 향해 급히 달려갔다. 부축을 받고 일어선 그는 머리부터 발끝까지 진흙투성이였다.

"갈색 드래곤이로군!"

누군가 큰소리로 외쳤다. 어느덧 서광이 비치는 화이트월스의 연무장 곳곳에서 폭소가 터져 나왔다.

잠시 후 덩크와 카일 경이 말에서 내리는 글렌던 볼을 부축할 때, 나팔 소리가 울려 퍼지며 성벽 위에서 경비병들이 적의 출현을 알렸다. 성 밖에서 아침 안개가 걷히며 대군이 모습을 드러낸 것이다.

"에그의 말이 거짓말이 아니었군요."

덩크가 경악해하며 카일 경에게 말했다.

***

메이든풀에서 무톤 공이, 레이븐트리에서 블랙우드 공이, 더스켄데일에서 다클린 공이 병력을 이끌고 왔다. 킹스랜딩 주변의 국왕령에서는 헤이포드, 로스비, 스토크워스, 매시 가문이 병력을 보냈고, 이에 킹스가드 기사 세 명이 지휘하는 국왕 직속군과 거대한 백색 위어우드 장궁으로 무장한 큰까마귀의 이빨 궁수대 3백 명이 가세했다. 귀신이 들끓는 하렌할 성에서 몸소 출진한 '광녀(狂女)' 다넬 롯스톤은 철 장갑처럼 몸에 꼭 맞아 몸매가 그대로 드러나는 검은 갑옷을 걸치고 긴 붉은 머리카락을 휘날리며 대군의 선두에서 말을 달렸다.

서서히 떠오르는 태양의 햇살이 기병 5백 기의 장창과 그 열 배에 달하는 보병의 창끝에서 부서지며 광채를 뿌렸다. 밤에 잿빛으로 물들었던 깃발들은 화려한 수십 가지 색깔로 부활했다. 그리고 그 모든 깃발 위에서 제왕처럼 군림하는 두 개의 거대한 검은 깃발은 바로 아에리스 타르가르엔 1세의 화염처럼 붉은 거대한 삼두룡과 새빨간 불을 뿜어내며 날뛰는 날개 달린 백룡이었다.

'마에카르가 아니야.' 덩크가 깃발들을 보고 깨달았다. 선왕 다에론 타르가르엔 2세의 넷째 아들인 서머홀의 왕자가 삼은 문장은 두 마리씩 짝을 이룬 네 마리의 삼두룡이었다. 백룡 한 마리는 국왕의 핸드, 브린덴 리버스 공의 존재를 알렸다.

블러드레이븐이 친히 화이트월스로 온 것이다.

제1차 블랙파이어 반란은 레드그라스 벌판 위에서 피와 영광과 함께 최후를 맞이했으나, 제2차 블랙파이어 반란은 제대로 시작도 하기 전에 깨갱거리는 개처럼 비루하게 막을 내렸다. 젊은 다에몬이 성벽 위에 서서 성을 둥글게 에워싼 철의 장막을 내려다본 뒤 선언했다.

"저들 따위에게 겁을 먹을 수는 없다. 명분은 우리에게 있지 않은가. 저 포위망을 종잇장 찢듯 돌파하고, 기세를 몰아 킹스랜딩까지 내달리는 것이다! 출진의 나팔을 불어라!"

그러나 기사와 영주와 병사 들은 서로 낮게 중얼거릴 뿐이었고 몇몇은 슬그머니 마구간이나 후문이나 다른 적당한 은신처로 사라지기 시작했다.

그리고 다에몬이 검을 뽑아 머리 위로 들어 올리자 그곳에 있는 이들 모두 다에몬의 검이 보검 블랙파이어가 아님을 보았다. 칭왕자가 약속했다.

"오늘 우린 레드그라스 벌판을 재현할 것이다."

"웃기지 마라, 바이올린 꼬마야. 난 살고 싶다."

반백의 종자 한 명이 큰 목소리로 대꾸했다.

결국 다에몬 블랙파이어 2세는 성에서 홀로 출진했고, 국왕군 앞에 이르러 말을 세우고는 블러드레이븐 공에게 단독 결투를 요구했다.

"너든, 겁쟁이 아에리스든, 네가 지정한 그 어떤 대전사와도 싸우겠다."

그러나 그를 맞이한 건 블러드레이븐 공의 부하들이었고, 그들은 다에몬을 에워싼 뒤 말에서 끌어 내리고 황금 족쇄를 채웠다. 다에몬이 들고 나온 깃발은 진창에 꽂힌 뒤 불태워졌다. 깃발은 오래오래 불탔고, 하늘 높이 굽이지며 피어오른 연기는 수 리그 떨어진 먼 곳에서도 그 모습을 볼 수 있었다.

그날 유일하게 피를 흘린 자는 바이렐 공의 부하였던 사내였다. 그는 자기가 블러드레이븐의 눈이었다고 지껄이며 곧 그가 세운 공로에 대한 포상을 받을 거라며 큰소리쳤다. "이달이 지날 쯤에는 도르네산 적포도주(red)를 마시며 창녀들과 뒹굴고 있을 거다."라며 자랑했다는데, 그 말을 내뱉자마자 코스테인 공의 기사 한 명이 그의 목을 베어 버렸다. 바이렐의 부하가 자신이 흘린 핏물 속에서 헐떡거리며 죽는 꼴을 보면서 기사가 내뱉었다.

"그거나 마셔라. 도르네산은 아니지만 붉은(red) 거니까."

그 외 다른 이들은 말없이 침울하게 화이트월스 성문 밖으로 터벅터벅 걸어 나와 번쩍이는 무기들이 이미 수북이 쌓인 곳에 각자의 무기를 내던졌고, 바로 포박되어 다른 곳으로 끌려가서 블러드레이븐 공의 처분을 기다렸다. 덩크도 사람들 속에 섞여 고양이 카일 경과 글렌던 볼과 함께 성을 나왔다. 그들은 메이나드 경을 찾아보았지만, 플럼은 이미 밤중에 어디론가 사라진 다음이었다.

그날 킹스가드의 롤랜드 크레이크홀 경이 다른 포로들 속에서 덩크를 찾아낸 건 이미 오후가 거의 지난 무렵이었다.

"던칸 경, 도대체 어디에 숨어 있던 건가? 리버스 공께서 이미 몇 시간이나 자네를 찾으셨어. 나를 따라오게나."

덩크가 그와 어깨를 나란히 하고 걸었다. 바람이 불 때마다 눈밭에 비친 달빛처럼 새하얀 기다란 망토가 크레이크홀의 등 뒤에서 펄럭였다. 그 광경을 보고 덩크는 바이올린 악사가 지붕에서 한 말을 떠올렸다. '자네가 머리에서 발끝까지 하얀 갑옷을 입고, 그 널따란 어깨에서 길고 흰 망토를 휘날리는 꿈을 꾸었지.' 덩크가 흥, 하고 코웃음 쳤다. '그래, 그리고 돌덩어리 알에서 드래곤이 부화하는 꿈도 꾸었다고 했지. 그거나 이거나 일어날 리가 없지.'

핸드의 천막은 성에서 반 마일 떨어진 곳, 가지가 넓게 자란 느릅나무가 드리운 그늘에 자리했다. 가까이 있는 풀밭에서 암소 십여 마리가 풀을 뜯었다. '왕들이 득세하든지 몰락하든지, 암소들과 평민들은 늘 하던 일을 하면서 살아간단다.' 문득 그의 노스승이 가끔 하던 말이 떠올랐다.

"저들은 전부 어떻게 됩니까?"

풀밭에 앉은 한 무리의 포로를 지나칠 때 덩크가 멈춰 서서 롤랜드에게 물었다.

"킹스랜딩으로 끌려가 재판을 받을 것이네. 기사들과 병사들은 처벌이 가벼울 거야. 그저 주군이 시키는 대로만 했을 뿐이니."

"그럼 귀족들은?"

"진실을 고하고 앞으로 충성에 대한 보장으로 아들이나 딸을 볼모로 내놓는 몇몇 이들은 사면받을 것이네. 하지만 레드그라스 벌판 이후 이미 한 번 사면받았던 자들은 사정이 달라. 뇌옥에 갇히거나 작위를 박탈당하겠지. 가장 죄가 무거운 자들은 머리를 잃을걸세."

블러드레이븐의 천막에 다다르니 이미 핸드가 처벌에 착수한 증거가 보였다. 창에 꿰인 고몬 피크와 블랙 톰 헤들의 머리가 천막 입구의 양편에 자리했고, 그 아래는 본인의 방패가 놓여 있었다. '주황색 바탕 위에 있는 검은 성 세 개. 페니트리의 로저를 죽인 남자.'

죽은 다음에도 고몬 공의 부릅뜬 두 눈은 딱딱하고 무표정했다. 덩크가 손으로 그의 눈을 감겨 주었다.

"뭐하러 그리한 겁니까? 어차피 곧 까마귀들이 파먹을 터인데."

위병 한 명이 물었다.

"그에게 진 빚이 있어서."

그날 로저가 죽지 않았더라면, 노인은 킹스랜딩의 골목 사이로 돼지를 쫓던 덩크를 거들떠보지도 않았을 것이다. '어느 늙어 죽은 왕이 칼 한 자루를 한 아들 대신 다른 아들에게 남긴 바람에 이 모든 일이 시작되었지. 덕분에 내가 여기 서 있고, 가련한 로저는 무덤에 들어가 있어.'

"핸드께서 기다리시네."

롤랜드 크레이크홀이 재촉했다.

덩크는 그의 옆을 지나쳐 서자이며 주술사 그리고 국왕의 핸드인 브린덴 리버스 공의 면전에 들어섰다.

핸드의 앞에는 깨끗이 목욕하고 왕의 조카답게 화려한 의복을 차려입은 에그가 서 있었다. 가까이에는 손에 포도주잔을 들고 무릎에 바동대는 자신의 흉측한 상속자를 앉힌 프레이 공이 접의자에 앉아 있었다. 버터웰 공도 그곳에 있었지만…… 무릎을 꿇고 창백한 얼굴로 부들부들 떨고 있었다.

"반역자가 비겁한 겁쟁이라 해서 그의 반역죄가 가벼워지는 건 아니다."

리버스 공이 말하고 있었다.

"그대의 치졸한 변명은 다 들었으나, 앰브로즈 공, 열에서 하나도 믿지 못하겠군. 그러니 그대의 재산에서 10분의 1을 간직하는 것을 허락하겠다. 이번에 맞이한 신부도 허락하지. 행복하게 지내시게."

"그럼 화이트월스 성은 어떻게?"

버터웰이 떠는 목소리로 물었다.

"왕실이 몰수한다. 성의 벽돌을 하나하나 뜯어내 무너뜨리고 성이 있던 자리에 소금을 뿌릴 것이다. 20년 후에는 아무도 성이 존재했다는 사실을 기억하지 못하겠지. 레드그라스 벌판은 아직도 멍청한 늙은이들과 불만을 품은 애송이들이 다에몬 블랙파이어가 쓰러진 곳으로 가서 참배하며 꽃을 심는다. 화이트월스가 검은 드래곤을 위한 또 다른 기념물이 되는 건 용납할 수 없다."

그가 창백한 손을 휘저으며 축객령을 내렸다.

"이제 썩 물러나라, 벌레 새끼야."

"핸드 각하의 자비를 감사드립니다."

버터웰이 비틀거리며 나갔고, 비탄에 눈 먼 나머지 덩크 옆을 지나치면서도 그를 알아보지 못했다.

"그대 역시 나가도 좋소, 프레이 공. 나중에 다시 얘기하도록 하십시다."

리버스가 명령했다.

"각하의 명을 따르겠나이다."

프레이가 아들을 데리고 천막에서 나갔다.

그제야 국왕의 핸드가 덩크를 돌아보았다.

그의 냉정한 얼굴은 덩크가 기억하는 것보다 주름도 늘고 더 나이 든 모습이었지만, 피부는 아직도 뼈처럼 희고 뺨과 목에는 큰까마귀와 닮았다는 흉한 포도주색 모반이 있었다. 핸드의 장화는 검고 튜닉은 새빨갰으며, 그 위에는 강철 손 모양의 브로치로 고정한 회색 망토를 걸쳤다. 어깨까지 기른 곧고 긴 백발은 앞으로 빗어 넘겨 레드그라스 벌판에서 비터스틸에게 잃은 눈을 가렸다. 남은 눈은 아주 빨갰다. '블러드레이븐은 눈이 몇 개나 있을까? 천 개하고도 하나 더 있다지.'

"마에카르 왕제가 자신의 아들을 어떤 떠돌이기사에게 종자로 맡길 때는 분명히 합당한 이유가 있었겠지만, 그것이 반란을 꾀하는 역적들로 가득한 성으로 데려가기 위함은 아니라고 생각한다. 어찌하여 내 종손(從孫)이 이런 독사 소굴에 있게 된 것인가, 기사? 버터 궁둥이(Butterbutt) 공은 마에카르 왕제가 이 반란의 전모를 캐기 위해 너를 신비기사로 꾸며서 보낸 것으로 믿던데, 그 말이 사실인가?"

그가 입을 열었다.

덩크가 한쪽 무릎을 꿇었다.

"아닙니다, 각하. 아니, 네, 각하. 그것이 에그가, 아니, 아에곤이 버터웰 공에게 한 말이었지요. 아에곤 왕자님이 말입니다. 그러니 그 부분은 사실입니다만, 참된 진실이라고는 할 수 없습니다."

"그렇군. 그러면 너희는 이 역모를 알아차리고 단둘이 막으려고 나섰던 것이다, 이 말인가?"

"그것도 아닙니다. 저희는 그냥…… 어쩌다 보니 휘말렸다고 할 수 있겠군요."

에그가 팔짱을 꼈다.

"종조(從祖)님이 군대를 이끌고 오시기 전에 이미 던칸 경과 제가 잘하고 있었다고요."

"도움을 준 사람들이 있었습니다, 각하."

덩크가 덧붙였다.

"떠돌이기사들이라지."

"예, 각하. 고양이 카일 경과 메이나드 플럼. 그리고 글렌던 볼 경입니다. 바로 그가 바이올……이 아니라 칭왕자를 말에서 떨어뜨렸습니다."

"그래, 그 이야기는 이미 수십 번이나 들었다. 갯버들의 서자. 창녀와 역적의 자식이라는."

"**영웅**의 아들이에요. 만약 아직 죄수들 속에 있다면 당장 찾아서 풀어 줘야 해요. 그리고 포상을 내리고요."

에그가 우겨 댔다.

"넌 누군데 감히 국왕의 핸드에게 이래라저래라 요구하는 것이냐?"

에그는 기죽지 않았다.

"제가 누군지 아시잖아요, 종조님."

"네 종자는 참 건방진 녀석이로군, 기사. 매질해서 그 점을 고쳐야 할 것이야."

리버스 공이 덩크에게 말했다.

"그러고는 싫습니다만, 각하, 왕자님이라서요."

"무엇보다 이 녀석은……."

블러드레이븐이 대답했다.

"**드래곤**이지. 일어나라, 기사."

덩크가 일어섰다.

"웨스테로스 정복시대 훨씬 이전부터, 타르가르옌 가문에는 예지몽을 꾸는 이들이 종종 나타났다. 그러니 이따금 블랙파이어의 자손이 그런 이능을 보인다 해도 놀라울 것은 없지. 다에몬은 화이트월스에서 드래곤이 태어나는 꿈을 꾸었고, 실제로 그렇게 되었다. 다만, 그 얼간이가 색깔을 잘못 본 것뿐이야."

덩크가 에그를 쳐다보았다. '반지.' 그가 보았다. '부친의 반지. 지금은 천으로 감싸 장화 속에 감추지 않고 손가락에 껴어.'

"회군할 때 너도 킹스랜딩으로 데려가고 싶은 마음이 조금 있기는 하다. 그리고 왕궁에 내…… 손님으로 잡아 둘 생각도 있고."

리버스 공이 에그에게 말했다.

"아버지께서 불쾌하게 여기실걸요."

"그렇겠지. 마에카르 왕제는 성정이 꽤…… 까칠하니. 그렇다면 널 서머홀로 보내야겠다."

"제가 있을 곳은 던칸 경 옆이에요. 전 이분의 종자니까요."

"그럼 너희 둘에게 세븐의 가호를 빌어야겠군. 네 마음대로 하여라. 이제 가도 좋다."

"그럴 거예요. 그런데 그 전에 금화가 좀 필요해요. 던칸 경이 달팽이한테 치를 배상금이 필요하거든요."

블러드레이븐이 웃음을 터뜨렸다.

"킹스랜딩에서 보았던 그 얌전한 꼬마는 어디로 간 것이냐? 그래그래, 왕자님. 경리관에게 네가 원하는 만큼 금화를 내주라고 일러두겠다. 물론 어처구니없는 금액은 안 되고."

"빌리는 것뿐입니다. 반드시 갚겠습니다." 덩크가 강조했다.

"물론 네가 마상 창술을 제대로 배운 다음이겠지."

리버스 공은 덩크와 에그에게 나가라고 손짓하고는 양피지 두루마리를 펴고 깃펜으로 이름을 하나하나 표시하기 시작했다.

'살생부를 작성하는구나.' 덩크가 깨달았다.

"각하, 밖에 내걸린 머리를 보았습니다. 그렇다면 바이올린 악사…… 다에몬……의 머리도 베실 생각이십니까?"

블러드레이븐 공이 양피지에서 눈을 떼고 고개를 들었다.

"그건 아에리스 전하께서 결정하실 일이다만…… 다에몬은 남동생이 넷이나 있고, 여동생들도 있다. 내가 그 예쁘장한 머리를 베는 어리석은 짓을 한다면, 녀석의 어머니는 슬퍼할 것이고 녀석의 친구들은 날 친족 살해자라고 욕할 것이며 비터스틸은 녀석의 동생 하에곤의 머리에 왕관을 씌우겠지. 저 애송이 다에몬은 죽으면 영웅이 되지만 살아서는 내 이복형 비터스틸의 앞길을 막는 걸림돌이 된다. 두 번째 블랙파이어 왕이 살아 있는데 세 번째 왕을 옹립할 수는 없지 않은가. 게다가 그런 고귀한 인질은 나름 왕궁을 돋보이고 자애로운 아에리스 전하의 자비심을 입증하는 산 증인의 역할을 하게 될 것이다."

"저도 여쭙고 싶은 게 하나 있어요."

에그가 말했다.

"네 아버지가 왜 널 그렇게 쫓아내고 싶어 했는지 슬슬 이해할 것 같군. 내게 또 무엇을 바라느냐, 종손아?"

"드래곤의 알은 누가 가져간 거예요? 문 앞에 위병들이 있었고 계단에도 위병들이 있었으니 아무도 몰래 버터웰 공의 침소에 들어갈 수 없었잖아요?"

리버스 공이 미소를 머금었다.

"글쎄다, 누군가 변소의 배수로로 안을 기어오르지 않았을지."

"변소 배수로는 너무 비좁잖아요."

"성인 남자에게는 그렇지. 아이라면 할 수 있다."

"아니면 난쟁이라거나."

덩크가 무심결에 내뱉었다. '눈이 천 개하고도 하나 더 있다지. 그중 몇 개는 난쟁이 광대단의 눈일 수도 있잖아?'

옮긴이의 말

　최근 인기리에 방영 중인 미국 드라마 〈왕좌의 게임〉의 원작으로 국내는 물론 전 세계적으로 화제가 된 〈얼음과 불의 노래〉 시리즈는 조지 R. R. 마틴의 대하 판타지 소설이다. 1996년 시리즈의 제1부 《왕좌의 게임》이 처음 출간된 이래 2011년에 발간된 제5부 《드래곤과의 춤》에 이르기까지 독자와 평론가들의 극찬을 받으며 베스트셀러가 되었고, 이미 여러 SF · 판타지 문학상을 받았던 마틴에게 더 많은 상과 영예를 가져다 주었다.

　역자가 처음 〈얼음과 불의 노래〉를 접한 건 2000년대 초반이었다. 그때까지만 해도 판타지는 《반지의 제왕》과 몇몇 고전 작품밖에 읽지 않았던 터라, 정교하고 방대하기는 하지만 결국 기사와 요정과 괴물이 나오는 서구 동화의 연장선에 불과하다는 고정관념이 있었다. 그러나 〈얼음과 불의 노래〉는 신선한 충격과 함께 장르에 관한 역자의 선입견을 산산이 부서뜨렸다. 중세시대를 연상하게 하는 배경에 기사와 마법과 괴물과 드래곤이 등장하는, 얼핏 보면 여느 판타지 작품과 다를 바 없는 상투적인 구성이라 할 수 있지만, 선과 악으로 나뉜 개념보다는 각자 얽힌 이해관계에 따라 개연성 있게 행동하는 생동감 넘치는 등장인물이 이끌어가는 치밀

한 전개와 그것을 뒷받침하는 수려한 문체는 평론가들로부터 《12인의 시저》를 떠올리게 한다는 찬사를 받았다. 마틴은 이 시리즈를 구상할 때 장미 전쟁(The Wars of the Roses)과 중세소설 《아이반호》에서 영감을 받았다는데, 세세하게 짜인 세계관과 비중은 낮지만 자연스레 엮어 넣은 초자연적인 요소는 현실적이면서도 신비한 역사 소설과 같은 분위기를 자아낸다.

《세븐킹덤의 기사》는 〈얼음과 불의 노래〉 시리즈의 외전 모음으로, 본전보다 백여 년 앞선 시대의 이야기를 다룬 독립 중편 3편을 수록하고 있다. 사실 마틴이 그동안 장편보다는 중·단편들로 명성을 얻었음을 볼 때, 이 중편들은 작가의 진면목을 보여준다고도 할 수 있을 것이다. 〈덩크와 에그 이야기〉로도 알려진 이 시리즈는 어수룩하지만 순박하고 정의로운 젊은 기사 덩크와 그의 잔망스러운 까까머리 종자 에그의 일생을 풀어나간다. 본전에서 왕국과 세계의 명운을 놓고 온갖 군상이 불쾌할 정도로 현실적이고 암울한 암투와 모략, 정쟁과 전쟁에 집중한다면, 외전은 그에 비해 소소한 두 주인공의 활극을 통해 웨스테로스 내 여러 지방의 특색과 당시 사회상, 역사적 인물들을 묘사함으로써 본전의 세계관을 더욱 강화하는 동시에 본전을 더 깊이 이해하는 데 도움을 준다.

앞선 시대의 이야기라 외전이 본전의 내용을 누설하는 경우는 없지만, 본전에서 덩크와 에그에 관한 내용을 찾는 재미도 제법 쏠쏠하다. 1부 《왕좌의 게임》 계보에서 일찌감치 아에곤 5세로 군림한 것으로 나오는 에그, 3부 《성검의 폭풍》에서 자이메가 킹스가드의 백서(白書)를 읽을 때 언급되었던 전설적인 킹스가드의 로드커맨더 키 큰 던칸 경, 4부 《까마귀의 향연》에서 브리엔느가 기억을 되살려 자신의 방패에 칠했던 덩크의 느릅나무와 별똥별 문장 등 은근한 연계성이 곳곳에서 보이고, 시와 노래를 좋아했던 라예가르 왕세자가 검과 방패를 들도록 마음을 바꾸게 했다는 서머홀과 그곳에서 일어난 비극은 더욱 호기심을 불러일으킨다.

마틴은 예전 인터뷰에서 앞으로 외전을 여섯 편에서 열두 편가량 더 써서 덩크와 에그의 일생을 끝까지 그려내고 싶다고 말했다. 또한, 드라마 〈왕좌의 게임〉이 원작을 따라잡은 뒤에도 6부가 출간되지 않았을 때를 대비하여 덩크와 에그의 일대기도 드라마화한다는 이야기도 슬슬 나오는 상황이다. 독자로서는 전부 두 손 들고 환영할 일이지만, 〈얼음과 불의 노래〉의 느린 출간 속도는 두말할 나위도 없고 1998년 〈떠돌이기사〉가 나온 이래 2003년에 〈맹약기사〉, 2010년에 〈신비기사〉가 발표된 것을 보면, 이제 60대 중순에 이른 작가 생전에 본전이든 외전이든 완결을 볼 수 있을지 심히 걱정된다. 과연 존의 어머니가 누구인지 밝혀지고 티리온이 드래곤을 타고 날아다니며 대니가 웨스테로스에 상륙하여 정복자 아에곤의 위업을 재현할 수 있을까? 덩크가 그가 감히 바라지도 못했던 킹스가드가 되어 평생 금욕을 맹세하기 전에 그토록 찾던 탄셀과 재회할 수 있을까? 왕의 막내아들의 막내아들이었던 에그가 왕위에 오르고 블러드레이븐을 장벽으로 보내며 자신의 장남과 자기가 평생 믿고 의지했던 기사와 함께 서머홀에서 최후를 맞는 장면을 볼 수 있는 날이 올까?

어느덧 〈얼음과 불의 노래〉를 접한 지 십 년이 넘었지만, 기다림은 계속된다. 시리즈의 다음 부인 《겨울의 바람》에 이어 외전의 네 번째 단편 〈윈터펠의 암늑대들〉은 물론, 언젠가는 나오기를 바라는 여러 후속편을 상상할 때마다, 독자라면 누구든 같은 생각을 하지 않을까 한다.

'마틴 옹, 꼭 만수무강하셔야 합니다! 꼭!'

김영하

세븐킹덤의 기사
얼음과 불의 노래 외전

1판 1쇄 발행 2014년 5월 8일
1판 9쇄 발행 2024년 8월 28일

지은이 · 조지 R. R. 마틴
옮긴이 · 김영하
펴낸이 · 주연선

책임편집 · 박나리
편집 · 이진희 백다흠 신소희 강건모 임유진 오가진
디자인 · 김서영 손혜영
마케팅 · 장병수 김한밀 정재은
관리 · 김두만 구진아 유효정

(주)은행나무
04035 서울특별시 마포구 양화로11길 54
전화 · 02)3143-0651~3 | 팩스 · 02)3143-0654
신고번호 · 제 1997-000168호(1997. 12. 12)
www.ehbook.co.kr
ehbook@ehbook.co.kr

ISBN 978-89-5660-774-0 04840
     978-89-8797-661-7 (세트)

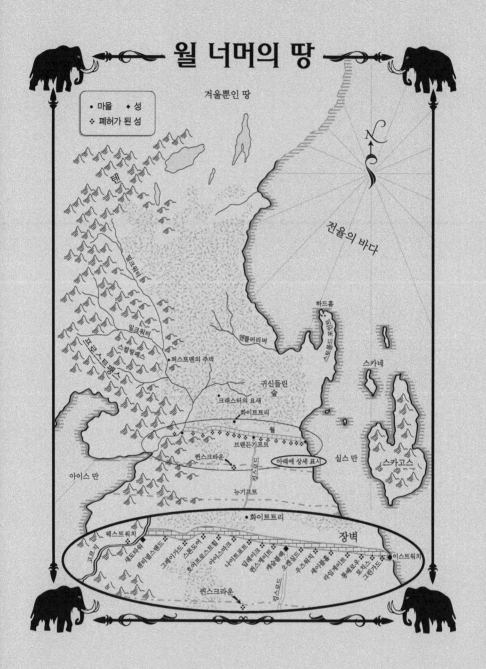

자유도시

- 도시 • 마을
∴ 폐허

핑거스

브라보스

로라스

로라스 만

전율의 바다

액스

노보스 언덕지대

크랩스 만

협해

안달로스

로이네 상류

리틀로이네

벨베트힐스

펜토스

그호얀 드로헤

로이네

노보스

다크원시

코호르 숲

코호르

플래트랜드

니사르

코이네

아르노이

북해 해협

타스

십브레이커 만

미르스 해

티로시

미르

골든 필드

모룰루

소로스

대거레이크

셀호루

셀호리스

블러드스톤

도르네 해

스텝스톤스 제도

그레이 갤로스

발리사르

샤르델

볼란티스

도르네

리스

오렌지쇼어

볼론 테리스

볼란티스

© 2011 Jeffrey L. Ward